云南民族大学"国家一流专业建设项目"

A History of Foreign Literature

新编外国文学史

朱 虹 主编

中国社会科学出版社

图书在版编目（CIP）数据

新编外国文学史/朱虹主编.—北京：中国社会科学出版社，2023.7
ISBN 978-7-5227-2186-6

Ⅰ.①新… Ⅱ.①朱… Ⅲ.①外国文学—文学史—教材 Ⅳ.①I109

中国国家版本馆 CIP 数据核字（2023）第 123008 号

出 版 人	赵剑英
责任编辑	顾世宝
责任校对	张　慧
责任印制	戴　宽

出　　版	中国社会科学出版社
社　　址	北京鼓楼西大街甲 158 号
邮　　编	100720
网　　址	http://www.csspw.cn
发 行 部	010-84083685
门 市 部	010-84029450
经　　销	新华书店及其他书店

印刷装订	三河市华骏印务包装有限公司
版　　次	2023 年 7 月第 1 版
印　　次	2023 年 7 月第 1 次印刷

开　　本	710×1000　1/16
印　　张	27.75
插　　页	2
字　　数	428 千字
定　　价	128.00 元

凡购买中国社会科学出版社图书，如有质量问题请与本社营销中心联系调换
电话：010-84083683
版权所有　侵权必究

本书编委会

主　　编：朱　虹

编委会成员：原田雨　胡义晗　耿　韵　屈钱丽
　　　　　　罗　晟　申诗睿

前　　言

云南民族大学文学与传媒学院的汉语言文学专业是国家一流本科专业，"外国文学史"课程作为专业必修课正在为建设国家一流课程而努力，为了支撑和完善学科建设，亟需一本适用于民族院校的跨学科的外国文学创新教材，以形成完善的"外国文学史"教学体系。

出于跨文化和跨民族的原因，外国文学往往比中国文学难以进入，尤其是对于少数民族学生而言，外国文学史课程的教学更需要"因地制宜"，在教学理论和教学实践方面探索一条既具有民族性、边疆性同时又彰显国际特色的道路。将"跨学科研究"引入外国文学教学不失为一种积极的创新和尝试。

本教材以教育部最新颁布的普通高等学校本科专业教学大纲为依据，宏观把握和细致梳理欧美文化及文学艺术思潮的递进演变。教材包含两个框架，一为欧美的文化和艺术史，二为欧美的文学史。通过对这两个框架的有机整合，将各个时期的欧美文学放到整个社会文化及艺术思潮的大语境中，探究其生长的气候土壤，摸索其根脉的曲折走向，体会其深长的文化意味，从而为深入理解欧美文化艺术提供内在的理论根由。

更重要的是跨学科的文学阐释，它使文学真正成为人学，对提高学生的人文素养具有积极意义。这有利于培养学生的爱国情感、理想追求、生命意识、人道主义情怀以及至善至美的亲情观、友情观、爱情观等，有利于学生树立正确的世界观、人生观和价值观，增强学生的民族自信心和文化自豪感，从而达到能力知识与人格塑造相结合的全人教育目的。

在本教材编撰过程中,云南民族大学相关领导和同仁十分关心进展情况,给予许多鼓励和支持,比较文学与世界文学专业硕士研究生罗晟、曹牧原、凌雨荷、李婷,新闻与传播专业研究生徐辉辉等参与了编撰和材料整理等工作,在此一并致以诚挚的谢意。

目 录

第一章 古希腊文学 …………………………………………………… (1)

  第一节 古希腊文化 ………………………………………………… (1)

    一 历史背景 …………………………………………………… (1)

    二 文化特征 …………………………………………………… (4)

  第二节 古希腊艺术 ………………………………………………… (10)

    一 建筑 ………………………………………………………… (11)

    二 雕刻 ………………………………………………………… (16)

    三 瓶饰绘画 …………………………………………………… (32)

    四 绘画和马赛克 ……………………………………………… (35)

    五 古希腊艺术的特点 ………………………………………… (36)

  第三节 古希腊文学 ………………………………………………… (38)

    一 希腊神话（人的颂歌） …………………………………… (39)

    二 荷马史诗（生命的华章） ………………………………… (43)

    三 希腊戏剧（不可抗的命数） ……………………………… (47)

第二章 古罗马文学 …………………………………………………… (54)

  第一节 古罗马文化 ………………………………………………… (54)

    一 历史背景 …………………………………………………… (54)

    二 文化特征 …………………………………………………… (58)

  第二节 古罗马艺术 ………………………………………………… (63)

    一 古罗马艺术来源 …………………………………………… (64)

二　古罗马艺术的表现 …………………………………………（67）
　　三　古罗马艺术的特点 …………………………………………（80）
　第三节　古罗马文学 ………………………………………………（81）
　　一　共和时期（前240—前30年）……………………………（82）
　　二　黄金时期（前100—公元14年）…………………………（83）
　　三　白银时期（14—130年）…………………………………（84）

第三章　中世纪文学 …………………………………………………（86）
　第一节　中世纪文化 ………………………………………………（86）
　　一　历史背景 ……………………………………………………（86）
　　二　文化特征 ……………………………………………………（90）
　第二节　中世纪艺术 ………………………………………………（96）
　　一　早期基督教艺术（2—5世纪）……………………………（97）
　　二　拜占庭美术（5—15世纪）………………………………（101）
　　三　蛮族艺术和加洛林文艺复兴（5—10世纪）……………（105）
　　四　罗马式艺术（10—12世纪）………………………………（110）
　　五　哥特式艺术（12—15世纪）………………………………（114）
　　六　中世纪艺术的特点及历史地位 ……………………………（121）
　第三节　中世纪文学 ………………………………………………（122）
　　一　教会文学 ……………………………………………………（123）
　　二　骑士文学 ……………………………………………………（124）
　　三　英雄史诗 ……………………………………………………（127）
　　四　城市文学 ……………………………………………………（130）
　　五　但丁 …………………………………………………………（131）

第四章　文艺复兴时期文学 …………………………………………（134）
　第一节　文艺复兴时期文化 ………………………………………（134）
　　一　历史背景 ……………………………………………………（135）
　　二　文化特征 ……………………………………………………（136）
　第二节　文艺复兴时期艺术 ………………………………………（143）

一　意大利文艺复兴时期艺术 …………………………………… (143)
　　二　尼德兰文艺复兴时期艺术 …………………………………… (170)
　　三　德国文艺复兴时期艺术 ……………………………………… (178)
　　四　法国文艺复兴时期艺术 ……………………………………… (182)
　　五　文艺复兴时期的艺术思潮及特征 …………………………… (186)
　第三节　文艺复兴时期文学 ………………………………………… (188)
　　一　人文主义文学的基本特征 …………………………………… (188)
　　二　人文主义文学的发展概况 …………………………………… (188)

第五章　17世纪文学 ………………………………………………… (206)
　第一节　17世纪文化 ………………………………………………… (206)
　　一　历史背景 ……………………………………………………… (207)
　　二　文化特征 ……………………………………………………… (209)
　第二节　17世纪艺术 ………………………………………………… (212)
　　一　巴洛克艺术 …………………………………………………… (213)
　　二　古典主义艺术 ………………………………………………… (219)
　第三节　17世纪文学 ………………………………………………… (226)
　　一　巴洛克文学 …………………………………………………… (226)
　　二　古典主义文学 ………………………………………………… (231)
　　三　清教徒文学和《失乐园》 …………………………………… (240)

第六章　18世纪文学 ………………………………………………… (244)
　第一节　18世纪文化 ………………………………………………… (244)
　　一　历史背景 ……………………………………………………… (244)
　　二　文化特征 ……………………………………………………… (245)
　第二节　18世纪艺术 ………………………………………………… (247)
　　一　洛可可艺术 …………………………………………………… (247)
　　二　新古典主义艺术 ……………………………………………… (252)
　第三节　18世纪文学 ………………………………………………… (263)
　　一　英国的启蒙文学 ……………………………………………… (263)

二　法国的启蒙文学 …………………………………………（266）
　　三　德国的启蒙文学 …………………………………………（270）

第七章　19 世纪文学 …………………………………………（280）

第一节　19 世纪文化 …………………………………………（280）
　　一　历史背景 …………………………………………………（280）
　　二　文化特征 …………………………………………………（281）

第二节　19 世纪艺术 …………………………………………（284）
　　一　浪漫主义艺术 ……………………………………………（284）
　　二　现实主义艺术 ……………………………………………（300）
　　三　印象主义 …………………………………………………（312）
　　四　新印象主义 ………………………………………………（318）
　　五　后印象主义 ………………………………………………（320）
　　六　象征主义艺术 ……………………………………………（325）

第三节　19 世纪文学 …………………………………………（328）
　　一　浪漫主义文学 ……………………………………………（328）
　　二　现实主义文学 ……………………………………………（338）

第八章　20 世纪文学 …………………………………………（373）

第一节　20 世纪文化 …………………………………………（373）
　　一　历史背景 …………………………………………………（374）
　　二　文化特征 …………………………………………………（375）

第二节　20 世纪艺术 …………………………………………（377）
　　一　建筑 ………………………………………………………（377）
　　二　雕塑 ………………………………………………………（381）
　　三　绘画 ………………………………………………………（384）

第三节　20 世纪文学 …………………………………………（401）
　　一　现实主义文学 ……………………………………………（401）
　　二　现代主义文学 ……………………………………………（415）
　　三　后现代主义文学 …………………………………………（424）

第 一 章

古希腊文学

第一节 古希腊文化

一 历史背景

(一) 爱琴文明时期

古希腊位于欧洲东南部、地中海的东北部,包括今巴尔干半岛南部、小亚细亚半岛西岸、克里特岛以及爱琴海中的许多小岛。

据考古发掘的遗迹来看,这一带在公元前 7000 年至公元前 6000 年就有旧石器时代及新石器时代的先民居住。爱琴海上的一些岛屿开化得更早一些,尤其是克里特岛。《荷马史诗》中曾描述过爱琴海南端的克里特岛土地肥沃,人口众多,在当时就有 90 座城市。古希腊的史学家希罗多德和修昔底德也记载了克里特王米诺斯最早组织海军,征服了许多地方。但是,这些记载多被人视为诗人的虚构。直到 19 世纪 70 年代至 20 世纪前期,德国的谢里曼、英国的伊文斯、希腊的卡洛凯里洛斯等考古学家发掘出克里特的克诺索斯王宫遗址,人们才相信这并不是传说。

克里特岛横列在北非和希腊本土之间,公元前 3000 年已向青铜文化过渡,出现了私有制。公元前 20 世纪,合并奴隶制小国,建立了以克诺索斯为首都、米诺斯为国王的统一王朝,创造了伟大的克里特文明。当时克里特地区农业、工商业和航海贸易发达,经济文化交流频繁,文字从象形文字转变成线形文字,建筑技术尤为高明。但克里特岛的主要地区曾 3 次被毁,其原因可能是火山爆发或者地震,克里特文明也因此逐渐衰落。公元前1400年左右，迈锡尼人征服克里特岛，取代并部分延续了它的文明。

迈锡尼在希腊半岛的伯罗奔尼撒东北部，居民是公元前2000年前后，部落大迁徙中从巴尔干北部南下的印欧语系阿卡亚人。公元前1500年前后，迈锡尼建立贵族奴隶制王朝。据现在发现的遗址来看，当时王朝的势力遍及希腊本土以及爱琴海地区。从其线形文字、城堡的建筑以及工艺品看，迈锡尼艺术吸收和继承了克里特艺术的特点，与克里特艺术有很大的相似性。约在公元前1200年至前1170年间，爆发了荷马史诗《伊利亚特》中所写的特洛伊战争。战争使得迈锡尼和特洛伊两败俱伤，特洛伊城因此而毁灭，残存的居民沦为奴隶，希腊本土也元气大伤，迈锡尼宫廷陷入内乱。

公元前1200年前后，希腊北部的多立斯人乘虚而入，他们摧毁希腊本土的城镇，破坏手工业和商业，使其文化凋落，希腊文明进入一个黑暗曲折的时期。这些征服者主要由两个民族组成：一支为多利安人（Dorian），后来主要居住在希腊半岛；另一支为爱奥尼亚人（Ionian），后来散布到克里特岛和小亚细亚西部沿岸。经过几个世纪的发展，征服者们在吸收和继承了爱琴文化、埃及文化和两河流域文化的基础上，创造了光辉灿烂的希腊文化。

迈锡尼文明是克里特文明到古希腊文明的过渡。古希腊文明之前的克里特—迈锡尼文明，被称为爱琴文明。它经历了1500年之久，终于在经济、政治、文化等方面做了充分的准备，迎接古希腊文明的到来。

（二）古希腊时期

1. 黑暗时代（英雄时代、荷马时代）

公元前1200年前后，希腊大陆北部、爱琴海诸岛以及小亚细亚沿地中海地区涌入大量新移民，他们主要由三个民族组成：阿卡亚人（Achaioi）、多利安人（Dorian）和爱奥尼亚人（Ionian）。这些新移民与当地的居民统称为希腊人（Graikos）。新移民摧毁希腊本土的城镇，破坏手工业和商业，使其文化凋落，希腊文明进入一个黑暗曲折的时期。不过后来经过几个世纪的发展，在吸收和继承了爱琴文化、埃及文化、两河流域文化的基础上,这些新移民共同创造了灿烂的希腊文明。

2. 古典时期

公元前8世纪至前7世纪,是兴建和扩张城邦的重要时期。铁器使得生产力发展,从而促进了经济复兴、阶级分化,最终导致城邦的形成。城邦(polis)原由卫城(acropolis)发展而来,是一个城市或大的村镇的中心、有独立主权的奴隶制小国。斯巴达和雅典为当时较大的城邦国家。多山隔绝、海陆地形分割的地理条件、铁器生产力和小型奴隶制经济结合、军事民主等重要历史因素使得希腊城邦没有神授统一专制的王权。各城邦相互独立,形成多中心,但相互之间又存在经济的联系和文化的统一。

公元前6世纪至前4世纪中叶,是希腊古典文明时期,这一时期是欧洲文明乃至西方文明首次全面鼎盛和奠立根基的时期。

雅典从公元前6世纪起,开始逐步建立奴隶主民主制,以公民大会取代贵族统治。到公元前5世纪中叶的伯里克利(约前495—前429)执政时期,民主制日臻完善,政治昌明,经济繁盛,希腊的文化和艺术达到鼎盛时期。

公元前5世纪初,希腊和波斯之间爆发了希波战争,这场战争成为确立希腊古典文明的重要契机。崛起于伊朗高原的波斯帝国勃发野心西进,进犯希腊本土,但强盛的雅典与斯巴达修好,会盟众多城邦经过马拉松般的博弈,最终击败了波斯。这场战争激发了希腊民族捍卫民主与自由的爱国主义精神,巩固了希腊的城邦制。但是,前5世纪末发生在雅典与斯巴达之间持续了几十年的伯罗奔尼撒战争却成为希腊古典文明由盛转衰的转折点,它导致了雅典和其他城邦逐渐衰落。

3. 希腊化时期

公元前4世纪,希腊城邦奴隶制的危机越发严重。在战乱和土地兼并中,手工业者不断破产,奴隶人数日益增加,贫民与奴隶主之间的矛盾日益尖锐,贫农起义频发,城邦的经济与政治体制存在严重的内部矛盾,城邦之间的混战愈演愈烈,城邦奴隶制走到了历史的尽头。

此时,希腊北部边陲的马其顿民族乘虚而入,国王腓力二世在公元前338年率领大军在喀罗尼亚大战中彻底击败雅典同盟军,次年在科林斯召开全希腊会议,确立对全希腊的统治,成为希腊各城邦的霸主。不料公元前336年,腓力因王族内部仇隙遇刺身亡,年仅20岁的腓力之子亚历山大继位,其雄心勃勃,富有谋略,仅用了13年就在横跨欧、亚、非的辽阔土地上,建立起了一个西起巴尔干半岛,东到恒河流域,南临尼罗河,北至锡尔河的以巴比伦为首都的马其顿帝国。公元前323年,年仅33岁的亚历山大在巴比伦突患疟疾病逝,马其顿帝国也随之分裂,后于公元前150年前后被罗马灭亡。

连年的征战使古希腊文明进程几近停滞,但是,战争也使希腊文化向被征服的地区传播、蔓延,与美索不达米亚文明、波斯文明、埃及文明、希伯来文明和印度文明等古老文明发生交流碰撞,从这些文化中吸取丰富的营养以滋润自己,最终形成独特而又富有希腊精神的文化。故历史上又将公元前4世纪称为"希腊化时期"。

二 文化特征

(一) 典型的海洋文化

古希腊所处地域海陆交错、山峦重叠,海洋占了大半面积,无数小岛星罗棋布,像跳石那样密布在海面上,这给古希腊提供了极好的海上交通条件。爱琴海区域又是一个多山地带,群山造成了贫瘠的土地,可耕种的面积受到很大限制,农业无法在希腊半岛上大显身手。

陆地把贫穷送给了希腊人,大海却赐给希腊人财富。希腊半岛多丘陵,除了山谷地区可种葡萄和橄榄外,并不适宜大面积地种植农作物。这就迫使希腊人到海上谋生:捕鱼、经商,甚至做强盗。按修昔底德的说法,早期希腊人的海盗行劫以及跟随着首领到陆地上抢掠财物和妇女的事件很常见,当时的希腊人并不视为可耻,反而以之为荣。这就造就了希腊人自由奔放,敢于冒险,崇尚个人的智慧和力量的民族性格。这在希腊神话中有所反映:"大多数民族的神都自命曾经创造过世界,奥林匹克的神并不自命如此。他们所做的,主要是征服世界……他们都是些嗜好征战的首领,是些海盗之王。他们既打仗又宴饮,并大声嘲笑侍候他们的瘸铁匠。"([英]吉尔伯特·穆莱:《希腊宗教的五个阶段》,

转引自［英］罗素《西方哲学史》上册，商务印书馆 1963 年版，第 34 页。）

而世界最古老的四大文明均属于大陆文明，是在农耕经济的基础上发展起来的。古人的农耕生产，往往需要集体协作，需要个人服从于集体，或克制个人情欲以服从集体利益；而且崇尚天人合一，顺应自然。所以罗素说："构成文明的大部分东西已经在埃及和美索不达米亚存在了好几千年，又从那里传播到四邻的国家。但是其中却始终缺少着某些因素，直等到希腊人才把它提供出来。"（［英］罗素：《西方哲学史》上册，商务印书馆 l976 年版，第 24 页。）

西方文明和四大文明在起点上的重大差别就在于，古希腊是典型的商业文明，这奠定了后世西方文明的基础，除了中世纪前期，从古希腊、古罗马到现代，西方文明成了人类有史以来规模最大、最有影响力的商业文明。

希腊典型的地中海气候，夏天炎热干燥，冬天寒冷潮湿，决定了农产品主要为三种：葡萄、橄榄和谷物，也就是"地中海三宝"。前两种为经济作物，主要用于交换粮食。除此之外，成熟的商业体系还得要三股力量一起往前推，即手工业、货币、船队和舰队。

手工业产品虽然不一定比农产品贵，但稳定性显然比农产品高，因为躲在家里就可以做，跟气候变化的关系不大。古代世界的手工业主要是烧制陶器、织布、造船、炼铜炼铁这些项目。大约在公元前 1200 年，希腊人生产的所有手工业产品，几乎都成了地中海世界最好的。这样一来，古希腊人就有了能和其他人进行交换的好东西。

货币之所以必须是因为以物易物的商业效率实在太低，会限制商业的规模和频率。希腊人从地中海东岸的小亚细亚学会了铸币，并把它流传到整个地中海世界，这样货物就能够顺畅地进行交换了。希腊人甚至还创造了西方最早的货币兑换业务和银行业务。一旦有了金融业，商业又上了一个大台阶。

最后，发展商业还得有船队和舰队。古希腊的贸易主要通过海上交通完成。靠商业解决生计问题，就意味着面向的是海洋而不是大陆，所以你会发现，商业文明也可以叫作海洋文明，农业文明也都是大陆文明。海上交换，需要船只运输，因此有了船队；船队运输需要安全保障，于是有了舰队。雅典是古希腊海军最强大的城邦，它鼎盛时期曾经拥有300艘战舰。

有了商业性农业、手工业、货币、船队和舰队，以雅典人为首的古希腊人生意越做越大，甚至超出了地中海世界。后来，他们通过黑海和现今俄罗斯南部的土著人做起了生意，还在那里建立了自己的城邦。古希腊成就了古代世界第一个高度繁荣的商业文明。

(二) 政治上的民主倾向

约在公元前800年，主要以氏族或部落为基础的村社开始发展为以城镇为中心的较大单元。这些城镇稍大于带有市场的城堡，一段时间之后，这些城镇成为永久的居住地，且发展得越来越具有城市格局，进而形成了城邦。诸城邦之间虽然在经济上紧密联系，在民族文化上具有同一性，但政治上各城邦有独立主权，分散自治，采取各种摆脱宗族血缘建制的不同制度，虽然也有相互之间的征讨称霸和军事同盟，但并没有形成东方地区的统一专制王权，所以，从某种程度上说，城邦制时期的公民享有相对多的政治权利。

希腊城邦建立以后，由于希腊山多平地少，而且土壤贫瘠，有限的土地无法承载人口增长的压力。所以从公元前8世纪初起，出现了大规模的殖民运动。希腊人扬帆远渡，开拓疆域。据统计，参加殖民的城邦有40多个，在远离希腊本土的海域上开拓了140多个殖民城邦。殖民运动造就了一个海陆交错、东西相连的古代地中海最大的贸易圈和经济圈，极大地促进了工商业发展，使古希腊发展成独特的、充分的奴隶制商品经济，工商奴隶主和平民的力量增强，有利于民主政治的形成。

这种民主政治建立在小规模城邦奴隶制经济的基础之上，以小农业主、小工商主为社会发展的主要推动力。奴隶劳动用于商品生产的比重较大。商品经济的活跃程度有超过自然经济的趋势，农业中也以生产用于商品交换的经济作物为主，以市场和商品经济作为社会生活的杠杆，对希腊的民主政治和文化思想有着深远的影响。民主制既能给公民带来更多的权利和较大的社会公共活动空间，也为科学文化自由发展提供了广阔的空间，这一时期，知识精英荟萃雅典，各学派哲学家，众多文学艺术大师焕发才智，创造出很多艺术精品。哲学、文学、艺术达到整体性繁荣，成为历史上一个辉煌的时代。

（三）理性主义的传统

法国历史学家韦尔南曾总结出古希腊思想的三个特点。

第一，古希腊形成了一个外在于宗教、与宗教无关的思想领域。

第二，宇宙的秩序不是建立在神的难以捉摸的意志之上，而是建立在规律和法则之上。

第三，这种思想具有明显的几何学性质。

无论是出海打鱼还是经商做海盗，个人的智慧和力量起着至关重要的作用，再加上较少宗教权威和政治权威的压迫，希腊人更愿意相信人的力量，相信人的理性智慧，他们用理性来思考世界、社会和人本身。古希腊不用神灵解释世界，他们认为万事万物背后是有原因和规律的，而且这些原因和规律是可以被人的理性所把握。古希腊之所以能发展出高度发达的哲学和科学，就是因为古希腊有理性主义精神。

公元前6世纪中叶，古希腊哲学家毕达哥拉斯最早使用"哲学"一词，意为"爱智慧"。古希腊哲学的内容包括全部的知识，直到亚里士多德对知识进行了分类，各学科知识的内容才分化。哲学洋溢着希腊人民热爱智慧的求知精神，不仅反映出他们对具体知识的追求，还反映了其对全体存在的本原的探究，反思人的认知能力，探索人、社会、文化的本性，逐步确立了人作为理性主体在哲学和文化中的中心地位。

古希腊早期的哲学家大多也是杰出的科学家和思想家。希腊第一位哲学家泰勒斯（约前624—前542）是米利都学派的创始人，他认为自然的本原是水；学派的第二代传人阿那克西曼德（约前610—前546）则主张自然的本原是"阿派朗"（apeiron），即无规定性的物质基质；第三代传人阿那克西美尼（约前586—前526）主张自然的本原应该是气，气在运动变化中形成万物。之后的赫拉克利特（约前540—前480）则主张自然的本原是一种永恒的活火，它按一定的尺度沿着上升和下降的模式往复燃烧熄灭，转化为水、土、气，从而形成万物。这些较早的哲学思想中蕴含了对世界本原的思考，无不散发着理性的光芒。后来的苏格拉底（前469—前399）、柏拉图（前427—前347）以及亚里士多德（前384—前322）的思想中更是突出了理性精神。苏格拉底认为灵魂的本质是理性，他引进了"新神"，认为神就是理性，表现在以人为中心的宇宙万物的合目的的设计和合理秩序之中，因此人可以发挥理智本能解决众多事务，自行规范伦理生活。柏拉图则建构精致的理念哲学体系，反思全部科学文化知识，深化了古典文明中的理性传统。亚里士多德则批判地总结了自泰勒斯以来的希腊各学派哲学家，与柏拉图的理论分道扬镳，注重经验与理性的结合，从科学知识与社会文化的实际出发，建立深刻、严谨的哲学体系，体现了科学理性与人文精神的有机结合。

（四）人本主义的精神

以上三个特点孕育了古希腊文化第四个突出的特征——人本主义。古希腊独特的地理位置和宽松的政治环境使得"人"的观念深入人心。这样的生存环境和生活方式造就了古希腊人自由奔放、富于想象力、充满原始情欲、崇尚智慧和力量的民族性格，也培育了古希腊人追求现世生命价值、注重个人地位和个人尊严的文化价值观念。

海上营生的生活方式充满刺激和挑战，为了生存，人们不得不进一步探寻大自然的规律，追求真理。在与自然抗争的过程中，人的忧患意识、竞争意识进一步加强，"人"的观念深入人心。古希腊人相信人的力量，肯定人性，认为人可以凭借自己的力量和智慧去征服世界。希腊哲学家普罗泰戈拉说，"人是一切事物的尺度"，甚至神也是按照人的形象去创造的，他们像人一样具有七情六欲，这并非是古希腊人对神的贬损，而是对人自身的肯定。

古希腊人并不像后来的基督徒那样把信念建立在灵魂与肉体分离的二元论基础上，也不把希望寄托于虚幻的来世而蔑视现世的幸福，而是充分地享受现世生活的美好。毋庸置疑，希腊人一切探寻与追求的出发点都是"人"，一切从人的需要出发，注意人的利益和进步，这也是古希腊文化比较突出的特点，是它与其他古老文明的最大区别。因此古罗马人才会惊叹："是希腊人创造了人！"

古希腊浓郁的人文精神的由来大概有以下三个方面。

第一是外部环境。希腊人面对的外部环境不那么严酷，不太需要强大的精神权威来塑造社会凝聚力。在古希腊，宗教没有统摄社会。古希腊人理解世界、解释事物的规律和行为，用的不是宗教的那套神秘主义的东西，而是习惯用宗教之外的道理来理解世界。古希腊也没有其他古老文明里面那种专职的祭司群体。

将古希腊和古埃及、中国古代作一个对比。古埃及雄伟的金字塔是法老的陵墓，在古埃及人的观念里，法老是神不是人，金字塔是神庙，是神殿，法老对古埃及人的统治，是神对人的统治。中国古代也是这样，中国最古老的文字是甲骨文，甲骨文记录的几乎都是占卜的内容，是商朝的君王向上天的祈求或者询问，比如祈求下雨来解除干旱，询问打仗会不会赢，其实所有商朝的人都像商王一样很迷信，都自然而然地认为整个世界、所有事情都是神灵支配的。

第二是现实政治。古希腊的精神世界和现实政治世界一样，其政治权力也不是神权统治，而是相对扁平的、多元的、包容的，精神的和现实的这两个世界之间，具有高度的同构性。

第三是理性飞跃。比古希腊更早的上古世界，它们的理性力量汇集到了希腊人那里，产生了质变的飞跃。

（五）文化在交流、融合中具有多元性

在亚历山大东征建立起帝国到公元前 30 年古罗马最终消灭残存的托勒密王国的近 300 年里，从地中海到中亚的广袤疆域经历了希腊化时代。这一时期的根本特征是在东西文明空前大交流、大融合中，发展了帝国型大规模集权奴隶制的社会形态，它成为此时期文明的基础。

一方面，古希腊文化深入西亚、中亚以及南非，古希腊哲学著作在亚洲地区广为流传。古希腊文化在这些地方传播，不仅影响了这些地方的传统文化，也为后来的伊斯兰文化、阿拉伯文化吸收希腊文化铺平了道路。另一方面，在古希腊文化和东方文化的交流碰撞中，古希腊文化也深受东方文化的影响。犹太教的希伯来文化就在这个时期传入西方，与古希腊哲学结合，为罗马帝国时期的基督教文明做了最早的铺垫。但是，希腊化时代的繁盛富庶是建立在大量奴隶的困苦劳动之上的，大型集权奴隶制经济也必然导致贫富两极严重分化，最终，希腊化文明在这样的矛盾冲突中逐渐走向衰落。

当然，我们不能把希腊化文明看成是古典文明的衰落阶段或延伸和扩展，而是一种融合了古希腊文化与东方文化的独特、新型的阶段，有它自身的经济、政治结构和基本文化精神。它基本上抛弃了传承了四百多年的城邦奴隶制，建立了适应大规模集权奴隶制的新社会体制，并在继承、更新、融合古希腊文化和东方文化中，创造出了一种多元化的文化。

可以说古希腊的文学艺术取得了辉煌的成就，在西方文艺复兴之前无与伦比。希腊古典时期与希腊化时期作为希腊历史上两个重要的阶段，其文化特征既有差异又相辅相成，二者共同推进了希腊的文明进程，使得希腊文化空前繁荣。

第二节 古希腊艺术

作为人类历史长河中的"精神家园"，古希腊在民主性与全民性的制度下，崇尚人本主义精神，艺术在崇尚写实原则的同时又带有一定的理想之美。因此，在这些历史时期和文化中心地区，艺术呈现出了灿烂、光辉的景象。例如：古希腊人在庙宇建筑里把柱梁体系发展到了完美的程度；对人体表现的雕刻艺术线条流畅生动；大规模的壁画、瓶饰绘画艺术为后世开阔了视野。

从时间和艺术风格的发展变化上看，古希腊艺术又可具体分为五个时期：爱琴文化时期（前25世纪—前12世纪），几何风格时期（前12世纪—前8世纪），古风时期（前7世纪—前6世纪），古典时期（前5世纪—前4世纪），希腊化时期（前3世纪—前2世纪）。其中，古典时期是古希腊全面繁荣昌盛的时期，也是古希腊美术的黄金时代。

一 建筑

公元前 7 世纪初叶,古希腊建筑的基座、柱子、檐部等各部分之间的关系都有了定型的做法,这种梁柱结构体系就叫作柱式。古希腊的建筑以神庙为主,古风时期的重要成就是围柱式的神庙建筑,主要为敬神祭祀所用。神庙建筑不仅是信仰者的集合地,也是人类智慧的象征,同时也是古希腊各地生活风貌、奴隶制城邦国家以自由民主为主的思想意识和审美追求的体现。

柱式

古希腊神庙建筑具有两个基本特征:第一,平面构成为 1∶1.618 或 1∶2 的矩形;第二,庙中央是厅堂、大殿,周围是柱子,四周以开敞的柱廊环绕。

这是古希腊神庙最重要也是最有影响力的特点。古希腊人在围柱上下足了功夫,一排排围柱使神庙的外观庄严美丽。在阳光的照耀下,神庙建筑产生出丰富的光影效果和虚实变化，与其他封闭的建筑相比，阳光的照耀消除了封闭墙面的沉闷之感，加强了古希腊建筑的雕刻艺术特色。此外，因为古希腊人的神庙更多的是为人服务，人们聚会活动通常在神庙的外部进行，因此建筑师对内部空间仅进行了简单处理，只设置了安放神像的位置。

古希腊各历史时期的神庙以围柱柱头样式的不同而分为三种类型：多利克式、爱奥尼亚式和科林斯式。贯穿这几种柱式的原则是永远不变的美与数的和谐。柱式的发展对古希腊建筑的结构起了决定性的作用，并且对后来的古罗马、欧洲的建筑风格产生了重大的影响。

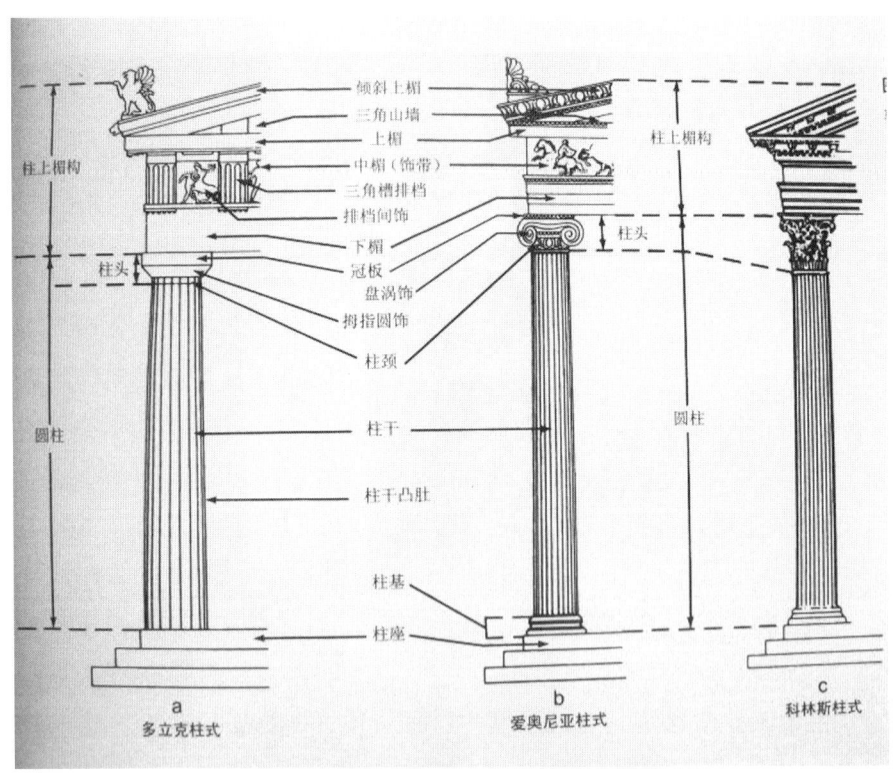

希腊柱式比较：从左至右分别为多利克式、爱奥尼亚式和科林斯式，均由柱座、柱基、柱干、柱头和柱上楣构组成

（一）多利克柱式

古风时期最流行的样式为多利克柱式（Doric），这是一种最基本最古老的柱式，公元前7世纪初由多利安人创造，因而得名。其特点是柱头没有装饰，柱身高度是柱头直径的8倍。其风格坚固严谨、朴素凝重。多利克柱式的神庙通常建在三级台阶之上，本没有柱基。柱身上细下粗，中部略微鼓起，柱身有凹槽，整个柱子显得粗壮朴实。柱头很简洁，基本为一圆盘。帕台农神庙为多利克柱式的典范建筑。

帕台农神庙

帕台农神庙始建于公元前448年，至公元前432年才竣工，是雅典卫城最庞大的建筑物之一，也是最重要的建筑。因其为雅典的保护神雅典娜所建而得名，"帕台农"意思是"女神之殿"。庙中曾树有高达12米的雅典娜巨像，由当时最伟大的雕刻家菲迪亚斯所作，神像由木头雕成，外面镶上象牙片和金片，光彩夺目，甚为壮观，遗憾的是今天已不复存在，只能从文字记载和罗马时期留下的一件复制品中了解一些它当时的风貌。

帕台农神庙为长方形围柱式的建筑型制，以多利克柱式为主，外廊列柱全都是刚健有力的多利克柱式，内殿四根立柱则为爱奥尼亚式。长排的多利克柱式使整个结构显得简洁、坚固、典雅，与作品的纪念碑式的意义十分相衬，两种柱式结合一定程度上避免了多利克柱式的单调，使整个建筑风格更加丰富多元。另外，风格的和谐还与多利克柱式庙宇的长宽之比有关，希腊人认为和谐的比例应为1∶2，即建筑物前方的柱子若有四根，旁边的就应有八根，或大致如此。总之，帕台农神庙标志着伯里克利时代的简洁典雅的理想美。

（二）爱奥尼亚柱式

爱奥尼亚柱式（Ionic）是公元前5世纪最先流行于小亚细亚西海岸爱奥尼亚地区的一种建筑样式，又被称为女性柱。其特点是柱头有涡旋花饰，包括前后左右四个涡卷纹；柱身较为细长，柱身高度是柱头直径的9倍，上面的凹槽较深，一般为24条；底部有柱基等。爱奥尼亚柱式轻盈优美，古罗马著名建筑师维特鲁威认为，多利克柱式的

帕台农神庙，公元前5世纪，长7100厘米，宽3100厘米，希腊雅典

比例取自刚强的男性人体，爱奥尼亚柱式取自柔和的女性人体，后者的确具有女性的纤细秀美。爱奥尼亚柱由于其优雅高贵的气质，广泛出现在古希腊建筑中，如雅典卫城的胜利女神神庙与厄瑞克特翁神庙。

厄瑞克特翁神庙位于帕台农神庙的对面。这是一座爱奥尼亚柱式的神殿，建于公元前421—前405年，是伯里克利制订的重建卫城山计划中最后完成的重要建筑。厄瑞克特翁据说是雅典娜之子，被认为是希腊人的始祖并创建了雅典城，其神庙比母亲的神庙小些。

厄瑞克特翁神庙因其形体复杂和精致完美而著称。它的东立面由6根爱奥尼亚柱构成入口柱廊，西部地基低，西立面在4.8米高的墙上设置柱廊。西部的入口柱廊虚实相映。南立面的西端，突出一个小型柱廊，用女性雕像作为承重柱，她们身穿束胸长裙，轻盈飘逸，亭亭玉立，显得精致小巧。厄瑞克特翁神庙华美的柱式与错落有致的结构相配合，体现了一种精致巧妙、美丽多姿的阴柔之美。

厄瑞克特翁神庙，约前421—前405年，长1128厘米，宽2012厘米，希腊雅典

至希腊化时期，建筑不再以神庙为中心，改为以广场为中心的实用性公共建筑，例如运动场、学校、图书馆等。其建筑吸收东方传统，采用院落式布局，大多体积庞大，装饰华丽，很少再用平板朴素的多利克柱式，是为适应当时统治者的需要并为其歌功颂德。

（三）科林斯柱式

科林斯柱式（Corinthian）主要流行于希腊化时期，是三大古典柱式中流行最晚的一种。科林斯式是在爱奥尼亚式的基础上发展而来的，有柱基，柱身较细长，柱身上有凹槽，这些特点与爱奥尼亚式相仿。但科林斯式柱子较高，同爱奥尼亚柱式相比更像树的形象。科林斯柱式以其装饰华丽的柱头为特点，柱头上有双排叶板，叶板上蕨类植物叶状的纹饰伸向每一角落，末端形成小型盘涡饰。这种柱式相较于古希腊早期人们的一般审美趣味显得过于华丽，所以科林斯柱式只在希腊化时期和罗马时期得到充分的发展，这一点显示在奥林匹亚风格的宙斯神庙的建筑中。

奥林匹亚宙斯神庙，前174—公元130年，高1722厘米，希腊雅典

二 雕刻

古希腊雕刻闻名于世，从公元前7世纪到希腊化这一漫长历史时期，雕刻艺术得以发展变化，结出丰硕果实。古希腊雕刻特点在于质朴又富于理想主义，注重共性、和谐雅致，因此在西方美术史上，古希腊雕刻艺术精神深深影响着西方美术的发展。

古希腊的建筑与古希腊的雕刻是紧密结合的。可以说，古希腊建筑就是用石材雕刻出来的艺术品。从爱奥尼亚柱式柱头上的旋涡、科林斯柱式柱头上的由忍冬草叶片组成的花篮，到女郎雕像柱式上神态自如的少女、各神庙山墙檐口上的浮雕，都是精美的雕刻艺术。由此可见，雕刻是古希腊建筑的一个重要的组成部分，是雕刻成就了完美的古希腊建筑艺术，也正是因为雕刻，古希腊建筑显得更加神秘、高贵、完美、和谐。

到了希腊古典时期，艺术的创作进入到了黄金时期。古典中期，雕刻方面涌现出古希腊六大雕刻家中的"前三雕"——米隆、菲迪亚斯、波利克列特斯，他们为创造古希腊美术的黄金时代立下了不朽功勋。

古典后期，柏拉图、亚里士多德等一批伟大的哲学家在美学方面的思考更加深入丰富，强烈地冲击了原来庄严单一的古典的美学观和艺术观。表现在雕刻艺术方面：一是题材风格的多元化；二是不光注重外在的真实，也开始表现人物的个性和情感；三是出现了女性裸体雕像。这些特点标志着希腊雕刻的进一步成熟。这个时期的杰出代表为三位著名的雕刻家：有风格优雅秀美的普拉克西特列斯，有作品充满动感和悲剧性风格的斯科帕斯，还有倾向于自然质朴风格的利西普斯，史称"后三雕"。他们为希腊化美术开辟了道路。

（一）工艺雕刻

最初的爱琴海艺术从地理环境上看似乎前承古埃及艺术，后接古希腊艺术，但它绝不是古埃及艺术和古希腊艺术的中间媒介。爱琴海地区的雕塑艺术具有民族的、地方的特征，这种个性特征既表现在艺术形式构成上，也表现在审美意识上。他们的艺术直接同人类自身与现实生活相联系，艺术形式比起古埃及来更为轻松自然，具有和谐的节奏感和波动律。

在公元前20世纪左右的爱琴文化辐射下的克里特岛，现代意义上的大型雕刻还未正式出现。这时主要是小型牙雕，严格说应归入工艺美术类。工艺品是克里特文明的主要遗存，种类繁杂，数量较多。除了小型雕刻，还包括各式金银质地的瓶、杯、罐、壶等。

持蛇女神

这是件小型的彩塑雕像，白皮肤的女神张开双手，各持一条长蛇，下身多节长裙色彩斑斓，紧身上衣拉开前口，露出一对圆润丰满的乳房。此雕塑体现出对女性美的塑造，但还未摆脱原始生殖崇拜观。

《持蛇女神》，约公元前1600年，石质，高29.5厘米，1904年克诺索斯出土，现藏于希腊克里特岛赫拉克利翁考古博物馆

另如《纵身跳跃的小人》是件小型牙雕，《演说家》与《观望者》是两件青铜小雕像，它们都缺乏细节，但对于动态的把握极其生动。技法虽然粗鄙，但富于变化的动势之中已潜藏着未来希腊雕刻的基因。

迈锡尼城位于巴尔干半岛南端的伯罗奔尼撒半岛的东部。诞生于这个地区的文化因迈锡尼城而得名,史称"迈锡尼文化",成为克里特文化之后的又一重要文化。

在荷马史诗中,荷马常用"多金的"这个词来形容迈锡尼。其实迈锡尼并不盛产黄金,但是金银工艺制品相当发达,其中最引人注目的是金面具、金酒器等。当今考古发现除狮门有装饰雕刻外,雕塑艺术成就主要表现在金银工艺制品上。其中,狮头酒杯是用金箔敲打而成的,形象以写实为基调,着力于装饰雕琢,简练概括,呈现狮子的基本形象特征。

(二)人体雕塑

古希腊人崇尚人体美,无论是雕刻作品还是建筑,他们都认为人体的比例是最完美的。崇尚人体美与数的和谐是由平民进步的艺术趣味带来的。由此,古希腊雕刻家刻画出了体魄健壮和精神饱满的人物形象,形式化的形象和具体的形象之间达成了绝妙的平衡。这些作品的造型可以说是人的风度、体态、容颜、举止美的艺术显现,而它们的比例与规范,则可以说是人体比例、结构规律的形象体现。通过这些作品,古希腊人表现出了人作为万物之灵的自豪与高贵,这些姿态生动、技法成熟的人体雕塑成为后世典范。

当时,古希腊人称女像为"科拉多",意为"少女",男像为"库罗斯",意为"少男"。女性人物雕像具有更多的变异要素,尤其是其衣着比男性人物雕像更具变化。雕像初成时同所有的希腊雕刻原作一样,都饰有各种艳丽的颜色。经过岁月的冲刷,虽有些作品没有存留下来,有些作品残缺不全,但希腊人体雕塑依然呈现给世人古朴沉静的韵味。

1. 男性人物雕像

库罗斯雕像

该雕像为希腊古风时期的雕刻史拉开了序幕。这种男子裸体像古代统称为库罗斯(kouros,意即小伙子)像。这种立像带有古埃及的遗风:一脚踏出半步,拇指伸直而四指紧握,形体结构处理得比较僵硬。膝关节刻画细致,一前一后的两脚的腿部,空间比较自如。这几乎完全照搬古埃及雕像的模式，脸部没有表情，显得十分呆板。

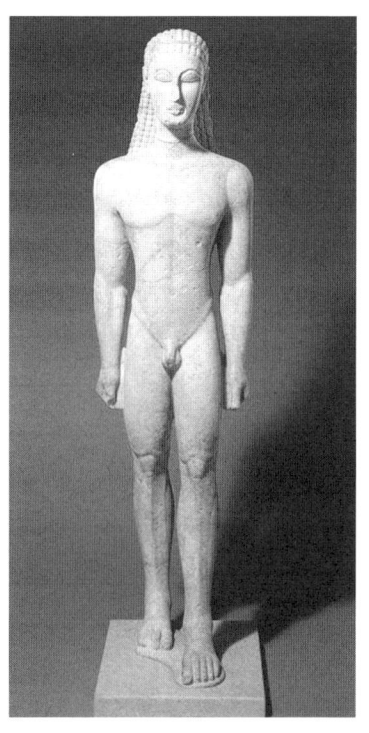

《库罗斯雕像》，约公元前600年，大理石，高约184厘米，现藏于美国纽约大都会美术馆

然而，希腊人活泼而敢于创新、理性而富有现实精神，他们企图摆脱程式的倾向。他们一旦掌握了基本的雕刻技艺，就开始用独到眼光观察世界和人本身，并大胆地将自己看到的表现出来。大约在公元前6世纪上半叶，即古风时期，希腊雕像逐渐地发生着微妙的变化，身体出现了些许起伏的曲线，面部有了淡淡的微笑，被称为"古风式的微笑"。

荷犊的男子

为一青年男子肩扛一小牛犊的雕像。虽然身体的站立姿势还带有古埃及雕像的僵硬，但他的两个嘴角上扬，露出一丝微笑，身材健壮，可看见腹肌的痕迹。这是一件富有生活情趣的作品，它表现的是人和动物亲昵的关系。

《荷犊的男子》,约前 560 年,大理石,修复后高约 165 厘米,现藏于希腊雅典卫城博物馆

《波塞冬》,约前 460—前 450 年,青铜,高 208 厘米,现藏于希腊雅典国家考古博物馆

波塞冬

这是一件比真人略大的青铜雕像。波塞冬面孔朝前,肩腹横侧,扭动着身躯,双臂前后展开,迈步向前,重心移向前方,将右手中的石子从后边投向前去。强健的裸体呈现出骨骼肌肉的结构,体现了一位勇武男子的活力。那雄视一切,正要发出雷电的高傲气势,表现出肌肉组织的巨大力量,体现出一种真正的魔力,因此,这件作品是希腊人理想中的英雄化身。有人认为是表现海神波塞冬,还有人认为是表现众神之王宙斯,故也有题为《宙斯神像》。

掷铁饼者

这座著名的青铜雕像是古希腊艺术家米隆(约前 480—前 440)的作品,罗马国立博物馆、梵蒂冈博物馆、特尔梅博物馆均有收藏,原作为青铜,作于约公元前 450 年。原作已佚,现为复制品。即便如此,它散发出的艺术魅力仍令人叹服不已。

米隆的作品体现了从古风时期的静立到古典时期的运动的华丽转身,尽管这个转变才发生不久,米隆却表现得如此完美无瑕。

雕像选取运动员投掷铁饼过程中的瞬间动作,这正是铁饼出手前一系列动作中的暂时恒定状态,运动员右手握铁饼摆到最高点,全身重心落在右脚上,左脚趾反贴地面,膝部弯曲呈钝角,整个形体有产生一种紧张的爆发力和弹力的感觉。形体造型是紧张的,然而在整体结构处理上,以及面部的表情上,却给人以沉着平稳的印象,与紧张富有动感的身体形成一种巨大的张力,将古风时期那种静态的、略显呆板的模式一扫而空。

《掷铁饼者》,米隆,原作于公元前5世纪,此为罗马时期的大理石摹制品,高155厘米,现藏于罗马国立博物馆、梵蒂冈博物馆、特尔梅博物馆

荷矛的人

此为波利克列特斯(约前5世纪下半叶)的代表作,他不仅是雕刻家,而且是艺术理论家。由于受毕达哥拉斯学派的影响,波利克列特斯以建立一种人体比例的"典范"(Canon)而闻名于古希腊。他在论文

《论法则》中论述了这些艺术原则,但我们只能从后人的著作中略知其理论片断。如头与身高之比应为1∶7;身体重心若发生移动,双臂的姿势以及全身的各个部位都要做出相应的调整等。

波利克列特斯在自己的艺术创作中实践了自己的艺术法则,因此他的人体雕像具有合乎理想美的比例,显得粗壮结实,很有男子汉的雄健气魄。并且整个身体姿态十分真实自然。雕像的姿势是左手持矛,右腿站立,支撑点落在右腿上;右手下垂,左足则稍微向后弯曲点地,其动势显出一种轻松的情态。从左右两腿力度的对比来看,它表现了一种和谐的统一。《荷矛的人》作为一个美学常数,作为人类视觉语言的一个词语,反映了古代艺术家认识世界的一个侧面。这尊雕像所制定的比例数值,就成了当时人体美的一种理想的标准了。

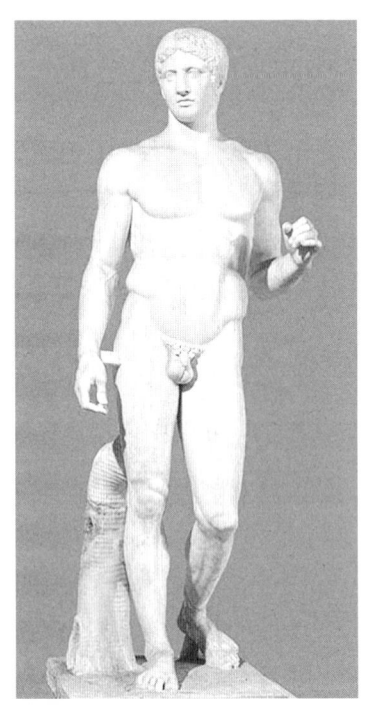

《荷矛的人》,约前450—前440年,此为大理石摹制品,高198厘米,现藏于意大利那不勒斯国家博物馆

赫尔墨斯和年幼的狄奥尼索斯

普拉克西特列斯（约前375—前330）是希腊古典后期最著名的雕刻家。《赫尔墨斯与幼年的狄奥尼索斯》是他最具代表性的作品，1877年在奥林匹亚赫拉神庙内殿旧址发掘出土，故又称为《奥林匹亚的赫尔墨斯》。它表现希腊神话中的传信使者赫尔墨斯抱着宙斯的私生子、希腊神话中的酒神——幼年的狄奥尼索斯去山中神女那里，在途中稍事休息的情景。现在，赫尔墨斯的右手已损坏，据考证，原来的右手是拿着一串葡萄在逗孩子。

这一雕像的主要特点在于赫尔墨斯的人体追求一种女性的美，即整个人体自上而下形成三个自然的转折（头、躯干和下肢），使整个身姿构成一个S形，接近于后来在女性人体上所追求的曲线美。同时，作者还充分发挥了大理石质地的特点，努力追求人体肌肉的细腻变化和美妙含蓄的线条，使整个人体更接近于女性肌肤的丰润。这与古典时期前期男性雕像所表现的刚劲有力的风格，恰好形成鲜明的对比。所以一般都将普拉克西特列斯看作开一代雕塑新风的雕塑家。

同时，普拉克西特列斯特别擅长表现女性之美，他也是最早雕刻女性裸体雕像的艺术家之一，使希腊雕刻突破了"男裸女衣"的定式，自他之后古希腊开始涌现大量的女性裸体雕像，男性和女性的裸体雕像是西方艺术区别于东方艺术的重要特征。这在女性雕像部分也会有介绍。

刮汗污的运动员

希腊古典时期雕塑的最后一位代表是利西普斯。他诞生在公元前4世纪下半叶，虽然和他的前辈普拉克西特列斯、斯科帕斯一样，也处在一个城邦国家发生危机的年代，但他的大量青铜雕像不仅继承和发扬了前人的传统，还创立了人体美的一种新标准。他的运动员雕像，身躯和四肢要比波利克列特斯的"荷矛的人"更修长，头占全身的八分之一。

《刮汗污的运动员》连同利西普斯创作的其他青铜雕像，都已不复存在，今天只能从一些大理石摹制品上看到他的雕塑风格。利西普斯崇

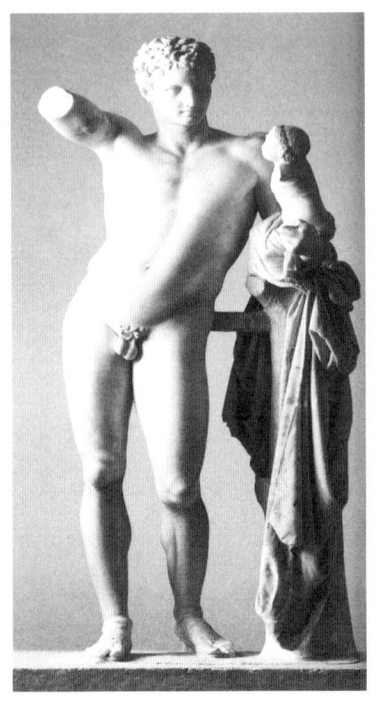

《赫尔墨斯与幼年的狄奥尼索斯》，约前340年，大理石，高216厘米，现藏于希腊奥林匹亚考古博物馆

尚自然，不拘泥于前人的规范，表现人物更加生活化。这件作品为罗马时期的大理石摹制品。雕像生动地表现了一位青年运动员正在刮去身上汗垢的形象。与古典初期的"掷铁饼者"相比，艺术家不再刻意选取经典的瞬间，运动员的形象和姿态也不再完美，而表现得随意而普通，反映出艺术生活化的进程。

由于东西方文化的融合，希腊化时期的雕塑艺术题材丰富、风格多元，形成艺术发展的新趋向。

拉奥孔群像

拉奥孔是希腊神话中的特洛伊祭司。作品取材于希腊神话中特洛伊战争的故事。战争已进行了10个年头，但希腊人仍然攻不下特洛伊城，最后得到神的启示准备用"木马计"进攻。特洛伊的老祭司拉奥孔识破

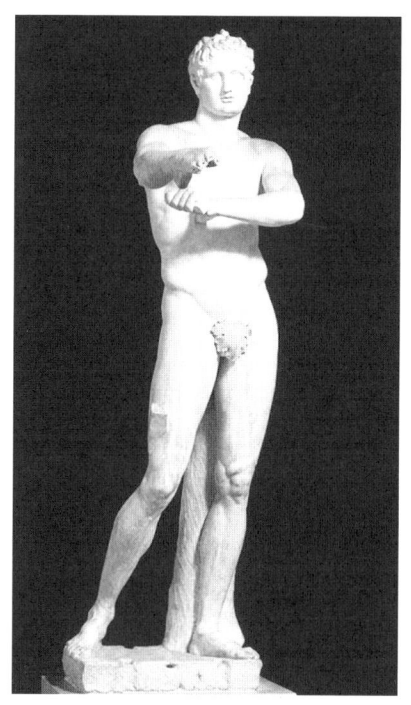

《刮汗污的运动员》，约前330年，原作青铜，此为罗马时期的大理石摹制品，高205.8cm，现藏于梵蒂冈博物馆

了希腊人的诡计，警告特洛伊人，不要把这匹木马拉进城内。这触怒了站在希腊联军一边的雅典娜和众神。雅典娜便派遣两条巨蛇，把拉奥孔父子三人活活缠死。

在《拉奥孔》雕像上所表现出来的是极度的肉体痛苦。不过，这种肉体痛楚多于内心的激动，也就是说，对三个被蛇缠身的形象的戏剧性呈现，超过了对他们心灵活动的揭示，使之缺少一种由于灵魂的挣扎而迸发出来的激情，作品不够深沉，欠含蓄，只具有表面的力度和造型上的结构美。

我们从这组群像的写实技巧上看，作者是深谙人体解剖知识的，他对人在表现痛苦时的动作，对巨蛇缠身的情景做了精心的设计和美的构想。18世纪德国诗人兼美学家莱辛认为："雕刻家要在既定的身体苦痛的情况之下表现出最高度的美。身体苦痛的情况之下的激烈的形体扭曲和最高度的美是不相容的。所以他不得不把身体的苦痛冲淡，把哀号化为轻微的叹息。这并非因为哀号就会显示出心灵不高贵，而是因为哀号会使面孔扭曲，令人恶心。"（《拉奥孔》，朱光潜译，人民文学出版社1979年版，第16页。）

《拉奥孔群像》，前1世纪中叶，大理石，高184厘米，现藏于梵蒂冈美术馆

2. 女性人物雕像

帕台农神庙的雅典娜

雕塑家菲迪亚斯（？—前432）是古希腊全盛时期的代表人物。他是古希腊雕刻的一面旗帜，也是古希腊美术繁荣的象征。这位古希腊最

杰出的驰名四方的雕刻家与建筑家，因与伯利克里私交颇深，被任命为建造雅典卫城的总设计师，这位大师亲自创作了帕台农神庙中巨大的雅典娜神像。雕像现已不存，据传高达 12 米，木料做胎，象牙皮肤，蓝宝石眼珠，黄金衣饰。女神身着戎装，左手执盾牌，右手拖着胜利女神小像。总之，集智慧和力量于一身，威严而不失女性之美，充分表现了这位雅典城的保护神的风采。遗憾的是如今我们只能从文字记载和罗马留下的一件大理石仿制品中领略它当初的风貌。

《帕台农神庙的雅典娜》，约前 5 世纪中叶，罗马时代大理石摹品，高 104 厘米，现藏于希腊雅典国家考古博物馆

命运三女神

《命运三女神》是表现希腊神话中阿特洛波斯、克罗索和拉克西斯的雕塑，原位于帕台农神庙的东山墙，虽然头部都已受到了损坏，但仍然生动地展示了希腊古典时期雕刻艺术所达到的高超的艺术水准，令人

叹为观止。

三位女神坐着的姿势,是随着墙的三角形趋势而变化的,尤其是三位女神的衣服的处理,希腊式薄衫穿在三位女神的身上,纤细而又繁复的湿衣褶,随着人体的结构而起伏,女性人体的优美轮廓生动地展现出来,使人切实地感受到孕育在她们体内的无限生机和活力。那似乎正在随着呼吸而微微起伏的、富有弹性的身体,使得这些雕像不像是由冰冷的大理石雕凿而成的,而是有血有肉活生生的人。希腊艺术家们重视人体的比例结构,即便穿着衣服,衣纹也似流水般流布全身,显示出健美的身躯。

古希腊雕刻十分重视形象的整体不可分割性,人体各部分都充分发挥出造型特性,力求表现形象的内在生命。雕像的残片也是有生命的活物,观赏者可以通过可视部分的动作姿态联想残缺的部分,从而获得完美的审美感受。

《命运三女神》,公元前4世纪,大理石,宽315厘米,高148厘米,现藏于英国伦敦大英博物馆

克尼多斯的阿芙洛狄忒

这一希腊古典时期的女性雕塑,据说以普拉克西特列斯的妻子黛利纳为模特儿。作品表现女神脱下衣服正准备下海沐浴的情景。雕像亭亭

玉立,一手向前,一手轻拎衣服,左脚稍稍抬起,重心落在右脚上,整个身体形成优美的曲线。体现了普拉克西特列斯作品一贯的体态柔美、神情安详的特点,美神手里的浴衣也显得格外柔软。

罗马作家称赞道:"双目温柔的凝视中,洋溢着清澈而欢乐的神情。"具有革新意义的是,普拉克西特列斯没有延续前一个世纪的模式,即女神雕像须有衣饰,而是大胆地塑造了裸体的女神像,为后世的艺术创造了优美典雅的女性美的典范。该雕像表现的女性人体美成为古希腊的时尚。

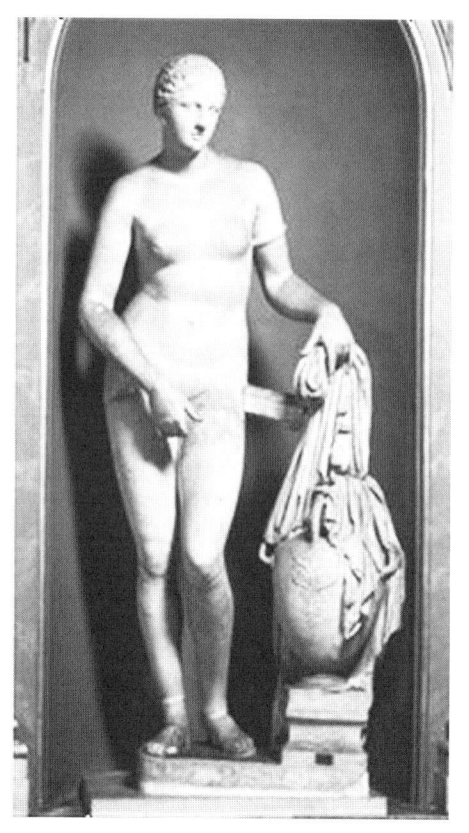

《克尼多斯的阿芙洛狄忒》,前350—前340年,罗马时代大理石复制品,高203厘米,现藏于梵蒂冈博物馆

米洛斯的阿芙洛狄忒

"阿芙洛狄忒"是希腊神话中爱与美的女神,雕塑家们为其塑造了许多美丽的形象,其中以1820年在希腊米洛斯岛出土的一件雕塑最出色,被称为《米洛斯的阿芙洛狄忒》,又名"维纳斯"。关于它的制作年代曾有不同的见解:其庄重典雅、威仪凛然的风格,似接近古典盛期的作品;而从残留的台座铭文推断,则属于公元前2世纪晚期所作。

这件雕塑高2米,出土时两臂已残缺,但仍不失美感的完整性。像为大理石雕制,头部、身躯均完整,但左臂从肩下已失,右膀只剩下半截上臂。雕像的上半身为裸体,下半身围着宽松的包裙;女神左腿微微提起,重心落在右腿上,头部和上身略右侧,而面部则转向左前方,全身形成自然的S形曲线;颀长的身材、端庄秀丽的仪容、饱满结实的体形构成一个优美、高雅、成熟的女性形象。

从整体上看,这件雕塑首先赋予女性人体以一种崇高而圣洁的美感,这是通过雕塑下部稳重而又富有动感的衣纹,与人体上部宁静而又充实的躯干相对比而产生的感觉。似乎表明人体之美的崇高性,是在脱却凡俗中升华的一种圣洁之灵。雕塑是以典型而优美的体态来体现这种内蕴的,当我们在柔和的光线下,凝视美神那丰腴饱满、劲健柔润的肌肤时,似乎感到,在坚硬的大理石里面,正涌动着一股旺盛而成熟的生命活力,那是一种青春和理想的永恒魅力。

从这些雕像可知制作裸体的美神像在那一时期已成为一种风尚。人们要求这种艺术品不是作为崇拜的偶像,而是为了得到美的享受;雕刻家们也顺应这种潮流,在表现女性肉体美方面做出了富有成果的努力。

萨莫色雷的尼凯

这是希腊化时期留存下来的著名杰作的原作,被奉为稀世珍宝。作者已无从考证。又名为《胜利女神像》。现在保存在法国国家艺术宝库——卢浮宫,是三件镇宫之宝之一。

尼凯即胜利女神,因1863年在爱琴海萨莫色雷岛发现而得名。雕像现存部分高2.45米,头及双臂已失,躯体基本完好,是为纪念希腊

《米洛斯的阿芙洛狄忒》，约公前2世纪后半期，大理石，高约200厘米，现藏于法国巴黎卢浮宫

人战胜埃及托勒密舰队而作。这座雕像整个动势结构十分完美生动，雕刻技巧高超，雕像在形式上已转向世俗化、戏剧化和形象的人格化，并以传达人类心理和激情力量为其特征。雕像屹立海边山崖之巅，迎着海风，那前倾展翅欲飞之态，被海风吹拂的衣裙贴着身体，可隐见女性人体的完美，衣裙褶纹构成疏密有致、生动流畅的运动感，呈现出生命的飞跃。

艺术家在作品中表现出了极高的艺术技巧和表现力，他仿佛赋予了冰冷的石头以生机勃勃的活力，令后人在面对这部高度现实主义和浪漫主义结合的杰作时不禁发出由衷的慨叹。

《萨莫色雷的尼凯》，前190年，大理石，高约245厘米，现藏于法国巴黎卢浮宫

三 瓶饰绘画

希腊最早的陶器产生于几何风时期，因上面描绘的图案主要是三角形、菱形、同心圆、鸟兽纹等几何纹样而得名，此时的陶器造型简朴，是给神的献祭品或陪葬品。雅典的底比隆墓地发掘出的一组陶器，是几何风艺术的代表。

双耳喷口杯

可能是贵族的陪葬品，相当巨大。瓶身上主要描绘了送葬的队列，队列中死去的人被横抬着，两旁是哀悼的人群，他们将横举的手臂放在头上，在队列的下方还绘有马车和步行的武士组成的丧礼队列。一切均由几何形的图案绘成,装饰效果很强。

《双耳喷口杯》,雅典底比隆出土,约前750年,陶器,高102.8厘米,现藏于美国纽约大都会美术馆

随后瓶画的表现内容和技艺手法逐渐丰富。公元前8世纪末,希腊瓶画中开始出现狮身人面像、鹰头狮身像等动物图案以及旋涡形、手掌形、玫瑰花形等植物纹样;公元前7世纪末,在摆脱了东方风格后,黑绘式风格的陶器出现,这是一种在红色的陶器底子上画上黑色釉料的人物和图形,然后用尖利的工具在上面刻出内外轮廓线的方法。

掷骰子的阿喀琉斯和埃阿斯

这是黑绘式瓶画的经典代表作。画面表现的是希腊战争中的两位英雄在战争间隙玩骰子的情形,戴着头盔的是阿喀琉斯。两人虽还手握武器,但神情和整个身体姿态都显得十分投入。瓶画线条简洁精致,而且显示出当时希腊人已能正确把握人体比例并已初步了解透视学的原理。

《掷骰子的阿喀琉斯和埃阿斯》（安法拉罐细部），前540—前530年，黑像式陶器，罐高约61厘米，现藏于梵蒂冈博物馆

到了古典时期虽然仍然流行黑绘风格，但又出现了两种新风格样式：红绘和白绘。大约于公元前6世纪末出现的红绘式风格的陶器，其工艺方法与黑绘式恰好相反。红绘是用黑色做底子，不过在有图案的部位留出赭红本色，然后再用深棕色线勾画出轮廓线。因为是用笔描画，不像黑绘式那样用锐器刻画，因此线条更加自由流畅，人物形象更有生机，衣褶也显得柔软而更接近真实。

老乳母认出尤利西斯

这幅红绘式瓶画表现了一个动人的场景：离家19年的大英雄尤利西斯，为试探妻子是否还在等着他，化装成乞丐，拿着拐杖、包袱和饭碗来到家中。曾侍奉过他的老乳母在给他洗脚时，因发现脚上的伤疤而认出了尤利西斯。瓶画正表现了这个瞬间，虽然相距两千多年，我们仍能感受到老乳母与尤利西斯对视的眼神。

《老乳母认出尤利西斯》，公元前 5 世纪，红像式花瓶，瓶高 20.5 厘米，现藏于意大利丘西国家考古博物馆

四　绘画和马赛克

由于希腊化时期各地大兴土木，建造宫殿神庙及各式公共建筑，伴有不少装饰浮雕，因而室内绘画也有着相应数量及同等水平。但保留至今的希腊化时期建筑的室内壁画已无踪迹可寻，仅发现少量墓室壁画。

受到西亚传统的影响，希腊化时期的建筑也广泛流行以镶嵌画做室内装饰。早期使用卵石组成黑白图案，作为地面装饰。后加入贝壳、彩石、玻璃、陶片等有色嵌片，开始镶嵌墙面。这种质料颗粒的加细和原料色泽的丰富，画面越加细腻如同直接描绘一般，又因镶嵌画经久耐用，颜色更鲜艳夺目，十分华丽美观。这就是马赛克艺术最早的表现形式。

伊苏斯之战

其中，《伊苏斯之战》是存留于今日最著名的希腊化时期的镶嵌马赛克摹制品。这是在庞贝古城发现的罗马人的镶嵌画，也是希腊壁画原作的复制品。这件作品内容为希腊历史上的一次著名战役：伊苏斯战役。在图中，众多武士厮杀冲刺，立于战车上的大流士三世（最高且醒目的位置）因大军即将溃败而招手回师。左边画面夹隙内露出骑马者亚历山大大帝，他正驱马挺进。作为镶嵌画，《伊苏斯之战》十分细腻，在暖色调画面中有敏感立体表现，有动势气氛创造，有表情心理刻画，几乎已涵盖近现代绘画各种技法。此画作可谓西方绘画最早的典范之一。

《伊苏斯之战》（镶嵌画），约前1世纪，此为摹制品，现藏于意大利那不勒斯国家博物馆

五 古希腊艺术的特点

（一）人本主义的思潮

虽然古希腊有各种早期宗教性的神灵崇拜，但随着社会的进步发展，希腊人越来越相信人的智慧和力量，对神的态度只是尊敬而已，从来不是顶礼膜拜，"神"也没有真正主宰和统治古希腊社会，因此人本主义的思想深入人心。艺术上尤其体现在雕刻方面，阿波罗、雅典娜等众神都是以理想的男性与女性的形象出现，人体雕刻注重各部分比例和处于不同姿态肌肉的特征。建筑方面古希腊神庙具有简朴明

晰的风格，而且规模不像埃及金字塔或后来罗马帝国的那样庞大，这一方面体现了希腊人想把无限的空间规范于人类有限的把握之中，另一方面更体现出建筑为人服务的思想。经过不断改进、丰富和发展，古希腊艺术最终形成了歌颂人、赞美人、服务人，以观察现实为出发点的写实艺术。

（二）理性主义的倾向

古希腊的艺术家在对客观事物进行表现时，以理性手段解决建筑中的问题，是人类文明发展进程中的一个高峰。其建筑中严格规范但又灵活地运用各种垂直、水平关系，结构原则与装饰、实体与空间，上述种种因素赋予建筑物连续性与稳固性。而在具体的一件雕刻艺术品中部分与整体间的比例关系可用数学公式予以表达，例如他们创造出了"黄金比"和1∶7、1∶8的人体比例，从而在形式方面确立了美的规范。

同时，他们在艺术中又总是强调共性，寓多样性于统一之中，寓变化于单纯之中，从而确立了建筑的柱式和以优美典雅为模式的人体雕刻艺术。

（三）在现实主义指导下的理想主义追求

不论是在受到古埃及文化影响的早期，还是已经形成自己风格的古典主义时期，理想主义始终伴随着创作的过程。古希腊神庙是为众神设计和建造的理想居住之地，因而追求永恒性与坚固性。为追求超越瞬间的情感，去捕捉永恒与完整，古希腊雕刻家不会表现婴儿、老年两个时期的人类形象，而是将艺术表现范围集中于青年体育健儿到成熟早期的人的形象，赫尔墨斯、雅典娜直至全盛期的宙斯，都拥有着超然的美的形体。古希腊人表现的并不是现实中的东西，而是一种理想的东西，在某种意义上，这与古希腊民族是一个海上民族有莫大的关系。当古希腊文明的火种从克诺索斯燃烧到迈锡尼的时候，浪漫性体现在克里特王宫那精美繁复的壁画上，可是随着多利亚人的入侵，一个真正的希腊语民族即将形成的时候，浪漫性已经没有了生存的土壤，取而代之的是英雄气概，这是古希腊人的一种诗性状态。

在希腊化时期现实主义思想指导下，具体的经验领域比遥远的理想更加真实可靠，艺术家们更去追求表现他们所看到的自然，描绘出微小的细节和微妙的差异。因此，在建筑群中，每一处都依赖其他建筑物存在，与环境融为一体。当时还大量运用光线明暗效果，追求动感以及雕刻绘画化的倾向，因而需要艺术家去雕琢作品中诸如皮肤皱纹、面部表情等细微的个人特征。

这些既源于自然生活，又高于自然生活的艺术，是希腊人摆脱了泛灵论思维方式，在思维中加入了哲性思考的体现。

总体来看，在人本主义、理性主义、理想主义以及现实主义等精神的共同影响下，古希腊艺术呈现和谐、典雅、优美、简朴的风格之美，奠定了西方古典艺术的基础。后来的文艺复兴及18世纪新古典主义艺术都将古希腊艺术奉为典范。

第三节　古希腊文学

希腊人同样用语言媒体来探索自然、社会和人，他们的文学不仅反映了对世界和人生的思考，也体现着他们的个性才情、创造力和想象力。希腊文学在产生伊始，即在神话、诗歌、寓言、戏剧、散文等诸多领域取得了极高的成就，尤其是叙事文学方面，如史诗和悲剧，相比其他民族的文学，产生得更早也更为出色。因此古希腊文学成为欧洲文学的源头和一直被模仿、学习的典范。

古希腊文学史大致可分为三个时期。

第一时期：从公元前12世纪到公元前8世纪，史称"荷马时代"或"英雄时代"。是氏族公社瓦解，向奴隶制过渡的时期，主要文学成就是神话和史诗。

第二时期：从公元前8世纪到公元前4世纪中叶，是希腊文学的"古典时期"，是奴隶制社会形成至全盛时期。其中，公元前8世纪至公元前6世纪，氏族社会进一步解体，奴隶制城邦逐渐形成，主要文学成就是抒情诗、散文和寓言；公元前6世纪至公元前4世纪，是希腊的奴隶制兴盛时期，主要文学成就是悲剧、喜剧和文学理论。

第三时期：从公元前4世纪末到公元前2世纪中叶，亦称"希腊化"时期。希腊被马其顿控制,亚历山大开始东侵,这是古希腊奴隶制衰亡时期,这时期文化中心逐渐由雅典移到埃及的亚历山大城,希腊本土文学进入衰落阶段。主要文学成就是新喜剧和田园诗。

	名称	时间		社会经济特点	代表文学样式
第一时期	荷马时代（英雄时代）	前12—前8世纪		氏族公社瓦解向奴隶制过渡	神话 史诗
第二时期	古典时期	前8—前4世纪中叶	前8—前6世纪	氏族进一步解体奴隶制城邦形成	抒情诗 散文 寓言
			前6—前4世纪	奴隶制兴盛时期	悲剧 喜剧 文学理论
第三时期	希腊化时期	前4世纪末—前2世纪中叶		奴隶制衰亡时期 文化中心转移 本土文学衰落	新喜剧 田园诗

一　希腊神话（人的颂歌）

希腊神话包括神的故事和英雄传说两部分。

神的故事以幻想的方式反映了人类史前社会的生活,主要叙述开天辟地、神的产生和谱系以及人类的起源等。

据说最初天地是一片混沌,后来才分出天、地和冥府"塔耳塔洛斯"来。这以后,又经过乌拉诺斯、克洛诺斯、宙斯三代天神的更替,最后宙斯掌管神界大权。宙斯之前的神的谱系称为"前奥林匹斯神系"。从宙斯开始,在希腊北部最高的奥林匹斯山上建立了庞大的神族统治,所以宙斯之后的神系称为"奥林匹斯神系"。

"前奥林匹斯神系"中,在天神换代中起主导作用的是女神该亚,反映了人类蒙昧时期的"母权制"社会的情况;"奥林匹斯神系"中,宙斯的权力高于一切,反映了父权社会（氏族社会后期）的情况。

古希腊主神的希腊名及罗马名如下:

权能	性别	希腊名	罗马名
天父	男	宙斯 Zeus	朱比特 Jupiter
天后	女	赫拉 Hera	朱诺 Juno
海皇	男	波塞冬 Poseidon	尼普顿 Neptune
农业神	女	德墨忒尔 Demeter	西瑞斯 Ceres
太阳神	男	阿波罗 Apollo	阿波罗 Apollo
智慧女神	女	雅典娜 Athena	弥涅尔瓦 Minerva
战神	男	阿瑞斯 Ares	马尔斯 Mars
爱与美神	女	阿芙洛狄忒 Aphrodite	维纳斯 Venus
月神	女	阿尔忒弥斯 Artemis	狄安娜 Diana
酒神	男	狄奥尼索斯 Dionysus	巴克科斯 Bacchus
火与锻造之神	男	赫淮斯托斯 Hephaestus	伏尔甘 Vulcan
商业与技巧之神	男	赫尔墨斯 Hermes	墨丘利 Mercury
冥王	男	哈台斯 Hades	普鲁托 Pluto
女灶神	女	赫斯提亚 Hestia	维斯太 Vesta

英雄传说起源于古希腊人对历史的回顾和对祖先的崇拜，与神话一样，以幻想的方式来描述，是氏族社会末期的产物，主要内容是描述远古时代的生活及部落中杰出的领袖人物。英雄人物是神与人结合的后代，属于半人半神，实际上是集体力量和智慧的代表。

古希腊英雄传说可以分为不同体系，著名的有：赫拉克勒斯的十二件大功，伊阿宋寻找金羊毛，七将攻忒拜，俄狄浦斯王等。

人神同形同性是希腊神话最主要的特点。

在神的形体上，许多东方神话还停留在更早的植物神、动物神崇拜阶段，如埃及神话中不但存在大量动物化的神，而且即使是拟人化的神的身体也常是线条化的，显得抽象而不够具体；希腊的神除个别神以外，大多都是人的形体，除火神是个瘸子以外，男神们高大威猛，女神们美丽丰满，这种对人的身体的肯定在人类文化史上具有重要意义。在神的品性上，每个神都有自己的个性，但都不是完美的。如宙斯多情好色，强暴独断，有时又富于同情心；赫拉嫉妒心强，但有时又不乏恻隐之心；赫淮斯托斯为人老实，勤劳能干，心灵手巧，有时却不免被嘲弄。众神不像是让人敬而远之的崇拜对象，而就像是在身边呵护自己的亲人。

希腊神话并不像中国神话那样将神道德化、政治化，也不像希伯来神话那样将神纯粹化、单一化、伦理化，而是将神人性化、生活化，除了不死和具有高超的本领以外，他们就是人，是完整而非残缺的生命。所以，尼采在谈到希腊神话时说："谁要是心怀另一种宗教走向奥林匹斯山，竟想在它那里寻找道德的高尚，圣洁，无肉体的空灵，悲天悯人的目光，他就必定怅然失望，立刻调首而去。这里没有任何东西使人想起苦行、修身和义务；这里只有一种丰满的乃至凯旋的生存向我们说话，在这个生存中，一切存在物不论善恶都被尊崇为神。"（［德］尼采《悲剧的诞生》，周国平译，广西师范大学出版社2001年版，第17页。）无论光明还是邪恶，无论澎湃的情欲还是痛苦的惩罚，希腊人都完全接受，因为这些在神那里也是存在的——聪明的希腊人懂得用神来为人的生活辩护，它们都是世界本有的东西，都是生存遭遇的真相，凭着这种宽阔的胸怀，凭着对现实生存的这种艺术化处理与把握，希腊人活得勇敢而坦然。

希腊神话体现了希腊宗教的基本特点，即直观的自然崇拜和明朗的感觉主义。自然崇拜主要表现为对人的自然形体的崇拜，感官主义则主要表现为对美的事物和现实生活的热爱。这些特点同样也是整个城邦时代希腊文化的基本特点。

希腊神话中典型地体现了对人的自然形体和现实生活的赞美。城邦时代的希腊人是朴素的唯物主义者。他们对肉体的重视更甚于对精神的关怀，对现实生活的关注更甚于对彼岸世界的向往。希腊人对于肉体的重视使得裸体竞技活动在希腊成为一种非常普遍的现象。人们丝毫不以裸体为耻，相反，倒是以自己或者子女具有一副矫健的身体而感到无上的荣耀。丹纳在《艺术哲学》中论道："希腊人竭力以美丽的人体为模范，结果竟奉为偶像，在地上颂之为英雄，在天上敬如神明。"（［法］丹纳：《艺术哲学》，傅雷译，安徽文艺出版社1991年版，第92页。）宙斯、雅典娜、阿波罗、阿芙洛狄忒之所以成为神，并非由于他们在精神或道德方面有什么值得炫耀的地方，而是由于他们在肉体方面具有令人羡慕的优势。神只是比人更强壮更健美，而且能够长生不老。他们战斗起来比人更勇猛，享受起来比人更奢侈。希腊诸神在形体上都具有一种令人陶醉的肉感和风韵。这种形体之美在希腊雕像中表现得淋漓尽致。在希腊雕塑中人物通常都没有眼珠和面部表情，一切艺术的意愿都体现在充满了生机和动感的气韵之中。在希腊文化中精神与肉体仍然处于一种尚未分离的"青春"状态，它体现了希腊人对现实生活的珍视，这正是希腊宗教和希腊文化的一个显著特点，也是希腊多神教不同于基督教的最重要的特点之一。即希腊的神，艺术化而非神学化，形象化而非概念化，人的感性特征的理想化而非人的理性本质的抽象化。把感性的现实生活看得比灵魂的终极归宿更为重要的价值取向，使得奥林匹斯宗教几乎不具有宗教气息。

希腊神话是世界上保存得最完整，也是内容最丰富多彩的神话体系之一，成为后来西方文学取之不尽的源泉和营养，对于西方文学的发展起到重要的作用。

同时从文化学的意义上看，与东方一些民族的神话相比，希腊神话的一个显著特点就是谱系分明，这一点主要应该归功于黑暗时代末期的游吟诗人赫西俄德（约前750—前700）。他在《神谱》这首长诗中，把民间流传的纷繁凌乱的原始神话整理为具有内在一致性和连贯性的神话体系，将一副清晰明白的神族血缘系谱和人间英雄根源呈现在后世人们的眼前。这具有两方面的重要意义。一方面，通过神系的生殖原则，反映了一种朴素的宇宙起源论和自然演化观。从最原始的地母该亚到宙斯，绝大多数神都象征着某种自然现象，如天神、地神、海神、河神、雷电之神，到以宙斯为首的奥林匹斯神族中，神脱离了自然性而获得了社会性，产生了诸如战争之神阿瑞斯、商业之神赫尔墨斯、爱与美神阿芙洛狄忒、法律赋予者和智慧女神雅典娜等。通过神系的生殖原则来说明宇宙起源和自然演化过程的神话思维图景，构成了哲学和科学产生之前人们惯常的世界观。它蕴含着一种以自我否定为动力的进化思想。另一方面，从《神谱》中可以看到，希腊神王的更迭是通过一种自我否定的暴力方式实现的。老一辈的神王生下儿子并囚禁或吞噬他们，幸免于难的儿子，在母亲的支持下起来反抗父亲并取代他们的权威。这种维持神系更新和发展的自我否定机制使希腊神话表现出一种新陈代谢的社会进化思想，而在背后决定着诸神的兴衰泰否的就是那个不出场的"命运"。这种通过命运的看不见的手来实现神系更迭和自然进化的思想构成了希腊神话中最深刻的内涵，同时也成为整个西方文化在漫长历史进程中不断实现自我否定和自我超越的形而上的动力。

二 荷马史诗（生命的华章）

荷马史诗是相传由古希腊盲诗人荷马创作的两部长篇史诗《伊利亚特》和《奥德赛》的统称。两部史诗都分成 24 卷。这两部史诗最初可能只是基于古代传说的口头文学，靠着乐师的背诵流传。荷马如果确有其人，应该是将两部史诗整理定型的作者。

《伊利亚特》叙述希腊联军围攻小亚细亚的城市特洛伊的故事，以希腊联军统帅阿伽门农和勇将阿喀琉斯的争吵为中心，集中地描写了战争结束前几十天发生的事情。希腊联军围攻特洛伊十年未克，而勇将阿喀琉斯愤恨统帅阿伽门农夺其女俘，不肯出战，后因其好友战死，乃复出战。特洛伊王子赫克托耳英勇地与阿喀琉斯作战身死，特洛伊国王普里阿摩斯哀求讨回赫克托耳的尸体，举行葬礼，《伊利亚特》描写的故事至此结束。

《奥德赛》叙述伊萨卡国王奥德修斯在攻陷特洛伊后归国途中十年漂泊的故事。它集中描写的只是这十年中最后一年零几十天的事情。奥德修斯受神明捉弄，归国途中在海上漂流了十年，到处遭难，最后受诸神怜悯始得归家。当奥德修斯流落异域时，伊萨卡及邻国的贵族们欺其妻弱子幼。他们向其妻皮涅罗普求婚，迫她改嫁，皮涅罗普用尽各种方法拖延。最后奥德修斯扮成乞丐归家，与其子杀尽求婚者，恢复了在伊萨卡的权力。

史诗的主题思想是歌颂氏族社会的英雄，因而只要代表氏族理想的英雄，不管属于战争的哪一方，都在歌颂之列。《伊利亚特》的基调是把战争看成正当、合理、伟大的事业，但同时又描写了战争的残酷、给人民带来的灾难、人民的厌战反战情绪，并通过英雄们的凄惨结局，隐约地表达了对战争的谴责。《奥德赛》是歌颂英雄们在与大自然和社会做斗争中，表现出的勇敢机智和坚强乐观的精神。因此荷马史诗也可看作古代希腊从氏族社会过渡到奴隶制时期的一部社会史、风俗史，具有很高的历史、地理、考古学和民俗学价值。

另一方面，就包括荷马史诗在内的希腊英雄故事而言，它们通过对英雄们的赞美来赞美人的生命的高贵与不朽，达到了对人的必死性的突破和对人生意义的充分肯定，也为希腊人指明了生存的方向。尽管希腊人赋予神以人形与人性，但他们又非常清楚神与人的界限，非常清楚人的必死性。赫西俄德描写混沌神在生出大地神该亚之后，又生出地狱之神塔耳塔洛斯和爱神厄罗斯，爱与死同时呈现于这个世界，创造与诞生同时也意味着毁灭与死亡，只有不死的神与神子能够超越。希腊神话中有这样一则故事，以巨富著称的佛律葵亚国王弥达斯曾经请教聪明的林神西勒诺斯："对人而言什么是最好最妙的东西？"后者是酒神的养育者和教师，他在弥达斯的一再追问下才说："可怜的浮生呵，无常与苦难之子，你为什么逼我说出你最好不要听到的话呢？那最好的东西是你根本得不到的，这就是不要降生，不要存在，成为虚无。不过对于你还有次好的东西——立刻就死。"在《伊利亚特》中，宙斯亲口说出这样的话："在大地上呼吸和爬行的所有动物，确实没有哪一种活得比人类更艰难。"（《伊利亚特》，罗念生、王焕生译，人民文学出版社1994年版，第461页。）在这种认识下，生存还有什么意义？不过，希腊人并没有悲观地退却，他们与崇拜亡灵并梦想死后重生的埃及人不同，反而以重视生命的姿态再次表现了对生与死的辩证理解。重视生命不是设法使生命延长，而是知道如何把握自己的生命，并使生命转化为一种不灭的价值。阿喀琉斯罢战后知道自己面临两种命运，一是回家颐养天年，二是留下来战死沙场但名声不朽，他选择了后者。当母亲对他说如果他杀死赫克托耳他的死期也就将至时，阿喀琉斯回答："我随时愿意迎接死亡，只要宙斯和其他的不死的神明决定让它实现。强大的赫拉克勒斯也未能躲过死亡……如果命运也对我这样安排，我愿意倒下死去，但现在我要去争取荣誉。"（《伊利亚特》，罗念生、王焕生译，人民文学出版社1994年版，第479—480页。）阿喀琉斯蔑视死亡，因为他要自觉地以生命中获取的荣誉和不朽的声名来战胜死亡。

英雄们的故事反映了希腊人对勇武、坚强、正义以及强烈的责任感、荣誉感等人身上所具备的优秀品质的推崇与称颂。正是从这些品质中，他们领会到了作为人的高贵与伟大以及生命的意义所在，英雄成为他们人生的榜样，从而造就了这个追求卓越的民族。就像荷马史诗中格劳科斯所说："要永远成为世上最勇敢、最杰出的人"（《伊利亚特》，罗念生、王焕生译，人民文学出版社1994年，第155页）。可以看出，希腊人的英雄崇拜已经超越了祖先崇拜，成为一种个体化的崇拜形式，它是对生命之不朽与高贵性的崇拜，并把这种崇拜纳入每个个体的精神追求之中。他们之所以把英雄视为半神，就在于英雄意味着对普通生命状态的超越，在于从人向神的自我提升。既肯定人的原欲，又肯定人的超越性，这是古希腊文学迥异于同时期其他民族文学的根本特征。

希罗多德在谈到希腊人与蛮族人道德追求的区别时说，希腊人的幸福不像蛮族人那样理解为占有很多东西，享受许多快乐，而是追求高贵地生活、高贵地行动、高贵地死去，哪怕他一生没有享受王公的奢侈。其中，在战场上战死得到的荣誉，希腊人尤为看重，视之为美好的死，幸福的结局。一个人只有得到幸福的结局，方才可说是幸福的人。在荷马史诗这种幸福运观念与光荣追求中，我们感受到希腊伟大人格的担当勇气、庄严气慨与豪迈气派。希腊传统文学中这种一以贯之的人性自我完善追求，在追求超越自然生命的高贵行动意义上，在人性于文明生活中的自我完善意义上，使《伊里亚特》超越一般战争故事，体现了荷马史诗时期人本主义在人格精神方面的伟大超迈。

这典型地体现在阿喀琉斯形象中，英勇而任性的阿喀琉斯是一个敢怒敢骂、敢哭敢笑，充满丰富人情人性，同时又具有普通人的缺点、弱点的"人化"英雄。相对来说，印度史诗中的腊玛王子充分体现了东方"神化"英雄的特点。腊玛是天神毗湿奴的化身，忠孝的典范，在他逆来顺受执行父王不公正命令而被流放森林时，既没有犯下不忠不孝的错误，也没有一丝一毫的情感波动，高大完美，无可指责。而阿喀琉斯虽然英名远扬，却意气用事，置联军胜败于不顾，拒不出战，后来又任性到残暴的程度，对赫克托耳尸体施加报复以致激怒众神。而且，受到委屈不公的他像个孩子似地向母亲哭诉,见到特洛伊老国王他又感伤了一番。从文化精神角度看,阿喀琉斯性格的丰富性、复杂性,体现了荷马史诗时期人本主义对人的全部属性本身的肯定。荷马史诗以人的光荣为核心,以常人的人情人性之全部来塑造英雄。阿喀琉斯是荷马史诗时期人本主义文化精神塑造的"人化"英雄。后来的智者学派提出的"人为万物的尺度",在肯定人本身意义上与荷马史诗"人化"英雄存在某种程度的相通。

在中国以仁为核心的儒家文化中,从来就不曾不加区分地肯定人之所有性情,而只推崇与仁爱之心相通的恻隐、羞恶等善情,有条件地肯定常人的饮食男女。人的七情六欲,只在自然生化意义上肯定为善情;淫乱、巧取豪夺、嫉妒憎恨等则被视为恶情恶习。由于儒家文化认为人性本善,既不像荷马史诗那样肯定人的全部性情,也不像古希腊道德哲学那样以理性克制非理性,而是讲求"朝闻道,夕死可矣"(《论语·里仁》),"君子食无求饱,居无求安"(《论语·学而》)。

作为古希腊最早的文学,荷马史诗具有较高的文学成就。

第一,史诗规模宏大,结构完整,剪裁得当。两部史诗跨越的时间大约都是十年,却都没有按时间顺序描写。《伊里亚特》从战争结束前51天写起,重点描写只有4天,选取了最能表现作品精神的重点情节,对战争的起因及过程的叙述采取倒叙和插叙方式加以补充。并且以阿喀琉斯的两次愤怒为情节枢纽,第一次拉开战争帷幕,第二次战机急转直下,情节环环紧扣,使整部作品构成一个有机整体。《奥德赛》则集中描写了最后42天,尤其是最后5天的情节,十年的经历是通过奥德修斯向菲克斯国王叙述出来的。而且首次出现了双线结构,即以奥德修斯及其同伴的海上经历为主线,以家里妻子和儿子的情况为副线,最后两线交织,这对后世的文学有很大影响。

第二,塑造了一系列古代英雄的形象。这些英雄既有共性,又有个性。例如阿喀琉斯与赫克托耳,同样勇武善战;然而赫克托耳是为了特洛伊人、父母妻儿而战,具有较强的集体观念,行为较理智,而阿喀琉斯则是为自己的友谊和荣誉而战,带有强烈的个人情绪,骁勇而任性。前者有一种深沉的责任感,后者则有一种烈火般的蛮劲。

第三，生动、准确、富于形象性的语言，具有民间头口文学的特征。尤其是其中"荷马式的比喻"，例如："赫克托耳的儿子，可爱得像颗流星似的"、"哗啦一声，黑夜就盖上了他的眼睛"（比喻死）、"曙光踮着她的猩红的脚趾偷偷走近他们"（比喻黎明的到来）、"在他的胸膛里种进了一个苍蝇的勇气"（比喻勇敢）等。

三 希腊戏剧（不可抗的命数）

世界上戏剧发展得最早的是古希腊，古希腊的戏剧起源于公元前7世纪，兴盛于公元前5世纪，衰落于公元前4世纪。

古希腊的戏剧起源于酒神祭祀，希腊的气候适宜种植葡萄，希腊人以之酿酒，所以，对酒神狄奥尼索斯很崇拜，每年春播季节都要举行隆重的祭祀活动。人们身披羊皮头戴羊角，装扮成酒神的侍者半人半羊的萨提罗斯，组成50人合唱队，边歌边舞。悲剧就从酒神颂歌中发展而来，因此"悲剧"一词"tragedy"，意为"山羊之歌"；喜剧从其中的狂欢歌舞和滑稽表演发展而来，因此"喜剧"一词"comedy"，意为"狂欢游行之歌"。

古希腊的悲剧、喜剧有一个长期的发展和演变过程，开始作为颂歌时较简单，由合唱队长讲述有关酒神的故事，合唱队则一面唱赞美酒神的颂歌，一面跳简单的舞蹈，后来歌队出现了一个表演者，他所讲的故事扩大到酒神之外的神话，并与合唱队有问有答，作为戏剧基础的"对白"产生，戏剧雏形基本形成。据说把第一个演员介绍到歌队的诗人是忒斯庇特；接着埃斯库罗斯将第二个演员介绍到歌队，这样表演就有了冲突的人物性格，同时埃斯库罗斯将歌队削弱，突出对白，戏剧性更加鲜明了；索福克勒斯把第三个演员介绍到歌队，对话和剧情进一步复杂化，悲剧艺术更加完美了。这时悲剧演员基本定型不再增加，而歌队不断减少至12—15人。

希腊的戏剧演员戴着面具，穿着高底靴，轮流扮演剧中人物。一般悲剧结构分为四部分：首先是介绍剧情的"开场白"；其次是合唱队的"进场歌"；再次是剧本的核心，由戏剧场面（3—5个）和"合唱歌"

交织穿插；最后"退场"。歌舞、道白始终结合，道白的地位更重要，结构完整严密。

悲剧的题材开始仅限于对酒神的歌颂，后扩大到神话和英雄传说，很少取材于现实。所有流传下来的悲剧只有一部《波斯人》与现实生活有关。埃斯库罗斯曾说悲剧"只不过是荷马宴席上的碎片"，但在这些神话和传说中被赋予了现实意义。

古希腊悲剧的概念与今天有出入，它主要不在于"悲"，而在于"严肃"。按亚里士多德的看法，悲剧是对严肃、完整，有一定长度的行动的摹仿。悲剧的主人公多是英雄，他们与命运抗争而导致了自身的毁灭，引起观众的怜悯、恐惧，从而使自己的感情得到宣泄、净化和陶冶。这反映了希腊人对悲剧的社会功能的认识。

喜剧出现得比悲剧晚，繁荣于雅典城邦发生危机的时代，所以希腊早期喜剧多为政治讽刺剧和社会问题剧。它取材于当代的现实生活，从戏剧情节、人物形象到台词、动作都夸张、滑稽，甚至有些荒诞粗野，但有些也表现了严肃的主题，反映了社会生活的本质。

希腊的戏剧在雅典全盛时期达到高峰，涌现出一大批优秀的戏剧家，流传至今的是三大悲剧诗人埃斯库罗斯、索福克勒斯、欧里庇德斯和著名的喜剧诗人阿里斯托芬。

埃斯库罗斯（前525？—前456），希腊悲剧的创始人，被称为古希腊的"悲剧之父"。他生活在雅典民主制成长时期，出身贵族，但拥护民主派。据传埃斯库罗斯共写了70部悲剧和笑剧（一说90部），今天留下来的只有7部完整的，有《被缚的普罗米修斯》《俄瑞斯忒亚》等。他的创作反映了雅典民主制建立时期的社会情况。他第一个在悲剧中采用"三联剧"的形式，《俄瑞斯忒亚》就是唯一一部完整的"三联剧"，由相对独立又互相关联的三部戏剧《阿伽门农》《奠酒人》《报仇神》组成。

代表作《俄瑞斯忒亚》悲剧的主题是古希腊文学常有的命运主题。俄瑞斯忒亚是阿特柔斯王室的后裔，拥有和世界上不断繁衍的其他家族一样的被玷污的血统。该家族的创立人坦塔罗斯，由于无法估计的神秘原因，杀了自己的儿子，将他煮成汤，供奉神灵品尝，血统的堕落自此嵌入该家族。到了坦塔罗斯的玄孙俄瑞斯忒斯成年时，家族内的强奸、乱伦、手足相欺和骨肉相残已经造成了这个家族一定程度的内部混乱。戏剧开始于俄瑞斯忒斯的父亲阿伽门农率领希腊联军在特洛伊战争中的获胜，但是，胜利却是以向神献祭他自己的女儿为代价的。他的妻子克吕泰涅斯特拉发誓为女儿复仇，不久她杀死了凯旋的阿伽门农。这让俄瑞斯忒斯陷入困境：一方面他爱自己的母亲，另一方面他又要为父复仇。后在阿波罗的敦促下，他还是杀死了母亲，并在复仇女神的追逐下逃离。最后俄瑞斯忒斯按照太阳神的指令请求雅典娜帮助，当他被复仇女神诉诸法庭，经法庭审判定罪票与赦罪票持平时，雅典娜投了关键的一张赦罪票而使他得救。

埃斯库罗斯深刻地表明在强大的命运之神的操控下，没有绝对的善或恶，"对"往往孕育着"错"，"错"也常常具有"对"的理由。生活的艰难或许并非因为人们难以从善，而是因为他们常常无法避恶。作为联军统帅，阿伽门农为了维护全军的利益，并尊崇宙斯的意志，他有理由杀死自己的女儿；作为女儿的母亲，克吕泰涅斯特拉也有理由报复丈夫的"恶行"；作为两人的儿子，俄瑞斯忒斯必须在两种"对"中做出选择，而不论哪种选择，结果都导致恶。这正如黑格尔所说，希腊悲剧的精髓，在于戏剧化地突出了道德力量局部的"对"与"对"的冲突。

埃斯库罗斯的悲剧人物有理想化的性格，形象高大而单一，性格缺乏发展；悲剧场面恢宏，气势庄严，但结构简单、松懈，缺乏戏剧性。

索福克勒斯（约前496—前406）曾被史学家誉为"戏剧艺术的荷马"，雅典奴隶主民主制繁荣时期的诗人。出身工商业主家庭，政治上属温和的民主派，与民主派领袖伯里克利交情颇深，积极参与雅典的政务。性情温和、虔诚，富有诗才，28岁时在戏剧比赛中击败埃斯库罗斯，一生得头奖24次，是得奖最多的戏剧家。他笔耕不辍，有剧本120余部，现存7部悲剧，其中《俄狄浦斯王》是其代表作。

《俄狄浦斯王》取材于古老的传说，俄狄浦斯承受先人的罪恶，命中注定他将犯弑父娶母之罪。他的父母忒拜国王拉伊奥斯和王后约卡斯塔得到神谕，为了逃避命运，将他丢弃在野外等死。然而奉命执行的牧人心生怜悯，偷偷将婴儿转送给科林斯的国王和王后，由他们当作亲生儿子一样抚养长大。俄狄浦斯长大后，因为德尔菲神殿的神谕说，他会弑父娶母，不知道科林斯国王与王后并非自己亲生父母的俄狄浦斯，为避免神谕成真，便离开科林斯并发誓永不再回来。俄狄浦斯流浪到忒拜附近时，在一个岔路上与一群陌生人发生冲突，失手杀了人，其中正包括了他的亲生父亲。当时的忒拜被狮身人面兽斯芬克斯所困，因为他会抓住每个路过的人，如果对方无法解答他出的谜题，便会被撕裂吞食。忒拜为了脱困，便宣布谁能解开谜题，从斯芬克斯口中拯救城邦的话，便可获得王位并娶国王的遗孀为妻。后来正是俄狄浦斯解开了斯芬克斯的谜题，解救了忒拜。他也继承了王位，并在不知情的情况下娶了自己的亲生母亲为妻，生了两子两女。后来，受俄狄浦斯统治的国家不断有灾祸与瘟疫，国王因此向神祇请示，想知道为何会降下灾祸。最后在先知提瑞西阿斯的揭示下，俄狄浦斯才知道他是拉伊奥斯的儿子，终究应验了他弑父娶母的不幸命运。震惊不已的约卡斯塔羞愧地上吊自杀，而同样悲愤不已的俄狄浦斯痛恨自己的眼睛竟然看到这样一幅景象，于是刺瞎了自己的双眼，自我流放。

悲剧的主题，依然是人与命运的冲突。首先表现出命运的不可抗拒。俄狄浦斯本是英雄和贤明而正直的君王，早先为忒拜人除害，后来为解除瘟疫而追查凶手，当发现凶犯竟是自己时也勇于承担责任。成为历史的罪人并非是他的意愿，相反，为逃避神所谕示的命运，他人为地付出了许多努力，然而他越是逃避，越是一步步地陷入命运的罗网中，这更加证明了命运的无可抗拒。其次作者也表现了人的尊严，俄狄浦斯坚决与命运抗争的意志，他崇高的道德，他正直品质，虽然无助于改变他的命运，但是显示了在命运或强权面前个体生命的尊严和意义。

《俄狄浦斯》取得了极高的艺术成就，被亚里士多德称为"最完美的悲剧"。首先是采用"锁闭式"结构，即在舞台上只演出事件的结果，再用追叙或插叙的方式将起因交代，这使戏剧情节集中，戏剧效果强烈。整部戏剧集中写俄狄浦斯追查凶手一事，从忒拜城被降瘟疫，俄狄浦斯追查凶手开始，运用了"发现"和"突转"两种艺术手段，使"悬念"层层抖开，产生了强烈的戏剧效果，而且增加了剧情的合理性、可信性，使戏剧具有惊心动魄之感。此外，将人物置于尖锐的冲突之中并通过对比的方法加以塑造,因而人物动作性强,性格突出。

由此可见,古希腊悲剧与近代悲剧的一个根本性区别就在于,在古希腊悲剧中,没有善与恶的明确区分和截然对立。这两种力量尚未分裂为外在性的对立,而是以一种原始的和谐状态出现在同一个人身上。一个悲剧人物的行为很难用通常的善恶标准来加以评判。在剧中,激烈冲突的也不是善与恶这两种对立的自由意志,而是自由意志与潜藏在它背后的决定论。不是一个人对另一个人的否定,而是自己对自己的否定。就此而言,希腊悲剧是一种更加深刻的悲剧,它不是把悲剧看作人滥用自由意志的结果,而是把它理解为人的自为存在(自由意志)与自在存在(命运)之间的一场不可避免的冲突,是人生的必然遭遇。

关于"命运"的朦胧意象是早期希腊文化中最深刻的东西,同时也是真正具有宗教性质的东西。罗素说:"在荷马诗歌中所能发现与真正宗教情感有关的,并不是奥林匹克的神祇们而是连宙斯也要服从的'运命''必然'与'定数'这些冥冥的存在。"([英]罗素:《西方哲学史》上卷,何兆武、李约瑟译,商务印书馆1963年版,第33页。)"命运"不仅是高悬在凡人和英雄头顶上的达摩克利斯之剑,而且连乌拉诺斯、克洛诺斯、宙斯这样的神灵也对此无可奈何。前面所讲的神系的更迭,说到底也是由命运所决定的,尽管他们采取了各种防范措施,但是命运仍然是无法改变的。在埃斯库罗斯的《被缚的普罗米修斯》一剧中,当歌队长劝告被缚的先知向宙斯泄露谁将取代他的统治,以免遭受皮肉之苦时,普罗米修斯就是这样回答的:"但是啊,支配一切的命运不容许有如此结果,我必须受尽屈辱,受尽千灾百难才能摆脱束缚;技艺的力量远远胜不过命数。"([古希腊]埃斯库罗斯:《普罗米修斯被囚》,灵珠译,载《俄瑞斯提亚三部曲》附录,上海译文出版社1983年版,第306页。)

作为感性世界背后的一种抽象的本质或规律,作为一种普遍性的东西,"命运"是建立在形象思维之上的,黑格尔指出,"命运"在希腊神话中是一种较高一级的东西,它对神和人都有约束力,但本身又是不可理解,不可纳入概念的。文学中这种扑朔迷离的决定性力量,只有在希腊哲学中才会以不同于神话表象语言的抽象语言得以明确表述,这就是希腊哲学所追问的世界本原或"逻各斯"。

希腊悲剧表现了一种庄严而神圣的命运主题,它的基调是悲壮而崇高的,但是这种对神圣命运的敬畏到了数十年以后,就被日益兴起的怀疑主义思想所冲淡。因此,在希腊第三大悲剧家欧里庇德斯的作品中,悲剧的根源越来越多地被归结为人性本身的弱点,而不再是神秘而不可知的命运。

欧里庇德斯(前486—前406年)与索福克勒斯几乎同时代,出身贵族,拥护民主制,早年热衷于研究哲学,晚年反对雅典当局暴政,70高龄遭到流放直至去世。他的悲剧反映了雅典民主制危机中的社会现实和思想意识,表现出对神谕的正确性的怀疑,甚至不再相信有神论,而将注意力放在对人性的危险性的思考上。据传有戏剧作品92部,流传至今的有18部,得过5次头奖。

现存18部作品中有12部是妇女问题剧(家庭问题剧),他是该剧种的创始人。随着私有财产增加和家庭的确立,妇女地位每况愈下,欧里庇德斯同情妇女,描写妇女的反抗,被称为"舞台上的哲学家"。

代表作《美狄亚》取材于神话中的英雄传说,在传说中伊阿宋是令人敬爱的英雄,在科尔喀斯公主美狄亚的帮助下,取回金羊毛,并娶美狄亚为妻。而《美狄亚》一剧则着重描写伊阿宋回国后为个人前途另寻新欢的故事。他与美狄亚取得金羊毛来到科林斯后,生养了一对儿女。不久,伊阿宋为了前途想要抛弃美狄亚,与科林斯的公主结婚,而美狄亚将被国王驱逐出境。美狄亚怒火中烧,决心报复。她先是用计杀死国王和新娘,后亲手杀死了她与伊阿宋的一双儿女,最后乘龙车离去。

悲剧表现了对妇女被压迫的现实的批评;同时揭示了人性的脆弱,人们常常屈从于欲念的驱使,被自己的激情折磨得死去活来。这不是命运的悲剧,而是现实的悲剧、人生的悲剧。

欧里庇德斯在戏剧艺术方面的贡献,首先在于写实手法。他的创作标志着旧的英雄悲剧的终结,现实问题和日常生活的人成为作品的描写内容,《美狄亚》虽也取材于神话,但很接近现实,并且出于现实的需要做了某些改动,目的是反映现实人生的问题。

其次善于心理描写,尤其是对妇女的心理表现得非常细腻,被称为

"心理戏剧之鼻祖"。

最后,他创造出一种新型悲剧,即在悲剧中出现浪漫情调和闹剧气氛,把悲剧性和喜剧性结合起来,后人称之为"悲喜剧"或"正剧",为以后的"新喜剧"开辟了道路。

阿里斯托芬(约前446—前385年)是富有人道理想和批判精神的古希腊最杰出的喜剧家。他写过44部喜剧,现存11部。他的作品开阔地展现当时希腊的政治、经济与思想文化各领域的生活画面,以嬉笑怒骂之笔针砭时弊、剖示危机,表达社会理想。他在《阿卡奈人》中批判雅典和斯巴达争霸的伯罗奔尼撒战争,提倡诸城邦和平相处的泛希腊爱国主义。在《骑士》中他猛烈抨击当权政客克莱翁借"民主"之名煽动战争、玩弄权术、图谋私利,主张将"德谟斯"(人民)"重新煮一煮",以求恢复从马拉松之战至伯里克利时代的温和民主政治。在战争末期和战后,他在《鸟》中以动物喜剧的方式,提出建立一个无压迫、共劳动、平等生活的理想国。在《财神》中他深刻揭露了财富分配不均、贫富急剧分化的严峻社会矛盾,主张实行社会改革,废除私有财产,这是西方最早的"大同"思想。阿里斯托芬以讽刺谑评的笔锋,解剖现实社会生活相当深刻,据说柏拉图曾将他的剧本送给叙拉古王狄奥尼修斯,认为从中可了解雅典社会实情。他的喜剧既有对恶人、蠢材的嘲弄,也有对和平、勤劳、善良人性与美好理想的歌颂。海涅说他的喜剧像童话里的一棵树,树上有思想的奇花开放,有夜莺歌唱,也有猢狲爬闹喧笑。

第二章

古罗马文学

第一节 古罗马文化

罗马从建立、鼎盛再到衰落，经历了一千多年，它是古代西方时间跨度最长、疆域面积最广的帝国型大规模奴隶制国家。按照发展阶段的特征，可将罗马的历史分为王政时期、共和时期和帝制时期。王政时期罗马处于从原始氏族社会末期向奴隶制小国转变的时期；共和时期和帝制时期又可细分为前期和后期，整个共和时期平民、奴隶与元老贵族之间矛盾尖锐，起义不断；帝制前期经济、政治、文化繁荣，是罗马帝国的鼎盛时期，但帝制后期罗马陷入危机，最终走向灭亡。

一 历史背景

意大利位于地中海中部，是一个靴形半岛。亚平宁山脉纵贯全境，东濒亚得里亚海，南临爱奥尼亚海，西接第勒尼安海。意大利可以分为北意、中意和南意三个部分。北部是土地肥沃的冲积平原，其西北面高耸的阿尔卑斯山既是与欧洲大陆腹地隔离的天然屏障，又是内陆民族向南迁徙和入侵的门径。中意由三个平原组成，台伯河和亚诺河贯穿其间，罗马就位于台伯河畔。南意起于以维苏威火山为中心的坎佩尼亚平原，直至隔海相望的西西里岛。

意大利属于典型的地中海气候，温和湿润，河流纵横，土地肥沃，南意有丰富的火山灰为肥源，西西里岛是有名的天然谷仓，山区草地适合放牧。意大利绵延的海岸线虽然很长，但是大多平直，良港较少，加之沿海岛屿不多，所以航海条件不如希腊优越，以农立国成为意大利的经济特色。

（一）罗马的起源

时间	文化阶段	文化成果
前20世纪	特拉玛文化	印欧语、青铜文化
前1000年	维兰诺瓦文化、亚平宁文化	铁器文化
前8世纪—前6世纪	希腊殖民时代	罗马在源头上是希腊的后继者
前7世纪	拉丁氏族部落	罗马建城

据考古，早在旧石器时期、新石器时期，意大利半岛就有居民。公元前20世纪，一支操印欧语的部落越过阿尔卑斯山进入意大利，创造了青铜文化——特拉玛文化，本土居民则创造了青铜时代的亚平宁文化。公元前1000年起，发展为以维兰诺瓦文化和亚平宁文化为代表的铁器文化。到公元前8世纪至前6世纪，希腊人在南意建立了很多殖民城邦（如克罗顿、塔林顿），使希腊和意大利较早有了经济联系和贸易往来，希腊的政治制度、工艺技术以及精神文化也随之传到意大利，罗马文化在源头上成为希腊文化的后继。

罗马在公元前7世纪原只是一个拉丁氏族部落的聚居地，尚未形成城邦。传说罗马人的始祖埃涅阿斯是希腊神话中爱神维纳斯所生的特洛伊城王子，特洛伊城沦陷以后，他背着父亲，携妻儿逃跑，几经曲折逃到意大利，成为拉维尼亚城的国王，此后王位世袭。后来阿穆略篡夺其兄努弥托的王位，并将努弥托的女儿送入维斯太庙做祭司以使其终身不嫁，不料战神马尔斯却与之结合使她生下了一对孪生兄弟，阿穆略遂遣一仆人将这对婴儿投入台伯河，一头母狼将其救起并以奶喂养，后牧人夫妇又将他们收养成人，取名为罗慕洛斯和勒摩斯。兄弟两人长大后推翻阿穆略的统治，并将王权交还给外祖父努弥托，回到台伯河畔建立新城。后罗慕洛斯杀死勒摩斯自立为王，并将新城命名为罗马。公元前7世纪末，大批伊特鲁里亚人迁居罗马，在他们文化的影响下，罗马建立了塔克文王朝，农业、手工业、商业等迅速发展，公元前6世纪开始大兴土木，建神庙，筑城墙，造房屋，开辟广场，铺设街道等。罗马面貌焕然一新，成为真正的城市。

罗马从一个拉丁小邦逐步强盛，统一意大利，称霸地中海，继而又吞并希腊文化形成一种包容的、多元的、有自身特色的罗马文化，这在世界历史上是一个奇迹。法国启蒙思想家孟德斯鸠曾认为，罗马成为世界霸主的重要原因是"永远是处于战争状态，而且这些战争又永远是激烈的战争"（［法］孟德斯鸠：《罗马盛衰原因论》，婉玲译，商务印书馆1993年版，第5页）。的确，和世界上其他文化相比，罗马文化的崛起和兴盛始终与军事征服密不可分。相对于希腊来说，意大利半岛更容易遭受敌人入侵，因此以武力占据了这块土地的罗马人似乎从一开始在意大利定居下来就热衷于军事活动，用它来捍卫自己的征服成果，抵御其他民族的入侵。但如果把罗马文化得以确立的主要原因仅归于战争，却有失偏颇。实际上，罗马文化的发展始终贯穿着两条线，一条是其内部的制度变革，另一条是对外征服和扩张。二者相辅相成，顺应发展帝国型大规模奴隶制社会的要求。根据这两条线索，我们可以将罗马的文化演进分为王政时期、共和时期和帝制时期。

（二）古罗马发展经历的三个时期

时期	时间	历史事件
王政时期	前8世纪—前510年	国王拥有绝对权力 图里乌斯改革：拆毁种族血缘，壮大公民力量
共和时期	前510—前28年	布匿战争：获得地中海霸权 斯巴达克起义：打击贵族势力 前三头：恺撒、庞培、克拉苏 后三头：屋大维、安东尼、雷比达
帝制时期	前28—公元476年	前28年，屋大维称"奥古斯都" 476年，西罗马灭亡

1. 王政时期（公元前 8 世纪—前 510 年）

王政时期先后经历从罗慕洛斯到塔克文·苏佩布七代国王，前四代国王实行氏族社会末期的军事民主制，但随着伊特鲁里亚大批的贵族、商人、奴隶主进入罗马，在伊特鲁里亚人塔克文·普里斯库斯（老塔克文）等后三代国王的统治下，罗马逐渐向奴隶制国家转变，王权真正建立，国王拥有军政、司法、财政、宗教等各方面的绝对权力。

塔克文王朝时期奴隶制经济发展，社会严重分化，贵族侵占了大量公共土地，垄断元老院和其他公职，成为具有特权的等级。中下层人民地位低下，外来移民和被释放的奴隶构成的平民数量增加，他们几乎没有任何权利，与贵族的矛盾日渐尖锐。于是，公元前 6 世纪中叶塞维·图里乌斯（第六代国王）实行改革。改革拆毁了种族和血缘关系的藩篱，壮大了罗马公民集体的力量；公民获得了一定的权利，但大权依然掌握在元老院、贵族手中。所以，平民与贵族之间的矛盾并未真正缓和，王政时代最终在双方的斗争中走向没落。

2. 共和时期（公元前 510—前 28 年）

公元前 510 年罗马公民驱逐了暴君小塔克文，建立了共和国，从这时到公元前 146 年布匿战争结束，是罗马共和时代的前期。废除王政后，执政官拥有最高的统治权，元老院的人数剧增，成为贵族势力的堡垒，所以罗马共和国实际上是贵族共和国。贵族垄断经济、政治特权，侵占大量的土地，平民负债破产，被迫沦为债务奴隶，平民和贵族阶层之间的斗争日益尖锐，起义冲突不断，通过一系列斗争，平民获得了有限的权利，一定程度上缓和了阶级矛盾，有利于奴隶制经济的发展，罗马的实力得到壮大，开始对外扩张。罗马先后征服了意大利半岛和地中海地区；为扫除称霸障碍，又三次发动与北非大国迦太基的布匿战争，最终取得胜利；之后，又发动马其顿战争和叙利亚战争，控制了地中海东部，彻底征服了希腊化世界。通过掠夺大量财富、土地、奴隶，罗马从国内奴隶制发展成为帝国型大规模奴隶制，它的形成方式和本质与希腊的城邦奴隶制有明显的区别。

公元前 146 年至公元前 28 年，是罗马共和时代的后期。这一时期，奴隶和奴隶主、小农和大土地主、罗马和被征服区、统治阶级内部元老贵族和控制金融的骑士阶层之间矛盾错综复杂，日趋尖锐。小土地者维护权利的起义与奴隶不堪酷虐的起义风起云涌。公元前73年至公元前71年爆发了大规模的斯巴达克起义，虽然起义最终以失败告终，但沉重打击了奴隶制，骑士和平民联合反抗元老的态势日益明显，促成帝制取代共和制的历史转变。

3. 帝制时期（公元前28—公元476年）

公元前28年屋大维确立"奥古斯都"的统治至公元2世纪末安敦尼王朝结束，前期帝制处于鼎盛时期。

恺撒、庞培、克拉苏"前三头"的结盟，最终导致了恺撒的军事独裁统治。恺撒被元老院贵族势力暗杀之后，又有屋大维、安东尼、雷比达"后三头"结盟，最终屋大维于公元前30年在阿克兴海战中大败安东尼和其海外情侣埃及艳后的军队，次年进攻亚历山大，至此，希腊化世界中唯一保持独立地位的埃及也并入罗马的版图。屋大维被授予"最高统帅"和"奥古斯都"（神圣、庄严、伟大的意思）的尊号。他统治期间，罗马政治稳定、经济繁荣、文化昌盛，处于黄金时代。安敦尼王朝统治期间为"白银时代"。尤其是图拉真在位期间，他体恤民情，救济劳苦民众，平民享有较多权利，罗马的版图也扩大到最大，政治、经济繁荣昌盛。

从安敦尼王朝末帝康茂德被近卫军所杀起，后期帝制时代的罗马进入全面危机而最终衰落。专制政治腐败，隶农沦为奴隶，内外矛盾激化，农业、手工业萎缩，财源枯竭，政局混乱，奴隶起义不断，整个国家处于动荡之中。到公元5世纪，整个罗马呈现一派没落景象。加之北方日耳曼人、匈人的入侵，终于在公元476年，日耳曼将军奥多亚克废黜罗马末帝，正式宣告西罗马帝国灭亡。而具有自身特色的东罗马帝国（拜占庭文明），直至公元1453年才被土耳其人灭亡。

二 文化特征

早期罗马文化部分承接了伊特鲁里亚文化，此外，南意地区的希腊城邦文化对北意和中意都有直接影响；罗马征服希腊之后，大量的希腊艺术品、文学、哲学、科学成果等进入罗马；在共和时代向帝制时代转变之际，罗马元老西塞罗更是将传播、吸收希腊文化引向更大的规模和更深的层次。所以贺拉斯说，罗马征服了希腊之后，却在文化上被希腊所征服。罗马文化对希腊文化的继承是有据可循的，我们从罗马的拉丁字母来自希腊字母，罗马神话与希腊神话对应相似（如朱比特即宙斯、弥涅尔瓦即雅典娜、维纳斯即阿芙洛狄忒）可见端倪。

但是，罗马文化建立在帝国型大规模奴隶制基础之上，与希腊城邦奴隶制有着本质的区别，因此，罗马文化并非简单照搬希腊文化，它在文学、艺术、科技、哲学、宗教等诸方面均有自身的特点。

1. 大陆文化与英雄主义精神

尽管罗马文化与希腊文化有着一脉相承的沿袭关系。但是在这两种文化之间却存在着巨大的差异。古罗马的发源地亚平宁半岛气候温润，土地肥沃，适宜种植橄榄和葡萄；火山灰覆盖的山间草场丰美，适宜放牧。而历史上指称的罗马人并不是由当地土著自然演化而成，而是由几种外来民族同化当地土著形成的。这些外来民族主要有四种——拉丁人、伊特鲁里亚人、高卢人和希腊人，其中尤以前两者居多。拉丁人和伊特鲁里亚人均属内陆民族，主要以牧耕方式生活，他们勇敢、坚韧，具有较强的集体意识；同时与文雅的希腊人相比，又具有粗鄙和蒙昧的性格特点。他们崇尚武力，追求社会与国家、法律与集权的强盛与完美，富于牺牲精神和责任观念。凭借自己的军事力量和团结精神创造了横跨欧、亚、非三洲的罗马帝国。

罗马不像希腊那样通过贸易来解决生计问题，而是用军事扩张的办法来解决。军队是国家的支柱，战争是国家最重要的行动方式，这种文明成长的逻辑就是靠人的品质、制度的激励实现资源的汲取。在古代，土地和人口是最重要的经济资源，罗马人大规模获取它们的办法不是开荒和殖民，而是战争。狂热的军国主义使得罗马人在这样的时期凝聚起空前的国家力量，罗马的军团将对手一个又一个地打败，帝国的城墙是由敌人的头骨组成的。战争机器不停地运转，一块又一块的殖民地落到了罗马的手中。到了公元 1 世纪的时候，罗马已经成了意大利当之无愧的霸主，甚至把地中海都变成了自己的内湖。

作为罗马人，为了国家利益和个人名誉不惜牺牲生命体现了一种英雄主义情怀，激励了一代又一代的西方人。共和时期常常可以看到为了政治理想和个人名誉而殉节的例子。在罗马人的词汇里，最可耻的字眼就是"叛徒"和"逃兵"。与其苟且偷生，不如杀身成仁，这是罗马人恪守的最基本的道德信念。士兵们在疆场上宁愿战死也不愿当俘虏，将军们往往在兵败后杀身成仁，政治家们则宁死也不放弃自己的原则。小马略为了重建父亲的大业与苏拉进行残酷的战斗，兵败后自杀，年仅20岁。不畏强暴的元老马可·伽图为了捍卫共和国的原则与大权在握的恺撒进行了不屈不挠的斗争，庞培兵败后，伽图也以身殉国。布鲁图为了共和国的原则刺杀了对他恩宠有加的恺撒，在大势已去的情况下杀身成仁。布鲁图生前对他的朋友说，即使是他的父亲重新回到人间，如果企图颠覆共和国的话，自己也会把父亲杀死。这种对祖国的至高无上的忠诚精神，正是罗马英雄主义的魅力所在。

2. 哲学的伦理化的思潮

希腊时代的伊壁鸠鲁派、斯多亚派、怀疑论派、雅典柏拉图学园派、亚里士多德主义的漫步学派的哲学思想延伸成罗马哲学的主要内容。其中斯多亚派的思想对罗马社会产生重要影响，罗马的斯多亚派哲学在一定程度上保留了希腊哲学的理性主义，但它不像希腊哲学那样注重思辨，而是注重社会实际运用。因此罗马的哲学高度伦理化，它不再关注自然哲学、逻辑学和知识论，而注重适应罗马帝国统治需要的社会伦理学和道德秩序的研究，与罗马法律相辅相成，成为罗马文化的理论核心内容。

顺应自然、服从天命和神，是斯多亚派哲学的基本原则。西塞罗认为伦理道德是法律的前提，"只有当我们解释了主要的和普遍的道德原则后，才能发现法与权利的真正基础"（西塞罗《法律篇》）。伦理的正义涉及人性，理性是人与动物的本质区别，存在于人类社会当中。西塞罗强调自然是正义的基础，正确的理性就是符合自然，是神、人之间的天然交流渠道。西塞罗使上帝和人得以通过"法"联系起来。上帝是自然法的制定者，这种符合自然、理性、正义的自然法适用于所有人。因此"法不是别的，就是正确的理性，它规定什么是善与恶，禁止邪恶"

（西塞罗《法律篇》）。西塞罗将伦理上的正当和法律上的权利结合起来，使法体现德性。自然法是一切人定法的基础，各种法律的制定必须遵循自然法的理性和正义，这样，人定的法律才能保障国家、人民的安全。西塞罗根据斯多亚主义的社会伦理学提出的自然法的观点被许多后世法学家奉为理论根据，对罗马的法制和法学的发展影响深远。

3. 法律文化的建构

随着罗马逐渐发展为古代世界最发达的奴隶制国家，面对错综复杂的社会矛盾和民族关系，罗马人崇尚以法治国，依靠建立法治秩序来维系庞大的帝国统治，所以历代统治者都注重法律、法规的制定。西塞罗曾说："因为法律统治执政官，所以执政官统治人民，并且我们可以说，执政官乃是会说话的法律，而法律乃是不会说话的执政官。"（西塞罗《法律篇》）

希腊早有梭伦立法和诸城邦的立法，但是零散不成系统，且缺乏法学根据，而罗马的法律从公元前450年制定《十二表法》到公元6世纪查士丁尼皇帝编成《民法大全》，经过千年的积累，已经达到一定的高度，其内容丰富，义理精深，成为古代奴隶制社会最为发达、完备的法律系统，法律文化达到古代世界的顶峰。罗马法内容丰富，既有适应奴隶制统治的特殊内容、规范一般经济社会关系的经典性法律，又有阐明家庭、婚姻、一系列买卖、合作和契约的原则。它们对后世影响深远，其中的很多内容被近现代国家借鉴和沿用。

值得注意的是，罗马法不同于古代其他法律，它有两个显著的特征。其一，罗马法是人定法而不是神意法。古代的其他法律总是披上神的外衣，如巴比伦的《汉谟拉比法典》宣称其条文出于太阳神之意，印度《摩奴法典》则宣称其根据摩奴神的旨意拟定。罗马法从宗教中分离出来，法律的适用对象是现实中的人，强调法律必须符合自然和人事，人是法律的制定者。其二，罗马法是以维护私有制为基础的最完备的法律形式，体现了商品经济的一般社会关系，独立于公法之上，这是罗马法的精髓所在。

4. 基督教兴起并取得"国教"地位

公元1世纪前期产生于罗马并逐渐壮大的早期基督教，是罗马文化中对后世影响较大的一个部分。中世纪文化和近代文化几乎都是围绕着世俗与基督教的斗争展开的。现在对世界有重要影响的天主教、新教和东正教也都是由早期基督教演化而来的。这里所说的早期基督教，指基督教自产生、传播直至国家地位和基本神学体系的确立，也就是罗马帝制时代的基督教。

基督教产生于罗马帝国统治时期的巴勒斯坦犹太人中间。公元前63年罗马攻占耶路撒冷，屠杀了大量的犹太人，侵占了巴勒斯坦地区。后扶植残暴的希律为国王，希律死后，罗马将巴勒斯坦地区分封给他的三个儿子。残暴的统治、血腥的虐杀，以及苛捐杂税导致大规模暴动，但最终都遭到残酷镇压和疯狂报复：圣殿被毁，大批犹太教徒被处死。基督教最初就是在下层民众反抗罗马帝国残暴统治中产生的犹太教的一个支派。

据《圣经》记载，基督教的创始人耶稣是童贞女玛利亚受圣灵感动受孕而生。耶稣30岁时在约旦河遇见一位先知，接受施洗，之后三年，他在加利利传道，医治病人，斥责贪婪、放纵的生活。33岁进入耶路撒冷，赶走圣殿内一切做买卖的人，最后被门徒犹大出卖并被钉死在十字架上。3天之后又复活，50天后向门徒显现，让他们去世界各地传道，告诉他们耶稣以自己的死为人类赎罪，人们要信奉上帝和耶稣才能得救。在门徒广泛的传教中，基督教这种新的宗教才逐渐形成。

耶稣并未意识到自己创立了新宗教，他只是接受犹太教的教仪和规则，注重用虔诚仁爱来补充犹太教的道德和律法。直到后来，传福音的范围扩大至希腊化的犹太人和外邦人，才称耶稣为"基督"。

基督教开始出现时受到打压。它反对罗马王权的宗教基础多神教，使得罗马皇帝长期猜忌、仇视基督教，指控它的教徒是无神论者，甚至是吃人肉，倡导淫乱、邪恶的败类。但是，基督教所宣扬的通过忍耐服从、精神忏悔、禁欲修身以求救赎灵魂而得永生的思想却符合统治者对庞大帝国多民族统治的需要。这种思想既可以宽慰生活在社会底层民众的心灵，又有利于统治者对广大民众进行有效的心灵控制，符合罗马帝国凭借神意维护专制王权的需要。因此，随着奴隶制危机的加深，不仅大量民众，甚至帝国的统治集团人员和知识界部分人士，也为寻求慰藉而纷纷入教,基督教逐渐在罗马广泛传播开来,并最终得到罗马帝国的承认。不久之后皇帝颁布法令,关闭一切异教(包括罗马多神教)的神庙,正式确立基督教为举国独尊的国教。从此,基督教成为罗马文化与中世纪文化和统治政权紧密结合的主流文化。

总的来说,罗马文化是欧洲奴隶制经济基础上的最后一种文化,但是,从时间上来说,它与西方其他古代文化相比,又是距离我们比较近的文化,它更贴近现代。那些认为罗马文化比希腊文化落后、逊色的见解并不确切,罗马文化虽深受希腊文化影响,但其在继承、保存和传播希腊文化的同时又具有自身特点,比希腊文化更具综合性、包容性和民族性。它不但把希腊文化带到了欧洲西部,成为西欧很多后继成就的开端,而且它文化中的法制文化成为罗马人留给后世的宝贵文化遗产。

第二节 古罗马艺术

罗马人虽然征服了希腊,在文化教育上却又被希腊人所征服,希腊艺术对罗马产生了重大影响,罗马人是希腊艺术的崇拜者和模仿者。但由于不同的社会环境和民族特点,罗马人不像希腊人那样在艺术构思上处处插上天界翱翔的翅膀,他们是一个冷静、务实的农业民族,他们的艺术没有希腊艺术那样的浪漫主义色彩和幻想的成分,而是脚踏实地,明确而粗拙,是世俗化和现实主义的。他们按照自己的需要对希腊艺术进行了改进和创新。

一方面,为适应大一统的国家,甚至专制体制的帝国的需要,罗马人修建了许多庞大的工程,如为了维护庞大帝国的统一,需要拥有优良的道路,这样其军队才可迅速地调动布防,他们在罗马周围修建了许多道路,围绕着罗马辐射出去,所以才会有"条条道路通罗马"之说。

另一方面,罗马人偏于务实和功利,他们时时为征战和生活忙碌着,即便是贵族的享乐,也偏于物质的奢靡而较少精神追求。比如希腊建筑主要是满足精神信仰需要的神庙和剧院,而罗马建筑用途则相当广泛,有纪念性、宗教性的,但以实用性为主。艺术变成了权贵官僚机构的宣传工具,走入了为掌权者歌功颂德的道路。

同时，罗马艺术风格不像希腊那样单纯，它的渊源复杂，既受了伊特鲁里亚艺术的影响，又吸收了希腊、埃及、两河地区文化教育的影响。比如罗马人学习伊特鲁里亚人所擅长的水利工程、铜铁的冶炼和金属器物的制造技术，又对希腊人完美的雕刻和绘画艺术心存景仰。在同一时期，罗马帝国各个不同地区艺术风格也各有所异，除了以罗马城为中心的帝国正统艺术以外，各行省还存在各种地方风格。

一 古罗马艺术来源

在罗马艺术形成之前，古代意大利就已经存在过更早的文化。此时处于王政时期的罗马城地域很小，文明程度远不及北方的伊特鲁里亚文化。因此，除了古希腊艺术的影响，对古罗马艺术影响较大的便是古代意大利的伊特鲁里亚艺术。

伊特鲁里亚艺术

公元前 8 世纪左右，来自小亚细亚的莱迪亚地方的一个民族渡海来到亚平宁半岛，他们就是伊特鲁里亚人。大约相当于希腊古风时期，伊特鲁里亚文明达到全盛。他们与希腊人通商，具有发达的冶炼和制陶工艺，不但学习希腊的战术和兵器，也借用希腊字母和艺术形式，使自己成了国力强盛、文化繁荣的国家。

罗马建筑师曾多次赞赏伊特鲁里亚的城市布局，提到它带给罗马建筑的影响。从现存的遗迹来看，伊特鲁里亚的建筑柱式是从多利克式演变来的。伊特鲁里亚人在城门、桥梁建筑中首先使用了拱券。此外，伊特鲁里亚人的绘画、雕刻艺术也深深影响了古罗马人。

（一）绘画

现存的墓室壁画，是了解伊特鲁里亚人绘画艺术的主要资料，也可以根据这些实物来比较考察同一时期希腊人壁画的内容和技巧。伊特鲁里亚人创作壁画的颜料，通常是用天然的矿物和植物加工而成的，壁画的底子有的是潮湿的黏土层白灰底，有的就直接画在比较平滑的石壁上。早期用的是黑色、白色、红色、黄色，后来增加了天蓝色与绿色。伊特鲁里亚绘画的突出特点是色彩华丽，倾向于采用热烈而绚丽的色调，如以绿色和天蓝色衬托黄色、红色、棕色的主体，这些色彩对比强烈，具有鲜明的装饰效果。

在伊特鲁里亚人的墓室里装饰着大量的壁画，内容大多取材于葬礼、对死后生活的想象与神话题材。从这些壁画中可以看出，伊特鲁里亚人对待死亡似乎有自己特别的见解：古埃及人视死亡为灵魂出走，要游历地府接受神明的裁决；希腊人认为死亡是噩运降临，意味着最终的毁灭；而伊特鲁里亚人则期望死后仍然能享受类似于世间的美满生活。例如墓室壁画的一幅《吹笛和弹竖琴的男子》，描绘一支乐队正在赴宴途中，有人吹着双管笛，有人弹着里拉琴。这些线描人物造型比较魁梧、结实，不像克里特壁画上男性人物那么颀长、潇洒。此处壁画人物在细枝嫩叶的映衬之下，透出一股率真的喜悦情绪。

（二）雕刻

雕塑在伊特鲁里亚艺术中占主要地位。酷似真人的写实主义是伊特鲁里亚艺术全盛时期雕像的特征。这种特征后来就由罗马人继承下来，在罗马共和时期和帝国前期的人像雕塑上，成为一种典型的风格，德国慕尼黑国立古代美术馆藏的《少年头像》，是摆在神庙里当作供奉者像的。轮廓分明的眉弓，笔挺的鼻梁，还有紧张闭住的嘴唇，都有别于追求静穆和单纯的希腊雕像，伊特鲁里亚雕像更趋向于一种敢于参与世事、敢于争胜的气质，不加掩饰地抒发出个人的意志和特点，与反映"身心平衡"的希腊古典美学趣味迥然相异。

伊特鲁里亚人还喜欢在陶棺上装饰雕塑，在陶棺的顶部塑上死者的全身像。这些塑像有的是单人的，有的是夫妻合像，他们的姿势或躺卧，或站立，后期的墓棺塑像刻画了性格特征很鲜明的人物形象，这些作品表现手法简练，表情生动，对罗马的雕塑艺术产生了重要影响。

陶棺夫妻像

这是件保存完好的上乘陶塑，作者十分巧妙地把死者生前的夫妻情爱移植于棺上，女性依偎在男性怀里，男性右手搭在女性肩上，双方表情愉悦，动作自然，尽情享受人间的恩爱。

《陶棺夫妻像》，约公元前520年，彩陶，高约116厘米，现藏于意大利罗马国家博物馆

伊特鲁里亚的青铜加工已经达到十分完美的水平，不单能铸铜像，还能烙印纹样，镂刻，进行复杂的加工。如通常被称为"战神马尔斯"的圆雕像，也称《士兵像》，集中代表了伊特鲁里亚的青铜雕塑水平。艺术家以娴熟的人体解剖知识使雕像各部分的比例无懈可击，合身的甲胄在均匀清晰的纹样衬托下，更显得人物刚健、神采奕奕。他的脸部和动态与希腊雕像比较相似，但是，更强调人体的内在因素，不像某些希腊雕像庄重得近于拘谨。伊特鲁里亚雕塑的手法是大胆而夸张的，在写实的同时带有更多的个性色彩。正是在这个强调个性的意义上，区别于希腊时代强调的类型化，它为罗马艺术奠定了基础。

从现存的作品来看，仍然可以发现希腊雕塑的影响，有的雕像脸上还带着古风式的微笑，但比古风时期的希腊雕塑更为成熟，内在的情感更为丰富，其代表作有《阿波罗神像》《母狼》等。

母狼

为青铜雕像，约作于公元前5世纪。如今展览于意大利罗马市政府大楼附近的博物馆里，作为这座文明城市的城徽。

雕像源于一个古老的传说，罗慕洛斯和勒摩斯这对孪生兄弟因为是私生子，被其祖父扔进台伯河，神灵把他们救起，还让一头母狼用自己的奶喂养他们。长大后他们成为部落首领并建立了罗马城，新城就用罗慕洛斯的名字命名，"罗马"由"罗慕洛"的音演变而来。传说命名日在公元前753年4月21日，古罗马人就把这一天作为开国纪念日。从那以后，罗马便将狼奉为图腾，在整个罗马世界都可以看到那著名的有狼的图案的标志。母狼也就成为罗马的城徽。

雕像为伊特鲁里亚人所作，母狼造型简洁，形象冷峻凶狠，代表了伊特鲁里亚人的审美趣味，与希腊风格的雕像有很大的区别，以此可解释后来罗马雕刻的现实主义的来源。腹下的两个男婴是文艺复兴时期加上的。

《母狼》，约公元前5世纪，青铜，高85厘米，现藏于意大利罗马卡皮托利尼博物馆

二 古罗马艺术的表现

在公元前1世纪至公元5世纪这五百年的帝制时期，前期罗马帝国是整个千年古代罗马最辉煌的时期，许多著名的建筑和优秀的雕刻都是在这几个世纪内出现的。

（一）建筑

如果说雕刻代表了古希腊艺术中的最高成就，那么建筑便是古罗马艺术中取得成就最大的艺术种类。因为建筑不仅需要实用科学的技艺，而且需要雄厚的财力支持，而古罗马就是世界历史上少有的几个强大国家之一，尤其是其帝国时期，强盛的国力加上统治者的强权意志，造就了许多宏伟的工程，既显示了国力，又可以满足其国民的实际生活需要，客观上也奠定了西方建筑艺术的基础。

古罗马人对建筑的贡献有如下四个方面。

一是建筑的实用观点：在建筑上，主要出于实用的考虑，如公共浴室、输水工程、斗兽场等；或为炫耀统治者的文治武功，如遍布罗马的凯旋门，即专门为罗马皇帝外出征战凯旋而建。为了实现这些庞大的工程，罗马人发明了重要的建筑材料——混凝土，即一种火山灰、石灰石和碎石的混合物，非常地经济实用。

二是将圆拱结构发展成一种建筑原则：在建筑结构上大量使用拱券结构，使建筑类型比希腊丰富。希腊主要是神庙和剧院建筑，而罗马除了这些之外，还有各种类型的实用性和纪念性建筑，如集会场、圆形剧场、浴室、桥梁道路、输水道、凯旋门、别墅等。罗马人在建筑的空间处理、节约材料、耐久实用和美观等方面都进行了有价值的探索。混凝土和拱券的运用使罗马的建筑艺术迅速发展，并以其巨大的规模和宏伟的气魄著称于世。

三是强调垂直发展：随着罗马人在建筑技术上的进步，在扩大建筑规模的同时，还增加了建筑物的高度。在图拉真广场沿圭里纳尔山脚延伸的六层商业大楼就是向垂直方向发展的令人瞩目的实例。

四是重视内部空间的有效性：将希腊化时期的剧场同罗马的圆形竞技场以及将雅典帕台农神庙同罗马万神殿加以比较，就我们可以清楚看到旨在满足城市人口增多这一需要而产生的建筑思想的发展趋势。

帝制时期的罗马建筑可大致分为以下几类。

1. 民用型建筑

这是对国家经济发展和广大民众实际生活最有促进作用、与人们关系最密切的建筑类型。罗马的强大由各种因素促成，公用建筑中的民用建筑对生产力发展贡献最大，其中水渠起了不可估量的作用，当时罗马城便有 11 条水道桥供水。

加尔水道桥

架设于法国加尔河上，通往尼姆城。是古罗马为供应城市生活用水而建的输水道，在西班牙、北非等当年罗马帝国各行省属地，也留有一些同类造型的水道桥遗存。水道原长近 5 万米，现存的是横跨加尔河谷的一段，长 268.8 米。渡槽离地约 40 米。桥分上中下三层，全为拱券形桥洞。下层很宽，为人行车马桥；中层托着上层；上层为全封闭水渠。这座水道桥宏伟壮观、结构匀称，那大小系列拱券式桥洞连成一体，如一位美女横卧在加尔河上。

尼姆市最繁荣时有 5 万人口，加尔水道每天可供应尼姆市民人均 400 升的水量，是罗马帝国水利工程师与建筑师合作的杰作。

加尔水道桥，约公元前 16 年，横跨 268.8 米，通高约 55 米，法国尼姆

图拉真广场

罗马所有广场中最宏大的广场，位于威尼斯广场旁边。整座广场的主体建筑于公元 112 年落成，而图拉真纪念柱则是于次年落成。这是罗

马帝制建成以后，皇权越来越神圣化的结果，而图拉真正是罗马历史上最强有力的皇帝之一。

整个广场建筑面积1万多平方米，广场正中是图拉真青铜骑马像，两侧为半圆形敞廊，广场前立有凯旋门作为入口，后有长方形会堂作为出口，再后是一个小院，小院内立有图拉真纪念柱，小院之后又是一个围廊式的小广场，广场正中是图拉真纪念堂。参照了东方君主国建筑的特点，不仅轴线对称，而且作多层纵深布局。在将近300米的深度里，布置了几进建筑物。可见罗马人对皇帝的崇拜犹如东方君主国一般。

图拉真纪念柱，2世纪，大理石，通高38.2米，意大利罗马

2. 娱乐性建筑

这类建筑虽有很强的实用性和公用性，但基本用于贵族消遣。也正因为如此，其建筑规模之宏伟、造型设计之精美，都超过民用型建筑。

椭圆形竞技场，约70—80年，意大利罗马

科罗西姆圆形斗兽场

为古罗马时期最大的圆形斗兽场，约建于公元72—82年，据说是由4万名战俘用8年时间建造起来的。斗兽场平面呈椭圆形，长188米、宽156米、高57米。由一系列3层的环形拱廊组成，最高的第4层是顶阁。这3层拱廊中的石柱由地面开始分别为多利克式、爱奥尼亚式和科林斯式，给人以由重到轻、富于节奏变化的感觉。在第4层的房檐下面排列着240个中空的突出部分，它们是用来安插木棍以支撑露天剧场的遮阳帆布的。整个斗兽场能容纳观众九万余人。现今法国、突尼斯、巴尔干半岛地区，也都保留有较完整的角斗场，与此角斗场相仿，只是规模略小些。

3. 宗教性建筑

帝国时期的宗教性建筑仍然主要是神庙，只是到帝国晚期基督教合法化，才出现正式的基督教堂。神庙样式分为两类：一类是共和时期便形成的具有罗马风格的圆形神庙，另一类仍是受希腊神庙影响的长方形柱廊式神庙。

万神殿

奥古斯都时期的经典建筑，曾被米开朗基罗赞叹为"天使的设计"。于公元前 27 年兴建，公元 120 年重建。万神殿原文为"pantheon"，其中的 pan 是指全部，theon 是神的意思，本用于供奉奥林匹斯山上诸神，后于 7 世纪初被赠予罗马教皇，随即改为天主教堂，也正是因此万神殿才得以幸存下来，没有被视为异教建筑而毁灭。

万神殿代表了古罗马建筑艺术的精髓。其高度与底平面直径相等，均为 43.4 米，是现代圆形大屋顶建筑出现之前两千年时间里世界上空间跨度最大的圆顶建筑。万神殿下半部为空心圆柱形，上半部为半球形的穹顶，穹顶的墙面厚度逐渐减小，其下方墙厚 6 米，与万神殿下半部墙壁等厚，到顶部则递减为 1.5 米。厚度的递减更有利于整体建筑的稳固。万神殿穹顶内壁被整齐划分为 5 排 28 格，每一格皆被由上而下雕凿凹陷，不仅使墙厚的递减更为合理，也增加了万神殿内部的美观性。

万神殿，2 世纪初，意大利罗马

4. 纪念性建筑

罗马建筑不仅有实用型的，更有歌颂型的。这种建筑可以真正为统治者树碑立传。比如凯旋门、纪念柱等，均为帝制时期兴起的新型纪念性建筑。凯旋门一般为拱门形式，多建在军队胜利归来的必经之道，或为举行凯旋仪式而建在某个城市的广场中心。

凯旋门

此种纪念性的建筑为罗马人首创，并没有日常使用的价值，是为了纪念某次大型战争的胜利，或歌颂某个皇帝一生的功绩。常建在城市主要街道中或广场上。用石块砌筑，形似门楼，有一个或三个拱券门洞，上刻宣扬统治者战绩的浮雕。

提图斯凯旋门是罗马最早的凯旋门，是为了纪念提图斯生前镇压犹太人的犹太战争的胜利，由提图斯的弟弟图密善于公元81年建成的。

作为早期凯旋门，其形制较为简单，高14.4米，宽13.3米，深6米，单拱而有厚实的拱间壁和高昂的顶阁，装饰有混合柱式壁柱。匀称严整、简练壮美，是最具古典精神的凯旋门之一。

君士坦丁凯旋门建于公元312年，是罗马城现存的三座凯旋门中年代最晚的一座。它是为庆祝君士坦丁大帝于公元312年彻底战胜他的强敌马克森提，并统一帝国而建的。这是一座三个拱门的凯旋门，高21米，面阔25.7米，进深7.4米。由于它调整了高与宽的比例，横跨在道路中央，显得形体巨大。凯旋门的里里外外布满了各种浮雕，巨大的凯旋门和丰富的浮雕，十分宏伟壮观。

(二) 雕塑

希腊人创造了古代世界最伟大的雕塑艺术，使罗马人望尘莫及，但罗马人在肖像雕刻艺术方面却有独特的成就。希腊雕刻强调的是共性和民族精神，而罗马人要求的是个性特征鲜明的肖像。艺术家不仅追求外形的逼真，而且注重人物个性的刻画。因此，罗马雕刻主要是肖像雕刻，不像希腊那样以人体为主。

古罗马的雕塑受古希腊雕塑的影响非常大。罗马人特别崇拜希腊雕塑，征服希腊后，他们将希腊雕像大量运回并四处竖立于罗马城中。此

君士坦丁凯旋门（南侧），约 312—315 年，意大利罗马

后罗马的雕塑艺术得到极大的发展，不仅有人物肖像雕塑，而且有建筑装饰雕塑和历史事件雕塑，据说到罗马帝国时期，罗马城内仅镀金像、象牙雕像及铜像就有 4000 座，还不算大量的普通石像。但罗马雕塑的重点与希腊有很大的不同，罗马人更加世俗化，更富现实主义精神，因此他们的雕塑，尤其是人像雕塑，更接近生活中普通人的状况，注重人物的个性和心理刻画，即便是为歌颂最高统治者而作的夸张渲染也显得合理适度。

垂死的高卢人

《垂死的高卢人》是古罗马时的大理石雕像。它是罗马人仿造希腊化时代的雕像，原作品已失落并被认为是青铜打造，可能在前 230—前 220 年由帕加马国王阿塔罗斯一世委托某位不知名的艺术家制作，来庆祝国王击败小亚细亚的加拉太高卢人。现存这件罗马复制品的基座是后来人发现之后才添加上的。

《垂死的高卢人》特别选用这种高卢人的裸体战斗方式，可能是要让作品呈现出英雄式裸体或悲壮式裸体风格，这与描绘希腊战士所常用的英雄式裸体方式有所不同。作品中一个受伤的高卢战士坐在地上，他垂着头，虽然感到伤痛，依然带着不屈的坚毅神情。他身体向右前方倾斜，右手支撑着地面，左膝弯曲，似乎仍想挣扎着站起来。尽管希腊人是战胜方，但作品中的高卢战士像是一个不甘失败的英雄，揭示了战士垂危时的复杂情绪，更表现出其强悍不屈的精神。在这件作品中，希腊的雕刻家以一种反向的心理刻画出敌人的勇猛和顽强，很可能是以此说明战胜这样的敌人是何等困难，从而达到宣扬统治者战功的目的。

《垂死的高卢人》，约前230—前220年，原作为铜像，此为大理石摹制品，现藏于意大利罗马卡皮托利尼博物馆

托着祖先头像的罗马贵族

罗马的雕刻艺术是在伊特鲁里亚传统的基础上融入了希腊艺术的丰富营养。这尊雕像反映的是伊特鲁里亚的传统习俗，即保留逝去的先辈的仪容以作供奉。一般是在老人死后立即请人用蜡和石膏翻制成面具，或做成立体雕刻像，这些面具或雕像一定是写实的。这尊雕像也十分逼真地表现了王政时期罗马贵族仍然保留着古老的风俗。

《托着祖先头像的罗马贵族》,前30年,大理石,真人大小,现藏于意大利罗马卡皮托利尼博物馆

奥古斯都石雕立像

奥古斯都被表现为正在发号施令的军事统帅,他身材魁梧,披挂着华丽的罗马式盔甲,盔甲上的图案象征着对世界的统治。奥古斯都的右手指向前方,似乎正在向部下训话,左手则握着象征权力的节杖。在他的右脚边,有一个小爱神丘比特的形象,表明他不仅是一个伟大的统帅,同时也是一位仁爱之君。奥古斯都面部的表情严峻而沉着,透露出帝王的尊严和高贵。整个雕像的风格是十分写实的,对容貌的刻画十分逼真,但人物形象具有理想化的倾向,为帝王歌功颂德的艺术目的一目了然。从雕像的姿态和艺术表现手法上,我们很明显可以看出这是在模仿古希腊的

作品，据说这种仿效古希腊并将人物理想化的艺术特点是奥古斯都本人所倡导的，所以美术史上就将这种风格称为"奥古斯都古典主义"。

《奥古斯都石雕立像》，约前19—前13年，大理石，高204厘米，现藏于梵蒂冈博物馆

卡拉卡拉头像

卡拉卡拉是罗马皇帝巴西安努斯的外号，因他喜欢穿高卢族的卡拉卡拉外套而得名。据传巴西安努斯性格十分残暴，目中无人，曾先后杀

死自己的岳父、妻子和弟弟。雕像不仅写实，而且深入地表现了一个暴君的心理。这时的雕塑开始追求庞大与威严，用以满足君主们的神化欲求，并且增加了装饰纹样，加强了程式化。

《卡拉卡拉头像》，约211—217年，大理石，高约35.6厘米，现藏于美国纽约大都会美术馆

（三）绘画

罗马时期的绘画主要包括镶嵌画和壁画。

早期绘画多记载具体的历史事件，用来装饰公共场所和住宅的叙事性绘画保存下来的很少。公元79年，由于维苏威火山爆发，火山灰埋没了庞贝等3个意大利城市。18世纪，庞贝城被发掘出来，其中保留了大量壁画。据此，罗马壁画被划分为庞贝第一、第二、第三、第四风格。第一风格为镶嵌风格，即在墙上用灰泥塑好建筑细部，做出凹槽分割墙面，涂上颜色，造成彩色石板镶嵌的幻觉效果；第二风格为建筑风

格，即在墙面上用色彩画出建筑细部，用透视法造成室内空间比实际上要宽敞得多的幻觉效果，并在墙面中央安排场面较大的情节性绘画；第三风格是埃及风格，强调平面感，描绘精致，在墙面用彩色绘制小巧玲珑的静物和小幅神话场面，具有典雅的装饰感；第四风格是庞贝的巴洛克风格，与17世纪欧洲流行的巴洛克风格相近似，在墙上描绘一层层非常逼真的景物，烦琐而富丽，具有空间感和动感。

密祭

庞贝城有名的壁画《密祭》就是第二风格的代表作，表现了对酒神狄奥尼索斯的秘密献祭。在深红色的背景上，密祭的场面一步步展开，那些紧张的少女、狂饮的萨提罗斯和焦虑的女信徒都处于一种肃穆、神秘和紧张的气氛中。这时已开始使用明暗法，使画面具有很强的立体感。

《密祭》（局部），约前60—前50年，秘仪庄园中的第二风格壁画，意大利庞贝

三 古罗马艺术的特点

作为西方古典文化主流的一部分,罗马文明涵括了希腊化文化中许多基本思想。罗马艺术风格同希腊艺术风格的区别以及罗马艺术风格的主导思想,体现在其整体建构精神与功利主义艺术思潮上。

1. 整体建构精神

罗马人杰出的组织才能和整体建构思想,除了体现于建筑上,还明显反映于大型公共工程的建造上,如道路、港口、引水渠及其他一些设施。图拉真广场的建筑,把一组建筑群集中于一个共同的轴心上,这种建筑风格同古希腊崇尚独立个体完美的建筑风格迥异;克里西姆角斗场将爱奥尼亚柱式和科林斯柱式相结合而形成一种混合柱式,这是罗马建筑对古典风格柱式的独特贡献,至今尚未有他例;对诸如圆形竞技场这种大型建筑物,重视有效集中和分散观众的设施和手段的运用。

此外,整体建构精神还体现在对建筑物内部空间的拓展上,具体体现于乌尔比亚集议堂、万神殿和公共浴场大厅等建筑。希腊人的思想是在平面上拓展空间,庙宇外部空间是作为容纳祭拜行礼和举行宗教仪式的场地,因而希腊人注重神殿外部柱廊的设计。而罗马万神殿的内部空间则是封闭实在的空间,是因为罗马人认识到构建三维空间的可能性。另外,这种精神进入雕刻艺术,在雕刻艺术中,通过建筑物和自然风光,有形的空间环境反应在浮雕的背景上,这些背景可以产生纵深感,而经过架构所形成的时间连续,如图拉真纪念柱上所表现的循环系列,为造型艺术增添了新的景观。

2. 功利性和实用性的特点

罗马人不同于希腊人,罗马人比较现实,讲究实际,喜欢具体的、实在的东西;而希腊人重理想,艺术中喜欢抽象、概括的理念。罗马人接受斯多亚主义和伊壁鸠鲁哲学以享乐为最高理想的理念。因此,一件艺术品的价值在于是否为最广大人民带来最大的利益。

我们可以看到,在罗马建筑中,比例和谐的庙宇建筑并不比一座桥梁更重要。个人收藏的雕刻艺术品同城市广场和游廊里供大众观赏的雕像相比微不足道。因此，罗马人的主要成就在管理艺术而不在审美艺术上。在雕刻艺术中，他们运用连续叙述方法，以此加强时间在人们心理上所产生的连续感，这也预示了后来基督教绘画艺术和世俗绘画艺术的诞生。

这种功利主义的艺术思潮还体现在对圆拱和拱顶建筑技术的探索和运用上，时至今日，西方人仍在使用的道路和桥梁，大量引水工程和其他工程，都印证了古罗马人在解决实际问题方面所取得的伟大成就。

因此，如果说希腊艺术是理想主义的、简朴的、强调共性的和典雅精致的，那么罗马艺术就是实用主义的、享乐的、强调个性的和宏伟壮丽的。

第三节　古罗马文学

一般认为，罗马文学形成于公元前 3 世纪的共和时代。在此之前，罗马人也有自己的神话这种最原始的文学样式。罗马先民信奉万物有灵论，常用一些实物来表征神的存在，他们拥有自己的家族宗教，早期的神主要有家庭守护神拉尔斯、灶神维斯太、守护神帕那忒斯等，后来根据自己的需要又从相邻的伊特鲁里亚人、希腊人甚至隔海相望的埃及人那里借用了许多神，地方的土神和这些外来神相互融合在一起，逐步演变成罗马国家之神。罗马神话的形成过程充分体现了罗马人的务实性，它是多民族多文化的混合体，缺少希腊神话的严格系统性。除神话外，早期罗马的口头文学还有诗歌（包括宴会歌、挖苦诗、哭丧歌等）和民间戏剧，但均未能像希腊的荷马史诗那样变为书面作品以传后世。

古罗马文学的发展大致经历了三个阶段，即共和时期、黄金时期和白银时期。应该指出的是，共和时期是一个政治概念，而黄金时期和白银时期则是两个主要根据拉丁语言的发展和文体特征定性的名称。共和时期止于公元前 30 年，实际上也包含 70 年的黄金时期。此外，作为一个政治概念，共和时期始于前 510 年，但作为一个与文学发展相关的名称，它的起始似乎应从前 240 年算起为宜。

一 共和时期（前240—前30年）

罗马的文学艺术以希腊为师，而渐具自己的民族特色。罗马的第一位诗人和剧作家是虏自希腊后来释放的奴隶李维乌斯·安德罗尼库斯（约前280—前204），他将荷马史诗的第二部《奥德赛》译成拉丁文，还译介了希腊抒情诗，并改编希腊戏剧上演，曾为罗马人创作过一些历史剧和诗歌，安德罗尼库斯的做法为以后的罗马文人指明了方向。南意坎佩尼亚人尼维乌斯翻译了多部希腊悲剧和喜剧，写了7卷本史诗《布匿战争》，以希腊史诗体记述第一次布匿战争，开启了罗马文学自身的创作。罗马名将大西庇阿大力引进希腊文化，属于他的集团的"罗马诗学之父"埃尼乌斯（前239—前169），模仿荷马史诗创作《年代记》，记述第二次布匿战争。保守贵族老加图竭力抵制希腊文化包括斯多亚主义进入罗马，唯恐销蚀罗马的传统道德，但他未能阻挡罗马文学在希腊文学的广泛影响下走向成熟。

出身平民的喜剧作家普劳图斯（前254—前184年）创作喜剧130部，留传至今21部。他生动刻画了罗马社会中军官、商人、放高利贷者、妓女、吝啬鬼、浪荡青年和机智风趣的奴隶等各阶层的人物形象，嘲笑富人、贵族的贪婪本性，对奴隶表示同情，深受下层民众喜爱。他的喜剧有现实主义特色，对后世莎士比亚、莫里哀很有影响。之后，出身北非奴隶的泰伦提乌斯（前190—前159年）获小西庇阿文化集团庇护，以高雅纯净的希腊文风创作《婆母》《两兄弟》等喜剧，传世6部，反映新老道德矛盾，而有希腊新喜剧特点。他的名言"我是人，人所具有的我都具有"，体现了罗马的人文精神。在共和制向帝制转变时期，一代雄才恺撒曾学习希腊修辞学，其散文深得阿提卡文风之精髓，所作《高卢战记》《内战记》，记载他经营高卢、对高卢人和日耳曼人的战争，两次入侵不列颠的经过，以及消灭庞贝的战争，文风简明凝练、朴实无华，成为罗马家喻户晓之作，也是后世学习拉丁文的启蒙读本，连政敌西塞罗都称赞它们"不事雕琢，直率而优美"。西塞罗的散文成就更高出一等，传世的57篇演说辞和900篇书信，融合阿提卡和罗马传统的文风，形成结构匀称、句法严谨、词汇优美、精心雕琢而又自然流畅的风格，被后世奉为"拉丁散文的泰斗"。

二　黄金时期（前 100—公元 14 年）

第二阶段的罗马文学在散文、诗歌和文艺理论方面成就卓著，更加成熟，被称为黄金时代。它始于共和末期（约公元前 100 年），止于屋大维统治的结束（公元 14 年）。奥古斯都统治帝国四十余年，罗马文化达到全盛。奥古斯都针对内战后罗马公民颓废苟安的倾向，强调发扬传统宗教和道德精神，培养公民的责任感，宣扬罗马的历史使命。他的亲信麦凯纳斯招徕当时杰出的作家，为元首的文化政策服务。罗马诗歌经过数百年发展达到顶峰，产生了深具罗马民族风格的三位伟大诗人。

维吉尔（前 70—前 19）出生于北意富裕农民家庭，在罗马学过法律、哲学，后以写诗为业，是麦凯纳斯文学团体的成员。他的早期作品《牧歌》模仿希腊田园诗，而又吟咏意大利恬静优美的乡村生活和纯洁的爱情，融入哲理意趣，一问世即被广为传诵，受到奥古斯都重视，据说，奥古斯都正好战胜埃及归来，在小镇听维吉尔吟诗长达 4 天。之后，维吉尔应麦凯纳斯之约，为吸引流散农民回农村，写下 4 卷《农事诗》，类似古希腊赫西俄德写的教谕诗《田功农时》，歌颂丰饶的自然、劳动者辛勤与和平的生活，赞美斯多亚派哲学的神是主宰自然的伟力。在奥古斯都的授意下，维吉尔全力投入史诗《埃涅阿斯纪》的创作，历时 11 年，共 12 卷、近万行，逝世前未完全修改定稿。这是罗马的"荷马史诗"，描述罗马祖先维纳斯女神之子埃涅阿斯，在特洛伊城破后，负父携子经西西里逃至迦太基，和女王狄多相爱，后因神命所遣奔赴意大利，女王悲愤自杀。他终于来到拉丁姆，获国王拉丁努斯盛情款待，并以女儿相许，婚事遭鲁图利亚王图尔努斯嫉恨，埃涅阿斯在交战中杀死情敌而立罗马之国。显然，这部史诗取材于虚构的民间传说，但他歌颂罗马先祖的丰功伟绩，激发了罗马人的爱国精神，传说中的埃涅阿斯又是恺撒和屋大维家族的远祖，表明奥古斯都的统治也是天命所为。荷马史诗活泼明快，这部史诗则严肃、深沉、哀怨，故事跌宕起伏，更有戏剧性，战争场面惊心动魄，情爱缠绵催人泪下，显示出作者非凡的诗才和功力。这部史诗对文艺复兴和古典主义文学思潮有巨大影响。

贺拉斯（前65—公元8年）原是南意大利释放奴隶的儿子，年轻时赴希腊深造，内战时参加过共和派军队，后转而依附元首统治集团，受麦凯纳斯庇护。他的早期诗作《讽刺歌集》歌颂和平淳朴的生活，讥刺罗马奢靡败坏的世风。他后期所写的4卷《颂歌》和2卷《诗简》使他享有盛名。《颂歌》以优美的抒情赞美屋大维及其提倡的淳朴道德。《诗简》中一封诗体信《诗艺》是关于文艺理论的问答，发挥亚里士多德的诗模仿现实说，肯定诗有寓道德教诲于艺术美的教育作用，主张罗马新诗应继承希腊古典诗的形式，体现民族精神的内容。他提出的古典主义创作原则对后世很有影响。

命运多舛的诗人奥维德（前43—公元18年）出身于富裕的骑士家庭，早期作品《爱情诗》《古代名媛》《爱的艺术》风格纤巧，使他获得了情诗奇才的声誉，但他触犯了奥古斯都倡导的澄清风俗、恢复古风之令，致使他晚期被放逐到黑海之滨。在流放中他创作了15卷《变形记》，讲述了250个奇异的神话故事，从开天辟地一直讲到罗马恺撒等人化为日月星辰，其中不少故事是改造希腊神话而来，主人公最后变成飞禽走兽、奇花异木，极富想象力，创作手法狂放怪诞、不同凡响。这部作品在文艺复兴时期很流行，成为当时很多雕塑家的创作题材来源。

三　白银时期（14—130年）

公元1世纪初到2世纪初是罗马文学的白银时期。从历史上看，它处于屋大维死后的三个王朝统治时期，即克劳狄王朝（14—68年），弗拉维亚王朝（69—96年）和安敦尼王朝（98—192年）。这一时期是罗马帝国的巩固和繁荣期，但是上层统治者之间的矛盾加剧，阴谋与暗杀时有发生，在这种情况下，强调忍耐和追求心灵平静的斯多亚哲学广为流行。罗马文学经过黄金时代之后有了自己的经典，对希腊文学有所疏离，在美学风格上引入矫揉造作的朗诵术。文学成就主要是讽刺诗、散文和悲剧。

讽刺诗人的杰出代表是尤维纳利斯（约60—120），他是一位充满正义而有激情的诗人，其诗作篇幅往往较长，对当时罗马人的放荡、堕落、欺诈、金钱崇拜之风，以及伶人当政等现象表达了愤慨与嘲弄，他现存的诗作仅有16首。散文方面主要是历史散文作家普鲁塔克（约46—120）和塔西陀（约55—120），前者代表作是纪传体史书《希腊罗马名人传》，后者则有《日耳曼尼亚志》等3部完整短篇和《历史》《编年史》两部残缺的长篇历史著作传世。塞涅卡（前4—公元65年）则是古罗马最著名的悲剧作家，也是罗马斯多亚派的代表哲学家，因为丑陋的现实，他一生都被人的弱点和罪孽所困扰，对人生持一种悲观的论调。他的作品主要改编自古希腊悲剧，流传下来的主要有《美狄亚》《俄狄浦斯》《阿伽门农》等10部剧作，这些作品探讨人生的苦难和毁灭的命运，具有鲜明的哲理剧特征。

第 三 章

中世纪文学

第一节　中世纪文化

西罗马灭亡后，欧洲从此走入长达千余年的中世纪时代。一方面，饱受战火侵扰而处境困窘的底层百姓为希伯来文明—基督教文化的繁荣提供了肥沃的土壤，缺乏文化根基的蛮族为了更好地统治百废待兴的广阔疆域，不得不求助于教会的力量，为传教士参与统治提供了机会，从而促进了基督教对西欧民族的灵魂改造。另一方面，西罗马帝国虽然消亡了，但带着古希腊文化烙印的古罗马文化却早已经成功地融入了西欧各民族的精神血脉之中。世俗王权为了制衡日益强盛的教会力量，开始有意识地复兴古希腊和古罗马文化传统以寻求新的精神寄托，这也就为后来声势浩大的文艺复兴运动做了充足的准备。由此，基督教教权与世俗王权之间的拉锯战也拉开了序幕。

基督教文化在古罗马时代与古希腊文化传统相遇，在中世纪相互斗争并最终走向融合。本章就将消除传统观念中关于"中世纪是黑暗愚昧的"这一刻板印象，去探索两大文明传统完美交融背后的奥秘。

一　历史背景

西欧中世纪文明指西欧各国作为历史整体，进入封建社会所逐步发展起来的一种阶段性文明形态。它开始于西罗马帝国在公元476年灭亡后西欧建立起一系列日耳曼国家，在公元11世纪至14世纪达到鼎盛时期，15世纪至16世纪西欧兴起文艺复兴之时，它逐步走向衰落。

中世纪西欧社会经历了封建制度逐步生长、成熟和衰落的漫长过程。长达千余年的中世纪文明进程，使西欧社会从西罗马帝国灭亡时的劫后废墟和中欧、北欧的蛮荒之邦，变为各民族国家都有繁盛发展的景象，整个西欧都纳入封建化的文明进程，并产生了资本主义的萌芽，西欧的社会确实有了巨大变迁。在西欧中世纪文明中，基督教不仅是主宰性的精神统治力量，而且深刻介入经济、政治等世俗事务，对西欧社会的演变起着显著的作用。中世纪西欧的社会变迁，可分为早期、中期和晚期三个阶段。

1. 早期

从日耳曼蛮族立国到建立查理曼帝国，是早期形成封建制度的阶段。从罗马帝国灭亡至公元10世纪的早期中世纪的西欧，封建制度在战乱中缓慢地生长，直至基本确立。同时，日耳曼诸族和原罗马帝国的各族在基督教文明纽带的联结下，逐步融合，整个西欧在封建化的社会进程中，形成了后来西欧各国的民族以及他们所领有的文明疆域。

西欧大部分往昔罗马文明繁盛的地区，经历了两个多世纪战乱的灾祸，经济和文化备受摧残。人口锐减，土地荒芜，到处发生瘟疫、饥馑，饿殍遍野，甚至有人吃人的现象。罗马城的神庙、宫殿、学校、图书馆、剧场成为断壁残垣，猫头鹰、蝙蝠和毒蛇出没其间，优美的雕像被打碎充作战争中的投弹品，罗马的输水道破裂成为"罗马疟疾"的滋生地，悠久丰美的文化遗产惨遭浩劫。这实在是人类历史上极为悲惨的一次"文明大倒退"。这表明，早期中世纪日耳曼民族和罗马帝国原有民族的融合，从奴隶制转变为封建制，是极为痛苦和曲折的。

早期中世纪西欧"是从粗野的原始状态发展起来的。它把古代文明、古代哲学、政治和法律一扫而光，以便一切都从头做起。它从没落了的古代世界承受下来的唯一事物就是基督教和一些残破不全而且失掉文明的城市"。罗马的主教因使徒彼得和保罗在罗马传教和殉道而高于其他主教，渐而成为教皇；在因蛮族入侵陷入混乱、无力运转国家行政机器的罗马和其他地区，基督教会承担了部分政治职责和社会公共事务管理职能。阿里乌斯教派在罗马帝国遭贬斥后，向日耳曼地区成功渗透，大部分日耳曼民族起初都皈依了这个非正统的教派。法兰克人则是例外，在日耳曼民族国家中，唯有法兰克王国版图最大，建成了融合日耳曼与罗马传统的新型国家，完成了向封建制度的转变，孕育了以基督教为重心的西欧封建文明。法兰克人原本生活在莱茵河中下游，公元3世纪时就进入高卢北部，以"同盟者"身份定居，较多地接受了罗马文化的影响。公元5世纪后半叶，他们在军事首长克洛维率领下向南推进，夺取了塞纳河和卢瓦尔河之间的土地，克洛维成为法兰克王国墨洛温王朝的首任国王。至6世纪中叶，克洛维又先后征服西哥特王国的北部和勃艮第、图林根、萨克森和巴伐利亚等地，成为将现今德意志和原罗马行省联合起来的强国。罗马和日耳曼两大种族大体相当也是法兰克王国独有的特点。克洛维将新占区无主的土地分给法兰克人公社支配，将罗马皇庄的大量土地奖赏给贵族和亲兵，王族也占有部分土地建立王室庄园，但他对罗马大地主和基督教会的地产很少侵犯。他于公元496年圣诞节时，率3000名亲兵在兰斯大教堂接受了罗马派基督教的洗礼，密切了法兰克统治集团和罗马教会、大地主的关系。基督教正统派（即罗马公教，中国译为天主教）成为墨洛温王朝的国教，并以之为据点，广泛开展传教活动：6世纪已使西欧大陆的勃艮第、西哥特、伦巴第诸族皈依罗马教会；8世纪通过英格兰人博尼法斯的传教，使中欧德意志诸侯改宗罗马基督教；5世纪中叶帕特里克早已在爱尔兰传教，并设置教区体制，发展了有爱尔兰特色的基督教文明；后来随着坎特伯雷大主教的确立，英格兰成为西欧颇有活力的基督教社会。基督教的普遍传布对日耳曼民族是一种文化启蒙和精神教化，促进了日耳曼各族和原罗马帝国诸族大融合，共同发展封建化的西欧中世纪文明。

2. 中期

从公元11世纪至14世纪约300年间，西欧不再遭受蛮族侵犯，各国之间虽有局部战争，但大体保持了相对稳定与发展的局面。封建经济臻于巩固、成熟，生产力迅速发展。城市兴起，工商业繁盛；封建王权得到加强，民族国家开始形成，市民阶级出现，孕生了近代国家制度的萌芽；学术文化也有较大的创新，在对基督教精神文化的革新中，重新发扬了希腊罗马文明中的理性主义探索精神。中世纪鼎盛期的西欧和早期西欧相比，确实经历了深刻、巨大的变化，可以说在这一时期，西欧才发展出典型、成熟、完整的中世纪文明。西欧的疆域大体上不再有外部文明势力侵占而呈犬牙交错状态，中世纪文明已覆盖几乎整个西欧的版图（除巴尔干的希腊一角在拜占庭文明的势力范围），并且在同东方文明的密切交往中，西欧文明对外伸展，产生辐射性的影响。

中世纪鼎盛期西欧经济、政治和社会的深刻变化，促成学术文化繁荣的高峰，各地区、国家的文化交流和联系紧密起来，文化覆盖面前所未有地扩展到西欧全境。中世纪鼎盛期西欧文化出现三个新特点：第一，突破修道院作为主要知识活动的狭隘范围，城市的大学纷纷建立，成为开阔、活跃的知识传播和研究的所在地，如法国的巴黎大学、英国的牛津大学和意大利的博洛尼亚大学等都是学术文化中心，而且形成了较为开放、自由的文化气氛；第二，学术文化反思社会生活的剧烈变动，内容有较多的创新，如各民族传统文学的整理和创作，出现反映市民生活的作品，哥特式建筑大量涌现，在基督教哲学和神学内部也出现了阿伯拉尔的异端学说和托马斯·阿奎那的理论变革；第三，改变了早期中世纪的封闭自守状态，西欧文明和东方的两大文明即拜占庭文明和伊斯兰阿拉伯文明的交往得到开通，中世纪鼎盛期西欧文明是在密切和东方文明交流、汲取其优秀成果中得到较大发展的。通过拜占庭、西西里和西班牙三个主要渠道，两大东方文明所保存的大量希腊罗马古典文本此时已重新引进西欧，希腊罗马的理性主义和人文精神传统已受重视，出现了学习罗马法并将它运用于现实经济与社会生活的热潮。可以说，中世纪鼎盛期西欧学术文化的高涨，已为文艺复兴做了准备。

3. 晚期

15世纪至16世纪西欧社会处于中世纪晚期，西欧中世纪文明走向衰落。封建生产关系趋于瓦解，资本主义工商业得到较大发展，由于资本原始积累迅速扩展和掠夺海外殖民地，市民或资产阶级的力量逐步壮大，在一些国家和君主专制集权政治既相互利用，又发生冲突。基督教统治的中世纪西欧的精神文化在人文主义思潮的冲击下动摇、没落。然而，西欧中世纪文明向近代文明的转变，不像罗马文明向中世纪文明的转折那样，经历漫长的曲折和精神文化的断层乃至"倒退"，而是经由"文艺复兴"这个过渡的阶段实现的。文艺复兴对西欧中世纪文化有激烈的否定、批判，但也有继承性和连续性。

	时间	概况	
早期	5—10世纪	封建制度形成 民族交流与融合，大体形成了后来西欧各国的疆域 黑暗时代，文明大倒退，两个多世纪战乱，经济文化备受摧残，希腊罗马文明中断	
盛期	11—14世纪	封建经济巩固成熟 稳定、发展的局面，城市兴起，工商业繁盛 封建王权强化，民族国家形成，市民阶级壮大，近代国家制度萌芽	
		学术文化发展	中世纪大学突破经院哲学的局限 勇于创新：民族文学的整理、创作异端学说、阿奎那理论变革 东西方文明交流：拜占庭文明、伊斯兰阿拉伯文明
晚期	15—16世纪	向现代过渡"文艺复兴"	

二 文化特征

欧洲由上古文明向中古文明过渡一方面是以封建制度取代奴隶制度为标志，另一方面是以基督教宗教文化取代希腊人本主义文化为标志。

罗马帝国后期的统治王朝的频繁更替、罗马贵族的穷奢极欲和战争带来的国力衰退导致帝国积重难返的内部虚弱，这与逐渐强盛起来的南下的日耳曼部族形成强烈反差，从公元1世纪起，这些蛮族就不断与罗马人发生冲突，为罗马未来的灾难埋下伏笔。在生存处境和思想观念上，罗马帝国处于希腊化后期阶段，宇宙城邦主义（或世界主义）和个人主义替代了城邦主义，在庞大而又危机四伏的帝国中，"人们感到自己孤独地流落在一个异己的、冷漠的世界之中"，个体无法再将自己依附于某一个固定的城邦或团体，于是向抽象化的整体存在逻各斯（logos，有世界灵魂、理性、规律、道等多重含义）靠拢，这直接导致了灵肉二元论困境和对精神拯救的渴望，"再没别的历史时期比在这几个世纪更具有如此普遍的宗教兴趣以及对拯救的热切而持久的呼求,对拯救的向往成为强烈的内在的共同体验,在极大的范围里成为潜在的、根本的情绪"。

原本古希腊罗马的多神教信仰为何不能继续?因为古希腊诸神实际上是人的自我形象投射的客体,人神同形同性,不能作为纯粹精神追求的对象或担当拯救主体的角色,他们"由于体现为人而涉及外在事物,由于拟人而落到有限事物中,这就违反了神之所以为神与实体之所以为实体的本质"。

那么对基督教的信仰如何带来精神拯救呢?

基督教最初是从犹太教中发展而来的。犹太人的祖先希伯来人大约在公元前14世纪上半叶由沙漠侵入巴勒斯坦,与当地的迦南人逐渐融合,形成农耕的以色列部落。从公元前13世纪末开始,在长达一千多年的时间里,除了很短的一段时期建立了自己的统一国家之外(即于公元前11到前10世纪,扫罗、大卫、所罗门等三王所统治的以色列王朝时期),犹太人先后被地中海地区的一些强大民族——埃及、非利士、亚述、巴比伦、波斯、希腊和罗马所征服和奴役。据记载,早在公元前13世纪末,在犹太人中间就出现了一位先知摩西,他率领犹太人逃出埃及,并且在西奈山上与上帝立约。在漫长的历史过程中,流离失所的犹太人在现实世界中得不到幸福和安宁,只能到宗教中去寻找安慰。在公元1世纪初,一个犹太教的支派把加利利的拿撒勒人耶稣认作弥赛亚(基督),形成了基督教的雏形。

基督教在许多方面继承和保留了犹太教的特点,比如圣教历史、罪孽意识和救世福音。但是另一方面,基督教也从根本上超越了犹太教逐渐发展演变为一种新的宗教。二者的区别在于:首先,基督教接受了律法,但却不拘泥于外在的律法,而是更侧重于内在的信仰;其次,在道德观上,基督教加入了许多新的往往是与犹太教的道德观相反的因素,提出了一种与犹太教的效果论针锋相对的动机论的道德观;最后,基督教得益于希腊唯心主义哲学,已经具有了一套形而上学的神学理论,克服了犹太教的此岸性和直观性,成为一种传播彼岸福音的唯灵主义宗教。

我们来梳理一下希腊唯心主义哲学的发展，这关系到一个重要的概念"逻各斯"（希腊语为 λογοσ，英语为 logos）。希腊哲学家赫拉克利特最早使用了这个概念，认为逻各斯是一种隐秘的智慧，是世间万物变化的一种微妙的尺度和准则。斯多亚学派是逻各斯的提倡者和发扬者。他们认为，逻各斯是宇宙事物的理性和规则，它充塞于天地之间，弥漫无形。柏拉图（Plato）和亚里士多德（Aristotle）虽然并未使用逻各斯这个概念，但是希腊哲学中潜藏着认为宇宙万物混乱的外表下有一个理性的秩序、一个必然的规则和本质的观念，这与逻各斯的概念是潜在相通的，比如，柏拉图思想中的"理念"就可以视作"逻各斯"这一概念的变种，而晚期希腊一些哲学思潮里，就直接把"逻各斯"看作柏拉图所说的诸"理念"之统一。

斯多亚的逻各斯包括两个部分，内在的逻各斯和外在的逻各斯。内在的逻各斯就是理性和本质，外在的逻各斯是传达这种理性和本质的语言。

希腊化时期亚历山大的犹太教哲学家斐洛（约前30—公元40）首次将希腊哲学的概念引入基督教。他认为，希腊哲学和犹太教的思想是同根异枝。旧约箴言和诗篇等多处赞美了上帝的智慧，而创世纪也记载了上帝以言辞创造的伟业，据此认为，上帝的智慧就是内在的逻各斯，上帝的言辞就是外在的逻各斯。斐洛的思想无疑对福音书的写作产生了深远的影响。这种影响在创作于2世纪的约翰福音中表现得最为明显，在斐洛那里，逻各斯是上帝创造世界的工具，是人和上帝交通的中介，而到了约翰福音中，上帝虽然直接和逻各斯成为一体，更加感性化，但是其一脉相承的影响还是一目了然的。

在希腊哲学的改造之下，上帝的概念提高到了超越一切的无名无质的境地，上帝是一切事物的最终原因，在自身中包括所有的存在和所有的完美，而精神或心灵不过是上帝的第一产物，是上帝意志的执行者和体现者，也是上帝创造世界的工具，因此也是人与万物的生命之本原。这为基督教的传播敞开了精神门户。

4世纪末，基督教神学的奠基者奥古斯丁将新柏拉图主义与基督教教义有机结合起来，建立了中世纪第一个完整的神学体系。他把基督教视为"真正的哲学",称自己皈依基督教是"达到哲学的天堂"。天主教也凭借这样一整套神学教义来禁锢人的头脑,使人们在不知不觉中屈服于它的权威。由此产生了其后近千年哲学服务于神学的思想传统。

概括地说,基督教的神学观念主要包括以下几个方面:一神论原则,爱(宽恕)与平等,原罪—赎罪—得救说。

首先是一神论的原则。基督教禁止信徒信奉别的宗教,要求人们只能崇拜基督教的上帝。基督教信奉世界和宇宙中存在一种超自然和超社会的力量,这力量便是独一无二的、无所不能的神,是圣父、圣子、圣灵三位一体的神,再没有比他更接近至善、更万能、更伟大的。此外,一神论原则还体现在基督教宣扬只有基督徒才能在来世获得永恒的幸福,而非基督徒则要在来世遭受永恒之火的煎熬。基督教的一神论原则彻底取代了古希腊—古罗马的多神论模式,在排斥所有异教的过程中确立了上帝的权威。

其次是提倡爱(宽恕)与平等。晚期的罗马帝国早已丧失了它此前引以为傲的国家观念、集体意识以及罗马公民对国家的忠诚,取而代之的是整个社会陷入追求感官享乐的物欲泥潭,人们普遍感到精神空虚、世事难料、无所依傍。蛮族入侵后的暴力统治使得人们更加渴望一个平和的、充满希望和归属感的精神家园。信奉耶稣为救世主的基督教恰好为人们提供了这样一个精神归宿。作为救世主的基督耶稣关注人类的苦难,并出于对整个人类的爱和拯救而被钉死在十字架上,这深深地吸引着处于精神绝望中的人们,特别是那些贫穷的、处于社会底层的被压迫的劳苦大众。

基督教传播爱的福音,宣扬一种崭新的道德,提倡以仁慈之爱对待上帝和他们的同胞,待人如待己,以善报恶,宽恕自己的仇敌;教导人们去除卑鄙、贪婪、仇恨、虚伪和自私,爱世上所有的人。"爱人如己",是基督教徒们仅次于爱神的最重要的诫命。基督教从人神相爱引出世上人与人之间也要相爱,并且认为世人相互之爱也应效法神对人的爱,应是无条件的、自我牺牲和普世性的。正是在这个意义上,基督教主张宽恕、爱人。此外,基督教宣扬上帝面前人人平等,所有人都是上帝怀中的羊羔。这种平等尤其体现在给予妇女信教的权利,并使之享有与男人同样的在来世得救的希望上,这一点与完全把妇女拒之门外的其他宗教相比是一个很大的进步。基督教为个人提供了传统宗教所无法提供的东西,即个人和上帝、个人与他人的紧密联系,所有信徒既爱上帝、爱他人,也同时得到上帝和他人的爱。爱与平等便成了基督教教会组织的精神内核。

最后是宣扬原罪—赎罪—得救说。在基督教的神学思想中,人类是被上帝摒弃的,并且要承受上帝降下的惩罚。人类只有通过信仰上帝、通过上帝的恩赐和"基督耶稣的赎罪"才可得救。

《创世纪》的开头讲上帝创造人,即亚当和夏娃。神"照着自己的形象造人",人的形象和灵魂均来自上帝,这说明人类作为神的创造物在灵魂上有神性的一面,但作为亚当、夏娃的后代又具有原罪。因为亚当和夏娃违背上帝的禁令,在魔鬼撒旦化身的蛇的引诱下偷吃了智慧树上的果实后,被上帝逐出伊甸园,到尘世过艰苦的生活。对上帝禁令的违背便是人类的"原罪"。基督教用这样一个包罗万象的罪恶理论——"原罪"说,来解释人世间所有的罪恶,并告诉人们只有信奉基督耶稣才能祛除罪孽,获得安宁的尘世生活。

与"原罪"说相对应的是"来世得救"理论。基督教给了人们来世得救的允诺。人类虽有原罪,但由于救世主耶稣已经降临人世并在上帝面前替人赎了罪,所以人类只要信奉上帝、追随耶稣基督的圣言圣行便能使灵魂得救,这种教义无疑激起了受苦受难的民众活下去的希望,也对他们的心灵起到了很好的抚慰作用。所谓"得救"便是脱离肮脏、残缺、罪恶的现世王国,进入纯洁、完满、至善的理想天国,给身遭厄运、感到死亡恐惧的人们许诺以永恒的生命,让他们进入天国,领受天父的慰藉。基督教认为所有死去的人,无论善恶都要复活,一同站在上帝面前,接受上帝的审判。

但这不是说所有的基督徒死后都可升入理想天国。来世得救的前提是要求人们进行忏悔,停止追逐财富和权力,摆脱物质诱惑,净化精神和灵魂。不要在乎尘世所过的简朴甚至困苦的生活,因为一个人所承受的苦难越多,他便越能为上帝增添荣耀。这便是来世得救的必经之路,即"自我救赎"。

诚然，基督教在获得了思想统治权和世俗统治权后，出于维护其宗教权威的要求，采取了压制人的智慧理性、禁锢人的独立思考能力、剥夺人的学习权利等方式禁锢人们的思想。"教会信条成了任何思想的出发点和基础。法学、自然科学、哲学，这一切都由其内容是否符合教会的教义来决定。"于是，那些与基督教教义不符的内容一概被扼杀和残毁。基督教教会垄断文化教育，排斥异教文化，焚毁了大量珍贵的古代文物和手稿，并且以其严格的教义限制了艺术的自由创作，造成了古典艺术的陡然断层。

但我们也要看到，正是由于基督教文明凭借其空前强大的道德力量维持并传承了欧洲的统一信仰和价值，才使得欧洲社会在四分五裂、相互斗争的时候得以继续发展下去。中世纪入侵欧洲的蛮族也正是通过基督教，才从"粗野的原始状况"转入到中世纪的文明轨道，并且通过基督教教会接受了宗教信仰和古典文化，这一切使得"疆土统一和政治统一在帝国意识形态上也获得了精神文化上的统一"。此外，在基督教的文化专制政策下，教会和修道院成了仅存的文化机构和保存文化的重要场所。修道院对文化的保护作用不仅体现在宗教文化本身，很多古希腊、古罗马文献的留存都得益于修道院的保护，使之能够被不断抄录、研究并翻译成各种文字。这些留存下来的古典文化历经数个世纪的不断变迁，成为14世纪西方文艺复兴的思想源泉。

而且，在中世纪后期，欧洲的思想文化也经历了从基督教完全垄断到世俗人本主义思想普遍萌生的发展过程。中世纪城市产生并迅速发展起来后，引起了一系列社会变化：城市中小工商业者比例增加，人与人之间的新型关系形成，依附于领主的农奴，变成了原则上相对平等的普通市民，这种新型人际关系又催生出相对自由平等的社会环境。这种"城市的空气使人自由"的状况及其所产生的新思想必然与建立在封闭式农业庄园经济基础上的大一统的基督教思想相冲突。另外，世俗大学的出现也突破了政府和教会对学习、教学和研究的控制，以及对知识的垄断和对科学的压制。

从总体上看，欧洲中世纪的确是衰落了，但这段时间在欧洲历史上却也是连接古希腊和古罗马与现代欧洲文明必不可少的过渡地带。被称为"诺亚方舟"的基督教,在上帝降下的"洪水"灾难中,为人类及其文明留下了一片安全的地方。在当时的条件下,哲学、文学、艺术也正是在与基督教的结合中,才获得了存在的契机和发展的动力。

第二节　中世纪艺术

中世纪是欧洲封建社会形成、发展和繁荣的时期,也是基督教在社会生活和意识形态方面处于统治地位的时期。正是由于基督教的决定性影响,使中世纪艺术蒙上了浓厚的宗教色彩,因此,欧洲中世纪的艺术实际上是基督教的艺术。它不重视对客观世界的真实描绘,摒弃作品中具有人性的感情抒发和形象描绘,以期营造所谓庄严、肃穆、神秘的气氛,完善宗教神性的抽象精神凸显。艺术家关心的不是对自然形象的摹写,而是用象征性的手法去表达自己的宗教信仰和情感,以精神的真实来代替形象的真实。

因此,在很长一段时间里,历史学家们用"黑暗的时代"指称从罗马帝国衰亡直至复兴古典学术的文艺复兴时期之间的这1000年的历史时期。但是,如今学术界已为这一"黑暗的时代"正名:这是一个丰富多彩的后罗马时代。

所以应该这样说,中世纪艺术是西方文化的特殊表现形式之一。它是一种具有象征性与装饰性、强调精神因素的表现艺术。所谓表现性,就是强调创作者主观意图及情感的表现,忽视对客观对象的再现。它不仅改变了古希腊艺术、古罗马艺术的文化传统,而且还在发展中逐渐形成了自己的形式和内容体系,成为特定历史时期人们生活、思想、感情、观念的特殊表现形式。

这一漫长的历史时期依然创造出了众多优秀的艺术品,例如:修建宏伟的隐修寺院;以大理石反映中世纪想象世界的雕刻作品;建造的各式高耸入云的大教堂——拜占庭式教堂、罗马式教堂、哥特式教堂在艺术上和工程设计上都取得了很高的成就;把自然光转换为超自然的幻象的充满激情和魅力的彩绘玻璃绘画、镶嵌画、壁画、插图画等也获得了不同程度的繁荣。

这些以夸张、变形等手法表现精神世界的西方艺术，包括早期基督教艺术、拜占庭艺术、加洛林艺术、罗马式艺术和哥特式艺术。这些丰富多彩的艺术构成了欧洲艺术发展过程中的重要环节。

一　早期基督教艺术（2—5 世纪）

公元 313 年，罗马皇帝君士坦丁颁布米兰敕令，承认基督教的合法地位，并宣布这一曾经长期遭到罗马帝国镇压的宗教为国教。这时的罗马帝国已处于瓦解的状态，基督教作为下层人民的信仰，为结束古罗马的千年帝国起了推波助澜的作用。在取得了国教地位之后，基督教又作为统治者的工具来控制人民的思想。由于这一时期既是罗马帝国时期，也是基督教早期，故又可称为"前中世纪时期"。早期基督教艺术反映了这个过渡时期的一些典型特征。

早期基督教艺术主要是墓室壁画和建筑。

1. 墓室壁画

基督教在公元 1 世纪开始就秘密流传于罗马帝国的疆域内。由于当时基督教处于非法地位，信徒们只能在私人宅邸内举行宗教仪式，这种早期的秘密宗教场所被称为"民古教堂"。后来为了逃避官方的搜查，这种仪式便转移到一种公共地下墓窟，这种墓窟是用于合葬基督徒的，在墓窟的天顶和墙壁上画满了各种《圣经》题材的壁画，因此它成为早期基督教艺术的宝库。地下墓室壁画采用隐喻性和象征性的手法，来表达基督教教义。例如鱼和善良的牧羊人表示基督、鸽子表示圣灵、孔雀代表永恒等。壁画中的耶稣十分亲切，被描绘成牧羊人，而民众被画成他的羔羊。

善良的牧人基督

约建于公元 3 世纪的普里斯拉地下墓窟，其闻名于世的是天顶壁画《善良的牧人基督》。这是早期基督教艺术最常见的题材，在造型手法上还继承着古典的传统，形象准确而逼真。基督肩托羔羊站立，生机勃勃，线条简明流畅，使人联想到古希腊瓶画，四周的图案暗示出基督教最重要的象征——十字架。

《善良的牧人基督》，5 世纪，普里斯拉墓窟内门廊上方镶嵌画（马赛克），意大利拉文纳

早期基督教堂都有壁画和镶嵌画作为装饰，5 世纪后镶嵌画逐步成为教堂主要的装饰形式。圣康斯坦察教堂的拱顶就采用了华丽的马赛克作为装饰画。

2. 建筑

基督教合法化之后，它的集会和仪式便回到了地面上，也开始兴建正式的基督教堂。但基督教没有自己的建筑传统，只好借用罗马现成的建筑形式。

巴西里卡式教堂

罗马有一种常见的公共建筑，平面呈长方形，平时供市民集会使用，称为"巴西里卡"。基督教徒把它直接搬用过来，在一端加上祭坛，并饰以宗教题材绘画。此类建筑样式外观较为简朴，但内部修饰得很华美，外配有爱奥尼亚式和科林斯式石柱，屋顶为三角形木结构，内部有三条长廊，中间一条长廊最宽大，左右边廊上方的天窗为中间长廊及正中大厅带来了天堂般的光明。入门后一直引向尽头的祭坛，祭坛后面一般是半圆形的，前面有唱诗班所在的歌坛。这种型制的教堂大多是木构的屋顶，上盖比较轻，立柱吃力不大，内部有个很大的纵向空间，可容纳众多信徒。有些巴西里卡式教堂还兼作殉教者的墓地，建有著名圣徒的纪念碑。礼拜这些殉教者也是教徒精神生活的一个重要部分。为此，这种教堂在祭坛前还增建一个横向的空间，像伸出两只翅膀，平面形成横短竖长的拉丁十字形。巴西里卡式教堂是基督教早期教堂的建筑样式，也是后来千余年各式基督教建筑的母体。

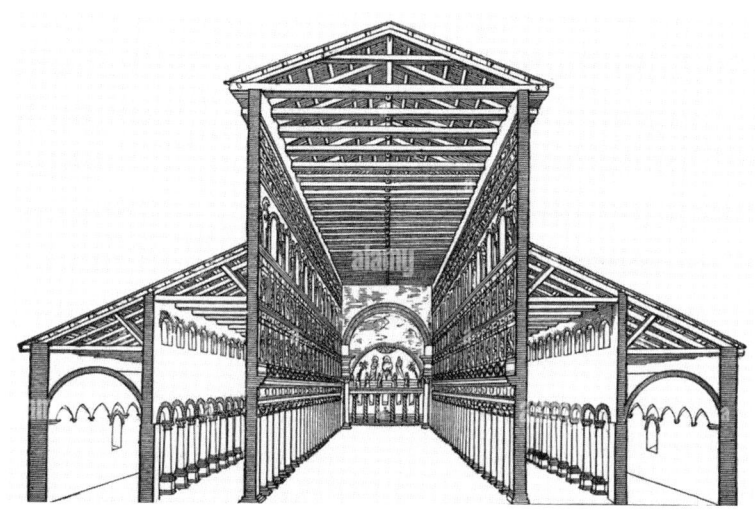

巴西里卡式教堂剖面图

公元 320 年前后开始兴建的圣彼得教堂是规模最大的巴西里卡式教堂之一，由于建在山腰上，在入口门外加了壮观的阶梯。建筑分为两部分：前面是一个方形院落，三面有过廊。正殿入口是巨大的柱廊，内有净身用的喷泉。殿堂分为 5 个长廊，以 4 排柱子分隔，中间最高最宽，长廊的顶端是祭坛，上有半圆形的拱顶，祭坛与正殿之间还有左右两个横廊，称为袖廊。

3. 雕塑

一般来说，早期基督教雕塑是指从基督教诞生到公元 5 世纪后半期所产生的包括整个东罗马帝国与西罗马帝国在内的基督教雕塑。它主要继承了古罗马雕塑艺术的传统，赋予其基督教题材的内容，主要形式是石棺雕刻。3 世纪前后，石棺雕刻在对福音书或圣经题材的处理和雕刻手法上几乎完全采用古希腊罗马的雕刻艺术传统。古希腊罗马雕刻中的传统表现内容，也仍然被运用在基督教题材的作品上。教徒们在死去的教友亲人的石棺上刻上宗教内容的雕刻，寄托自己的信仰以及对死者的祈祷，但在表现手法上与古罗马石棺的雕刻风格无大差别。

大主教迪奥多的石棺是一个很好的例子，石棺侧面中间是一个十字同牧羊杖交叉的图案，两旁是希腊语中的第一个字母（A）和最后一个字母（Ω），两个字母指的是基督。它们意味着世俗生活的结束和天国生活的开始。在这一象征图案的两侧是两只象征天堂的孔雀，在孔雀身后有优美的葡萄枝蔓图案，意味着孔雀以葡萄为食，象征圣餐。石棺侧面有同一图案的重复，图案周围是象征永生的传统的花环图案。棺盖端部的嵌板上是十字的重复出现。

这一时期雕塑的特征是不再重视对外部客观世界的再现，而是强调对精神世界的表现，自然主义的雕刻手法被逐渐抛弃。在艺术风格上，这一时期的雕刻基本保持了圆润柔和、体态自然的古典造型传统，但在对人物外貌细部的刻画上，往往进行了抽象化和符号化的处理。

《朱尼厄斯·巴苏斯石棺》，罗马出土，约359年，大理石，高约118.1厘米，宽约243.8厘米，现藏于意大利罗马圣彼得大教堂

二 拜占庭美术（5—15世纪）

拜占庭即东罗马帝国，其存在时间从公元330年至1453年土耳其将其征服为止，其中心在君士坦丁堡。拜占庭艺术源于古罗马，但很快便发展为东西方融合的艺术。拜占庭艺术以其东方式的装饰性和抽象性与欧洲艺术分立而自成体系，并在约1000年的发展中始终保持着自己的独立性。

早期基督教艺术与拜占庭艺术之间没有明显的界线，直到6世纪，东罗马人与西罗马人的艺术也没有显著的不同。所以说在这之前，东、西两个地区对早期基督教艺术都有贡献。拜占庭帝国的基督教文化是政教合一的产物，为宗教和王权服务。皇帝是当然的教会领袖，他不仅代表世俗权力，也象征神的意志，因此体现这种精神的拜占庭艺术形象总是威严庄重、动人心魄的，在王权的支持下带有许多世俗特点，显得宏伟富丽。严格程式化的艺术形式经高度提炼和简化，更赋予形象以稳固、永恒的精神。

拜占庭艺术成就主要包括建筑、镶嵌画、圣像画。

1. 建筑

拜占庭的建筑主要继承罗马风格，早期教堂建筑主要沿用罗马陵墓圆形或多边形的平面结构和万神殿式的圆穹顶。穹顶结构被加以变化，形成由大小不同的穹顶连续构成开阔高大的内部空间的特殊样式。到拜占庭帝国的中后期，四边侧翼相等的希腊十字式平面取代了圆形、多边形形式，成为教堂布局的主要模式，穹顶被沿用下来，成为控制内部空间和外部形象的主要因素。因此，拜占庭建筑具有以下特点。

首先，屋顶造型普遍使用"穹窿"。

其次，创造了把穹顶支承在独立方柱上的结构方法和与之相应的集中式建筑型制。

再次，整体造型中心突出。体量既高又大的圆穹顶，往往成为这类建筑的构图中心，围绕这一中心部件，周围常常有序地设置一些与之协调的小部件。

最后，在建筑装饰技术上，内墙装修有彩画和贴面两种。在色彩的使用上，既注意变化，又注意统一，使建筑内部空间与外部立面显得灿烂夺目。贴面材料有大理石、马赛克等，主题是宗教故事、人物、动物、植物等。

圣索菲亚大教堂

圣索菲亚大教堂是拜占庭艺术中最辉煌的成就之一。圣·索菲亚（Hagia Sophia）就是圣智慧的意思，该教堂建于532—537年，是在532年君士坦丁堡暴乱中被烧毁的圣索菲亚教堂的废墟上重建的。教堂在构思和技术上深受罗马万神殿的影响，主体部分是一个巨大的半圆穹顶。东西两头连接着两个半圆穹顶，每个半圆左右两端又接上更小的半圆穹顶，南北两边则是圆拱形墙体，下面由两层列柱和厚实的墙体支撑，这样减轻了墙面的压力。列柱后面又有侧廊，形成了一个高大宽阔而又层次分明的内部空间。

它的平面结构、窗间壁柱外的飞梁使人想起巴西里卡式的特征。圆顶是在4个拱门之上，上面整个圆顶的重量都经过4个拱柱传达到4个角的方块柱上，而拱门下的墙并没有承担重量的功能。拱门上方的圆是圆形和三角形的中间体，是方的门与圆的顶的过渡，它可以使圆顶建得更高、更轻、更经济。

拜占庭的圣索菲亚大教堂融合了东方与西方、过去与未来的结构，是一个气魄雄伟的混合建筑。人们从中能充分体会到圆顶在宗教建筑中的心理功能。圆顶似乎是浮在教堂上方，下面有一圈窗子，中堂两边墙壁上也都开着窗，光线与圆顶的组合，仿佛造就了一个光芒万丈的天堂。再加上那些闪亮的镶嵌画，使人置身于一个非现实的幻景里。15世纪土耳其人入侵后，把该教堂改成清真寺。

2. 绘画

拜占庭时期，东正教将皇权和教权集于皇帝一身，因此拜占庭艺术带有较多的世俗性、富丽色彩和程式化。拜占庭绘画主要包括镶嵌画、圣像画，大多画作形象刻板、威严而具有永恒的精神力量。

圣索菲亚大教堂,公元 6 世纪,土耳其伊斯坦布尔

圣索菲亚大教堂内部

镶嵌画在拜占庭艺术中占有特殊的地位，这种以小彩色玻璃和石子镶嵌而成的建筑装饰画，成为教堂内部装饰的最主要的形式。它最早出现于公元前3000年苏美尔人的艺术中，当时使用的是小块石膏，在古希腊罗马则使用大理石。拜占庭镶嵌画以玻璃为主要材料，这是因为它能反射出强烈的光彩，好像是小型的反射镜一样排列在一起形成一片闪光幕帘，达到一种虚无缥缈的效果。

圣维塔尔教堂的镶嵌画

这时期最著名的镶嵌画在意大利拉文纳的圣维塔尔教堂。在教堂的主祭坛上方是镶嵌画《荣耀基督》，两边是表现皇室参拜的镶嵌画：一边是《查士丁尼皇帝和廷臣》，一边是《皇后蒂奥多娜及随从》。两幅壁画分别描绘了皇帝和皇后手捧供奉品率随从参拜耶稣基督的场面。画中的人物正面朝向观众，人物都被不成比例地拉长了，表情呆板而庄重，都有杏仁大眼、细长鼻子和小嘴。这些画作的色彩和明暗变化被提炼到最纯粹、最简洁的程度，不强调立体感，表现得概念化，忽视人类肉体的真实性，只是将其视为抽象的精神符号。他们身着华丽的服装，珠光宝气，织锦彩缎更为画面增添了几分神秘感。所有的人物既没有动作，也没有变化，时间与空间也由此被升华为一种永恒的存在。人物与地面的垂直悬浮关系，仿佛宣称着这凝结在金色闪光中的一切是一个折射的天堂而不是人间的景象。画匠们是要我们把皇帝与皇后当作耶稣与圣母的。在提奥多拉的外衣边上有三王礼拜的故事，同时查士丁尼两旁的12个随员象征耶稣的12个门徒。这种人与神的混淆也正是政教合一体制所需要的。

3. 雕塑

公元8—9世纪，拜占庭曾发生了圣像破坏运动，雕塑在拜占庭艺术中不再占据重要地位，圆雕作品几乎完全消失，雕塑主要存在于建筑装饰和石棺雕刻中。建筑装饰雕塑中很少表现人物形象，而主要是表现以树木、花草、鸟兽及抽象纹样为母题的装饰图案。装饰雕塑在拜占庭式教堂中，多被用于柱头、门窗上楣和石质祭坛的屏饰处，其形式大多为浅浮雕和透雕。拜占庭艺术中没有出现古代那样的大型石雕像，只有

《查士丁尼皇帝和廷臣》，547年，圣维塔尔教堂镶嵌画（马赛克），意大利拉文纳

小型的装饰浮雕和金属、象牙浮雕，这些作品大多带有古典艺术的痕迹。

三　蛮族艺术和加洛林文艺复兴（5—10世纪）

（一）蛮族艺术

蛮族艺术又被称为早期中古艺术，是指公元5世纪来自东、北方的日耳曼人、汪达尔人等游牧民族大规模迁徙到罗马帝国的核心地区，最终导致西罗马帝国灭亡这一段历史时期的艺术。由于这些民族尚处于原始公社的生产水平，经济、文化远落后于罗马，故被称为"野蛮人"或"蛮族"。但他们的入侵却从另一方面推动了历史的前进，他们摧毁了罗马奴隶制度，最终确立了封建制度在欧洲的地位，由此，他们为艺术创造输入了新鲜的血液。

蛮族艺术的遗物，主要是手工艺美术品，大多是以金属模铸、错镀金银、镶嵌玉石、髹绘彩画等手段制成的日常用品。

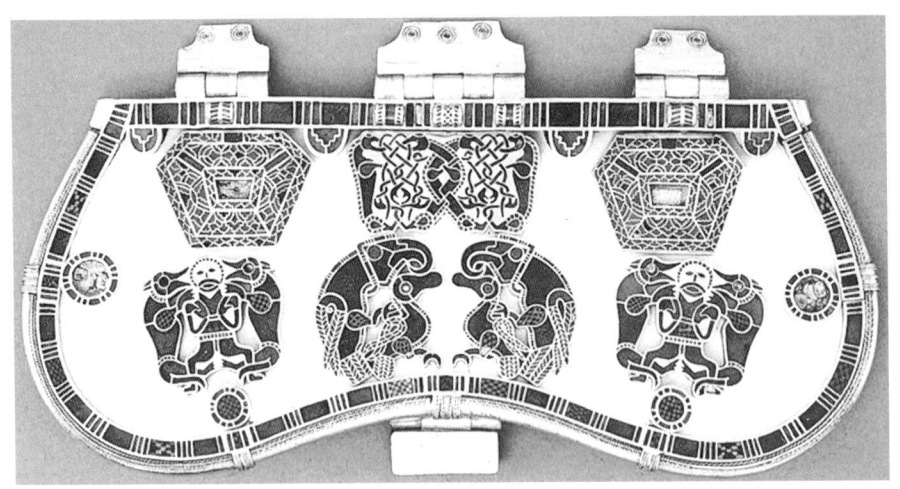

出土于英格兰萨福克的萨顿·胡钱包盖，约625年，黄金、玻璃、珐琅镶嵌石榴石和绿宝石，长19.1厘米，现藏于英国伦敦大英博物馆

萨顿·胡钱包盖

1939年在英格兰东海岸的萨顿·胡发掘出土的钱包盖，据考定，它出自625—633年间东盎格鲁人国王的墓葬。这个铜制的钱包嵌有宝石和珐琅装饰，制作精致、色彩美妙，在图案设计中将抽象与具象的因素、固定程式与自由想象结合在一起。值得注意的是两旁伴有野兽的人形、鹰鸟组合以及野兽相斗的缠绕纹样，这些图案设计的动机可以在远古西亚的苏美尔艺术和地中海地区的古罗马艺术中找到根源，这种工艺品揭示出日耳曼动物纹样的来源和迁移状况，是日耳曼民族从北方带来的古老艺术传统与基督教文明相结合的产物。所以，这种艺术又被称为"动物风格艺术"，在艺术史上有着重要地位。

日耳曼民族的这些动物纹样通常以金属制品为主，但也表现在木制的或石制的作品中，或者手抄本的插画上。在挪威南部的奥斯堡出土了9世纪初期的一个木制兽头，它是维京民族船头的一个饰物，造型上表现出一种稳定的特点，显示了与铜制钱包盖的一致性。在牙齿、鼻孔等地方充分展示出一种基本的写实倾向，在兽头的表面有一层交错的几何形花纹更明白无误地揭示出它和萨顿·胡钱包盖的亲缘关系。作为一个船头的饰物，它无疑带有萨满教的色彩，象征着避邪与祈福。

《兽头》，出土于挪威奥斯贝格的船冢，约825年，木制，高约12.7厘米，现藏于挪威奥斯陆大学文化历史博物馆

(二) 加洛林文艺复兴

到公元 8 世纪，当年的蛮族已成为欧洲大陆的封建领主，法兰克国王查理曼历经数十年战争，把西欧大部分地区统一起来，建立起了加洛林王朝，他在罗马接受册封，成为西罗马覆灭 300 余年后西欧的第一个皇帝。查理曼当政期间，希望在文化上恢复罗马的传统，同时也希望借此恢复罗马帝国的称号。将辉煌的文化传统注入这些半野蛮民族血液中的愿望使这位皇帝亲自领导了这次文艺复兴。他召集了一批文人学者在首都亚琛收集整理，让艺术家仿照古典样式进行创作，以宫廷为中心形成了复兴古典文化的潮流，历史上称之为"加洛林文艺复兴"。因此，此次复兴的美术品主要是对拜占庭美术品的临摹仿造，而最大意义则在于将日耳曼精神与地中海文明成功地融合在一起。

亚琛王宫是查理曼时代最重要的建筑工程，为了体现复兴古典的愿望，王宫教堂的设计以拉文纳的圣维塔尔教堂为蓝本，平面布局和结构基本上保持了圣维塔尔的特点，只是在内部的处理上更偏重于统一性和整体性，显得庄重严肃。尽管如此，它仍然体现出查理曼帝国对古罗马的向往。此外，教堂还运用了罗马建筑中的方形柱和拱门。由于当时罗马在亚琛的西面，亚琛所有教堂的大门都一律朝向西面，这一向西的入口建筑也叫"西面工程"。"西面工程"就是在亚琛王宫教堂第一次出现的,即正西面的入口处有两座高塔。这种建筑样式是北方的城堡与南方罗马风格结合的产物,成为后来罗马式教堂的基本形式。

由于加洛林王朝重视恢复古典文化,在宫廷组织了文人学者整理古籍,自然也促进了书籍插图艺术的发展。《圣马太》是"查理曼福音书"的插图,它在风格上力图恢复古代的写实手法,在构图、造型和人物的精神状态上都达到了极高的水平,充分显示出"宫廷派"绘画所具有的写实技巧。而比它晚二三十年的另一幅《圣马太》插图却反映出新的加洛林绘画语言,它出现在《艾伯总主教福音书》的一页中,虽然有明显的"查理曼福音书"的痕迹,但画面却充满着一种活力。这位传道者已经由以前平静的罗马作家变成了一位受圣灵引导的先知,显出全心依赖上帝的意愿和虔诚的神情。

《圣马太》,载《兰斯艾伯总主教福音书》第18页,约816—835年,绘于犊皮纸上的墨水和蛋彩画,高26.0厘米,宽22.2厘米,现藏于法国埃佩尔内市立图书馆

加洛林王朝之后，号称"神圣罗马帝国"的奥托王朝继承了加洛林的传统，发展出了一种肃穆宏大的风格，在恢复圆雕形式上也迈进了一大步。科隆大教堂中的《杰罗的十字架》是奥托王朝时期的代表作，具有纪念碑式的规模，带有强烈的情绪表现，钉在十字架上的基督被前所未有地表现为半裸体，艺术家着重强调的是受难的肉体痛苦，沉重的躯体、向前凸起的腹部更加重了双手和肩膀的负重，给人一种无法忍受的痛苦感。面部很深的阴影、多边形的凹凸面将所有的生命力从脸上抹去，更加深了这种惨痛。从《杰罗的十字架》中，我们可以看到拜占庭艺术的影响。奥托王朝时代的金属制品和手抄本插图也常具有这种表现意味。

《杰罗的十字架》，约970年，彩绘木雕，高187.9厘米，现藏于德国科隆大教堂

圣米迦勒教堂（建于1010—1033年）体现了奥托时期建筑的典型风格，它极其强调对称：完全一样的袖廊、一样的角楼以及中堂中成对的圆柱。应该说，圣米迦勒教堂确定了德意志地区在中世纪建筑中的独立地位。

四　罗马式艺术（10—12世纪）

罗马式艺术本身就是一个极其复杂的概念。在欧洲相当长的一段时间里，人们将哥特艺术以前的所有艺术都称为"罗马式"。随着对中世纪艺术研究的深入，学者们对于"罗马式"的界定有这么几点可以肯定：10世纪以后，随着西欧经济水平提高，封建制度稳固；作为社会精神支柱的教会势力也与贵族力量并行发展，特别是修道院制度更为完备；为了追求更加壮观的效果，这些建筑普遍采用类似古罗马的拱顶和梁柱结合的体系，并大量采用古希腊罗马时代的"纪念碑式"雕刻来装饰教堂，因此这个时代的风格被称为"罗马式"。所以，它并非一种统一的风格，与加洛林文艺复兴、奥托王朝艺术有着千丝万缕的联系。除此之外，罗马式艺术还有许多不太明显的外来影响：古希腊时代的古典艺术，早期的基督教、伊斯兰教、拜占庭和凯尔特—日耳曼的传统。所有这些风格在11世纪完全融合在一起。罗马式艺术以建筑为主，注重装饰性，带有地方色彩，写实风格较少。

1. 建筑

公元9世纪左右，一些建筑艺术上继承了古罗马的半圆形拱券结构，形式上又略有古罗马的风格，故称为罗马式建筑。它所创造的扶壁、肋骨拱与束柱在结构与形式上都对后来的建筑影响很大。罗马式建筑有以下特点：

第一，建筑结构宏大，但拱顶的侧平衡力无解决方案；

第二，拱顶和墙垣都很厚重，外观封闭；

第三，内部空间狭窄昏暗。

罗马式教堂是从巴西里卡式演变过来的，此时开始用石头屋顶代替过去的木顶。为了支持石头屋顶的重量，在结构上广泛运用拱券，创造出用复杂的骨架体系建造拱顶的办法。同时，丁字形的巴西里卡式发展成为拉丁十字形，以满足复杂的宗教仪式容纳更多教徒的需要。在封建割据的情况下，罗马式教堂前后往往配置碉堡似的塔楼，后来塔楼逐渐固定在西面正门的两侧，成为罗马式建筑的标志之一。

最丰富、最有地方色彩的罗马式建筑在法国。其中，在南部图卢兹省的圣赛尔宁大教堂（建于 1080—1120 年）是罗马风格的典型例子。它的平面图是一个加粗的拉丁十字架的形状，重心在东部的一端。这也表明教堂的功能是用来容纳众多的信徒，也从另一方面反映出宗教的繁荣发展。教堂内部由立柱隔成许多个方形的小单元。在边廊尽头的塔楼和中堂里众多穹顶进一步反映出罗马式风格特征，然而它只是罗马式风格的开始，真正罗马式风格的形成以英国杜勒姆教堂（建于 1093—1130 年）的建成为标志。杜勒姆教堂在苏格兰和英格兰边界北部，虽然它的平面设计较为朴实，但是中堂却是圣赛尔宁教堂的 3 倍，这意味着它的拱顶必须更能承重。教堂东边的拱顶完成于 1107 年，西边的拱顶完成于 1130 年，它们架在有 3 层楼高的中堂上，这种设计可以容纳更多的信徒。教堂内部由立柱隔成许多小长方形单元而不是以前的方形单元。中堂上的每个拱券与拱券之间有两个"X"型的设计，这就是我们通常所说的肋拱。它是稳定穹顶的骨架，于是肋拱间的天花板可以非常薄，这样一方面减少了天花板的承重，另一方面也可以增加它的坚固性，并且在顶上一边可以加一个气窗。这种肋拱的出现以杜勒姆教堂最早，显然这是由建筑师不断改进尝试的结果。

比萨大教堂

比萨大教堂，1053—1272 年，意大利比萨

比萨大教堂斜塔

比萨大教堂洗礼堂

2. 雕塑

罗马式艺术复兴的另一个显著特征就是石雕的复兴，这是 10 世纪至 12 世纪随着罗马式教堂的兴起，用于教堂装饰，将圣经故事雕刻在教堂柱子和墙壁上的雕塑艺术。

罗马式石雕的复兴最早发生在法国西南部和西班牙北部，和罗马式建筑一样，石雕在 1050—1100 年的快速发展，体现了当时人们对宗教的狂热。在圣赛尔南教堂至今仍保存着当时的石雕，表现的是一个传福音者。与早期的浅浮雕相比，它们更具有空间感。其粗犷、沉重的风格，显然是为了吸引远处的视线。结实的形体、古典的气魄，都反映出罗马晚期雕刻的影响。

最后的审判

罗马式教堂广泛使用雕塑装饰，在教堂正立面通常有一块半圆形的凹进去的空间，俗称"拱角板"，这里往往安装一块最大的浮雕构图。法国奥顿教堂上的这块浮雕很有代表性，取材于"最后的审判"：作为审判者的耶稣在构图中央占据显著的位置，围着他的是一个象征荣誉光辉的椭圆图形，左边描绘的是接受善者入天堂的情景，右边是天使为罪人衡量善恶比重并把他们赶入地狱的场面，下面一层是复活的人们。人物都被夸张和变形，拉长的比例、细小的头部、不自然的动态、恐怖的面部表情构成了中世纪艺术特有的造型。它不像古典艺术那样模仿自然，而是强调宗教情感和想象，追求精神上的满足。

3. 绘画和工艺品

在罗马式绘画中占主要地位的是抄本绘画，也有少数壁画、镶嵌画等，但是只有抄本绘画盛行于当时整个基督教世界。抄本绘画在不同时期内是以教皇、皇帝、大主教、贵族乃至学生和艺术鉴赏家为服务对象的一种私人性艺术，表现内容从宗教到世俗十分广泛。

在工艺品方面具有代表性的作品有《哈斯廷之战·诺曼入侵者渡过海峡》（1070—1080 年）。这是为纪念诺曼国王威廉占领英格兰而制作的亚麻布羊毛刺绣。挂毯描绘了威廉征服英格兰的过程。挂毯的主要部分用两条长边框起来，其上是鸟兽及花边，其下是人物和马匹等。尽管

《最后的审判》，1195 年，法国奥顿教堂正中央拱门浮雕

是一件工艺品，但它仍能反映出和当时手抄本插图一致的绘画风格。以轮廓线来表现运动，在轮廓线中以鲜明、平涂的颜色填满，于是画面上的三度空间的感觉就减低成平面的重叠。这种抽象、明朗和新鲜的感觉是罗马式艺术所特有的。从这件作品中，可以看到英格兰传统绘画风格如何演变为一种"罗马式"的风格，它也是这个时代极其难得的一件世俗题材的作品。

五 哥特式艺术（12—15 世纪）

意大利文艺复兴者把 12、13 世纪到他们时代之间的艺术称为"哥特式"，意为"蛮族"哥特人的艺术，但如今，哥特式已有完全不同的含义，它是一种并不逊色于古典艺术，又具有中世纪独特风格的艺术，也是中世纪艺术的最高成就。它开始于建筑方面，而后逐渐渗透到雕刻和绘画领域。纵观整个哥特式艺术，它的发展重点是从追求建筑的效果而转向绘画的效果的：早期哥特式雕刻和绘画都是建筑的一部分，而晚期的建筑和雕刻则追求平面装饰性的效果，不再追求结实和简洁的处理。

1. 建筑

哥特式建筑以教堂为主，建筑风格完全脱离了古罗马的影响，开始于法国巴黎及其附近的地方，确切地说开始于 1140—1144 年路易七世的掌玺官苏热重修圣德尼教堂之时，而后才扩散到全欧洲。此次改建首次系统地应用了以肋穹结构为基础的新建筑体系，使各种形状的平面上都可用拱顶覆盖，将罗马式教堂的多种拱券集中起来综合应用，减轻了拱顶的重量和墙的压力。这套体系经历了随后百余年的发展，到 13 世纪中叶趋于成熟。

因此，哥特式教堂建筑特点是使用了高耸尖塔、尖形拱门、大窗户及绘有圣经故事的花窗玻璃。在设计中利用尖肋拱顶、飞扶壁、修长的束柱，营造出轻盈修长的飞天感。新的框架结构增加了支撑顶部的力量，整个建筑以直升线条、雄伟的外观和教堂内开阔的空间，再结合镶着彩色玻璃的长窗，使教堂内产生一种浓厚的宗教气氛。它吸取了晚期罗马式教堂的长处并加以发展，系统化之后成为一整套程式。

尖肋拱顶：尖拱由相交两圆构成，两圆共有一条半径。基于其在力学上的优点，这样拱顶的高度和跨度不再受限制，不需要像圆拱用那么厚的墙壁来支撑，教堂可以建得又大又高。并且尖肋拱顶也具有"向上"的视觉暗示（见后文所示亚眠大教堂内部）。

玫瑰花窗：哥特式建筑中装饰富丽的圆窗，内呈放射状。中间镶嵌着美丽的彩绘玻璃，主要用在中堂的西端和耳堂的两端。成为哥特式教堂的明显特征。

玫瑰花窗

飞扶壁

飞扶壁：飞扶壁由侧厅外面的柱墩发券，平衡中厅拱脚的侧推力。为了增加稳定性，常在柱墩上砌尖塔。

巴黎圣母院

巴黎圣母院位于法国塞纳河畔，是哥特式建筑成熟的标志。它的兴建与11世纪初期以来城市的再次繁荣大有关联。它不仅作为当时巴黎最重要的宗教活动中心，而且以建筑艺术上所达到的高超水平而饮誉欧洲。该教堂建于1163年，在平面的布局中它强调的是长度轴心，中堂的若干布局虽然保留了罗马式教堂的特点，但窗户、室内的采光和所有形体瘦长的造型等都创造了一种显著的哥特风格。教堂内部的所有细节都充满着上升的直线，这样室内空间也相应地具有了哥特风格所有的"向上高升"的感觉，这与罗马式强调巨大的支撑力是大不相同的。教堂内部有三层，下层以柱廊和尖拱构成，中层是带侧廊的隔层，上层为明亮的玻璃窗。三层之间以细长的石柱相连，最后集于肋穹中心，各层皆以尖拱相互呼应、统一。这种和谐而极具逻辑性的建筑语言，是基于经院哲学的体系和思维方式形成的。

巴黎圣母院，约1136—1250年，总高63米，法国巴黎

亚眠大教堂

始建于1220年，历时半个多世纪完成，是法国最大的教堂。平面基本呈拉丁十字型，占地面积达20万平方米左右，建造时的工程浩大可想而知。亚眠大教堂的中央顶高42.3米，在全城的建筑群中形成一个很突出的标志。支撑中央顶盖的一个个独立飞扶壁，从侧面看就像桥梁的一排排钢架穿过侧廊上方，落脚在外侧一片片横向的墙垛上。这样，减轻了侧廊拱顶承受的中央顶盖重量，可以降低侧廊高度，突出中央顶部的侧高窗，外侧墙也可以减轻负担大开其窗。起初，这可能只出于结构上的考虑，后来逐渐演变成哥特式教堂外部审美上的一种特色，可以根据建筑师的意图，设计成不同的式样。

亚眠大教堂（内部），13世纪，法国亚眠

2. 雕塑

哥特式雕塑出现比哥特式建筑稍晚，在13世纪初开始出现，但哥特式雕塑也取得了相当高的成就，主要为建筑装饰雕刻。不过这时已变为高浮雕和圆雕，并逐步从墙面上独立出来。尽管这时的雕刻主要倾向于拉长变形的非写实形象，强调主观想象，但也出现了不少写实性、带有古代艺术特色或富有世俗气息的作品。哥特式雕刻罗马式雕刻更清晰、有序、生动。雕刻题材也更加广泛，除大量圣经故事、基督生平之外，还有历史、地理、生物和宫廷生活等内容，使得这一时期的雕塑呈现出越来越脱离建筑结构而走向独立的倾向。其表现手法也越来越写实，自觉模仿自然形象，特别是追求感情的表现，形成所谓的"哥特式现实主义"。

夏特尔教堂西门雕刻

最能反映哥特式雕刻艺术成就的是法国的夏特尔教堂。在教堂的入口处两侧排列着的柱像是从建筑结构演变出来的雕刻装饰形式，这种柱像日益脱离建筑而成为独立的雕刻作品，人物形象不但从僵直而紧贴柱子变为高浮雕的形式，而且表现出身体动态的左顾右盼，突破了建筑结构的限制，同时每个人物都有其独立性，它们甚至是可以脱离支柱的。它们代表着一种革命性的变化，那就是重新恢复古典时代以来的三度空间的圆雕。显然这种尝试也只是刚开始，它们都是用圆柱作为人体的基础，比例也不太准确，但由于是立体的，所以比罗马式雕刻更多一种独立存在感。在头部所表现出的温和的特质中，充分显示出哥特式雕刻的写实特征。这种所谓写实特征是一个相对的概念，它是与罗马式雕刻中幻想、变形的手法比较而言的，在这里出现的人物通常有着安静、严肃的表情和不断增加的体积感。另外，教堂外部侧柱上的雕像将3个大门的景象连在一起，它们分别代表圣经中的先知、皇帝和皇后。之所以这样设计是为了把法国的君主作为旧约中帝王的继承人，以强调现实和宗教精神的统一，那就是将教士、主教与皇帝放在一起。

在德国的瑙姆堡教堂，还出现了最早的供养人形象。这是两个著名的贵族人物，名为埃克哈特和乌塔。事实上这一对男女与艺术家并不生活在一个时代，艺术家只是从文献记载上获知他们的姓名的，然而却能将他们的形象表现得栩栩如生。逼真的人物形象、比例准确的造型、庄重而多愁善感的面部表情，反映出中世纪艺术越来越向世俗化和现实性方向发展了。但是从风格上说，它们代表的是哥特式艺术中的古典主义倾向。

哥特式雕塑中涌现出一批优秀的雕塑家，如意大利的罗伦佐·马伊塔尼、尼德兰的克罗斯·石鲁特等。他们将古罗马雕塑的古典风格与哥特式雕塑风格相结合，所开创的新风格开启了文艺复兴的新风。

《圣母之死》（夏特尔教堂门楣浮雕），13世纪，法国夏特尔

3. 绘画

哥特式的建筑和雕刻在圣德尼教堂和夏特尔教堂分别产生了，而绘画却一直发展得比较缓慢。哥特式时期的绘画主要包括彩色玻璃窗画和手抄本插图。法国最著名的几个大教堂的彩色玻璃窗画成为哥特式教堂中不可分割的一部分。在技术上，玻璃画的技巧最晚成熟于罗马式美术时期。但在哥特式美术发展时期，当时的设计师们吸收了建筑和雕刻的特点，逐渐形成了哥特式玻璃画风格。当时玻璃画的代表是法国布杰大教堂中一系列旧约先知的肖像。这些彩绘玻璃画并不是由一整块玻璃组

成的，而是由几百块小彩色玻璃组合、中间用铅线连接而成的。由于中世纪玻璃制造工业的方法较为原始，玻璃的尺寸受到限制。艺术家并不能直接在玻璃上画画，而是像镶嵌画一样，用不规则的碎片玻璃经过剪裁后嵌在轮廓线中。在诸如眼睛、头发、衣褶等细部，则用黑色或灰色的颜料画在玻璃表面上。

在哥特式艺术的发展过程中，国际性的传播与地方性的发展是相对和平行的。最早它只是法国的一种地方风格，进而慢慢扩展，到了13世纪，逐渐和其他地方风格融合在一起，各地区间又不断交流融合，成为一种统一的哥特式风格。但是这种统一的局面很快又被地方风格所打破。最早出现的急先锋是在佛罗伦萨城，它的风格通常被我们界定为早期文艺复兴。

《基督升天》（夏特尔教堂彩色玻璃窗画），13世纪，法国夏特尔

六　中世纪艺术的特点及历史地位

由于中世纪的封建统治和宗教教规均十分严酷，对人类的个性乃至基本人性都是极大的压抑。几乎所有的艺术只与上帝和上帝的教义有关，所有类型的艺术品如雕刻、绘画、彩绘玻璃等仿佛都只能在上帝的世界——教堂里存在。因此，艺术成为宗教的奴仆和宗教意识形态的宣传工具。基督教中"不要崇拜偶像"的教条，使得曾经是古希腊艺术主体的大型人物立体雕像蜕变为依附于教堂建筑的神像浮雕。立体雕像艺术沦为浮雕是艺术丧失其独立性的象征。古希腊雕刻所崇尚的人体力与美的风貌在中世纪丧失殆尽。后人至今可以通过欧洲的教堂艺术来想象和认识中世纪的世界。

因此，中世纪艺术不论从构思上还是技法上，都呈现出远离现实生活，趋于装饰性、象征性、概念化、单一化和程式化的特点。例如：中世纪艺术在构图上遵从逻辑的和视觉的一系列准则，要做到对称、均衡、繁简、疏密、装饰的得当与相宜。在这种思想的指导下，整个中世纪艺术像是一幅巨大的连环画，人物、情节、性格、面貌十分单一、前后重复，显得古板、生硬。

但是，我们同样应该看到，中世纪虽然是西方历史发展中的低谷，但还有不少不可否定的长处。在欧洲，从生活礼仪、民俗民情，到文学艺术的各个方面，都与中世纪的宗教有着千丝万缕的联系。

首先，在建筑艺术方面，欧洲最普及，也是最高级的建筑，就是作为宗教建筑的教堂，它们大部分是中世纪的产物。不论规模、式样、质量，都达到了建筑史上的一个新高度。直至今日，除20世纪建筑以外，欧洲所有高级建筑，都是当时中世纪打下的基础。例如，哥特式风格迅速变为"国际风格"。

其次，在雕刻、绘画领域，文艺复兴时期的美术，题材基本上是由中世纪提供的，即多数还是宗教题材，在此基础上增添了人文主义思想。例如，在雕刻技法上，中世纪雕刻已经为文艺复兴做了铺垫。

最后，那些为了装饰教堂以及各种仪式而制作的各种材料与类型的十字架、圣像以及带有这二者标志的装饰品，渗透到了欧洲的各个角落。而一些非宗教性的实用工艺品，随着城市手工业的繁荣而得到迅速发展，更能体现出欧洲人的创造能力。这些工艺美术品，成了中世纪数目最多、与民众生活结合得最为密切的艺术品。

第三节　中世纪文学

中世纪文学的发展依社会变迁的轨迹可以分为三个阶段。从罗马帝国衰亡至公元1000年为早期，是封建社会的形成时期，也是基督教的先哲们确立教会文学规范的年代；1000—1300年为兴盛期，市民文学开始崛起，英雄史诗大量出现；从1300年至15世纪是衰落期，以意大利文艺复兴的出现为终结。

中世纪文学的主要特点如下。

第一，基督教思想制约着中世纪文化。虽然当时的作家所受的影响有深浅的不同，但是，在基督教思想逐渐深入各个文化领域，并成为中世纪精神支柱的过程中，各类文学无不打上了它的印迹。有些文学作品公开宣扬禁欲主义和来世思想，表现了封建领主、地主阶级及其精神上的代表僧侣阶级的意识形态特征。同样，也有些作品，仅仅带有崇奉基督教思想的特点。这反映了基督教对文学影响的复杂性。

第二，在各种文化的交融中，特别是在中世纪封建制度和封建国家形成与确立的历史条件的作用下，中世纪文学突出了各民族文学遗产中的一个基本思想——爱国主义和英雄主义。很多作品描写和反映了欧洲封建国家形成和确立时期的社会现实，歌颂了为保卫国家和民族而献身的英雄人物，赞美了在确立王权中起过重大作用的英明帝王。但有些作品又将歌颂英雄、爱国思想与忠君思想、宗教思想结合起来，这实际上是爱国思想和英雄主义的中世纪化，也是东方古代文化中特有因素对中世纪欧洲文学的影响的反映。

第三，中世纪作为等级森严的社会结构形态，还出现了特定阶层的文学作品和文学现象。例如骑士阶层、市民阶层的出现，就使得在正统的基督教文学占统治地位的同时，世俗文化的传统也以新的形态不断发展,他们的思想感情和生活理想在文学作品中得到了反映。骑士文学将爱情作为描写的主要对象,肯定现世生活,在一定程度上承继了古代文化精神,背离了禁欲主义。市民文学将笔触指向市井生活和世态人情,具有较强的反封建意义。

中世纪文学主要包括教会文学、骑士文学、英雄史诗和城市文学。

一 教会文学

中世纪文化的主体是基督教,在文学方面,必然要突出教会文学。最初,教会把一切学术纳入神学的范畴,把哲学看作神学的婢女,把科学、艺术看作神学的奴仆,文学艺术为宗教服务:作诗是为了撰写圣歌、祈祷词,作曲是为了谱圣歌乐谱,修辞学是为了说教和讲道的技术,散文是为了写圣徒传,戏剧用以扮演圣经故事和圣徒行迹,等等。

基督教会统治的理论基础是《圣经》,《圣经》的主导思想是博爱主义。《圣经》包括《旧约》和《新约》。《旧约》是希伯来人古代典籍的汇总,其中包括神话、传说、民间故事、宗教律法、谚语格言以及情歌等。《新约》是基督教初期产生的关于耶稣及其使徒们的传说、言行录和书信。《圣经》中包括一些有价值的史料和文艺作品。但僧侣们对《圣经》妄加解释,宣传人类负有原罪,在现世理应受苦,安贫守贱,顺从上帝的安排,把希望寄托于来世。这样,《圣经》就完全成了封建统治者的理论根据了。随着基督教的发展,《圣经》对欧洲社会和文学产生了深远的影响。

教会文学的体裁种类繁多,有圣经故事、圣徒传、祷告文、圣者言行录、梦幻故事、奇迹故事、宗教剧等。这些作品有的大肆渲染上帝至高无上的权威,有的歌颂基督的伟大,有的对圣徒大唱赞歌。那些为了基督教信仰而献身的殉教者,弃绝尘世生活遁世苦修的苦行者,以及长途跋涉去圣地朝圣的香客,都是它歌颂的对象,他们的事迹被写成"行传"广为宣传。中世纪大部分宗教文学都是在圣经故事和使徒行传的基础上扩充的,价值不大。相反,一些基督教的神学家的宗教著述丰富了宗教文学的内涵。圣奥古斯丁(354—430)被认为是基督教的先哲之一，他的著述在中世纪广泛流传，最重要的是具有自传性质的《忏悔录》与宗教著作《上帝之城》。尽管其中大量充斥着对上帝的虔敬溢美之词，但这两部作品在西方文学上都起到了开风气的重要作用。另一位著名神学家托马斯·阿奎那（1258—1260）的《神学大全》和《反异教大全》虽然属神学范畴，却有很多哲学上的深刻见地，在文学理论上也有一定贡献。

二 骑士文学

中世纪的骑士文学，是最充分地表现了封建贵族阶级精神特征的文学，也是世俗的贵族阶级文学的主要成就。

骑士制度是封建制度的产物。封建主为了进行战争和镇压人民而豢养了许多骑士。最早的骑士主要来自中小地主，后来领主的家臣和富裕农民也有成为骑士的。他们替大封建主打仗，得到大封建主赏赐的土地和金钱，成为小封建主。骑士是封建主阶级最低一层的等级。在几次十字军东征中，由于战争的需要，同时也由于他们在东征中接触到了较高的东方文化，长了见识，骑士的地位大为提高，形成了固定的骑士阶层和所谓骑士精神，12世纪时，出现了骑士团，从国王到拥有大小爵号的封建主都参加了骑士团的组织。由此可以看出骑士地位的显著提高和他们在封建统治阶级中的重要地位。封建主的子弟从小就接受军事训练，以便长大当一名合格的骑士。当他们已训练合格、具备骑士的条件时，还要举行庄严的仪式，然后才正式成为骑士。骑士的信条是"忠君、护教、行侠"。在骑士制度的发展过程中，还出现了专门为骑士制定的一系列的道德标准。除忠君、护教、行侠的信条外，还要求骑士"文雅知礼"，甚至学习音乐和作诗。骑士把自己的"荣誉"看得高于一切。他不仅要忠实地为主人服务，还要效忠和保护女主人。女主人在骑士心目中像圣母一样神圣，这一点后来发展为对贵妇人的爱慕和崇拜。能为自己"心爱的贵妇人"去冒险和取得胜利，博得贵妇人的欢心，在骑士看来是最大的荣誉。所有这一切就构成了所谓的"骑士精神"。骑士的忠君、护教，都是为了维护封建制度服务的，他们对贵妇人的爱慕和崇拜也带有明显的封建性和矫揉造作的特点。不过由于他们是封建统治阶级中的最低一层,他们中间有些人的锄强扶弱、保护妇女、尊敬老人等道德信条,也有符合人民愿望的一面。此外,他们虽不反对宗教,并为宗教去冒险,但他们向往世俗的爱情,要求突破禁欲主义的束缚,也是值得肯定的一面。

后来随着中央集权的加强和战争活动的相对减少,以及雇佣兵制度的兴起,骑士制度逐渐衰落下去。骑士们生活在王宫和大贵族的宫廷里,一味追求"典雅",其腐朽和寄生的本质日益明显地暴露,而他们引以为傲的尚武精神则逐渐消失殆尽。

如同法国是中世纪骑士制度的中心一样,法国也是骑士文学最兴盛的地方。骑士文学的主要体裁有抒情诗和叙事诗。骑士抒情诗的发源地是法国南部的普罗旺斯。这里在查理曼大帝的帝国分裂以后,就处于独立的地位,商业发达,城市兴起,因而贵族文化也相当繁荣。恩格斯曾指出,南部法兰西"在新时代的一切民族中第一个创造了标准语言。它的诗当时对拉丁语系各民族甚至对德国人和英国人都是望尘莫及的范例"。恩格斯在这里所说的诗,就是普罗旺斯的骑士抒情诗。

骑士抒情诗的作者主要是封建主和骑士,但也有少数是社会下层出身的人。普罗旺斯的骑士抒情诗在艺术方面受到民间诗歌很大影响,但内容则是描写骑士们的所谓"典雅的爱情",主要是骑士对贵妇人的爱慕和崇拜。贵族骑士用这种"高雅"爱情的外衣,来掩盖他们腐化淫乱的生活。骑士抒情诗种类很多,其中以《破晓歌》最为有名,写的是骑士和贵妇人在黎明前依依惜别的情景。由于骑士抒情诗全都是歌颂所谓"典雅的爱情",后来自然流于千篇一律了。不过它毕竟和宗教文学不同,写的是现世的生活,而且注意心理描写,语言也形象生动,诗律新颖多样,这些对后来欧洲诗歌的发展都有一定影响。

法国北方骑士文学的主要成就是骑士叙事诗。这种诗歌的诗人称作"特洛阿",亦即行吟诗人之意。骑士叙事诗一般都比较长,内容是写骑士对贵妇人的爱情,写他们为获得荣誉和博得贵妇人的青睐,除妖驱魔、降龙伏虎,进行各种冒险的"事迹",有时也写他们为了护教而征讨异教徒。骑士叙事诗缺乏历史的根据,大多出自诗人的虚构。诗中的离奇情节和冒险精神，同十字军东征时的宗教狂热和阿拉伯传说的影响有关，但根本原因是骑士精神的脱离实际。所以，骑士文学作品就只能在虚幻的故事中表现骑士精神。

骑士叙事诗中描写不列颠王亚瑟（又译阿瑟）和他的圆桌骑士的作品数量很多，在法、英、德等国都产生了不少的作品。亚瑟原是不列颠凯尔特人的一个不大的部落首领，但特洛阿把他写成一个封建大国的国王。他的宫里讲究最优美典雅的礼节，四面八方勇武的骑士都云集这里，他们对美丽的贵妇人表示爱慕和崇拜，并到各地去从事冒险。特洛阿对封建骑士的生活极尽粉饰和美化，尽情歌颂其辉煌的一面，完全抹杀了他们的残暴和寄生的特点。

《特里斯丹和依瑟》是流传最广的骑士叙事诗之一。作品叙述康瓦尔王马尔克派他的外甥特里斯丹为他到爱尔兰去向爱尔兰公主依瑟求婚，求婚被接受了。依瑟的母亲给依瑟和马尔克准备了一种魔汤，在结婚时喝了便能彼此相爱。但特里斯丹和依瑟在归途中误饮了魔汤，由此二人产生了不可克制的爱情。依瑟虽同马尔克结了婚，但一心热爱特里斯丹。马尔克对他们进行种种迫害，但终不能制止他们的爱情，最后两个情人都悲惨地死去。诗中歌颂了真诚的爱情，对封建的婚姻和礼教提出了抗议。

骑士传奇是中世纪骑士文学的一个重要部分，英、法、德三国都有传奇名篇传世。骑士传奇的主题大都是骑士为了爱情、荣誉或宗教信仰，表现出冒险游侠的精神。骑士传奇按照题材可以分为不同的系统。中世纪的骑士文学主要包括三个系统。

一是古典系统。一般是模仿古希腊罗马文学作品，如《亚历山大传奇》《特洛伊传奇》《埃涅阿斯传奇》等。这些传奇虽然写古希腊罗马故事，但它们的英雄却具有中世纪骑士的爱情观和荣誉观。

二是不列颠系统。一般是围绕古凯尔特王亚瑟的传说发展起来的，主要写亚瑟王和他的圆桌骑士的故事。这些故事在西欧国家流传非常广。在15世纪的英国，出现了《亚瑟王之死》，是这一系统中成就最高的著作，全书包括八个故事，由诗人托马斯·马洛里依照亚瑟王与圆桌骑士法文版的传奇翻译编纂而成。

三是拜占庭系统。多以拜占庭流传的古希腊晚期故事写成。代表作品包括《奥迦生和尼哥雷特》。

类型	发源地	主题	代表作	风格		其他
骑士抒情诗	法国南部普罗旺斯	骑士与贵妇的爱情	《破晓歌》	典雅	历史意义	挑战禁欲主义 影响后世诗歌
骑士叙事诗	法国北方巴黎附近	骑士们的冒险事迹	《特里斯丹和依瑟》	奇幻	三大系统	古典系统 不列颠系统 拜占庭系统

三 英雄史诗

英雄史诗是在民间文学的基础上发展起来的，内容主要是反映民族的重要历史事件和歌颂杰出的英雄人物。从英雄史诗所反映的内容来看，可以分为两类。一类所反映的时代较早，属于民族大迁徙时期，即封建制度确立以前各部落的生活，属于这一类的有日耳曼人的英雄史诗《希尔德布兰特之歌》（仅存68行），盎格鲁－撒克逊人的英雄史诗《贝奥武夫》，以及冰岛的《埃达》和《萨迦》。这类作品的基本内容是歌颂部落的英雄，比较充分地反映了氏族社会时期的生活，特别是对部落之间的血仇关系有鲜明的反映。

《贝奥武夫》是流传至今最完整的一部早期英雄史诗。史诗所反映的事件是在6世纪盎格鲁－撒克逊人尚在欧洲大陆时的生活。史诗叙述瑞典南部耶阿特族青年贝奥武夫听闻丹麦国王宫中饱受巨怪格伦德尔骚扰和危害的消息，率十四名勇士渡海到丹麦，只身与巨怪搏斗，杀死巨怪和它的母亲。五十年后，贝奥武夫当国王时，又为本族杀死火龙，自己英勇牺牲。史诗通过歌颂一个入海斩妖、登山屠龙、临危不惧、奋勇当先的氏族英雄，宣扬见义勇为、大公无私的精神。勇于自我牺牲的道德品质，体现了氏族社会末期人民的理想。诗中对英雄人物的性格刻画比较鲜明，史诗的结构比较严整，层次分明，也有一定的变化，语言富于形象的比喻。但史诗在传抄过程中曾受到基督教思想的影响，带有宿命论的色彩。

另一类即后期的英雄史诗，则是封建制度发展以后的产物。诗中英雄人物的思想和活动已超出部落的狭隘范围，他们为保卫国家而战斗。这些史诗的中心主题是爱国主义。诗中的英雄勇敢善战、忠于祖国、忠于君主，体现了封建关系下人民理想中的爱国英雄形象。某些史诗中还出现了强大英明、能够统一国家、制服封建叛乱的理想君主形象。英雄史诗一般都以一定的历史事实为基础，最初作为民间传说和歌谣故事，经过民间歌手的传唱而流传开来。这中间又经过各种加工，大约在12、13世纪时方被一些有学问的诗人记录下来。在长期流传过程中，以及在最后被记录时，往往发生一些被歪曲和被篡改的情况，渗入了一些贵族的、基督教的思想，因而带有一定的复杂性。

后期英雄史诗中最著名的有法国的《罗兰之歌》、西班牙的《熙德之歌》、德国的《尼伯龙根之歌》和古罗斯的《伊戈尔远征记》等。其中《罗兰之歌》是此类史诗中最重要的作品。史诗问世于11、12世纪的法国，却直到19世纪才被发现。它以十字军东征为背景，是一个典型的表现爱国忠君主题的故事。《罗兰之歌》在中世纪地位极高，已经成了西欧封建社会理想英雄形象的象征。

法国的《罗兰之歌》是后期英雄史诗中最有代表性的作品。全诗4002行，用罗曼方言写成。诗中叙述的故事发生在查理曼大帝时代。查理曼大帝出兵西班牙，征讨摩尔人即阿拉伯人，历时七年，只剩下萨拉戈萨还没有征服。萨拉戈萨王马尔西勒遣使求和。查理曼大帝决定派人前去谈判，但大家知道马尔西勒阴险狡诈，去谈判是件冒险的事。查理曼大帝接受其侄儿罗兰的建议，决定让罗兰的继父即查理曼大帝的妹夫加奈隆前往。加奈隆由此对罗兰怀恨在心，决意报复。在谈判时他和敌人勾结定下毒计，在查理曼大帝归国途中袭击他的后队。加奈隆回报查理曼大帝，谎称萨拉戈萨的臣服是实情，于是查理曼大帝决定班师回国，并接受加奈隆的建议由罗兰率领后队。当罗兰的军队行至荆棘谷，突然遭到十万摩尔兵的伏击。罗兰率军迎战，但因众寡悬殊，最终全军覆灭，罗兰英勇战死。罗兰好友奥里维曾三次劝他吹起号角，请查理曼大帝回兵来救，都被罗兰拒绝。直至最后才吹起号角，但为时已晚。查理曼大帝赶到，看到的只是遍野横陈的法兰克人的尸体。查理曼大帝率军追击，大败敌人。回国以后，将卖国贼加奈隆处死。

《罗兰之歌》是一部爱国主义诗篇。诗中歌颂了那些能够保卫祖国、抗御外敌的英雄。史诗中查理曼大帝、罗兰和奥里维等英雄为之奋斗的事业是保卫祖国。同时，史诗的作者严厉谴责了加奈隆为了私利而出卖国家利益的叛变行为。诗中还揭示出加奈隆卖国行径的社会根源：他不仅是一个叛徒，同时也是桀骜不驯的封建主。在中世纪，封建主们不断发动争权夺利的混战，完全不顾国家和民族的利益，给人民带来无穷的灾难。《罗兰之歌》对专横的封建主的谴责，反映了当时广大群众的要求。史诗中查理曼大帝是一个被歌颂的形象，他英明勇武，他的威武和名声甚至连敌人也表示敬畏。这样一个贤明、强大，能保卫祖国，又能制服封建主叛乱的国王，正是当时人民所要求的。史诗中对查理曼大帝的形象有一定程度的美化，正是出于这个原因。人民把国家统一的希望寄托在他身上。当时国王铲除专横暴乱的封建主，是符合历史进步要求的。

《罗兰之歌》在艺术上也比较完美。情节集中在一个事件上，只写战争的最后一年。诗中惯用重叠和对比的手法，风格粗犷朴素。这些都是民间创作艺术特色的反映。在西欧和北欧，民间歌谣也很盛行，特别是在14世纪以后。这和中世纪后期农民运动的高涨有着直接的关系。在西欧，民谣中最著名也是最好的一组是英国的"罗宾汉谣曲"。罗宾汉是12世纪的自由农民，善射箭，因不堪地主压迫逃往绿林，结交"法外之民"，形成一支由绿林好汉组成的武装队伍。他们为社会正义而斗争，反对地主、僧侣、官吏，但不反对国王。他们抢劫贵族、僧侣，救济贫苦农民。哪里有封建主压迫人民，哪里就有罗宾汉兄弟出现。谣曲里还歌颂了罗宾汉的伙伴们，如细长个子"小约翰"、快乐的僧人大力士吐克、歌手阿兰等。他们过着无拘无束的生活，他们的事迹传颂一时，谣曲热情地歌颂了他们在斗争中所表现的机智和勇敢。谣曲故事性强，又富于抒情性，在当时非常流行，对后世有较大的影响。

年代	题材	主题	创作方式	民族（地区）	代表作	备注
早期	民族迁徙英雄事迹	英雄主义	民间传唱	盎格鲁-撒克逊	《贝奥武夫》	现存最完整的早期英雄史诗
				日耳曼	《希尔德布兰特之歌》	
				冰岛	《埃达》《萨迦》	
				芬兰	《卡列瓦拉/英雄国》	
后期	建立国家宗教战争	忠君爱国	民间传唱文人加工	法国	《罗兰之歌》	最有代表性的后期英雄史诗
				西班牙	《熙德之歌》	
				德意志	《尼伯龙根之歌》	
				古罗斯	《伊戈尔远征记》	

四　城市文学

西欧各国从 10 世纪开始，由于手工业和农业的分工、商业的发展，产生了城市，并形成了从事工商业的市民阶层。12 世纪，市民阶层力量逐渐强大，打破了教会对教育的垄断，开始开办非教会学校。尽管市民阶层不否定宗教信仰，却对封建领主制度和天主教会的权威造成了极大的威胁。西欧许多国家的教会将市民阶层开办的非教会学校视为异端，并设立宗教裁判所，对世俗文化进行戕害和镇压。

中世纪城市文学的发展同城市斗争及"异端"思想有着密切关系，同时也适应了市民对文化娱乐的要求。城市文学多数是民间创作，有强烈的现实性和乐观精神，歌颂市民或农民个人的机智和聪敏，反映了萌芽中的资产阶级的精神特征。其表现手法是讽刺，语言朴素生动，有时流于粗俗。

法国是西欧城市发展最早的国家之一，城市文学最发达。"韵文故事"是法国最流行的一种城市文学类型，其特点是故事性和讽刺性都很强。作品无情地嘲讽骑士和僧侣的丑态，但同时也暴露市民阶层的贪婪自私。法国城市文学中成就最高的包括两部作品：《列那狐传奇》和

《玫瑰传奇》。前者以动物世界隐喻人类社会，对法国文学的影响力巨大而持久，以至于在现代法语中"列那"一词已经成为一般名词，代替了"狐狸"这个单词。《列那狐传奇》以动物讽喻现实，通过动物间的斗争来反映城市内部各阶层间的矛盾冲突。列那狐是市民的化身，在它身上体现出市民阶级的双重性：一方面与象征豪门权贵的狮子、狼等大动物斗争，表现了市民阶级对封建统治阶级的反抗思想；另一方面又欺凌和残害象征贫苦下层人民的麻雀、乌鸦等小动物，表现了市民上层与下层之间的矛盾。18世纪德国文学家歌德对其十分推崇，并将之改写成德语叙事诗《列那狐》。而后者则采用寓意手法，没有曲折的情节，描写梦境、典雅的爱情等主题。这是西方文学中第一部描写梦境的作品，甚至影响了20世纪的现代文学。《玫瑰传奇》整部作品用象征、梦幻的手法，写"情人"经过种种努力，排除各种阻挠，最终获得玫瑰（恋人）的梦幻故事。上部基本是宣扬骑士典雅爱情的贵族文学作品，下部则突破狭隘的爱情主题，成为后来人文主义文学的萌芽。

中世纪的市民戏剧也非常繁荣，主要包括独白剧、道德剧、傻子剧和笑剧四种体裁。这些不同的体裁在表现手法和内容题材上有很大的相似性，一般都以讽刺的笔法来表现市民阶层的精神面貌。

五 但丁

但丁（1265—1321），是"中世纪的最后一位诗人，同时又是新时代的最初一位诗人"。他出身于佛罗伦萨小贵族家庭，从小熟读罗马诗人维吉尔、贺拉斯、奥维德的作品，积极投身于反封建贵族的斗争。1300年，佛罗伦萨建立共和政权，但丁被任命为行政长官，却因反对教皇干涉内政，遭到迫害。1302年开始，被流放长达20年之久，流放期间进行创作，写了《神曲》。

（1）散文诗集《新生》

但丁少年时爱上少女贝亚特丽齐，为她写下许多诗，但丁将这些诗用散文连缀起来，取名《新生》。诗歌热烈赞美她为他带来的灵魂上的新生。

（2）《神曲》（包括《地狱》《炼狱》《天堂》）

原名《喜剧》，命名原因有三：一是它用意大利文写作，而不是官方语言拉丁文，不很严肃；二是结局是幸福的；三是他喜欢的古希腊喜剧以政治讽刺见长。薄伽丘在《但丁传》中称它为"神圣的喜剧"。

《神曲》采用中古梦幻文学的形式，以自叙体形式描写了但丁35岁时在森林迷路遇到三只野兽，得到古罗马诗人维吉尔的解救。维吉尔引导但丁游历了地狱和炼狱，但丁的恋人贝亚特丽齐引导但丁游历了天堂。游历过程构成了"地狱""炼狱""天堂"三部曲。

《神曲》的艺术特色如下。

一是梦幻与写实的交融。《神曲》虽然以梦幻文学的形式描写了但丁的灵魂在理性和爱的指引下幻游三界，达到至善境界的经历，具有浓厚的宗教幻想色彩，但同时也反映了当时尖锐复杂的党派之争以及教皇和统治者对人民的残酷剥削和压迫。梦幻与现实的交融，反映了作者对基督教文化和世俗文化的积极态度，体现了新文化的发展趋势。

二是工整与协调的结构。《神曲》分为3部，每部33歌，加"序曲"，共100歌。各部篇幅基本相等。长诗采用连锁押韵式衔接，每部诗的末尾均以"群星"一词作结。作品在整体上工整而协调。

三是象征、寓意、梦幻的手法。《神曲》从头至尾充满象征和寓意。森林、狮、豹、狼被称为《神曲》中的四大象征，分别代表混乱的政治环境、野心、淫欲和贪婪。维吉尔代表知识和理性，贝亚特丽齐是爱和信仰的化身，他们象征着人的生活要有知识和爱的指引。三界之行是"人类精神"由罪恶到净化直至幸福的必然过程：地狱象征黑暗社会，天堂为理想境界，炼狱是人类由黑暗走向光明必经的痛苦历程。作品的结构也是象征的，"3"（3部、33篇、3韵句）就意味着神学上的"三位一体"。

四是以意大利民族语言写成，并采用意大利民歌形式。但丁的神学世界观与人文主义世界观的矛盾在作品中得到反映，说明但丁还没有完全脱离宗教的桎梏。

《神曲》三界结构图

地狱		炼狱		天堂	
地狱之门	怯懦无为者	山门外	忏悔太晚的灵魂	第一重 月球天	正人君子
第一圈	未受洗者	第一层	骄横者	第二重 水星天	行善人
第二圈	贪色者	第二层	嫉妒者	第三重 金星天	博爱者
第三圈	贪食者	第三层	易怒者	第四重 太阳天	神学家
第四圈	贪财者	第四层	怠惰者	第五重 火星天	殉道者
第五圈	愤怒者	第五层	贪财者	第六重 木星天	好君主
第六圈	异教徒	第六层	贪食者	第七重 土星天	禁欲修女
第七圈	施暴者	第七层	贪色者	第八重 恒星天	基督与圣母
第八圈	欺诈者	地上乐园	贝亚特丽齐	第九重 水晶天/原动天	天使
第九圈	叛逆者			最高天 天府/三位一体	上帝

第四章

文艺复兴时期文学

第一节 文艺复兴时期文化

欧洲中世纪大约结束于 1500 年前后，其后便进入了"文艺复兴时期"。在此前的"黑暗时期"中，文学艺术、科学知识统统被野蛮和愚昧打入深渊。到了 1350 年前后，一场被称为"文艺复兴"的文化运动便开始向中世纪的某些假说提出挑战；到了 1500 年前后，人们欣喜万分地创造了一个辉煌的"艺术的复兴"。"文艺复兴"一词，便是对 14 世纪中期至 17 世纪初期，欧洲人所取得的科学进步和艺术成就的表达。

文艺复兴运动常被人们看作漫长的中世纪黑暗后"人的觉醒"和"理性重放光辉"。这是因为文艺复兴时期，人们在许多领域都有了巨大的发展——环球航海带来地理大发现、人文主义和科学知识不断进步、商品经济日益发达、商人阶层财富不断积累、城市持续扩大……这些改变使得人们不再把美好愿望寄托于彼岸世界，而是开始追寻现实生活中的美好。从此，欧洲文明终于重新转向以人类为中心的方向上来。

这是人自觉与自由的时代，是由"神本"到"人本"的时代，是文化、思想和道德大转折的时代，也是人的自我价值实现和确证的时代。"这是一次人类前所未有的最伟大的进步的革命，是一个需要而且产生了巨人——在思想能力上，热情上和性格上，在多才多艺上和学识广博上的巨人的时代。"

一 历史背景

13世纪晚期,意大利的佛罗伦萨成为欧洲文艺复兴运动的发源地。文艺复兴运动之所以发生在这里自有其深刻的历史背景因素。

首先是文化方面,意大利人得天独厚,直接继承了古罗马的文明。在意大利的整个半岛,古罗马建筑遗迹和雕刻无处不在,大量凯旋门、引水渠、桥梁、道路仍在使用;在罗马城废墟中发掘出的许多古代雕像,被许多雕刻家直接作为雕刻"模特"。许多学者也开始从中世纪隐修院里搜寻被遗忘的卷帙,并试图从新的角度研究古希腊、古罗马的作品。这种尝试使得意大利学者们开始逐渐意识到古希腊文化灿烂辉煌的成就,并促使他们到君士坦丁堡和东方城市去寻找其他被遗忘的古代杰作。其中,比较著名的事件是1423年,一个名叫乔万里·奥瑞斯巴的意大利学者带回了238本手抄本书卷,并很快将这些著作翻译成拉丁文。凭借这种方法,大部分希腊经典著作得以首次流传到欧洲。对古希腊文艺作品的重新发现和传播,激发了人们对古代文化的热情,对古典知识的重新利用则为文艺复兴的发生提供了文化基础和智力支持。因此,崇尚和研究古典文化成为文艺复兴发生的重要文化因素。

其次是经济和城市的发展方面,13世纪的意大利商品经济发展迅速,且拥有较为先进的城市社会。在哥伦布发现新大陆之前,地中海一直是东西方联系的纽带。而早在此前的中世纪时期,意大利便是欧洲地中海沿岸贸易和地中海航线的中心。优越的地理环境对意大利的海外贸易的发展起到了极为重要的作用,而海外贸易的发展又为商品经济提供了巨大的原料供应地和销售市场。日益发达的商品经济促进了城市的繁荣,加之明显的地理位置优势,处于中世纪后期的意大利很快成为全欧洲最先进的城市社会。商品经济的发达和城市的繁荣为文艺复兴提供了物质上的有力保障。

最后是社会阶层方面,意大利是最早产生资本主义萌芽的国家,资本主义的发生和发展要求生产关系与先进的生产力相协调,于是在佛罗伦萨这个城市中,大量行会和商业组织产生,其中最重要的行会和商业组织来自纺织业和金属加工业、采石业。这些重要行会的领导人多是社会上颇有影响的市民。他们有的通过选举成为市政议会的议员，有的则成为富商和银行家。美第奇家族便是其中最为著名的一个。这一家族以经营毛纺织业起家，后成为欧洲最大的银行家族之一。他们大力资助文学和艺术创作，招揽最出色的艺术家为家族歌功颂德。

综上所述，在13世纪末14世纪初，对古希腊—古罗马文化艺术成就的发掘和研究，使人们开始重新审视自己所处的世界。与此同时，随着商品经济和城市进一步发展，资本主义生产关系的改善和科学技术的不断进步，不仅要求新兴的社会阶层冲破原有的经济、政治关系，而且要求在社会上建立一种以人为本的新的思想文化体系。这种思想文化体系作为新兴资产阶级反封建、反教会的有力武器，也为其自身获取了更大的生存和发展空间。

二 文化特征

（一）资本主义的崛起

从13世纪末14世纪初开始，处于地中海沿岸的一些城市，由于社会生产力的发展和科学技术的进步，在封建社会内部开始陆续出现了资本主义生产关系的萌芽。例如，意大利是资本主义产生最早的地区，其北部和沿海的一些城市当时已有了初具规模的手工业和较为发达的商业贸易。而欧洲大陆的一些初期城市中，商业贸易和手工业也有不同程度的发展。正是在这样的历史条件下，从中世纪的农奴中产生了初期城市的市民，从这个市民等级中发展出最初的资产阶级分子。15世纪末，地理大发现和环球航行的成功使欧洲新兴的资产阶级获得了更为广阔的活动天地，从而促进了资本主义生产关系的进一步发展。经过对内残酷压榨和对外血腥掠夺所进行的资本原始积累活动，资产阶级很快发展成为一支富于经济实力的社会力量。这样，封建的生产关系就成了严重束缚新的生产力和生产关系发展的桎梏。新兴的资产阶级想要自由地发展资本主义经济就必然与阻碍其发展的封建制度发生尖锐冲突。而在中世纪占主导地位的基督教思想体系，是封建统治阶级的精神支柱，维护着封建的生产关系。所以，新兴的资产阶级不仅要用商品经济取代自然经济以求得自身的发展，而且要用一种新的思想体系来反对封建的和宗教的精神禁锢，为资本主义的发展扫清道路。这种社会历史的原因，从根本上导致了文艺复兴运动的产生。

(二) 人文主义思潮与"人"的复兴

这种新的思想文化体系如何建立呢？意大利人亟须一位"导师"来帮助他们认识物质世界和精神世界。古希腊—古罗马文化便成为这样一位"导师"，引领着意大利人乃至全欧洲人进入了一个全新的世界。

文艺复兴时期，古典文化被人们认为是用之不竭的智慧宝库。当时的学者们热衷于挖掘被遗忘的古典文献，并从新的角度去"发掘"希腊、罗马的古典作品，"复现"古希腊和古罗马文化，借此为当代人提供智慧的源泉和思想上的指引。需要注意的是，这种"复古"行为并不是单纯的复现，而是为了使人们摆脱中世纪的沉闷，在现实生活中获得更加丰富的生命体验而进行的"复古"。当时的人们学习的主要是古典著作中丰富的想象力和哲理性，借希腊、罗马文化典籍中强大的精神复兴现代人的道德和实践能力，以证明现代人的力量和自由生活状态的合理性。

此外，15世纪中叶，印刷术的传播和应用使得书籍不再是教会和修道院的"私有财产"。古典书籍的大量印刷扩大了进入学术领域的人的数量，而古代文明则在每一种使人感到兴味盎然的精神事业上都为人们提供了丰富的理性知识。因此当印刷术与古典文化的研究相结合后，世俗教育便开始兴盛。具有强烈人本意识的古希腊罗马文化知识很快得到了世俗教育的青睐。以世俗教育为载体发展起来的古典文化知识研究，重新树立了人对自己的信心，增强了个人在一切领域都能发挥作用的信念。

文艺复兴时期的思想家们正是站在时代的高度，鼓励研究希腊、罗马经典，重视文化教育，将古希腊时期关于人类自身的理性认识纳入新的关于现实世界的思想体系中，从而在更广泛的范围和更高的层次上肯定了人的尊严和伟大。

恩格斯曾经这样高度评价文艺复兴运动：这是一次人类从来没有经历过的最伟大的、进步的变革，是一个需要巨人而且产生了巨人——在思维能力、热情和性格方面，在多才多艺和学识渊博方面的巨人的时代。这种"巨人意识"便是人文主义思想的集中体现。人文主义思想是文艺复兴运动的指导思想，其核心是提倡人性，倡导个性解放，反对专制主义神权，反对愚昧迷信。

在这一时期，人们的目光开始从天国转向人间。人文主义思想的传播将人类从理智的迷梦中唤醒，还人类自身的本来面目，对人的现实性、独立的主体地位、人的能力和价值以及丰富的个性进行逐一发掘和展示。因此，文艺复兴时期又常被人称为"人的发现"的伟大时代。这种"人的发现"主要体现在以下几个方面。

首先，从人与神、人类与动物的关系来看，人文主义思想发现了"人"在宇宙中的主体地位及其价值，亦即人的主体性。人文主义思想将焦点集中在人的身上，以人的经验为出发点，视人为宇宙的中心、万物的主宰，高度赞扬人的崇高和伟大，充分肯定人的价值，竭力维护人的尊严，主张人的意志和独立地位，并以此作为文艺复兴时期人文精神的出发点和归宿。此外，针对中世纪宗教神学极力主张的"人应该蔑视自己"的观念，人文主义者还提出"人不认识自己，就不能认识上帝"，即要求作为个体的人在体力、脑力、艺术、道德等方面全面发展，以此来反对神的权威和教会的专制力量。

其次，从个体与社会、自我与他人的关系来看，人文主义思想发现了"人"的自由和独特的个性。人文主义将"人"从神学的禁锢中解放出来，把"人"看作自己命运的主人。人类可以凭其后天的努力发展其丰富的个性，实现自身的价值和创造自己的幸福生活，实现个性独立、自由和解放，发扬个人的首创精神和自我意识，这些都是文艺复兴时期思想家们对神学教条和宗教仪式扼杀人的自由和个性的强烈抗议。在这种思想的影响下，艺术领域的人物画像或雕塑也开始极力张扬自身的特殊个性，而不再满足于成为抽象化的、符号化的代表。尤其是大量自画像的出现，更表现出艺术家作为人类个体的强烈的自我意识。

再次，从人的非理性和现实生活世界的关系来看，人文主义思想发现了"人"的自然欲求的现实合理性。人文主义学者认为，凡人才是最真实的人，所以凡人的世俗感性欲望便是最合理的欲望。针对中世纪宗教神学对人性及人的世俗生活世界和感性欲求的排斥、贬低和压抑，文艺复兴时期的人文主义者充分肯定人性及人的感性欲求的合理性，反对超自然的禁欲主义，坚持灵肉一致，拒绝用此世的对苦难的忍受，换取飘渺的来世幸福。

最后，重视"人"的独立思考能力，坚持理性在人的生活秩序中的首要地位。人文主义者提倡以怀疑和探索的精神来对抗中世纪的蒙昧主义，这使得人文主义思想达到了较高的理性水平。基督教神学理性主要体现为一种超现实关怀，它在抑制自然欲望的同时，提升人的精神层面，促使人更加关注彼岸世界。而人文主义的理性则是在承认现实物质理性重要性的同时，更加注重人的自然属性，认为人现实的自信心、爱情、勇气能够发展到一个非凡的高度，进而获取战胜自然的力量，拥有更大的创造力，在思想深度上成为一个"巨人"。对理性和思维的高度重视，标志着"人"无论在精神方面还是在物质方面都完整地独立于世界。

（三）科学自然主义的思潮

哥伦布发现新大陆，哥白尼提出"日心说"……大量自然科学上的新发现，既给人们带来了丰厚的物质财富，也拓宽了人们的精神视野，激发了人们对自然科学的探究热情，改变了人们对人和世界的观念看法。在此基础上，理性和科学逐渐成为这一时期人们反对蒙昧主义的重要思想武器。

科学自然主义主要是指通过对客观对象细致和准确的观察，更加客观地研究和呈现现象世界；到了艺术领域，则体现为对艺术对象的细致观察和精确描绘。

在文艺复兴运动的早期，艺术家们尚且能够满足于他们作为手工艺人的地位。那时的他们往往从做学徒开始，学习研磨颜料、雕刻木匣、制作雕版、为壁画整理墙体表面。而到了15世纪末16世纪初，艺术家们已不再满足于艺术作品的创作，而是开始集中精力于艺术理论的研究：对自然现象进行科学观察和认真探索，研发新的绘画材料，将几何学、光学、解剖学当作视觉艺术的必修课……艺术家们将欧几里得的几何学原理用于绘画的视觉效果方面，使空间同客观的数学原理统一起来，发现了直线透视法；通过界定平行线在投影面上的一个聚焦点，获得了在二维平面图上显示出向内外延伸的视觉幻象；根据物体与观察者的距离的不同，发现了视觉艺术中"近大远小"的规律。艺术与科学之间的密切关系进一步发展，使得建筑师成为数学家，雕刻家成为解剖学家，画家成为几何学家，音乐家成为音响学家。

在这种科学自然主义思潮的影响下，即使是中世纪的"专利"——宗教主题绘画，也因透视法的应用，而让人觉得它来自此岸的现实世界，而不是象征性的彼岸世界。这是因为定点透视使得画像与观赏者处于同一位置，画面中所有的线条都集中于视平线的某一焦点，形成了画面空间与现实空间的统一。这种位置上的一致性，在将宗教主题拉回现实世界的同时，也抬高了观赏者个人所处的"地位"：画面中所有重要的东西都被置于观赏者的理性把握范围内，观赏者能够轻而易举地理解和把握画作中的事物，这使得他们的视觉和心灵都得到了一种至高无上却又具有强烈真实感的审美愉悦。

文艺复兴时期，达·芬奇、米开朗基罗、拉斐尔三位艺术巨匠和其他艺术家们共同对透视法、光学、解剖学等方面的探索，为艺术表现的可能性开拓了更为广阔的天地。

（四）宗教改革

1517—1546年，马丁·路德坚决抗议罗马天主教会，发动了一场宗教改革运动。这场运动席卷整个欧洲，永久性地结束了罗马天主教会对于西欧的封建神权统治。这是一场在宗教外衣掩饰下发动的反对封建统治和罗马教会神权统治的政治运动。其产生的原因如下。

一是经济根源（根本原因）：西欧商品经济和资本主义的发展要求建立统一的国家和国内市场，天主教会成为资本主义发展的最大障碍。

二是政治因素：民族意识的增长、专制君主的兴起和民族国家的形成要打破天主教会"一统天下"的局面。

三是文化因素：文艺复兴促进思想解放，人本主义思想挑战了天主教权威。

四是直接原因：天主教会的腐败和搜刮，教皇兜售赎罪券。

新教和天主教有三个重要的区别。

第一，人凭什么得救，天主教认为靠上帝的恩典和人的善功，可以把善功理解成做好事、积功德。而新教认为人能得救只靠上帝的恩典，否定了善功的作用，即所谓的"因信称义"。上帝把一切都安排好了，人做什么都没有用，信主就应该做好事，善功不能拿来计算。这样教皇利用善功贩卖赎罪券的行为就被釜底抽薪了。

第二，关于宗教权威的标准，天主教认为权威是教皇诰令，新教认为只有《圣经》。天主教认为教会是具有强制力的信仰和道德管理机构，是人得救的诺亚方舟；新教则认为人人都是祭司，每个人直接和上帝联系，不再需要经过神父、主教、红衣主教、教皇，彻底做到上帝面前人人平等，教会只是基督徒的团契，也就是基督徒的聚会、组织。这样一来，教皇领导的天主教会对于新教徒来说就是多余的，新教徒可以自己组成教会，平等地团结在一起。

在路德之前，一般的基督徒没有文化，读不了拉丁文的《圣经》，他们学习基督教的教义只能靠神父布道，而神父布道必须遵照教皇对教义的各种裁决，以教皇诰令为准，所以宗教权威就是教皇诰令。但新教认为基督教的唯一权威就是《圣经》，《圣经》就是上帝的说法，任何人的说法都不足为据。这样一来，教皇的诰命和教会的权威就被彻底否定了。

第三，生活的意义是什么？天主教认为是在服从教会的前提下获得拯救，而新教则认为基督徒必须在一切事业中侍奉上帝，增添上帝的荣耀。在天主教的生活观里面只有神职才有意义；而新教（主要是神学家加尔文）打破了这种狭隘的生活观，认为每一个职业都是为了荣耀上帝而存在。

总之，路德、加尔文领导了宗教改革，基督教没有被宗教改革完全摧毁，而是分成了天主教和新教，罗马教皇的权威倒是真的被摧毁了，他失去了作为基督教统一组织领袖的地位。最重要的是，新教伦理解放了资本主义精神,为现代西方资本主义的迅猛发展,提供了最深层次的精神动力。宗教改革直接引起宗教战争,差一点摧毁了西方,不过,西方从中找到了一种新的制度安排,也就是教随国定,同时也带来了一种新的精神品质,也就是宗教宽容。

(五)文艺复兴的消极后果

正如我们前章所讲,中世纪并不是漆黑一团,文艺复兴时期也不可能是光辉一片。

这一时期,许多工商业者凭借个人奋斗,积累起大量的财富。他们骄奢淫逸,享受各种荣华富贵,完全抛弃了基督教禁欲主义的生活原则。人文主义的全面登场又使得人的物质理性和物质欲望过度膨胀。这一切共同导致了文艺复兴后期社会思想道德方面的一系列消极后果。一是道德滑坡。文艺复兴时期,人的思想得到极大解放,这种被解放出来的活力在无拘无束之中成了破坏的源泉。一切道德标准让位于人的现世欲望,人们不择手段、无所不为,只图自己快乐,再不受外界道德标准的约束,就连原本应当作为"道德榜样"的教会也成了最先腐烂的"苹果":牧师滥用职权去积累世俗财富,教皇热衷于炫耀个人功绩和进行宗教战争。整个社会出现道德理念上的紊乱,进而发生道德上的滑坡。二是个人主义极端化。人的发现即自我意识的觉醒造成个人主义极度膨胀。在个人主义的推动下,人们只顾展示个人的力量、实现自己的野心,而忽略了人自身的有限性、人的社会性、他人的权益。这种个人主义的极端化必然导致人的自负和癫狂。

(六)文艺复兴的终结

1550年前后,意大利的文艺复兴在经历了两百多年的辉煌岁月后,开始走向衰落,其原因是多方面的。其一,1494年法国入侵以及随后持续不断的战争,1529年神圣罗马皇帝查理五世攻占罗马,导致意大利的城市生活受到严重破坏。战争带来的经济衰退,使意大利失去了作为世界贸易中心的优越地位,这直接导致了支持艺术领域的款项锐减。其二是反宗教改革。16世纪,作为反对世俗、反对新教传播的一股强大力量,罗马教会变本加厉地对思想和艺术实行严厉的控制。这种控制实行的标志便是 1542 年罗马宗教法庭的建立。罗马宗教法庭发布禁书目录、审查科学预测、处死"异端"。这期间最臭名昭著的几件事包括：教皇保罗四世找一个二流画家，为米开朗基罗的《最后的审判》中的裸体人物"穿上衣服"；布鲁诺因坚持宇宙中不止地球这一个"世界"的观点而被烧死在火刑柱上；伽利略因"日心说"差点被终身监禁。由于教会对任何可能威胁到它统治的事物都无法容忍，倡导自由、科学、理性的文艺复兴必然走向衰落。

第二节 文艺复兴时期艺术

从 14 世纪末到 16 世纪，欧洲文化思想领域发生了一场史无前例的大变革。人们从中世纪的梦魇中挣脱了宗教的精神枷锁，重新认识存在的这个世界——高高在上的神被还原为人的造物，人开始重新认识自身的价值，于是，人文主义旗帜被树立了起来。人文主义唤醒了人们对日常世俗事物的兴趣，知识、人才、智慧、艺术得到自由发展的机会。同时人文主义增强了个人在一切领域发挥作用的信念，人们从中世纪的象征主义和天国幻象的神秘主义，转向对自然界存在形式的细致描绘和精确表现。文艺复兴时期的美术就是在这个基础上发展起来的。

在这一时期，雕刻家、画家、视觉艺术家等层出不穷，无论建筑、雕塑还是绘画，都表现出强烈的人文主义色彩：古罗马建筑中几何结构的明晰性与和谐的比例关系受到建筑师们的极大重视；雕刻家和画家重视研究几何学、光学和解剖学，从而使三维空间更为精准地表现所观察到的人物形象和客观世界；艺术家们创造出了一种典型的、理想化的人物形象，这些形象有着和谐的姿态、匀称的比例、优美的面容。因此，这些充满人文主义思想和具有一定科学性的作品，为近现代西方艺术发展奠定了坚实的基础。

一 意大利文艺复兴时期艺术

资本主义的因素最先在意大利萌芽，市民阶层的形成有力促进了世俗文化的发展，文艺复兴运动也首先发生在意大利，新的艺术风尚和审美趣味在城市中出现了。这一时期又称原始文艺复兴时期、文艺复兴萌芽期或文艺复兴孕育期。

美术中的新倾向，首先表现在艺术家对待现实的态度上。此时的艺术家不再满足于继承前人的创作模式，开始对周遭现实生活发生兴趣，以一种新的、求实的眼光努力观察身边一切人事，开始描绘有血有肉的人，并从古希腊罗马艺术中重新挖掘出能体现这种写实精神的因素。

艺术作品内容的世俗化、技法的科学化和审美的理想化成为意大利文艺复兴时期艺术的重要特征。因此，意大利文艺复兴确立了科学的绘画体系，建立了古典艺术规范，产生了大批富有探索精神和艺术才华的艺术家，为后世留下了丰富的理论著述。依据意大利艺术发生和发展进程，可分为开端、早期、盛期和晚期几个阶段。开端指意大利文艺复兴艺术从中世纪向新时代的转变和过渡，新的写实因素开始出现；早期是大批艺术家对新的艺术精神的探索阶段，体现出真挚和淳朴的特色；盛期是意大利艺术最辉煌的阶段，新的古典艺术规范得以建立，绘画技法得到发展；晚期是一个探索艺术新风格、突破艺术规范的过渡时期。

（一）意大利文艺复兴开端的美术（13—14世纪）

12、13世纪，佛罗伦萨、锡耶纳、威尼斯等城市出现了大量集中或分散的工场手工业作坊，形成了人数众多的市民阶层，也开始形成了以城市为中心的市民世俗文化，新兴阶级开始从古希腊罗马文化中汲取养料，继而出现了新的艺术风尚和审美趣味。绘画艺术中，纪念性的壁画出现了史无前例的繁荣，绘画的产生为美术发展的新旅程也打下了基础。绘画艺术确立了科学的绘画体系，建立了古典的艺术典范。造型艺术在这时也出现了新的倾向，尽管与哥特式雕塑的传统有着密切的联系，但对古罗马艺术的普遍关注是产生新的表现形式的重要因素。

在绘画上的几位代表人物是契马布埃（约1240—1300）、乔托（约1267—1337）和杜乔（约1250—1318）。13世纪与14世纪的绘画是在一些地方画派的发展中得以发展、确立的，在这些地方画派中，佛罗伦萨画派和锡耶纳画派起着最重要的作用。契马布埃是佛罗伦萨画派中最早具有革新倾向的画家,其作品以壁画为主,保存下来的不多。他的祭坛画《圣母子》沿袭了拜占庭的传统样式,但又注入了温馨的世俗情感。宝座基部的四位先知形象用明暗对比的手法加以描绘,这在13世纪的绘画中是具有首创性的。但是以拜占庭镶嵌画为师承的契马布埃不可能成为新绘画的典型,只能算是为旧时代画上了一个句号。

乔托

乔托是佛罗伦萨画派的代表人物,也是意大利文艺复兴艺术的伟大先驱者之一。他出身于农民家庭,早年曾在契马布埃的作坊当学徒,13世纪末曾去罗马学习,受到过皮萨诺的影响。乔托的艺术是中世纪与文艺复兴的分水岭,他不仅表现出卓越的绘画技巧,同时也奠定了文艺复兴艺术的现实主义作品,其壁画的内容虽然大多是圣经题材,但乔托笔下的宗教人物已经明显摆脱了中世纪拜占庭艺术中那种正襟危坐的模式化的人物,有了动态及情感刻画。乔托最终将哥特式雕刻的写实风格和拜占庭绘画的明暗透视法结合起来,迈出了绘画中关键性的一步。他开启了美术史的新篇章,不仅是第一位在绘画中创造出写实风格及发现平面上塑造空间深度表现手法的画家,他还把优美的叙事同忠实的观察相结合,使得绘画不再是文字的简单图解,而是具有了独立的意义。

所有的这一切都表现在他的创作中,如著名的壁画《逃亡埃及》,描绘的是生活中的场景。这是发生在一家普通农户家中的故事,已经没有了宗教的神秘感。圣母玛利亚生下小耶稣,受到迫害,抱着婴儿耶稣骑毛驴逃亡埃及。画面中人物面容憔悴、表情苦闷、动态自然,为表现真实生动的场面,乔托开始探索写实的技巧,第一次按照自然的法则拉开了人物之间和人物与背景之间的距离。他竭力用线条透视原则结构起一个确切的三度空间。乔托没有掌握科学的透视知识,但却用简陋的方法取得了对当时美术来说是空前的成果。

同时,乔托笔下开始出现具有体积感的圆形人体,他所描绘的每一个人体均贯穿着充分真实的重量感。尽管乔托的写实技巧还显得比较幼稚、生硬,但却在欧洲美术史上具有极其重要的意义。他在创作实践中所提出的问题正是以后几代艺术家都会面临的问题。如戏剧性情节的构图,画面的空间层次、质感和明暗关系,人物的表情神态,人与环境背景的关系,物体的体积感,等等,这些都是现实主义艺术在技法和理论上的重要课题。乔托所创立的现实主义原则超越一般技法的范畴,而作为一种全新的艺术观念对文艺复兴艺术的发展产生了巨大的影响。

乔托的代表作还有壁画《犹大之吻》《哀悼基督》,木板画《圣母登宝座田》等。

《逃亡埃及》,乔托,1305 年,湿壁画,高 325 厘米,宽 204 厘米,现藏于意大利佛罗伦萨乌菲兹美术馆

《哀悼基督》,乔托,1305—1306 年,湿壁画,高 183 厘米,宽 198 厘米,现藏于意大利帕多瓦斯克罗维尼礼拜堂

杜乔

乔托的同代人杜乔是锡耶纳画派的奠基人和主要代表。他及该画派的画家抵制以乔托为代表的佛罗伦萨画派的新画风,信守拜占庭传统艺术的条规。

1308 年,他受托绘制锡耶纳教堂主祭坛画,用不到两年的时间完成了这件多页式双面祭坛画。祭坛正面是大幅巨制《光荣圣母》,四周和背面分层绘有 59 个圣经故事画面。杜乔采用富丽高雅的色彩和优美的线条,二维装饰性构图,一定格式的人际关系及定型的人物动作,将拜占庭艺术的庄严感与锡耶纳的神秘性杂糅一处,突出了画面的抒情效果。不过,杜乔也并不像契马布埃那样完全墨守成规,他将现实的因素与童话式的虚构结合在一起，同时掺入细腻的抒情。完美的色彩、细腻的线条节奏是他绘画语言上的两个特点。同时杜乔还擅长讲故事，他那单纯而鲜明的表述与当时流行的逻辑混乱的宗教寓言形成鲜明的对比，也更具有生命力。

在意大利中世纪艺术家中最早表现出对古典艺术的兴趣的雕塑家是尼古拉·皮萨诺（约1220—1284）。他活动在比萨，主要成就反映在为比萨大教堂设计的布道坛的雕刻上。皮萨诺在布道坛的浮雕上表现《基督降生》《博士来拜》和《基督受难》等圣经故事，人物造型都显得庄重典雅，衣纹处理厚重而有质感，层次变化丰富，明显带有希腊罗马古典艺术的痕迹。就内容而言，这件作品并没有原则上的进步，然而皮萨诺却采用了一种现实主义的令人一目了然的艺术语言，使宗教的抽象概念成为物质的具体形象，这样的形象意味着对现实主义的直接感受和高度的造型表现力。正是在这一点上，皮萨诺割裂了和中世纪传统艺术的内在联系。

在这一时期，倘若走在佛罗伦萨的大街上，你就会发现，新的建筑群使城市的面貌大为改观，平直的飞檐下，光线充足的圆拱顶，它们的旋律和比例、开放和亲切的风格，跟四周黑暗的哥特式风格完全相悖。因此可以说，哥特式大教堂是对神及神圣之光的赞美，而文艺复兴时期的建筑则是庆祝人类的智慧之光获得发扬。

（二）意大利文艺复兴早期的美术（15世纪）

15世纪意大利地方画派众多，主要有佛罗伦萨画派、帕都亚画派、安布利亚画派、米兰画派和威尼斯画派等，以佛罗伦萨画派最为著名。15世纪的佛罗伦萨在意大利的政治经济中占有重要地位，在文化艺术上也处于领导地位。银行家柯莫西·美第奇以权力和财富控制着佛罗伦萨。美第奇家族支持了艺术的发展，培养了一批艺术家，也引起了佛罗伦萨的许多纷乱和不幸。

乔托确立了绘画的现实主义原则，但他并没有解决他所提出的问题。15世纪的佛罗伦萨画派继承了乔托的传统，将现实主义艺术发展到一个新的阶段。15世纪初叶，佛罗伦萨由大银行家及各行会的代表人物组成的政府委员会控制。30年代，银行家柯西莫·美第奇通过政变取得了控制权。从 1434 年至 15 世纪末叶，佛罗伦萨便一直处在美第奇家族的控制之下。美第奇家族的代表人物享有继承权，他们用黄金来巩固自身的政治威望，同时庇护文学艺术的开明措施对于取得政治威望也起了不小作用。佛罗伦萨在这时已经发展成为一个繁荣的工商业城市，人文主义的学术和艺术也得到高度发展。以反映世俗生活为己任的艺术家为了正确表现人体，对解剖学产生了兴趣，而正确的空间表现则需要严格的透视画法。于是，在佛罗伦萨首先出现了科学与艺术的结合。杰出的佛罗伦萨艺术家们开始抛弃中世纪艺术传统，进行大胆的艺术改革，使新的现实主义艺术得以进一步成长。这时的佛罗伦萨已经成为一个积极入世的宇宙观的策源地，在这里产生了新的创作方法与技巧。

1."小三杰"及早期艺术家

15 世纪初，佛罗伦萨三位大师的出现标志着早期文艺复兴的来临，他们被誉为"小三杰"，分别是建筑家布鲁涅列斯奇（1377—1446）、雕塑家多纳泰罗（1386—1466）和画家马萨乔（1401—1428）。

布鲁涅列斯奇

布鲁涅列斯奇最初从事雕塑创作，后与多纳泰罗同赴罗马研究古代艺术，最后在建筑艺术上取得杰出成就，并在透视学领域做出了杰出贡献。

其中，佛罗伦萨大教堂是布鲁涅列斯奇最早的作品。该教堂也叫"花之圣母大教堂""圣母百花大教堂"，被誉为世界上最美的教堂，是文艺复兴的第一个标志性建筑。大教堂采用了拜占庭教堂的集中型制，穹顶呈八角形，跨度 42.2 米，是当时欧洲最大的穹顶。为减弱穹顶对支撑的鼓座的侧推力，布鲁涅列斯奇在结构上大胆采用了双层骨格券，八边形的棱角各有主券结构，与顶上的采光亭连接成整体。这座大教堂总高 107 米，远远望去，格外醒目。这个穹顶在西欧的建筑中是史无前例的，中世纪最宏伟的穹顶也不过是覆盖着内部空间的穹顶，而不会在建筑结构中起如此重要的作用。这座壮丽的新教堂体现了人文主义思潮的胜利，因此它也被誉为佛罗伦萨共和政体的纪念碑。

从这些设计中，我们可以进一步体会到布鲁涅列斯奇的革新，他比同时代的大多数人都更坚决地摆脱了中世纪的羁绊。在建筑物立面的结构上，布鲁涅列斯奇采用了壁柱柱式，为了把大厦分成两层又采用了全檐部的柱式，这样古典的柱式体系就决定了建筑物的比例、结构与造型。这是文艺复兴时期城市建筑中对柱式的最早运用。

佛罗伦萨大教堂，布鲁涅列斯奇，1496年完工，总高107米，意大利佛罗伦萨

多纳泰罗

多纳泰罗是15世纪意大利最杰出的雕塑家，他的雕塑创作彻底摆脱了哥特式风格的痕迹，复兴了希腊、罗马的古典样式。他尝试用各种雕刻形式来表现现实生活，创造了不再附属于建筑的独立纪念性雕像、骑马纪念碑及各种祭坛、陵墓等多种雕塑形式。

少年大卫像是文艺复兴时期第一件同真人等大的裸体雕像。大卫被艺术家表现为一个少年，不同于希腊雕刻几乎全是成年男性。少年的姿态采用了希腊的歇战式。他戴着牧羊帽，穿着靴子，身体却是裸体。他悠闲自得地站着，手持宝剑，充满着征服了敌人哥利亚后的喜悦。雕像的写实特点和古典气息，使人感觉完全摆脱了中世纪雕刻的影响。雕像的帽子、长剑、人体解剖结构等细节，是文艺复兴雕刻的一大突破。

《少年大卫像》，多纳泰罗，1432 年，青铜雕刻，高 158 厘米，现藏于意大利佛罗伦萨巴杰罗国立美术馆

此外，多纳泰罗的代表作还有大型圆雕《加塔梅拉塔骑马像》。加塔梅拉塔生前是威尼斯雇佣军司令官，1445 年多纳泰罗受威尼斯共和国之邀在帕都亚为他创作纪念像，作品完成于 1450 年，安放于帕都亚圣安东尼教堂正门前。加塔梅拉塔戎装佩剑，双手提缰，神情果敢，充满英雄气概。实际上这是当时首次出现的完全世俗性质的形象。除此之外，多纳泰罗还竭力探索了骑马纪念碑与建筑群的配合以及雕像与台座的比例关系等，无疑他取得了成功。从任何一个角度看雕像都是和谐的，它树立在教堂前广场上又面对伸展的街道，与教堂保持着合适的距离，从而成为教堂广场上的艺术中心。

马萨乔

继承和发展了乔托的艺术传统的是马萨乔。他以科学的探究精神，将解剖学、透视学的知识运用于绘画。他的人物较之乔托的更加真实有力，是第一个能在衣纹之下隐现人体结构的人和第一个广泛运用明暗对比手法的人。马萨乔还把风景放进他的构图，使风景具有壮丽的、概括的、真实的性质，他借助于风景来扩大画面范围，赋予画面以辽阔的空间感。他的贡献，其一在于以科学的态度对画面、人物进行更真实的描写与刻画；其二在于使风景与人物互相配合，相得益彰，这为文艺复兴高潮的到来奠定了坚实的基础。马萨乔最负盛名的作品，包括《纳税钱》和《逐出乐园》等画，都是在1428年为佛罗伦萨卡尔米内教堂而画的壁画。

《纳税钱》取材于圣经故事，以连环画的形式描绘了三个情节：阻拦、捉鱼及交付丁税。主体是罗马税官向耶稣索钱，耶稣则叫彼得去池中取鱼。左边是圣彼得遵照耶稣的吩咐从池中捉鱼，发现鱼口中有金币。右边是彼得把税金交给罗马税吏。画中人按自己的身份和所处的地位，被恰当地安置在真实的自然环境中，符合空间透视法则，具有深远感，人物被塑造得庄严而厚重，结构明确而清晰。

《纳税钱》的背景是经过概括处理的风景，明暗交替的柔和生动的线条和单纯朴素的色彩对比都进一步加强了形体的表现力。与乔托相比，马萨乔在塑造集中的人物形象上迈出了重要一步，人物开始脱离宗教说教的因素，进一步体现出一种入世的态度。具体落实到绘画语言上，他努力使人物形象处于结构真实的三度空间中，风景在画面中的出现也使画面范围得以扩大，具有了辽阔的空间感。马萨乔开始合乎规律地运用透视原则，但又不失美学感受。应该说他是那个时代现实主义艺术的奠基者，在他身上凝结着确立个人尊严的人文思想。他扩大了艺术的主题范围，使艺术充满了朝气。也正是基于此，我们说马萨乔的艺术原则不仅成为15世纪意大利艺术家遵循的典范，也对欧洲美术史上的现实主义画家产生了深远的影响。

《逐出乐园》蕴含着文艺复兴时代的精神，寄托了画家自身的理想。在马萨乔的笔下，夏娃和亚当已经是身强力壮、有血有肉有情感的人。画中男女因为自己偷食禁果而获罪，深感悔恨，对将要离开乐园和上帝而感到不舍。画家基本解决了人体的正确造型和情感姿态的生动创造的

《纳税钱》，马萨乔，约1427年，湿壁画，高246.4厘米，宽596.9厘米，意大利佛罗伦萨至马利亚·德尔·卡敏教堂

问题，与中世纪绘画中的人不能脚踏实地的造型完全不同。这件作品表现了运动中的人体，作者用光线从一个角度照射着亚当和夏娃，从而突现了造型的体积感和空间的丰富性。马萨乔画出了准确的解剖结构，并利用斜射的光线，以明暗法描绘出裸体的男女，人物色调分明，又通过悲哀的动态和痛苦的表情烘托了画面悲剧性的气氛。画家开始运用光的投影，开辟了近代绘画的先河。

马萨乔的艺术成就标志着意大利文艺复兴时期绘画的繁荣期的到来，而佛罗伦萨画派对此做出了重要的贡献。15世纪佛罗伦萨画派主要是以人文主义的精神来画宗教题材，但不同的画家也表现出不同的风格。

僧侣画家佛拉·安基利科（1387—1455）善于用细腻恬静的笔调、轻快透明的色彩来表现人物和环境。另一位僧侣画家菲力浦·利皮（1406—1469）则善于刻画人物肖像和生活的细节。

佛罗伦萨画派的重要画家还有透视学的创始者之一巴奥洛·乌切洛（1397—1475），他的代表作为《圣罗马诺之战》，乌切洛的作品对后世画家学习透视画法有重要意义，被认为是运用透视学作画的典范。贝纳佐·哥佐利（1420—1497）是以装饰性的手法表现戏剧性的场面的画家。卡斯坦诺（1421—1457）则早于达·芬奇半个世纪就画了一幅动人

《逐出乐园》，马萨乔，1426—1427 年，壁画，高 208 厘米，宽 88 厘米，意大利佛罗伦萨卡尔米内圣母大殿布兰卡契礼拜堂

的《最后的晚餐》。

2. 波提切利

15 世纪佛罗伦萨画派的最后一位大师是桑德罗·波提切利（1446—1510）。波提切利深受老师菲利普·李比的优雅画风的影响，而当时人文主义的思想和各种流行的哲学理论以及佛罗伦萨政治的动荡也对画家产生了很大的影响。

波提切利的创作注重用线条造型，强调优美典雅的节奏和富丽鲜艳的色彩。他的画多取材于文学作品和古代神话传说，不再局限于宗教题材，这就能更自由地抒发个性和世俗的感情。他的名作《春》（1478 年）和《维纳斯的诞生》（1482 年）充满诗意，尽情表达了画家对美好事物的爱恋，洋溢着人文主义的乐观精神。

《春》这幅画就像题名一样美丽而富有诗意，取材于诗人波利齐亚诺赞美女神维纳斯的长诗。在一个早春的清晨，在优美雅静的果林里，端庄妩媚的爱与美之神维纳斯位居中央，正以闲散幽雅的表情等待着为春的降临举行盛大的典礼。在维纳斯的左边，分别是花神、春神与风神，头戴花环、身披饰花盛装的花神弗罗娜正以优美飘逸的健步迎面而来，将鲜花撒向大地，象征"春回大地，万木争荣"的自然季节即将来临。而在维纳斯上方飞翔的小爱神，蒙住双眼射出了他的爱情金箭。

《春》的构图不拘常规，人物被安排在一片森林之中，右边三美神的动态和衣褶线条充分体现出波提切利所擅长的线条的节奏感。作品展示了充满着春的欢欣的众神形象，这种对于人性的赞美，具有非凡的美感。波提切利的艺术成就集中体现在秀逸的风格、明丽灿烂的色彩、流畅轻灵的线条，以及细润而恬淡的诗意风格上，这种风格影响了数代艺术家，至今仍散发着迷人的光辉。

《春》，波提切利，1478年，木板蛋彩画，高203厘米，宽314厘米，现藏于意大利佛罗伦萨乌菲齐美术馆

《维纳斯的诞生》这幅画中情节和形象塑造仍是依据美第奇宫廷御用诗人波利齐亚诺的长诗。诗中描述维纳斯从爱琴海中诞生,风神把她吹送到幽静冷落的岸边,而春神用繁星织成的锦衣在岸边迎接她,维纳斯身后是无垠的碧海蓝天,她忧郁惆怅地立在象征她诞生之源的贝壳上,体态显得娇弱无力。维纳斯的造型很明显是受古希腊雕刻中维纳斯形象的影响,从体态和手势都有模仿卡庇托利维纳斯的痕迹,但是缺少古典雕像的健美与娴雅。

《维纳斯的诞生》也是一件有独创性的作品,它虽然缺乏真实的空间透视,但并没有给人以平板的印象,其秘密也是来源于线条的使用。波提切利用有动感的线条来营造形体的体积感,创造出一个又一个的幻觉。同时,他又用一系列冷色调进行沉着精致的排比,如海洋的浅绿色、风神的天蓝色服装、维纳斯的金发等。

《维纳斯的诞生》,波提切利,约1480年,布面蛋彩画,高约172.7厘米,宽约276.8厘米,现藏于意大利佛罗伦萨乌菲齐美术馆

到了晚年,由于佛罗伦萨社会动荡,波提切利的艺术又开始向宗教

情绪回归，反映了他精神上的危机，这种情绪体现在《诽谤》和《耶稣诞生》等作品中。例如在《诽谤》中，以前的抒情色彩已不复存在，取而代之的是戏剧性的激情，以前柔和的线条和细腻的情绪渲染也分别为挺硬朴拙的轮廓和表情的高度明确性所代替。

与波提切利同时期的佛罗伦萨画派艺术家还有画家波拉约奥洛（约1429—1498）和基尔兰达约（1449—1494），以及雕塑家、画家和工艺美术家委罗基奥（1435—1488）。

佛罗伦萨画派是15世纪意大利绘画雕刻的艺术中心，它的发展决定了这个时期意大利艺术发展的主流，同时也影响这一时期的其他画派，如翁布里亚画派和帕都亚画派。

翁布里亚画派的很多画家都访问过佛罗伦萨，但他们还是保留了自己的风格，其中最有成就的是弗兰切斯卡（约1410—1492），早年在佛罗伦萨的学习使他对马萨乔、乌切罗和布鲁内斯基进行了深入的研究，也使他成为马萨乔与达·芬奇之间的重要环节。他还认真研究过乔托等人的作品以及绘画理论问题，晚年在双目失明的情况下写出了《论绘画透视》和《论正确的形体》等论文。他的作品以柔和平静著称，善于运用明快的颜色来处理空间关系，明确有力的轮廓又使他的作品带有装饰意味。祭坛圣像《基督受礼》是其早期的作品，这件作品造型朴素、明净、庄严、隆重，基督、天使和圣徒的形象都是民间流传的典型形象，充满着尊严与内在的张力。人物造型结实有力，比例严谨，具有高度的体积感和严密的空间感。整个画面在色彩上为银色调所统一，洋溢着一种纯净、自然的神圣感。

佩鲁吉诺（1445—1523）也是翁布里亚画派的重要成员，在他的学生中有后来著名的大师拉斐尔。

除佛罗伦萨外，帕都亚也是15世纪人文主义的策源地。15世纪帕都亚画派的代表人物是曼坦尼亚（1431—1506），他在早年曾受到乌切洛的透视法和多纳泰罗的古典风格的影响，形成了坚实有力、准确细腻的表现手法，并对古罗马艺术和哥特艺术加以研究和改造。清晰扎实的素描、大胆的线条、轮廓鲜明的形象、形体的雕塑感、强烈的色彩感是他所有作品的共同特征。

3. 湿壁画和蛋彩画

15世纪的绘画主要是湿壁画和蛋彩画,而不是油画。湿壁画在作画前先用石膏粉调成浆涂在墙上,在未干透之前,用水和胶调和矿物颜料趁湿作画,干后便永不脱落。

蛋彩画又称"坦泼拉",是以蛋黄或全蛋乳液作为媒介剂,与颜料干粉调和加水稀释,多层涂罩在画底上。画底多用木板或布,需先用石膏浆涂刷成细密、洁白具有一定吸收性的胶粉画底子,然后在其上面渲染。其色彩柔和自然,有绸缎般悦目的光彩。

15世纪意大利画家的作品,几乎都是湿壁画和蛋彩画。油画技法直到15世纪下半叶才由荷兰传入威尼斯,而后普及各地。

早期的文艺复兴把艺术创作与科学分析相结合,初步确立了近代绘画的科学原则。这一时期的绘画作品出于审美考虑的较少,艺术形式不够成熟和完善,但仍饱含艺术家纯真质朴的情感。早期的文艺复兴为盛期文艺复兴的到来做了充分的准备。

(三)意大利文艺复兴盛期的美术(15世纪末—16世纪上半叶)

盛期文艺复兴新的古典艺术规范确立,艺术走向成熟。艺术家把握了科学法则后不再受其限定,更强调艺术效果和个性,不但题材从宗教内容扩大到现实生活,而且对自然景色也开始加以关注,他们塑造的形象更完美,更具有复杂的个性和心理特点。在这一时期,产生了一代博学多才的艺术巨匠:以米开朗基罗、拉斐尔、布拉曼特为首的艺术家形成了"罗马画派",在米兰从事创作活动的达·芬奇形成了"米兰学派",东北部的威尼斯形成了以提香等人为代表的"威尼斯学派"。

盛期艺术家追求"绝对美",将"最完美的比例""最美的线条""最温柔典雅的形象"视为普遍永恒的公式,创造了古典理想的艺术典型。完美、准确、概括的写实绘画体系建立了起来,盛期文艺复兴在美术史上写下了光辉的一页。

1. "大三杰"

达·芬奇

莱奥纳多·达·芬奇(1452—1519)是意大利文艺复兴三杰之一,

是意大利文艺复兴盛期的著名的画家、科学家,是人文主义的巨人。达·芬奇在绘画构图、明暗、透视、色彩等方面都有建树,特别是创立了明暗法(渐隐法)与薄雾法(空气透视法:借助空气对视觉产生的阻隔作用,表现绘画中空间感的方法。指在绘画或制图技术中以调色手法模拟物体在远处受大气作用所呈现的颜色变化,以引起景深层次错觉的方法)。并善于将艺术创作和科学探讨相结合,在世界美术史上堪称独步。

达·芬奇在美术理论方面也有卓越的见解。人们根据他遗留的大量手稿笔记整理出版了《绘画论》。书中提出了著名的"镜子说",他认为画家的心就像镜子一样能够真实地反映这个世界。达·芬奇还是一位崇尚古典艺术的人文主义者,在观察自然的前提下努力塑造理想化的人物形象,准确地再现自然、科学性和理想化是他创作的最高宗旨。

达·芬奇的创作代表盛期文艺复兴的时代精神和审美理想,其闻名于世的作品有《最后的晚餐》和《蒙娜丽莎》。

最后的晚餐

《最后的晚餐》题材取自圣经故事。犹大向官府告密,耶稣在即将被捕前,与十二门徒共进晚餐,席间耶稣镇定地说出了有人出卖他的消息,达·芬奇此作就是耶稣说出这一句话时的情景。达·芬奇改变了文艺复兴早期对这一题材的传统处理方式,图中人物列为一排,以耶稣为中心,十二门徒分为四组,对称分列两侧,形成了一个穿插变化又相互统一的整体。达·芬奇将画面展现于饭厅一端的整块墙面,厅堂的透视构图与饭厅建筑结构相联结,使观者有身临其境之感。画面中的人物,其惊恐、愤怒、怀疑、剖白等神态,以及手势、眼神和姿态,都刻画得精细入微、惟妙惟肖。

这幅壁画在构图、戏剧性情节的处理及人物性格和心理的刻画、明暗和透视的运用等方面都达到了当时的顶峰,被公认为第一幅理想的古典绘画作品,堪称不朽的世界名作。

《最后的晚餐》,达·芬奇,1494—1498 年,湿壁画,高 419.1 厘米,宽 909.3 厘米,现藏于意大利米兰感恩圣母堂

蒙娜丽莎

《蒙娜丽莎》是一幅享有盛誉的肖像画杰作。它代表着达·芬奇的最高艺术成就,成功地塑造了资本主义上升时期一位城市有产阶级的妇女形象。达·芬奇在运用明暗法和薄雾法处理画面有许多独到之处。画中人物坐姿优雅,笑容微妙,背景山水幽深,淋漓尽致地发挥了画家那奇特的烟雾状"无界渐变着色法"般的笔法。画家力图使人物的丰富内心感情和美丽的外形达到巧妙的结合,对于人像面容中眼角唇边等表露感情的关键部位,也特别着重掌握精确与含蓄的辩证关系,达到神韵之境,从而使蒙娜丽莎的微笑具有一种神秘莫测的千古奇韵,那如梦似的妩媚微笑,被不少美术史家称为"神秘的微笑"。

人们之所以认为这一微笑神秘,是由于达·芬奇在这具有个性的人物身上,创造出理想化的美的典型,使得转瞬即逝的表情成为一种永恒的象征。这种矛盾的结合便产生了出神入化的奇特效果。

《蒙娜丽莎》，达·芬奇，1505年，木板油画，高77厘米，宽53厘米，现藏于法国卢浮宫博物馆

米开朗基罗

米开朗基罗（1475—1564）是意大利雕刻家、画家，是富有浪漫气质的艺术大师，赋予其作品以力量和激情。米开朗基罗在短短的四年内独自一人完成了西斯廷教堂穹顶500多平方米的巨幅绘画，壁画描写了宇宙的诞生、上帝创世纪和诺亚的堕落。那些肌肉发达、姿态各异的优美人体充分显示了米开朗基罗娴熟的技巧和杰出的创造天赋。

米开朗基罗受到当时流行的新柏拉图主义思想的影响，认为人的精神和肉体是相对立的，躯体束缚着人的灵魂，成为灵魂的牢笼。他渴望把人体解放出来，以满足他精神上的追求。因此他往往在雕刻作品平静的动态中，赋予人物内心以紧张和骚动。这种灵魂与肉体无法调和的矛盾，使他的许多雕刻作品表现出特有的悲剧性。

《创造亚当》是大顶画中最富想象力的一幅作品。《创造亚当》取材于创世纪第二章:"耶和华神用地上的尘土造人,将生气吹在他的鼻孔里,他就成了有灵的活人,名叫亚当,耶和华在东方立了一个伊甸园子,把所造的人安置在那里。"米开朗基罗为了集中注意力于大神的创造,以及亚当的诞生,便把神和亚当安排在左右两边的空中和陆地上。右边是耶和华大神,飞翔在空中,他左手抱着天使们,右手伸向亚当。亚当全身赤裸,躺在左边的陆地上,一手伸向大神。神与人的手指像触电似的相互交流,这里表现了充满精力的老人和年轻而美丽的生命的诞生,打破了中世纪那种独立空间和单纯装饰的处理方式,并且以极其写实的手法完美地刻画了"人"的形象,这个形象意味着人类对自身的认识和觉醒,代表着文艺复兴绘画的经典性。

《创造亚当》,米开朗基罗,1511—1512 年,壁画,长 570 厘米,高 280 厘米,梵蒂冈西斯廷教堂天顶画局部

《大卫像》是米开朗基罗在 29 岁时完成的作品。大卫是圣经中的英雄,古代犹太人的国王。当菲力士人侵犯以色列时,大卫勇敢地用甩石机杀死了敌人,保卫了民族。米开朗基罗把这位民族英雄雕刻成青年裸体形象,他一只手扣在肩上甩石机的机弦上,另一只手紧攥,全身肌肉紧张。米开朗基罗没有像多纳泰罗那样把大卫雕刻成一位充满胜利喜悦的少年,而把他塑造为处于战斗前紧张状态的青年巨人。这座雕像经过

高度提炼，沉静的姿态中充满着动感，表现出不寻常的英雄气概。大卫像还集中体现了所有的男性美，在当今的众多艺术院校中，仍以大卫的头、手、脚和五官作为石膏写生的对象。

《大卫像》，米开朗基罗，1504年，石雕，高410厘米，现藏于意大利佛罗伦萨美术学院

拉斐尔

拉斐尔（1483—1520）是一位温和的天才，成为和达·芬奇、米开朗基罗鼎足而立的文艺复兴艺坛三杰之一。拉斐尔创造出盛期文艺复兴典雅、优美、具有高度技巧的艺术典型，实现现实美和理想美的统一，被人称为"纯美"。他画的一系列圣母像，和中世纪画家所画的同类题材不同，都以母性的温情和青春健美来体现人文主义思想。其中比较有名的有《西斯廷圣母》《椅中圣母》《福利尼奥的圣母》《美丽的女园

丁》《阿尔巴圣母》等。

《西斯廷圣母》为拉斐尔圣母像中的代表作，它以甜美、悠然的抒情风格而闻名于世。画面像一个舞台，当帷幕拉开时，圣母脚踩云端，神风徐徐送她而来。代表人间权威的统治者教皇西斯廷二世，身披华贵的教皇圣袍，取下桂冠，虔诚地迎圣母驾临人间。圣母的另一侧是圣女渥瓦拉，她代表着平民百姓来迎驾。她的形象妩媚动人，沉浸在深思之中。她转过头，怀着母性的仁慈俯视着小天使，仿佛同他们分享思想的隐秘，这是拉斐尔的画中最美的一部分。人们忍不住追随小天使向上的目光，最终与圣母的目光相遇，这是目光和心灵的汇合。圣母的塑造是全画的中心。

《西斯廷圣母》，拉斐尔，1514年，油画，高265厘米，宽196厘米，现藏于德国德累斯顿茨温格博物馆

梵蒂冈签字大厅有拉斐尔绘制的四幅大壁画，分别以"哲学""法学""神学""诗学"为主题。其中最成功的是"哲学"，即《雅典学院》。这幅巨型壁画把古希腊以来的 50 多个著名的哲学家和思想家聚于一堂，包括毕达哥拉斯、苏格拉底、柏拉图、亚里士多德等，以此歌颂人类对智慧和真理的追求，赞美人类的创造力。在《雅典学院》中，位居画面中心的是柏拉图和亚里士多德，一个以指头指着上天，另一个则伸出右指指着他前面的世界，以此表示他们不同的哲学观点：柏拉图的唯心主义和亚里士多德的唯物主义。以他们两人为中心，两侧分别画出的一些著名学者，形象生动，他们各自的姿态，都统一在为探求真理而自由争辩的崇高主题之中，丝毫不显得杂乱。整个作品的构图十分宏大，画面层次分明，人物有聚有散，疏密得当。作为背景的三层高大的拱门，既为画面创造出很强的纵深感，又加强了全画的宏大气魄。在色彩处理上，乳黄色的背景与人物衣饰的红、黄、白、紫等色互相交错，鲜明而又十分协调。

《雅典学院》（局部），拉斐尔，1511 年，签字大厅湿壁画，高 280 厘米，宽 620 厘米，现藏于梵蒂冈博物馆

意大利文艺复兴时期的建筑，以圣彼得大教堂为代表，同样达到了建筑史上的辉煌点，它是文艺复兴盛期几位大师包括拉斐尔和米开朗基罗先后参与，外加勃拉芒特和小莎迦洛等多位建筑家集体智慧的结晶。

圣彼得大教堂坐落在圣彼得广场西面，东西长187米，南北宽137米，穹隆圆顶高138米，始建于1506年，1626年最后完成，是一座意大利文艺复兴与巴洛克艺术的殿堂，为全世界最大的教堂及罗马天主教的中心教堂，是欧洲天主教徒的朝圣地，自1870年以来，重要的宗教仪式几乎都是在这里举行的。圣彼得大教堂里埋葬着各代教皇的圣骨，也是世界上最大的殡葬纪念馆。教堂的建筑、绘画、雕刻、藏品，都称得上是艺术珍品。教堂之大，能容5万人之众。圣彼得广场同圣彼得大教堂是一组不可分割的建筑艺术整体。广场长340米，宽240米，周围是一道椭圆形双柱廊，共有284根圆柱和88根方柱，柱端屹立着140尊圣人雕像，规模浩大，宏伟壮观。广场中央耸立着一座高26米的方尖石碑，建筑石碑的石料是当年专程从埃及运来的。石碑顶端立着一个十字架，底座上卧着4只铜狮，两侧各有一个喷水池。

圣彼得大教堂，16世纪，梵蒂冈

圣彼得广场

2. 威尼斯画派和北意大利艺术

威尼斯画派是 15 世纪至 16 世纪上半叶产生于意大利威尼斯城的一个绘画派别,绘画作品中较多女性人体、名人肖像、美丽的自然风光和华丽的场面,充满世俗气息和享乐情调;技巧方面,喜欢对色彩进行研究和表现,作品色彩丰富绚烂。代表人物有乔尔乔尼和提香。

乔尔乔尼

乔尔乔尼·贝利尼（1430—1516）是威尼斯画派中最具有抒情风格的画家,也是该画派的奠基人。他的绘画造型优美,色彩绚丽,明暗关系柔和,人物和风景自然交融,开创了风景人物画的新格局。乔尔乔尼的著名作品有《入睡的维纳斯》《三哲人》《暴风雨》《田园合奏》等。

《入睡的维纳斯》描绘在一片晚霞照射下展开的野外景色,爱与美之女神斜躺在画面的前景中,她姿态优雅,白皙的肌肤在深色的背景下显得圣洁而崇高。洒满光辉的画面增强了色彩的表现力,使画面中的美神和风景更加生动感人。画作显示出一种恬静安详的气氛，也是作家心目中理想美的表现。

《入睡的维纳斯》，乔尔乔尼，约1506年，油画，高106厘米，宽175厘米，现藏于梵蒂冈博物馆

提香

提香·韦切利奥（1478—1576），出生在意大利威尼斯北面风景秀丽的山区小镇卡多莱，其青年时代在人文主义思想的主导下，继承和发展了威尼斯画派的绘画艺术，把油画的色彩、造型和笔触的运用推进到新的阶段。提香的作品形式多样，题材广泛，构图多变，洋溢着活泼的生命力。如果说达·芬奇表现人的智慧，米开朗基罗表现人的力量和运动感，拉斐尔表现人的完美，那么提香则是用漂亮的色彩和笔触表现丰富多样的人生、人类欢乐的情趣和女性人体诱人的魅力。

他在宗教画《圣母升天》中反映了新兴资产阶级的道德观念。在《爱神节》《酒神与阿丽亚德尼公主》等神话题材的作品中，洋溢着欢欣的情调和旺盛的生命力。其中年画风细致，稳健有力，色彩明亮；晚年则笔势豪放，色调明快而富于变化。提香在其作品中运用了辉煌绚丽的色彩，被人们称为"提香的金色"。他的色彩运用和油画技法对后期欧洲油画的发展有着较大影响。

乌尔比诺的维纳斯

提香的《乌尔比诺的维纳斯》可谓《入睡的维纳斯》姊妹之作。提香对画中人的动态、神情以及环境的描绘，体现了时代的变化。乔尔乔尼笔下的维纳斯在沉睡，而提香的女神则已醒来，深情地看着这个现实世界。右手从后脑挪开，打破了禁锢身体的椭圆形密封的包围线，呈开放状。整个画面给人的第一感觉是一位贵夫人出浴后躺在华贵的卧榻上，期待着情人的到来。人物的动态、神情和环境已无一点神性，完全是世俗女子的写照，更具感官的魅力。有人说画中裸女是乌尔比诺夫人，画家是受乌尔比诺公爵委托创作的，提香所描绘的裸女较乔尔乔尼笔下的更加具有人性，是充满生命的血肉之躯，体态更加丰腴完美，容貌端庄大方，既富青春魅力，又健康成熟，体现了文艺复兴解放人性的本质精神，用具体真实的艺术形象反对封建的禁欲主义。

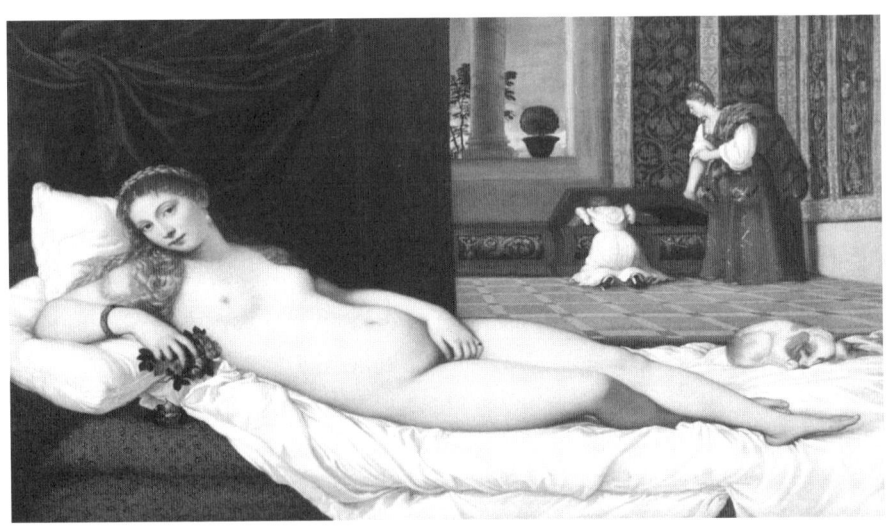

《乌尔比诺的维纳斯》，提香，1538年，油画，高119厘米，宽165厘米，现藏于意大利佛罗伦萨乌菲齐美术馆

《丹娜依》是提香后期的作品，取材于希腊神话。国王的女儿丹娜依十分美貌，但预言家告诉国王丹娜依的儿子会杀死外祖父。于是，国

王将丹娜依关进高塔，谁知天神宙斯从塔前经过，被丹娜依的美貌所打动，便化作一阵金雨落进塔内，和丹娜依相会。该作品选取了一阵金雨从窗外突然掉进来的情景。丹娜依躺在左边床上，望着飞进来的金雨有些吃惊，旁边女仆兴奋地用衣裙迎接金雨。画面色彩强烈，金光耀眼夺目。这幅画采用了松散的、笔触明显的油画技法。提香这种独创，对17世纪的油画家伦勃朗、委拉斯凯兹等影响至深。

《丹娜依》，提香，1554年，油画，高128厘米，宽178厘米，现藏于西班牙马德里普拉多博物馆

（四）意大利文艺复兴晚期的美术（约1530—1600年）

意大利16世纪中后期的美术流派，代表着盛期文艺复兴渐趋衰落后出现的追求形式的保守倾向。这一时期又被称为"样式主义"。样式主义时期的艺术并未形成统一的风格，艺术家们各自表现出自己的特色，如夸张变形的手法，强调细节的修饰，突出个性的表现，反对理

性、典雅、优美的原则,强调想象,等等。总之,人们把这一时期出现的不同于盛期文艺复兴理性优美原则的艺术,都归为样式主义。

20世纪40年代以前,人们从古典主义立场出发,对这一时期艺术持否定态度,认为它是对盛期艺术大师们矫揉造作的模仿。但当代美术理论家则重新进行了评价,这一时期艺术家不满足于古典艺术追求绝对完美的唯理主义,企图突破前辈大师的艺术规范,开始探索新的艺术风格和表现手法,是值得肯定的。但有的艺术家一味追求虚饰浮华、怪诞离奇,是不值得提倡的。

巴米基安尼诺

巴米基安尼诺(1503—1540)是意大利罗马城的画家,画风纤细优美,其代表作《长颈圣母》体现了样式主义。《长颈圣母》中的人体均被拉长,显得过大的圣婴基督卧睡在圣母膝上,画面左边,五个身材修长、相貌端正的少年男女站在圣母身边。圣母有着长颈和纤细的手指,这种变形的造型令人联想到中世纪拜占庭教堂中的圣母形象。

切里尼

切里尼(1500—1571)是佛罗伦萨有名的金银匠和雕刻家,曾到法国参加装饰枫丹白露宫的工作。他的名作有铜雕"柏修斯和美杜萨"、为法王制作的"金盐盒"等。金盐盒是用黄金和珐琅做成的盒子,既可用来装盐,又是一件十分精美的装饰品。盒上有两个人体雕像,做得精巧优美,然而也显得过分雕琢。

整个欧洲,由于意大利的光辉榜样和大师的旗帜而陆续走上文艺复兴的征程,各民族、区域、国家根据自身的特点,发挥潜能,使文艺复兴成为全欧洲人共同参与的一股宏大的潮流。

二 尼德兰文艺复兴时期艺术

中世纪的尼德兰包括现在的荷兰、比利时、卢森堡以及法国东北部的一些地区。由于地理条件优越,尼德兰很早就是欧洲西北部重要的水陆交通中心,手工业发达,商业繁荣,是当时欧洲资本主义经济十分发达的地区,因此文艺复兴时期尼德兰美术也取得了辉煌成就。

《长颈圣母》，巴米基安尼诺，1535 年，油画，高 216 厘米，宽 132 厘米，现藏于意大利佛罗伦萨乌菲齐美术馆

由于雕刻作品现存极少，在 15 世纪尼德兰美术中绘画方面的成就便显得格外突出。尼德兰画派的艺术家们创作了大量祭坛画与独幅木版画，因为尼德兰美术脱胎于中世纪的哥特式艺术，使得尼德兰文艺复兴初期的绘画带有比较浓郁的宗教气息，总的绘画倾向是：严肃、静穆，人物形象不够生动自然。另一方面，尽管这些作品大多表现了传统的宗教题材，却由于画家对描写世俗生活和周围环境的兴趣大大增长，作品中便不时体现出现实主义倾向。

1. 15 世纪尼德兰美术

15 世纪代表人物是扬·凡·艾克（1380 或 1390—1441），他与同时期的胡伯特·凡·艾克合称为凡·艾克兄弟。二人同为文艺复兴时期尼德兰的伟大画家,尼德兰文艺复兴的奠基人。他们曾联手创作了规模宏大的《根特祭坛画》,这是根特市圣贝文大教堂的一组祭坛画。平日两翼闭合,可以看到外侧,节日庆典时两翼打开,显现出内侧画面。整个祭坛画内外侧共由23个画面组成。内侧中间的四个画面系主要画面,上面中间为上帝,两面为圣母和施洗者约翰,下面是祭坛画的主体部分《羔羊的礼赞》。人物形象端庄自然,栩栩如生,花草景物绚丽多彩,充满生机。画家热烈地赞颂了人类与大自然,对现实世界采取了积极肯定的态度。

除了绘画上的成就外,扬·凡·艾克还对油画的材料和油画技术做了重大的革新和改进,为西方绘画的发展做出了巨大贡献。他的主要作品有《阿尔诺芬尼夫妇像》《罗林宰相的圣母》《圣巴巴拉》《妻子像》等。

阿尔诺芬尼夫妇像

《阿尔诺芬尼夫妇像》是一幅新婚夫妇的全身肖像画,也可以视为一幅出色的风俗画,画家精心刻画了一对现实生活中的人物,他们宣誓对婚姻信守忠诚,表现了他们的内在情感,也表现了当时市民阶层的道德观念。虽然扬·凡·艾克的大部分作品是宗教画,他却突破了宗教画的传统技法,非常重视对人物性格与心理的刻画,非常注意写实,细心研究了光和色的表现,还对油画方法做了重要改进,在他的笔下展示了现实世界丰富多彩的景象和现世人生的生活,冲破了中世纪的禁欲主义,体现了人文主义观念。

在这幅画中,扬·凡·艾克耐心地描绘一个又一个细部,一直画到整个画面像镜子一样反映出自然对象为止,以此取得真实感。他用极其细腻的笔触,逼真地刻画了年轻夫妇俩的肖像,尤其对室内的陈设,包括墙上、天花板的装饰,描绘得一丝不苟,显示了这位画家所特有的书籍插图画的功力。画面上洋溢着虔诚与和平的气氛,以表达对市民生活方式和道德规范的赞颂。在背景中央的墙壁上,有一面富于装饰性的凸镜,它是全画尤其值得观者注意的细节:从这面小圆镜里,不仅看得见这对新婚夫妇的背影,还能看见站在他们对面的另一个人,即画家本人。用镜子来丰富画面空间，正是这幅画的特色。后来尼德兰的类似绘画，都得益于这种画法的启示。

《阿尔诺芬尼夫妇像》，扬·凡·艾克，1434年，木板油画，高81.2厘米，宽59.6厘米，现藏于英国伦敦国家美术馆

罗伯特·康宾和扬·凡·艾克同为尼德兰画派的主要奠基人。康宾长期在图尔奈工作，他的著名作品有《受胎告知》《耶稣诞生》等。虽然是宗教画，却通过某些细节描绘，使画面上流露着市民生活的情趣。当时在尼德兰还没有形成独立的风景画。画家在《受胎告知》中通过窗子画了窗外街景，可谓尼德兰绘画中最早描绘街景的例子；在《耶稣诞生》的右上角描绘了阳光下的美丽风景，有城堡、湖泊、道路和房屋，虽然这些风景并非实景写生，大多是假想，我们从中却可以看出后来成为独立绘画体裁的尼德兰风景画的端倪。康宾的艺术曾给予扬·凡·艾

克与维登以很大的影响。

　　罗吉尔·凡·德尔·维登（约1399—1464）也是15世纪前半叶一位著名的艺术家，出生在图尔奈，是罗伯特·康宾的学生。1432年他在图尔奈成为独立画家，后来迁居布鲁塞尔并荣获布鲁塞尔市艺术家的称号。1450年曾去意大利，备受欢迎与尊敬，意大利人文主义者称他是自扬·凡·艾克以来尼德兰最优秀的艺术家。通过他的活动，扩大了尼德兰画派在国际上的影响。他的传世之作很多，如《受胎告知》《下十字架》《最后审判》《一个年轻妇女的肖像》等都是他的力作。作品大部分为宗教画，少数是肖像画，他在肖像画创作中成就尤其突出。《一个年轻妇女的肖像》刻画了端庄、纯朴的尼德兰妇女的典型形象。《大胆查理肖像》则表现出了这位时年三十岁的公爵的性格特征。

　　15世纪中叶，在尼德兰北方随着经济的兴旺发达，文化艺术也十分昌盛，以哈勒姆为中心形成了北方画派。德尔克·波茨（约1415—1475）是北方画派的代表画家，曾长期在哈勒姆工作，后来迁居鲁汶，1468年获鲁汶市艺术家的称号。波茨曾经为鲁汶市圣彼得教堂绘制了祭坛画，其中《最后的晚餐》一画，画家没有按照宗教内容来展示事件发生的时间、地点，而是将最后的晚餐的场面大胆地移至15世纪尼德兰市民住宅的餐室中。典型的哥特式房屋，墙面狭窄、窗户较多，室内光线明亮而柔和，地面铺以整齐的花砖，洁白桌单覆盖桌面，不但准确地表现了室内的透视关系，而且很好地体现了尼德兰人爱好整洁的习惯。室内陈设与用餐情况都弥漫着浓厚的世俗气息。此画可被视为当时尼德兰绘画中在宗教题材里表现世俗生活的典型例子。他的重要作品还有《布拉台林祭坛画》《基督在西门家》等。

　　2. 15世纪末—16世纪尼德兰美术

　　尼德兰风俗画形成于15、16世纪之交，并且受到人们的喜爱。昆丁·马苏斯（约1465—1530）为风俗画的创始人之一。他早年受波茨与梅姆林那种细腻平整的尼德兰传统画风影响，后受意大利艺术家，特别是达·芬奇的影响。他常常与风景画家帕提尼尔合作，由后者画风景，他画人物，开创了尼德兰风景画家与人物画家合画作品的先例。马苏斯擅画人物，形神兼备，为后世留下的宝贵风俗画反映了世纪转折时期尼德兰的社会风貌。画家一生大部分时间都在安特卫普度过,在当时的安特卫普汇集着来自世界各地的商人和银行家,马苏斯的代表作《兑换银钱的人和他的妻子》生动地表现了银行家的生活:丈夫在十分认真地称量金币,妻子正在读祈祷书,但是翻开的祈祷书被放在一边,她全无心思去读,而是很感兴趣地关注丈夫的活动。

16世纪,南方的意大利和北方的尼德兰是欧洲两个最先进的地区,两地艺术家的交流产生了积极的结果。尼德兰的艺术家受到意大利文艺复兴时期先进的人文主义思想影响,并且学习了意大利先进的表现技法,对这时尼德兰美术的发展起了促进作用,有助于尼德兰艺术进一步摆脱哥特式艺术中宗教因素的束缚。但是其中有些艺术家抛开了本民族的艺术传统,也脱离了生活,单纯模仿意大利艺术样式,在美术史上称他们为"罗马派"。扬·戈萨尔特(约1478—约1534)是"罗马派"代表画家,早年以传统的尼德兰风格作画,后来在安特卫普成为独立画家,1508年曾去意大利旅行,对古希腊罗马及意大利当代艺术进行了研究,深受影响,喜欢模仿意大利风格,代表作有《丹娜埃》《维纳斯和爱神》。弗兰斯·佛洛里斯(约1516—1570)为"罗马派"另一代表画家,他于1540年加入安特卫普画家公会,不久便前往意大利研究米开朗基罗、拉斐尔及古代艺术作品,1547年回到安特卫普。他的画作以准确流畅的笔触和威尼斯画派丰富的色彩为特点。

老彼得·勃鲁盖尔

老彼得·勃鲁盖尔(1525—1569)是尼德兰文艺复兴时期最伟大的画家之一,勃鲁盖尔不仅发展了凡·艾克和博斯的艺术成就,而且成了17世纪荷兰和佛兰德斯艺术的先导。老勃鲁盖尔所处的时代正是尼德兰民族矛盾尖锐复杂的年代,富有思想和正义感的勃鲁盖尔,他最了解农民的生活、性格和要求,他笔下的农民都是活力充沛、精明强干、勤劳勇敢的人。勃鲁盖尔对农民的形象和生活细节观察入微、描绘如真。他后来虽然离开农村,但常常去农村,他身着农民的服装,带着礼物参加农民的节日庆典,体察各方面的细节,然后将其再现于自己的画幅中。

《农民的婚礼》是他表现农民生活的作品中最有名的一幅，它描绘了举办婚礼喜筵时的热闹场面，新娘满意地坐在一个纸糊的花冠下方，头上也戴了"宝冠"，红扑扑的脸蛋并不漂亮，可是自有幸福的笑容挂在嘴角上。左边坐着两位神色镇定的老人，看来好像是她的父母。席中大多数人都在尽情地享受着这顿美餐，有个孩子抱着盘子津津有味地舔食，农村乐师站在桌后奏着乐曲。整幅画经过精心组织和安排，把众多的人物、喜庆的气氛以及贪食的形象描绘得淋漓尽致。

《农民的婚礼》，勃鲁盖尔，1568 年，木版油画，长 164 厘米，宽 114 厘米，现藏于奥地利维也纳艺术史博物馆

《雪中猎人》，又名《冬猎》。这是一幅深远的有人物活动的风景画，画家似乎是站在山顶上看着山下的猎人，透过猎人远视全景。山坡和地平线都以对角线形式交叉组合画面，从而构成伸向低谷的变化多端的斜坡。恰当的远近透视处理，使画面具有深远的空间感和空气感。画面动静处理十分巧妙。浓重的树木如剪影般屹立于前景，白雪覆盖着沉

睡的大地，肃穆宁静，而穿越于林间的猎人和机灵的猎狗、远处冰河上溜冰者的身影以及空中飞翔的小鸟，使沉静的山野充满生机。画家基本上是采用黑白灰色调的对比塑造自然、人物、空气和光，给人以寒冷且透明的感觉。熟悉欧洲地理环境的人认为，画家所描绘的正是尼德兰的特殊地貌和美丽冬景。老勃鲁盖尔对大自然的深情描绘，使他成为尼德兰民族现实主义风景画的创始人。

《雪中猎人》，勃鲁盖尔，1565年，木板油画，高163厘米，宽117厘米，现藏于奥地利维也纳艺术史博物馆

在尼德兰人民反抗西班牙统治者如火如荼的斗争中，老勃鲁盖尔还创作了《伯利恒的户口调查》《伯利恒的婴儿虐杀》等作品，以宗教画的形式暗示了西班牙军队在尼德兰横征暴敛、残酷屠杀的情景。此外，还有少数作品如《绞刑架下的舞蹈》《盲人》，前者歌颂森林游击队"林中乞丐"的战斗生活与乐观主义精神，后者警告人们要注意教会可能给人带来的精神上的盲目。老勃鲁盖尔以艺术为武器，深刻真实地反

映了他所处的时代,从而成为尼德兰文艺复兴时期最伟大的艺术家。

三 德国文艺复兴时期艺术

德国文艺复兴美术发端于 15 世纪,滞后于同时期的意大利与尼德兰美术。这主要是因为德国当时依然处于封建割据状态,羸弱的王权不能给那些极分散的城市以有力的保护,哥特式美术依然占据主要地位。1420—1540 年,德国出现了文艺复兴,一些经济发达的城市成为各种地方美术流派的中心。德国文艺复兴初期的绘画与雕刻受晚期哥特式美术中某些因素的影响,宗教祭坛画较为发达。画在木板上的单幅或多联的祭坛画被安置在肃穆的教堂中,以增加庄严的气氛。

15 世纪中叶开始,这一时期众多艺术家对人的生活环境和生活现象表现出关切,热心于描绘自然环境,在人物的造型上则强调真实感,凡此种种都反映了文艺复兴时期人文主义者肯定现世生活、肯定人生、歌颂大自然的倾向。

康拉德·维茨(约 1410—1445)的作品《基督履海》(又称《捕鱼的奇迹》)可谓那时期的杰作。画面位于彼得祭坛一翼的外侧,虽为传统的宗教题材,却真实地描绘了日内瓦湖的景色,在欧洲祭坛画中第一次使用了实景,而且特别注意表现光的变化以及水中倒影。马丁·盛高厄(约 1450—1491)的作品《牧人来拜》,虽然也是祭坛画,却十分成功地刻画了人物:圣母居画面中心,端庄而纯朴,三个牧人组成群像,急切地趋向耶稣,表达了由于耶稣降生而渴望得救的心情。人物的心理状态在画中得到了体现,盛高厄还是一位出色的铜版画家,丢勒与巴尔东在青年时代都曾深受其影响。

15 世纪至 16 世纪,在强有力的社会风暴冲击下,德国的文艺复兴美术从开始形成而达到极盛时期。肖像画与风景画开始作为独立画种出现,特别是版画达到了当时欧洲的最高水平。在德国出现了一大批杰出的艺术家,为造就这个时代的艺术做出了不朽贡献。同时在他们身上也体现了文艺复兴时期一代新人积极进取、不懈追求、全面发展的特征,其中不少艺术家拥护宗教改革运动,有的支持甚至加入了反对宗教的农民战争。他们与时代同步，相当广泛地参与社会生活，因此，德国文艺复兴时代的美术作品以深刻而严肃著称。

丢勒

德国文艺复兴时期最伟大的艺术家的殊荣当归阿尔布雷希特·丢勒（1471—1528），他不仅是油画家还是铜版画家、雕刻家、建筑师，在建筑与绘画理论方面也都有著作出版。他继承了德国民族美术的传统，又广泛接触过南、北欧的进步文化，逐渐形成了自己的艺术风格，作品中充满了人文主义精神，即使在宗教画中也洋溢着对生活的热爱，塑造了真实生动的人物形象。他曾精心创作了数幅自画像及德国当代人的肖像，这些肖像画刻画了资产阶级上升时期的人物，他们意志坚强，充满自信，同时具有日耳曼人严峻、刚毅的性格特征。丢勒还用版画反映了更广阔的社会生活。

在欧洲，他是最早表现农民和下层人民生活的画家之一，其铜版画《农民和他的妻子》《三个农民在谈话》《农民舞蹈》等，从不同角度描绘了劳动人民。丢勒的版画不但数量多，技艺完美，而且蕴藏着丰富的哲理。1513—1514 年，他创作的 3 幅铜版画《骑士、死神和魔鬼》《书斋中的圣哲罗姆》和《忧郁 I》皆为寓意十分深刻的作品。

《亚当与夏娃》画于两块长条形祭坛屏板，让传说中的人类祖先亚当与夏娃分别占据画面的两侧，分开便可成为两幅独立的男女裸像。其中夏娃左手摘禁果，右手扶树枝，正在行走，光彩照人的似舞形体给人活泼秀美的楚楚动感。亚当的形体不如夏娃细腻优美，他半张嘴，头发散乱，表情恍惚、惶恐，左手紧张地捏着一截带果的枝叶，亚当的难堪拘谨与夏娃的微笑自然，形成风趣的对照。两人的阴部均被簇生的树叶遮住。德国的文艺复兴思想比南欧晚起，社会对性爱问题持更严肃态度，因而德国民族对人类性文明的贡献更多体现在性科学领域。丢勒以及其他德国艺术家对人体艺术投注的精力也不如意大利与法国艺术家多。《亚当与夏娃》对人类的性与肉体美展现了不偏不倚的中性立场，通过男女形象的动静粗细结合，喜忧参半地表现出来，符合当时处于宗教改革时期德国文化的特点与要求。

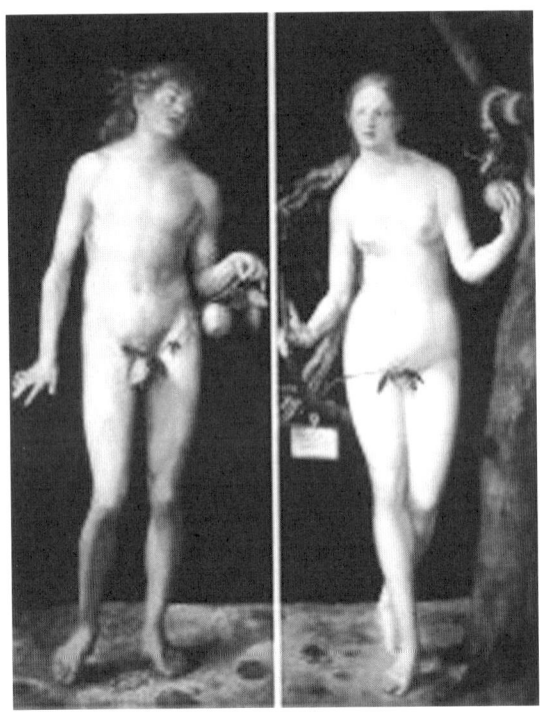

《亚当与夏娃》，丢勒，1507年，油画，左图高209厘米，宽81厘米，右图高209厘米，宽83厘米，现藏于西班牙马德里普拉多博物馆

小荷尔拜因

德国文艺复兴第二代最杰出的画家是小荷尔拜因（约1497—1543）。小荷尔拜因的艺术风格以冷静、客观著称，其一生主要成就是描绘肖像，他在继承丢勒奠定的现实主义基础上更加深刻地理解和描绘了人物性格的复杂性、矛盾性和精神气质的特殊性。他的肖像画写实功力极深，细腻逼真，质感和空间感都给观众留下深刻的印象，他非常注重眼神的刻画，使人物神形毕肖，在艺术效果上类似于当今的照片。在照相术没有发明之前，上流社会的权贵名流都希望能真实地留存下自己的形象，在这样的时代背景下，产生了小荷尔拜因这样的肖像画大师。他的肖像画在欧洲确实居于领先地位。1536年，小荷尔拜因成为英国国王亨利八世的宫廷画家，可悲的是，伦敦流行的鼠疫，夺去了这位年仅46岁的大师的生命。其主要作品有《伊拉斯谟像》《乔治·吉茨像》《大

使们》《亨利八世》《死神之舞》等。

《乔治·吉茨像》，小荷尔拜因，1523年，木板油画，高96厘米，宽85厘米，现藏于德国柏林国立美术馆

此外，还有伟大的画家格吕内瓦尔德（约1475—1528）。他曾经服务于美因茨大主教，后来到哈勒任艺术与建筑顾问。宗教改革的进步思潮对他产生过深刻影响，他甚至曾卷入1525年的农民战争。画家的大部分作品都已散佚，《伊森海姆祭坛画》成为他最重要的传世代表作，也是16世纪德国艺术的瑰宝之一。

老克卡斯·克拉纳赫（1472—1553）画过多幅充满浪漫情调的风景画，为多瑙河画派开拓了道路。自1505年直至逝世，老卢拉纳赫一直是维滕贝格的宫廷画家，并主持一个很大的绘画作坊，他善于描绘宗教与神话题材，又是著名的肖像和风景画家，创作题材很广泛。自1519年起，他多次被选为维滕贝格市政会委员，后来还不止一次担任过维滕贝格的市长，他与马丁·路德的友谊至深，支持宗教改革运动，与同时代的人文主义学者交往密切，为德国宗教改革家画过不少肖像画。

16世纪，德国风景画形成独立的绘画科目，多瑙河画派为此做出了重献。这个画派并不是学院意义上的画派，确切地应称之为多瑙河画风，标志着风景画的一种风格。丢勒在第一次意大利旅行期间画过大量水彩风景，老克拉纳赫在维也纳时代，也曾以抒情情调描绘过风景，他们都曾为多瑙河画派的形成进行过实践与准备。多瑙河画派的代表画家是阿尔布雷希特·阿尔特多费尔（约1480—1538）和沃尔夫·胡贝尔（约1480—1553）。

同时，德国的雕刻在这一时期也由晚期哥特式发展到文艺复兴的风格，出现了一批杰出的雕刻家。

蒂尔曼·里门施奈德（约1455—1531）是晚期哥特式的主要代表，但在宗教题材雕刻中表现了较多的世俗因素。他经过多年的艺术实践，使德国雕刻艺术逐渐体现出具有民族特色的宏伟纪念碑风格，为德国雕刻艺术做出了不朽的贡献。他所留下的重要作品都是德国文艺复兴时期的雕刻精品。代表作有维尔茨堡马利亚教堂的《亚当与夏娃》《海因里希二世皇帝与皇后墓棺像》《迈德布隆哀悼基督祭坛》等。《迈德布隆哀悼基督祭坛》是浮雕，背景是一个巨大的十字架，前景中圣母玛利亚悲痛地跪在基督尸体的旁边，约翰用手轻抚着她的左肩，与圣母一起分担这巨大的苦难。尼哥特姆手捧油膏罐，立于十字架下，周围还有哀悼的人物群像，布局简明宏伟，气氛庄严肃穆，具有纪念碑雕刻的气势。这一杰作本身也可被视为里门施奈德创作生涯的永恒纪念碑。

维特·施托斯（约1447—1533）对东欧的雕刻艺术产生过巨大影响。15世纪末，他回到了故乡纽伦堡，创作了高浮雕《最后的晚餐》《基督被捕》等，约1517年创作了木雕《天使报喜》，这些珍贵的遗作至今仍完好地保存在纽伦堡的教堂内。《天使报喜》，是一件彩绘木雕，造型十分新颖，圣母与天使的并排立像被一个美丽的花环所围绕，这一巨大的花环高悬于教堂大厅之中，为严肃的宗教仪式增添了活跃的气氛。

四 法国文艺复兴时期艺术

作为哥特艺术的故乡，法国早就在建筑上为宗教艺术赋予过最崇高的表现力，此时，尽管对意大利文艺复兴的成就如醉如痴，艺术家们却能不忘传统，熔法国、佛兰德斯、意大利艺术的动人之处于一炉，形成自己独特的风格。法国文艺复兴最主要的成就表现在建筑和雕刻方面，绘画则略逊一筹。

卢浮宫

这一时期最主要的建筑成就当数卢浮宫的建造。卢浮宫由列斯哥设计，1546年动工改建。卢浮宫是法国历史最悠久的王宫，原为90米见方的四方形院子，自16世纪其屡次改建和扩建，最后至18世纪形成今天的规模。院外的西边属于文艺复兴时期建筑的代表，东边属于法国古典主义建筑的代表。整个建筑庄重、整齐、严谨，被视为理性美的代表作。

卢浮宫，改建于1546年，法国巴黎

此外，这一时期还建造起了桑波古堡（1526年动工修建）、枫丹白露宫（1528年动工修建）。

古戎

15、16 世纪法国雕塑的普遍特点是极强的装饰性，它们是为建筑而创作的，并与建筑物的线条融为一体，这在古戎（1510—1572）的作品中得到最好的体现。卢浮宫的《女像柱》《带鹿的狄安娜》和枫丹白露宫的装饰浮雕，都造型精美，线条典雅，样式主义的肉感带上了古希腊高贵的形体。

圣洁者喷泉浮雕

该浮雕是法国文艺复兴时期最著名的雕塑家古戎为"无辜者之泉"创作的装饰性浮雕作品，也是作者所有作品中最令世人称道的。这样的浮雕共有六块，题材均取自希腊神话中山林水泽女神的形象。这些仙女们正在汲取清泉，水中似乎映出了她们的倒影；她们的身材丰满而优美，起伏微妙，凹凸自然，姿态婀娜多姿，却毫无弱不禁风之感，人物造型充满了活力。虽然每个人物形象都被安排在一个狭小的空间中，但让人感到转动自由，毫无局促之意。女神们有着不同的姿势，柔和、轻快而富有韵律，充满音乐的节奏感。

特别令人赞叹的是作品中对人物衣衫的刻画，那些薄薄的衣衫仿佛已经被水浸湿，紧紧裹着女神们那富有青春活力的身体，衣褶细腻流畅，犹如水中荡起的涟漪一样优美，将女性的韵味展现得淋漓尽致。正是通过这些优美的线条和迷人的起伏，山林水泽女神们被表现得个个如出水芙蓉，风姿秀逸。这些充满青春活力的美丽形象，是对中世纪禁欲主义思想的冲击，是对人、对自然的赞美，意味深远。

另一位雕塑大师皮隆（1534—1590），以亨利二世圣心碑反映出当时法国艺术的主要倾向。墓上的王后跪像给人以意大利式的美感，下面的死者卧像则具北方精神和哥特习惯。宗教感情、忠实信念、对人生短促的慨叹，都得到简洁有力的宣泄。掌玺大臣彼拉格亡妻墓是皮隆的晚年之作，上面的彼拉格跪像深沉雅逸。浮雕《基督下架》呈现的人物造型则强劲得近乎痉挛，是意大利古典题材与法国艺术传统的完美结合。

当时法国绘画虽不及建筑和雕刻出名，但也出现了一些画家和画派。在卢瓦尔河谷中以手抄本插图和教堂玻璃画为基础发展起来的法国

《仙女》，古戎，1547—1549 年，喷泉浮雕，法国巴黎

艺术在 15 世纪下半叶卓有成就，其中最著名的画家是富盖，他以肖像画和手抄本插图闻名于世。

富盖（1420—1480）所绘的谢瓦利埃《祈祷书》和《默伦双联祭坛画》使法国艺术别开生面。《圣母子》多变的几何形和色彩的抽象化既反映了画家卓越的想象力，也标志着法国审美趣味向古典主义发展。他的另两幅代表作《查理七世》和《德于格尔森像》则证明这位杰出的肖像画家不管是在手抄本上，还是在木板上，不管是使用胶彩还是使用油彩，都同样得心应手。

16 世纪法国请来了意大利画家罗索和普里马蒂乔，领导装饰枫丹白露宫。从事这一工作的画家被称为枫丹白露画派。这些艺术家受到意大利样式主义的影响，其艺术风格趋于甜美娇柔。

意大利的两位大师罗索（1495—1540）和普里马蒂乔（约1504—1570）接受了法国枫丹白露宫的内部装饰工作，为之竭忠尽智，付出了全部心血。他们设计和参与制作的壁画、挂毯、浮雕以及各种各样的装饰品是如此精美，以至于连意大利艺术都为之黯然失色。罗索独出心裁地设计出一种将壁画和灰泥边饰结合在一起的新形式。作为壁画边框，围绕中心画面的灰幔和高浮雕人体不再单纯起装饰作用，而是对画中含义的补充。他们使画面向四周扩展开来，有时甚至把两侧的窗户也包纳其中。更妙的是他们还把一幅幅画连成一气，并通过隐喻和象征的手法使古代神话同弗朗索瓦一世的丰功伟绩合为一处。

普里马蒂乔于1531年来到法国枫丹白露带来了帕尔莫桑样式主义的超逸曼妙。1540年罗索去世之后，他承担了全部工程的领导工作。该宫壁画《百合花装饰的大象》《巴尔奈斯》《金雨》清新流利，最能体现其风格。1552年前来协助他工作的学生阿巴特（1509—1571）画风更加洒脱，其作品《普罗塞比娜被掠》《西皮翁禁欲》使老师笔下的修长人体带上了爽快悦目的笔触。

法国文艺复兴美术虽起步较晚，但规模及来势不小，在君主的倡导下，以宫廷艺术为主，较快地参与到欧洲文艺复兴的行列中来。法国文艺复兴有较多意大利风格，缺少民族特点，不过就摆脱中世纪的宗教禁锢而言，法国文艺复兴又是必要的一环。

五 文艺复兴时期的艺术思潮及特征

建筑方面：在文艺复兴时期，建筑类型、型制和形式都比以前增多。建筑师在创作中既体现统一的时代风格，又十分重视表现自己的艺术个性。文艺复兴建筑，特别是意大利文艺复兴建筑，呈现空前繁荣的景象，是世界建筑史上一个大发展和大提高的时期。以意大利为中心的文艺复兴建筑，对以后几百年的欧洲及其他许多地区的建筑风格都产生了广泛而持久的影响。

雕塑方面：文艺复兴的光芒把希腊罗马的历史遗产推上了一个辉煌的顶峰。中世纪教堂千人一面的神像和板滞僵硬的风格被人文主义思想启动开来的动感造型和个性形象所取代。

文艺复兴期间，欧洲雕塑逐渐脱离了建筑的束缚，发展成为一种独立的美术形式。其创作以人文主义思想为基础，表现出与在宗教神学思想笼罩下的中世纪雕塑截然不同的特征。

首先是对人体美的歌颂，从多纳泰罗到米开朗基罗，这些大师们创造了一尊又一尊完美的人体雕像，以此来肯定人的存在，赞美人的力量。其次是人物形象的世俗化。尽管这一时期许多作品仍取材于《圣经》，但它们充满了人情味和现实主义色彩，表现出艺术家对生活的热爱。此外，作者在创作中还融入了自己的思想感情和个性，使作品饱含生命的激情。最后在艺术处理上，雕塑家们以古希腊罗马雕塑的表现形式为基础，用文艺复兴时期特有的求实精神，开创了基于科学理论和实际观察的写实技法，如人体解剖和透视法则等，使雕塑艺术无论在圆雕还是浮雕方面都达到古典艺术之后的一个新的高峰。这些作品是人类健美与智慧的代表、人类创造力的体现，是人类不屈服于神灵、向往自由、回归本体的坦率表露。

因此，文艺复兴时期的雕塑以完美和规范化为原则，追求对称、协调、均衡、稳重。它的基本风格和表现技法，构成了西方近代雕塑的主要传统，影响极其深远。

绘画方面：作为纯美术的绘画，由于文艺复兴才真正成为美术的主体，成为画家们挖掘自身才能，表达思想、表现自我最有力的手段。也正因为如此，绘画不再是中世纪那样囿于圣经插图和细密画，成为美化环境、人体和心灵最有力量的美术种类。在这一时期，油画的出现使西方绘画进入一个崭新的发展时期，这就是以架上油画为西方绘画主流的时期。耐久而丰富的油画颜料绘制出的作品，既可充分体现画家的才华技法，满足不同群体观赏者的审美需求，又便于不同场合展示及各式住宅的装饰美化。

而美术与科学的结合，如解剖学、透视学、色彩学等参与美术家的创作过程，为美术提供了科学依据，使美术不再游荡于神学与心灵之间，走上了与科学相结合的道路。

第三节　文艺复兴时期文学

一　人文主义文学的基本特征

人文主义是文艺复兴时期新兴资产阶级在反封建、反教会斗争中形成的思想体系与理论武器，也是文艺复兴时期进步文学的中心思想。它主张一切以人为本，反对神的权威，把人从中世纪的神学枷锁中解放出来。对"人"的肯定成了人文主义思想的核心。主要内容是：用人权反对神权；用个性解放反对禁欲主义；用理性反对蒙昧主义；拥护中央集权，反对封建割据。

人文主义文学有如下基本特征。第一，就文学的文化主旨精神而言，人文主义文学与当时的哲学、科学、艺术等领域一样，对人的关注成为其文化精神的核心。它反对中世纪封建教会鼓吹的以"神"为本，主张以"人"为本，肯定人的价值与尊严。第二，着力描写现世生活，肯定人的权利，用个性解放反对禁欲主义，用理性反对蒙昧主义，这是人文主义文学的基本题材与主题。第三，由于文学精神的根本性变更，题材与主题的转换，使得人文主义文学的艺术风貌也发生了极其深刻的变化：首先，展示人的精神世界、情感特征、欲望要求等成为人文主义文学的基本艺术追求；其次，与展示人的精神风貌相适应，中世纪宗教文学中以"寓意"和"象征"为特点的基本创作方法已被一种关注现实、关注人生的新方法所取代；最后，人文主义文学扩大了传统文学的体裁领域，原有的一些体裁，如抒情诗、叙事诗、戏剧等，从形式到技巧进一步走向成熟，如将个人欲望、世俗生活、普通人物引进作品，打破悲剧、喜剧的界限，等等。同时，作为近现代文学主要形式之一的十四行诗、框架式短篇小说尤其是长篇小说等艺术样式，都发端于这一时期，并取得了辉煌的成就。

二　人文主义文学的发展概况

欧洲的文艺复兴运动从 14 世纪初开始，一直持续到 17 世纪。人文主义文学发展可分为三个时期。14世纪初至15世纪中叶为人文主义文学产生与发展的早期,主要成就在意大利和英国。此时的人文主义文学以肯定人的情感与欲望、追求个性解放、赞美人的自然本性为主要特征。15世纪下半叶至16世纪上半叶,是人文主义文学发展的中期,主要成就在法国。此时的人文主义文学以表现人的自身力量、赞美人的理性和智慧为主要特征,塑造了一系列"巨人"的形象。16世纪下半叶至17世纪初,是人文主义文学发展的晚期,主要成就在西班牙和英国。此时的人文主义文学以表现人自身的矛盾,如灵与肉、理智与情感、理想与自然为主要特征。

阶段	时间	代表人物	主题
早期	14世纪初至15世纪中叶	意大利:彼特拉克 薄伽丘 英国:乔叟	肯定人的情感与欲望 追求个性解放 赞美人的自然本性
中期	15世纪下半叶至 16世纪上半叶	法国:拉伯雷	巨人形象
晚期	16世纪下半叶至 17世纪初	西班牙:塞万提斯 英国:莎士比亚	人自身的矛盾 灵与肉、理智与情感、 理想与自然的矛盾

(一) 意大利人文主义文学

彼特拉克(1304—1374)被认为是第一个人文主义学者,被誉为"人文主义之父",1347年被元首院推举为桂冠诗人。他热心于研究古代典籍,提倡研究人文科学,与教会的神学相对抗。他最先将古希腊女诗人萨福的琴歌改造为平民的抒情诗,并且创造了十四行诗。十四行诗是欧洲的一种抒情诗体,它本是中世纪民间流行并用于歌唱的一种短小诗歌。文艺复兴以后,经过彼特拉克的倡导而得到广泛运用。这种诗歌形式后来成为欧洲近代抒情诗的主要形式之一。彼特拉克最主要的作品是《歌集》,这是献给诗人心目中的情人劳拉的,类似于但丁的《新生》。《歌集》在艺术上继承了"温柔的新体"诗派传统,大量采用十四行诗体,重在抒发个人感情,并运用意大利语言写作。

薄伽丘(1313—1375)的创作将彼特拉克开创的意大利人文主义文学发展到一个新的高度。薄伽丘也是一个热衷于研究古代典籍的人文主义学者。他写过十四行诗、长篇小说、叙事诗、史诗等,代表作是短篇小说集《十日谈》。《十日谈》用大故事中套小故事的方法,叙述了100个短篇故事。故事梗概是:1348年,一场可怕的瘟疫从天而降,意大利的城市佛罗伦萨丧钟长鸣,尸体横陈,十室九空,惶恐的人群四处奔散;这时城中有10名青年男女结伴前往一所乡间别墅避难,他们用轮流讲故事的办法消磨时光,每人每天讲一个故事,十天共讲了100个故事。作品除了直接取材于市井生活外,许多素材取自古代历史、中世纪传说和东方故事。作品中大量有关通奸、仇杀、抢劫的故事,反映了文艺复兴早期传统道德信仰受到冲击时意大利的社会现实,但主要是批判宗教腐败。小说以尖锐泼辣的笔法描绘出了一幅圣徒不圣、修士不修、神甫昏庸、教会腐臭的真实画面,连罗马教皇也受到了抨击。此外,小说中还有许多爱情题材的故事,主人公以人欲的天然和理性为武器,反对禁欲主义,反对封建偏见,凡是能给人带来快乐的爱欲都被看成合理的追求,而不是教会所说的罪恶。因此,在薄伽丘笔下,高尚的爱情和粗俗的情欲都被认为是人性的自然流露,因而都得到了肯定与提倡。这种情爱观显示了人的自我意识的觉醒,在当时构成了对禁欲主义的亵渎,是反抗宗教的一种形式。但是,以人欲为武器反宗教,势必走向纵欲主义、利己主义的低级庸俗的一端,甚至把欺骗奸诈也作为智慧来肯定,这些都是《十日谈》思想内容上的局限性。小说采用"框架结构",把众多故事连成一个有机整体,这种结构在以后的欧洲文学中得到继承与发展。《十日谈》不仅为意大利散文奠定了基础,而且开了欧洲近代短篇小说的先河。

(二)法国文学

法国的人文主义文学开始于15世纪末,在16世纪取得了很高的成就。法国的人文主义文学的显著特点是自始至终存在着贵族与平民两种倾向。

拉伯雷（1483？—1553）是法国人文主义文学平民倾向的杰出代表，也是欧洲文艺复兴时期最重要的作家之一。他是一个博学多才的文化巨人，代表了文艺复兴时期法国文化的高峰。他对哲学、神学、医学、法学、音乐、地质学、天文学、植物学、建筑学、考古学和文学等都有较深入的研究，并精通医学，医术高明。他的文学代表作《巨人传》是用十三种语言写成的。小说共分为五部：前两部写巨人国王卡冈都亚和他的巨人儿子庞大固埃的出生、教育、游学和他们的文治武功；后三部写庞大固埃和他的朋友巴汝奇探讨婚姻问题，以及他们为寻找"神瓶"而游历各地的见闻。小说看似滑稽可笑，却蕴含了严肃深刻的主题。一方面，小说以讽刺的手法对教会进行了批判，明确了知识带给人的力量。小说中的三代巨人都是体形巨大，智慧过人，能力超绝。他们的能力与智慧不是与生俱来的，而是得益于人文主义的教育，源于科学知识。卡冈都亚接受经院教育十余年，反而变得呆头呆脑，而到人文主义中心学习后，百艺精通，得到全面发展，那些神学大师在他面前显得愚笨无知。他还把巴黎圣母院的大钟摘下来当马铃铛。另一方面，小说无情地批判了封建国家的黑暗与罪恶，并描绘了作者心目中的理想境界。小说对庞大固埃和巴汝奇寻找神瓶过程中的所见所闻的描写，反映了现实社会中的各种罪恶。在小说第一部中，卡冈都亚为约翰修士修建了一座"德廉美修道院"。在那里，人们遵循着"随心所欲，各行其是"的准则，自由自在、无拘无束地生活着，只有一条禁令：不许伪君子、恶棍、守财奴进入院内。《巨人传》继承了法国中世纪列那狐故事等民间文学的夸张、幽默、讽刺的传统，以粗俗的形式表达严肃崇高的思想主题，具有寓崇高于粗鄙之中的审美品格，是欧洲散文体长篇小说的开端。

"七星诗社"是16世纪法国出现的贵族派人文主义诗人团体。由以龙沙为首的六个人文主义作家和他们的老师、希腊语文学者多拉七人组成，因号称七星而得名。他们主张革新诗歌，创造出民族文学，然而其作品形式上虽然是民间语言和民间文学，艺术上却追求典雅的风格。他们的成就主要表现在对民族语言的统一和民族诗歌的创建上。龙沙是法国近代第一位抒情诗人。

蒙田（1533—1592）是法国文艺复兴后期的人文主义作家。他把读书的体会、旅游的见闻、日常生活的感想都记录下来，组成《随笔集》，各章篇幅长短不一，文章结构之间随意自然，内容广博多姿，是法国近代第一部散文集。蒙田也是欧洲近代散文的创始人。

（三）西班牙文学

16世纪，西班牙成为欧洲的头号殖民强国，称霸欧美两洲。然而，西班牙的强盛极为短暂。16世纪前半叶，由于连续不断的对外战争，国家财源耗尽，城乡一片凋零。特别是1588年在同英国的海战中，无敌舰队覆没，西班牙从此急剧衰落，丧失了世界强国地位，资本主义因而未得到充分的发展。在这种历史条件下，西班牙的人主义文学出现较晚，它的主要成就是小说和戏剧。

16世纪中叶，西班牙文坛上流行着一种独特的小说——流浪汉小说。这种小说主人公大多是无业游民，以描写城市下层人民生活为中心，往往采用第一人称和自传的形式来叙述主人公的所见所闻，以人物流浪史的方式构建小说，用幽默的风格、简洁流畅的语言广泛反映当时人的生活风貌。流浪汉小说的代表作是《小癞子》，其作者不详。小说以第一人称叙述一个名叫拉撒路的穷孩子浪迹天涯的种种遭遇。他贫困、流浪，受尽虐待和欺压。为了生存，他不断地去适应丑恶的环境，开始欺骗别人、玩弄恶作剧，以发泄私愤、获取钱财。他不受传统道德的约束，丧失了恻隐之心和廉耻观念。为了对瞎子主人进行报复，他故意让瞎子在石桩上碰得头破血流；为了过舒服日子，他心甘情愿让妻子与神甫继续私通，终于使自己从淳朴善良滑向狡诈无耻。作者对主人公的遭遇表示同情，对迫使主人公堕落的环境做了揭露和批判。

西班牙人文主义文学最杰出的代表是塞万提斯（1547—1616）。他是欧洲近代现实主义小说先驱。其所作历史悲剧《奴曼西亚》取材于西班牙人民反抗罗马侵略者的斗争史实，歌颂了顽强不屈、勇于牺牲的爱国主义精神。《惩恶扬善故事集》被作者称为"社会的变形"，以现实主义手法描写了西班牙封建社会各阶层的生活面貌。

塞万提斯的《堂吉诃德》是文艺复兴时期欧洲最重要的长篇小说之

一，它对于欧洲近代长篇小说的发展具有重大的影响。小说在否定骑士精神的同时，提倡一种新的精神——人文主义。

文艺复兴时期西班牙的戏剧十分繁荣，出现了一大批优秀作品。维加（1562—1635）是西班牙民族戏剧的代表作家，被称为"西班牙戏剧之父"。代表作是《羊泉村》。作品的女主人公是长老的女儿劳伦霞，骑士团队长费尔南企图奸污她，幸好她被青年农民弗隆多救出。劳伦霞与弗隆多两人倾心相爱。当这对青年男女举行婚礼时，费尔南抢走了新娘，并且要绞死新郎。劳伦霞逃回羊泉村发动农民起义，攻占了城堡，杀死了费尔南。作者描写了农民对领主的反抗，揭露了封建势力的暴虐，歌颂了农民为维护自由与权利进行的正义斗争。

（四）英国文学

英国的人文主义文学是欧洲人文主义文学的顶峰。它从 14 世纪开始产生，到 17 世纪初期达到鼎盛，出现了诗歌、散文、戏剧等多种体裁的全面繁荣。

诗人乔叟（1340—1400）是英国最早出现的人文主义作家。他的创作深受但丁、彼特拉克和薄伽丘等作家的影响，但又有自己的风格。乔叟在晚年所写的长诗《坎特伯雷故事集》代表他的最高成就。长诗肯定了世俗爱情，反对禁欲主义，体现了人文主义反封建倾向，也流露出市民阶级对纵欲的欣赏以及宗教劝善的容忍处世思想。乔叟采用了薄伽丘《十日谈》的框架式结构，故事与故事之间衔接自然，人物性格鲜明突出，对话滑稽有趣。

16 世纪初，随着资本主义的发展，"圈地运动"造成农民纷纷破产。目睹新旧交替时代的惨象，人文主义者托马斯·莫尔（1478—1535）写下了近代空想社会主义小说的开山之作《乌托邦》。小说借一位回到英国的水手之口，揭露了英国资本原始积累时期的丑恶现象，指出"圈地运动"中"羊吃人"的血腥事实，也描绘了"乌托邦"中没有人剥削人现象的理想社会。从此，乌托邦成为理想国的代名词。

16 世纪后半期的伊丽莎白时代，英国文学逐渐走向了繁荣。斯宾塞（1552—1599）被认为是伊丽莎白时代的重要诗人，长诗《仙后》是他的代表作。

培根(1561—1626)是文艺复兴时期英国著名的散文家、哲学家和实验科学家。他的《随笔集》是继蒙田之后欧洲文坛上又一部散文集杰作。

英国人文主义文学成就最高的是戏剧,在16世纪80年代进入全盛时期。这时的英国伦敦出现了许多剧院,还涌现了大批卓有成就的剧作家。"大学才子派"是对当时活跃于英国戏剧界的一批青年知识分子的一种统称。他们都在大学受过教育,具有人文主义思想。他们的戏剧创作和演出活动为莎士比亚的出现奠定了基础,促进了英国戏剧的发展,主要包括李利、基德、格林、马洛等人,其中以马洛的成就最高。他是莎士比亚之前英国戏剧界最重要的人物,也是英国文艺复兴戏剧的真正创始人,代表作是《浮士德博士的悲剧》。该剧根据德国民间故事中有关魔术师浮士德把灵魂交给魔鬼的传说写成,塑造了知识巨人浮士德博士的形象,肯定了知识可以征服自然、实现社会理想的伟大力量,是后来歌德的著名作品《浮士德》的蓝本。

莎士比亚在"大学才子派"所取得的戏剧成就的基础上,把英国和欧洲文艺复兴时期的戏剧推向了高峰,成了欧洲人文主义文学最伟大的代表。

莎士比亚

威廉·莎士比亚(1564—1616)是文艺复兴时期英国最重要的诗人、戏剧家,也是文艺复兴时期欧洲人文主义思想最杰出的代表。他的出现,标志着文艺复兴运动文学领域高潮的到来。同时其戏剧创作的广度和深度,也开辟了欧洲文学的一个崭新纪元。马克思称他为"人类最伟大的戏剧天才",本·琼生称他为"时代的灵魂"。

莎士比亚1564年出生于英国中部沃里克郡艾文河畔的斯特拉福镇一个信仰基督教的富裕市民家庭。其父靠经商致富,后家境衰落。莎士比亚没有接受过多少教育,7岁左右,他曾入当地的一所初级文法学校学习,后因经济拮据而退学,以后便再未上学。同时代的戏剧家本·琼生曾讥笑他"不大懂拉丁文,更不通希腊文"。不得已他帮父亲做了一段时间的生意，当过肉店学徒，也曾在乡村学校教过书，还干过其他各种职业，这使他增加了社会阅历。

尽管生活窘迫，但莎士比亚仍保持着乐观、积极的生活态度和不拘中世纪礼法的生活作风。1582 年，18 岁的莎士比亚结婚，他先后生下三个孩子，这使得他的家庭开销日益增多。1586 年前后，迫于生活压力和受到繁华都市的吸引，莎士比亚离开家乡到伦敦谋生，进入他人生中最为重要的转折时期。

莎士比亚在伦敦最初几年的生活状况没有确切的记载，据说是在剧院门口为贵族观众看马，并在剧院中兼做杂工。渐渐地他当上了戏剧提词人、演员，开始熟悉舞台艺术，进而开始改编剧本，或与他人合写剧本，直至最后独立从事剧本创作。莎士比亚时代的英国戏剧十分繁盛，格林、马洛等"大学才子派"剧作家在当时红极一时，这为莎士比亚戏剧博采众长、迅速成功奠定了重要的基础。1592 年，"大学才子派"的重要戏剧家格林在一篇文章中曾嘲笑莎士比亚是"用羽毛装饰起来的暴发户式的乌鸦"，是个"地地道道的打杂工"，这足以证明当时莎士比亚在英国戏剧界已经占有了一席之地，并在一定程度上对当时的"大学才子派"构成了威胁。

莎士比亚的成功还与他在伦敦期间和大学生的交往有密切关联，这一方面使莎士比亚有机会接受当时先进的人文主义思潮和文化的熏陶，另一方面也促进了其戏剧在大学校园中的上演。经过大约十年的努力，莎士比亚的声名已举世公认。1598 年，弗兰西斯·米尔斯在他的《论我们英国诗人与希腊、罗马和意大利作家》中已基本承认莎士比亚的诗人、剧作家地位，并认为"奥维德的充满风雅和机智的灵魂则活在语言甜蜜的莎士比亚身上"。

莎士比亚在 23 年的创作生涯中，一共创作了 37 部（一说是 38 部）戏剧、2 部长诗和 1 部十四行诗集，并因为这些作品而渐渐富裕起来。1611 年前后，莎士比亚离开伦敦返回家乡，1616 年 4 月 23 日在家乡去世，埋葬于当地的三一教堂，享年 52 岁。

根据德国学者盖尔维努斯的划分方法，莎士比亚的创作大致可以分成三个重要时期：1590 年至 1600 年为早期，即抒情诗、喜剧和历史剧创作时期；1601 年至 1607 年为中期，即悲剧、悲喜剧创作时期；1608 年至 1612 年为晚期，即传奇剧创作时期。

早期（1590—1600 年）：抒情诗、喜剧和历史剧创作时期

在 1590 年至 1600 年的早期创作中，莎士比亚主要写了两首长诗、154 首十四行诗、10 部喜剧和 10 部历史剧。当时的英国，正值伊丽莎白统治时期，民族统一、中央集权巩固，新兴的资本主义经济有了明显的发展。这就要求社会思想适应经济发展状况，因此，反映资产阶级利益和社会进步要求的人文主义观念席卷了整个英国。莎士比亚受此社会文化氛围影响，通过诗歌和戏剧作品从政治、经济、思想等多角度反映当时英国社会发展状况，热情讴歌男女青年冲破封建羁绊和传统习俗，大胆争取自由恋爱和婚姻幸福的斗争，还借用英国社会历史，塑造了一系列开明君主形象，表达支持民族统一、反对封建割据、拥护中央集权的政治理念，整体创作基调呈现一种生机勃勃、乐观向上的人文主义态势。这一时期的莎士比亚深信人可以用最好的方法来解决生活和社会的所有矛盾，和谐、美好的愿望和信心贯穿作品始终。

历史剧代表作《亨利四世》上、下篇主要人物却是亨利王子。上篇写亨利王子如何由放肆淫乐转变为正规的英雄武士；下篇写他如何在战场上表现英勇而继承王位。通过亨利王子写出了一个理想君主的成长过程，并且因为他所代表的乃是使国家统一的进步力量而受到了极大的赞美。

福斯塔夫受到观众的格外的欢迎而导致喧宾夺主，成为莎士比亚笔下最出色的喜剧人物之一。就出身来说，福斯塔夫属于破落的封建贵族——爵士。他的生活就是好酒贪杯、纵情声色，拍马、吹牛、逗笑、偷窃无所不能，然而他又天真、乐观、妙语连珠，常引得观众大笑而忘却他的过失。就是这样一个可恶，可笑，又好玩的人物，既有封建寄生阶级的特点，又有新兴市民的特质，是一个过渡时期的寄生者的典型。作品以福斯塔夫为中心牵进了形形色色的各个阶级的人物，展现了广阔的五光十色的社会画面。

在喜剧和诗歌方面，莎士比亚热情讴歌青年男女大胆冲破封建羁绊和传统习惯势力，为争取恋爱自由、婚姻幸福而进行的不懈斗争，基调

是乐观、激越、明朗的。莎士比亚在其中为我们建造了一座人间"伊甸园",里面洋溢着个体生命的气息,涌动着爱情和友谊的暖流,渗透着鲜明的反封建、反基督教禁欲主义的色彩。代表作为《威尼斯商人》、《罗密欧与朱丽叶》(一说为悲喜剧)等。

《罗密欧与朱丽叶》以文艺复兴时期的意大利为背景,以充满"光彩和 concetti 的华丽语言",在欢乐的节日氛围中描写了有着世代仇恨的蒙太古和凯普莱特两个家族的一对青年男女罗密欧与朱丽叶生死绝恋的爱情故事,表达了他们冲破封建礼教束缚的人文"开放意识"和"觉醒精神",展现了青年一代个性解放的叛逆性格,谱写了一曲爱与美、真与善的颂歌。

中期(1601—1607 年):悲剧和悲喜剧创作时期(莎士比亚创作的高峰期)

莎士比亚先后创作了 10 部悲剧和 3 部悲喜剧,代表了其戏剧创作的最高峰。这一时期的英国社会正处于新旧政权交替时期,社会的深层矛盾日益显露,尤其是詹姆斯一世继位后,封建特权势力开始慢慢抬头,进步势力遭受打击,新兴资产阶级利益受损,社会不平等的阴影逐渐加重。面对残酷的社会现实,莎士比亚在如何处理人文主义思想与黑暗现实之间的矛盾上陷入沉思,因此,这一时期的莎士比亚戏剧带有明显的"社会问题剧"性质,其基调也相应地发生了一定程度的变化:以悲沉、激愤为主。

此时文艺复兴运动使欧洲进入了"人"的觉醒的时代,人们对上帝的信仰开始动摇。在"个性解放"的旗帜下"为所欲为",这是当时的一种时代风尚。这一方面是思想的大解放,从而推动了社会文明的大发展,另一方面,尤其是到了文艺复兴的晚期,随之产生的是私欲的泛滥和社会的混乱。面对这样一个热情而又混乱的时代,人到中年的莎士比亚,已不像早期那样沉湎于人文主义的理想给人带来的乐观与浪漫,而表现出对理想与进步背后的隐患的深入思考。

《奥赛罗》基本情节是一出家庭悲剧。奥赛罗是威尼斯公国的一员勇将。他与元老的女儿苔丝狄梦娜相爱。但由于他是黑人,婚事未被允许。两人只好私下成婚。奥赛罗手下有一个阴险的旗官伊阿古,一心想除掉奥赛罗。他先是向元老告密，不料却促成了两人的婚事。随后他又挑拨奥赛罗与苔丝狄梦娜的感情，说另一名副将凯西奥与苔丝狄梦娜关系不同寻常，并伪造了所谓定情信物等。奥赛罗信以为真，在愤怒中掐死了自己的妻子。当他得知真相后，悔恨之中拔剑自刎，倒在了苔丝狄梦娜身边。莎士比亚在剧中写出致使这种家庭悲剧发生的乃是人的嫉妒之心——剧中称为"绿眼的妖精"，人们从中得到一种情感的震撼，情节真实可信，它可怕地展示出人性的弱点，在人性面前树起了一面镜子。与此同时莎士比亚也批评了利欲熏心的资产阶级，剧中伊阿古即为其代表，为满足自己对权势和地位的贪婪而不择手段，他也是文艺复兴时期新产生的社会罪恶的体现者。

《李尔王》取材于古代不列颠的传说，描绘了两个家庭的悲剧，即李尔的家庭悲剧与葛罗斯特的家庭悲剧。父子相逼、手足相残，作品揭示了恶人作恶的相同动机和目的。在他们心目中，"利益"才是至高无上的"上帝"。正如剧中葛罗斯特所言："亲爱的人互相疏远，朋友变为陌路，兄弟化为仇敌；城市里有暴动，国家发生内乱，宫廷之内潜伏着逆谋，父不父，子不子，纲常伦纪完全破灭。"这是一个罪恶丛生的可怕世界。剧本从剖析社会组织中最基本的家庭细胞入手，形象地说明了当时社会风气的急转直下，人际关系的惨遭破坏。但是，作者通过对考狄利娅、爱德伽这些美好形象的塑造，仍然表达了对于社会未来的乐观信念。

《麦克白》是一部揭露和鞭挞贪欲和野心的悲剧。麦克白由于野心的驱使，走上了犯罪的道路。他谋杀贤君，暗害忠良，血染整个苏格兰大地。他最终成为一个令人憎恶的暴君，成为举国声讨的历史罪人。

晚期（1608—1612年）：传奇剧创作时期

莎士比亚的创作晚期，封建王朝进一步暴露其专制的本来面目，清教徒的力量明显壮大，他们和王权的斗争随之尖锐起来。莎士比亚退居书斋和田园，从事传奇剧的写作。他以神话般的传奇方式，描绘人世间的悲欢离合，同时又以仁爱、宽恕和谅解的精神，对社会矛盾的解决进行了不懈的探索。作品基调转向清丽、俊秀，呈现出高妙远逸、圣洁至纯的意味。

	时间	主要文体	代表作	主题
早期	1590—1600年	抒情诗 喜剧 历史剧	两篇叙事诗、大量十四行诗 《威尼斯商人》 《罗密欧与朱丽叶》（正剧） 《亨利四世》（福斯塔夫）	伊丽莎白的黄金时代 讴歌青年的美好爱情 赞颂开明君主和祖国 乐观向上的人文主义
中期	1601—1607年	悲剧 悲喜剧	《哈姆雷特》 《奥赛罗》 《麦克白》 《李尔王》	英国的社会矛盾加剧 理想与现实产生冲突 情绪转为悲沉、激愤 带有社会问题剧性质
后期	1608—1612年	传奇剧	《暴风雨》	封建王朝进一步腐朽 清教与革命势力抬头 宽恕、谅解现实矛盾 魔法和幻想色彩加深 清丽俊秀、高妙远逸

《哈姆雷特》

《哈姆雷特》是莎士比亚的代表作。剧中丹麦王子为父复仇的故事取材于公元1200年前后的丹麦史。在莎士比亚之前，这个故事多次被人改编为流行的复仇剧，莎士比亚的《哈姆雷特》则在内容和形式上都推陈出新，使之成为欧洲戏剧史上的奇观。

《哈姆雷特》写于17世纪初，该剧以中世纪的丹麦宫廷为背景，通过哈姆雷特为父复仇的故事，描绘了文艺复兴晚期英国和欧洲社会的真实面貌，表现了作者对文艺复兴运动的深刻反思以及对人的命运与前途的深切关注。

文艺复兴运动使欧洲进入了"人"的觉醒的时代，人们对上帝的信仰开始动摇。在"个性解放"的旗帜下"为所欲为"，这是当时的一种时代风尚。这一方面是思想的大解放，从而推动了社会文明的大发展，另一方面，尤其是到了文艺复兴的晚期，随之产生的是私欲的泛滥和社会的混乱。面对这样一个热情而又混乱的时代，人到中年的莎士比亚，已不像早期那样沉湎于人文主义的理想给人带来的乐观与浪漫，而表现出对理想与进步背后的隐患的深入思考，《哈姆雷特》正是他对充满隐患和混乱社会的一种审美观照。

剧本一开始就描写了丹麦动乱不安的社会局面。人们普遍感到"世界的末日到了"。新国王克劳狄斯为权势所诱惑，私欲的洪水冲垮了理智的堤坝，以杀兄之暴行，夺取王位，霸占嫂嫂，又以奸诈的手段企图置王子哈姆雷特于死地。克劳狄斯是一个为欲火吞噬了仁慈之心的奸雄，一个贪婪的利己主义者，一个丧失了理性的冒险家。他象征着文艺复兴晚期以满足个人私欲为核心的"新信仰、新道德"。受这种道德观念的影响，许多人从恶如流。在克劳狄斯的周围，"一万个人中间只不过有一个老实人"。王后乔特鲁德经不住情欲的引诱，在丈夫去世后不到两个月，便不顾当时禁止叔嫂通婚的道德约束，委身于克劳狄斯，"这样迫不及待地钻进了乱伦的衾被"。哈姆雷特昔日的友，如今也成了克劳狄斯的密探。大臣波洛涅斯趋炎附势，为了保护个人的既得利益，变得世故圆滑，毫无是非曲直之心。挪威王子福丁布拉斯虎视眈眈地窥视着丹麦的局势，随时准备夺取丹麦的王位，侵吞丹麦的领土。他代表了一种不顾一切地冒险与掠夺的精神。一个为个人私欲所驱使的世界，自然会将上帝的仁爱踩在脚下。难怪哈姆雷特说，"那是一个荒芜不治的花园，长满了恶毒的莠草"，世界"是一所很大的牢狱"。"荒芜""莠草""牢狱"等，都从伦理、哲学和宗教的意义上象征性地告诉人们，上帝失落了，而魔鬼却活着，世界变成了"冷酷的人间"，变成了理性精神丧失的荒原。这是一个面临信仰危机的"颠倒混乱"的时代，实际所指便是文艺复兴后期的英国和欧洲社会。历史上还从来未曾出现过如此放纵情欲的时代。莎士比亚在剧中通过对"颠倒混乱"的人的生存环境的描绘，不仅揭露和批判了当时英国和欧洲的社会现实，而且指出了一味强调个性解放、放纵人的欲望对社会和人的生存与发展的危害性，作者在对"颠倒混乱"的社会表现出深深忧虑的背后，流露着对理性、秩序和新的道德观念与理想社会的呼唤。

悲剧主人公哈姆雷特是一个处于理想与现实矛盾中的人文主义者的形象。哈姆雷特是丹麦的王子，他在威登堡大学读书时，接受了人文主义思想的熏陶。那时，他把世界看成是光彩夺目的美好天地，他认为，

"负载万物的大地"是"一座美好的框架","覆盖众生的苍穹"是"一顶壮丽的帐幕",是"金黄色的火球点缀着的庄严的屋宇"。特别为文学史家所称道的是哈姆雷特关于人的一段精彩议论:

> 人是一件多么了不得的杰作!多么高贵的理性!多么伟大的力量!多么优美的仪表!多么文雅的举动!在行为上多么像一个天使!在智慧上多么像一个天神!宇宙的精华!万物的灵长!

这种议论,体现了人文主义者对人、对社会所寄托的理想,说明哈姆雷特曾经是个怀抱理想的乐观的人文主义者。正是这种乐观思想,使他将父亲看成一个十全十美的理想君王,将母亲看成圣母一样纯洁的女性。父亲是理想的化身,母亲是爱的象征,父亲和母亲的结合便是理想与爱的结合,能使这种结合得以实现和存在的世界自然是"美好的花园"。那时的哈姆雷特是"快乐王子"。但是,这种美好的世界在《哈姆雷特》一剧中几乎是不存在的。剧本一开始,世界便已"颠倒混乱",人们恶梦不断,惶惶不可终日。面对父死母嫁、王位被篡夺的严酷现实,哈姆雷特像一夜间遭到严霜袭击的娇花,精神颓唐,痛苦与忧虑使他成了一个"忧郁王子"。在昔日的理想被击碎的情况下,他一方面激愤地诅咒这个"冷酷的人间",另一方面又深入地思考与研究生活于其间的人。他对世界的看法有了根本性的改变,在此时的他的眼中,"负载万物的大地,这座美好的框架,只不过是一个不毛的荒岬;这个覆盖众生的苍穹,这顶壮丽的帐幕,这个金黄色的火球点缀着的庄严的屋宇,只是一大堆污浊的瘴气的集合"。至于人,"在我看来,这个泥塑的生命算得了什么?人类不能使我产生兴趣,虽然我从你现在的微笑中,我可以看到我在这样想"。可见,严酷的现实,已击碎了哈姆雷特昔日的梦幻;梦幻的破灭,意味着他的人文主义理想和信念的破灭,他成了一个面对重重矛盾精神无所寄托的"流浪儿"。正是这种理想与现实的矛盾,造成了他行为上的犹豫(或延宕),这就是文学史上所说的"延宕的王子"。

哈姆雷特在复仇行动上的犹豫,既使这一形象显得复杂而深刻,又使之产生了无穷的艺术魅力。对犹豫之因的解释的众说纷纭，还使这一形象带上了神秘的色彩。从社会学的角度看，哈姆雷特在鬼魂那里得知了父王猝死的原因，接受了复仇的任务后，他迟迟不付诸行动，表现出行为上的拖延和犹豫，这是由于他所面对的社会邪恶势力过于强大，作为新兴资产阶级代表的哈姆雷特还不能胜任"重整乾坤"、改造社会的历史重任，因而，他的复仇以及他的悲剧具有深刻的社会意义。这也是整个剧情的发展赋予这一形象的社会历史层面的含义。但是，哈姆雷特形象的深度、复杂性及艺术魅力还有待于哲学和艺术层面的阐释。

哈姆雷特的犹豫不只是因为找不到复仇的方法，而是因为他所进行的关于人类生命本体的哲学探讨，涉及了人的生存、死亡与灵魂等形而上的问题。残酷的现实使哈姆雷特认识到，人并不像人文主义者所颂扬的那样如神一般圣洁，相反，人的情欲在失去理性规范的制约后会产生无穷的恶，社会也就趋于"混乱"。在理想幻灭后的哈姆雷特眼中，人的心灵是阴暗污浊的，人在本体意义上是丑恶的。克劳狄斯是十恶不赦的魔鬼。王后的堕落也是由于无法克制自身的情欲。奥菲莉娅，同样也不例外，因为，"要是地狱中的孽火可使一个中年妇人（即王后）的骨髓里煽起了蠢动，那么青春在烈焰中，让贞操像蜡一样融化吧。当无法遏止的情欲大举进攻的时候，用不着喊什么羞耻了，因为霜雪都会自动燃烧，理智都会做情欲的奴隶呢"。因此，奥菲莉娅尽管看上去"像冰一样贞洁，像雪一样纯洁"，但"美丽可以使贞洁变成淫荡"，在情欲逼来时，她也会像王后一样"脆弱"的，所有的女人都一样。哈姆雷特不仅看到了他人心灵的丑恶，而且看到了自己的心灵同样是黑暗的。他说："我的罪恶是那么多，连我的思想也容纳不下。"因此，在他眼里，所有的人"都是十足的坏人"，因为"美德不能熏陶我们的本性"，世界也正因此成了"牢狱"和"荒原"。

哈姆雷特对人的这种认识是偏激和悲观的，但却有其历史的深刻性和艺术的概括性，因为这实际上隐喻了文艺复兴时期在个性解放的口号下人们"为所欲为"、一味放纵情欲带来的社会罪恶。正是对人的问题的这种思考，使得哈姆雷特的言行越来越游离于为父复仇的宗法责任和"重整乾坤"的社会责任之外，越来越脱离历史现实的轨道而直逼无意义无目的的存在本身。面对这样的本原性思考，复仇就无足轻重了。而且，既然人在本体意义上是恶的，那么，他为父复仇、"重整乾坤"、改造社会的斗争对象就不只是一个克劳狄斯，而是包括他自己在内的所有的人。而完全消除人身上的恶，也就等于否定了人的现实存在，那么"重整乾坤"也就成了一句空话，人生也是没有结果的虚无。既然人生无意义，哈姆雷特又觉得不如"早早脱身而去"，"谁愿意负着重担，在烦劳的生命的压迫下呻吟流汗？"于是他想到了自杀。然而，一想到死后不仅要坠入一片虚无的世界，而且灵魂得不到安宁，这又使他心头升腾起对死亡的莫名恐惧。于是，"生存还是毁灭"，这个经久不绝的痛苦的声音，就在他的灵魂深处奏响了。迷惘、焦虑、惶惶不安的情绪和心态，贯穿在哈姆雷特复仇的过程中，也就有了他行动上的犹豫和延宕，使他成了"思想的巨人""行动的矮子"。可见，哈姆雷特的犹豫不只是找不到复仇方法时产生的矛盾的心理，而且是他感悟到人的渺小、人的不完美、人生的虚无时那迷惘与忧虑心态的外现，同时也是欧洲文艺复兴晚期信仰失落时人们进退两难的矛盾心理的象征性表述。哈姆雷特形象身上所表现出来的关于人性复杂、人性悖谬的思想，成了近代以来欧洲文学关于人的问题思索的基本指向。

莎士比亚的艺术成就

首先，在人物塑造上，对人的内心世界的开掘达到了空前的深度。莎士比亚的悲剧以描写人及人的自然本性为核心，在戏剧冲突的建构上，不像古希腊悲剧那样主要表现人与外部自然力（"命运"）之间的冲突，而是表现人与人以及人自身的理智、信念与情感、欲望之间的冲突。

哈姆雷特是世界文学史上一个极富艺术魅力的典型，这种魅力的产生很大程度上依赖于形象心理蕴含的丰富性。哈姆雷特的内心冲突是随着为父复仇的戏剧情节逐步展开并激化的，而复仇的外在冲突又逐渐让位于内心冲突，从而揭示出犹豫延宕的本质特性。他满怀理想又对现实的丑恶感到失望甚至悲观；向往人性的善又深信人自身有恶的渊薮；想重整乾坤又因人性之恶的深重而感到回天无力；觉得人生无意义又对死后世界充满恐惧；爱奥菲莉娅和母亲乔特鲁德，又怨恨她们的"脆弱"；等等。在莎士比亚之前的欧洲文学史上，还不曾有任何一个作家塑造出内心世界如此丰富复杂的圆形人物。

其次，莎士比亚的戏剧情节生动丰富。在他的剧作中，往往有两条或两条以上的情节线索，形成多样化的戏剧冲突。如《威尼斯商人》和《哈姆雷特》等。莎士比亚非常擅长在紧张尖锐的戏剧冲突中安排剧情，冲突的双方在斗争中的地位或形势不断变化，形成波澜起伏且富有戏剧性的情节，跌宕起伏，曲折复杂，扣人心弦。

再次，莎士比亚的戏剧塑造了众多栩栩如生、个性鲜明的人物形象。莎士比亚剧作中的人物不是单一的、平面的而是具有多面性、复杂性。如哈姆雷特既是个脱离群众的封建王子，又是个满怀抱负的人文主义者；夏洛克一方面是个凶残吝啬的高利贷者，另一方面又是个虔诚的教徒。剧作还写出了同一人物前后不同时期的性格发展轨迹，如李尔王在位时的刚愎与失位后的痛悔，这样就使人物内涵更加丰富，真实可信。

莎士比亚擅长用内心独白的手法直接揭示人物的内心世界。如《哈姆雷特》中哈姆雷特的重要独白有6次之多，每次都推动了剧情发展，为完成人物性格塑造起了关键作用。

> 生存还是毁灭，这是一个值得考虑的问题；默默忍受命运的暴虐的毒箭，或是挺身反抗人世的无涯的苦难，通过斗争把它们扫清，这两种行为，哪一种更高贵？死了；睡着了；什么都完了；要是在这一种睡眠之中，我们心头的创痛，以及其他无数血肉之躯所不能避免的打击，都可以从此消失，那正是我们求之不得的结局。死了；睡着了；睡着了也许还会做梦；嗯，阻碍就在这儿：因为当我们摆脱了这一具朽腐的皮囊以后，在那死的睡眠里，究竟将要做些什么梦，那不能不使我们踌躇顾虑。人们甘心久困于患难之中，也就是为了这个缘故……
>
> ——《哈姆雷特》第三幕第一场

最后，莎士比亚是语言艺术大师。他的戏剧语言丰富多彩，具有个性化、形象化特征。他的剧本主要用无韵诗体写成，同时又是诗与散文的巧妙结合。他的人物语言，不仅符合人物的身份和性格，而且贴合人物当时所处的特定环境，和人物的戏剧动作相辅相成。他还善于用恰当的比喻、双关语、成语和谐语，不仅丰富了表现力，而且有浓郁的生活气息。

第五章

17 世纪文学

第一节　17 世纪文化

16 世纪下半叶，文艺复兴的末期，一场寒流降临于刚刚发现了"人"的欧洲。诗人们开始变得庸俗，英雄不再被重视，人们心中的恨超过了他们的爱，自由和崇高被暴力所扼杀，曾经被用于解放人们思想的古典作品也逐渐演变为规则和铁律，成了新的精神枷锁。与此同时，欧洲各国在政治、文化和宗教等方面的分歧逐渐演化为大规模的军事冲突，无数生命、财产、艺术和知识成果在战争中毁于一旦，欧洲大陆就在这样一股逼退文艺复兴浪潮的逆流中进入了 17 世纪。

处于文艺复兴和 18 世纪启蒙运动之间的 17 世纪，遵循理智和秩序的思想占据了上风，这是欧洲理性启蒙与现代性的奠基时代，是揭开了近代史序幕的时代。当时欧洲各国之间的发展极不平衡，英法两国走在了时代前列，意大利和德国却进入了一段历史倒退的时期，而与这种欧洲各国之间发展不平衡相对应的是整个欧洲大陆资产阶级和封建贵族斗争的相对平衡状态。于是，在这种不平衡与相对平衡状态所产生的张力中，各路新兴力量纷纷崛起，有力促进了政治制度的变革、宗教神学的论争与自然科学的发现。在这样复杂的历史条件下，欧洲的文学艺术也呈现出与文艺复兴时期不同的面貌，诞生了巴洛克、古典主义等特色鲜明的文化思潮。

一　历史背景

（一）资本主义的发展

文艺复兴时期，欧洲许多国家出现了资本主义的萌芽，并取得了一定程度的发展。而到了 17 世纪，各国资本主义发展的不平衡性开始变得明显。意大利、德国、西班牙、俄国等国均在社会发展的某些方面遇到了挫折，最终只有英法两国异军突起，成为鼎盛一时的强国。

早在地理大发现时期，意大利就已经丧失了其作为欧洲商业中心的优势地位，经济状况急剧衰落。由于长期遭受外国的侵略，意大利国内政治局势并不稳定，天主教势力只手遮天。德国在遭受了三十年战争的浩劫之后，人口锐减，土地荒芜，工商业凋零，整个国家长期陷入四分五裂的状态之中。在这种条件下，德国资产阶级并未能形成一支有效的反封建力量。自从特拉法尔加海战失利后，失去"无敌舰队"的西班牙随即丧失了过往的海上霸权及欧洲强国地位，工商业遭受打击一蹶不振，封建势力重新掌握大权，进步力量受到宗教裁判所的沉重打压。俄国长期受异族侵凌，经济上极为落后。到了 17 世纪下半叶，农民反抗沙皇和贵族的情绪日益高涨，国内矛盾进一步激化。

17 世纪欧洲各国中，只有英、法两国的资本主义得到了迅速发展。在英国，部分贵族领主从封建剥削转到工商业经营，形成了"新贵族"这一阶层。资产阶级也借势联合新贵族，打着宗教改革的旗帜，利用农民运动发动资产阶级革命。但同时他们又害怕群众进一步革命的要求，因此很快就对封建势力做出了妥协，导致了王权复辟。法国在 16 世纪末结束胡格诺战争后得到了喘息的机会，农业生产和工商业的发展欣欣向荣。尽管法国的资本主义发展不如英国那样快，但路易十四治下强大而集中的法国王权保证了民族国家的统一，科尔贝的重商主义也极大促进了工商业的发展。在此基础上，法国很快发展为经济、政治、军事和文化高度繁荣的欧洲强国。

综上所述，17 世纪是欧洲资产阶级与封建贵族势均力敌、互相利用与制衡的时期。

（二）反宗教改革运动的兴盛

16世纪宗教改革之后，新教登上了欧洲的历史舞台，它们对罗马天主教会的权威构成了极大的挑战。天主教会为对抗宗教改革运动和新教而掀起了反宗教改革运动，故反宗教改革又被称作罗马天主教改革。在天主教势力强大的西班牙、意大利等地都发生了声势浩大的反宗教改革运动。

新教运动，无论是路德宗还是加尔文宗，都对罗马天主教廷的豪华奢侈之风进行了猛烈的抨击，提倡简约的宗教仪式和毫无装饰的宗教场所，拒绝艺术与宗教的联系。在一些新教国家或地区，还出现了新的"圣像破坏运动"，宗教绘画、圣徒塑像和教堂的彩色玻璃窗纷纷被捣毁。

天主教会则依靠自我改造来进行反击。1545年教皇保罗三世召开大会，即特兰托公会议，大会在断断续续进行了将近二十年之后，重申并澄清了天主教的一切基本信仰，严肃了宗教仪式并将其编纂成册，对新教教派如路德派、加尔文派等，则不做任何妥协。特兰托公会议研讨决定天主教会应当利用宗教肖像和绘画来引导信徒，而不是像新教徒那样进行偶像破坏。

在反宗教改革过程中，天主教逐渐认识到艺术所具有的巨大感染力。他们认为，如果能够利用艺术的视觉作用及其所具备的能够展示一切可以激发人们惊奇赞叹东西的能力，就有可能达到吸引信徒和举行礼拜仪式的目的。他们甚至把艺术视为一种能够传播信仰的手段和方式。事实上，具有巴洛克艺术风格的建筑和雕塑作品最初在教堂中的出现，在很大程度上就是反宗教改革的教会对所谓新教的"圣像破坏论"谴责的结果，以此恢复宗教艺术的重要地位。巴洛克作为艺术形式出现在天主教对宗教改革反攻最为有力之时，及其最早出现在教廷所在地罗马的事实均表明了巴洛克与天主教的联系。许多巴洛克风格的艺术品是根据来自教会的订单而创作出来也说明了这一点。教会在反宗教改革运动中对艺术上的大力资助促进了巴洛克艺术的出现。

（三）自然科学和哲学的进步

科学在17世纪取得了极大的进展。开普勒（1571—1630）发现了行星运动三定律。伽利略（1564—1642）发现了加速度在动力学上的重要性。他认为如果一切物体听其自然，就会沿直线匀速运动，而运动速度或运动方向上的任何变化，必须判断为受到了某个"力"的作用，这就是惯性定律。牛顿（1642—1727）沿着哥白尼、开普勒和伽利略开辟的道路，提出了万有引力定律。荷兰人李伯希发明了望远镜，不过首先在科学上正式使用望远镜的是伽利略。之后伽利略又发明了温度计，他的弟子托里拆利（1608—1647）发明了气压计。盖里克（1602—1680）发明了抽气机。时钟在17世纪时主要靠伽利略的工作得到了大大的改良。吉尔伯特（1540—1603）在1600年发表了论磁体的巨著。哈维（1578—1657）在1628年公布他发现了血液循环。列文虎克（1632—1723）发现了精子细胞，还发现了原生动物即单细胞有机体，并且发现了细菌。

科学上的进步促进了哲学的发展。近代归纳法的创始人弗兰西斯·培根全部的哲学基础，就是借助科学发现和发明取得了实用性进展。斯宾诺莎提出了泛神论，认为神即自然，任何有限事物都不能独立存在。以勒内·笛卡尔（1596—1650）为代表的唯理主义开始在欧洲盛行。笛卡尔的名言"我思故我在"，表明感觉是不可靠的，理性才是一种先天的认识能力，是一切认识的根源，人要凭借理性认识万物的真伪，判明是非。笛卡尔还认为万物之美全在于真，真存在于条理、秩序、统一、均匀、平衡、对称、明晰、简洁之中，人只有凭借理性才能认识这种真。笛卡尔的理论直接指导了古典主义作家的创作。

不论是科学还是哲学，都强调了人的理性认识能力。人们坚信宇宙最终能够通过逻辑的、数学的和力学的原理得到理解，这种观念在17世纪以后逐渐成为西方关于世界或宗教方面的一种共识。

二 文化特征

（一）巴洛克主义

学界对"巴洛克"（baroque）一词有着不同看法。一说它来自意大利语barocco，是奇形怪状、矫揉造作之意；一说它出自葡萄牙语或西班牙语，意为不规则的珍珠。规则的珍珠是完美的球型，不规则的珍珠则表面向外突出，有的地方甚至膨胀到近乎崩裂，但仍然保持完整。因此，"巴洛克"也有表示"受压制却有近乎冲破桎梏的美"的含义。巴洛克这个词的不同含义体现了情感甚至社会、道德、思想和宗教的激烈互动。今天，巴洛克主义给我们留下的印象多是程式化的、对称与僵化的，但是对于处在那个时代的人来说，他们所看到的却是热烈的冲动与适度的控制之间的张力。

巴洛克此前并不为世人所看好，一些主流理论家甚至借用这个词来嘲弄那些具有奇特风格的艺术。直到 19 世纪中期，这个词才得到公正的对待，现在"巴洛克"已然成为 17 世纪主流文化风格的雅号。整体来说，巴洛克艺术强调运动感、空间感、豪华感、激情感、神秘感，追求强烈的动势、饱和的色彩以及光影的对比等。

巴洛克风格的兴起主要受到以下两方面因素的影响。其一，文艺复兴运动之后，教会、封建王权和资产阶级在利益方面达成一致，进而寻求向外扩张，掠夺金银、珠宝、香料甚至是奴隶。这样的社会环境促生了一种享乐主义的艺术风潮，贵族和资产阶级想要以鲜明饱和的色彩、起伏不定的线条来表现人的生活，从而满足官能上的刺激。其二，经过 16 世纪宗教改革对基督教会的冲击，民众开始变得不再笃信教会的权威。为了应对这种信仰危机，将宗教重新带回民众生活当中，教会抓住了艺术这把武器，开始提倡艺术要更加写实，更加贴近普通民众的生活。在这两方面因素的综合影响下，巴洛克风格应运而生。

巴洛克风格没有统一的标准，在不同的国家和不同的艺术领域有不同的表现。因此，作品在风格上极为复杂多变，其流行方式和表现形式也因地而异，甚至出现了"意大利巴洛克""法国巴洛克""贵族巴洛克"乃至"新教巴洛克"（指在荷兰和英国出现的巴洛克风格）等不同风格的划分。不过，在总体上，巴洛克风格代表了一种对绚丽、激情、宏伟、豪华、动感的热爱，是艺术由严肃到轻松的一种发展。

巴洛克风格在其艺术观念中，含有加强形式和视觉效果的元素。它摒弃尺度和规范，打破内容与形式之间的平衡。整洁的线条、三角形、圆形等被螺旋形、曲形、椭圆形以及不规则的多边形所取代；躁动不安的运动取代了平衡和对称，垂直面和水平面出现在富有节奏的动感之中；建筑表面被五彩斑斓的颜色所覆盖，呈现出不同的光影效果；绘画创作在载体上从传统的垂直墙面向穹隅、拱肩等发展。房屋装饰繁缛，被挂毯、绘画、木刻等饰物所覆盖。巴洛克风格所产生的戏剧性效果和表现力是强烈且巨大的。

巴洛克文化的影响逐渐扩大，深入艺术的各个领域，直到1760年前后还占据着欧洲文明主潮。巴洛克风格的出现还是西方进入近代历史的开端，无论是艺术还是文学都与人们的生活更加贴近。当巴洛克时代宣告结束，西方便进入了近代社会。

（二）古典主义

17世纪的人们也感受到了泛滥的激情所带来的危险，于是开始寻求各种各样的手段想要对其加以控制，他们找到了两个工具：宗教和社会地位。宗教自不必说，占统治地位的基督教传统向来提倡人们遵循一种谦卑克制的生活方式。而利用社会地位来控制激情的蔓延，则是因为当时的人们普遍认为表现出极端的感情是很没有教养的。与许多中世纪的艺术不同，古希腊罗马的艺术很少是以表现低俗为特征的，于是其中象征崇高的部分便吸引了当时人们的目光。由此，古典文化作为一种约束性的力量而大受欢迎，再结合其他方面的因素，17世纪的欧洲逐渐兴起了"古典主义"的文化思潮。

古典主义（classicism）可以看作继意大利文艺复兴运动之后对古希腊罗马文化的第二次复兴，它所推崇的一些基本原则，如和谐、匀称、明晰、严谨、庄重、雄伟，强调形式规范、理性精神和理想主义等，都表现为对希腊罗马时代的古典文化风格的一种理想化的阐释与发挥。这种古典主义虽然从源头上来说并非萌发于法国（14—16世纪意大利文艺复兴运动可以看作近代古典主义之滥觞），却在路易十四时代达到了最光辉的顶峰。

路易十四时代，上流社会崇尚崇高典雅、璀璨夺目的文化成就推动了法国古典主义的蓬勃发展。那个时代产生的一大批令人目眩神迷的文化精英，如高乃依、拉辛、莫里哀、布瓦洛、普桑和唯理主义哲学家笛卡尔等，都是古典主义原则的奠基者和捍卫者。总体上来看，法国古典主义具有以下几个特点。

第一，古典主义文化在一定程度上仍然保留着中世纪的陈腐气息，在形式上则存在一种刻板化的倾向（如古典主义悲剧中的"三一律"等）。

第二，古典主义由于受到路易十四本人和宫廷权贵的支持，明显流露出反教权和雍容华贵的特点。古典主义的祭坛上供奉的不再是被钉在十字架上的基督，而是衣冠楚楚的王公贵族。

第三，古典主义最完美的艺术形式是悲剧。剧中人物高傲而有礼貌，为了家族的名誉和国家的利益不惜牺牲个人的爱情和生命。古典主义悲剧回避一切粗俗和兽性，用荣誉和义务来掩盖人的自然情感。

第四，古典主义的最高原则是理性。在高乃依和拉辛等古典主义戏剧家的剧作中，理性是不可动摇的绝对原则，它相当于中世纪文学作品中的上帝。

古典主义片面崇尚理性、讲究人性尊严——这种人性尊严就体现在冷峻的荣誉感和义务感之中——的文化精神虽然是对人类正常情感的一种无情扼杀，但它也是对中世纪反理性的信仰精神和一味强调神性尊严的文化传统的一种坚决反叛。在这种以复古面目出现的理性主义中，孕育了近代最初的启蒙思潮。

第二节　17世纪艺术

如果说我们在文艺复兴运动之中已经看到了西方艺术史完整的实现和西方艺术的全面自觉，那么17世纪就将这种自觉展现为具有个性化色彩的成就，出现了一大批像贝尼尼、鲁本斯、波罗米尼、普桑、伦勃朗和委拉斯凯兹这样的艺术巨匠。同时，这也是个充满自信心和乐观精神的时代，尤其是在艺术成果最丰硕的几个中心，比如意大利与荷兰，艺术赞助人和由其赞助的艺术家们都有广阔的艺术天地。这一时期主要的艺术风潮包括两种：巴洛克艺术和古典主义艺术。

一　巴洛克艺术

（一）绘画

佛兰德斯画派及其代表画家鲁本斯是巴洛克绘画艺术的杰出代表。

欧洲历史上的尼德兰（Netherlands）意为"低地"，处于阿尔卑斯山以北的一个地区，包括今天的荷兰、比利时、卢森堡及法国东北部一带。17世纪初，该地区北部独立，称为"荷兰"，南部则改称为"佛兰德斯"，仍处于西班牙封建王朝和天主教会的控制之下。当时的欧洲风云激荡，南北部欧洲之间进行着殊死较量，宗教问题又使拉丁国家与日耳曼国家处于尖锐对立的状态。彼时查理五世统治下的佛兰德斯因受到国际贸易所带来的文化冲击而战栗不已，在这种历史背景下，鲁本斯以其成熟的画风、丰富多样的色彩、充满动感的构图方式以及独特的女性形象等特点占据了巴洛克艺术的最高峰。

彼得·保罗·鲁本斯（1577—1640）出生于一个加尔文教徒的家庭，10岁丧父后，母亲将全家迁回安特卫普。1591年，14岁的鲁本斯从为佛兰德斯的一个公主当侍从起开始学画。1600年，鲁本斯去往意大利，开始了他为期8年的学习之旅。意大利的古典文化气息对鲁本斯的艺术发展产生了很大的影响，他在威尼斯临摹了很多古代大师的作品，来增强自己的色彩感、提升技艺。1608年，鲁本斯回到安特卫普时，已然成为一位赫赫有名的画家。

鲁本斯在意大利广泛学习了文艺复兴时期各个画派的绘画技法，他认为对自己产生深刻影响的老师有两位，一位是卡拉瓦乔，另一位是提香。卡拉瓦乔作品中对光的戏剧性运用手法、使用明暗光线制造强烈对比效果以及那种打破常规的构图方式都给鲁本斯带来了很大的影响。提香对鲁本斯的影响则在于"色彩"的使用以及大笔触的手法。鲁本斯成功地将意大利的艺术与北欧以及佛兰德斯的艺术融为一体，创造出既有夸张的形体、多变的线条、鲜明的色彩、精湛的细部刻画、洒脱的用笔，又不失正确比例和优美造型的风格。

鲁本斯热爱人形体的美，他作品中的人物大多给人以生机勃勃的感觉。多数时候，他用真人做模特，但他留下的很多素描稿件表明他也曾刻苦细致地研究过古代雕塑。无论是为君主还是为教会作画，鲁本斯都用人的形象来构图，人物或穿衣或裸体置身于自由的空间中，他们的服饰提供了必要的色彩来陪衬人类皮肤的光泽。鲁本斯总是用油画家的方式来思考，就连构思的时候也是常用画笔拟稿，用富有表现力的笔触给形体打出草稿，把画面主要划分为明与暗两大区域，使人物形象从暗到明逐渐加强。人文主义精神在鲁本斯身上并没有表现为一种同情和怜悯，而是表现为一种对人物内心和性格的探索，表现为对放纵的生命力的赞颂。

鲁本斯的代表作是《劫夺吕西普的女儿》，这幅作品充分展现了他描绘女性人体的激情以及对运动着的形式感的追求。作品的题材来自希腊神话：宙斯和斯巴达王后勒达所生的孪生兄弟卡斯托尔和波吕丢克斯，在婚宴上抢夺了他们叔叔吕西普斯国王的两个女儿菲比和希莱拉并杀掉了他们的未婚夫。画面里，卡斯托耳和波吕丢克斯一面用充满爱意的目光注视着未来的新娘，一面却在用强暴的手段进行抢夺。同样，被抢劫的女性也显现出矛盾的意味，她们的身姿和手势既有抗议、拒绝的意思，也有兴奋、接受的含义。一切成分都融合于整个运动之中，画家采用了对角线结合环形的构图方式：人物与马匹撞击在一起，组合成一条激昂的对角线；画中人物的手脚以及高高扬起的马蹄呈放射状的环形被安排在图画中。这样的构图方式打破了古典绘画的三角形构图方式，动感十足。画面中明与暗的对比、男子黝黑的肤色与女子柔美形体的对比、女子柔软的身躯与坚硬的金属铠甲的对比，都给人带来了极大的视觉冲击和官能满足，体现了典型的巴洛克精神。

鲁本斯不管画什么题材，都展示出爆发的精力与强烈的肉欲。这位画家擅于把神话变得如同真人肖像一般生动真实，在一种最能体现巴洛克气息的抒情风格中，他尽情歌颂着生命的愉悦和光荣。

（二）雕塑

意大利那不勒斯雕塑家乔凡尼·洛伦佐·贝尼尼（1598—1680）是17世纪巴洛克建筑艺术的代表人物之一。贝尼尼出生于一个小有名气的

《劫夺吕西普的女儿》，鲁本斯，约 1618 年，布面油画，高 221 厘米，宽 208 厘米，现藏于德国慕尼黑古代绘画陈列馆

雕塑世家，7 岁时全家人从那不勒斯迁往罗马。贝尼尼不仅从父亲那里学会了处理大理石的方法，而且通过父亲认识了当时很多著名的艺术赞助人，为后来自己进行独立创作打下了坚实的基础。贝尼尼的雕塑往往具有蓬勃的生气、戏剧性的动势以及鲜明的光影效果，他十分擅长将建筑、绘画和雕塑有机地融为一体，这是他不同于以往艺术家的创新。

《阿波罗与达芙妮》是一件令贝尼尼轰动整个罗马的作品，甚至连一些宗教界人士都为之感动。这一组雕像所表现的人体好像处在一种乘风奔跑的状态之中，给人以上升、轻盈、优美的感觉。这件作品描述的是罗马神话中太阳神阿波罗向河神的女儿达芙妮求爱而遭拒绝的故事。雕像所表现的正是阿波罗即将追上达芙妮的那一刻，惊恐的少女祈求河神父亲将她变成一棵月桂树，以此来躲避阿波罗的纠缠。作品成功地将人物奔跑的运动状态和内心激越复杂的情感凝固于一瞬间，最大限度发挥了光影的艺术效果，显示了贝尼尼高超的雕塑技艺。

《阿波罗与达芙妮》，贝尼尼，1622—1625年，大理石，等身雕像，现藏于意大利罗马博盖塞美术馆

《圣德列萨祭坛》，贝尼尼，1645—1652年，大理石和镀金青铜，等身像，意大利罗马圣玛利亚·德拉·维多利亚教堂

贝尼尼雕塑的巅峰作品是《圣德列萨祭坛》，这组雕像由两个人物组成，一个是女圣徒德列萨，另一个是小天使。德列萨是16世纪西班牙的一个修女，她积极投身于恢复旧教规的活动中，在西班牙建立了多所严守旧教教规的女修道院。传说她曾在一次幻觉中见到了上帝，这件作品就表现了她处在失神的状态下看见上帝的一瞬间。那张苍白的脸无力地向后仰着，嘴唇半张像在发出呻吟，宽大的衣袍向下垂落，整个身体为浮云所烘托，显得飘忽不定。在她的面前站着一位小天使，手里拿着一支带火的金箭向她的心口刺去，德列萨处于痛苦与幸福交织的状态之中。贝尼尼在描绘这个题材时，表现出人物充满了矛盾的内心。大理石雕刻的人物柔软温顺，背后用金属做成的金光

坚硬冷峻，在这种"柔软"与"冷硬"的对比中，给人带来极强的视觉冲击力。

(三) 建筑

自从米开朗基罗在佛罗伦萨的劳伦齐阿纳图书馆向古典的规则、理性和秩序发起挑战之后，新一代的建筑师们继承了前辈们富于创造力和勇于进取的精神，并将其发扬光大。他们打破了在规则、秩序和稳定性等方面的传统理念的束缚，从对古典主义者的俯首听命中解脱出来，去接受大胆、幻想、变化，接受不对称性和混乱。

圣卡洛教堂，1665—1676年，意大利罗马

巴洛克风格最杰出的代表是意大利建筑家博罗米尼（1599—1667），他的作品以前无古人的大胆想象创造了全新的建筑空间形象。博罗米尼出身于石匠家庭，青年时代曾追随马代尔诺，并曾经协助贝尼尼建造圣彼得华盖。博罗米尼性格古怪，不事权贵，不与人合作，也不参加各种竞赛。他最终把自己设计的草稿全部付之一炬，然后自杀身亡。1634年，35岁的博罗米尼第一次独立获得建筑设计任务，即罗马的四喷泉圣卡洛教堂，与贝尼尼设计的奎里纳尔山的圣安德烈教堂相距不到200米，建造时间更早一些，这件作品让博罗米尼一炮打响，成为意大利巴洛克建筑艺术最高水平的象征。

这座教堂非常小，人们总爱拿它的尺寸与圣彼得大教堂支撑穹顶的柱墩进行比较，教堂内部的空间主体是一个纵向的椭圆形，纵轴前后各有一个半圆形空间用作入口和圣坛，横轴左右两侧各接有一个半椭圆的圆形，如此横纵格局就在内部形成一个拉长的集中式结构。圣卡洛教堂内部空间的几个部分，彼此之间并没有明确的区分，而是相互融为一体，并且四周环以连续不间断檐部的柱廊，墙壁也是连续的波状线条，由此形成一种前所未见的空间。这种空间既不同于文艺复兴时期那种理性的充满秩序和均衡的空间，也不同于哥特式教堂激烈对立和明确运动的空间，它是一个活动着的空间，是时刻变化着节奏和方向的空间。这座教堂的主事非常喜欢这座建筑，由衷赞叹："世间再也找不到一座与之相似的建筑。"作为委托人所能给予被委托人的最高评价莫过于此了。

（四）巴洛克艺术风格的特征

巴洛克艺术风格的主要特征可以概括为八个方面。

1. 华丽性。这是由它所服务的对象所决定的，贵族和教会上层人物喜爱奢华贵气的感觉，所以力求奢华是它的一大特点。

2. 浪漫性。巴洛克艺术具有浓郁的浪漫主义色彩，它的雕塑和绘画都充满了紧张的戏剧气氛，比如想象力丰富的绘画大师鲁本斯的画作。这种浪漫性特征使之成为19世纪浪漫主义艺术家学习的典范。

3. 激情性。巴洛克的艺术作品往往充满着强烈的感情色彩，表现作者内心的感情世界。

4. 运动性。巴洛克时期的艺术作品充满运动性，有着强烈的节奏感。

5. 空间性。巴洛克艺术对文艺复兴时期艺术的发展在于对美术空间和立体感的重视。

6. 综合性。艺术家们特别喜欢把多种元素综合在一起，例如在一座建筑物上有着大量雕刻和天顶画作为装饰，彼此密不可分。

7. 具有浓厚的宗教色彩。巴洛克艺术与天主教有密切关系，在作品的题材方面，一般多表现殉教、幻觉、神迷等故事和情节。

8. 具有一定的背离现实生活的倾向，这是巴洛克艺术主要的缺陷之一。例如，在一些天顶画中，人的作用已不明显了，人的形体如同花纹一样被点缀其间。这种对人的形象以及内心活动的忽视，在巴洛克艺术中是常见的现象。

二 古典主义艺术

西方的"古典"一词来源于古希腊罗马文化中的"古典精神"，即一种单纯、静穆、朴素的美学精神和艺术思想。在不同的历史时期，古典主义在艺术上的表现也是有所差别的，总的来说具有以下共同特征：其一，以古希腊罗马神话故事以及圣经故事为题材，宣扬一种理想化的崇高境界；其二，以古希腊罗马和文艺复兴时期大师们的艺术创作为典范，塑造一种较为类型化的艺术形象；其三，在技巧上，强调精确的素描技术和柔美的明暗色调，追求一种宏大的构图形式和庄重的风格。古典主义者认为艺术应该是典雅、均衡、和谐的，即"高贵的单纯，静穆的伟大"。

法国是最先跟随意大利文艺复兴脚步的国家，但是在对巴洛克艺术风格的接受方面，法国却持有一定的保留态度，表现为在接受巴洛克的同时，还发展了一种更加符合自己深切愿望的艺术：古典主义。它的目标是表现王权的伟大，并尽量避免陷入意大利巴洛克的激情之中。于是，以水平、平衡、理性、明亮为基础的艺术风格便向曲线的权威发起了挑战。这是一种官方的、标以王权印记的艺术，王权能够从中找到一种歌颂自己的方式。古典主义追寻的不是激情而是理念，它要求的不是感官刺激而是理性满足。

(一) 绘画

1598 年,卡拉奇兄弟等人在博洛尼亚创立了第一所美术学院。学院要求以古典主义的风格作为艺术的楷模,像古代的大师一样如实地描摹自然,是当时古典主义艺术的起始地。

勒南三兄弟是当时古典主义艺术的代表人物,即安东尼·勒南(1588—1648)、路易·勒南(1593—1648)和马修·勒南(约 1607—1677),三兄弟中以路易·勒南成就最高。他们创作了一批安详的、沐浴着诗意柔光的农村生活场景,作品多以农民和乡村生活为题材,如《农民的晚餐》《铁匠》等。其画风淳朴自然、情感真挚,注重画面素描关系的表达,充分体现了古典主义的审美趣味,为法国古典主义绘画风格的形成做出了重要的贡献。

《农民的晚餐》,路易·勒南,1642 年,布面油画,高 113 厘米,宽 159 厘米,现藏于法国巴黎卢浮宫

尼古拉·普桑(1594—1665)是 17 世纪古典主义绘画风格的奠基人。普桑出身于诺曼底的一个农民家庭。8 岁时,一位画家到村中为教堂作画,唤起了普桑的艺术兴趣,他从此立志要当一个画家。青年时代,普桑游历了意大利,这一经历极大影响了他的艺术风格。威尼斯是

普桑访问意大利的第一站，几个月的时间里，威尼斯绘画在艺术家心中留下了极为深刻的印象。翌年，他到了第二站——罗马，并定居下来，除了1640年至1642年到巴黎短暂停留外再没有离开。普桑在罗马结交的朋友主要是人文领域的学者，正是他们的影响使普桑变得善思、博学和理性化，也让他得以在年轻时就获得出类拔萃的成就。在罗马期间，他专注古典文艺理论和拉斐尔的作品，古典艺术的魅力深深打动了他。普桑的作品大多取材于神话、历史和宗教故事。对普桑来说，造型艺术是自觉筛选与理性建构相结合的智力劳动成果，其中绘画形式、总体色调、人物色彩、画面布局都应该是与理性的核心相适应的。普桑的画严格遵循理性，构图严谨、均衡，人物典雅且端庄。为了不使画中的人物为感情所动，他在创作时会尽量克制自己的情绪。他追求画面的完整和构图的统一，人物运动的节奏感和雕塑般的形体美，其代表作有《萨提儿与山林水泽女神》《花神王国》《阿卡迪亚的牧人》等。

普桑对古罗马艺术推崇至极，他不仅崇拜浮雕塑像的平衡形态，而且崇拜它们所体现出来的宁静的情调。普桑想在自己的绘画中再现它们这种超然的情致，于是创作了《圣家族在台阶上》这样一幅安宁平静、高度节制、富有古典主义气息的画作。画中没有丝毫的偶然之笔，一切都是精心配置、细心安排的结果。画中古典建筑的横直线条强健粗犷，倚天而成峭立的壁影。空间的结构形式也如数学般精确，人物三角形构图，圣母直身而坐，两个孩子是一根运动着的线条，延伸至两边由安娜和约瑟收束。在如此有节制的关系结构中，人物和建筑相辅相成，人物几乎和建筑一样庄严恒久。

普桑的代表作《阿卡迪亚的牧人》展现出具有深刻哲理性的古典主义风格。阿卡迪亚是古代传说中的一个世外桃源，画面内容表现的是四个牧人在看一块碑，碑上写着"我曾是一个阿卡迪亚人，我曾经生活在阿卡迪亚这片乐土上，无忧无虑，但是今天我被埋在了这里"，其含义其实是在思考人生和命运。画面构图平衡，风景优美宁静，人物描绘符合人体美的标准，且具有单纯高贵的古典美。该作品体现了画家从古希腊罗马艺术中获得的创作思想，其构图、造型、光线无一不是依据古典主义绘画理论而安排的。

《圣家族在台阶上》，尼古拉·普桑，1648年，布面油画，高69厘米，宽98厘米，现藏于美国俄亥俄州克里夫兰美术馆

《阿卡迪亚的牧人》，尼古拉·普桑，1638年，布面油画，高85厘米，宽121厘米，现藏于法国巴黎卢浮宫

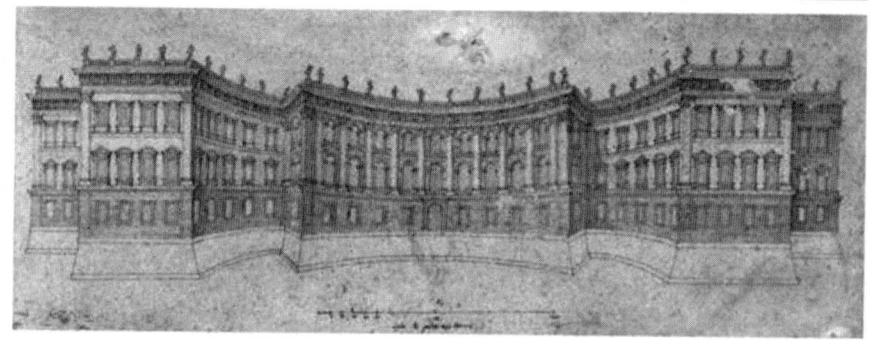

贝尼尼为法国巴黎卢浮宫东廊设计的立面

(二) 建筑

为了满足路易十四绝对君权统治的需求，法国建筑家在吸取意大利巴洛克艺术精华的基础上，发展出了一种以表现王权的伟大为目标，以注重理性、注重柱式、讲究轴线与对称、追求宏大为特征的具有古典主义气息的建筑风格，其中一个代表性建筑是卢浮宫东廊。1664 年，路易十四下令拆除旧卢浮宫城堡的东段，要求扩大庭院的面积，并且重新设计东侧的立面。法国宫廷邀请了在当时最有名气的意大利巴洛克风格建筑家贝尼尼前来巴黎为其设计,贝尼尼曾先后提出三个方案,其中第一个方案最有特点:建筑中央以及两翼向前突出,三者之间用以弧形走廊相连接,中央部分呈椭圆形,这一方案充分体现了贝尼尼作为伟大巴洛克建筑家的设计特点以及独特的空间塑造能力。但是,这些方案都遭到了法国人的拒绝,它们并不符合当时法国人对于建筑设计的看法。1667年,路易十四把卢浮宫东廊的设计工作交给了三人小组——建筑家路易·勒沃、克劳德·佩罗和画家勒布伦,最终基本上采用了佩罗的方案。卢浮宫的东立面建于1667—1674年,横向很长,分中央部分和两翼,从地面算起高达29米。下面一层为粗石面,给人简洁稳定的印象。上面采用了成对的科林斯式巨柱,组成美丽的柱廊,故东立面又名为卢浮宫柱廊。这个柱廊显得轻快、秀逸,有着宁静的美,中央部分有三角楣,上面刻有浮雕。从这一建筑来看,它既没有巴洛克建筑的烦琐装饰,也没有贝尼尼那种过多的激情,一切是那么简单、合理、庄严、均衡,突出反映以君主为中心的社会秩序,是路易十四时代绝对君权专制统治的艺术写照。

卢浮宫东立面,克劳德·佩罗设计,1667—1670年,法国巴黎

另一个代表性建筑是凡尔赛宫。卢浮宫建成之后,路易十四并不喜欢住在这里,因为这里会让他联想到童年时期所经历的巴黎投石党运动,于是下令在凡尔赛建造新的宫殿,宫殿必须极壮丽才能彰显他至高无上的王权。建筑家勒沃和画家勒布伦分别担任宫殿的建筑设计和室内装饰设计,另由勒诺特负责宫殿园林设计。1682年,路易十四下令将整个王室迁入凡尔赛宫，卢浮宫将不再作为王宫使用，当时所有的贵族都必须一同迁居凡尔赛宫，以便加强专制王权统治。凡尔赛宫的设计师也由开始的勒沃变成了阿尔杜安·芒萨尔（1646—1708），芒萨尔对设计稿进行了较大的改动，先后进行了多次扩建，最终形成了总长402米的空前巨大的建筑联合体。这座建筑群耗资巨大，它的东面有三条大道，呈辐射状，如同太阳的光芒四射。整个凡尔赛宫建筑群并不是孤立于自然存在的，而是与周围环境紧密地联系在一起。此外，作为法国古典主义园林的突出代表，凡尔赛宫的大花园也以规模宏大、秩序井然、轴线分明对称而著称，同样突出体现了路易十四时代一切服务于绝对君权的思想。

凡尔赛宫，始建于1669年，法国巴黎

（三）古典主义艺术的特征

一是强调遵循古代和文艺复兴盛期的艺术传统。

二是题材大多是神话、圣经、历史故事，特别是王朝的一些史迹。现实生活的题材往往被排除在外。

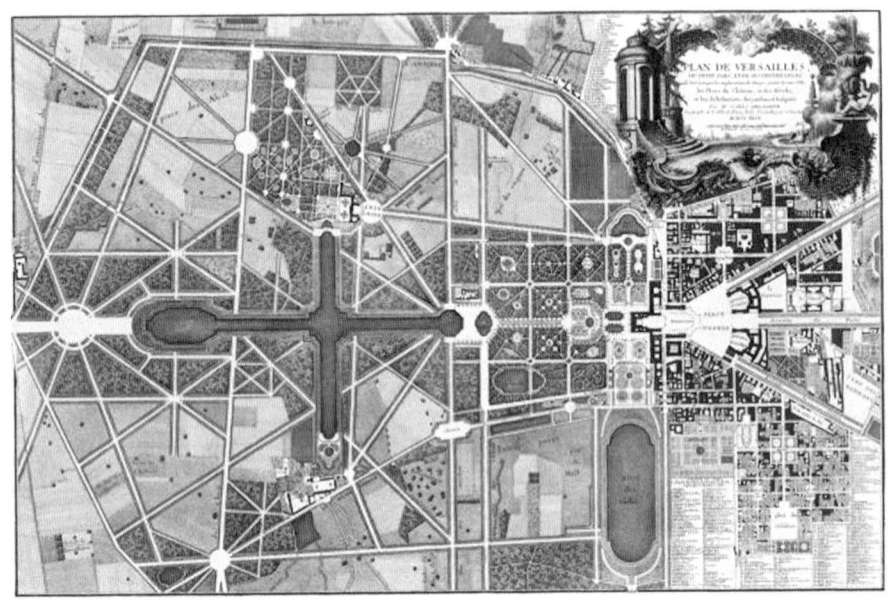

凡尔赛宫平面设计图

三是作品的规模较大,强调庄严、宏大的气魄。

这一时期的古典主义主张理性至上,克服个人情感,强调描写"美"的绝对概念。虽然也有"模仿自然"的主张,但这种"模仿"不是指物质世界,而是指自然中存在的人性和理性。

第三节 17 世纪文学

一 巴洛克文学

(一) 概述

"巴洛克"是一个艺术史范畴的概念,韦勒克最初在《文学研究中的巴洛克概念》中认为首先将这个概念引入文学史中的是沃尔夫林,而"巴洛克"作为文学史概念的发展则奠基于沃尔夫林的类型理论。不过,韦勒克后来在他的"后记"中对自己的这一看法做出了修正,他指出西班牙评论家门南第斯·伊·派拉约在 1886 年出版的《美学思想史》中早于沃尔夫林使用了"文学中的巴洛克"的相关概念,所以派拉约应该是首先将巴洛克风格引入文学的人。但是韦勒克依然肯定了沃尔夫林在《文艺复兴与巴洛克》一书中将"巴洛克"一词搬到文学史上的重要作用。尽管学界在巴洛克词源以及援用等相关问题上并没有达成共识，但是主流观点认为巴洛克文学出现于16世纪下半叶，而后在17世纪上半叶达到鼎盛。巴洛克文学起源于意大利和西班牙，兴盛于法国，与巴洛克建筑风格相仿，都具有华丽、繁复、夸张的特点。

17世纪的欧洲风云激荡。政治、经济、道德、宗教层面的矛盾冲突加剧，理性主义思想、人文主义思想以及不同宗教意识纠缠下的信仰危机泛滥，以及巴洛克绘画、雕塑、建筑等对于巴洛克文学生成所起到的刺激作用，共同造就了巴洛克文学独特的艺术风貌和精神品格。

总体而言，巴洛克文学既有贵族阶层奢侈生活的呈现和对于田园牧歌式爱情的细致描绘，也有底层欲望叙事以及怪诞形象的塑造。巴洛克文学既有一种多棱镜式的对于社会生活的折射，也含有对现实生活的感性激荡与理性超越，它承载着独属于那个时期的复杂的时代脉动。

1. 意大利

15世纪后期，意大利沦为西班牙和法国的侵略对象。16世纪，意大利的大部分地区都受到西班牙的控制。17世纪，意大利已经丧失了欧洲商业中心的位置，经济状况迅速恶化，资本主义经济发展受挫。与经济地位一落千丈相对应的是政治上出现的反动倾向，当时封建专制统治重新抬头，宗教裁判所四处抓捕进步人士，伽利略、布鲁诺、康帕内拉先后受到宗教迫害。文艺复兴时期意大利文学艺术的辉煌日渐远去，取而代之的是巴洛克文学那种工于雕刻、文辞繁复、堆砌典故的文学样式，其中以马里诺派诗歌为代表。

意大利人马里诺的出身并不显赫，但是在旅法期间，马里诺受到了王后玛莉亚·美第奇和法王路易十三的赏识，成为宫廷的御用文人。马里诺的代表作《阿多尼斯》就是献给路易十三的作品。诗歌叙述爱神维纳斯和美少年阿多尼斯的爱情纠葛，想象奇特，辞藻华丽，善用比喻和象征，充满了享乐主义的情调，在当时产生了非常大的影响，其诗歌样式被命名为"马里诺诗体"。17世纪古典主义诗人兼理论家尼古拉·布洛瓦对于马尼诺的这种诗歌创造嗤之以鼻，批评这种悲喜杂糅、将崇高与卑俗共用的创作方法,对马里诺的"卑俗"倾向进行了无情且辛辣的嘲讽。但也有人称赞马里诺的诗歌是寓雅于俗,在通俗中寄予深意。

2. 西班牙

16世纪,西班牙在欧洲建立了第一个殖民帝国,其殖民范围遍及德国、奥地利、意大利和尼德兰。1588年,"无敌舰队"在特拉法尔加海战中败于英国后,西班牙从此一蹶不振,殖民地范围逐渐缩小,很多国家和地区相继摆脱西班牙的殖民统治宣布独立。17世纪时,哈布斯堡王朝的最后三位君主任用宠臣、无心政治、大肆挥霍国家财产,政治上的腐败带来了经济上的日益衰退,社会贫富分化严重,上层贵族过着锦衣玉食的生活,下层百姓却无衣蔽体。很多学者认为,正是这种腐败堕落的环境导致了贵族气息浓厚的"夸饰主义"艺术形式和一批揭露社会现实的戏剧应运而生。

诗人贡戈拉·伊·阿尔戈特(1561—1627)是这一时期西班牙文学的杰出代表,他的歌谣和十四行诗具有鲜明的幽默、活泼的特点。贡戈拉在长诗、叙事诗和寓言诗的创作上成就显著:《莱尔马公爵颂》描述国王宠臣的生平,穿插神话典故,用词怪僻;《波吕斐摩斯和加拉特亚的寓言》叙述巨人波吕斐摩斯破坏水仙加拉特亚和牧人阿西斯的爱情,充满比喻、典故;《孤独》写渔民与惊涛骇浪搏斗,比喻新奇,形象奇特,典故冷僻,词汇夸张,句式对偶。这种在贡戈拉作品中出现的独具个人特色的风格,在后世被称为"夸饰主义",又称"贡戈拉主义",对西班牙文学产生了深远的影响。

戏剧家佩特罗·卡尔德隆(1600—1681)是17世纪西班牙另一个重要作家。卡尔德隆出身于马德里贵族家庭,曾在马德里耶稣会学院学习,后来到萨拉曼卡大学攻读哲学和神学。他很早就写戏剧,1635年入宫廷服务,管理宫廷剧院,创作了大量剧本,成为维加以后西班牙最有名的戏剧家。1651年,他入教士籍,一直担任重要的教会职务。他写过120部剧本,另有80部宗教剧和20篇幕间短剧。在艺术技巧上,他继承维加的传统,但是也讲究华丽的布景和服装,运用夸张的语言。他的作品多采用中古题材,有浓厚的天主教色彩,许多剧本探讨宗教哲学问题,直接宣传否定现世、相信来世和忏悔赎罪等宗教思想。但是,卡尔德隆的作品中也有肯定现世幸福的人文主义主题，如《精灵夫人》。有的剧本甚至歌颂农民反对贵族迫害的斗争，如《萨拉梅亚的镇长》。他的作品反映了人文主义的衰落以及天主教和贵族统治对文学创作的影响。

3. 法国

在 16 世纪末的宗教战争结束之后，大批法国贵族离开自己的庄园，来到巴黎。他们聚集在凡尔赛宫，成为宫廷贵族。这些来自异乡的封建主既不能马上融入巴黎上流社会，又不愿与资产阶级为伍，精神生活极其空乏。意大利的朗布依耶夫人第一个开办了上流贵族的文学沙龙，接待那些相貌出众、才思敏捷又有很多空闲时间的青年男女。一时间，朗布依耶夫人的宅邸门庭若市，上流社会对她的文学沙龙趋之若鹜。17 世纪上半叶，由于法国混乱的内政和不断的战争，作为主流的古典主义文学地位受到冲击，取而代之的是贵族沙龙文学和市民文学的盛行，法国的巴洛克文学就是生长于这样的文化土壤。

法国巴洛克文学成就主要体现在小说和诗歌两个领域。小说领域的代表是奥诺雷·德·于尔菲（1568—1625），他的小说《阿丝特蕾》描写牧羊人塞拉东与情人牧羊女阿丝特蕾的爱情纠葛。塞拉东无端受到了爱人阿丝特蕾的怀疑，在绝望中投河自尽未遂被仙女救起，自此塞拉东便乔装成牧羊女一直待在阿丝特蕾身边，最后两人重归于好。小说情节并不复杂，但不断穿插的故事使得整本小说体量巨大，写成 5 大卷 60 册，前后用了二十年的时间才发表完。《阿丝特蕾》迎合了长期战乱后人们对于安稳生活向往的心理，描写的是理想化的田园牧歌式生活，具有明显的避世倾向。诗歌方面的代表是阿格里帕·多比涅（1552—1630）和马莱布（1555—1628）。前者的《惨景集》描写宗教战争带来的浩劫，内容浩瀚，涉及人的处境、大自然、世界的奥秘等。其风格雄浑有力，节奏鲜明，用韵大胆。后者的前期诗作《圣彼得的眼泪》堆积意象，爱用夸张、对比手法，将大自然人格化，色彩浓烈，表意曲折。法国的巴洛克作家认为世界是不断变化的，因而在艺术表现上追求充分自由，热爱自然美景，重视古怪的、荒唐的、非同寻常的东西，喜欢玩弄文字游戏和俏皮话，精于隐喻和反衬。

总体而言，巴洛克文学发展了一种新的美学趣味和倾向，它的出现适应了当时的社会愿望和需要，其艺术手法对19世纪的浪漫主义文学产生了直接影响，对19世纪以来的拉美文学也有深刻影响。

(二)《人生如梦》

西班牙剧作家卡尔德隆（1600—1681）出身于马德里的一个贵族家庭，幼时在耶稣会的学校里接受了初等教育，15岁进入萨拉曼加大学学习神学并研究法律，同一时期开始他的戏剧创作，写出了《隐居的妇人》《扎拉美亚的镇长》等。在1622年的圣伊西多节赛诗会上，卡尔德隆第一次收获了桂冠诗人的荣誉。1634年《人生如梦》的出版，奠定了他在西班牙戏剧界的领导地位。早期卡尔德隆的作品中多有宗教性的狂热，随着年龄的增长，他的笔调逐渐变得温和，《人生如梦》是他最有代表性的作品之一，带有浓重的哲学意味。它描写了波兰王子塞西斯蒙多的不平凡经历。

赛西斯蒙多因为儿时曾被星象学家断言长大后会成为一个残暴的君主，所以从小一直被父亲囚禁在边塞的古塔里，过着半人半兽的生活。后来因国王想要验证星相学家之前的话是否正确，所以就将赛西斯蒙多释放了出来。塞西斯蒙多为了报复他曾经受到的迫害，就殴打朝臣甚至威胁国王，以致国王重新将他关押了起来。赛西斯蒙多在古塔中想起前事，觉得人生不过是一场幻梦。不久，国内爆发了内战，群众攻入古塔将他救出并拥戴他为国王。这一次赛西斯蒙多没有再做出报复性的行为，他宽恕了看守自己的狱卒，实行仁政并将王位还给了老国王。剧本中充满了矛盾的思想，有对人生积极意义的思考，也有对人生如梦的感叹，王子的一番戏剧性的经历让他悟到了"人生如梦"的道理，而且还直面自古以来的老问题：为什么上帝要剥夺人的意志自由？他的回答是：如果人有充分自由，他会逞一时之快而毁灭世界。赛西斯蒙多最后的解决是由衷地赞美上帝，被囚禁的叛神者最后反倒成了虔诚的忏悔者，并明言放弃反抗，表达了对上帝的尊崇。卡尔德隆借由赛西斯蒙多的故事来宣扬基督教教义，同时也表达了沉重的悲观主义哲学思想：世事无常，人生如梦。

二 古典主义文学

(一) 概述

1. 法国

17世纪初期，法国结束了长期的宗教战争，国内政治局势日趋稳定。到了六七十年代，在"太阳王"路易十四的统治下，法国成为当时欧洲最强的中央集权君主制国家。当时法国资产阶级的力量还不足以与封建贵族分庭抗礼，甚至需要借助封建王权才能发展。与此同时，王权也需要借助新兴资产阶级的力量来制衡封建贵族。因此，在不伤及封建贵族根本利益的前提下，国王会适当满足资产阶级的某些要求。法国的古典主义正是诞生于资产阶级与封建贵族妥协又斗争的复杂关系中。

中央王权的高度集中使得全国政治和社会生活得以稳定统一，同时也加强了对于文学艺术的监督和控制。为了使文学能够起到强化王权的作用，法兰西学院在17世纪30年代首先对文学语言、语法和修辞进行了系统性的整理，文学与语言的规范化工作得以全面展开。之后诗人兼文艺理论家尼古拉·布瓦洛（1636—1711）总结了古典主义作家们的经验，在《诗的艺术》中提出了古典主义的美学原则：理性是文学创作的基本原则，必须模仿自然；古希腊、古罗马作家的创作经验是最高准则，必须遵守"三一律"；文学体裁有高低之分。由此确立了一整套从内容到形式都符合封建王权要求的古典主义文艺理论。这样，古典主义在17世纪的法国就成为官方的文艺创作标准。

除了政府对古典主义的支持外，笛卡尔的唯理主义理论也为法国古典主义的发展奠定了哲学基础。唯理主义认为理性才是获取知识的主要源泉，是唯一手段和判断真理的根本性原则，而感性材料是不可靠的，是具有欺骗性的。唯理主义对于理性的提倡影响了古典主义文学的相关理论，使之认为文学也应该崇尚理性、注重规则，要求作品层次清晰、结构明了、逻辑性强。此外，笛卡尔在《哲学原理》中阐述"灵与肉"之间的相关伦理学问题，认为心理意志可以控制生理本能，这一观点在古典主义文学中就发展成了克制个人情欲、履行公民责任义务。在高乃依和拉辛的悲剧中，我们都可以看到类似印记的存在。

法国古典主义文学发展可以分为三个时期：首先是三四十年代，是古典主义兴起并显示出新生力量的时期；其次是六七十年代，是古典主义迅速发展并产生许多优秀作品的时期；最后到八十年代末，古典主义开始趋向衰落。法国古典主义文学的成就以戏剧创作最负盛名，诞生了古典主义戏剧三杰：高乃依、拉辛和莫里哀。在古典主义戏剧中，西方文学自希腊以来高扬的世俗欲望和自然情感的宣泄受到了控制，理性转而被当作至高的价值和法则，健全的理性和普遍的人性成为古典戏剧的永恒主题。

皮埃尔·高乃依（1606—1684）是法国古典主义悲剧奠基人，被誉为法国悲剧之父。他出身于资产阶级家庭，父亲是律师。他的故乡鲁昂是17世纪初期法国戏剧活动的重要城市。1629年他开始创作悲剧。高乃依写过30多个剧本，大部分是悲剧，也有喜剧、悲喜剧、英雄喜剧、芭蕾剧等，重要的作品有《熙德》《贺拉斯》《西拿》《波里厄克特》。

《熙德》是高乃依最优秀的一部作品，也是古典主义第一部典范之作。《熙德》是一部五幕的诗剧，以西班牙历史上的民族英雄熙德的故事为题材而写成。两位年轻的主人公分别是罗狄克与施曼娜，他们深深相爱，并即将成婚。正当此时，双方父亲却因国王选太傅一事发生了激烈的冲突，两人都是朝中重臣，施曼娜的父亲唐·高迈斯伯爵当众打了罗狄克的父亲狄哀克一记耳光，狄哀克希望儿子能为自己雪耻。罗狄克陷入矛盾之中，但为了家族的荣誉和责任决定同高迈斯决斗，并最终将其刺死。接着施曼娜陷入情感纠结之中，可同样出于对为父复仇的理性选择，忍痛要求国王处罗狄克以极刑。两人正为将要失去的爱情悲痛欲绝时，传来摩尔人入侵的消息。国难当前，罗狄克领命奋勇杀敌，击退摩尔人并俘虏了他们的国王，于是民众将罗狄克尊称为"熙德"（即"君王"之意）。最后，英明的国王念罗狄克保国有功，让两人终成眷属。在《熙德》中始终贯穿着"荣誉与爱情"的矛盾冲突，也是理性与情欲的冲突。对于这个矛盾冲突的处理，高乃依虽然在形式上把荣誉与责任放在了第一位，但是最后还是让罗狄克收获了爱情的圆满。此外，高乃依还将国王变成了调和矛盾的象征。

《贺拉斯》取材于罗马故事，写的是关于罗马的贺拉斯三兄弟和邻国阿勒伯的居理亚斯三兄弟之间作战的内容。最后的胜利者是最小的贺拉斯。他的妹妹埋怨贺拉斯杀死了她的未婚夫，居理亚斯三兄弟中的一个，并辱骂他用生命来保卫的罗马，最后他将妹妹杀死。作品展现了爱国和个人感情之间的冲突。

让·拉辛（1639—1699）是法国古典主义悲剧的另一位代表人物。他出身于一个公务员家庭，曾在冉森教派学校读书，从中学习了古希腊文学，特别是史诗和悲剧。从1664年到1691年，他一共写了11部悲剧和1部喜剧。《昂朵马格》和《费德尔》是他的代表作。

《昂朵马格》取材于古希腊传说，叙述了在希洛战争中，爱比尔国王卑吕斯杀死了特洛伊主将厄克多，却爱上了其美貌的妻子昂朵马格，并打算取消与爱兰娜皇后的女儿爱妙娜的婚约。希腊全权代表奥赖斯特奉命前来杀死厄克多之子，以斩草除根。卑吕斯以此要挟昂朵马格就范。为保全儿子性命，昂朵马格假意答应卑吕斯的求婚。爱妙娜得知未婚夫另有新欢，在嫉妒心的驱使下怂恿自己的追求者奥赖斯特杀死了卑吕斯。可是之后又悔恨不已，自杀殉情。受此强烈刺激，奥赖斯特精神错乱。最终悲剧在一片混乱恐怖之中收场。《昂朵马格》曾轰动一时，但是因为它描写了宫廷中的情杀事件以及纵欲的国君，所以遭到了当时贵族阶层的强烈抵制，拉辛只能被迫暂时将自己的创作方向转向了喜剧。拉辛在这部悲剧中所表现的是人丧失了理性之后的混乱状态，谴责贵族的丑恶行径，更加具有现实意义。

《费德尔》是拉辛继《昂朵马格》之后又一部极具代表性的作品。拉辛在剧中开始表现淫邪的爱情，想要引起人们对于这种感情的厌恶。《费德尔》的女主人公费德尔身为王后，却爱上了国王前妻之子，她发现王子另有所爱后，便加害于他，最后悔恨交加而自杀。拉辛对费德尔的心理变化做了细致入微的刻画，表现出了拉辛极为高超的艺术洞察力。与《昂朵马格》相同的是，揭露了上流社会腐化堕落的《费德尔》一上演就遭到了来自法国贵族阶层的口诛笔伐，日益激烈的围攻活动让拉辛心灰意冷，此后十二年没有再进行创作活动。拉辛的后期作品还有《爱丝苔尔》《阿塔莉》。

莫里哀（1622—1673）是法国古典主义喜剧的创建者和集大成者。莫里哀原名让·巴蒂斯特·波克兰，出身于法国巴黎的一个资产阶级家庭，父亲通过贿赂得到了"宫廷室内陈设商"的职位，为宫廷提供挂毯，这使得莫里哀有机会出入宫廷接触国王。莫里哀小时候经常观看的民间艺人露天表演的闹剧，引发了他对于戏剧的热爱。青年时期莫里哀自己还创办过剧团，虽然剧团因债务问题而遭解散，但这都没能影响莫里哀献身戏剧事业的决心。最后，莫里哀抛弃了继承家业的安稳生活，开始了自己长期在外省漂泊的创作生涯。长期的流浪生活让莫里哀得以了解社会各阶层的生活状况，积累了长期的舞台实践经验，这都为莫里哀后来独立创作剧本打下了基础。

莫里哀认为喜剧除了使人开心，还应该有教育意义，没有训诫作用的喜剧只不过是毫无意义的嘲弄而已。莫里哀的喜剧蕴含了深刻的社会意义，使喜剧创作提高到前所未有的高度。从表面看，莫里哀的喜剧不论是思想主题还是艺术手法，同布瓦洛倡导的古典主义清规戒律都有所背离。事实上，莫里哀关注的仍旧是理性与欲望较量中人的欲望悲剧以及人性的复杂关系。在高乃依笔下，理性至高无上，具有强大的控制力和约束力；在拉辛笔下，理性的藩篱和人伦道德遭到破坏，欲望犹如洪水泛滥，给个人和社会带来悲剧；在莫里哀笔下，社会各阶层的人们在理性缺失后受到欲望驱使，呈现出各种各样的丑态。莫里哀是一位高产的作家，著有《伪君子》《可笑的女才子》《丈夫学堂》《太太学堂》《堂璜》《愤世嫉俗》《屈打成医》《吝啬鬼》《乔治·唐丹》等。

《可笑的女才子》是一部独幕散文体喜剧，该剧讽刺了法国封建贵族社会生活，批判了贵族们创立的所谓"典雅"的文学流派，指责歪曲自然、违背理性的错误行为。这部讽刺喜剧刺痛了自命风雅的贵族男女，一度被禁演。由于路易十四的干预，禁令不久便解除了。

《吝啬鬼》是莫里哀喜剧中最具讽刺意味的作品，披露了资产阶级视财如命的贪婪本质。阿尔巴贡是个靠放高利贷发财的资产者。他在儿女面前装穷，嫌他的儿子在穿着打扮上花钱，教他拿赌博赢来的钱去放高利贷。关于女儿的婚姻，他考虑的是对方要不要陪嫁。他放高利贷，想不到借债的人就是自己的儿子。他想续弦，却成了儿子的情敌。这些偶合场面在现实生活中是不常见的，但莫里哀运用起来却大大增强了喜剧气氛，深刻反映了资产阶级人与人之间在金钱面前赤裸裸的利害关系。埋在花园里的一万金币被偷后，阿尔巴贡痛哭流涕，几乎想以身殉。他闹翻了天，把家里所有的人都看成贼，要求开动一切国家机器替他找回他的"命根子"。莫里哀出色地运用喜剧夸张的手法，把阿尔巴贡的吝啬性格烘托出来。

除了戏剧，法国在散文创作方面，成果颇丰。布莱兹·帕斯卡尔（1623—1662）的《致外省人书简》为受压制的让森教派辩护，《思想录》阐述了对人生和宇宙的看法。拉法耶特夫人（1634—1693）的《克莱芙王妃》被看作欧洲第一部较有成就的心理小说。让·德·拉布吕耶尔（1645—1696）的《品性论》以人物素描、格言警句、故事寓言等，描绘了17世纪下半叶的社会风俗，尤以宫廷贵族和暴发户的人物肖像最为出色。弗朗索瓦·德·费纳龙（1651—1715）的《武勒马科斯历险记》主要取材于《奥德赛》第四章，其中表达了作者的政治观点和治国主张。

2. 英国

英国的古典主义文学主要形成于17世纪的后期，首创人是桂冠诗人德莱顿（1631—1700）。德莱顿活跃的时代正逢斯图亚特王朝复辟，这使得他的作品不可避免地带上了浓厚的政治气息。德莱顿的颂歌与讽刺诗标志着古典主义风格在英国诗歌中的确立。与法国同时期的古典主义戏剧相比，德莱顿的作品缺乏对于理性主义的崇拜和爱国的激情。1668年，德莱顿发表的《论戏剧诗》奠定了他在英国文学中批评创始人的地位。代表作有《被征服的格兰纳达》《押沙龙与阿奇托菲尔》等。

英国古典主义文学真正的发展是在18世纪初期，代表作家是蒲伯（1688—1744）。蒲伯在文学上遵循古典主义，讲法度、重节制。他尤其擅长寓谐于庄，也就是把生活中诙谐有趣的琐碎之事用严肃的题材加以表现。比如他的代表作《夺发记》在体裁上采用的是英雄体史诗，内容上却表现的是因一缕金发而引发的两个天主教家庭之间的争吵。作家把这次争吵描绘得像特洛伊和希腊之间的战争那样严肃，借此来讽刺当时英国上流社会贵族精神的空虚与无聊。蒲伯创作的一系列的对话诗和讽刺诗，都具有古典主义的风格。

3. 其他国家

德国古典主义文学的人物是约翰·克里斯托弗·高特舍特（1700—1766），因为在大学做教授，所以高特舍特的文学活动多集中在改革德国当时的戏剧以及创建戏剧理论。他的《批判诗学试论》推崇理性，倡导"三一律"，把法国的古典主义理论和鉴赏标准都应用到对德国文学作品的批评中，对德国民族语言的规范和剧坛的整顿发挥了作用。他的理论有助于启蒙精神的发扬。俄国在18世纪30年代才接受了古典主义文学观念，主要是取其"歌颂贤明的君主"这一思想，为彼得一世的改革服务。亚历山大·彼得罗维奇·苏马罗科夫（1717—1777）的《霍烈夫》《西纳夫和特鲁沃尔》等悲剧宣扬感情服从理智，权益服从义务的思想，把法国的戏剧模式移植到俄国的历史剧中，在形式上严守"三一律"，促成了俄罗斯剧院的诞生。米哈伊尔·瓦西里耶维奇·罗蒙诺索夫（1711—1765）的突出作用是完成语言的建设工作，《俄文语法》《论俄文宗教书籍的裨益》根据古典主义的原则，把文学体裁分为高、中、低三种，规定每种文体所允许使用的词汇，为语言的规范化奠定了基础。《伊丽莎白女皇登基颂》充满高昂的爱国激情，赞颂英雄业绩，为他的诗律主张提供了范例。

4. 古典主义文学的基本特征

（1）拥护王权，主张国家统一。新兴的资产阶级需要借助王权的力量同封建贵族做斗争，作为资产阶级在文学界的代表，古典主义作家渴望有一个和平稳定的社会环境，表现出强烈的拥护王权的政治倾向。

（2）崇尚理性，主张自我克制。受到笛卡尔唯理论的影响，法国古典主义把理性作为衡量文艺作品的唯一标尺，并且向往理性的社会生活，寻求个人与社会之间的和谐关系。鉴于文艺复兴之后个人主义的发展出现的极端倾向，古典主义者提倡发挥理性的作用，主张自我克制。

（3）学习古代作家，从古希腊罗马中找寻文学题材。古典主义理论认为，每一个题材的典范作品都已经在古代就被创造出来了，后世作家所要做的就是最大限度地接近这些典范。古典主义作家多从古希腊、古罗马的历史和文学中找寻合适的题材，来表达自己的思想。

（4）严格遵循"三一律"。为了保证理性在任何历史时代下都能够成为指导文学创作的原则，古典主义理论家就提出了严格精确的"三一律"（即"一个地点、一个时间、一个事件"）以及文学题材的划分法。

（5）注重道德说教。在文艺复兴时期，人文主义者就认识到了文艺作品的社会功能，古典主义继承了人文主义的这一传统，作家在创作作品时注重作品的社会教化与训诫功能。

（二）《伪君子》

《伪君子》（又译《达尔杜弗》《骗子》）是莫里哀最优秀的喜剧，在欧洲戏剧史上占有很高的地位。它在17世纪上演约200场，在18世纪上演约900场，在19世纪上演1100—1200场，是法兰西剧院上演场次最多的剧目。

主人公达尔杜弗是个手段灵活的宗教骗子，披着虔诚的天主教徒外衣，进入了富商奥尔贡的家。他骗取了奥尔贡及其母亲白尔奈耳太太的信任，他们将其视为圣人，颂扬、供养他。奥尔贡还要撕毁女儿玛丽亚娜以前的婚约，把她嫁给达尔杜弗。但达尔杜弗看中的是奥尔贡的续妻艾耳密尔，他调情的情景被奥尔贡的儿子达米斯看见，可是奥尔贡在达尔杜弗的挑拨下，反而剥夺了儿子的继承权，要把财产全部赠给达尔杜弗。在紧要关头，艾耳密尔巧施计谋，让奥尔贡亲眼看见达尔杜弗向自己调情的丑态。奥尔贡终于醒悟，要把达尔杜弗赶出去。此时达尔杜弗露出狰狞面目，他掌握奥尔贡为政治犯藏匿的文件，于是向国王告密。但英明的国王洞察幽微，下令逮捕了骗子，并赦免了曾经勤王有功的奥尔贡。

达尔杜弗作为一个流落到巴黎寻找发财机会的外省破落贵族，其伪善具有典型性。17世纪60年代，法国专制政体越来越反动，宗教伪善几乎遍及整个上层社会，其中包括天主教会的大主教和其他高级僧侣，以及以王太后为首的王亲国戚和达官贵人。早在17世纪20年代，法国就有一种反动的天主教组织，叫作"圣体会"，又名"信士帮"，对异教徒、无神论者、自由思想者及一切反对教会和君主政体的人大加迫害。他们披着慈善事业的外衣，干着警察特务的工作，暗中监视居民，陷害倾向信仰自由的人，达尔杜弗就是这种伪善信士的典型形象。

在达尔杜弗形象的塑造上，莫里哀运用了"间接描绘"的艺术手法。达尔杜弗在第三幕第二场才第一次出场，但在前两幕通过奥尔贡、白尔奈耳太太和其他家庭成员的矛盾，观众对达尔杜弗的性格已经有了深刻的印象，都知道他是一个伪善者。观众虽然已经大体上了解到达尔杜弗的伪善，但百闻不如一见，勾起了好奇心。达尔杜弗出场时所说的几句假虔诚的话，只能引起人们对他的鄙视和耻笑。

> 达尔杜弗（望见桃丽娜）劳朗，把我修行的苦衣和教鞭收好了；祷告上帝，神光永远照亮你的心地。有人来看我，就说我把募来的钱分给囚犯去了。
> 桃丽娜　真会装蒜，吹牛！
> 达尔杜弗　你有什么事？
> 桃丽娜　告诉您……
> 达尔杜弗（从他的衣袋内掏出一条手绢。）啊！我的上帝，我求你了，在说话之前，先给我拿着这条手绢。
> 桃丽娜　干什么？
> 达尔杜弗　盖上你的胸脯。我看不下去：像这样的情形，败坏人心，引起有罪的思想。

此段中，达尔杜弗的伪善本性暴露无遗。他看到女仆桃丽娜，使劲表现自己，炫耀自己穿着苦衣，给囚犯分钱，却欲盖弥彰。所以桃丽娜毫不客气地说他装蒜、吹牛，这也是在提醒观众。紧接着的一个动作进一步揭示了伪君子的面目。他突然掏出一条手绢，观众也跟着桃丽娜的喝问，想知道他要干什么。这一段话使他假正经的面目暴露无遗。对于达尔杜弗这个形象，正如莫里哀所说："我不让观众有一分一秒的犹疑；观众根据我送给他的标记，立即认清他的面目。他从头到尾，没有一句话，没有一件事，不是在为观众刻画一个恶人的性格。"

第四幕结束时，眼看这个剧本要以悲剧告终。第五幕忽然急转直下，国王明辨是非，救了奥尔贡一家。莫里哀与贵族之间的斗争是激烈而频繁的，因为多次得到路易十四的支持，莫里哀的戏剧才得以继续在巴黎上演，在如何评判《伪君子》的问题上，路易十四基本上也是站在了他的一边，莫里哀借结尾表达了自己对国王的感激之情。

剧本中另两个人物奥尔贡和他的母亲白尔奈耳太太，则是不辨真假、一意孤行、执迷不悟的形象，作者对其进行了有力的批判。家中的所有人都看清了达尔杜弗的嘴脸，唯独他们两人两眼一抹黑，对这个骗子无限信任，崇拜得五体投地。奥尔贡不单要将女儿嫁给他，还要把家产全部送给他，甚至把自己私藏投石党事件政治犯的文件匣交给他保存。奥尔贡的行为可以说是完全失去了理智，直到他亲眼看到达尔杜弗向艾耳密尔求欢的丑态后，才恍然大悟。但是这时，他将要面对的是失去财产、被捕入狱的悲剧局面。在莫里哀描写的失去理智、痴迷愚顽的人物中，奥尔贡面对的下场是最严峻的。不过，莫里哀对这个人物仍然采取规劝态度，认为他并非不可救药。

奥尔贡的续妻艾耳密尔是一个聪明机智、贤惠贞洁的女人。她将前房子女视同己出，爱护备至。她设计引达尔杜弗上钩使奥尔贡醒悟。女仆桃丽娜更是机智果敢，她明辨真伪，将伪君子的面目认识得最清楚。她对男女婚事的理解确有真知灼见："爱情这种事是不能由别人强作主的。"她对主人的顶撞义正词严："谁要把自己的女儿许配给一个她所厌恶的男子，那么她将来所犯的过失，在上帝面前是该由做父亲的负责的。"相比奥尔贡的愚蠢蛮横，达米斯的急躁简单，玛丽亚娜的懦弱胆小，她显得格外聪明、善良、敢作敢为，成为剧中反对封建道德、揭露宗教伪善的主要人物。至于克莱昂特，更是理性的化身、作者的代言人，但他关于中庸之道的说教不免削弱了剧本的批判力量。

《伪君子》这部作品极具现实性和概括性。如今，"达尔杜弗"这个名字不但在法国，而且在欧洲许多国家的语言中都已成为"伪善"的同义词。

三　清教徒文学和《失乐园》

(一) 概述

17世纪的英国处在资本主义新制度与封建主义旧制度激烈斗争的时代。1642—1649年，英国爆发内战，查理一世被推上断头台，国家制度由封建帝制改为资产阶级共和。1658年克伦威尔去世，封建力量乘机反扑，查理二世登基，斯图亚特王朝复辟。1688年资产阶级"光荣革命"之后，权力分配变得更加复杂。英国在不到五十年的时间里数易政体，人们处在混乱的社会环境中，悲观、厌世、虚无、颓唐思想大行其道，此时涌现的大量宗教文学作品无疑是这种现象的折射。当时，英国资产阶级认为宗教改革不彻底，国教保留了许多天主教因素，因而创立了一个新教派——清教。清教反对铺张浪费的宗教仪式、贵族奢侈淫靡的生活以及戏剧娱乐，提倡勤俭节欲，以利资本积累。这种代表资产阶级意识形态的文学被称为清教徒文学。

约翰·弥尔顿（1608—1674）是清教徒文学作家的杰出代表，也是资产阶级革命时期坚定的战士。他曾积极参与宗教与政治的斗争长达20年，发表了《论出版自由》《论国王和官吏的职权》《为英国人民声辩》等雄健泼辣的政论文章。斯图亚王朝复辟后弥尔顿一度被捕，被释放后专心从事文学创作。晚年失明，口授完成三大诗作：成就最高的《失乐园》，以及《复乐园》和《力士参孙》。

《复乐园》改编自《新约·路加福音》描述耶稣被诱惑的故事。耶稣在约旦河畔由圣徒约翰施洗后，准备公开布道，这时圣灵引他到荒郊，先要给他一次考验。这考验就是撒旦对他的引诱。撒旦第一天以筵席，第二天以城市的繁华和古希腊、罗马的文学艺术引诱耶稣，都遭到拒绝。第三天撒旦使用暴力，把耶稣放在耶路撒冷的庙宇的顶上，他也毫不畏惧。后来天使们把他接下来，认为他成功经受了考验，于是他开始布道，替人类恢复乐园。

《力士参孙》是一部取材于《旧约·士师记》的悲剧作品。参孙是以色列民族英雄，被妻子大利拉出卖给非利士敌人，眼珠被挖掉，每日给敌人推磨。一个节日，非利士人庆祝对参孙的胜利，参孙痛苦万分，这时他父亲劝他和解，大利拉的忏悔更给他以刺激，敌人赫拉发对他威胁和侮辱，这些都激发了他的战斗精神。在敌人威逼他表演武艺之后，他撼倒了演武大厦的支柱，整个大厦坍塌，他和敌人同归于尽。《力士参孙》采用了崇高严肃的题材，具有汹涌澎湃的感情，质朴有力的语言，节奏活泼的音律。这一悲剧是弥尔顿艺术形式的新发展。它运用古希腊悲剧形式，实际上是一部宏伟的剧体诗。

（二）《失乐园》

《失乐园》是弥尔顿的代表作，它是一部约一万行的宏大史诗，取材于《圣经》中关于人类始祖的两则传说，即出自《旧约·创世纪》中的亚当和夏娃被逐出乐园以及《新约·启示录》中撒旦反叛的故事。夏娃和亚当因受撒旦引诱，偷吃知识树上的禁果，违背了上帝旨令，被逐出乐园。撒旦原是大天使，但他骄矜自满，纠结一些天使和上帝作战，于是被打到地狱里遭受苦难。这时他已无力反攻天堂，才想出间接的办法，企图通过毁灭上帝创造的人类来进行报复。上帝知道撒旦的阴谋，但为考验人类对他的信仰，便不阻挠撒旦。撒旦冲过混沌，潜入人世，来到亚当居住的乐园。上帝派遣拉法尔天使告诉亚当面临的危险，同时把上帝创造世界和人类的经过告诉他。但是亚当和夏娃意志不坚，受了撒旦的引诱，吃了禁果。上帝决定惩罚他们，命天使把他们逐出乐园，在放逐前，天使把人类将要遭遇的灾难告诉了他们。

长诗以历史主义视角对人类全部发展史进行了概括。在长诗中描绘了这样一幅人类活动的画面：人类的未来是所有不幸与欢乐的交织。弥尔顿满怀热情地描写道：在人类活动中起巨大作用的是劳动。这赋予长诗兴奋乐观的气氛。亚当与夏娃牵手离开乐园，前面等待他们的，再不是安宁的乐园生活，而是自觉的劳动，这就是人类的历史。弥尔顿表明人类虽然失去了安逸幸福的乐园，将在艰难坎坷的道路上前进，却成为能思考、会劳动、发展中的人，开始了人类发展史上一个更高级的新阶段。

作品中的亚当英勇、智慧、刚毅，更重要的是具有"自由意志"。

亚当并非不知偷吃智慧之果的后果，却在夏娃偷吃之后加入其中，以求与同伴分担惩罚。他并没有被诱惑，而是凭理智和自由意志决定去犯规。失去乐园后只有靠劳动养活自己，亚当却说：

> 我要靠劳动养活自己，
> 这将有什么损害呢？
> 懒惰下去怕会更糟。

诗人认为，在理智指导下的自由意志可以帮助人类找到解决面临历史任务的正确出路，进而推动人类社会的进步。人类拥有自由意志，这是人文主义思想的核心观点。把人从神学的禁锢中解放出来，个人成为自己命运的主人，可凭后天的努力发展个性，实现自身的价值。人最大的特点在于其不确定性，个人命运和价值并非命中注定或上帝决定，而是依靠自己后天的创造。弥尔顿对自由意志的推崇，在某种程度上也是对封建专制的否定。

撒旦的形象十分复杂，人们对他的看法历来也是众说纷纭。在《失乐园》中本来作为叛逆者和傲慢者的撒旦，却有一种深深打动读者的顽强精神。他在诗中说道：

> 我们在这里可以稳坐江山，
> 我倒要在地狱里称王，大展宏图；
> 与其在天堂做奴隶，
> 倒不如在地狱里称王。

撒旦体态魁伟，声音洪亮，具有王者风度，当他在地狱里鼓励千千万万的天军时，整个地狱都回荡着他的呼喊之声。他具有坚强的意志，即使失败也不气馁，而且敢于反抗上帝，成为长诗中最光彩夺目的形象。别林斯基认为，弥尔顿的革命热情明显地表现在撒旦的形象中。撒旦的形象是17世纪资产阶级的写照，在他身上体现了个人主义的优点和缺点，弥尔顿对之既有赞扬也有批判。

《失乐园》在整体结构上有一种双重性特点，作品内部存在着不和谐甚至是分裂的因素，这也是为什么后世学者对于其主题以及撒旦这一人物形象会有不同的认识。有人认为撒旦是诗歌中真正的主角和英雄，上帝才是以否定性的形象而存在的，他们看重的是史诗中体现的革命性质；有人则认为《失乐园》就是一部正统的宗教性史诗，上帝无疑是光辉的存在，撒旦才是堕落的象征。这种争论产生的原因主要是都没有认识到《失乐园》在结构上的双重性特点。在《失乐园》中存在悲剧和史诗两大部分，作品带给我们的双重阅读体验正是由这两大部分杂糅带来的——一部分是比较完整的人类堕落的悲剧，另一部分则是以撒旦作为主角的英雄史诗。关于人的悲剧部分，主要内容基本上都来自圣经故事，在这部分中，人类的感性较为平淡，思想也比较含蓄，着重描写园中景象以及人类爱情。而在英雄史诗部分中，则倾注了诗人更多的感情和想象力，对撒旦的描写也显得更加气势豪迈，甚至还有对政治局势的映射。

《失乐园》所取得的艺术成就十分突出。首先，崇高的风格是《失乐园》最突出的艺术特征。弥尔顿从荷马与维吉尔的史诗中汲取了丰富的养料，又受到《圣经》文体风格的影响。宏大的结构、壮观的场面、个性鲜明的人物都让史诗呈现出一种风格上的崇高。其次，《失乐园》的语言别具风格。《失乐园》前期的诗行格律整齐，后期则是无韵诗体，这种诗体是他吸收了来自《圣经》、古希腊罗马和意大利文学精粹后的结果。此外，他善于使用独特的修辞手法来达到华丽的装饰效果，以能让人产生共鸣和色彩感浓厚的名词入诗，给人带来视觉和情感上的冲击。弥尔顿的诗歌还非常注重音乐性，有些虽然不押韵脚，但是诗歌本身却有一种内在的节奏和律动，读来极富音乐性。最后，《失乐园》还是古典艺术与现代艺术的巧妙融合。作品内容源于《圣经·创世纪》中亚当和夏娃受诱惑而被逐出伊甸园的故事，尽管从题材来看非常简单，观点和叙事也都简朴直率，但是《失乐园》中那上天入地的想象力和绚丽夺目的意象的书写，又极具现代艺术风格。所以，《失乐园》是古典艺术与现代艺术的有机统一。

第 六 章

18 世纪文学

第一节 18 世纪文化

18世纪可以说是一个祛魅的世纪，18世纪的人们在精神层面与现代世界是如此相似，在我们这个无神论和多元主义的时代出现之前，他们比以往任何一个时期的人们都更少受到社会禁忌的束缚。富裕的资产阶级开始向着国家权力发出挑战，人们对于理性的认识也不再局限于少数上层文化贵族之间，而是随着科学思想以及社会理论的发展，逐渐深入人心，理性主义逐渐扩大成为一种"启蒙运动"。康德曾在《历史理性批判文集》中指出："启蒙运动就是人类脱离自己所加之于自己的不成熟状态。不成熟状态就是不经别人的引导，就对运用自己的理智无能为力。当其原因不在于缺乏理智，而在于不经别人的引导就缺乏勇气与决心去加以运用时，那么这种不成熟状态就是自己所加之于自己的了。Sapere aude！（敢于明智）要有勇气运用你自己的理智！这就是启蒙运动的口号。"（［德］康德：《历史理性批判文集》，何兆武译，商务印书馆1990年版。）启蒙运动的影响几乎遍及了欧洲各国，各个国家也相继产生了不同程度的启蒙运动，并形成了各自的特点。

一 历史背景

17世纪末欧洲资本主义经济不断发展，人民日益不满封建专制主义势力统治。在此历史条件下，1688年英国爆发了"光荣革命"，推翻了复辟王朝，确立君主立宪政体，建立了资产阶级和新贵族领导的政权。资产阶级在国外大规模进行殖民扩张，在国内发展工商业，大型手工业工场愈益发达，一些生产部门开始采用机器，18世纪中叶发生了工业革命。资产阶级在18世纪初期还有反封建残余的任务，但它和劳动人民的矛盾随着经济的发展而日益尖锐。

法国的工商业最为发达，18世纪六七十年代，手工业工场开始零星使用机器，规模较大的企业出现了。但它仍然是个封建小农经济占优势的国家。专制王权对外不断发动战争，外交一再失败，对内加紧压榨人民，屡次宣告财政破产。封建阶级和第三等级之间的矛盾尖锐到极点。1789年的法国资产阶级革命是资产阶级反对封建制度的一次最彻底的斗争，它的胜利标志着欧洲新的社会政治制度的确立。

德国，一些主要城市的工商业也有一定的进展，但发展很缓慢。德国一直处于封建割据状态，资产阶级在经济和政治上都依附贵族宫廷，具有软弱性和妥协性。意大利继续受到外国侵略，教会势力根深蒂固，资本主义遇到很大阻力。俄国比西欧国家落后，从彼得一世时期开始进行一系列的改革，工业有所增长，但对农奴的剥削比以前更为残酷。18世纪70年代爆发的规模巨大的普加乔夫起义尽管归于失败，但有力地打击了农奴制，促进了俄国人民的觉醒。

就当时的整个欧洲来说，封建的社会和政治制度仍处于统治地位，只是更加反动腐朽了。英国虽然进行过资产阶级革命，但其革命的不彻底性，导致当权的新贵族和上层资产阶级无情掠夺中下层人民和殖民地，而且力图保存种种封建残余。因此，封建势力同包括一般资产阶级在内的人民群众的矛盾日益尖锐，推翻封建制度，铲除封建残余，建立和发展资本主义社会的历史任务，显得日益迫切。

二　文化特征

顺应反封建的历史要求，在文化领域，全欧洲范围产生了被称为"启蒙运动"的思想文化革新运动。启蒙运动是宣传资产阶级思想的运动，启蒙思想家以先进的观点教育民众，为1789年法国资产阶级革命准备了思想条件，因而有"启蒙"之名。启蒙运动在法国声势最为浩大，在德国也有蓬勃的发展，俄、意等国启蒙思想也很流行。英国在17世纪虽已发生了资产阶级阶级革命，但仍然有着启迪民众向封建势力继续斗争的历史任务。由于这个任务是在革命后提到日程上的，所以英国的启蒙运动和法、德等国的启蒙运动并不完全相同。

启蒙运动首先是一场非常剧烈的政治革命运动。它是文艺复兴反封建、反教会斗争的继续和发展，它继承了人文主义者的理想，要求从教会束缚下解放个性，而且比人文主义者更进一步，把斗争矛头直接指向封建社会的全部上层建筑，其目的是推翻封建大厦，建立资产阶级政权。教会是主要的封建堡垒，它宣称神权和君权至高无上，世界是上帝创造的，帝王权力是神授的。启蒙思想家用唯物主义反对这种唯心主义，肯定世界是物质的，国家权力属于人民。他们用政治自由对抗专制暴政，用信仰自由和宗教容忍对抗宗教压迫，用自然神论和无神论来摧毁天主教权威和宗教偶像。他们不满意政治上的无权地位，反对贵族阶级的特权，要求在法律面前人人平等，创造了天赋人权的理论。他们在斗争中使用的武器是理性，他们用理性检验所有的旧制度、传统习惯和道德观点，正如恩格斯所说："他们不承认任何外界的权威，不管这种权威是什么样的。宗教、自然观、社会、国家制度，一切都受到了最无情的批判；一切都必须在理性的法庭面前为自己的存在作辩护或者放弃存在的权利。思维着的悟性成了衡量一切的唯一尺度……以往的一切社会形式和国家形式、一切传统观念，都被当作不合理的东西扔到垃圾堆里去了。"

启蒙思想家具有乐观的战斗精神，相信人类不断进步，将要在封建社会的废墟上建立一个新的社会，即他们所追求的"理性的王国"。这个王国在他们看来将是真理和正义的社会。其实，启蒙思想家所宣扬的"理性的王国"不过是理想化的资产阶级王国。但是他们以古希腊、古罗马的思想家为榜样，反对迷信，运用理性探寻真理，从世俗的、以人为中心的视角观察世界。他们吸收文艺复兴的养分，拥抱人文主义，相信人通过学习和实践可以提高自己。他们从17世纪的科学、哲学，尤其是牛顿、笛卡尔等的作品中得出结论，要改造社会，就要用"理性"和符合"理性"的科学知识去"照亮"人们的头脑。

人们常把18世纪称为理性的时代,但是一些最令人感到奇异的和非理性的事物依然存在于这个时代。虽然从表面上看这是一个相对宁静的时代,但这是暴风雨来临之前的沉寂,是社会动荡的前奏,它将贵族洛可可艺术风格等引向一个激烈的革命的结局,把理性和情感的力量推向下一个世纪。

第二节 18世纪艺术

一 洛可可艺术

18世纪的法国出现了一种被人们称为"洛可可"的艺术风格。洛可可艺术是巴洛克艺术的沿袭,它反映的是上流阶层的审美趣味和审美价值,是集享乐、奢侈、豪华于一体的艺术样式的代名词。与巴洛克相比,洛可可少了刚健成分代之以更加华丽纤巧繁缛的因素,更加突出曲线的蜿蜒和优雅。路易十四的统治结束之后,巴黎社会的上流贵族不必再频繁出席各种盛典,他们开始聚集在各个公馆的沙龙活动中。所以,刚开始洛可可风格主要用于室内装饰,从精雕细刻的桌椅腿凳到天花板上复杂的涡卷,都可以看到这种风格的痕迹。作为一种新型的装饰风格,洛可可主要是为那些对异国情调充满兴趣而又极具冒险精神与奇思妙想的贵族服务的,发自他们想要革新自己公寓装饰风格的愿望,然后逐渐影响到服装、建筑、雕塑甚至音乐等领域。

路易十五的情妇蓬巴杜夫人不仅是洛可可艺术的保护人和倡导者,又是洛可可艺术的象征性人物。她引领了整个法国的艺术潮流,在她的推波助澜下,洛可可艺术成为压倒一切的艺术风尚,因此洛可可艺术又称"蓬巴杜风格"。最终,风靡一时的洛可可风格随着蓬巴杜夫人的亡故而逐渐被新古典主义取代。由于洛可可艺术一直被禁锢在高雅文化中,只为上流社会苍白、颓废、娇弱的思想生活服务,不免显得过于娇媚浮华,缺少了精神内涵的深刻性。但是,洛可可艺术夸张的手法和独特的表现形式使它具有了超时代的艺术生命力,至今还能为艺术家们提供创作思路。

(一) 建筑

洛可可时代最有代表性的建筑师是德国人巴尔塔扎尔·诺依曼（1687—1753）。诺依曼的设计风格偏向轻盈与柔美，线条优雅奇特，结构巧夺天工，整体上呈现出一种精致感。1718 年前后，当诺依曼从巴黎、维也纳、米兰游学归来后，开始负责维尔茨堡的设计工作。他从建筑整体到室内设计都在试图构建一种比例和谐且具有连贯性的洛可可风格。维尔茨堡 U 型的宫殿中央是主庭院，两侧的边楼内各附有一座内院，顶层的阁楼上装饰有围栏与雕像。宫殿的内部结构大体上分为两层，除了用于觐见的大厅之外，相通的众多房间沿着走廊有序排列。宫殿的独特之处在于它的内部结构，比如楼梯厅、八角形的国王殿，以及花园厅等。除了维尔茨堡，诺依曼的代表作还有十四圣徒朝圣教堂。不同于哥特式的教堂，十四圣徒朝圣教堂将身处教堂内的人放置在一个光色和幻影浑然天成的世界中，从不同角度向观众展示着不同的平面。十四圣徒教堂曲线蜿蜒翻转，色彩柔和，淡雅的粉红与金黄让人感受到那份独属于洛可可艺术的真诚与欢乐。

维尔茨堡宫正立面，1720—1753 年，德国巴伐利亚州

维斯教堂内景，1745—1754 年，德国巴伐利亚州

除了诺依曼的设计之外，位于巴伐利亚的维斯教堂也是洛可可风格建筑的杰出代表。18 世纪，大部分国土与新教国家接壤的天主教国家巴伐利亚，希望利用充满吸引力的洛可可风格来彰显自己的权威。于是，在建造富丽辉煌的新教堂的需求下，洛可可风格得到了广泛的传播，巴伐利亚的天主教会也收获了许多独具创造性的建筑和丰富的装饰，它们的精致与令人恐惧的密集仅有一线之隔。维斯教堂是乔默尔曼兄弟的作品：多米尼克斯（1685—1766）负责建筑部分，巴普蒂斯特（1680—1758）负责绘画与装饰。乔默尔曼兄弟将主殿设计成了一个椭圆形，殿前面是一个半圆形的门，尽可能地扩大殿内空间，让光可以从四面八方涌入。教堂传统的拉丁十字架形状被弃之不用，整个室内空间都趋向主教席。在内外装饰上，维斯教堂也形成了巨大的反差。外部仅用石灰简单涂抹成白色，而内部却装饰着极为繁复的涡纹、繁花以及各种雕塑。维斯教堂使得建筑消失在了装饰背后，极具洛可可风格的特点。

（二）绘画

洛可可风格在绘画上的表现尤为突出。洛可可风格的绘画注重反映贵族男女温情脉脉的关系，表现上流社会轻松愉快的享乐生活，画风十分纤细和女性化。巴洛克绘画风格的强烈明暗对比在这里被一种平面的轻快所代替，大块深重色彩也让位于典雅、优美的浅色，白、浅绿、粉红和金黄色格外得宠，线条变得更加柔和与动人。

最杰出的洛可可风格画家是安东尼·华托（1684—1721）。华托摆脱了路易十四时期占据主流地位的古典主义的束缚，画风变得抒情而优雅，华托的作品里展示的是一种前兆，是一种微妙的、陶醉于柔情之中并强烈渴望使幻觉得以永恒延续的情感。华托的想象力不是来自生活，更多的是来自生活之外的艺术想象，他因此远离现实，但又在这种对现实的疏离中创造了一个理想的世界，这一点在他的代表作《发舟西苔岛》中得到了最好的证明。这幅画华托从1712年开始创作，耗费五年的时间才得以完成。这幅画作代表的不仅是他短暂艺术生涯中的成熟年华，而是经过细心提炼的时代与生活方式。西苔岛是希腊神话中爱神游乐的美丽岛屿，也是古代异教徒供奉爱神的地方。这幅画中走向小舟的人优雅而纤弱，代表着华托理想中的恋人形象，他们向着西苔岛出发不是为了驶向爱神的圣坛，而是在向着永不衰竭的爱情前行。

这里的构图是一个充满诱惑的幻景，所绘的大自然也充满诗意。金色的霞光普照大地，这些贵族情侣在等待依次登上缀满鲜花的彩船。他们是那样迫不及待，有的正在相互搂抱，有的忙着挤上去。灿烂的阳光清楚地显现出这些醉生梦死的贵族男女的调情动作，尽管这些人物在整幅画上的比例较小。

之前鲁本斯习惯使用的厚涂法，在华托这里被冲淡为流畅稀薄的颜料，这使得画家笔下的色彩变得充满生机却又脆弱，《发舟西苔岛》中景色在雾中消散不见，其实也是华托的色彩融化在了水雾的结合之中，这种匠心独具的技法使画面富有装饰性色彩。这种装饰风格，在18世纪经常得到雇主的青睐，所以华托及其门徒的画作，常常会成为洛可可屋内装饰的一部分。

《发舟西苔岛》，1717年，油画，高129厘米，宽194厘米，现藏于法国巴黎卢浮宫

在华托的影响下，英国画家在创作肖像画时，也开始呈现出宁静而无矫饰的风雅，这种影响在托马斯·庚斯博罗（1727—1788）的作品中达到了顶峰。庚斯博罗1727年出生于萨福克郡的农村，师从法国版画画家于贝尔·格拉弗洛。庚斯博罗没有机会去领略华托《发舟西苔岛》中所描绘的那种理想化的"田园聚会"，他深知庭院外边不是美丽的花丛而是泥泞的田野，他画有血有肉的人，并将华托笔下那种优雅与智慧赋予他们。庚斯博罗对于乡村生活的热爱与体验，真实而又鲜活地体现在了他从法国洛可可画家那里学习来的细腻笔触和色彩中。庚斯博罗的代表作有《丰收车》《豪女士》《西登斯先生一家》等。

（三）洛可可艺术思潮及特征

"洛可可"一词意为"贝壳工艺"，指用贝壳、石子等做假山，或以旋涡纹、花饰为主的装饰形象，后来引申为一种纤巧、华美、富丽的艺术风格。洛可可艺术强调浪漫情调，它从东方、中世纪和古罗马的装饰风格之中得到启发，还吸收了中国清代丝绸、瓷器、漆器等工艺所特有的精致细腻的纹样以及镶金嵌银的装饰风格。洛可可艺术崇尚自然，多以贝壳、山石、花草作为装饰题材，用富于女性化象征的S形、C形或旋涡状曲线夸张地伸展和缠绵卷曲，因此优雅、柔媚、华丽与繁缛成为洛可可艺术的典型特性。洛可可艺术被认为是巴洛克艺术的变种，它代替了巴洛克的宏大、沉闷和压抑之感，给人一种精巧、轻松和娇媚之感。宏伟被纤细所替代，庄严被优雅所替代，华丽的紫红色调被柔和的粉红色所替代。

二 新古典主义艺术

18世纪末发生了两件影响世界的事情：一是1776年美国发表了《独立宣言》，宣布脱离英国的殖民统治，建立独立国家；二是1789年法国大革命推翻了君主统治。为了寻求新的民主政权存在的合法性，无论是政治家还是艺术家都重新将目光投向了遥远的古希腊罗马，希望能够从中得到启示、寻求可供借鉴的先例。自15世纪起，希腊就被奥斯曼土耳其帝国所占领，这导致了希腊与欧洲大陆的分离，也使得雅典未能在文艺复兴后的三百年间成为欧洲艺术创造的中心，所以对于18世纪的艺术家来说，古罗马就成为一个至关重要的形象。每个时代都在按照自己的观点重新发现罗马，某种意义上，可以说是古罗马文化开创了一个"新"的古典主义时代。但总体来说，新古典主义还是以古希腊与古罗马两个文明为标杆的，它追求那种以"绝对美"理论为基础的美学理想，追求明确、平衡与简洁。

文艺复兴时期虽然高举古希腊、古罗马文化的大旗，但其对于古典文化的复兴运动也仅是局限在少数艺术家和知识分子当中，但是新古典主义是由官方支持并推动的一种艺术风潮，具有广泛的群众基础。在某种意义上可以说，新古典主义是当时日益壮大的资产阶级力量对于矫揉造作和过分奢侈的贵族宫廷生活的反思与批判。

18世纪，庞贝古城与赫尔库拉诺姆废墟的挖掘，使世人重新见到了两千多年前古希腊的建筑、雕刻、绘画，掀起了一场向往古代文明的浪潮，同时也使得古希腊、古罗马艺术成为那一时期学者的研究对象。比如，德国学者约翰·温克尔曼发表的《古代艺术史》就奠定了他作为新古典主义美学思想家的身份，他为古代艺术所做的辩解，正是古希腊人所提出来的美的概念：正确比例、简洁朴实、和谐统一。此外，还有意大利版画家乔凡尼·巴蒂斯塔·皮拉奈兹用铜版画再现古罗马风貌等活动。这些都在一定程度上推动着新古典主义思潮的到来。

（一）建筑

法国建筑家雅克·吉尔曼·苏弗洛（1713—1780）对巴洛克风格深恶痛绝，他可以说是 18 世纪法国主张回归古代的领袖人物，他的代表性作品就是先贤祠。当时路易十五想要重修巴黎圣热纳维埃夫修道院，宫廷就将这个任务交给了苏弗洛。苏弗洛根据古典主义的建筑原则设计了圣热纳维埃夫重修工程，它于 1757 年动工，历时三十年才建成。1791 年制宪会议决定为了表现革命英雄主义，将这个教堂用来安放法兰西伟人的骨灰并改名为"先贤祠"。

先贤祠整个建筑呈希腊正十字形，正门由一个带有科林斯柱式的门厅组成，抛弃了巴洛克风格建筑的墙面，使整个建筑结构更加紧凑，立柱和大门的布局也更加自由。为了使得正厅与侧廊分开，苏弗洛立起一排柱子，上面撑起了栏杆、上楣与檐壁。一进入像纪念碑一样的门廊，就会让人感觉到那种和谐而又严谨的空间感，先贤祠充满肃穆简洁整齐之感，会让朝圣者对某一个明确的信念灌注全部精神。此外，苏弗洛还吸收了哥特结构的某些元素，用来缓解古典主义的严肃与秩序。古典主义简洁朴实的风格统治了整个建筑，只在穹顶的圆那里破掉了一点，之前洛可可的曲线与轻快的感觉让位于沉重与广阔的风格。苏弗洛堪称新古典主义建筑最伟大的开创者与鼓动者，先贤祠壁面所呈现出来的冷漠感以及他对于宏伟效果的偏爱，一定程度上显现出拿破仑艺术风格的端倪。在后世，先贤祠曾被很多建筑引为典范，比如美国华盛顿的政府大厦。

除了先贤祠之外，圣玛德莲教堂也是新古典主义建筑的代表性作品。圣玛德莲教堂自 1757 年开始设计，奠基于 1764 年路易十五统治时

先贤祠，1757—1791 年，法国巴黎

圣玛德莲教堂，1757—1764 年，法国巴黎

期，拿破仑掌权之后将这座教堂改为"皇帝献给伟大军队的将士们"的荣誉堂，大革命时期一度停工成为路易十六的停尸处，1830 年竣工后变

成一座普通的教堂。拿破仑统治时选择了皮埃尔·亚历山大·维农作为圣玛德莲教堂的设计者，在拿破仑下台之后，圣玛德莲教堂虽然一直以基督教教堂的名义在进行施工，但是建筑结构还是保留了维农的设计，这是一座规模宏大的古罗马风格的建筑。圣玛德莲教堂矗立在 7 米高的高地上，周围环绕着一圈科林斯式的圆柱，纵向是 18 根柱子，横向是 8 根柱子，遵循了古罗马神庙中柱子的排列规则。因为维农是按照拿破仑的要求在设计这座建筑，所以他打破了往昔神坛所在的厅堂中不给人设集会空间的惯例，设计出了新的样式。

当来访者穿过大门进入荣誉堂内部时，就会惊讶地发现，建筑内部结构和外部结构可以说是两个建筑。中厅抛弃了传统教堂中侧廊的设计，直接分成了一个圣歌合唱队空间和三个架间，建筑的屋顶是拜占庭风格的圆顶结构。几个礼拜堂被放在用于支持圆顶的扶壁所构成的空间之中，科林斯柱式与爱奥尼亚柱式共同构成了装饰设计的基调。圣玛德莲教堂还有很多地方借鉴了古罗马万神庙的设计风格，比如它的圆顶结构，以及内部空间不设窗户等。建筑的外部结构也是模仿了古典主义建筑的形象，体现着一种崇高与威严。

除了法国，新古典主义的热潮还冲击到了德国、美国、英国等地。到了 19 世纪，新古典主义在一些与拿破仑的统治联系更加紧密的国家多体现为复兴罗马建筑的风格，比如美国独立之后就出现了一股模仿古罗马来修建公共建筑的浪潮，杰斐逊设计的弗吉尼亚大学圆厅以及弗吉尼亚州议会大厦等就是模仿古罗马万神庙和卡雷神庙来进行创作的。而在那些反对拿破仑的国家则更流行复兴古希腊风格的建筑。比如在英国，由詹姆斯·亚当和罗伯特设计的公共建筑都是具有希腊风格的建筑；德国柏林的勃兰登堡门就是以雅典卫城的入口为原型的。

(二) 雕塑

新古典主义风格的雕塑从古代雕塑中寻求灵感，表现得更加沉静庄严纯洁。德国著名学者温克尔曼爱好古希腊的雕塑，为此写作了《论摹仿希腊绘画和雕塑》来论述古希腊雕塑中体现着完美与尊严的理想化的人类形体，还发表了一系列针对某一艺术品的专题论文，是当时影响力

《平定者马尔斯：拿破仑·波拿巴》，安东尼奥·卡诺瓦，1802—1810年，大理石，高356厘米，现藏于英国威灵顿博物馆

很大的艺术理论家。温克尔曼对于古典主义的推崇影响到了很多艺术家的创作，比如这一时期名气最盛的雕刻家安东尼奥·卡诺瓦（1757—1822）。他的雕像为雄伟的宫殿增添了优雅的气息，尤其是在表现女性时，这种优雅使得所雕刻的女性雕像富有人性。他的代表作是为拿破仑一家人创作的雕像。

卡诺瓦应拿破仑之召来到了巴黎，这位信奉新古典主义的雕塑家，将拿破仑及其家人比照着古罗马神话及历史中的人物形象来进行创作，比如将拿破仑看作罗马皇帝、将拿破仑的妹妹保丽娜看作维纳斯来进行雕刻。卡诺瓦将拿破仑雕刻成裸体的形象，这引起了拿破仑的不安，因为将"英雄的裸体"呈现给法国人民，这在拿破仑看来是有些不合适的，但最终卡诺瓦的艺术观点占据了上风，除了手臂上搭着一件长袍之外，拿破仑的雕像完全是一尊裸体的大理石塑像。雕像的右手握着一个圆球，球上站着胜利女神，左手握着权杖。这一雕像的姿态借鉴了普拉克斯特里斯的《赫尔墨斯与婴孩狄奥尼索斯》，将身体重心移到一侧落在腿部的树桩上，这一设计极具希腊化时期雕像的风格。卡诺瓦严格遵循古典主义的道路，甚至要求他的学生也要一丝不苟地遵循原则，不过也允许在理性基础上做出某种审慎的改变。

除了卡诺瓦，在雕塑领域还表现出回归古典倾向的艺术家还有让·巴蒂斯特·彼加尔，他在雕刻胸像时的洗练手法一改洛可可的烦琐之风，体现出古典风格的简约与单纯；让·安东尼·乌东也是一位把古代艺术特点与现实手法结合起来的雕塑家，他的代表作是《伏尔泰坐像》。

处在新古典主义浪潮中的雕塑创作的局限也是非常明显的，大量可供研究与参考的古代作品一方面为艺术家扫清了创造风格上的障碍，另一方面却也为他们带来了沉重的枷锁，使得他们只能模仿那些已经存在的原型。

（三）绘画

18世纪末的新古典主义绘画要求艺术应该表现"真实"，无论是人物还是景物都应该以高贵、客观、准确为标准。为了避免画作太重表现，新古典主义的画家们总是喜欢用暗调子，颜色在他们这里更多的是体现一种象征性，颜色丧失了它在巴洛克与洛可可时期所具有的色彩表达的独立性。温克尔曼还提出了这样的美学纲领："美就是在纯净的源头汲取的清澈无比的水，它越是没有味道就越是有益。"

雅克·路易·大卫（1748—1825）是这一画派的领军人物。大卫出身于巴黎一个富裕的中产阶级家庭，10岁时，他的父亲在决斗中丧生。大卫在两个叔叔的照看下长大，叔叔非常支持他学画。1766—1774年，大卫师从维恩。大卫的很多作品都呈现出一种整体气势上的恢宏气魄，他笔下所描绘的人物并不是某个具体鲜活的人，而是一种典型与象征，传达着英雄主义的豪气,大卫通过去掉一切矫揉造作的装饰与甜美来表达自己的古典主义理想,他追求庄严的、以考古为基础建立起来的艺术。在大卫所处的时代,法国大革命所提倡的高尚的道德目标不可避免地会呈现在艺术作品之中,大卫的绘画传递了某种高大而强健的精神,一定程度上契合了当时革命者所倡导的信仰,使得大卫对当时甚至是19世纪的绘画艺术都产生了深远的影响。在他的影响下,绘画由此前的巴洛克与洛可可风格走向了对古典风格的探索与研究。

1784年,从罗马学习回来的大卫,开始创作路易十六订单作品《贺拉斯兄弟之誓》。画作的主题来自古罗马建国时期的一个历史传说:贺拉斯三兄弟被选拔出来代表罗马与阿尔巴城的库里阿斯三兄弟进行决斗,结果是六人之中只有贺拉斯三兄弟中的一个活了下来。这场决斗给两个女人造成了沉重的伤害,一个是与库里阿斯三兄弟中一人有了婚约的贺拉斯三兄弟的妹妹,一个是来自库里阿斯家族但是嫁给了贺拉斯三兄弟中一人的嫂嫂。在这幅画中所表现正是贺拉斯兄弟的父亲将剑授予三个儿子的时刻,画面右侧是显然可以预见这场决斗惨烈结果的悲痛欲绝的妹妹和嫂嫂。这幅画的空间效果非常独特,地点虽然是一个厅室,但更像是将一个去掉了背景与装饰的舞台场景呈现给了观众,三个多立克式的柱子隔开了三组人物:儿子们、父亲与女人们,整个画面就像是古代建筑门楣上的一组浮雕。《贺拉斯兄弟之誓》所传达的是那种城邦利益高于个人与家族利益、崇尚荣誉而不在乎个人牺牲的古罗马精神,这是非常典型的新古典主义所要传达的理性主题。

创作于1793年的《马拉之死》也是一幅订件。这次大卫笔下的主题不再来自罗马,而是来自真实事件。1793年7月13日,革命者马拉被一个24岁出身贵族的保守派女性支持者刺杀于家中浴室。碰巧的是,马拉被刺的前一天大卫刚好去拜访过他,所以马拉家中的陈设与布置大卫都非常熟悉,大卫在表现这一事件的时候没有刻意描绘残酷血腥的场面,而是选取了一个令人惊愕无言的片段。画中被刺的马拉面目安详,接近基督受难后的样子,人物有一种伟大的神性,凸显了马拉为自己的政治生涯而牺牲的性质。大卫在这里对马拉进行了理想化的处理,画家并没有表现出马拉因患有皮肤病而备受折磨的神情,也没有体现浴缸后

《贺拉斯兄弟之誓》，大卫，1784年，布面油画，高333.5厘米，宽426.7厘米，现藏于法国巴黎卢浮宫

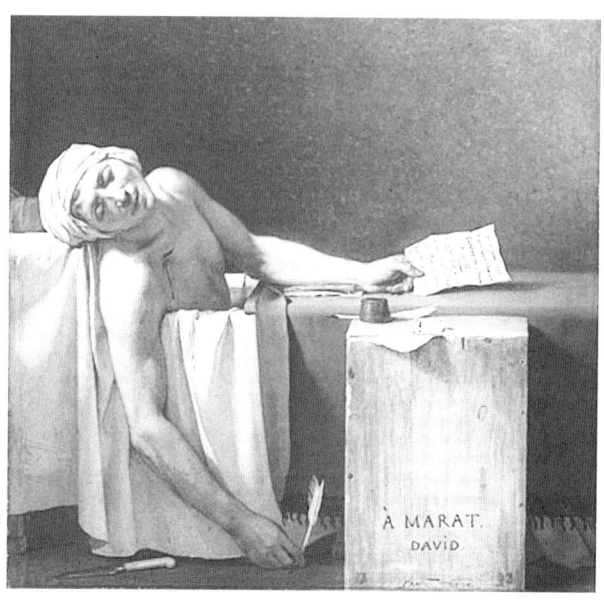

《马拉之死》，大卫，1793年，布面油画，高160厘米，宽124.4厘米，现藏于比利时布鲁塞尔比利时皇家美术馆

面画有柱廊的墙纸,而是将其换成了黑色的背景,营造出庄严与神圣的氛围。画面中没有繁复的色彩,也没有复杂的缩短法,结构简洁肃穆,衬托出人物的悲剧性,给人以震撼之感。通过这部作品,大卫成功地把人物的肖像描绘、历史的精神性和革命人物的悲剧性紧密地结合在一起。

大卫门下有一批杰出的弟子,其中最有名气的就是让奥古斯特·多米尼克·安格尔(1780—1867),他可以说是继大卫之后新古典主义画派最重要的画家,也是艺术界公认的肖像画大师。安格尔出身于一个艺术家家庭,1796年有了一定绘画基础的安格尔成为大卫工作室的学生。安格尔继承了大卫的古典主义艺术风格,但是他的古典主义与大卫是截然不同的,他对革命不感兴趣,绘画主题也从不表现革命,他的古典主义是一种纯艺术形式的表现的古典主义。安格尔主要创作一些历史题材的画作、女裸体和肖像画,尤其是他的肖像画成就非常高。安格尔为女性所作的肖像画完美地表现了那个时代人们对于女性美的想象,虽然并非画家的每一个模特都是美女,但是安格尔能够使她们身上都呈现出一种和谐的美,也体现着新古典主义的艺术风格。

在《里维耶夫人肖像》中,安格尔追随着古希腊人的审美观。古希腊人认为在所有的形状当中,圆形是最完美的,因为其他所有形状都不过是线条在运行过程中受到了阻碍改变方向而形成的,如三角形、正方形、梯形等,而圆形是点从出发那一刻开始就一直畅通无阻地运行,所以圆形最完美。安格尔就在这幅画中追求这种圆形的完美,里维耶夫人的头、肩膀、披肩,甚至画框都是圆形的。从这幅画中,可以看出安格尔对于形式美的追求。

安格尔《大宫女》中斜倚的裸体女性,很容易让人联想起委拉斯凯兹的《镜前的维纳斯》,只不过安格尔的人物是转过身来凝视着观者的。而且,与委拉斯凯兹带有巴洛克风格的维纳斯形象不同,《大宫女》中的女性形象是有些冷漠或超然的,置身于带有异国情调的场景中。整个画面是古典的三角形构图,但是垂下的布幔与床形成了一种垂直线与水平线相交的关系,这是反古典主义的。不过,安格尔巧妙地处理了这种矛盾,让人物转过来的脸和手臂,以及手拉起的布幔之间构成了一个半

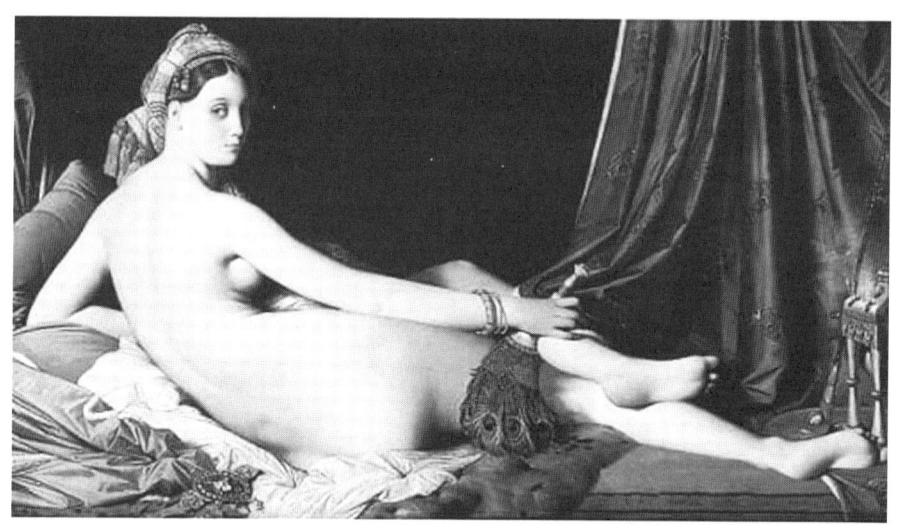

《大宫女》，安格尔，1814年，布面油画，高91厘米，宽162厘米，现藏于法国巴黎卢浮宫

圆形，这种构图形式使得画面十分和谐。从某种意义上说，《大宫女》体现了安格尔高超的综合能力，既有新古典主义的单纯、静穆，又有贵族意味的华美，还带有浪漫的东方色彩。

1856年完成的《泉》是安格尔最负盛名的作品。这幅画表现的是一个手托着水罐呈正面姿势站立着的姑娘的形象。画家笔下的少女纯洁、典雅、健康、恬静，充满生命的活力与青春的朝气。画面左下角那朵含苞待放的雏菊正是她的象征。画中水罐罐腹的形象与姑娘头部的倒立形象是相似的，而且同向左稍稍偏离，肩上的长发与水流的方向也是一致的，这种形象上的相似，既体现了人体形状与完美的几何形状之间的相似，又在对比中凸显了姑娘的魅力。从这幅画里，人们感到的是一种幽静的抒情诗般的，使心灵得到慰藉、感情得到升华的崇高境界。安格尔在将古典造型原理与自然形象结合的过程中，形成了他独特的审美理想，并找到了表现这种理想美的艺术方法。

《泉》，安格尔，1856年，布面油画，高163厘米，宽80厘米，现藏于法国巴黎奥赛美术馆

（四）新古典主义的特征

1. 向往古希腊与古罗马的艺术，提倡典雅，反对平庸。

2. 强调在各领域理性地运用普遍法则，轻视感性的情感表现与个性化的风格。

3. 提倡崇高、优雅、庄严、单纯的形式，反对轻佻与虚饰。

4. 强调素描关系而轻视色彩的运用，强调线条和严谨的外形，排斥渲染与自由的笔法。

第三节 18世纪文学

与启蒙运动相呼应，18世纪的欧洲文坛出现了启蒙文学。在启蒙运动理性旗帜的指引下，资产阶级登上了文学舞台。

一 英国的启蒙文学

启蒙文学最早萌芽在资本主义发展较快的英国。

丹尔尼·笛福（1660？—1731）是英国现实主义小说的重要开创者，对英国小说的发展起过很大作用。他出身于中小资产阶级家庭，自己也当过商人。1688年政变时他积极支持新政权，参加政治活动，发表有关政治、经济、宗教等方面的论文。因讽刺当政的托利党的宗教政策，他被捕入狱，以致破产。此后他为多位内阁大臣奔走，并编辑报刊。五十九岁时他的《鲁滨孙漂流记》出版，获得巨大成功，后来他又写了不少长篇小说，包括《摩尔·弗兰德斯》。

《鲁滨孙漂流记》塑造了新兴资产阶级的化身——鲁滨孙。鲁滨孙在青年时代不安于平庸的小康生活，违背父亲的劝告，私自逃走，到海外经商。他为摩尔人所掳，做了几年奴隶。后来，他逃往巴西，成了种植园主。由于缺乏劳动力，他到非洲购买奴隶。途中遇难，他独自漂流到南美附近的无人荒岛。小说主要描写他在岛上二十八年的生活。他很快战胜了忧郁失望的心情，从破船上搬来枪械和工具，依靠劳动改善了自己的环境。他猎取食物、修建住所、制造用具、种植谷类、驯养山羊，表现出不知疲倦、百折不挠的毅力。独自生活多年后，他遇见一些土人到岛上来举行人肉宴，他从他们手中救出一个将要被杀的土人，把他收为自己的奴隶，取名星期五。最后，他帮助一个舰长制服叛变的水手，搭乘舰长的船回国。他凭借历次冒险所积累的财物，成为巨富，并派人到他经营过的荒岛，继续垦殖。

《鲁滨孙漂流记》表现了资本主义原始积累时期新兴资产阶级的精神面貌。作者在鲁滨孙身上注入自己的理想，把他塑造成为资产阶级心目中的英雄人物，对他的品质极力加以美化。鲁滨孙的父亲具有保守的世界观，而鲁滨孙则不安于现状，他总是在行动、在追求。他在荒岛上不惜劳力、不怕艰难，凭着开辟新天地的热情，用勤劳的双手创造了自己的小王国。他的勤劳的目的当然是为了个人生存和创造私人财富。他的活动还给人以个人能够创造一切财富的假象。鲁滨孙这个形象也反映了殖民主义者的一些特点。他贩卖黑奴，经营种植园，在荒岛上以代表资本主义文明的火枪和基督教征服土人，并把资本主义社会人与人的关系带到了岛上。以上种种，作者都以肯定的态度加以叙述。这种初露端倪的"个人利益至上"的价值观预示了19世纪物欲横流的资本主义社会即将到来。

约拿旦·斯威夫特（1667—1745），爱尔兰人。他出身于贫苦的家庭，靠亲戚的帮助在都柏林三一学院完成学业，曾做过私人秘书和爱尔兰的乡村牧师。在思想上，他是比笛福激进得多的启蒙作家，《格列佛游记》是他享誉世界的讽刺名著。全书分四卷，叙述一个英国医生格列佛航海飘流到几个幻想的国家的经历。第一卷写他在小人国（利立浦特）宫廷看到身长不过六英寸的小人以种种卑鄙手段争权夺利，互相倾轧。政客们按照鞋跟高低的不同而分成两党，彼此誓不两立。皇帝想利用格列佛吞并敌国，遭他拒绝。格列佛为了避免报复，逃离利立浦特。这一卷主要讽刺英国统治集团的争权夺利、党派纠纷和以宗教信仰分歧为借口的掠夺战争。

第二卷写格列佛到了大人国（布罗卜丁奈格），被当作玩物送入宫廷。格列佛把英国政治、法律、经济、军事等方面的情况向国王夸耀，国王对此一一进行质问和抨击。作者通过国王的话谴责了英国的腐败政治和侵略战争。大人国的政治社会情况体现了作者一些正面理想。这里法律简明，没有常备军，重视与国计民生有关的实学。国王认为治国之道不外常识和理智、公理和仁慈。

第三卷叙述格列佛在飞岛（勒皮他）、巴尔尼巴比、巫人岛（格勒大锥）、拉格奈格等地的见闻。这部分内容较为驳杂，主要是对脱离实际的科学研究、对英国政治情况等方面的讽刺，也反映了人民反压迫的斗争。

格列佛在最后一次航海中到了慧骃国，在那里，马是有理性的、公正的、爱好和平的、统治全国的动物，而人形的"耶胡"则是丑恶、贪婪、淫乱、好战的兽类。格列佛向供养他的灰马介绍并批判英国状况。马国处于原始状态，除三年召开一次的国民大会外，无任何政治组织。格列佛想终老于此，但被赶出。在全书最后一章，作者谴责了殖民制度，把殖民者比作海盗、屠夫。

作者成功地运用了多种讽刺手法，如象征影射、直接谴责、反语、夸张、对比等。他往往把讽刺的对象夸张变形到残酷甚至荒诞的地步，与现代的"黑色幽默"有相通之处，法国现代作家布勒东在编辑作品集《黑色幽默》时，就把斯威夫特的作品列于榜首。18世纪30年代至18世纪中期，英国现实主义小说进入鼎盛时期，重要的作家有理查生、斯摩莱特等，菲尔丁是最为杰出的代表。

亨利·菲尔丁（1707—1754）出身破落贵族，曾在贵族的伊顿学校和荷兰莱顿大学学习。他的重要作品有《大伟人江奈生·魏尔德传》《约瑟·安德鲁传》《汤姆·琼斯》《阿米莉亚》。

《汤姆·琼斯》是菲尔丁的代表作。小说主要讲述了弃儿汤姆·琼斯与乡绅女儿苏菲亚·魏斯顿相恋的故事。全书由主人公在乡村、在逃往伦敦的路上和在伦敦的活动三部分组成，描绘出了18世纪中叶英国社会生活的广阔、真实的图景。出身不明的汤姆在乡绅奥尔华绥抚养下长大，是一个真诚、心肠好但又轻率放任的青年。他得到苏菲亚的爱，却因受到奥尔华绥的外甥、伪善自私的布利非的中伤，被赶出家门。苏菲亚也因父亲强迫她嫁给布利非而偷逃出来。他们在路上经历了种种事件，到了伦敦，在那里汤姆又被布利非陷害，苏菲亚也受到家人的强制。最后布利非面目暴露，汤姆和苏菲亚结婚。菲尔丁通过汤姆和布利非的对比，肯定了发自内心的善，否定了资产阶级以自私为核心的伪善。作品批判了以门第、金钱为条件的婚姻，揭露了贵族的荒淫无耻和上流社会的罪恶。全书人物四十多个，几乎包括社会各个阶层，如贵族、乡绅、商人、追逐财富的冒险家、教师、守林人、旅店主、军官、被迫为盗的穷人等。其中许多人物刻画生动，具有典型意义。作品结构完整，情节生动，语言机智精炼。这部作品每卷第一章是一篇独立的散文，大都是文论性质的，阐述作者对现实主义文学的见解。

菲尔丁为社会的不平等现象愤愤不平，其作品主要揭露了统治阶级的等级观念、拜金主义、道德败坏，对中、下层人民抱有极大的同情。他的批判是从人性论、抽象道德观出发的，他笔下的正面人物体现了这种观点，小说的大团圆结局也说明了这种思想的局限性。和同时代的其他小说相比，他的小说反映的生活面更广，人物性格塑造更丰满，更有典型性，结构更加完整。他是18世纪欧洲最有成就的现实主义小说家。

二 法国的启蒙文学

启蒙文学在法国兴起时，一些启蒙作家还曾借用过古典主义的形式进行创作，但在内涵上却具有了反封建反教会的思想内容且较之文艺复兴人文主义文学具有更强烈的政治性和功利性。其目的是宣传启蒙思想以促进反封建反教会的斗争，往往凭借简单的故事来进行说理和教谕，故事情节不曲折动人，人物形象也并不栩栩如生，具有鲜明的哲理性和政论性。启蒙文学这种以哲理性、政论性见长的特点在哲理小说方面体现得最为明显，同时影响了各种文体，使整个启蒙文学闪耀着富于理性精神的所谓"阿波罗风范"。

法国启蒙文学分为两个阶段：18世纪前半期，以孟德斯鸠、伏尔泰为代表；18世纪后半期，以狄德罗、卢梭为代表。

查理·路易·孟德斯鸠（1689—1755）是法国第一位启蒙作家。孟德斯鸠幼年学习过古希腊语和拉丁语，后来专攻法律。他当过律师和法院顾问，1716年继承叔父的子爵爵位和法院院长职务。1721年，他的《波斯人信札》在荷兰出版，未署名。这部作品立刻风行一时。1728年，孟德斯鸠辞去法院院长职务，开始为《论法的精神》收集资料。他到欧洲各国旅行，深入研究英国的宪法和议会制度。1734年他发表了一部历史著作：《罗马盛衰原因论》。1748年出版了《论法的精神》。

《波斯人信札》是法国启蒙文学第一部重要作品。该作品主要讲述了两个波斯青年郁斯贝克和黎伽，在路易十四统治的最后五年和奥尔良公爵摄政的头五年旅居巴黎。他们把所见所闻写信报告给在波斯的朋友和家人，后者也写信给他们，向他们报道波斯消息。

《波斯人信札》没有完整具体的情节，只是叙述一些零星故事，谈论一些人物，借此阐发作者对政治、社会、宗教、道德等方面的启蒙思想。它为18世纪哲理小说开辟了道路。它揭露了法国统治阶级庸俗堕落、荒淫无耻，批判上流社会的种种恶习和生活方式。它嘲笑羡慕贵族地位的资产阶级，出钱雇人替自己伪造家谱，"清洗祖先的名声"。他也用相当多的篇幅描写波斯贵族的生活。作者通过波斯故事影射法国的专制暴政，同情那些受压迫被摧残的波斯妇女和阉奴。在这些信中有直接攻击法国国王路易十四的，谴责他喜欢谄媚、培养伪善、奢侈浪漫、好大喜功。有些信则描写摄政王时代的财政总监约翰·劳开设银行，滥发纸币，使全国经济陷于破产，人民蒙受巨大的损失。作者还谴责宗教迫害和宗教战争，主张宗教应当有容忍精神。

伏尔泰（1694—1778）是18世纪声望最高的启蒙作家，也是法国启蒙运动的精神领袖和导师。他出身于资产阶级家庭，因触犯权贵，一度被驱逐出巴黎，还曾被关进巴士底监狱。1726—1729年，他住在伦敦，研究英国社会政治、牛顿的科学思想、洛克的唯物主义哲学和英国文学与戏剧，他第一个把莎士比亚戏剧介绍到法国。回国后，他发表《英国通信集》，宣扬资产阶级革命后英国各方面的成就，批判法国封建专制制度，宣传唯物主义哲学，传播自由平等思想的种子。这部作品被反动政权宣布为禁书。1750年，他接受普鲁士国王弗里德里希二世的邀请，访问柏林。他发现他原以为是开明君主的弗里德里希二世也是非常残暴的专制国王，这加深了他对专制暴政的憎恨。这一时期，他和法国年轻一代的启蒙活动家接近，为《百科全书》写稿，这些文稿后来收在他的《哲学辞典》里。1755年起，他定居在法国和瑞士边境的费尔奈。他和欧洲各国人士通信，接待他们，并且以实际行动干预社会生活。尽管他在启蒙运动中有很高的地位，他的思想却比狄德罗、卢梭等温和保守。

伏尔泰著作颇丰。他的全集包括哲学著作、历史著作、史诗、抒情诗、讽刺诗、哲理诗、哲理小说、五十多部悲剧和喜剧、一万多封信札。其中哲理小说有《查第格》《老实人》《天真汉》等。

伏尔泰创作的绝大多数剧本是悲剧，他的第一部作品就是悲剧《俄狄浦斯》。伏尔泰的悲剧形式上是古典主义的，内容却贯穿着启蒙主义精神。《布鲁图斯》是一部政治悲剧，宣扬效忠于共和政体的思想。罗马元老布鲁图斯的儿子把祖国出卖给共和国的敌人——被驱逐出国的罗马暴君。布鲁图斯毫不犹疑地对他判处极刑。儿子被处决后，布鲁图斯说道："罗马自由了，这就成了！"这部悲剧在法国资产阶级革命年月里起过很大作用，它激起了人们对专制暴政的仇恨，也宣传了自由的思想。《中国孤儿》是伏尔泰受到元杂剧《赵氏孤儿》的启发而写成的一部悲剧。作者称赞中国的哲学智慧，它能使侵略中国的成吉思汗被古老的中华民族的智慧所征服，转变为明智的哲人，成为"哲学家国王"。伏尔泰从事戏剧创作，其目的是把戏剧作为宣传武器，用来激励法国人民与封建专制制度、宗教狂热进行斗争。他的悲剧以曲折有趣的情节和先进的政治内容吸引观众，在18世纪起到了传播启蒙思想的重大作用。

18世纪中叶，法国启蒙运动发展到成熟阶段，形成了强大的声势。新一代的思想家卢梭、狄德罗等以更加激进的面貌出现在法国文坛。

德尼·狄德罗（1713—1784）的一生与《百科全书》紧密联系在一起，而《百科全书》的编纂与启蒙运动紧密相联。《百科全书》全名为《各门科学、艺术、技艺的据理性制定的词典》，并不是参考书，也不是对最新科学发展动态的全面评述，它具有一种挑战的姿态，对政治、宗教、哲学发表了很多激进的言论，在读者中造成巨大的影响，极大地推动了启蒙运动的发展。狄德罗不仅是《百科全书》的主编，并且亲自编写了上千条专题，在艰苦的斗争中付出终生的努力。

狄德罗还是重要的美学家，提出"美在关系"。他在文学上也有建树，代表作品有《修女》《宿命论者雅克和他的主人》《拉摩的侄儿》。《拉摩的侄儿》写于1762年，歌德曾把它译成德文，译本出版于1805年，法文本初版于1823年。这部小说的主要部分是拉摩的侄儿（书中的"他"）和狄德罗（书中的"我"）两人的对话，对话中时常穿插作者的感想和对主人公的描绘。主人公实有其人，是18世纪音乐家、作曲家若望·菲利浦·拉摩的侄儿。狄德罗以真人真事为基础，运用他的想象力，加上夸张手法，简洁集中、突出生动地塑造了一个寡廉鲜耻但又观察敏锐的资产阶级文人的形象。

狄德罗从启蒙思想家的角度出发，通过主人公的卑鄙丑恶行为，也通过他那些或正确或谬误的言论，谴责了人欲横流的法国"上流社会"。在法国从封建主义过渡到资本主义制度的时期，达官贵人和富有的资产者不择手段，不顾人民死活，谋取金钱，追求物质享受，甚至道德和教育都被用来为他们服务。拉摩的侄儿就是这个社会制造出来的恶徒，他又反过来影响这个社会，"像酵母一样开始发酵"，制造出更多的恶徒。他知道自己的行径是无耻的，但不以为耻，对自己的无耻反而津津乐道。

让-雅克·卢梭（1712—1778）是法国杰出的思想家、文学家。他出身于日内瓦一个加尔文教派的小资产阶级家庭。卢梭十二岁离开日内瓦，在法国的萨伏亚一带流浪，曾在德·华朗夫人家度过几年安静生活，醉心于阿尔卑斯山区宏伟壮丽的自然景色。他当过学徒、仆人、家庭教师，受尽富人的白眼和凌辱。1741 年他到巴黎去，结识了年轻一代的启蒙思想家狄德罗、格里姆等，他的启蒙思想逐渐形成。他为《百科全书》写稿，论述音乐问题。在巴黎，他看不惯贵族的奢侈生活，认识到"他们在虚伪的感情掩盖之下，只受利益和虚荣的支配"。主要著作有政论《论人类不平等的起源和基础》《社会契约论》等以及文学作品《新爱洛伊丝》《爱弥儿》《忏悔录》。

《新爱洛伊丝》讲述了贵族姑娘尤丽和青年家庭教师圣普乐相爱的故事。卢梭把他的小说叫作《新爱洛伊丝》，因为这对情人和中古时期法国哲学家阿贝拉尔与其女学生爱洛伊丝一样，都是以悲剧结束他们的恋爱的。尤丽的父亲是一个封建等级偏见很深的贵族，坚决不肯把女儿嫁给出身第三等级的圣普乐，命她和贵族德·伏勒玛结婚。圣普乐离开了尤丽的家。尤丽在婚后把自己过去的恋爱经历告诉了丈夫德·伏勒玛，丈夫表示对他们信任，请圣普乐回来。尤丽和圣普乐两人朝夕相见，极力克制自己的感情，但内心非常痛苦，最后，作者以尤丽的死亡结束了这部小说。

《爱弥儿》共五卷，卢梭通过爱弥儿受教育的故事阐明其教育观点。

他的出发点是："一切事物出自创世者之手都是好的，到了人的手里便全变坏了。"他认为教育人就是要防止人变坏，恢复"自然人"。爱弥儿是个贵族出身的孩子，卢梭认为贵族孩子可以教好，教育能够战胜贵族的阶级偏见。作者反对用襁褓包裹爱弥儿，因为襁褓妨碍他自由活动。他要爱弥儿离开城市，住在乡村，免得他产生不合自然的感情。要让他通过感觉来认识冷热、重量、距离等。爱弥儿做错了事，不必斥责他，而要引导他自己认识错误。白天他顽皮，打破了玻璃窗，晚上让他睡在这屋子里，他给寒风吹醒，就明白不应任意破坏了。教育不在于教儿童读很多书，学习语言、历史、地理等。卢梭对寓言如同对戏剧一样，抱有成见，认为寓言不易为孩子所理解，并对他们十分有害。他逐字逐句地分析拉封丹的寓言诗《乌鸦和狐狸》，说它不道德，它的情节和语言都不是儿童所能接受的。爱弥儿长大后，作者要他学会一种手艺，以便自食其力。他不反对爱弥儿有宗教信仰，但他要爱弥儿信仰的不是天主教，而是自然神教。第四卷中"萨伏亚牧师的信仰自白"一节阐明了卢梭的自然神论的观点，赞美庄严灿烂的自然景色，描写作者和自然互相沟通的精神状态。第五卷叙述爱弥儿认识了小姑娘苏菲，她受过和爱弥儿大致相同的教育。他们相爱。爱弥儿到欧洲旅行，接受政治教育，回来后他们便结婚了。

卢梭的文学创作具有推崇感情、热爱大自然、赞扬自我这三个特点，对19世纪欧洲浪漫主义文学发生过巨大的影响。

三 德国的启蒙文学

德国到了18世纪还处于封闭落后的封建社会，而且没有形成统一的民族国家，工农业落后，资产阶级力量薄弱，而且各自封闭地依附于本土的小朝廷，德国呈现为"一团糟"的"鄙陋状态"。德国知识界在英法启蒙运动影响下率先觉醒，由于现实落后，他们只能在精神领域构筑理想王国。这便造成了德国社会鄙陋和文学辉煌的强烈反差。德国文学在启蒙运动中涌现出莱辛、歌德、席勒等一批优秀作家，他们不仅开创了德国的民族文学，而且使德国文学得以跻身于世界文学之林。

约翰·沃尔夫冈·歌德（1749—1832）是德国伟大的诗人、剧作家和思想家。歌德出身于美因河畔法兰克福一个富裕的市民家庭。1765年他进入莱比锡大学学习法律，开始文学创作，写过一些洛可可风格的抒情诗。他对自然科学和艺术发生兴趣，读过温克尔曼的《古代艺术史》。1770年到斯特拉斯堡大学求学，成为狂飙突进运动的主要参加者。其代表作有《少年维特之烦恼》和《浮士德》。

《少年维特之烦恼》描述了维特爱上一个名叫绿蒂的姑娘的故事。当时绿蒂已和别人订婚，引起维特很大的痛苦。他试图在工作中求得精神上的解脱，但是也失败了。因为他和封建社会格格不入，对生活感到无望，终于自杀。维特这一形象代表了当时德国社会里觉醒了的青年一代，他迫切要求从封建桎梏下解放出来，但是他的个人反抗方式只能使他走向自杀。自杀这一行动虽然表示他不愿和一般市侩同流合污，苟且偷生，但也说明德国资产阶级还找不到一条真正摆脱封建束缚的道路。

这部小说不只在德国，而且在欧洲其他国家产生了巨大影响，到18世纪末，它已被译成俄、英、法、意等十多个国家的语言。小说通过维特和绿蒂之间不幸的爱情和维特的社会经历，反映出德国知识分子的精神苦闷，揭露和批判了正在衰亡的封建社会里种种腐朽和虚伪的现象，引起许多人的共鸣。

《浮士德》是西方文学史上的一座丰碑。它取材于欧洲民间传说，据说浮士德是中世纪的智者，嘲笑权威并擅长魔术，曾经以自己的血与魔鬼订约，将灵魂出卖给魔鬼24年，以换取世间一切酒色纵欲的享乐。中世纪的这个传说主要是为了提供一个可怕的训诫，它警告基督徒避开科学享乐和各种欲望，这些东西将会将人送入地狱之火，像浮士德的尸体一样脸朝下趴着，再也无法翻过身来。到了文艺复兴时期，这个故事却背离了其训诫的目的，人们更看重的是现世的享乐生活而非彼岸世界。因此，在马洛的《浮士德博士的悲剧》中，读者看到的是一个与自己相似的普通人，具有野心并热衷于享乐，是一个现世主义者，反映出文艺复兴时期对现世生活的肯定和对人性本身的颂扬。德国启蒙作家莱辛曾试图把它改为市民悲剧，在草稿剧本中，浮士德是个深思而孤独的、全心追求知识和真理的青年。最后天使站在他的一边申斥魔鬼：

"你们别高唱凯歌,你们并没有战胜科学和人类;神明赋给人以最高贵的本能,不是为了使它永远遭受不幸……"据说,以此为题材进行创作的作家在德国1775—1803年间就有29位。所以写《浮士德》不仅有历史资料,而且有先驱作家的启发。更重要的是他总结了那个时期的时代精神和个人心理体验。可以这样说,《浮士德》是一部巨人的思想史,也是一部时代的精神史。

浮士德对生命的探索和精神体验,歌德是以具体的艺术形象来寓意和表现的,共经历五个历程:学者的探求、爱情的探求、政治的探求、古典美的探求、事业的探求。

在开头的"天上序幕"中,上帝与魔鬼进行对话:魔鬼认为浮士德对生活进行无限的、各种各样的探求,却总是不满足,因此它可以将浮士德引上魔途;上帝认为人在追求中难免迷误,但好人不会长时间耽延于黑暗之中,他终究会走上光明之路。于是魔鬼与上帝打赌。

第一个历程:学者的探求。

悲剧的第一部开始,年逾半百的中世纪的老博士浮士德坐在书斋中。他对于钻研了大半辈子的学问——所谓四大学科(科学、哲学、法学、神学)已经感到极度的厌倦。

> 体面的事哎,我到而今已把哲学,
> 医学和法律,
> 可惜还有神学,
> 都彻底地发愤攻读。
> 到头来还是可怜的愚人!
> 不见得比以前聪明进步,夸称什么硕士,更叫什么博士,
> 差不多已经有十年,
> 我牵着学生们的鼻子
> 横冲直撞地团团转——
> 其实看来,我并不知道什么事情!
> ……
> 别妄想有什么真知灼见,

> 别妄想有什么可以教人,
> 使人们幡然改邪归正。
> 我既无财产和威权,
> 就是狗也不愿意这样苟延残喘!

因为这些知识脱离了生命的本原,它并未能把握任何真实的真理,只是一些虚浮的观点和语言上的骗局,对于生活没有任何价值,甚至未给浮士德带来名誉和财产。而浮士德仔细研究它们却耗费了自己的生命,摧残了自己的身心,甚至使心灵失去了自由。因此,浮士德急欲"涤除一切知识的浊雾浓烟,沐浴在你的清雾中而身心健康"。

浮士德感觉到有一种自然的生命力存在着,感召着他,他急于投身到这种生命的激流中,在近乎疯狂的热情体验之中,去把握生命的真谛。他不惜与魔鬼靡非斯特订约,靡非斯特充当其奴仆,让他享受到一切生活乐趣,当浮士德感到满足的一瞬,奴役解除,浮士德之灵魂永为靡非斯特拥有。

> 思想的线索而今业已寸断,
> 一切学问又已使我恶心,
> 让我在这感官的世界深处,
> 疗慰我这燃烧着的一片热情。
> 在那颠扑不破的魔术被覆之中,
> 我希望有奇妙的光景已经预定。
> 我要跳身时代的奔波,
> 我要跳身进事变的车轮。
> 苦痛,欢乐,失败,成功,我都不问,
> 男儿的事业原本要昼夜不停。
> ……
> 你听呀!
> 快乐不是我所贪图
> 我要献身于酩酊。

于最苦的欢情，
于失恋的憎恨，
于爽心的沉沦，
我的胸已经解除了智的烦闷，
无论有怎样的苦痛它都欢迎，
我要在内在的自我中深深领略，
领略尽全人类所赋有的精神，
至崇高的，至深远的，
我都要了解，
要把全人类的苦难堆积在我寸心，
我的小我便扩大到全人类的大我，
我便和全人类一起最终消磨。

中世纪的学问与科学背离，实际上严重地束缚人们的思想，阻碍社会和科学的进步，如地球中心说、论证世界末日何时来临、论证耶稣基督的生平年代等，浮士德对学者生活的厌倦，以及对中世纪学问的怀疑否定（所谓的科学，于现实的生活毫无益处，与生活相脱节），象征着启蒙思想家对于生活的肯定以及发现和创造一个崭新世界的信念。所谓"理论是灰色的，生活之树常青"，不仅体现了科学的怀疑精神，更表现一种艺术人生的态度。

第二个历程：爱情的探求。

订约以后，靡非斯特安排浮士德与市民女儿马甘内相爱。天真的少女为了与浮士德幽会，让母亲饮用安眠药过度而致其死亡。马甘内的哥哥为了阻止不体面的事发生与浮士德决斗又被剑刺死。不久她又怀孕生子，一系列的打击使她神经错乱，亲手溺死了孩子，因此被囚于死牢。浮士德在靡非斯特的帮助下潜入监狱中救她，但遭到马甘内的拒绝，她甘愿接受惩罚，以此来洗刷自己的罪孽。悲剧第一部至此结束。

爱情以悲剧告终，如何解释？首先，歌德作为一个启蒙思想家，对爱情是充分肯定的，而且把爱情作为一种追求个性解放的历史要求，与反封建、反教会的斗争联系在一起。所以在书中对于浮士德的要求就不能从一般世俗的道德，特别是基督教教会的道德和封建道德的角度来看。马甘内是生活在德国小镇上的一个非常虔诚的基督徒，相识之初就对浮士德之不信教深感恐惧。尽管她还纯真，被人性所驱使，但她所受的教育局限注定她不能超越原有境界，因此她很难成为具有无限追求的浮士德的伴侣。最终，马甘内连同她的爱情成为封建道德和教会的牺牲品。必须指出的是，马甘内本身的品行并无过错，歌德并也不想指责她，他认为在德国女人比男人要纯净高尚得多。一方面歌德想以爱情悲剧谴责封建道德对人性的扼杀；另一方面，对浮士德来说仅仅爱情并不能满足他对生命意义的全部追求，他的抱负高远，不会长久地沉溺于儿女之情中。

第三个历程：政治的探求。

第二部开始，浮士德卧于风光绮丽之处，落英缤纷，精灵轻歌曼舞。他一觉醒来，获得新生，准备投身于生活之中，做一番大事业。而此前的生活和探求可以说是局限在小我方面，浮士德从此要投身于大我、大世界、大宇宙。他将从政治上的探求开始。

政治事件是人类实践的又一命题，也是经文艺复兴、启蒙运动之后的西方资产阶级试图捣碎封建社会大厦，建立资本主义制度的政治运动的象征。浮士德来到一个封建小国，他建议皇帝发行纸币、发掘地下宝藏，这也是新兴资本主义生产关系替代封建主义生产关系后，加剧对大自然开发掠取、加速资本流通积累的历史性举措的象征。最后事实证明在腐败没落的封建王朝中，浮士德不可能有所作为（这实际上是歌德在魏玛公国的体验），除了供统治者消遣取乐之外，没有任何意义。

第四个历程：古典美的探求。

皇帝希望浮士德变出古希腊美女海伦，好让他一睹真容。镜中海伦的形象却激发了浮士德无限的向往之情，在瓦格纳所造的一个人造人"霍蒙古鲁斯"的帮助下，他们来到古希腊的神话世界，浮士德作为一个城堡的主人，与海伦幸福地结合，并生下一个儿子欧福里翁。欧福里翁是位年轻的天才，外貌古典，性格却狂暴浪漫，最后因想要高飞坠地而亡，海伦悲伤之下也随之飘逝，只留下衣裳化为云气，拖着浮士德回到北方。

这里有一连串的寓意：海伦是古典美的象征，浮士德对她的向往表现了对古典美的梦想和热爱。浮士德在人造人霍蒙古鲁斯的幽光指引下寻找海伦，霍蒙古鲁斯是理性和科学的产物，也象征着它们。歌德认为，古代文明的复活是不可能的，应该以科学的态度去研究它，吸收其优秀之处以促进今天艺术的发展。应将古代文明作为一种活的东西而非死的观念加以吸收发扬。同时歌德也写出德国社会的卑俗气与古典美极不相称，混血儿欧福里翁就是一个穿着古典主义外衣的浪漫主义灵魂，在德国社会中他注定要早逝。这段探索与歌德的亲身经历有关，当时正值德国文学史上的一个特殊时期——古典主义文学时期，德国的文学家、思想家逃避政治斗争，在精神领域寻求实现理想的途径，他们以为在古希腊文化中找到了所需要的人文主义、自由精神以及一种和谐的美，以为以此可以实现人道主义理想，歌德也曾是其中一员。这是当时德国知识分子对于德国出路的一种探求，事实证明这条路行不通。

第五个历程：事业上的探求。

浮士德来到高山之巅，俯瞰海水潮汐涨落，心中顿生雄图，想填海筑堤，为人民开疆辟土。在靡非斯特的帮助下，浮士德终于填海有成，让人们在新的土地上劳作、生活。此时浮士德已是百岁老人，双目失明，仍然专注于他的宏伟计划，临终之前他领悟到最高智慧："人要每天每日去争取生活与自由，才配有生活和自由的享受。"他满意地想到许多人将这样生活下去，不禁脱口而出："真美啊！请停一停！"于是立刻倒地而死，靡非斯特据约正要攫取浮士德的灵魂，然而天使却从天堂降临，洒下玫瑰花瓣溅出火花，将靡非斯特驱走。最终在天使的簇拥下，浮士德的灵魂被拯救上了天堂。

那么究竟谁赢了赌博呢？最后时刻浮士德似乎已经说出了标志靡非斯特胜利的那句话，但这句话的真正意义却并非如此。靡非斯特想使浮士德放弃他努力而为的意志，在享乐之中贪欢，放弃追求，而浮士德说出这句话的意思不是满足于瞬间的享乐，而是满足于这种永不满足、不断追求的意志，满足于许多人都像他一样持续地劳动和追求。在这一意义上，浮士德赢得了赌博，故而上帝将他拯救。

总之，歌德用象征的手法，通过浮士德几个阶段的追求，对文艺复兴至19世纪初300年来欧洲新兴资产阶级的精神发展历程做了深刻的回顾与总结。浮士德不满于现状，追求美好的理想，并不断付之于行动。特别是他从一生经历所得出的教训，否定现实中一切具体的丑恶的东西，批判中世纪的僵死教条和精神束缚，批判市民社会的保守丑陋，揭露封建王朝的政治腐败，等等，是18世纪末19世纪初资产阶级上升时期，资产阶级要求个性解放，并在政治上、艺术上进行革命的结果。同时浮士德身上突出地表现了西方资产阶级的进取精神。西方文化传承古希腊文化之精髓，从古希腊神话开始，就强调人对大自然的征服改造。例如宙斯之所以为万神之王，在于他掌握在原始人看到最具力量的雷电霹雳之权；英雄传说中的英雄之所以被人传唱，也在于他们征服自然的巨大本领，大英雄赫拉克勒斯的一生努力，建立了12件大功，最后成为奥林匹斯山上的神，赫拉将女儿青春女神赫柏许配给他作妻；荷马史诗中阿喀琉斯、赫克托耳明知将死而勇敢投身于人类的实践活动，成为受人爱戴的英雄，这些都非常典型地代表了古希腊人的价值观。文艺复兴之后资本主义社会的发展，更需要努力求知、甘冒风险、勇于实践的人，所以新兴的资产阶级将古希腊求知进取精神发扬光大，不仅推翻了封建制度，而且创造了巨大的物质财富。

《浮士德》在艺术上的成就首先是象征和寓意手法的运用。歌德笔下的人和精神文明、物和世界并不是客观现实的，而是具有丰富的象征和哲理意味；浮士德一生的发展，也象征着人类精神由低向高不断发展的渐进历程。这使作品同时具有浪漫主义和现实主义的色彩。另外，《浮士德》还有机地运用了多种诗歌艺术体裁和多种艺术形式因素。作品含有抒情诗、哲理诗、散文诗、叙事诗，还有感情纯朴、音韵优美的民歌，歌德根据内容的需要，游刃有余地选择不同的诗体与韵律作为表现手段，显示了不同凡响的艺术功力。例如在表现马甘内形象时，多用质朴的民歌刻画其纯洁善良的性格；而进行到海伦的部分，则采用具有古希腊悲剧风格的诗行。多变的诗体形式表现了丰富的内容，使得作品精彩纷呈、变化无穷。

约翰·克里斯托弗·弗里德里·席勒（1759—1805）出身于医生家庭，少年时被迫进了有"奴隶养成所"之称的符腾堡公爵的军事学院，初学法律，后来学医。八年严酷专制的学院生活使他产生了强烈的反抗情绪。他的代表作有《强盗》《阴谋与爱情》。

《强盗》讲述了穆尔伯爵的长子为人放荡不羁的卡尔·穆尔成为强盗的故事。因卡尔的弟弟弗朗茨从中挑拨，伯爵和卡尔断绝了父子关系。卡尔便结集伙伴，投身绿林，杀富济贫，幻想改造社会。弗朗茨把父亲关进古塔，又想霸占卡尔的未婚妻阿玛丽亚。卡尔从古塔中救出父亲，伯爵不久死去。卡尔命令强盗们活捉弗朗茨，弗朗茨自杀。最后，阿玛丽亚和卡尔会面，她要求卡尔开始新的生活，可是群盗反对，卡尔被迫杀死阿玛丽亚，他也不愿再和群盗在一起，便向官府自首。

《强盗》体现了反专制暴君的主题思想。席勒在剧本第二版的扉页上写道："打倒暴虐者！"并引用古希腊名医希波克拉特府（前460—前377）的话："药不能治者，以铁治之；铁不能治者，以火治之。"这充分说明它的反抗思想。主人公卡尔·穆尔的言行体现了当时资产阶级青年对德国封建专制制度的自发性反抗。在著名的波希米亚森林一场中，卡尔叫道："我的手艺是涤耻雪恨——复仇是我的本行。"这部作品也揭露了贵族和僧侣贪污腐化的生活，恩格斯说它"歌颂一个向全社会公开宣战的豪侠的青年"。但卡尔的自首正如维特的自杀一样，表明德国资产阶级青年的个人反抗是毫无出路的。

《阴谋与爱情》是一出市民悲剧，也是"德国第一部有政治倾向的戏剧"。它集中反映了德国市民和封建统治者之间的矛盾。故事发生在一个公国里，宰相瓦尔特的儿子菲迪南和穷提琴师米勒的女儿露易丝相爱。瓦尔特为了获得更大的权势，强迫菲迪南和某公爵的情妇结婚，遭到菲迪南的拒绝。瓦尔特便和秘书布置阴谋，逮捕米勒，然后由秘书胁迫露易丝写一封假情书给宫廷侍卫长，作为释放她父亲的条件，并要她发誓保密。他们故意使这封信落到菲迪南手里，菲迪南质问露易丝，露易丝遵守誓言，不肯说出真相。菲迪南悲愤交集，把露易丝毒死，露易丝死前说出实情，菲迪南后悔不及，也自杀了。

瓦尔特和秘书的阴谋行为代表了德国腐败而反动的统治阶级。女主人公露易丝高呼道："等级的限制都要倒塌，阶级的可恨的皮壳都要破裂，人都是人！"这话反映了进步青年要求打破封建等级制度、要求平等的思想。剧中刻画得最成功的人物是米勒,他是德国市民阶层的代表,这一阶层具有自己的道德观念和自尊心,但他们畏惧统治阶级,只求在自己的小天地里享有和平,不受当局的干扰,这说明当时德国资产阶级的力量还很薄弱。此外,作者通过一个宫廷侍从替公爵送给情妇一盒珠宝时的对话,对德国贵族出卖壮丁给外国进行殖民战争的罪行进行了大胆的揭发。

第 七 章

19 世纪文学

第一节　19 世纪文化

18世纪末至19世纪初，欧洲处在一个极为动荡不安的年代，1789年爆发的法国大革命，推动了整个欧洲在社会结构与文化生活上的变革。而19世纪开始的工业革命、技术革命与科学革命，又让人们对自然演进以及宇宙构成的看法发生了改变，欧洲各国的民族主义亦在此时觉醒。19世纪亦是欧洲文明迅猛发展和精彩纷呈的时代。相较于封建专制时代，19世纪给学术研究和艺术发展提供了更为宽松自由的文化环境。肇始于启蒙时代后期的浪漫主义在19世纪大放异彩，而与之相对的批判现实主义则成为另一种主流思潮。

一　历史背景

18世纪末的法国资产阶级革命，不仅为法国资本主义发展创造了条件，还开启了欧洲资本主义发展的一个新时代。同时，18世纪对庞贝古城与赫丘兰尼姆的考古发掘，以及英法的考古学家在埃及的发现，引起了人们对于历史的兴趣，再加上后来拿破仑在整个欧洲的征战，这一系列事件引起了很多国家民族意识的觉醒，在整个欧洲引爆了不同程度与规模的民族解放运动。尤其是18世纪末的法国大革命更是产生了深远的影响，正如列宁所指出的："这次革命给本阶级，给它所服务的那个阶级，给资产阶级做了很多事情，以至整个十九世纪，即给予全人类以文明和文化的世纪，都是在法国革命的标志下度过的。"

英国在工业革命以后，工业资本兴起，工业资产阶级同把持政权的土地贵族与金融资产阶级存在矛盾，同时劳资矛盾日益暴露，例如19世纪初发生了工人自发的捣毁机器运动。法国在革命以后，资本主义也得到很大的发展，工业生产中机器生产逐渐增多，波旁王朝复辟后，资产阶级和封建王朝妥协，但彼此间也有矛盾，在人民群众斗争高涨的形势下，1830年爆发了资产阶级七月革命。在德国，19世纪资本主义有所发展。法国大革命虽然使德国资产阶级一度感到鼓舞，但雅各宾专政却使它万分恐惧。由于德国资产阶级在政治上和经济上的软弱性，这个国家仍然处于分裂和落后的状态。这一时期，俄国国内的资本主义因素也有了较多的增长。俄国是封建农奴制国家，沙皇和贵族农奴主对内残酷地剥削和压迫人民，对外穷兵黩武，进行扩张，镇压法国革命和欧洲资产阶级革命。这一时期俄国农民运动风起云涌，发生了反对农奴制度和专制制度的十二月党人贵族革命。

总之，这一时期，欧洲的阶级关系和阶级斗争错综复杂，各国所走的道路也各有特点，但一切都和资本主义不同程度的发展有关。发达国家已经确立了资产阶级的金钱统治，在落后国家，金钱关系也开始渗透到封建社会内部，这就更激化了已经相当尖锐的社会矛盾。不仅劳动群众更加贫困和无权，中小资产阶级也大批破产，或面临着破产的威胁。贵族对于已经或即将来到的资本主义时代怀着极大的恐惧和仇恨。资本主义固有矛盾的进一步暴露，封建社会瓦解的加速，不能不对文化产生深刻的影响。思想家们置身于这个矛盾重重的社会，成为自己阶级自觉或不自觉的代言人，他们揭示资产者带来的新秩序或封建社会的旧生活，鞭笞黑暗丑恶的现象，探求摆脱社会现状的种种可能。

二　文化特征

19世纪的西方经历了从浪漫主义到现实主义的不同文化阶段，呈现出一幅全新的面貌。浪漫主义和现实主义的分别出现和流行极大地丰富了西方文艺的内涵和表现形式。正是在这一世纪，普通人的日常生活开始为艺术家所真正重视，并在艺术中得到形象生动的反映。也正是在这一世纪，现代都市生活逐渐成为西方社会生活的主体，文学艺术从为少数人享有走入了社会民众的生活，文学有了越来越多的读者，艺术画廊和美术馆吸引了大批观众，社会普通民众开始与文学艺术结缘，文学艺术开始真正成为人民大众所喜闻乐见的样式。艺术家也有了真正自我表达和表达自我的自由。

（一）浪漫主义

"浪漫主义"一词最初是出现在文学领域，是一种文化运动，但是随着这一运动在法国的深入发展，浪漫主义逐渐发展为一种影响世界的社会运动和政治运动。在法国，大革命后期的恐怖统治、拿破仑的侵略战争、复辟时期的反动以及工业革命所带来的贫富分化无情地打碎了人们对理性的幻想。此时，个性获得解放的知识分子需要一种自由表达个人情感和主观感受的方式，在这双重背景下欧洲浪漫主义文化思潮应运而生。它对文化的各个方面都产生了影响，主要表现在文学、绘画、音乐等文艺领域，但它对哲学和政治思想的渗透也是不容忽视的。

浪漫主义的精华内核是极为丰富的，包含多种美学观点和风格特征。有的艺术家与作家对当时现实生活中所发生的事情加以戏剧性的呈现，可以称之为"浪漫现实主义"；有的厌弃了新古典主义对于古希腊罗马文明的复兴，专注于对中世纪文化的挖掘；也有人对个人主义、民族独立运动、异国情调和东方神韵表现出极大的兴趣；还有一些诗人和画家在对山水风光的呈现中表现出大自然浪漫情调的神话。

浪漫主义的文化价值观念总体上属于近代人文主义范畴，但已孕育了现代文化的基因。浪漫主义是以强调人的个性和情感为主要特征的。它的出现尽管可以被视为资产阶级上升时期对个性解放的要求，但更多地是对启蒙主义理性思想的一种反思和修正，是在理性的基础上更多地关注人的激情和个性，以求实现人性的真正解放和自由。

与启蒙运动所宣扬的理性主义正好相反，浪漫主义所要传达的中心思想是个人的自由想象应该决定一件艺术创作的形式和内容。启蒙思想家对信仰的抨击是因为信仰扼杀理性，歪曲理性；而浪漫主义诗人、文学家、艺术家之所以抨击启蒙思想家的理性主义，是因为在他们看来理性主义扼杀激情、自由、个性，阻碍人的创造力的发挥。

提到浪漫主义，就不得不提到德国的"狂飙突进运动"。18世纪70—80年代，德国文学界掀起的狂飙突进运动得名于青年作家克林格尔（1752—1831）创作的剧本《狂飙突进》，这是继文艺复兴和启蒙运动之后的第三个影响巨大的社会思潮。在这个运动中，作家们反对理性束缚，抒发对大自然和对祖国、对人民的感情。狂飙突进运动有以下几个特点。

一是继承启蒙理论家关于自然和人权的思想，特别是卢梭"回归自然"的民主主义思想，强调个性解放。

二是要求大力发扬固有的民族风格，促进民族意识的形成和提高。

三是崇尚"天才"人物的才能、智慧与胆识，因为这些精英是符合理性、不受束缚的自然人和自由人。

四是在强调感情力量的同时，并不排斥理性，而是要求感情与理性统一，实现感情与理性的融合。

浪漫主义在人性解放、倡导自由方面发挥了积极作用，但同时也带来了消极影响。浪漫主义者的世界观中有一种对于历史的责任感，这种历史感几乎弥漫在所有浪漫主义运动的思想领域以及社会实践当中。出于这样的历史责任感，浪漫主义者追求高尚的人格，企图创造一番属于全人类的壮丽事业，于是在日渐工业化的社会中创造一个远离喧嚣的人生处境，成为他们的理想追求。不过，这种追求也产生了一定的负面效果。

无论是消极遁世的知识分子还是积极写作的浪漫主义作家，他们大都对现实社会生活怀着一种厌恶感，有时甚至直接对其发出道德谴责，他们对想象世界或理想王国的憧憬在某种意义上可以说是对不完美的现实生活的一种补偿。这正是浪漫主义吸引人的魅力之所在，然而浪漫主义的致命弱点在于它缺乏现实性，这一弱点使它要么沦为无力的道德说教，要么只能带来吸食毒品那样的短暂迷醉或虚幻满足。

（二）现实主义

浪漫主义在流行了近半个世纪后，于19世纪后半叶让位于现实主义。尽管"现实主义"(realism)一词出现于19世纪,但现实主义的实践源远流长,可以追溯到古典时代。正如亚里士多德在《诗艺》一书中所指出的,索福克勒斯描绘了人应该是什么样的,而欧里庇德斯描绘了人实际上是什么样的。这就是浪漫主义与现实主义之间的根本不同。

现实主义的形成和发展,首先同欧洲19世纪上半叶的哲学和科学进展有密切关系。黑格尔的辩证法、费尔巴哈的人本主义唯物论、孔德的实证主义、自然科学方面的新成就和实验科学的流行,以及法国复辟时期资产阶级历史学家如基佐等的历史观,都在不同程度上影响了现实主义作家,启发他们去探求表现现实的新方法。

从审美发展的角度来看,浪漫主义后期的一些思想家、文学家和知识分子已经不再满足于虚无缥缈的想象世界和肤浅的道德谴责,他们具有较为浓厚的新生资产阶级的市民趣味,更加关注资本主义社会的现世生活,由此产生了现实主义的审美标准和创作主张。

现实主义作为一种艺术思潮。它拒绝主观的臆想和理想化的拔高,强调以客观的态度如实地观察和描绘当代现实生活,除了细节的真实之外,还要真实地再现典型环境中的典型人物。在现实主义最优秀的作品中,作家们真实地再现了资产阶级的新生活,塑造出一系列具有典型意义的各阶层人物群像,同时相当深刻地揭示了当时的社会矛盾,无情地暴露出资本主义社会中的丑恶现象。然而,现实主义也不可能完全排斥作家的主观性和倾向性,在强调作者不做直接议论和道德说教的前提下,尽量让事实说话,将作者的主观倾向和批判的锋芒隐藏在对人物和事件的客观描述中。如果说浪漫主义不会因其主观性的张扬而失去其客观基础,那么与此相对应,现实主义则以客观性面具下的主观性、隐蔽的抒情和冷静的批判作为自身的特色。

第二节 19世纪艺术

一 浪漫主义艺术

在艺术上,浪漫主义抛弃了古希腊罗马的传统,是在与学院派古典主义艺术的斗争中发展起来的。浪漫主义艺术反对理性,高扬个人主精神，宣扬激情。艺术家们往往喜欢从不同角度来揭示不同人的生存困境，而不再持整体性的视角来观照人生和世界，他们对于古典主义艺术家苦心经营的和谐与秩序不屑一顾，认为主观感受远比客观观察更能认识到事物的本质，必须要跨越逻辑思维与理性的局限。浪漫主义的艺术家们欣赏大自然本身，对民间文化、异域情调、中世纪文化表现出极大的兴趣，痴迷于神秘、怪异、超自然甚至是病态的事物，尽可能地挥洒着弥漫在时代中的自由精神。

（一）建筑

在浪漫主义开始流行的前期，也就是18世纪末到19世纪初，人们开始逃避现实，向往中世纪那种"田园牧歌"般的生活，这种思想表现在建筑上就体现为贵族开始将庄园设计成中世纪风格并模仿哥特式的教堂建筑。这种做法从建筑艺术上看，并没有革新性的意义，但也意味着贵族的庄园建筑开始摆脱自古典主义以来就一直严格遵守的中轴对称的建筑布局，建筑重新回到了以使用功能为核心目的的自由布局状态，建筑的样式以及房间的格局布置等都开始完全遵照居住者的个人习惯来进行设计。

浪漫主义在建筑领域真正成为一种风格而流行，则是体现在哥特式建筑风格的复兴。上升中的资产阶级厌恶古典主义的规则与法度，又不能接受工业社会的机械化生活，再加上当时对中世纪哥特建筑研究的进一步深入与哥特小说的流行等因素，就导致了建筑风格开始向着"哥特时代"回归。

哥特复兴的代表作品是法国的圣克洛蒂尔德教堂。这座教堂在1846年开始动工，由弗朗索瓦·克里斯蒂昂·戈设计，他去世之后，由泰奥多尔·巴吕接手，全部工程于1859年完成。这座教堂虽然是以白色石料为主要建筑材料，但是为了保证其坚固性，建筑师采用了由铁水浇铸而成的纵梁来支撑圆拱，外部用白色石料来掩盖。这种用19世纪工业革命中才发展起来的建筑材料来修建中世纪风格建筑的做法，引起了当时建筑师的极大兴趣。圣克洛蒂尔德教堂是以14世纪的哥特式教堂为原型而建造的，有五座礼拜堂、一间圣器收藏室，一条回廊，教堂内部

圣克洛蒂尔德教堂，1846—1857 年，高 216 米，法国巴黎

设有60个彩绘玻璃窗用来采光。如果把圣克洛蒂尔德教堂同中世纪哥特建筑做比较的话，可以看出这座教堂因过于强调各部分之间的平衡关系而表现出的僵硬与冷峭的学院风特点。但是如果结合当时的时代背景，结合维克多·雨果对中世纪的热情，吕德富有动感的艺术表现方式，德拉克洛瓦绘画中强烈生动的色彩运用，我们就会发现这座建筑完全具备上述艺术家作品中所洋溢着的那种热情和真诚，可以说它是这些作品在建筑上的"姊妹篇"。圣克洛蒂尔德教堂也成为法国哥特传统复兴运动中的一个重要事件。

（二）雕塑

浪漫主义雕塑同新古典主义雕塑一样，也遵从于理想与真实之间的适度平衡，也从古典雕塑作品中汲取灵感，但是浪漫主义雕塑所表现的主题更加热烈，风格也更为夸张，富有动作性，多采用类似于速写的技巧去进行表达。

拿破仑战争之后，与其他艺术形式相比更加耗费人力与金钱的雕刻艺术，在疲惫的欧洲无法获得足够的支持，再加上艺术赞助人对古典主义的推崇一定程度上限制了雕刻家的想象力，雕刻艺术走入了一段低迷时期。但是，在19世纪30年代前后，一股讲求个性与激情的浪漫主义新风开始吹入这个领域，雕刻艺术迎来了新的发展。学院派雕刻家詹姆斯·普拉迪埃以一种改良的方式，借助异国情调和中世纪文化表现出了对古典主义风格的某种背离，但这种改良是谨慎的。同时代的雕刻家奥古斯特·普列奥尔特用更加激烈的艺术表现迅速取代了这种小心翼翼的尝试。1834年展出的普列奥尔特的浮雕作品《屠杀》中，我们就可以明确地看到他对于古典主义和谐理性原则的抛弃，转而用更具力量感的夸张造型，包含动势的构图，来表达自己具有浪漫主义特点的艺术追求。在将雕刻艺术从新古典主义彻底推向浪漫主义的转变过程中，起到了重要作用的是来自昂热的大卫（与画家雅克·路易·大卫同名）。大卫认为一座雕塑的外表就应该能够表现出人物内在的灵魂，他的代表作是《帕格尼尼像》。除了上述艺术家之外，这一时期最具代表性的雕塑家还有弗朗索瓦·吕德（1784—1855）。

《马赛曲》，吕德，1833—1836年，浮雕，高12.8米，宽7.9米，法国巴黎

吕德出生于法国中东部的第戎，1809年从第戎的艺术学校毕业到巴黎深造，1812年获得了去罗马的奖学金。之后，他受到革命浪潮的冲击，像很多法国青年一样，狂热地崇拜拿破仑，为他创作了不少雕塑作品。他摈弃法国雕塑界流行的形式主义，提倡富于动势和激情的浪漫主义风格。他的早期作品《系飞鞋的墨丘利》《那不勒斯渔童玩龟》等已经表现出浪漫主义特征。他的代表作是镶嵌在巴黎凯旋门上题为《马赛曲》的浮雕。

凭借古希腊古罗马的造型、巴洛克式充满动势的构图以及现代的雕刻材料，吕德使得一个当代历史事件具有了"形和意"两方面的力度。

《马赛曲》所表现的内容是：在1792年的革命中，法国军队拿起武器去保家卫国。《马赛曲》分为两个部分：上半部分是一位象征着自由、正义与胜利的女神，她右手持剑，左手高举，号召人民向她指引的方向前进。她那张开的羽翼、飘动的衣袂以及人物的内在激情，都表现出一种急速的运动感和奔放的革命热情。她的两条腿大步向前迈进，加强了整个浮雕的前进感。下半部分是一群在女神号召下勇敢向前的志愿军战士。其间的中心人物是一个有着大胡子的战士，他带领着自己年轻的儿子一起加入了战斗，少年紧挨着父亲，坚定向前。和这个跃跃欲试的激动少年相对应的是走在他后面沉着刚强的老人，他仿佛以往多次为自由而战，如今再一次为了祖国从容地奔赴战场。队伍最前面的是吹着军号的号手，此外还有一些持盾荷剑的战士以及弯腰系紧兵器的弓箭手，这些细节都预示着战斗马上就要打响了。

由于作品是镶嵌在凯旋门上的装饰，需要稳定和完整，与建筑物求得统一是必须的，但作为法国大革命的一座纪念雕塑作品，又必须具有雄壮的气概和表现起义军队前进的动感。艺术家使用以革命军出征为画面的构图内容，成功地解决了稳定与动感之间的矛盾。作品上所表现的队伍不是从右方走过来，而是从墙的深处走出来。正面走出的是右方戴盔持盾的老年士兵，他手中盾牌的弧线外形起到了把群像包起来的作用。中间的大胡子战士带着自己的儿子阔步前进，他们已转了一个90度角，改为从右向左。走在他们前面的是两个青年战士，一个在弯身压弓，另一个转身吹号。他们的姿态把前进的动作自然收了起来，表面给人走出墙外的感觉。虽然作品上出现的人物并不多，不过，由于艺术家的独特表现手法，整个作品给人以一种强烈的运动感和千军万马的气势。作品在细节上符合古典传统，但在感情上却是浪漫豪放的。整个群像如一个完整的徽章和谐地镶嵌在凯旋门中间，实现了作品与环境的高度统一。

形成吕德雕塑风格的紧张画面与坚硬轮廓，到了他的学生让·巴蒂斯特·卡尔波（1827—1875）那里就软化了。卡尔波是法国另一位浪漫主义雕塑家，他的作品体现了与学院派雕塑相反的协调感和多样性，成为罗丹雕塑艺术的前奏。《乌戈利诺和他的儿子们》使他一举成名，这件作品洋溢着朝气蓬勃的浪漫主义情趣。19世纪60年代末，他为巴黎歌剧院正面设计制作了群雕《舞蹈》，一群裸体的男女随着有节奏的鼓点欢歌狂舞，表现了青春的活力，成为轰动一时的艺术精品。

（三）绘画

1. 浪漫主义先驱：戈雅

在主题创作上对新古典主义画风做出革新从而推动浪漫主义到来的是西班牙人弗朗西斯科·德·戈雅·伊·鲁西恩特斯。戈雅（1746—1828）出生于西班牙一个贫穷的乡村，父亲是镀金匠人，母亲出身于破落的贵族家庭。他生活的环境异常艰苦，同时彪悍的民族性格对少年戈雅也有一定的影响。随着阅历的丰富和经验的增加，他的思想也产生了新的变化，早期的乐观、无忧的情绪逐渐被冷静的思考所替代。戈雅一生之中因政治斗争或与人决斗等原因三次被通缉而逃离家乡，最后在法国去世。戈雅在欧洲美术史上具有重要的意义，在题材和技法上都大胆地突破传统绘画的束缚，尤其是抛弃了"高尚的简约和沉静的高雅"这一新古典主义的理想，自由率真地表现社会生活和个人的感受。艺术手法上更是采用幻想、隐喻等手法表达他对人生的哲理思想。他以理性的力量解决人类事务和艺术问题的乐观主义信念最终使他陷入了幻灭的深渊。尤其他46岁丧失听力之后，他似乎更加沉浸于自己的内心世界而不受世事的纷扰。戈雅将个人激情与古典主义形式结合在一起，大大突破了新古典主义严谨刻板的理性倾向。其绘画更多地表现了非现实的因素，显得更加奇妙而深邃，不仅具有浪漫主义的激情，也开拓了现代主义的道路。

画家从自身生活经验出发，认为18世纪启蒙主义哲学家所倡导的那种理性精神只会引来妖魔鬼怪，而不能抵达人类思想与艺术的本质，戈雅的系列版画《奇想集》中的《理性沉睡，妖怪出现》就生动反映了这一主张。画面中央的学者伏在书本上睡着了，在他的四周环绕着成群尖叫的蝙蝠和猫头鹰，场面十分荒诞。

戈雅最有影响力的作品当属《1808年5月3日夜枪杀起义者》。1808年5月2日，西班牙人民发起了反对法国入侵者的斗争，引起了法国人的野蛮镇压与报复。次日，法国人同时在几个不同的地点枪决那些被认为是参与骚乱的人，共处决了四百多人。根据相关文献考证，画家当时虽然没有亲临现场但是通过望远镜目睹了这些惨状，而且画家事后到过现场在速写本上做了记录，可见这件事情对戈雅内心所产生的震撼。六年之后，戈雅将这种震撼凝结成了《1808 年 5 月 3 日夜枪杀起义者》。

戈雅可以说是第一位将普通民众表现成真正英雄的画家，他并没有把起义者描写成失败者，而是把他们表现成英勇顽强、临危不惧的英雄，这和内心怯弱的刽子手形成了鲜明的对比。画面的背景被处理成马德里的郊外，画家有意识地把人民的斗争和祖国的荣辱联系在一起。画面上的色彩对比强烈，光源从下面照射上去，加强了动荡不安的气氛。这幅画既表现了戈雅对起义者的怀念，也是对那些不关心民族命运的贵族的谴责。

《理性沉睡，妖怪出现》，戈雅，1796—1798 年，铜版画，高 21.6 厘米，宽 15.2 厘米，私人收藏

《1808年5月3日夜枪杀起义者》，戈雅，1814年，布面油画，高266厘米，宽345厘米，现藏于西班牙马德里普拉多美术馆

2. 英国的浪漫主义绘画

最初对新古典主义绘画风格做出有效反击的是在风景画，尤其是在水彩画的表现形式上做出了很多有意义的探索。比如塞尔·科特曼、戈尔丁等，他们的水彩画以简洁硬朗的笔触、秀丽朗润的画面成功地避开了新古典主义绘画的创作法则。英国浪漫主义绘画的代表性人物是康斯特布尔与透纳。

约翰·康斯特布尔（1776—1837）是19世纪杰出的风景画家，他出身于英国一个富裕的粮商家庭，从小就体现出在绘画方面的天赋。1799年进入伦敦皇家美术学院之后，他逐渐意识到直接观察研究自然才是更好的学习风景画的方式，他强调艺术应该挣脱"程式"的束缚，恢复"纯真之眼"。康斯特布尔的风景画擅长画英国乡村宁静的田园风光，他的风景画甚至能够传达出比现实更为优美的景致。他细致观察了自然景物的表面，从中领悟到了细腻而丰厚的纹理与色彩，从而创造出一种精致、丰富而又层次细腻的色彩结构。他的代表作有《埃塞克斯威文荷公园》《干草车》《从草坪看到的索尔兹伯里大教堂》等。

《干草车》最初题名《正午风光》，这是一幅描绘"清水与正午"的画作。康斯特布尔早期的绘画习惯是先作速写，然后再将它们转为油画，所以这幅画还留下了不少的速写稿。1824 年，康斯特布尔还因这幅画获得了巴黎美术展的金质奖章。画面前景中有一辆涉水的马车，水边蹲着妇人在洗衣服，左边有一座磨坊，右边远处的草坪上是一群翻晒干草的农人。画家刻意忽略了工业革命对宁静的农村生活所造成的破坏，以及当时动荡萧条的社会现实，而意在描绘工业革命之前人与自然和谐相处的恬静画面。虽然画家有着扎实的写实功底，但却表达的是一种浪漫主义的寄托。康斯特布尔将画中的那条小河画得比现实中更宽广，以此来制造一个更大的反光面，让干草车有了较大的背景空间，这样的构图加强了作品想要表达的静谧气息。

《干草车》，康斯特布尔，1821 年，布面油画，高 130.2 厘米，宽 185.4 厘米，现藏于英国伦敦国家美术馆

约瑟夫·马洛德·威廉·透纳（1775—1851）出身于贫寒的理发师家庭，父亲经常把透纳的画作摆在理发店的橱窗里。透纳多次去往意大利和法国，外出游学异国的经历深刻影响了他，除了学习罗马和巴黎的前辈艺术大师，外出所见的风景也对他的画风产生了直接的影响。透纳专注于光在大气中所呈现出来的效果，钟意于像落日余晖、沧海波澜这样变幻莫测的景致。他用旋涡状的螺旋式构图打破了新古典主义所倡导的平稳与和谐，用潇洒的笔触描绘了极具动感和奔放情绪的画面。透纳是一流的色彩大师，他所提出的调配色彩的原则甚至预示了20世纪的着色理论，他的代表性作品有《海滩》《海上之火》《黑斯廷斯港口的汽船》《暴风雪：驶离港口的汽船》等。

《暴风雪：驶离港口的汽船》是画家晚年的杰作，以透纳自身的海上经历为底本，表现的是汽船在驶离港口的晚上所遭受的暴风雪。因为透纳在画中所使用的抽象画法迥异于当时的宫廷绘画，所以这幅画在皇家美术学院展出的时候遭到了强烈的批判。但是，当我们拉开距离看这幅画的整体时，那种气势逼人的感觉就会迎面而来，典型地体现了浪漫主义精神中对于生与死的极端体悟。旋涡状的构图凸显了大海的凶险与压迫，位于画面中心的汽船仿佛立刻就要被大海所吞噬，可是摇晃的桅杆以及明亮的曙光背景却传达出了抗争与希望的感觉。

3. 德国的浪漫主义绘画

德国浪漫主义绘画的杰出代表是卡斯帕·大卫·弗德里希（1774—1840）。他出生于海边，童年时期经历了母亲、姐妹、哥哥相继去世，死亡的阴影始终笼罩着弗德里希，尤其哥哥还是为了救他而溺亡的。弗德里希是一个内省、忧郁、喜欢沉思的人，在他笔下所描绘的自然总是带有特殊的精神与象征的色彩。风景画于弗德里希而言是一种抒发内心情感的重要方式，他的风景画并不追求惊天动地式的崇高，而是流连于宁静的壮美景致。弗德里希并不是单纯地如实表现自然界的风光，而是在冷峻的形体、清晰的轮廓与布局当中体现出了一种独属于德意志民族的理性精神，有时甚至会为所画对象赋予一种抽象的寓意。他在风景画中探索着时间与空间的极限，以及人类的心理状态，这些复杂而深入的见解使得他的画作优雅而有力量。弗德里希在世的时候寂寂无名，一直

《暴风雪：驶离港口的汽船》，透纳，1842年，布面油画，高91.4厘米，宽121.9厘米，现藏于英国伦敦泰特美术馆

等到19世纪末象征主义兴起的时候，他才逐渐被世人发现，而获得了巨大的声誉，其代表作有《生命的阶段》《鲁根的石灰岩壁》《海上月初升》等。

《鲁根的石灰岩壁》创作于1819年，弗德里希非常喜欢鲁根的山光水色，曾为这里创作过多幅素描作品。这幅画记录了画家及其妻子卡洛琳与妻弟一起在鲁根海边度假的经历。右边眺望远方的弟弟代表着希望，跪着的画家代表着虔敬与信念，右边穿红色衣服的妻子则代表着慈善，他们都以背部示人。或许画家是想通过这种方式让观者同人物一起将视线放到画面中间，沉浸于对自然的遐想与沉思之中。重要的不是人物，而是人物所思考凝视的对象，是在风景中所体会到的无限感。

4. 法国的浪漫主义绘画

浪漫主义绘画在法国结出的果实尤为丰硕。法国画家热里柯（1791—1824）是浪漫主义绘画的先驱人物。他出身于法国鲁昂一个律师家庭，幼年时随家人迁居巴黎。热里柯从小就对绘画感兴趣，并得到父母的支持，先后师从维尔诺和葛兰。然而，热里柯最为崇拜的画家是

《鲁根的石灰岩壁》，弗德里希，1818—1819 年，布面油画，高 90 厘米，宽 70 厘米，现藏于瑞士奥斯卡·哈瑞美术馆

鲁本斯，鲁本斯绘画中的惊心动魄的场景和缤纷的色彩强烈地吸引着他。随后，他开始了在绘画风格方面的探索，大胆地对"形和色"进行新的实验，从而揭开了法国浪漫主义艺术的帷幕。

《梅杜萨之筏》取材于现实生活，与当时法国轰动一时的"梅杜萨号事件"相关，展示的是一幕追求生存的悲壮画面。1816 年 7 月 2 日，法国战舰"梅杜萨号"在海上触礁遇难，贪生怕死的贵族船长和一些长官竟然先登上救生艇逃生，置 140 多名船员的生命于不顾。这些船员靠一个临时拼组起来的木筏在海上漂流，设法保存生命，在漂流了 13 个

《梅杜萨之筏》，热里柯，1818—1819 年，布面油画，高 487.7 厘米，宽 701 厘米，现藏于法国巴黎卢浮宫

昼夜后最终获救，但由于漂流时间太长，缺少食物和淡水，只有 15 人生还。这些幸存者向媒体披露了事件的真相，震惊了整个法国。热里柯被这一素材深深吸引，并激发了创作冲动。他在构思这一作品时前后用了 18 个月的时间，反复构思创作，几易其稿，才完成这幅大型油画。在这幅画中，画家以艺术家的激情，大胆跳出图解事实的局限，以独特的想象和浪漫的激情构思出经过 13 天的搏斗，木筏上精疲力竭的幸存者正处在绝望的时刻，突然发现了远方的海平面出现一条船的影子，一线生机的降临引起木筏上生命的跃动，幸存者组成人架，使出全部气力向远方发出求救信号的瞬间场面，从而在表达人奋力求生的坚强意志的同时，赋予了作品永恒的生命力。

《梅杜萨之筏》彻底打破了古典主义偏爱水平线和垂直线的传统，构图、光线、色彩、人物的形态表情表现了画家丰富且浪漫的想象力。毫无疑问，这种浪漫的想象是建立在对现实深入认识的基础上，是与积极的人生理想结合在一起的。凡是观看了《梅杜萨之筏》的人无不察觉到它所表现的已经不是古典主义所推崇的那种平静、稳定、均衡、柔和，取而代之的是浪漫主义所追求的奔放、激荡、个性、冲突。正是在这个意义上，《梅杜萨之筏》被视为向古典主义宣战的宣战书，它是浪漫主义绘画的里程碑，为浪漫主义登上西方画坛开辟道路的前卫之作。在这之后，浪漫主义绘画风格在欧洲风起云涌。

欧仁·德拉克洛瓦（1798—1863）是继热里柯之后又一位法国著名浪漫主义画家。他从小生活在充满艺术氛围的环境里，受过多方面的教育。他的父亲是律师和外交官，母亲是路易十五的家居工艺家的女儿。德拉克洛瓦从九岁就开始素描的练习，并经常拜访他舅舅的画室，在那里结识了热里柯。尽管后世学者经常将德拉克洛瓦归到浪漫主义绘画的大师的队伍中去，但是画家本人对此并不认可，他一再声称自己其实是"纯粹"的古典派。与热里柯一样，德拉克洛瓦游离于拉斐尔的绘画传统，更多的是从佛兰德斯一派的画家那里寻求灵感，并且丰富了在热里柯那里未完成的色彩体系。

1822年，德拉克洛瓦创作的《但丁之舟》使得他声名大噪。这幅画取材于但丁《神曲》第一部《地狱》第八篇，该画描绘的是维吉尔引导着但丁乘佛列基亚的船来到地狱中的斯蒂吉河时的情景，画面中可以看到赤身裸体的愤懑魂灵在波涛汹涌的河水中呻吟着、扭打着，希望能够获得重生的欲望促使他们贪婪地往船上爬。画面中维吉尔代表的是"理性"，但丁意在表明人类必须通过理性认识罪恶和错误从而洗心革面。《但丁之舟》在善与恶的对立中，形象地表现出各色人物惊恐与痛楚、愤怒的情绪。矛盾的三角形构图更是加重了环境的郁闷和沉抑色调所带来的紧张和恐怖感。

在德拉克洛瓦的一系列绘画中，《自由引导人民》是最具浪漫主义色彩，同时也最著名的一幅作品。该作品原名为《1830年7月28日》，系根据发生在这一天的历史事件而命名。画家大胆地运用了浪漫主义的幻想手法，将画面中的中心人物描绘成一个神话式的人物——一位象征法兰西的半裸"自由女神"，她头戴弗吉利亚帽，左手拿枪，右手擎起三色国旗，引导着人民在战火中前进。女神的神态端庄而果敢，表现出

第七章 19世纪文学 299

《但丁之舟》，德拉克洛瓦，1822年，布面油画，高189厘米，宽246厘米，现藏于法国巴黎卢浮宫

正义和必胜的信念。紧随其左右的是工人、市民、知识分子和孩童。他们手持武器，毫无惧色地在炮火中前进。在硝烟弥漫的背景中隐约出现巴黎圣母院。尽管该画被视为一幅反映历史事件的作品，是法国反对王权复辟的"七月革命"的真实记录，但充分表现出了浪漫主义的特征。画面上的主要人物并不多，由于相互掩映，有实有虚，再加上弥漫硝烟，给人以一种场面宏大之感。人和物界线的虚写还在画面上产生了一种"气氛"，不仅增强了战场的实感，还有助于运动感和情绪的表达。这是浪漫主义派在西方绘画上首创的一种艺术手法。战斗的激烈气氛由艺术家巧妙地运用加重的红色、蓝色而得到加强。强烈的光影对比所造成的戏剧效果和炽烈的色彩给观赏者留下深刻的印象，使之成为法国大革命的象征。

《自由引导人民》，德拉克洛瓦，1830 年，布面油画，高 260 厘米，宽 325 厘米，现藏于法国巴黎卢浮宫

二 现实主义艺术

如果说 19 世纪上半叶，人们主要是借浪漫主义逃避现实、表达自我情感与个性的话，那 19 世纪下半叶的西方艺术则更加看重真实地表现人生与现实。浪漫主义终究无法为那些在工业革命的浪潮中被冲击得不知所措的人提供坚实的精神家园，某种意义上，可以说现实主义风格是对浪漫主义幻想的一次反动。同时现实主义也是反对新古典主义传统的：从内容和题材上提倡画身边的生活，以现实、具体、变化中的人的精神世界及生活遭遇为描写对象，从人与周围环境的关系中探讨人生底蕴，进行真实的审美反映，强调艺术表达的客观性；在形式上，突破了

古典主义的教条，主张自由创造。

(一) 雕塑

19 世纪现实主义最伟大的雕塑家是罗丹（1840—1917），他是一个对 20 世纪的雕塑艺术都产生了重要影响的艺术家。罗丹在欧洲雕塑史上的地位相当于但丁在欧洲文学史上的地位。他是旧时期（古典主义）的最后一位雕刻家，又是新时期（现代主义）最初一位雕刻家。罗丹出身于巴黎一个贫穷的基督教家庭，其父是一名警务信使，母亲是穷苦的贫民妇女。他 14 岁开始学习艺术，受到米开朗基罗的影响，其雕塑风格具有明显的现实主义特征。罗丹关注的是捕捉雕塑当中从内而外爆发出来的短暂生命。所以他的很多作品不像前人一样拥有光滑的表面，而是带着窟窿甚至是凸起，它们留住了光。这样巧妙的艺术处理为冰冷的雕塑作品创造出了生命的幻觉。

罗丹第一个重要的作品是《青铜时代》，原名《被征服者》，他用了 18 个月的时间来雕刻这个裸体的男子。刚开始的时候，他把雕塑做成——人物左手拿着棍子正在走动，突然被眼前什么事情吸引住了，收住了脚，抬头呆望着，右手揪着自己的头发，这样非常天真自然的样子。在后来展出时，范拉斯布尔鼓励罗丹试着把雕塑中的棍子去掉，并改名为《青铜时代》，于是这座雕像变成了我们今天所看到的样子。

罗丹的雕塑很长时间内都不为同时代人所认可，当时《青铜时代》一经法国沙龙展出，便立刻引来了潮水般的诽谤。批评者们不相信罗丹能够在没有用活人模特进行翻模的情况下就能够创作出如此写实的雕塑作品，尽管罗丹提供了很多的证据表明，他在进行创作时已经脱开了那位名叫奥古斯特·奈伊的模特，但是人们还是不肯相信他。最后，罗丹向美术院提出了抗议，美术院派了五名雕塑家组成的评审团来到罗丹工作室，亲自看他进行创作。最后，罗丹用自己无可怀疑的精确的解剖学知识和卓越的雕塑技巧无言地击退了这场声势浩大的攻击。

《青铜时代》，罗丹，1876—1877年，青铜雕像，高 174 厘米，现藏于法国卢森堡公园

《思想者》，罗丹，1880 年，青铜圆雕，高 180 厘米，现藏于法国巴黎博物馆

　　罗丹在《青铜时代》事件中受到了一番颇为屈辱的折腾，但他同时也获得了回报：从此声名鹊起，整个法国都知道了罗丹。因此，法国政府给了罗丹一项重大委托：为即将动工建造的法国装饰美术馆的青铜大门做装饰雕刻。罗丹因此创作了他一生最宏伟的巨制——《地狱之门》。他以但丁《神曲》为宗旨，以其中的《地狱篇》为主题，反映了当时法国创伤未愈、动乱不安、充满忧患的时期。从 1880 年接受任务开始，直到 1917 年罗丹去世，长达 37 年的时间他全部奉献给了工作，每天工作 16 个小时以上。在《地狱之门》中一共有两百个左右的人物形象，其中诞生了不少名留史册的雕塑作品，例如《思想者》《吻》《三个影子》等。

《思想者》位于门楣之下，就是在地狱的顶端和入口处的正中央，一个男人正托腮俯视，陷入沉思。这是一个象征人物，象征着人类的思想本身。他那蜷曲而坐的身体，像一张弯弓，蕴藏着巨大的力量，如今却被一种更大的力量牵制着不能动弹。肌肉健壮的运动员被思想所禁锢得直不起腰来，可以看出痛苦的思想使得人更加难以脱离苦海。人为什么会有罪恶？因为欲望。但要是没有欲望，人类就没有追求，也没有痛苦和矛盾，更没有欢乐！因此，这便是思想者痛苦和百思不得其解的生命的秘密。罗丹曾指出："思想者不仅代表着苦闷的罪人，还代表着最不幸的审判者。"他正是用这种充满人性的观点来塑造他的思想者和地狱中的灵魂。罗丹始终相信艺术与宗教有相同的含义，艺术与对自然的热爱也有相同的含义，三者合而为一。他的雕塑不是简单的人类形体的表达，而是人类复杂而深刻的感觉的凝聚。

新古典主义把民众与古代英雄与神明的完美道德、伦理与智慧相联系，用古希腊罗马神话与传说中的各种形象来启发和教育人。浪漫主义雕塑在制作上则更偏向于自然主义，把人的情感表现在历史的、当代的或者神话故事的题材中。到了19世纪中叶，人们逐渐厌倦了这种程式化的表达方式，他们想要看到更多生活中的新鲜形象，罗丹的雕塑很好地契合了时代的呼唤。

（二）法国现实主义绘画

19世纪的法国现实主义绘画不再热衷于从古代神话与历史当中寻求灵感，而是竭力在贴近自然与直面现实的过程中发掘美的本质。最开始体现出这种艺术倾向的是"巴比松画派"。从19世纪30年代开始，巴黎近郊有一个叫巴比松的村子因其风景优美而吸引了一大批艺术家来此旅行甚至定居，于是逐渐形成"巴比松画派"这样一个并没有明确组织的泛称。他们描绘优美的自然风光和田园生活，研究光线和大气对色彩景物的影响。画作充满了浪漫主义对大自然的向往之情和优美诗意，同时对光与色彩也有一定的研究和表现。这个画派对19世纪法国声势浩大的现实主义美术运动起了积极的推动作用。同时，对欧美风景画家，包括印象主义画家都产生了重要启示。巴比松画派的主要画家有卢梭、迪亚兹、多比尼、特罗扬、杜勃勒、雅克等。

柯罗（1796—1875）是巴比松画派的代表性画家。他出生于巴黎，父亲经营着一家服装店，所以柯罗从小就跟着父亲做服装生意，直到26岁弃商从艺。父亲的资助，让柯罗在学习艺术时没有经济上的负担，也不用为了寻求名声而陷入意识形态中。他游历各国，丰富的旅行经历为他积攒了大量的风景画素材。早年，柯罗曾接受过严格的、"经典"的艺术技能训练，但他显然超越了古典主义的规训，在进行艺术表达时坚持自己的立场与见解。他将一种新的、富有自由气息的风格带入了风景画中，体现出独特的艺术追求。柯罗作品中虽然总有几个人物，但都不是画面的重点，而是以人衬景，又借景抒情，让每幅作品都盈充着浓郁的诗情画意。他笔下的田园村庄或是清晨或是日暮，往往笼罩着一层薄雾，像梦一样柔和美好，令人向往。他的画风自然、朴素，充满迷蒙的空间感。他曾说过："衷心希望天堂里也有绘画。"

《芒特枫丹的回忆》是画家晚年优雅、恬静绘画风格的代表。画家曾经到过芒特枫丹，对那里的美景有着深刻的印象，此画是画家晚年根据回忆所作，作品中人与景交融。它不是画家刻意去渲染的一种理想化的风景，而是通过景物表现了一种抒情性的感受。他描绘薄雾的早晨，湖边茂密林子的一角，几位姑娘在采摘果子，仿佛仙女一般。晨光初露，透过树林的缝隙照进林子里，并构成了远处的湖光山色。树木右大左小，布局失衡，但人物的陪衬却引起观众视线的移动，使画面产生视觉平衡，显示了画家独特的构图技巧和丰富的想象力。银灰色和橄榄绿组成画面的主调，充满宁静、温馨而又亲切的感受。既表现了清晨的薄雾，也使得画面清新、恬静，像抒情诗一样美好。柯罗醉心于这种带着梦幻气息的田园诗意，但他的处理方式却比古典主义画家在处理"田园"时更加自由洒脱。

相比于巴比松画派，米勒的绘画风格是如此与众不同，他所表现的不是浪漫的田园风光，而是冷硬的现实生活。米勒（1814—1875）可以说是19世纪法国最杰出的现实主义画家，他的作品以描绘农民的劳动和生活为主，具有浓郁的农村生活气息。米勒出身于法国诺曼底的一个农民家庭，有过耕种的经历。他23岁到法国巴黎学习，师从画家德拉

《芒特枫丹的回忆》，柯罗，1864年，布面油画，高64.8厘米，宽88.9厘米，现藏于法国巴黎卢浮宫

罗什，画室里的同学都瞧不起他，说他是"土气的乡下人"。老师也看不惯他，经常训斥他："你似乎全知道，但又全不知道。"米勒在巴黎的经历使他非常厌恶这个城市，他形容巴黎是"杂乱荒芜的大沙漠"。1849年，巴黎爆发瘟疫（黑死病），他携家眷迁居到巴黎郊区枫丹白露附近的巴比松村。尽管他非常喜爱这里优美的风景和田园牧歌式的生活，但他依然觉得"无论如何农民这个题材对于我是最合适的"。

过去的艺术史上，农民是很少被当作主人公来进行表现的，即使有一些作品是表现农民的，也大多是用讥讽的目光来看他们，如老彼得·勃鲁盖尔的《盲人的寓言》，而米勒则完全不一样，他是带着敬意来表现农民的。米勒的第一幅有关农民的画作是《播种者》。该画的构图极其单纯，远景中只有一个赶着牛耕地的农夫，前景上只有一个播种者。地平线在这里是唯一重要和突出的背景，它向播种者大步前进的方向波动倾斜,加强了人物前进的动势,并与播种者的手和步伐共同造成一种非常均衡有力的运动旋律,表现了劳动者进行农耕时的美感。

《播种者》,米勒,1850年,布面油画,高101厘米,宽82.5厘米,现藏于美国波士顿美术馆

《拾穗者》是米勒的另一幅代表作,画中描绘了秋天收割以后三个农妇来到田间拾麦穗。农妇的形象是前景中的主角,她们穿着粗布衣衫和笨重的木鞋,体态健硕。整个画面结构十分简单,就好像是有人用照相机照了一幅普通的乡间图景一样。衣着朴素的农妇经过长期机械单调的劳作后日渐僵硬的姿势,在米勒的笔下显得如此真实。米勒的作品中似乎凝聚着一种内在的宏伟,虽然画家用了非常平凡的手法来画这三个农妇,但外界却给了她们非常高的褒奖,比如罗曼·罗兰就认为米勒笔下的这三个农妇是法国的三女神。米勒在乡间"看不到"迷人的风景,却看到了比"迷人"更为深刻的存在,那种支撑着文明社会向前发展的本质力量与本质动力,在米勒的绘画中淡然道出。

这一时期法国现实主义绘画的代表还有库尔贝。库尔贝(1819—

《拾穗者》，米勒，1857年，布面油画，高83.5厘米，宽111厘米，现藏于法国巴黎奥赛美术馆

1877）出生于一个靠近瑞士边境的法国小镇奥南。父亲是葡萄园主，祖父曾是法国大革命时期的雅各宾党人，给幼年的库尔贝灌输了不少革命思想。1839年，库尔贝按照父母的意愿来到巴黎学习法律，但他却被艺术博物馆中的美术作品所吸引，成了一个自学成才的画家。库尔贝天生具有异常浓烈的艺术气质、自我中心意识和个人英雄主义精神，喜欢表现、突出自己。他还具有一种机械唯物论观点，把人对客观世界的能动反映看成是被动的，认为艺术家必须绝对忠于客观事物，而不能有所改动和再创造。这些观点都反映在他的创作实践中。他的代表作有《筛糠妇》《打石工》《画室：一个概括我从1848—1855年七年艺术生涯的真实寓言》《奥南葬礼》等。

在绘画艺术中，其实17世纪荷兰小画派已具有了现实主义的端倪，但就其审美特征而言,荷兰画家更注重表现生活中幽默、快乐的情趣,以投合新兴市民阶层的口味。而库尔贝的现实主义,是 19 世纪中叶法国垄断资本主义进一步发展的产物。社会上严重的两极分化、贫富不均和政治腐败的现象,使艺术家更自觉地认识到自己的责任。

《打石工》,库尔贝,1848 年,布面油画,高 450 厘米,宽 541 厘米,现藏于德国德累斯顿绘画陈列馆

库尔贝相信艺术家应该只画他们能够感觉到的东西,即周围现实生活中真实存在的人和事物。他曾说过,我不会去画天使,因为我没有看见过天使。确实,库尔贝的绘画严格地践行了他这一观点。比如《打石工》就是库尔贝目睹了工人的劳动现场之后,再将工人请到画室中完成的。画面所表现的是两个衣着朴素的工人工作时的场景。这幅画一幅是截取了现实生活中某一片段的作品,极为平实,不悲天悯人,也不刻意渲染,避开那种缺乏现实基础的"美",以一种极为忠实的态度来描绘现场,充满了坚实而又动人的力量。

库尔贝非常看重他的《画室:一个概括我从 1848—1855 年七年艺

术生涯的真实寓言》,这是其早期的巨幅杰作。如副标题所示,在这幅画中包含了库尔贝关于造型、关于肖像的艺术思想,是他对于自己艺术创作的"宣言"。巨大的画面所展示的是他在巴黎的工作室。在这幅画中,一分为三的构图表现了当时社会的三个阶层:左边是艺术的门外汉,有商人、工人、猎人和老人;右边是懂得艺术并经常出入画展的人,主要是库尔贝的亲朋好友,包括波德莱尔、普鲁东和尚弗勒里;中间是画家本人、模特与一个小孩。由于交替使用光影效果,库尔贝把他所有的人物像一条带子一样沿着画面的下半部分排开,模糊不清的墙面成为人物的主要背景。画面中心的画家的画板是构图的关键,同时也是板上那幅风景画的关键。画家不借助景色的速写,也不用看实际的景色,说明了库尔贝对于艺术家创造力的看重。处在画面左侧阴影部分的被钉在墙上的裸体人物可能象征着画家所抛弃的学院派艺术。这幅画成了对学院教条的攻击,通过让画家自己占据画面中心,库尔贝强调了个体主义,并且表明艺术和艺术家应该在社会中占据中心地位。

《画室》,库尔贝,1855年,布面油画,高359厘米,宽598厘米,现藏于法国巴黎奥赛美术馆

杜米埃（1808—1879）生于法国南部的马赛，父亲是一名玻璃工匠。在1814年，家人曾迁居巴黎。因为生活贫困，杜米埃少年时就不得不给法官当听差，后又在书店打工。这种经历使他积累了丰富的生活阅历，很早就了解民间疾苦；同时，也激发了他的正义感和民主思想，之后忠实地反映在他的画作中。杜米埃擅长画漫画，他要求漫画具有真正的艺术水准，要求漫画形式首先需符合绘画的基本要素：造型规律、素描的黑白关系及线条的韵律。同时他也画油画，其油画构图简单，摒弃一切多余的东西。

《高康大》描绘了一个有着梨形大肚的巨人，坐在那里张开大口，不劳而获地吞食着人们源源不断地送到他嘴里的金银财宝。在其座位庇护下，贪官污吏们正在抢着官衔、奖品和巨款。左边，一群被剥夺得一贫如洗的人民，正被迫交出他们的最后一个小钱。这个巨人"高康大"，原型就是七月王朝的首脑路易·菲利普。漫画形象地说明了统治者剥削人民赖以生存的本质，揭示了被统治者贫困的原因。画家还因这幅画，在监狱里待了六个月。杜米埃的漫画几乎都是石版画。他的题材主要涉及欧洲与法国的历史、社会、政治家与政治关系。

《高康大》，杜米埃，1831年，石版画

(三) 俄国现实主义绘画

19世纪中后期的现实主义越来越体现出表面化、公开化的反学院派倾向，这一点在俄国的"巡回展览画派"上体现得最为明显。在俄罗斯民主主义思潮中，一些艺术家开始有意识地追求体现自己民族特色的绘画风格。1863年，13位认为艺术应该更加关注俄国现实生活而不是神话幻想的艺术家组成了"巡回艺术展览协会"，克拉姆斯柯依为其领袖。这一派的画家以贴近平民的现实手法进行创作，坚信艺术会成为民族意识发展与社会革新的工具。他们坚信车尔尼雪夫斯基与别林斯基的美学观念，坚持"美即生活"的理念，试图全景式地记录俄罗斯民众社会生活的方方面面，并且弘扬俄罗斯民族所特有的精神气质。他们艺术创作的多数主题是俄国的神职人员、农民和风景。这个组织几乎每一年都会在俄罗斯的各大城市举办巡回展览，来倡导自己的主张。在大约半个世纪的时间里，他们共举行了五十次左右的展览。在当时，"巡回展览画派"几乎汇集全俄国的艺术精华，克拉姆斯柯依、希施金、列宾都是其中的重要代表。

列宾（1844—1930）是俄罗斯民族艺术的旗手。他的画作深刻地反映了俄罗斯的社会现实和人民生活的疾苦。列宾在圣彼得堡绘画学校及皇家美术学院深造，具有扎实的素描和油画功底。后来列宾受到革命民主主义思想的影响，自觉地将艺术与俄罗斯人民的命运结合起来。他的创作态度十分严谨，对每一幅作品的构图及典型人物和典型环境的选择都要反复推敲，在作品中贯注了自己的信念和情感。因此，他的画不仅是俄罗斯社会生活的真实写照，而且总是那样生动感人。

列宾的《伏尔加纤夫》是俄罗斯绘画史上的名作。列宾在大学期间多次到伏尔加河体验生活，为纤夫们牛马不如的生活及辛苦的劳作深深触动，留下了不少素材。此时优秀的诗人涅克拉索夫又创作了《伏尔加纤夫》长诗，深沉而悲伤的诗句激发了列宾的创作灵感，他经过三年的反复构思和推敲，终于创作出这幅令人难忘的作品。画中在宽阔的伏尔加河河畔，一群衣着褴褛的纤夫正在奋力、缓缓地拉动一艘木船，他们沉默不语、筋疲力尽。远处青色的天空更加映衬出他们黑暗的衣服和低

《伏尔加纤夫》,列宾,1875年,高131.5厘米,宽281厘米,现藏于俄罗斯圣彼得堡俄罗斯国立美术馆

落的情绪。领头的是一个大胡子的长者,生活使他饱经风霜;而其他埋着头的人们似乎已丧失对生活的希望,他们的身体和灵魂已经麻木;唯一有点亮色的是队伍中间的一位少年,他还能够感受到痛苦而直起身子想要松松纤绳。未来他会加入这宿命的行列,还是会奋力反抗这黑暗的社会?列宾的情感正如涅克拉索夫的诗句,复杂而深沉:广袤而美丽的俄罗斯啊,您的人民是如此的贫弱而痛苦。他们令人同情,可是他们还未觉醒。

三 印象主义

印象派是19世纪下半叶在法国兴起的一个画派。印象派的艺术探索引发了艺术发展史上的一场深刻革命,它标志着西方艺术由传统艺术向现代艺术的过渡,是印象派真正为古典程式的学院式绘画敲响了丧钟,为现代新美术开启了序幕。印象派的名称最先起源于莫奈的油画《印象·日出》。在19世纪实证主义和光学理论与绘画实践的推动下,印象主义画家吸收了柯罗、巴比松画派以及库尔贝的写实主义经验,注重绘画中对室外光的研究和表现，打破了几百年来室内作画的传统，提倡户外写生。印象主义画家根据阳光的变化来展现物体在光的照耀下色彩的微妙变化，使欧洲出现了利用色光原理来加强绘画表现力的新方法，对绘画技法的革新产生了很大影响。这一时期的代表画家有马奈、莫奈、德加、雷诺阿等。

马奈（1832—1883）出身于法国巴黎的大资产阶级家庭，父亲是一名法官。家里人希望马奈报考法律专业或者海军学校，但是18岁的马奈还是听从自己内心的选择，进了著名的学院派画家库尔丢的画室。库尔丢是一个典型的"古典主义"画家，排斥一切"不古典"的新鲜事物。虽然马奈认为每次走进画室就像进了坟墓一样死气沉沉，但他还是在那里接受了六年的古典主义培训。所以，马奈并不是以决绝的反叛者形象走上画坛的。一方面他深受古典主义的熏陶；另一方面他又想追求自己独特的艺术理想，认为画家应该画他所见，而不是拼凑"古典理想"，马奈尽量在这二者之间寻求平衡。1861年，《西班牙吉他演奏者》使马奈在赢得美展奖的同时，也获得了当时颇具影响力的批评家戈蒂埃的赏识，这对于一个年轻的画家来说是极为有利的。这幅画就是马奈将自己所学的古典主义技巧与现实主义旨趣相结合的典范，但是这种平衡并没有维持很久。

1863年，马奈的《草地上的午餐》与《奥林匹亚》在"落选沙龙展"上展出的时候，立刻就让马奈成为众人争论的焦点。"落选沙龙展"是拿破仑三世为那些想要参加沙龙却被拒的艺术家而举办的一次展览。皇帝和评论家们都不喜欢这两幅画。《草地上的午餐》中一个女子裸体坐在两个着衣的男子旁边，这是不成体统的。画面中的明暗关系也是截然对立的，完全抛弃了古典主义逐渐过渡的原则，笔触也是大而粗糙。画中大块扁平色彩的使用以及对于透视原则的忽视，也成为评论家们的攻击点。有趣的是，这些恰恰是马奈独出机杼、超越传统的地方。《草地上的午餐》中已经体现出的诸多个人特色，在《奥林匹亚》中得到了更为强烈的表达。"奥林匹亚"是诸神的居住地，所承载的是古典主义的爱与美，但正是这样一个神圣的画题，马奈却用了一个妓女来加以呈现。画面中女子脖子上所系的黑丝带，站着的黑奴以及女子脚边的黑猫在当时都是妓女的象征，而且在绘画形式上，马奈还为人物赋予了清晰的轮廓线条，这一切都不禁让古典主义的批评家们大为恼火。从乔托开始，人们就试图在二维的平面上表现纵深的三维的感觉，但是从马奈对于新的空间表现形式的探索上看，绘画开始重新体现出一种平面化的创作倾向。印象派甚至后印象派很多年轻的画家都受到了他的影响。

《草地上的午餐》，马奈，1863 年，布面油画，高 208 厘米，宽 264.5 厘米，现藏于法国巴黎奥赛美术馆

莫奈（1840—1926）出生于巴黎，其父在海边小城勒阿弗尔开杂货店。青年时代，莫奈就经常将自己所画的肖像画摆放在商店里展出。尽管他的家人并不反对他画画，但是因为莫奈极其讨厌经院教育拒绝进入正规学院进行学习，所以和家人也时有冲突。在莫奈的画中，"光"是毫无疑问的主角，为了表现光在不同时段中的色相变化，莫奈经常会针对同一个景物从早画到晚，比如他的《干草堆》系列就是这样。可以

说，在捕捉瞬间光影的课题上，莫奈取得了极大的成功，大自然的光影在他的笔下拥有一种极为自然的呼吸感。1874—1886年一共举行了八次印象派画展，在此期间甚至在聚集在一起的印象派画家解散之后，莫奈始终都是印象主义风格最坚定、最出色的执行者。莫奈的代表作有《日出·印象》《睡莲》《青蛙塘》《圣拉扎尔火车站》等。

作为工业革命的产物，19世纪出现的铁路在莫奈及其朋友眼中，天然地成为对优雅高贵的古典主义审美趣味的挑战。火车对于印象派画家来说是一个全新的题材。1877年，莫奈在第三次印象派画展中展出了8幅关于圣拉扎尔车站的画作。在这些画中，潮湿的空气与蒸汽、烟尘混在一起，从空旷背景和透明的屋顶照射进来的朦胧阳光同站内的封闭空间形成对比。在一幅画到另一幅画的转换中，莫奈急速地追赶着"形"与"光"。他抛弃了透视，取消了明暗过渡，将时间与空间压缩在一瞬间的印象之中，很好地表现了火车进站时的独特氛围。

莫奈在晚年，创作了大型的组画《睡莲》。这组画开始创作时他已经是74岁的高龄了，并且持续了12年，直到他86岁去世。这一组装饰画创作的过程可以看作莫奈毅力的一个真实写照，而他真可谓是印象主义时期不落的太阳。

马奈和莫奈都是用非传统的形式去表现光和色，印象派杰出的画家雷诺阿绘画的主旋律却一直是表现女性肉体的魅力。雷诺阿（1841—1919）出身于一个穷裁缝之家，11岁时就进入巴黎一家瓷器厂画瓷器装饰画，以后又画过扇面和为教会画装饰道具，这些经历都为他之后的绘画奠定了坚实的基础。1874年，雷诺阿以《包厢》参加了首届印象派画展，此画标志着他风格的成熟。画作描绘的是画家在剧场的感受，模拟了剧院包厢的场景，女人由模特尼尼·洛比丝所扮，男人由画家的兄弟所扮。因为其构图和色彩的成功，有一种自然的逼真感。构图截去了包厢的一角，省略了人物以外的背景，主要是以年轻女人的形象为主，男人的形象暗隐在背后作为陪衬。灯光仿佛从对面舞台照过来，使得整个包厢呈现出温暖柔和的金红色调，增加了少妇面容的光艳和柔美感。雷诺阿在表现女性面容上善用高调手法，用重色调突出其双眼，其余则是用肉色浅描淡绘，以简洁手法求得极为醒目的效果。他对于光线丰富

《圣拉扎尔火车站》，莫奈，1877年，布面油画，高75.5厘米，宽104厘米，现藏于巴黎奥赛美术馆

的把握也体现在他在1876年创作的《红磨坊街的舞会》上，画作活泼地表现了宴会的场景。

有着"古典的印象主义"之称的德加（1834—1917）不像其他印象派画家一样钟情于在户外作画，除了在赛马场之外他几乎没有在露天的地方作过画，但他同样也极为关注色彩和光线，强调精确的素描以及线条的运用。受到摄影技术的启发，德加善于以新颖的视角来捕捉稍纵即逝的瞬间，他的画面构图就好像是眼睛在生活中偶然一瞥所得的小"片段"。德加似乎并不赞同外界所加于他的"印象派"称呼，他只是坚守着自己的艺术追求，不过他还是参加过7次印象派画展，尝试不同的主题和技巧来寻求自我突破。德加的代表作有《芭蕾舞女演员》《准备拍照的芭蕾舞女演员》《浴盆》等。

《包厢》，雷诺阿，1874 年，布面油画，高 80 厘米，宽 63.5 厘米，现藏于英国伦敦柯陶德学院画廊

《芭蕾舞女演员》，德加，1876—1877 年，布面油画，高 60 厘米，宽 44 厘米，现藏于法国巴黎奥赛美术馆

四　新印象主义

新印象主义又叫分色主义或者点彩派，新印象主义由印象派那种自发式的新鲜感发展到了凭借科学的光色原理来进行创作。印象派的画家主张要表现光照在物体上的即时感受，这就对画家的绘画速度有了更高的要求，但是调色是很耗费时间的，所以大多数印象派画家的调色板上一般只剩下七八种颜色。这七八种纯色中有很多颜色之间的关系是互补色，也就是在色相环中呈180°角的两种颜色，比如红色和绿色就是互补色。互补的两种颜色进行调和会变成灰色，这是调色规律。印象派的画家无法接受古典主义画派所喜爱的暗沉画面，所以就需要在调色板上进行多次修改。画家修拉面对这种情况，索性提出了更为激进的解决办法，那就是：既然颜色相调容易调出灰色，那就不做调色，直接用"点"的笔触来画画，用无数的色点来构成色块以及形象。"点彩派"的名称由此而来。

"点彩派"的这种绘画手法据说是来自一种"色彩分割"的光学原理。据此原理，光照在物体上反射进入眼睛中的色彩印象其实是各种独立的纯色的综合。这种作画的方式使得观者近看作品的话，画面上就都是一点一点的纯色，但是离远了看，经过"视觉调和"之后画面就会变得十分柔和，也就是"纯色的综合"。新印象主义将对于光和色的再现放在科学分析的基础上，力图更加真实地"再现"光与色的所体现出的效果，这是其不同于印象派绘画的地方。新印象派的代表画家有修拉、西涅克、克罗斯等。

修拉（1859—1891）出身于巴黎的一个富裕家庭，10岁进入巴黎美术学院进行学习，在安格尔的弟子勒曼的画室中接受了几年古典传统美术的熏陶。在创作上，修拉采用了极端破坏线条造型的点彩画法后，却奇迹般地保留下线的清晰轨迹。与其说他是个画家，不如说他是对自己的艺术主张充满激情的理论家。25岁的修拉创作了《大碗岛的星期日午后》，这是一幅典型的用点彩手法创作的绘画作品，表现的是巴黎人惬意地享受午后阳光的场景。画面前景中一大片的暗绿色表示阴影，中间黄色调的亮部，呈现出午后的炙热阳光。阳光穿过树林投射在地上的阴影，被不同的色彩强调得界限分明。画面中的人物看不出具体的样貌，但身形却显得极为优雅。虽然采用了革命性的绘画方式与表现形式，但人们却从修拉的这幅画中，感受到了宁静、平和与秩序，让作品呈现出一种独特的艺术魅力。

《大碗岛的星期日午后》，修拉，1884年，布面油画，高207.6厘米，宽308厘米，现藏于美国芝加哥艺术机构

《大碗岛的星期日午后》局部放大后的效果

五 后印象主义

后印象派是一个包含着从印象派起步而来的多种新的绘画样式的美术发展潮流,它不像印象派那样是一个有组织的画派,而是后人为了更方便地描述西方艺术史所使用的名号。1910年,由英国理论家罗杰·弗莱提出。后印象派的画家强调的是表现而不是再现,他们反对印象派对现实对象的忠实再现,强调艺术应表现画家的主观感受,追求更有个性更具创造精神的表达。在绘画中,客观事物的色彩、造型和光的效果,都要服从画家的主观感受而加以创造性地描绘,其所表现的是主观化了的客观。后印象派不满足于印象派凭感受作画的方式,它一方面继承了印象主义中的韵律感、装饰性的意味以及明亮的色调,另一方面也把艺术转向了主观,将艺术从对客观的关注转向了对人的内心的观照。他们不仅在绘画中追求表现自我的个性,还追求绘画形式本身的个性。后印象派以塞尚、梵高和高更为代表,占据了19世纪下半叶绘画界的半壁江山,三个人都注重内心感受,注重绘画形式的表现价值,并赋予构图和线条以强烈的情感。可以说从后印象主义开始,绘画由对客体的模仿,转向了对人的心灵的表达。

塞尚(1839—1906)出生于法国南部小镇埃克斯,其父是个制帽厂主,后来成了银行家。塞尚基本上都在家乡度过一生,未曾远离家人和周游世界。在父亲庇护下,他甚至免除了兵役。总之,塞尚的一生既无曲折的身世,又无其他画家通常所遭遇到的饥饿和艰辛,他将一生都奉献给了艺术事业。塞尚为探索自己的艺术风格,使创作更臻完善、构图更能充分表达个人意旨,所以顽固、重复不断地将同一构思、同一画面画了又画,不断修改。他早期作品与后期作品在表现形式上和取材上都有很大的不同,以19世纪70年代为界。在早期的作品中,他经常表现残杀、抢劫、性的诱惑和绝望的悲哀。塞尚选取这些题材一方面受他所阅读的文学作品的影响,另一方面则是他自己选择的一种特殊的精神寄托和宣泄方式,如《强暴》《杀害》等。在后期作品中,塞尚在毕沙罗的影响下,从早期深重色调的绘画风格中走了出来,开始用印象主义的方法作画，但他的风格并不完全等同于印象主义。塞尚不喜欢理论，但也提到过自己的艺术主张，说自己就是要在自然中画出普桑式的画面来。在他绘画生涯的最后三十年，塞尚一直在对传统的古典艺术发问：我们真的是如我们所画的那样看待世界吗？我们在这样看待世界的时候是否漏掉了什么？

在传统绘画中最重要的绘画原则是透视，透视才能够表现出客体的真实。画面中和观者眼睛等高的地方是视平线，眼睛所在的地方是视点，从视平线和视点出发延伸出透视的画面。比如，透视原则告诉我们，我们看一个正方体最多只能看到三个面。塞尚对这种原则提出了质疑，他认为之所以传统绘画只能通过透视关系看到三个面，是因为他们忽视了时间，他们看到的是虚假的静止的现实。如果我们加进去时间让正方体动起来，那两三秒的时间我们就可以看完六个面。塞尚将透视画法打碎之后，艺术家还能怎么作画呢？塞尚提出，在"自然里一切物体的构成均近乎球体、锥体和圆柱体，人们必须在这些单纯形象的基础上学习绘画，然后才能画一切想画的东西"。他把所有物体都变成了几何体，在对几何体的表现中构成了生活的世界。他将精力集中于色彩与运笔本身，通过微妙的色调变化实现立体感，追求和谐有序的构图。

《果盘、玻璃杯和苹果写生》中，画家对每一个苹果都从不同的角度加以观察，这意味着苹果之间的大小比例、苹果与背景之间的关系等是不会像从透视角度来看它们那样协调的，但是整个画面里的所有事物合起来却构成了稳固协调的画面结构。比如，果盘被放在了画面的左边，但它与左上角的叶子结合得很好，而左上角的叶子又与右上角的叶子遥相呼应。画面中每一个物体的每一笔色彩都有独特的用意，画出了后缩或者反光的层面，这些层面又反过来表现了自然界的几何结构，比如圆锥形、球形等。每一个物体都与相邻的物体相关，但并不统一，可以说是分别创造了自己的空间。塞尚宁可用物体之间的距离来进行思考，也不考虑整体空间。各个物体所处的位置是画面构成的需要，是画家心灵感觉层面构图的需要，而不在乎画家眼中看到的画面。

文特森·梵高（1853—1890）出身于荷兰的一个牧师家庭，曾想献

《果盘、玻璃杯和苹果写生》,塞尚,1877—1879年,布面油画,高46厘米,宽55厘米,私人收藏

身于宗教事业,后因传教活动不成功而遭到教会的解职,这对他是不小的打击,但也促使他走上艺术之路,并且将对宗教的虔诚和献身精神转向了艺术。其实梵高拥有极高的艺术天赋,他并未经过系统的绘画训练,但他的几个伯父和弟弟均为画商,梵高到他们的店里做过店员,对绘画早已产生浓厚的兴趣,后在一些画家的指点下悉心研究。1886年梵高随着弟弟提奥来到巴黎,印象主义画家们的色彩和点彩画法对他深有启发,但富有热情的个性和气质使他并不满足于视觉的真实,粗犷、激烈的性格也使他与法国式的优雅精致格格不入。当时人们并不理解他的作品,在他有生之年,仅以400法郎卖掉一幅画,而梵高本想多卖些以偿还弟弟对他的资助,这对他来说是莫大的打击。加之爱情屡屡受挫,

与好友高更因性格不合而发生争执，他终于精神失常，几次入住精神病院，有一次在失常状态下竟割下自己的耳朵。1890 年 7 月，在画完最后一幅作品《麦田的乌鸦》后，梵高拿着手枪走到田野里，对着腹部开了几枪，三天后便离开了人世。梵高把强烈的情感诉诸画面，他的作品就好像燃烧着一种超自然的、原始的力量。

《麦田的乌鸦》使用了人们熟悉的画家特有的金黄色，但是它却充斥着阴郁感。乌云密布的沉沉蓝天死死压住金黄麦田，叫人透不过气来。一群凌乱低飞在麦田上的乌鸦、波动起伏的视平线和湍急粗犷的笔触，使画面充溢着紧张而骚动不安的气氛。深绿色的田间小路在麦田中蜿蜒，切割了画面，使之更显骚乱和紧张，透露出画家不祥的预感，它象征着沉郁的痛苦呻吟一般的绝唱。这个像火焰般燃烧过的画家，特别喜欢原色与补色的变换对比，他画出了一幅幅闪亮的画作，照亮着人类的美术历程。它们总是那么绝美、和谐、细腻乃至优雅。尽管梵高那富有动感、仿佛不停旋转着的笔触，是粗厚有力的，其色彩对比是单纯强烈的，但当我们仔细观看时，会发觉它们每一笔颜色和线条都充满了智慧和灵气，即使是在梵高割下耳朵之后，他所创作的自画像亦是如此。

《麦田的乌鸦》，梵高，1890 年，布面油画，高 50.5 厘米，宽 100.5 厘米，现藏于荷兰阿姆斯特丹梵高博物馆

保罗·高更（1848—1903）出生于巴黎，父亲是一名维护共和政体的新闻人，母亲是秘鲁作家的女儿。1849 年，路易·拿破仑上台之后，举家迁往秘鲁，父亲于途中死去，高更只能和妈妈姐姐一起寄居在利马的亲戚家中，1855 年全家返回了巴黎。高更曾经做过海员，入过海军，后来转行证券行业。高更 25 岁才开始在业余时间学习绘画，经常走访美术学院，并于 1874 年结识了毕沙罗，从此便走入了印象派的大门。无论高更追求的艺术理想有多么的偏狭，带着多么沉重的个人情绪，画家都克服了精神与物质上的双重困难：其作品长时期不被观众理解与接纳、去国怀乡的痛苦、经济拮据、生活艰难以及病魔缠身等。

高更似乎总在向往远方，留恋那些独特的异国情调以及具有原始风情的地方。无论是他个人的一生还是他的艺术作品都在追求着一种更为深沉、质朴、浑厚的在乎人性本质上的真实，都在力图突破古典主义文化传统的禁锢以及西方现代文明对于人的侵蚀。1891 年，高更来到太平洋上的热带小岛塔希提岛，并在这里完成了他一生中最主要、最杰出的作品。他在这里找到了童年时代从母亲那里接受的、对于土著民族神秘的热情。同时，他用饱满的热情表现了远离文明骚扰、简单淳朴的土著人的生活。为了表现这种特定的环境和风土人情，他采用了接近古代埃及美术中庄严、平稳、安宁而富有图案装饰风格的艺术手法，并追求在人类童年时代的美术中所自然显露出来的简单稚拙的粗线条的结构形式。这种艺术表达方式是不同于印象派和新印象派画家那种使得线条和色块趋向模糊的画法的，高更开始强调明晰而简洁的线条以及大面积平铺的色块，更好地将线条和色彩的表现形式结合起来。高更的影响是多方面的，象征主义、纳比派、野兽派都从他这里获取艺术资源。

比如《杧果堆边的女子》，在画面中，斜卧着一个女子，她好像是伊甸园中的夏娃。深重的蓝绿色草地和棕色皮肤是如此的协调，女人头上的红扇子，身边地上的红杧果，直到脚跟树下的红土堆，构成了一个断续的红色弧线，犹如半个花环，点缀着棕色人体。同时，在近处倾斜的绿色草坡像张床，托着裸体女人，灰紫色的海滩向远处延伸，泛着白色浪花的深蓝色海洋构成了地平线。画面中的女人表情自然，秀美的脸上露着刚可察觉的微笑，加上周围景色的衬托，使她显得异常高贵，就像是一位大自然的女王。她和自然非常和谐地融为一体，看上去极为壮丽和富有神韵。也只有高更，才能把这一普通的题材描绘得如此不同凡响。

《我们从哪里来？我们是什么？我们往哪里去？》是现代艺术史上非常重要的一幅画。在创作这幅画之前，高更的小女儿突然离世，自己又贫困交加，万念俱灰之际，高更想到了自杀。被人救起之后，高更对生命有了更为深入的思考，这幅画所表现的就是人从生到死的过程，采用了宗教画的三联式布局，描述了人生的三个阶段：幼年、青年、老年，整个画面极具象征意味。高更一生都极为厌恶现代工业文明，所以当他在思考"生命与人类"这样本原性的话题时，自然而然地选择了那种较为原始的生活状态来呈现。绘画融入了东方绘画的异域风情、非洲雕塑的粗犷表现、民间版画的朴拙自然以及神秘的宗教气息，体现了高更一生所吸收的艺术文明精华。

《我们从哪里来？我们是什么？我们往哪里去？》，高更，1897年，布面油画，高139.1厘米，宽374.6厘米，现藏于美国波士顿美术馆

六 象征主义艺术

象征主义先是发生于绘画以外的领域，例如诗歌创作，而后才反过来深刻地影响了绘画。艺术家创作图画的灵感多是来自词语中充满力量

的内容，比如诗歌、剧本、小说、神话、民间故事等。在法国，象征主义最初的代表人物是诗人波德莱尔、魏尔伦和马拉美。当时诗人莫雷阿斯提出艺术的任务就是"给理想穿上感性形式的外衣"，不久这个理念就影响到了美术创作。一批艺术家如夏凡纳、雷东、莫罗等受其影响，想把他们的思想和理论应用于绘画艺术当中。

夏凡纳（1824—1898）的艺术活动主要是给巴黎以及其他主要法国城市中的许多公共建筑画装饰壁画，一度成为法国首屈一指的装饰画家。他的壁画常常用来表现宗教和神话故事以及民族历史事件，其中蕴含了揭示人生哲理和民族命运的用意。19世纪70年代初夏凡纳的《希望》是象征主义的杰作，它是对普法战争后法国民族情绪的隐喻。画上的背景是废墟和十字架墓地的荒野，象征着战败后的法兰西。在前景上，一位手拈橄榄枝的白衣少女坐在废墟上，她洁净无瑕、端庄纯净，象征着和平和新的希望。明朗的画面强调了平面、简化的装饰效果，保留着学院派审美趣味的古典印记。夏凡纳的作品深深影响了高更、凡高、修拉和毕加索等人的创作，尤其对象征派绘画有着重要的贡献，被誉为19世纪80年代末至90年代象征主义画家中的主角。

《希望》，夏凡纳，1872年，布面油画，高102.5厘米，宽129.5厘米，现藏于美国巴尔的摩沃尔特斯美术馆

《在希律王面前跳舞的莎乐美》，莫罗，1876 年，布面油画，高 143.5 厘米，宽 104.3 厘米，现藏于美国洛杉矶哈默博物馆

　　古斯塔法·莫罗（1826—1898）出身于法国巴黎的一个建筑师家庭，幼年曾在新古典主义画家皮柯特的画室中学习，1846 年进入巴黎美术学校学习绘画。莫罗的绘画风格并不比印象主义的画家更接近古典的学院传统，但是他的象征主义在某些方面满足了那些喜欢听故事的观众，所以莫罗在当时赢得了一片喝彩声。但是这些人大多没有意识到，象征主义绘画所描绘的情节背后是蕴含着某种理念的，这样的作品就成为一种象征的符号，来抵达不可见的内心世界。在《在希律王面前跳舞的莎乐美》中，莎乐美身着华服，正在踩着轻盈的步伐靠近木偶一般的希律王。这个看似美丽的画面实则是对色情、罪恶以及道德沦丧的暗

示,莎乐美象征着人类本性中的一些欲念与弱点。这幅画是有警示意味的,意在告诫那些被视为正统的艺术:不可再继续做回避问题的伪善行为,这并不能解决问题。艺术家们正在发现那些传统价值观念所力不能至的死角,抵达真实。

第三节　19世纪文学

一　浪漫主义文学

（一）概述

相较于封建时代对人的各方面的严格控制,19世纪西方资本主义的发展给人带来了一定程度的自由、解放和物质的富裕,然而新的文明又给人带来了新的束缚。物欲意识和竞争意识的激活,使人又失去了自由,人与人、人与社会、人与物之间的关系恶化。正是在这种历史背景下,人对自身的处境、命运与前途的思考也不断深化,浪漫主义文学由此衍生。

浪漫主义流行于18世纪末、19世纪初封建制度衰亡、资本主义上升这样一个新旧历史交替的时代。浪漫主义文学强调自我,追求自由,它是在反古典主义的斗争中发展起来的。古典主义讲理性、讲规则,在一定程度上是对文艺复兴人文主义文学个性自由的反拨,而浪漫主义则竭力倡导自由思想,是人文主义精神在新的历史条件下的"重现"。

浪漫主义文学主要有以下特点。

第一,注重"情感"的"表现",不满于模仿论的对"客观现实"的模仿。

从亚里士多德的悲剧模仿"人的行动"开始,关于艺术模仿生活的理论一直在西方文论史上占据主流地位,这种理论通常把艺术比作一面反映生活的镜子。人们对莎士比亚戏剧的评论就是如此,莎士比亚也认为"自有戏剧以来,始终是反映自然,显示善恶的本来面目,让它的时代看看它自己演变发展的过程"（出自哈姆雷特之口）。17世纪的古典主义的"典型"理论从此演化而来,认为艺术模仿的并非真实的事实,而是经过筛选的或隐匿在现象背后的更为本质的现象。"可能的真实""提炼过的，美好的自然"，它们比粗糙的，未经加工、选择的再现本身更有价值。模仿论对作品提出了现实主义方面的要求，即真实性和概括力，然而却存在一个问题：艺术长期发展下去，在生活的表现方面应该已经穷尽，不可能有什么东西还未曾表现，只能说"我们来到这个世界太迟"。其实模仿论在某种程度上忽略了艺术作品的内在要求和作者的个性。

浪漫主义注重作者的个性，作品力图表现主观情感，因而解决了艺术已穷尽了现实生活这个问题。它对艺术的喻词变为喷泉、明灯，甚至火山（拜伦语），因为"他心中充满情感不表不快"，即便是现实，也是作者所感知的现实。正是作者的心灵创造了作品的世界，甚至创造了"客观"世界的大部分。

第二，向往大自然和大自然的神秘。

受谢林"自然哲学"和卢梭"回归自然"的影响，浪漫主义注重人与自然的诗意的统一。喜欢将自己的理想人物置身于未被工业文明浸染的、充满原始色彩的雄伟奇异、纯朴宁静的大自然中，描写美好的"理想世界"。具有泛神论倾向，可追溯至斯宾诺莎。谢林认为大自然的全部——包括人的精神与物质世界——都是一个"绝对存在"（或世界精神）的表现，所以浪漫主义者在自然中看到了"自我"，同样在自我的心灵中体会到"世界精神"。正如挪威自然学家史代芬1801年在哥本哈根发表有关德国浪漫主义的演讲时所说："我们厌倦了无休无止与粗糙物质世界的奋战，因此决定选择另一个方式，企图拥抱无限。我们进入自己的内心，在那里创造了一个新的世界。"

第三，向往中世纪，注重对民间民族文学的发掘。

浪漫主义者渴望遥不可及的事物，怀念一个已经逝去的年代。在启蒙时期中世纪被贬谪，而浪漫主义者对中世纪却充满着神秘的想象，如古老的废墟、黄昏中教堂的尖顶、梦幻般的赞美诗等。

而且民间文学也是富有个性的（不像古典主义那样千篇一律），它们是世界精神、世界灵魂的一部分，也是人类有机体的一部分，是国家和民族的个性和灵魂。而彼时再不收集可能就会湮灭，所以浪漫主义者积极地收集民谣、民族语言、古老的神话以及各种传奇冒险故事,格林兄弟搜集的童话就是这时的成果。各地的音乐家也将民间音乐写进他们的作品。

"浪漫主义"(Romanticism)来源于中世纪的"传奇"(The romance)一词。18世纪晚期人们对古代的骑士叙事诗中那些离奇冒险的故事发生兴趣,而这些作品几乎都用罗曼语(Romance)写成,以后人们就将有关冒险、离奇、幻想的叙事都称为浪漫主义。

第四,体裁形式和艺术手法丰富。

浪漫主义文学具有多种多样的体裁形式,尤其常采用那些具有强烈感情色彩的体裁,如抒情诗、抒情叙事诗和以神话传说为题材的戏剧和历史剧等。艺术手法则采用夸张对比的手法,如此令人印象鲜明。语言特点是爱用华丽的辞藻和生动丰富的比喻等。

派别	代表	作品	历史地位
早期浪漫派	罗伯特·彭斯	《苏格兰方言诗集》	
	威廉·布莱克	《天真之歌》《经验之歌》	
湖畔派	华兹华斯	《坎伯兰的老乞丐》《致杜鹃》《我们共七个》《艾丽丝·菲尔》《写于早春的诗句》《丁登寺》	英国浪漫主义开创者 湖畔派最重要的诗人
	柯勒律治	《古舟子咏》	
	骚塞	《布伦海姆之战》	
撒旦派	拜伦	《恰尔德·哈罗德游记》《唐璜》	欧洲浪漫主义的旗手
	雪莱	《西风颂》《伊斯兰的反叛》《解放了的普罗米修斯》《麦布女王》《致云雀》	
	济慈	《秋颂》《夜莺颂》《希腊古瓮颂》	唯美主义的精神先驱

(二) 英国浪漫主义文学

英国浪漫主义文学的主要成就是诗歌。浪漫主义诗歌的出现使得英国的诗风发生了剧烈的变化,一大批重要诗人登上诗坛,开创了一个全新的诗歌局面。早期代表诗人有罗伯特·彭斯(1759—1796)和威廉·

布莱克（1757—1827）。彭斯著有《苏格兰方言诗集》，布莱克的作品包括《天真之歌》《经验之歌》和《弥尔顿》等。

布莱克和彭斯可以说是英国浪漫主义诗歌的先声，而真正开创英国浪漫主义诗风的是"湖畔派"三诗人：威廉·华兹华斯、萨缪尔·柯勒律治（1772—1834）和罗伯特·骚塞（1774—1842）。

华兹华斯（1770—1850）是"湖畔派"最有影响和最有成就的诗人。他出生在英国坎伯兰郡的考克茅斯，父亲是律师。1787年，华兹华斯进入剑桥大学的圣约翰学院。他对那里的课程不太感兴趣，却熟读了大量古典文学作品，又学习了法语、意大利语和西班牙语。毕业前一年即1790年的暑假期间，华兹华斯由于受启蒙思想家卢梭"回到大自然去"思想的影响，曾与同学一起去法国、瑞士和意大利旅行。华兹华斯对法国大革命深怀同情。在他的第一本诗集里，收有《黄昏信步》和《景物素描》等诗，诗中就有认为法国大革命为人间带来自由、使自然生色增光的内容。他后来与柯勒律治相识并成为挚友，并合作发表诗集《抒情歌谣集》。其中包括柯勒律治的长诗《古舟子咏》和华兹华斯的诗作《致杜鹃》《坎伯兰的老乞丐》《我们共七个》《艾丽丝·菲尔》《写于早春的诗句》和《丁登寺》等。

《丁登寺》抒发了诗人身处一个古寺废墟上时的所思所感。实际上，诗人虽站在古寺废墟上，眼睛所注视的却是葳河河谷"幽僻荒凉""与世隔绝""同沉静的苍天连在一起"的自然景色。在这样的山水间，诗人顿有解脱之感，因为此前五年他一直"在城镇和都市的喧闹声里……困乏地独处屋中"。现在他终于找到了心灵的慰藉，向远离尘嚣的自然之神道出由衷的感激之情："当毫无收获的焦躁不安和这人间的一切亢奋狂热，压在我这颗怦怦跳动的心上——我的精神上多少次求助于你！穿过树林蜿蜒流去的葳河啊，我的灵魂曾多少次求助于你！"所以说，《丁登寺》既不是一般的所谓山水诗，更不是怀旧诗，它通过如山涧溪流般蜿蜒曲折的诗句，努力想要表达的主旨是：自然界最平凡、最卑微之物都有灵魂，而且是同整个宇宙的灵魂合为一体的。喧闹的都市使诗人感到孤寂无聊，唯有在大自然的怀抱里，他才能得到安宁，得到人生的启迪。这里，曲折地、感伤地反映出华兹华斯对当时污浊肮脏的社会风气的不满与厌恶，因而也显示了他最基本的思想倾向。

这首诗体现了华兹华斯朴实自然、诗句口语化的风格。全诗一气呵成，流畅而又幽婉，无一点古典主义的斧凿之痕。诗人敏锐的感觉、真挚的情感从娓娓动听的诗句中自然流露出来；诗人出色的观察力则使日常小事和平凡景物都化为感人的艺术形象呈现于读者眼前。论韵律，华兹华斯在这首诗中用的是5步抑扬格素体无韵诗律，轻灵、活泼而具有流动感，完全突破了当时统治诗坛的整齐、刻板的英雄双韵体。

总之，《抒情歌谣集》所具有的浪漫主义诗风是英国诗史的一个转折点，成为英国文学史上浪漫主义新时期的标志，浪漫主义在此之后终于成为英国诗坛的主旋律。华兹华斯在《抒情歌谣集》再版时撰写了前言，提出了一系列诗歌创作的主张。他认为，诗应该是"强烈感情的自然流露"，强调诗人在选择普通生活里的事件和情境时要"给它们以想象的色泽，使得平常的东西能以不寻常的方式出现于心灵之前"。在诗体方面，他主张发展民间诗歌的艺术传统，写诗应该避免用陈旧的词句，而应当采用淳朴、有力的民间语言。他的这些主张表达了浪漫主义创作的特点，有力地推动了浪漫主义诗风的形成，从而一举结束了英国古典主义诗学的长期统治。

乔治·戈登·拜伦和波西·比希·雪莱则是将英国的浪漫主义文学发展推向高潮的两位重要诗人。他们强调关注现实，更具批判精神。

拜伦（1788—1824）出身于贵族家庭，10岁时继承爵位和领地，1801年进哈罗学校，1805年入剑桥大学。他所作的双韵体长诗《英国诗人和苏格兰评论》是最早引起人们注意的一部作品，体现了他特有的风格和讽刺才华。诗人还辛辣地讽刺了湖畔派诗人，广泛评论了当时其他许多诗人和批评家。拜伦的代表作品有《恰尔德·哈罗德游记》《唐璜》等。

《恰尔德·哈罗德游记》是拜伦早期的代表作。这篇叙事长诗表现了拜伦强烈追求个人自由的资产阶级阶级个人主义思想。他抨击了英国大资产阶级和土地贵族的联合统治并表现了对欧洲资产阶级民主革命和民族解放运动的同情之心。但是由于他脱离人民，他的斗争是孤独的，他时常陷于悲观苦闷之中，对人生抱着虚无主义态度。长诗虽然以哈罗德为主人公，描写他在欧洲的经历，但事实上拜伦通过哈罗德主要表现了自己悲观厌世、蔑视群众的消极思想。当诗中涉及欧洲资产阶级民主革命运动和民族解放运动，令拜伦自感受到鼓舞时，往往撇开忧郁的哈罗德这个形象，由诗人自己直接出来发表意见。

《唐璜》以传说中的西班牙青年贵族唐璜在欧洲各地游历的经历为线索，全景式地对当时的欧洲社会进行了讽刺性的描述。内容包罗万象，有对政治的抨击，有对哲学、艺术的议论，有对景色的描写，有对故事的叙述，更有感情的抒发。《唐璜》作为一部史诗对当时欧洲现实做了广阔的写照和评说，作为一部浪漫主义诗作在口语体的运用上达到了英国叙事诗上的最高成就。其史诗的风韵和多样的风格尽显作家的艺术才华。尽管作者由于投身希腊斗争，没有最终写完该诗，但已发表的部分就足以使其成为英国乃至欧洲文学史上罕见的杰作。拜伦作为浪漫主义的伟大诗人，他的作品不仅是英国的财富，同时也是欧洲的共同财富，曾引起广大读者的共鸣，对19世纪欧洲诗歌的发展起到了积极的作用。

雪莱（1792—1822）是19世纪英国文坛一位真正的革命家。尽管他出身于贵族家庭，但青年时代深受启蒙运动、民主运动的影响，具有批判意识和进步倾向。在牛津大学学习期间，因发表论文《无神论的必然性》而被开除。他热爱人类，执着地献身于理想，主张通过斗争实现社会变革和取得社会公平与民主，他的诗作有《麦布女王》《西风颂》《解放了的普罗米修斯》《伊斯兰的反叛》等。

《解放了的普罗米修斯》取材于古希腊的神话故事和古希腊戏剧家创作的悲剧。雪莱凭借普罗米修斯与宙斯顽强斗争的故事，对英国当时的政治进行了猛烈的抨击。他以炽热情感塑造的永不低头、永不退缩的完美斗士普罗米修斯的形象，对争取自由解放革命精神的高度赞扬，象征着善必定战胜恶。诗剧一开始写普罗米修斯被代表社会压迫和专制的天神束缚在高加索的岩石上，受着长期痛苦的折磨，但他坚毅不屈，拒绝向暴君投降。世上充满着专制和神权带来的罪恶和苦难，但是预知未来的精灵说人类是有希望的，因为人类有反专制的毅力和自我牺牲精神，还有哲学家的智慧和学问以及诗人的创造和理想。精灵又指出"痛苦"是"爱"投下的影子,这使普罗米修斯渴望看见别离已久的爱人,海洋的女儿美丽的亚细亚。第二幕写亚细亚在美丽的山谷里迎接春天和黎明,预感到即将和普罗米修斯重逢。她和妹妹潘西亚来到了象征变革必然性的冥王那里,变革的时机终于来到,亚细亚显示了惊人的美貌。时间神使亚细亚和普罗米修斯重新团圆,又把冥王带到朱庇特那里。冥王把朱庇特拉下宝座,象征力量的神赫拉克勒斯解放了普罗米修斯。时间神在第三幕结尾时描写了解放后的面貌:

>看啊,宝座上已没有君主,人与人
>像精灵一样,彼此并肩而行。
>……
>宝座、祭坛、法庭、监狱;里里外外
>都是些无知的愚人在背负着
>朝笏、王冠、宝剑、锁链与典籍,
>……
>这些已是人类不复记忆的鬼魂。
>……
>令人厌恶的假面具已经撕下,人之上
>已没有王,人人自由,不受限制,
>人人平等,不分阶级、种族、国家,
>没有畏惧、崇拜、地位和头上的君主,
>人是公正的、温和的、有智慧的……

诗剧的最后一幕是整个宇宙欢呼新生和春天再来的颂歌。旧时代被埋葬了,时间和人类思维的精灵庆贺并歌唱着人造未来的光辉成就。诗歌艺术和科学将为人们所享有,"爱"将替代"恐惧"而使世界成为乐园,温和、美德、智慧和忍耐将重建大地。整部作品结构恢宏,诗人的想象翱翔于整个宇宙之中,时而天上,时而地下,时而人间,时而地狱,以浪漫主义的笔触创造了一个宏大、神奇的诗的世界。在艺术上,诗歌音调优美、意象丰富、比喻美妙、哲理深刻,显示了雪莱特有的艺术风格。

(三) 德国浪漫主义文学

德国古典唯心主义哲学直接影响了文学，德国浪漫主义文学带有更多唯心主义和神秘主义色彩。法国早期浪漫主义作家史达尔夫人曾比较法国与德国的浪漫主义文学，她认为法国的浪漫主义文学讲究清晰，德国的"常常要把本来已在光天化日下的东西，重新送进黑暗"。德国浪漫主义文论家认为，天才往往是一个梦游者，在梦中比清醒时更有创造力，在黑暗之中可以攀登任何一座高峰。其代表人物有霍夫曼、诺瓦利斯等。

霍夫曼 (1776—1822) 是普鲁士政府的法官，发表过大量的小说，通过荒诞离奇的故事，一方面反映官吏、市侩、小市民的庸俗丑恶的生活，另一方面又描绘诗人和艺术家的幻想世界。他的小说经常把拟人化的动物、精神病患者、魔术师、艺术家等作为主人公，描写自然和人生中所谓"夜的方面"，充满阴暗神秘的气氛。但他对待这"夜的方面"和诺瓦利斯不同，他并不把夜和死加以美化，而是使人感到，那些引起悚惧的事物来源于庸俗生活，许多鬼怪便是对现实丑恶的比喻和夸张。主要作品有《金罐》《魔鬼的药酒》《小查克斯》《跳蚤师傅》和《堂兄弟的屋隅之窗》等。

他的作品《魔鬼的药酒》描述了人处于灵魂深处的梦游之中的状态。主人公梅达杜斯，因饮了万灵酒而神志不清，把维克多林伯爵推下悬崖，大家把他当作伯爵，伯爵的情人也成了他的情人，他还有很多其他女人，于是纵情淫荡，甚至杀人。然而这一切好像不由自主，他自己说：我的自我被分裂了，我再也找不到我自己了。后来梅达杜斯被捕入狱，被他杀害的人变成鬼魂终日纠缠他。于是梅达杜斯分裂为两个，一个被判死刑，一个无罪。当一个准备结婚时，另一个坐在囚车上经过，最后两个"我"在树木中搏斗，"罪犯"的我盯住"新郎"的我宣布："我将永远，永远和你在一起。"

霍夫曼描写灵魂的混乱、神秘、荒诞，虽然具有神学和宿命的色彩，但也从另一个侧面提出工业文明之下人的异化问题，探寻灵魂深处的本我。

诺瓦利斯（1772—1801）是年轻的天才，29岁早逝。他曾经说，"人世变成了一场梦，而梦境成为现实"。他写过一部中世纪小说，小说中年轻的主人公一心一意地找寻他在梦中见到的、渴望已久的"蓝色花朵"。诺瓦利斯因为情人苏菲的早逝而陷入绝望的深渊，想与之合为一体，在他的诗歌中似乎对死亡有令人震颤的体验。"我宽恕嫉妒／但绝不宽恕悲哀／啊，我说不出我怎样／沉湎于变形的狂喜，／沉湎于美丽的／献身于死亡的感觉！／啊，我的兄弟！／可不是吗？从认识死亡／欣然把它拥抱的时日已经来临／那时人人都会觉得／生不过是爱的预兆／死则是新婚之吻，／而肉体的腐烂是爱喷出的炽浆，／它以一个丈夫的深情在婚房中脱掉我们的衣裳。"诺瓦利斯对死亡的体验如此狂喜、奇异、销魂蚀骨，被海涅称为"死亡诗人"。

（三）法国浪漫主义文学

在法国浪漫主义文学发展过程中，卢梭的学说起过重大的作用。卢梭宣扬个性解放，崇尚想象，歌颂自然，肯定感情是人的思想行为最奥秘的源泉。卢梭这种关于感情的理论，成为后来浪漫主义作家的思想基础，导致浪漫主义抒情风格的形成。同时法国浪漫主义文学的发展也受到欧洲其他国家文学的影响，如英国的莎士比亚、弥尔顿、拜伦、雪莱，德国的歌德、席勒以及意大利但丁的《神曲》、西班牙的民歌。这些作家和作品，使法国作家开阔了眼界，一批法国浪漫主义作家在与古典主义的对决中成长起来，维克多·雨果就是其中杰出的代表。

维多克·雨果（1802—1885）是法国浪漫派的领袖和集大成者。雨果自小就显露文学天赋，曾被著名作家也是浪漫主义先驱夏多布里昂誉为"神童"。少年的雨果也曾立誓："要么成为夏多布里昂，要么一事无成。"雨果在语言方面富有天赋，加之后天的努力，一路伴随着鲜花和掌声在文坛上冉冉升起。

雨果并不想走古典主义的传统道路，受时代精神的感召，1872年他在政治上由原先的保王党转向自由主义，随之发表了《〈克伦威尔〉序言》，表明他在文学上的浪漫主义原则："丑在美的旁边，畸形靠近优美，丑怪藏在崇高的背后，美与丑并存，光明与黑暗相共。"这篇序言成为法国浪漫主义的宣言书，雨果也因此成为法国浪漫主义文学的旗手。

雨果从前辈文学家身上汲取了那些与古典主义的理性与和谐相反的美学元素，如但丁《地狱篇》对冥府的描绘，莎士比亚的《麦克白》中女巫冒着热气和沸腾的大锅，歌德《浮士德》中遍布毒蛇、蝙蝠、萤火虫的妖巫大聚会，等等，融合成雨果美丑对照的极致美学观，并贯穿在他的创作实践之中。

1831年发表的《巴黎圣母院》即为实践这种原则的典范。小说塑造了两个相反的人物——副主教克洛德与敲钟人加西莫多。道貌岸然的克洛德宣扬情欲是罪恶，会毁灭人的灵魂。然而他遇见美丽的吉普赛女郎爱斯美拉达了之后，却克制不住自己内心深处的情欲，疯狂地爱上了她，并不择手段地想占有她。因为不能达到目的，就穷凶极恶地将爱斯美拉达送上绞架。巴黎圣母院的敲钟人加西莫多本来为克洛德所收养，对后者极为忠诚。他奇丑无比，可他曾受爱斯美拉达的滴水之恩而深深地爱上她，他的爱崇高而富有牺牲精神，最后不但把无耻的克洛德推下教堂的高塔，而且紧紧抱着爱斯美拉达的尸体死去，他们的尸体一分开就化为灰烬。雨果曾在《〈克留莱斯·波日雅〉序言》中讨论过《巴黎圣母院》的美学取向："取一个形体上畸形得可厌、最可怕、最完全的人物，把他安置在最能突出的地位，在社会组织的最底下的底层，最被人轻蔑的一级上，用阴森的对照光线从各个方面照射这个可怜的东西，然后给他一颗灵魂，并且在这灵魂中赋予男人所具有的一种最纯净的感情。结果，这种高尚的感情根据不同条件而炽热化，在你眼前使这卑下的造物变换了形状，渺小变成了伟大，畸形变成了美。相反，取一个道德上最畸形的人物加以形态的美和雍容华贵的风度，使其罪过更加突出。"雨果所创立的这种美与丑对照的手法，再辅之以传奇的情节、出人意料的想象，虽然在一定程度上超越了现实，但造就了他的作品瑰丽神奇、动人心魄的艺术力量，冲破了单一模式的古典主义艺术，使浪漫主义艺术呈现出更加多姿的风采。此外，《笑面人》《九三年》等小说，也都以瑰丽的浪漫主义手法表现法国的现实社会。雨果的剧本《欧那尼》在 1830 年上演，引起了浪漫主义与古典主义的决战，并以前者决定性的胜利而告终。

梅里美是法国浪漫主义的另一位代表作家，他的小说《卡尔曼》描写一个追求个人自由、不愿受大男子主义约束的吉普赛姑娘卡尔曼，她具有独特的粗犷、野性的美。比才的经典歌剧《卡门》即取材于该小说，经过音乐的包装，卡门的形象与剧中的一首《斗牛士进行曲》一起成为不可分割的整体。《高龙巴》是梅里美的又一力作，叙述了科西嘉岛上的一场家族复仇，高龙巴千方百计激起她离家多年的哥哥的复仇之心，最终她的愿望实现了。小说塑造了一个外柔内刚、工于心计的女性形象。

大仲马也是为人熟知的浪漫主义作家。他的《三个火枪手》《基督山伯爵》等一系列作品流传久远。他为人放纵，私生活缺乏约束，在他的作品中也留下了骑士般洒脱、浮夸、热烈的印记，与雨果的高贵、富有激情截然不同。但他的作品情节曲折动人，毫不逊色于其他浪漫主义作家。

总之，在整个欧洲的浪漫主义文坛，涌现出了大批不同体裁、内容、思想主题的作品，其共同的浪漫主义特征在于不受严格的规则、格律的约束，给丰富的想象留出广阔的天地。在抒情诗与小说中常见独特个性的表现与内心情感的倾诉，很多作品描写异域情调，反映出对美的多样化的认识。此外，对大自然的歌颂、对理想的憧憬，也是浪漫主义的一大主题，在早期浪漫主义作家的作品中尤为突出，这也是因为景致、风光、情感的描写适于浪漫主义手法的表现。后期的作家大多从对大自然的描述，深入到对人类思想深层及现实社会的描述和剖析、揭露。那些在政治上反对封建制度，宣扬个性解放，用热情奔放的语言表达强烈情感的作品通常被称为积极浪漫主义；而那些逃避现实、宣扬宗教神秘主义的作品则被归入消极浪漫主义。这也是浪漫主义分类的一种方法。

二　现实主义文学

（一）概述

随着欧美国家资本主义经济的发展以及资本主义政治制度的确立，

人们逐渐发现18世纪启蒙运动所倡导的自由、平等、博爱、民主的社会理想并没有实现，民众的情绪开始由19世纪初期的激越乐观转向冷静务实。而这一时期现代科学的发展及其所取得的成就也是翻天覆地的，科学逐渐渗入人们的生活，起到了改造人们思维方式的作用。让人重新思考人在自然界中所处的地位，力求更加准确客观地认识自我与自然，并且推崇客观观察与分析的研究方法。这种观念也推动了作家以一种科学的方式和眼光来看待社会和人生。自古希腊罗马以来，现实主义的创作方法就一直流淌在西方文学的脉搏中，文艺复兴时期的人文主义、18世纪英国小说、法国启蒙运动文学和俄国讽刺文学等，更是成为现实主义在艺术方法上的直接先驱。从反映现实的基本方法说，现实主义和浪漫主义是颇不相同的，但现实主义也借鉴了19世纪浪漫主义的艺术经验，如浪漫主义者表现历史题材时注重风俗画面的描绘，他们在心理描写上的某些技巧，等等。

现实主义文学主要有以下特征。

1. 具有强烈的揭露性、批判性

与浪漫主义相反，现实主义客观地描写现实生活，以真实性的力量作为文学创作的基础，而不是追求浪漫主义的梦幻色彩。要真实就必然触及社会生活的各个方面，包括社会罪恶方面，而且往往集中到这个方面。一方面，这与从文艺复兴到启蒙主义时期对资本主义的自由、平等、博爱梦想的破灭有关，人们因此更多地看到了罪恶一面；另一方面，这些作家对社会矛盾的真实反映不是没有倾向性的，其中隐含着一种道德的评判，因而使作品在客观上具有了批判性。然而现实主义作家们对现实的批判和揭露，从总体上没有超出资产阶级的思想范围，这是其思想认识的局限，也是其特征。

2. 以人道主义作为创作的思想基础

人道主义在西方历史上有它的进步性。19世纪现实主义文学中的人道主义主要表现为：反对社会的不平等，然而却不是以阶级观而是以道义观来看待这个问题。一方面作家们看到社会的贫富悬殊，进行了道德呼吁，充满道义上的正义感，对无钱、无权的人给予深切同情，作品中刻画了一系列社会下层的小人物。这一点配合了当时人民民主革命的愿望。另一方面，19世纪的现实主义作家多否定暴力革命，以为暴力与道义相抵触，他们的社会理想在于社会改良而非革命，认为革命只能加剧各阶层的对立和仇恨。因此他们的思想缺乏宏观的历史观，变成了一种抽象的人道主义。

3. 形成了严格、成熟的现实主义创作方法

第一，重视细节的真实性。现实主义作家重视进行实地考察，把细节的真实作为是否反映生活真实的标准，使作品充满浓厚的生活气息，有具体可感的画面，有细节描写的准确和严格性所显示出来的强烈的真实感，这奠定了现实主义文学的现实意义的基础和审美的基础。第二，文学出现了内倾性的转向，内倾性与外倾性共存。有些作家在反映生活时，不再一味表现外部世界，而是开始看到内在心灵世界的真实性，比如斯丹达尔、陀思妥耶夫斯基、列夫·托尔斯泰等，但同时还有一些作家侧重于表现外在的社会形态，比如狄更斯、巴尔扎克、果戈理等，所以就出现了19世纪现实主义文学内倾性与外倾性共存的局面。第三，典型化的手法。在细节真实的基础上，作家们普遍采用这一手法进行人物塑造，使人物高度典型化，人物形象突出。这一手法一方面与当时社会情况有关，资本主义社会强调个人在社会生活中的作用，强调个人竞争，个人的命运显得非常突出，资本主义社会中个人的荣辱兴衰变化莫测，也使作家特别突出地看到了个人的作用。另一方面，作家要想反映社会的本质，先要选择具有这些本质的典型社会环境，再将具有时代特征的人物放在这个典型环境中塑造，只有人物与环境有机统一，才能够反映社会生活的某些本质。所以说，19世纪批判现实主义文学形成了一个典型人物形象的画廊。第四，在题材及表现形式的诸多方面都有新发展。小说形式得到空前的发展，特别是长篇小说这一形式发展到了成熟阶段。

现实主义文学思潮开始于19世纪30年代，之后的发展大致可以分为两个时期。19世纪30—60年代为前期，中心地在法国、英国等国。法国可以说是现实主义文学的发源地，涌现了一大批表现资产阶级内部矛盾以及与贵族阶级矛盾的文学大师，比如斯丹达尔、巴尔扎克、梅里美等。而且处于19世纪中后期的法国还出现了巴黎公社文学，来表现

无产阶级的生活与理想，它标志着无产阶级现实主义文学的发展。英国的现实主义文学则更加注重"人道主义"的武器，具有浓厚的改良主义色彩，侧重书写处在时代洪流中的小人物。代表作家有狄更斯、萨克雷、勃朗特姐妹、哈代等。英国在19世纪三四十年代的时候，出现了宪章派文学，一定程度上可以看作无产阶级文学的萌芽。英国的侦探小说也在此时兴起，培养了大批读者。德国现实主义文学的代表性人物是海涅与毕希纳等。

19世纪70年代到20世纪初为后期，中心地在俄国、美国、北欧等地。俄国现实主义文学集中批判了俄国专制制度以及封建农奴制度，具有很强的战斗性与民主主义色彩，出现了灿若群星的一大批伟大作家，如普希金、莱蒙托夫、果戈理、陀思妥耶夫斯基、列夫·托尔斯泰、契诃夫等人。美国的现实主义文学直到19世纪80年代才得以成型，是在美国废奴文学的基础上发展起来的，常常从民主主义理想的角度出发来批判资本主义的罪恶，主要作家有马克·吐温、亨利·詹姆斯、欧·亨利等。北欧现实主义文学主要是在西欧现实主义文学的影响下发展而来的，开始于19世纪四五十年代，文学成就较大的国家有挪威、丹麦等，以丹麦文学批评家勃兰兑斯和作家安徒生、挪威作家易卜生为代表。

国家	时期	作家	作品	成就
法国 （发源地）	早期	斯丹达尔	《红与黑》	批判现实主义的开端
		巴尔扎克	《人间喜剧》	资本主义社会的百科全书
		巴黎公社文学	《国际歌》	无产阶级现实主义
	后期	福楼拜	《包法利夫人》	现实主义转型的标志
		莫泊桑	《羊脂球》《项链》	短篇小说三大师之一
英国	早期	狄更斯	《雾都孤儿》《双城记》	英国批判现实主义巨匠
		萨克雷	《名利场》	
		夏洛蒂·勃朗特	《简·爱》	女性文学经典之作
		艾米丽·勃朗特	《呼啸山庄》	超越时代的小说
	后期	哈代	《德伯家的苔丝》《还乡》	以悲剧法为小说

续表

国家		时期	作家	作品	成就
德国		早期	海涅	《德国,一个冬天的童话》	
俄国		早期	普希金	《驿站长》《叶甫根尼·奥涅金》	俄罗斯文学的太阳 开创多余人和小人物传统
			莱蒙托夫	《当代英雄》	
			果戈理	《死魂灵》	俄国批判现实主义奠基人
		中期	屠格涅夫	《罗亭》《父与子》	
			陀思妥耶夫斯基	《罪与罚》《卡拉马佐夫兄弟》	俄罗斯现实主义高峰 开创"复调小说"
		后期	托尔斯泰	《战争与和平》《复活》《安娜·卡列尼娜》	俄罗斯现实主义高峰
			契诃夫	《套中人》《樱桃园》	短篇小说三大师之一
北欧	挪威	后期	易卜生	《玩偶之家》	开创"社会问题剧"
	丹麦		安徒生	《安徒生童话》	
			勃兰兑斯	《十九世纪文学的主流》	文学批评家
美国		后期	马克·吐温	《哈克贝利·费恩历险记》	美国幽默讽刺大师
			亨利·詹姆斯	《一位女士的画像》《信使》	开创"心理现实主义"

(二) 作家作品选介

1. 斯丹达尔

斯丹达尔(1783—1842),原名亨利·贝尔,他生于法国东南部的格勒诺布尔,父亲是律师,母亲是意大利裔。他早年接受启蒙思想,同情1789年的资产阶级革命。十七岁时加入拿破仑的军队,把拿破仑看作唯一能击败封建反动势力的英雄,崇拜他的魄力和才干,赞扬他打破等级界限,从平民中大量选择军官。波旁王朝复辟以后,斯丹达尔侨居意大利,开始文学创作,1821年因和烧炭党人交往被驱逐出境。

斯丹达尔的长篇小说《红与黑》是法国批判现实主义第一部成熟的作品,是根据真人真事通过艺术加工而写成的。1827年末,斯丹达尔在《法国公报》上看到安托万·贝尔泰的案件。贝尔泰是格勒诺布尔的神学院学生,他先后有两个情妇。他本是马蹄铁匠的儿子,20岁当了公证人米舒家的家庭教师，成了女主人的情人。随后他进入贝莱的神学院，又来到德·科尔东家，与后者的女儿产生恋情，但他仍然和米舒太太通信，并指责她换了一个情人，后来他还在教堂枪击了她。

斯丹达尔保留了贝尔泰与两个女人的爱情关系的基本线索。小说的故事发生在1825年弗朗什-孔泰省的维里埃尔小城。市长德·雷纳尔挑选了锯木厂老板的儿子于连·索雷尔做家庭教师。于连获得市长夫人的好感，她没有享受过爱情，逐渐爱上了这个漂亮的小伙子，成了他的情妇。他们的关系终于瞒不住。在西朗神父的安排下，于连来到贝尚松的神学院，很快获得院长彼拉尔神父的信任。院长为他谋得德·拉莫尔侯爵秘书的职务。他的高傲唤起了侯爵女儿玛蒂尔德的好奇心，他设法把她勾引到手。侯爵似乎无路可走，给了他称号、军阶并应允他和自己女儿的婚事。这时，德·雷纳尔夫人在教士的唆使下揭露了于连。于连愤怒之极，回到维里埃尔，开枪打伤了她。于连被捕后，万念俱灰，在法庭上怒斥统治阶级，被判处上了断头台。三天后，德·雷纳尔夫人也离开了人世。

对于《红与黑》书名的含义，一向众说纷纭。红色最有可能是军服的象征，即对第一帝国的向往，而黑色代表教士黑袍，即教会及复辟时期的反动统治。于连就在这两种职业中进行选择。红色也可以指于连所进入教堂的窗帘，他在教堂里看到了路易·让雷尔（于连的名字打乱次序的拼写）的判决。他从窗帘的反光中看到了血，这预示了小说的结尾。他并不喜欢代表虚伪的黑色，而喜欢象征牺牲的红色。当然还有别的解释。

《红与黑》的突出成就表现在塑造了于连这个形象。于连代表了当时中小资产阶级出身的知识分子右翼，他们和当权的贵族、教会有矛盾的一面，因为封建等级制度是他们想爬到上层地位的障碍，但更主要的是他们和上层妥协的一面。他们和封建统治阶级有千丝万缕的联系，他们根本不要推翻封建制度，只想自己爬到上流社会，满足权势和财富的欲望，和贵族、僧侣一道维护封建制度，统治人民。于连的形象就是这一阶层在法国1830年七月革命前的典型形象。于连不满封建等级制度，但向上爬的欲望又使他依附于特权阶级，冒着生命危险为贵族秘密会议递送情报。他把全部《圣经》看成谎言，却又把它熟读，立志当教士。他声言巴黎是个"阴谋和伪善的中心"，但又竭力想钻进巴黎上流社会，羡慕他们的权力、财富和豪华的寄生生活。他在一定程度上对贫苦的劳动人民表示同情，然而又极端蔑视他们。于连的反抗性取决于贵族上流社会对他的态度，他的主导方面是向统治阶级投靠。他对社会做了某些批判，仅仅是由于他个人向上爬的欲望得不到满足。每当他受到提拔重用时，他总是对赏识他的主人感激涕零。斯丹达尔从自己的阶级立场和世界观出发，对于连的个人野心、利己主义和为个人幸福而奋斗的行为，做了肯定的描绘，最后法庭上的一段更把于连渲染成一个反对统治阶级的英雄。实际上，于连的一生是资产阶级个人主义野心家的一生，他在法庭上短短的发言是个人野心未遂的怨恨的发泄，他的死也是个人主义野心家失败后悲观绝望的必然结果。

《红与黑》的心理描写开创了现实主义内倾性的方向。斯丹达尔的心理描写通常十分简短，却是多种多样的。有时作者是以客观的态度表现人物对环境压迫的直接反应。如于连受到市长的侮辱，德·雷纳尔夫人为了安慰他，对他特别照顾，他却想："嘿，这些有钱人就是这样：他们侮辱了人，然后又以为用些手段，可以弥补过来！"于连的思索反映了他对贵族阶层本能的反感。有时是作者的分析。如于连捏住德·雷纳尔夫人的手以后，小说这样写道："但这种激动是一种快感，而不是一种激情。"因为于连当时心中并没有产生爱情。有时人物在代表作者说话。如玛蒂尔德听到于连对皮拉尔神父说，他同侯爵一家吃饭实在难受，宁愿在一家小饭馆吃饭，她便对于连产生了一点敬意，心想这个人不是像这个老神父那样跪着求生的。又如于连这样审视玛蒂尔德："这件黑袍更能衬托出她身材的美。她有女后的姿态。"这句话其实是作者的看法。有时作者干脆现身说法，如小说这样写道："'虚伪'这个词使您感到惊讶吗？在到达这个可怕的词之前，这个年轻农民的心灵走过很长一段路呢！"这是对于连内心的一种分析。又如于连同德·雷纳尔夫人初次见面时，他的内心活动和作者的议论交叉进行。小说一面描写于连想吻市长夫人的手，不想当懦夫，一面又分析他知道自己是个漂亮的小伙子，感到气足胆壮起来。这种既深入人物内心，又始终待在他们身边，是斯丹达尔最拿手的笔法。它显示出惊人的客观性，与浪漫派作家强烈的主观性截然不同。左拉正确地指出："必须看到他从一个思想出发，然后表现一连串思想的展开，彼此依附和纠缠在一起。没有什么比这种连续的分析更精细、更深入、更令人意料不到的了。人物沉浸在其中，他的头脑时刻进行着思索，显现出最隐蔽的思想。没有人能这样好地掌握心灵的机制了。"斯丹达尔进行心理描写时既不是全能的叙述者，也不是无动于衷的观察家。他与人物的眼睛一起观看，与人物一起感觉，即使不是与人物的想法完全一样，但他通过同人物身份一致，尽可能地表现出人物的思路发展过程。心理独白正是在这个意义上成为现代小说的基本技巧之一。

2. 巴尔扎克

奥诺雷·德·巴尔扎克（1799—1850）是法国现实主义文学成就最高的作家之一，他的《人间喜剧》充分展示了19世纪上半叶法国社会生活，被称为法国社会的"百科全书"。1799年，巴尔扎克出身于法国古城图尔的一个资产阶级家庭。他从小就离家进入寄宿学校和教会学校就读，中学的六年中只同家人见了两次面，很少享受到家庭的温暖。1814年巴尔扎克随全家迁往巴黎，继续进寄宿学校读书。1816年遵循父亲的意愿，进入法学院学习法律，在诉讼代理人和公证人事务所当过见习生。在事务所，他通过形形色色的案件看到了许多家庭悲剧和种种钩心斗角的内幕，这为他以后的创作积累了素材。1818年，无心于法律事业的巴尔扎克离开了律所，住进了一间阁楼开始了他的文学创作生涯。

与其小说中进入巴黎的外省青年一样，巴尔扎克于青年时代步入巴黎社会，在流光溢彩的奢华生活中沉浮，为财富、地位、爱情与荣誉而奋力打拼，在灯红酒绿的人生角斗场上进行了一场至死方休的搏斗。早期创作的收入无法使他摆脱经济困境，为了快速致富，他借钱创建印刷厂，浇铸铅字，办杂志，投资股票，还曾计划到热那亚去开采银矿，但种种尝试都无一例外地遭遇失败，结果债台高筑，东躲西藏，为此还蹲过监狱，受尽了贫穷的逼迫和债主的冷眼。因此，巴尔扎克对金钱的迫害、物欲的煎熬有着切身的感受和深刻的体悟。能用来还债的只有手中的笔，他如苦行僧般日夜奋笔疾书，经常每天工作18小时，靠高浓度的咖啡来刺激极度疲乏的神经。他曾说："我将来只有在棺材里才能安眠，我的作品是漂亮的裹尸布。"疯狂的写作给他带来了源源不断的金钱，然而巴尔扎克精力旺盛，喜欢放荡与时髦的生活，结果就是码字的速度总赶不上他如流水般花钱的速度，于是只能更加努力地进行创作。

在文学创作上，巴尔扎克有着拿破仑式的野心与抱负。他的卧室里摆着一尊拿破仑的雕像，雕像佩剑的剑鞘上刻着："我将用笔实现他用剑未能完成的事业。"从1829年发表《舒昂党人》开始，巴尔扎克逐渐以"场景"和"研究"为题名，将自己的作品组成一个庞大的整体，开始了他的《人间喜剧》的创作，力图从社会生活的各个方面分门别类去描绘现实，写出"一个完整的社会"。他把这套巨著分为三个部分：第一部分是"风俗研究"，"将反映一切社会现象"，"人类心灵的历史将纤毫毕现，社会史的各个部分都得到描绘"；第二部分是"哲理研究"，"在现象之后，紧接而来的是原因"，"我要说出情感为什么会这样，生活依存于什么之上"；第三部分是"分析研究"，探讨"原则"。这个巨大的工程包括了90多部作品，耗费了巴尔扎克20年的心血才得以完成。

巴尔扎克在《人间喜剧》中以清醒的现实主义笔触再现了1816—1848年，也就是"王政复辟"到七月王朝垮台期间广阔的社会图景，反映了19世纪前半期法国从封建主义走向资本主义的巨大转折。这个时期的特征，是金钱逐渐代替了贵族头衔。1830年革命以后，金钱统治的威力尤为强大。资产阶级以捞钱为生活目标，他们通过各种方法和手段来达到目的，而更多的是用欺诈和暴力进行掠夺。巴尔扎克在《人间喜剧》中，描绘了这一历史时期法国社会的不同阶级、不同阶层、不同职业、不同的活动场所，使作品成为一个由两千多个人物构成的广阔的社会画面。通常认为《人间喜剧》表现了三大方面的内容：贵族阶级的衰亡史、资产阶级的发家史以及揭露金钱社会的罪恶。

首先，在表现贵族阶级衰亡方面，虽然巴尔扎克的阶级立场是贵族阶层的，但是他同情的泪水挡不住他现实主义的目光。在现实生活面前，巴尔扎克不得不违背自己的阶级同情和政治偏爱，如泣如诉地描绘了他偏爱的贵族阶级必然没落的命运。正如恩格斯所说："他的作品是对上流社会必然崩溃的一曲无尽的挽歌。"这一部分内容在《人间喜剧》中的代表作品有《古物陈列室》《农民》《高老头》《弃妇》《苏城舞会》等。

其次，《人间喜剧》成功塑造了一系列意欲取代贵族进入上流社会的资产者形象，描绘了资产阶级的发家史。资产者形象大致由以下三类人构成。第一类人是具有资本原始积累时期特点的老一代资产者形象。他们往往剥削方式单一，经营手段落后，生活方式陈旧，极端吝啬，这是资本主义早期剥削者的特点。代表人物如《高利贷者》中的高布赛克。第二类人是具有过渡时期（即自由竞争时期）特点的资产者形象。这类人的剥削方式具有多样性，经营手段带有投机性，但生活方式仍带有早期资产者极度吝啬的特点。代表人物是《欧耶妮·葛朗台》中的老葛朗台。第三类人是具有垄断时期金融寡头特征的新一代资产者形象。他们的剥削方式带有更大的冒险性和欺骗性，经营手段超越经营范围，开始向政权渗透；生活方式现代化，纸醉金迷，穷奢极欲。他们展示了经济命脉的掌管者同国家政权的掌管者开始勾结的垄断资本已初露端倪。代表人物如《纽沁根银行》中的纽沁根。《人间喜剧》通过老一代的高布赛克、过渡时期的葛朗台和青春期的纽沁根这三代人追逐金钱的经营史，再现了资本主义剥削方式的演进史，同时也是资本主义由崛起到成熟再到统治全世界的发迹史。

最后，《人间喜剧》深刻地揭露了资本主义社会里金钱的罪恶。金钱调动起全社会所有成员的卑劣欲望，人人都毫无例外地追逐金钱，它把一切统统淹没在利己主义的洪水之中，导致良心萎缩、野心滋长、道德堕落、人欲横流。这一类描写金钱能够毁灭人性、败坏良心的作品有《高老头》《贝姨》。此外，金钱还能够毁灭爱情、败坏家庭。当金钱成为夫妻结缘的唯一纽带，爱情、婚姻、家庭就都会变成以金钱为轴心而展开的关系，金钱导演出一幕幕悲剧、喜剧、丑剧和闹剧。其代表作有《欧耶妮·葛朗台》《夏倍上校》。《人间喜剧》还表现了金钱毁灭社会、败坏国家的罪恶作用。金钱犹如无孔不入的黄色魔鬼渗入社会的各个角落，收买了当权者的人心，使大人物堕落为"衣冠禽兽"。金钱污染了社会的整个上层建筑包括文学和艺术的神圣殿堂。金钱成为国家政治权力的杠杆，无所不能的真正的主宰。这一类作品的代表有《幻灭》《交际花盛衰记》。

在写作《人间喜剧》时，为了将人物更好地统摄在一起，巴尔扎尔使用了"人物再现"的写作技巧：让同一个人物在不同作品中反复出现。每出现一次，就展示其性格的一个侧面，最后，将这些作品情节贯穿起来，就形成了人物的思想发展轨迹，从而多角度、多层次地展现其性格的全部。比如拉斯蒂涅，在《高老头》中只是野心家的雏形，在《纽沁根银行》中，发展为野心家的典型，在《贝姨》与《阿尔西的议员》中，就已经是个挤进贵族行列的豺狼般的金融寡头了。

《高老头》被认为是《人间喜剧》的奠基之作，它描绘了一幅法国波旁王朝复辟时期典型的巴黎社会风俗画卷。《高老头》以巴黎贫民区的伏盖公寓以及贵族区鲍赛昂夫人豪华的客厅为主要舞台，以拉斯蒂涅与高老头两个人物的生活为主要线索，形象地揭露了拜金主义的种种罪恶。

在这部小说中，巴尔扎克让他笔下的"于连"（拉斯蒂涅）成功地奔上了野心家的道路。在初入社会之时，拉斯蒂涅和于连一样有良心，内心还保留着属于人的高贵的脉脉温情，但他的结局却与于连大相径庭，他没有重蹈于连的覆辙，而是摇身一变成为时代的宠儿。拉斯蒂涅在伏盖公寓所接受的人生三课是促成他转变的重要因素，这三课分别来自他身边的三个人：鲍赛昂夫人、伏脱冷以及高老头。鲍赛昂夫人从利己主义哲学的角度教会了拉斯蒂涅为自己谋取利益，鲍赛昂夫人说，上流社会是由"骗子"和"傻子"组成的，女人以"深深的堕落"出名，男人以"可怜的虚荣"出名，"你越是没心肝，越是高升得快……"。伏脱冷则传授给了拉斯蒂涅一套强盗逻辑，引导他抛弃道德的底线。伏脱冷认为社会上人人都是"猎手"，有的"猎取嫁妆"，有的"猎取破产后的清算"，有的"捕捉良心"。他认为只有两种情欲操纵着人生——爱钱和寻乐，前者是后者的条件，除此之外，一切都是虚无。"人生就是这么回事，跟厨房一样腥臭，要捞油水不能怕脏手，只消事后洗干净，今日所谓的道德，不过是这一点。"落魄的面粉商人高老头则身体力行地向拉斯蒂涅展示了这个社会中亲人之间利益性的关系，扑灭了他心中最后一丝纯真的火苗，最后在高老头的墓穴里，拉斯蒂涅"埋葬了他青年人的最后一滴眼泪"。经过这"三课"之后，拉斯蒂涅抛却人伦情感，毫无顾忌地投入到世俗生活的战场，雄心勃勃地踏上了野心家的道路。

拉斯蒂涅其实是那个时期法国青年的典型，他有才华但才华并没有大到能够让自己名扬于世；他缺乏现实的经验，对生活的体验也仅停留在浅薄的层面；他所谓的理想不过是植根于这层薄土之上的空谈，谈不上什么真正深刻的追求。当这样一个外省青年踏入被金钱腐蚀的巴黎社会时，他才发现了这个社会的本质，这一发现在让他感到恐惧的同时也在诱惑着他，拉斯蒂涅在这种恐惧与诱惑当中迅速接受了身边人所过的生活给他带来的教育，开始祈求金钱的恩赐。巴尔扎克对于拉斯蒂涅性格转变的刻画极其深刻，从不同角度描绘了这位野心家的成长过程，抨击了资产阶级摇摇欲坠的道德原则，反映出了金钱对于法国青年的侵蚀以及人欲横流的社会现实。

作为现实主义大师，巴尔扎克在艺术上取得了巨大的成就。

第一，强烈的现实性。巴尔扎克的《人间喜剧》以高瞻远瞩的历史目光，从研究客观世界的宏观景象出发，洞悉整个法兰西政治、经济、思想、道德以及历史发展的总趋势，达到一般作家所达不到的深度和广度。具体表现在：一是立意高，《人间喜剧》的目的是研究整个社会，写出一部法国社会的风俗史，这使作家站在现实主义的高度，展示历史的发展；二是视野阔，这是一部睥睨千古、包罗万象的百科全书，它把1816—1848年王政复辟、七月王朝期间广阔的社会生活尽收笔底，无论是贵族衰亡、资产者发迹、还是金钱罪恶，都囊括其中。

第二，高度的典型性。再现典型环境中的典型人物。一是环境决定性格：巴尔扎克认为，人是社会的产物，环境可以决定和改变人，他总是着重描写环境对人物性格形成的作用。作品开头往往是在大段精细而富有典型特征的环境描写之后，再列出人物与情节。他的环境描写包括时代背景、社会风貌、人物关系和日常生活的物质条件。不同的环境成为不同人物性格形成与发展的依据。二是偏执狂的人物形象：他让他的主人公被某种情欲甚至怪癖控制着，达到病态的、疯狂的、不可遏制的、令人难以置信的程度,他们宁可不分昼夜地将自己焚烧在这种情欲的孽火中,死而无悔。比如高老头的爱女儿,葛朗台的爱钱,贝姨的妒忌,邦斯的古董癖,于勒的好色,都给人留下难忘的印象,产生震撼人心的感情力量,反而达到比真人还真实的艺术效果。

第三,细节真实。作为艺术巨匠的巴尔扎克,在他描写人物的多方面成就中,通过一系列具体而典型的细节描写来突出人物性格特点。这种对细节描写的逼真同样使人物更具真实感,更富感染力。比如:葛朗台的肉瘤,总是在心理活动激烈的时刻闪动;他的口吃,又总是在他欲擒故纵、投石问路的节骨眼上出现。由此表现出自由竞争时代资产者的狡猾与奸诈。再如拉斯蒂涅写信索取母亲和妹妹积蓄时暗自流下几滴眼泪,表达出野心膨胀但天良未泯的青年此时此刻的内心矛盾,表现出他走向深渊的趋向。

3. 福楼拜

居斯塔夫·福楼拜(1821—1880)是19世纪中叶法国现实主义作家,他对自然主义与20世纪作家的创作产生了重要的影响。福楼拜出身于法国鲁昂的一个医生家庭,父亲是著名的外科医生,母亲则是被抛弃的孤女。他们家与父亲工作的鲁昂市立医院仅一墙之隔,所以年幼的福楼拜经常攀在自家花园的花架上观察父亲在医院的解剖室解剖尸体,或者跑到放着尸体的解剖室里玩耍。小时候在医院活动的生活经历影响了福楼拜对自己感兴趣的事物进行缜密观察以及探究人类一切知识的实验主义倾向,同时也孕育了他虚无主义的悲观思想。中学时期的福楼拜经常阅读浪漫派的作品,受到歌德、拜伦及雨果的影响,并开始创作《圣安东的诱惑》。临近毕业时因"不守纪律"而被勒令退学,不得不在家自修半年才通过中学毕业考试。青年时代应父亲的要求,到巴黎学习法律,但他对此毫无兴趣,把大部分时间都用于写作《情感教育》。1843年福楼拜患上类似于癫痫病的神经系统疾病,稍受刺激就浑身发抖,不得不辍学。1846年结识女诗人路易丝·柯莱,与她有将近十年的密切交往,但始终保持独身。1846年父亲去世后,福楼拜在鲁昂附近的克罗瓦塞别墅定居,过上了近似于隐居的生活,其间除了两次出游,偶尔到巴黎拜会一些文艺界的朋友,或与乔治·桑通信,或接待其得意弟子莫泊桑外，便闭门不出，专心写作。

19世纪50—60年代，他完成了三部主要的作品：《包法利夫人》《萨朗波》《情感教育》。《包法利夫人》的发表，轰动了当时的法国文坛。但是这部作品很快受到了当局的指控，罪名是败坏道德、诽谤宗教。当局要求法庭对"主犯福楼拜，必须从严惩办！"幸赖律师塞纳的声望和辩护，福楼拜才免于被处罚。但是"政府攻击、报纸谩骂、教士仇视"的局面，对他是很大的压力，使他放弃了现实题材的创作，转向古代题材。经过四年（1858—1862）的艰苦写作，历史小说《萨朗波》终于问世。《萨朗波》共十五章，描写公元前3世纪迦太基的雇佣军哗变起义的历史故事。起义军在首领马托的率领下，很快得到全国群众揭竿响应。迦太基统帅汉密迦的女儿萨朗波倾慕马托的勇敢，在哗变之初就对马托表示过好感，马托也爱上了她。起义军经过浴血战斗，最终还是被镇压下去。马托被俘。政府当局决定在萨朗波和纳哈法举行婚礼时处决马托。萨朗波在神殿石阶上见到马托鲜血淋漓被押解过来时，便仰身倒地而死。《情感教育》则讲述了一个出身于外省中产阶级家庭的青年的故事。主人公弗雷德利克·莫罗1840年去巴黎上大学，在旅途中与画商阿尔努夫妇相识，对阿尔努夫人一见钟情，回巴黎后想方设法跟她接近。但是阿尔努夫人稳重端庄，不滥用感情。莫罗由于得不到阿尔努夫人的爱情，开始和交际花萝莎妮媾合，还有了一个孩子。从此他陷入双重恋爱中不能自拔。与此同时，他和有各种政治倾向的人物交往，终于学业荒废。后来由于家庭经济困难，只得蛰居家乡。直到1845年他得到叔父的一笔遗产，才重返巴黎，做股票投机生意。1848年二月革命爆发，他狂热了一阵，但到六月革命时，他的政治热情已经完全消失。为了跻身上流社会，他又去追求大银行家唐布罗士的妻子，但遭到拒绝。他不得已返回家乡，想去找过去一直迷恋着他的女子路易丝，但此时她已嫁给他的朋友戴洛立叶。小说以他和戴洛立叶在炉边一起回忆无聊虚度的一生而结束。

福楼拜的作品还有《圣安东的诱惑》、未完稿的《布瓦尔和佩居谢》、剧本《竞选人》和短篇小说集《三故事》等。小说集中的《一颗简单的心》，出色地刻画了一个普通劳动妇女的形象，是他短篇中的杰作。

《包法利夫人》叙述了法国一位平民女子的悲剧命运。爱玛是富裕农民卢欧老爹的独生女儿，13岁时被送到修道院的寄宿学校学习，母亲死后，她回家帮父亲料理家务，并嫁给乡镇医生查理·包法利，婚后，爱玛对平庸的生活感到厌倦，在乡村地主罗道尔夫的勾引下做了他的情妇。被罗道尔夫抛弃后，爱玛又和见习律师莱昂相好，疯狂地沉浸在偷情生活中，并举债享乐，终至债务缠身无法解脱，走投无路之际服毒自杀。

爱玛少女时代曾在修道院住读，这里与世隔绝，目之所及是圣坛、圣水、蜡烛的光耀、美轮美奂的宗教画像，耳之所闻是老修女讲给小姑娘们的罗曼蒂克的伤感故事，"无非是恋爱、情男、情女、在冷清的亭子晕倒的落难命妇、站站遇害的骡夫、页页倒毙的马匹、阴暗的森林、心乱、立誓、呜咽、眼泪与吻、月下小艇、林中夜莺，公子勇敢如狮，温柔如羔羊，人品无双，永远衣冠修整，哭起来泪如泉涌"。修道院的神秘主义氛围及模式了的浪漫主义作品形成了爱玛的情感理念。爱玛觉得：爱情是"一只玫瑰色羽毛的巨鸟，可望而不可即，在诗的灿烂的天空翱翔"；爱情应当骤然来临"电光闪闪，雷声隆隆"；与自己一起看星星的丈夫应该"身穿青绒燕尾服，脚踏软皮长筒靴，头戴尖顶帽，手戴长筒手套"，否则，这星星也显得不美；恋人之间应该永远甜言蜜语、海誓山盟、鸿雁传书、热吻不断；滋润爱情的甘泉应该是没完没了流光溢彩的上流社会的舞会和沙龙，只有巴黎才适合谈情说爱……在这些概念化的想象之下，蕴含较深又细水长流的日常生活，就显得太平淡了，平淡到她认为是个错误。她是在与包法利医生结婚之后，尖锐地意识到这个错误。此前，闺阁的生活再沉闷，说到底还是有出路的，出路就是结婚。居住分散的外省乡间，又不是世家出身，婚姻的机会其实很有限。包法利这个乡间医生一旦出现，她便将幸福的指望交给了他，而紧接着就感到了失望。

爱玛的丈夫包法利是一个"说话谈吐像人行道一样平板"的人，显得缺乏生活情趣、平庸无能、懦弱迟钝。他并没有时刻关注爱玛的精神需求，甚至荒唐地以为爱玛生了一种病，想用各种方法去治疗她，或者让她换个环境去疗养。对于爱情期待的破碎，将她推到罗道尔夫的怀里，又自认为莱昂被她俘虏了，后来又觉得这两个男人是这么的不值得爱，包法利夫人已经不能用理智来做判断了。小说似乎可以被看作是"一个堕落女人的故事"或者"一个女人堕落的故事"，穿过这个"堕落"故事的表面，人们却可以看到一个灰暗的世界，少女关于爱情的幻想在这个世界里是没有容身之地的，现实一次次粉碎了她的梦想。

福楼拜曾说"包法利夫人就是我"，他将自己的生命体验倾注到了自己笔下的人物当中，对女主人公的悲剧命运始终怀有一种深切的同情。这部小说倾注了作家的全部感情，也充分体现了作家倡导的创作原则。福楼拜主张小说家应像科学家那样实事求是，要通过实地考察进行准确的描写，他于小说创作的不断探索，也使他获得了重大的艺术成就。

一是"客观而无动于衷"的叙述风格。福楼拜是欧洲文学史上最早的要求作者退出小说，并开始在实践中成功实现这一信条的作家之一。他要求叙事排除一切的主观抒情，排除作者的声音，让事实展现它自己。他认为作者的意图和倾向，如果让读者模模糊糊地感觉和猜测到，都是不允许的；文学作品的每一个段落，每一个字句都不应有一点点作者观念的痕迹。正如他的学生莫泊桑所说的那样，福楼拜总是在作品中"深深地隐藏自己，像木偶戏演员那样小心翼翼地遮掩着自己手中的提线，尽可能不让观众觉察出他的声音"。"作家在作品中应该像上帝在宇宙中一样，到处存在，又无处可见。"法国学者布吕纳曾敏锐地指出，"在法国小说史里，《包法利夫人》具有划时代的意义，它说明某些东西的结束和某些东西的开始"。我们从后来的罗兰·巴特、德里达等人的叙事理论中都可以清晰地听到福楼拜的声音。如果说欧洲小说文体变革的历史，可以像布思所描述的那样，被看成是作者的声音不断从作品中消退的历史，那么福楼拜无疑是一个不可忽略的关键性人物。

二是对唯美的艺术追求。米兰·昆德拉有一句流传很广的名言，大意是，直到福楼拜的出现，小说才终于赶上了诗歌。在艺术风格上，福楼拜从不做孤立、单独的环境描写，而是努力做到用环境来烘托人物心情，达到情景交融的艺术境界。他还是语言大师，注重思想与语言的统一。他认为:"思想越是美好,词句就越是铿锵,思想的准确会造成语言的准确。"因此,他经常苦心磨炼,惨淡经营,注意锤炼语言和句子。他的作品语言精练、准确、铿锵有力,是法国文学史上的"模范散文"之作。

4. 狄更斯

查理·狄更斯(1812—1870)是英国这一时期的现实主义作家。他出身于贫苦的小职员家庭,十二岁时,父亲负债入狱,他自己到一家皮鞋油作坊当学徒。由于从小贫困,以后又在律师事务所和新闻报社工作,他对英国下层人民有所了解,熟悉城乡生活和议会政治。1835年他开始写小说,先后写了十几部长篇。

他的作品以"人性"主题为中心,生动地展现了英国维多利亚时期"人"的异化与扭曲,"人"的沉沦与救赎,人与人之间关系的功利化与悖谬性,表达了"人性"终将消除阶级对立、弥合阶级鸿沟的人道主义理想。

从创作的发展过程看,狄更斯的创作可分为三个时期。

第一个时期(1833—1841年)。这是英国资产阶级进行议会改革的时代,也是下层"人"积极抗议改革的时代,同时,也是宪章运动开始兴起的时代。这一时期,狄更斯相继创作了《匹克威克外传》《奥列佛·推斯特》《尼古拉斯·尼克尔贝》《老古玩店》等。

《匹克威克外传》写的是匹克威克与三个朋友去外地旅行的所见所闻,通过幽默诙谐的笔调批判了英国社会上的"人性"沦丧与异化现象,揭露了资产"人"的自私自利和金钱至上原则。作品中塑造了一个堂吉诃德式的"人"——匹克威克,他表面看来滑稽可笑、愚笨古怪,实际上是一个灵魂高尚、信念坚定的人道主义者。作为一个资产"人",匹克威克没有精于算计、唯利是图的资产阶级特征,他大公无私、诚实善良,对他人的极端友善常常把他弄到非常可笑的境地。甚至当他的敌人遇到困难时,他也会不计前嫌,积极地帮助对方摆脱困境。在作者看来,人性本善,只有通过友爱、善良的教育与感化才能弥合这条阶级鸿沟,回归人与人之间和睦共处的时代。

第二个时期(1842—1848年)。这一时期是英国无产阶级积极增长的时期。狄更斯在这段时期创作了《圣诞欢歌》《马丁·朱什尔维特》《钟声》《炉边蟋蟀》《生活的战斗》《董贝父子》等。

第三个时期（1848—1870年）是狄更斯创作的高峰期。写出了许多具有重大社会意义的长篇小说。主要包括：《大卫·科波菲尔》《荒凉山庄》《艰难时世》《小杜丽》《双城记》《远大前程》《我们共同的朋友》《埃德温·都路德的秘密》等。

《大卫·科波菲尔》是一部有着强烈自传色彩的小说。大卫·科波菲尔自幼丧父，母亲改嫁后被继父折磨而死。科波菲尔被送到寄宿学校接受教育，在学校里，科波菲尔受尽各种严酷的虐待，身心受到严重伤害。后来，他又被送到工厂里干活，备受摧残。再后来，科波菲尔还在政府里当过职员、充任过议会记者，最后成为一位成功的作家，与心爱的女友结婚。通过大卫·科波菲尔的辛酸经历，作者显示出：在一个"人"被异化、"人性"被遮蔽的社会中，一个想靠自己的能力与勤劳争取一点"人"的尊严的青年，需要付出多大的努力，在"人性"天平上需经历多少次痛苦的挣扎与决斗。

《艰难时世》是狄更斯最重要的小说之一。小说围绕资产"人"葛莱恩的遭遇与变化，讲述了一个在曼彻斯特功利主义学说中沉沦的"人"，如何认识到利己主义学说的"反人性"本质，又如何放弃财产、重归"人性"、实现灵魂蜕变的故事。葛莱恩是焦煤镇的资本家、议员和教育家，掌握着焦煤镇的经济命脉、政治权力，也是这里的精神统治者。他主张非人道的功利主义哲学，当工厂里的下层"人"组织罢工时，他指责这些"人"不安于现状、忘恩负义。然而，资产"人"丧失"人性"的行为不仅仅表现在两个阶级之间，也表现在资产"人"内部。以同样的观点，他把女儿嫁给了有钱的老头子庞得贝。在他的思想的教育下，他的儿子抢劫银行，并嫁祸于下层"人"斯蒂芬，最终导致斯蒂芬掉进废井中死去。最后，在善良的下层"人"马戏团小丑的女儿西丝的感化下，葛莱恩认识到自己的所作所为背离了"人性"，接受了基督教"信心、希望与仁爱"的精神，变成了一个善良、同情下层"人"的资产者。另一位值得关注的人物是工人斯蒂芬。在工人们不堪忍受资产"人"的残酷剥削时，工会活动家斯蒂芬号召工人们奋起反抗，为取得"人"的权利而斗争。斯蒂芬一方面反对下层"人"反抗资产"人"，一方面又对资产"人"为谋求利润，不顾他人死活，使数不清的下层"人"冤死在井下表示愤慨。在他看来，仁爱精神是解决资产"人"与下层"人"之间隔阂的唯一出路，只有以"人性"对抗贪欲和暴力，人与人之间才可以实现和解。

狄更斯在最后的五年中，身体健康状况急剧恶化，但他仍然坚持去各地朗诵自己的作品。在英格兰、苏格兰、爱尔兰的盛大集会上，他朗诵自己的作品，受到了广泛热烈的欢迎。1867 年，狄更斯第二次访问美国。他的公开朗诵再次得到了广大美国民众的热烈赞扬和歌颂。1870 年 6 月 9 日，在写作最后一部小说《埃德温·都路德的秘密》时，狄更斯中途辍笔，与世长辞。

纵观狄更斯的一生，他始终坚信仁爱、慈善是"人"真正的本性，认为它是一种不可战胜的、永远不会消失的力量。在他的小说中我们可以看到，在 19 世纪的英国，金钱的诱惑、权力的角逐让数不清的"人"丧失理智、迷失自我，变得贪得无厌、利欲熏心、阴险狠毒，成为利己主义、拜金主义、功利主义的俘虏，人与人之间的关系变得赤裸、野蛮，整个世界变成一座昏暗的牢狱。然而，狄更斯坚定地认为："你若及时解救他，他将为社会祝福，使他苏生、活跃，倘使你使他长期处于翻腾的波涛之下，那么盲目的渴望报复将使他造成破坏。"他塑造的众多人物形象告诉我们，经过沉痛的考验、血腥的反思，"人"一定会返回美好的心灵家园，获得灵魂与世界的觉醒，人与人之间的矛盾最终会和解，"人性"的曙光终将重新照亮整个世界。

5. 哈代

在狄更斯逝世后的 19 世纪英国文坛中，托马斯·哈代（1840—1928）被公认为最具代表性的现实主义作家。其创作生涯相当独特：一生横跨两个世纪，其文学创作生涯以诗歌开始，又以诗歌结束。在 19 世纪他因小说而闻名，到了 20 世纪又以诗人之名著称于世。总体上看，他的文学成就主要在于小说。评论界对哈代评价颇高。如伍尔芙称他为"英国小说中最伟大的悲剧大师"，美国文学评论家卡尔·韦伯则认为他是"英国小说中的莎士比亚"。

哈代出生于英国西南部多塞特郡的一个古朴宁静的小村庄。父母对他在音乐和文学上的素养产生了很大的影响。16岁时哈代跟随约翰·希克斯做了6年的建筑学徒，同时博览群书，自学希腊语。1862年，他离开故乡来到伦敦，投在著名建筑师布罗姆菲尔德门下做绘图员，并在工作之余尝试文学创作。因在伦敦常患痛风病，兼之不适应伦敦的现代氛围，哈代于1867年重返故乡，继续从事建筑工作，7年后因长篇小说《远离尘嚣》的成功而辞职以专事写作。1895年他因《德伯家的苔丝》及《无名的裘德》两部长篇小说的发表招致英国上流社会肆意攻击，愤而转向诗歌创作。1928年逝世后极享哀荣，葬于威斯敏斯特诗人之角。哈代一共创作了14部长篇小说，4部短篇小说集，此外还有8部诗集和史诗剧《列王记》等3部。应该说基督教堂的建筑工作，对哈代的小说创作影响深远，他曾经把自己的小说分为三类：一是"精于结构的小说"，包括《计出无奈》等；二是"罗曼史和幻想小说"，如《塔上恋人》等；三是"性格与环境小说"，这也是他成就最高的小说类型，1912年，他在为麦克米伦版威塞克斯小说与诗歌写总序时，曾将自己最具思想和艺术价值的小说称为"性格与环境小说"，包括《绿林阴下》《远离尘嚣》《还乡》《卡斯特桥市长》《林地居民》《德伯家的苔丝》和《无名的裘德》等7部长篇小说。

哈代一生大部分时间都是在自己的故乡多塞特郡度过的。这些小说故事发生的地理背景也都是在多塞特郡的农村地区，在《远离尘嚣》中哈代第一次从英国早期的历史记载中发掘出了"威塞克斯"这个词来命名这一地区，并"用它来作为曾经包括那个已经不复存在的王国的现名，从而给它虚构的意义"。因此，这些小说又被称作"威塞克斯小说"。"威塞克斯"不仅将哈代所有的小说连成了一个整体，而且使小说的基调得以和谐统一。哈代创作的年代处于英国历史上由维多利亚传统向现代转型的动荡时期，他的"性格与环境小说"记录了一种"正在消逝的古老生活方式"——农村宗法制传统，资本主义现代文明的诞生打破并最终取代了古老的传统社会结构，极大地改变了人的生存处境，同时也改变了人们原先固有的价值观念。在哈代看来，这虽然是一种历史的进步，但它却是以人的自我的失落为代价的。人们在失去物质和精神意义上的家园——土地和信仰之后变得进退无据，无所适从。哈代正是在这样一种传统与现代的巨大张力之间进行着执着而又痛苦的求索。

哈代的小说创作在情节结构方面往往故事单一，主要人物形象少，而且多巧合与偶然事件。比如《德伯家的苔丝》中主要人物就是苔丝、克莱、亚雷这三个年轻人，故事也是围绕着他们三人展开，结构清晰，没有繁杂的支线情节。而且造成苔丝的悲剧中有非常多的偶然因素，每一次偶然转折，都使她向毁灭的深渊坠落一层。这种偶然性，固然都是许多社会必然性与自然必然性的交叉点，但一连串的必然性，则是哈代构思的结晶和他的悲观主义宿命论的发展轨迹。

此外，风景对于哈代来说具有浓郁的象征意味和哲理色彩。自然景物的描写在他的这些小说中已不仅仅起着舞台背景式的作用，而是成为小说中的一个有机组成部分。他笔下的景物不仅有个性，而且有灵性，有记忆和感受，善于启示，可以交心，仿佛是人格化的生命实体。因为他的景物并非静态写真，而是有机地参与到作品中。它们不仅与人物一样，无时无刻不在为生存和发展进行搏斗，而且利用景物的色彩亮度来烘托人物的命运，仿佛宇宙万物都插手其间，大大增强了悲剧故事的感染力。在这些风景当中，"荒原"是非常值得关注的一种环境。"荒原"不仅仅是一般意义上的人物活动的场景，更具有其自身的独立意蕴。它既具有未被人类文明所践踏的独特的原始性，又具有一些鲜明的人性特征。在小说《还乡》中，荒原本身就是一个主导小说情节发展的极为重要的"人物形象"，它还具有特别的神性，操纵着书中主人公的命运，成为体现哈代悲观主义思想的"内在意志力"的象征。

《德伯家的苔丝》是哈代晚期创作的代表作，是他对在工业革命冲击下破产的威塞克斯农民前途和命运的担忧，体现出深刻的哲理性思考。"一个纯洁的女人"（副标题）苔丝是个农家少女，在当地的农村小学接受了基础的教育之后，从十四五岁起便开始在饲养场、牛奶场和农田劳动。在工作的地方，苔丝认识了"本家"的少爷亚雷，被亚雷玩弄而有了身孕，拒绝成为亚雷情妇的苔丝独自回到了家乡，生下了孩子，但孩子不久就夭折了。后来苔丝来到牛奶厂做工，与牧师的儿子克莱坠入情网，决定结婚。新婚之夜，苔丝向克莱讲述了自己的不幸往事，克莱不能接受，一气之下远走巴西。苔丝不堪生活重负回到了自己的娘家，迫于生计便和亚雷同居了。此时，对自己行为有所反省的克莱回到了家乡，希望能够与苔丝重归于好。绝望中的苔丝杀死了亚雷，与克莱私奔逃进了森林，在度过了幸福的五天之后，苔丝在第六天被捕，依法判处绞刑。

《德伯家的苔丝》体现了哈代对资本主义现代文明的批判态度。现代文明对于传统农村社会的入侵在改变了生产方式的同时，也影响了当地人的命运。苔丝是大自然的女儿，却只能从事超负荷的劳动，靠着出卖廉价的劳动力来养活全家，这都为苔丝悲惨的个人命运加上了厚重的社会背景因素，哈代看到了苔丝个人的命运与整个资本主义制度之间的关系。例如，法律在苔丝遭受侮辱的时候保持了沉默，而当苔丝杀死亚雷时，法律却马上严酷地惩罚了苔丝的反抗行为，最终将她送上绞刑架，哈代对这种不公正的资本主义法律进行了嘲讽。苔丝是哈代笔下"落入凡尘的水中仙女"式的女性形象，这些女性热切地追求着自己的幸福和理想，试图按照自己的意愿和情感进行自我发展，并渴望实现自己的人生价值和理想。但在社会强大的压力下，追求美好生活的强烈愿望最终还是落空了，她们以悲惨的结局而告终，成为现代文明的牺牲品。

在《德伯家的苔丝》中，哈代更进一步把视野投向了人类生存的广阔背景，即"本身就有缺陷的宇宙"。"人类在这个世界上的生存就像这有毛病的星球上被抛弃的流浪者一样失去了活力"，哈代认识到这种力量的强大，但却无法解释这种力量的来源，于是他将其归结为"命运"。他在《德伯家的苔丝》第五版序言中曾引用莎士比亚《李尔王》里的一句名言："天神掌握着我们的命运，正像顽童捉到了飞虫一样，为了戏弄而把我们掐死。"在他看来，命运无时无刻不是凌驾于一切之上，人身处其中，无论有什么希冀，无论怎样反抗都是徒劳，理想终将幻灭，自己也会成为命运的牺牲品，这体现了哈代宿命论的思想。

6. 果戈理

尼古拉·瓦西里耶维奇·果戈理（1809—1852）是19世纪杰出的俄国作家。果戈理出身于乌克兰波尔塔瓦省米尔格拉德县索罗奇镇的一个地主家庭。家乡虽地处偏僻，但环境优美，民风淳朴。爱好戏剧的父亲、笃信宗教的母亲，以及乌克兰丰富多彩的民间文化，在他的早年生活中留下了印记。他在涅仁高级中学读书时，受到资产阶级启蒙思想的影响。1828年中学毕业后，他抱着当一名法官为国家服务的愿望来到圣彼得堡。圣彼得堡的官僚社会使他失望，他当了一名小职员，生活贫困。1831年，他结识了普希金。1834到1835年在圣彼得堡大学教世界史。1835年是果戈理收获的年份。这一年，他出版了两部小说集《小品文集》和《米尔戈罗德》，完成了多幕喜剧《钦差大臣》，并开始了长篇小说《死魂灵》的创作。1836年，《钦差大臣》上演，他遭到反动贵族的诽谤，被迫出国，长期居住罗马。果戈理晚年由于长久脱离俄国现实，又受了斯拉夫派和宗教的影响，思想转向反动。

果戈理的作品是《钦差大臣》。故事发生在俄国一个偏僻的小城里，官僚们得悉钦差大臣要来私行察访的消息后，惊惶失措，把一个偶然路过的圣彼得堡小官员赫列斯达可夫误认为钦差，争先恐后地巴结他，向他行贿，市长甚至要把女儿许配给他。赫列斯达可夫起初莫名其妙，后来就乐得以假作真，捞了一大笔钱财，扬长而去。官吏们知道真相后，懊悔不及，哭笑不得。接着传来了真钦差到达的消息，喜剧以哑场告终。《钦差大臣》的剧情表面看来是偶然发生的，实际上却反映了当时俄国官场的典型现象。市长老奸巨滑，自夸骗过三个省长；他贪污成性，从不放过他所能捞到的一切。他认为官吏贪污是理所当然，但贪污的多寡应以官阶的高低为标准。他对自己治下的市民横加凌辱，并巧立名目，勒索他们的钱财。他对上级阿谀奉承，一心想到圣彼得堡去当将军。此外，作者还塑造了一系列小城官场的丑类，如阴险残忍的慈善医院院长、受贿的法官、胆小的督学、偷看别人信件的邮政局长等，都是鲜明生动的典型。赫列斯达可夫是作者着重刻画的对象。他是彼得堡一个花花公子，轻浮浅薄，喜欢自我吹嘘，随意撒谎。他被当作钦差，一方面是由于小城官吏的惊慌失措，另一方面也由于他的气质具有圣彼得堡官僚的特征。这部喜剧深刻地反映了俄国专制制度的腐朽，但果戈理是为了改善社会道德，幻想借助讽刺的力量使贵族观众弃恶从善。剧本结尾安排了真钦差到来的场面，使喜剧达到最后的高潮。但也说明作者对沙皇专制政体抱有幻想，并没有否定整个官僚制度。

这部作品没有正面人物，作者认为正面人物就是"笑"。喜剧的全部情节是由钦差大臣将要到来这一消息带动起来的，它从第一句台词起立即展开，步步深入，直达高潮。果戈理对沙皇政府垄断的剧院专门上演法国等外国通俗笑剧和传奇剧的情况感到不满，希望继承俄国民族戏剧的传统。他在《钦差大臣》中进一步确立了讽刺批判的倾向，对后来俄国戏剧的发展影响很大。

《死魂灵》（第一部）是果戈理最负盛名的作品，在俄国文学史上具有里程碑意义。《死魂灵》书名的本意是指死去的农奴，而实质上指的是虽生犹死的地主。小说以骗子乞乞科夫为连缀人物，巧妙地引出了 5 个乡村地主的形象。衣冠楚楚、自称是六等文官的乞乞科夫来到 N 市后，拜会官吏、结交名流，但他的真正目的是想利用俄国制度和法律的漏洞，到偏僻乡村收购死去的农奴的户籍，在新的人口调查开始之前，将这些农奴抵押给政府，从中牟取暴利。乞乞科夫为此四处奔走，走访了多座地主庄园，并购得近 400 名"死魂灵"。正当乞乞科夫得意之际，事情败露，他被迫匆匆逃离。

以上这些形象揭示了地主阶级的寄生性、卑劣、鄙俗和腐朽，他们实际上已变成了真正的"死魂灵"。从这些形象中，可以看出俄国农奴制社会日益瓦解的趋势。但是作者惋惜地主个性的毁灭，因而没有充分写出地主阶级压迫和剥削农民的本质特点。在《死魂灵》的一些插曲中，作者对农奴表示同情，个别地方还写到他们的反抗。但总的来说，他笔下的农奴是愚昧无知的。作者在抒情插叙中把俄国比作一辆奔驶的三套马车，朦胧地相信俄国会有一个光明的未来，但未来是个什么样子，果戈理本人也不清楚。

"含泪的笑"是果戈理创作的一大特色。我们在《死魂灵》中看到了饱含讥讽与愤怒之泪的笑。小说中的丑类无一能逃脱作者辛辣讽刺的锋芒。果戈理没有刻意去制造什么笑料，他的讽刺基于形象的真实。如愚昧的科罗藩契加在听了乞乞科夫"办差"的吹嘘后的那副殷勤相，放荡的罗图特莱夫在豢养的狗群中俨然"像家庭里的父亲一般"走动的丑态，笨拙的索巴凯维奇家里的家具件件结实粗糙仿佛都在说"我也是一个索巴凯维奇",等等。这些描写似乎略带夸张而又契合形象的性格特征。它们的高超和深刻之处就在于揭示了统治阶级的丑恶与社会发展的尖锐矛盾,在于将"俄罗斯的一切丑恶集成一堆",无情地加以嘲笑和鞭笞。而在果戈理的"分明的笑,和谁也不知道的不分明的泪"中,饱含着作者对祖国命运的深切的忧虑和关注。同时,作为杰出的幽默讽刺大师,果戈理在小说中采用了多种多样的讽刺手法,或明讽、暗讽,或采用反语、夸张等,造成了强烈的讽刺效果。正因为这样,鲁迅由衷地赞叹:"果戈理的讽刺是千锤百炼的。"

《死魂灵》第一部发表后,果戈理的思想矛盾加剧。他一方面深刻体会到农奴制瓦解的趋势,另一方面又不赞成西欧的资本主义道路,于是在斯拉夫派的影响下把目光转向古代宗法制社会。1847年,他发表《与友人书信选集》,宣扬从道德、宗教入手来改善社会,维护沙皇制度,因而受到进步知识分子尤其是别林斯基的严厉批评。果戈理在《死魂灵》第二部中企图描写弃恶从善的乞乞科夫和一些正面的地主官僚,但他自己也感到形象苍白无力,便在死前把原稿焚毁了。总之,果戈理的作品深刻地揭露并批判了专制农奴制社会,对俄国批判现实主义的确立起了巨大的作用。

7. 陀思妥耶夫斯基

费奥多尔·米哈伊洛维奇·陀思妥耶夫斯基(1821—1881)是俄国19世纪最伟大的文学家之一,其代表作有长篇小说《罪与罚》《白痴》《群魔》《卡拉马佐夫兄弟》等。他和列夫·托尔斯泰一起并列于俄罗斯文学乃至世界文学史上最伟大小说家之林,他的《卡拉马佐夫兄弟》和托尔斯泰的《战争与和平》堪称俄国小说史上最伟大的两部巨著。

(1) 个人生平

陀思妥耶夫斯基出身于莫斯科一个并不富裕的家庭,在七个孩子中排行老二。他的父亲是一名退休军医和彻头彻尾的酒鬼,工作于莫斯科的一个穷人医院。父亲工作的医院地处莫斯科的荒郊野岭,犯人公墓、精神病院和孤儿院便是当地的地标式建筑。这些景象给年纪尚小的陀思妥耶夫斯基留下了深刻的印象,穷困者的惨象深深刺痛着他的心灵。虽然父母不允许，年轻的陀思妥耶夫斯基还是喜欢去医院花园走走，看看那些晒太阳的病人，听他们讲故事。陀思妥耶夫斯基的父亲对待孩子很粗暴，比如他要求自己的孩子在他下班回来打盹时轮流替他驱赶苍蝇，而且必须保持绝对安静。1837年母亲死于肺结核，他和他弟弟被送入圣彼得堡军事工程学校。1839年在莫斯科当医生的父亲去世，死因不明。有人说是因为他醉后对农奴发脾气，农奴被激怒后将他制服，灌入伏特加直至他溺死。也有人认为是自然死亡，而临近的地主为了把土地轻易拿到手而编了这个故事。这个专制的父亲给了陀思妥耶夫斯基很大的影响，以至于他把父亲的形象搬到了《卡拉马佐夫兄弟》中的老卡拉佐夫这个"邪恶而感情脆弱的小丑"父亲身上。

1842年，陀思妥耶夫斯基受命成为中尉，并在一年后从军事工程学校毕业。1844年退伍后，陀思妥耶夫斯基开始了自己的写作生涯。他于19世纪40年代结识了涅克拉索夫，在涅克拉索夫的鼓励下，1845年陀思妥耶夫斯基写出他的处女作——书信体短篇小说《穷人》，广获好评。据说任杂志社主编的涅克拉索夫在读完小说后兴奋地冲进文学评论家别林斯基的办公室，大叫道："又一个果戈理出现了！"别林斯基和他的追随者看后都有一样的感觉，别林斯基更称陀思妥耶夫斯基为"俄罗斯文学的天才"。《穷人》的单行本在一年后正式出版，陀思妥耶夫斯基也在24岁时成为文学界的名人。但是不久之后由于文学观念上的分歧，陀思妥耶夫斯基与涅克拉索夫、别林斯基决裂。

1847年陀思妥耶夫斯基对空想社会主义发生兴趣，参加了圣彼得堡拉舍夫斯基小组的革命活动。同年果戈理发表《与友人书信选》，别林斯基撰写《给果戈理的一封信》，对其观点加以驳斥。陀思妥耶夫斯基非常喜欢别林斯基这篇文章，并找到手抄本在小组上朗读。1849年4月23日他因牵涉反对沙皇的革命活动而被捕，并定于11月16日执行死刑。在行刑之前的一刻才改判成了流放西伯利亚。在西伯利亚他的思想发生了巨变，同时癫痫症的发作也愈发频繁。1854年他被释放，但是要求必须在西伯利亚服役。1858年他升为少尉，从此可以有自己的时间来思考与写作。从假处决事件到西伯利亚服刑这十年时间是他人生主要的转折，他开始反省自己笃信的宗教。也正是在西伯利亚，他遇到了今后的妻子——玛丽亚·季米特里耶夫娜·伊萨耶娃。

　　1860年，陀思妥耶夫斯基返回圣彼得堡，次年发表了第一部长篇小说《被侮辱与被损害的》。这部作品可以看作他前后期的过渡作品，既有前期的对社会苦难人民的描写，又带有后期的宗教与哲学探讨。1866年他的代表作《罪与罚》出版，可视作近代世界推理小说鼻祖。1868年他完成了《白痴》。1872年他完成了《群魔》。1873年他开始创办《作家日记》期刊，很受欢迎。1880年他发表了《卡拉马佐夫兄弟》这部他后期最重要的作品。1881年陀思妥耶夫斯基准备写作《卡拉马佐夫兄弟》第二部。2月9日他的笔筒掉到地上，滚到柜子底下，他在搬柜子过程中用力过大，结果导致血管破裂，并于当天去世，弥留之际妻子为他朗诵圣经。葬于圣彼得堡。

　　陀思妥耶夫斯基坚持一个重要写作原则："在充分的现实主义条件下发现人身上的人。"他宣称："人们称我为心理学家；不对，我只是最高意义上的现实主义者，即，我描绘的是人灵魂深处的一切。"陀思妥耶夫斯基的底层生活经历使他有可能较普希金和果戈理塑造出更丰满的"穷人"形象，并且如弗里德连杰尔所说的，这已不是内心简单而肤浅的"穷人"，而是复杂并且有独立思维的"穷人"。作家要从这些"小人物"身上发掘出大人物的潜质，发掘出在世俗秩序中处于底层的人的内心世界的神性。

　　比如在《穷人》当中，小公务员杰武什金爱上同样身处社会底层的姑娘瓦尔瓦拉，穷苦的现状使他们根本没有结合的可能，但两个人却始终不渝地保持着相濡以沫的情感，在最艰难的日子里他们一面凭借自身的力量求生存，一面相互关怀着走下去。在他们的身上已不再更多地表现生活的艰辛和苦难，而是更多地表现出他们作为人的尊严与精神的力量。或者说，在这些"小人物"身上，陀思妥耶夫斯基集中表达了他对人的真正神性的理解，人的神性的最高价值应当体现为爱。在陀思妥耶夫斯基的观念中，爱是人的最高品质，因为爱是拯救的直接形式。之前果戈理所描写的小人物的处境，实际上是一个缺失了爱的世界，他更多地着眼于对小人物的悲惨境遇的描述，而忽略了对小人物之间情感关系的深入揭示，陀思妥耶夫斯基对这种情感关系进行了深挖。

(2)《罪与罚》

主人公拉斯柯尔尼科夫是小说中的中心人物,这是一个典型的具有双重人格的形象:他是一个心地善良、乐于助人的穷大学生,一个有天赋、有正义感的青年,但同时他的性格阴郁、孤僻,"有时甚至冷漠无情、麻木不仁到了毫无人性的地步",为了证明自己是个"不平凡的人",竟然去行凶杀人,"在他身上似乎有两种截然不同的性格在交替变化"。正是这双重人格之间的激烈冲突,使主人公不断地摇摆于对自己的"理论"(即关于"平凡的人"与"不平凡的人"的观点)的肯定与否定之间。

陀思妥耶夫斯基本人的立场和拉斯柯尔尼科夫的立场截然不同,但是后者却持有一种拥有巨大市场的思想,即"犯罪有理"论。这种思想自文艺复兴时期张扬人文主义之后便具有了充分的正当性,即为了一个伟大的目的,采取非道德的手段,牺牲部分人的利益,都是正常的程序。拉斯柯尔尼科夫接受了来自西欧的这种理性主义观念,因此他认为,那些"不平凡的人"为了达到自己的目的,有权跨越良知的障碍。这种思想自马基雅维利的"非道德政治"论到后来尼采的"超人哲学",在欧洲一直占有强势地位。因此,它才在小说中成为与作者本人立场相对的一种具有充分自足性的话语思想。拉斯柯尔尼科夫在一篇叫作《论犯罪》的文章中表达了这样的观点:如果由于某种阴谋诡计,开普勒和牛顿的发现不能公之于世,除非牺牲掉阻碍这个发现或者成为路上的绊脚石的一个人、十个人、一百个人或者更多人的生命,那么,牛顿就有权利,甚至有义务……为了使全人类知道他的发现,而去消灭那十个人或者一百个人……如果这种人,为了实现他的理想,需要跨过一具尸体,或者涉过血泊,那么,我想,他会在内心中,在良心上,允许自己涉过血泊的……

在拉斯柯尔尼科夫看来,上帝并不能给世人以任何回报,因此,信仰是没有意义的,所以他才质问索尼娅:上帝"给了你什么"?上帝不能做的,他便有权利来做。如果仅从他的理解来看,似乎是正确的。但如果人没有一个统一的生存标准,或曰道德标准,任由个人按照自己的理解去改造世界,那么这就是丛林法则的社会合理化,它所带来的必然是以暴制暴的悲剧性后果。而这，正是陀思妥耶夫斯基所忧虑的。

《罪与罚》中的贫民女子索尼娅其实就是陀思妥耶夫斯基的代言人。这个形象是苦难和救赎的化身，她虽是有罪的"淫妇"，但时时不忘基督的福音。当拉斯柯尔尼科夫想到索尼娅面临的困境时，认为她只有三条路可走："投河，进疯人院，或者……或者，最终同流合污，使理智麻木，使心肠冷酷"。但是，索尼娅既没有自杀，也没有发疯，更没有心灵变得冷酷，因为她的心中有上帝。小说结尾时作家给拉斯科尔尼科夫指明了救赎之路。索尼娅送给他一本福音书，在流放中他一直把这本福音书放在身边，但从来也没有看过。索尼娅到流放地去看他，等索尼娅走后，他下意识地把福音书打开来，于是一个念头在脑中出现："难道她的信仰，现在不应该成为我们的信仰吗？至少她的感情，她的追求……"当然，这并不能说明拉斯科尔尼科夫已经皈依上帝，但作家借此暗示，拉斯科尔尼科夫开始摆脱"罚"的力量，走向新生，尽管它已是另外一个故事。

"罪"即是指抛弃了对上帝的信仰。用索尼娅的话来说，是因为"您离开了上帝，上帝惩罚了您，把您交给了魔鬼！"但陀思妥耶夫斯基更看重的是"罚"。"罚"指的不是国家机器的惩罚，不是法律的惩罚，不是来自他人的责罚，不是指当你跨越了某种道德底线时所受到的孤立，都不是。这个"罚"指的是由于内心深处"神性"的作用而对背弃上帝之罪的自我惩罚。

（3）艺术成就

首先，陀思妥耶夫斯基的小说是一种"复调小说"。此概念由20世纪的俄罗斯伟大理论家巴赫金命名，即作家把不同的思想立场通过人物形象的塑造分别阐述出来，而作家本人并不直接在作品中对此加以全知视角的评价，而是以平等的姿态加入不同立场的讨论之中，因而这样的思想交锋始终没有一个最终的评判，使对话永远停留在未完成的开放状态。这样的表现，其实正是陀思妥耶夫斯基对上帝与恶并存这一悖谬思考的艺术体现，尽管他坚信，基督的天国必然降临，然而那不过是一个伟大而虚幻的理想而已。

其次，陀思妥耶夫斯基是心理描写的专家，醉心于病态的心理描写，不仅写行为的结果，而且着重描述行为发生的心理活动过程，特别是那些自觉不自觉的反常行为、近乎昏迷与疯狂的反常状态。而人物的思想、行为反常，恰恰又是他作品的特点。他对人类肉体与精神痛苦的震撼人心的描写是其他作家难以企及的，其心理描写深入到心理的潜意识层，这曾经给予弗洛伊德莫大的启发。

最后，他的小说戏剧性强，情节发展快，接踵而来的灾难性事件往往伴随复杂的心理斗争和痛苦的精神危机，以此揭露人物关系的纷繁复杂、矛盾重重和深刻的悲剧性。

8. 列夫·托尔斯泰

列夫·托尔斯泰（1828—1910），是19世纪末20世纪初俄国最伟大的现实主义文学家，也是世界文学史上最杰出的作家之一，他的文学作品在世界文学中占有重要的地位。代表作有长篇小说《战争与和平》《安娜·卡列尼娜》《复活》等。

（1）生平和创作概况

托尔斯泰出生于图拉省克拉皮文县的雅斯纳雅·波良纳庄园。他家是名门贵族，其谱系可以追溯到16世纪，远祖从彼得一世时获得封爵。父亲尼古拉·伊里奇伯爵参加过1812年卫国战争，以中校军衔退役，母亲为皇亲，但在他年幼时父母双亡，先后在两位婶婶的监护下长大。

他青年时期进入喀山大学，先进入土耳其语言文学系，一年后转入法律系。在此期间，接触了启蒙思想家卢梭和孟德斯鸠的著作。三年后对学校教育不满，于1847年退学，回到出身地图拉省克拉皮文县雅斯那雅·波良纳，试行农事改革。他一生大部分时间在此度过，他的大部分作品也是在这里完成的。1851年自愿入伍当兵，参加过塞瓦斯托波尔保卫战，在最危险的4号堡垒中任炮兵连长。1857年退役后曾两次去欧洲旅游访问，还曾在家乡为农民办教育。

托尔斯泰一走向文坛即取得成功，没有像其他艺术家在初登文坛时不止一次经受痛苦、犹疑和委屈。1852—1854年，出版自传性作品《童年》《少年》《青年》三部曲，引起了读者热烈的反响，中心内容是描写一个青年人的成长及与周围环境的关系，反映他探求自己生活使命的历史，特别写出主人公在认识现实的过程中所产生的内心感受，以及内心感情的复杂发展过程。这种与环境的冲突及内心追求理想和完善的主人公在托尔斯泰以后的作品中不断出现,成为他作品的基本主题之一。早期创作即显示出托尔斯泰自己的特点,即车尔尼雪夫斯基评论其早期创作时指出作者才华的两个特点——心理分析和道德纯洁。托尔斯泰"最感兴趣的是心理过程本身,它的形式,它的规律,用特定的术语来说,就是心灵辩证法"。

1855年开始,托尔斯泰在《现代人》杂志上发表了一组小说,后结集成《塞瓦斯托波尔故事集》问世后,托尔斯泰被公认为俄罗斯最优秀的文学家之一。

1857年以后,因为思考俄罗斯的出路问题,托尔斯泰到欧洲很多国家考察,包括德国、法国、瑞士等。这使他一方面体会到俄国封建制度的落后,另一方面对西方资本主义文明深感失望。短篇小说《琉森》叙述一个有真正艺术才能的流浪艺人给欧洲绅士演奏,后者不但没给他一个小钱,还进行人格侮辱。托尔斯泰在作品中愤怒地写道:"这就是你们的国家,这就是你们的文明。实际上你们每个人都从流浪艺人身上剥削了几个钱。"在这些文明人身上丧失了"单纯的、原始的,人与人之间的感情"。托尔斯泰对资本主义文明和福利的怀疑,使之转向对原始的善、原始的本能的寻求,对永恒的道德的寻求。这种思想在以后的作品中得到了发展。

托尔斯泰进行更深入的关于人和社会、自然的最本质的探索,逐渐形成了自己独特的人生观、社会观、美学观,最初体现在小说《三死》中。文中描写了两个人和一棵树的死。其中的贵妇,一生过着虚伪的生活,死亡来临时非常恐惧;其中的农民,一生勤劳,自然地接受死亡;最后还有一棵树的死,它的死如同它的生,顺乎自然,因此死得最美的是树。这体现了托尔斯泰的自然思想,即靠近自然的和顺应自然是美和合理的。托尔斯泰在许多作品中鲜明地体现了农民与贵族的差别,他曾经这样概括贵族感情:虚伪、色情和对生活的厌倦。托尔斯泰认为贵族由于不懂得维护生活的劳苦,所以比起农民来说,离自然远得多,情感也就低下得多;而农民用劳动创造了价值,是社会的合理成分。所以,托尔斯泰的平民化思想的根基是自然观,人民战争的思想实际上也是自然思想的体现，士兵代表着自然的、正义的力量，战争的胜利取决于他们。

19世纪70—80年代，托尔斯泰内心发生更加激烈的变化，通过对贵族的否定及自我否定，他完全站在宗法制农民的立场上来否定"文明"。写了一系列作品《复活》《教育的果实》剧本、《哈吉穆拉特》等。

这时，所谓的托尔斯泰主义也基本定型，核心思想可归纳为：勿以暴力抗恶、人要进行道德的自我完善、提倡一种以仁爱为核心的人民宗教。可见托尔斯泰对人的道德、责任提出了很高的要求。但他反对暴力革命，似乎与当时俄罗斯的社会现实格格不入，但包含了许多永恒的命题和对人类未来命运的思索，它提供的是一种做人的原则，而这种原则是符合人类的进步要求的。

托尔斯泰是一个真诚的贵族，不断进行艺术和精神上的探索，特别以后者为其毕生使命，追求道德的完善，最终走向为别人谋幸福即自身的幸福这种富有牺牲精神和宗教色彩的境界。晚年和农民一起劳动、吃粗食，列宁说托尔斯泰是被宗教搞得傻头傻脑的地主。1910年10月28日，托尔斯泰觉得受家庭的羁绊，始终不能摆脱贵族的生活，于是不顾82岁高龄离家出走，途中病逝。

（2）《安娜·卡列尼娜》

该小说完成于1869年，原来打算写一个贵妇情场失意的故事，但经过长期酝酿，他逐步地扩大了题材的范围，深化了主题的内涵，加强了主题的力度。结果，这部小说从最初只表现由一个妻子的不忠而引发的家庭悲剧，发展成为一个通过讲述家庭的故事，反映19世纪六七十年代广阔而复杂的、正在经历剧烈变动的俄国社会生活的宏伟历史画卷。

小说由两条平行的线索构成。一条是安娜追求爱情幸福的悲剧，她根本不爱了无生气的官僚丈夫卡列宁，而与风流倜傥的年轻军官沃伦斯基一见钟情，并和他离家出走，因此遭到上流社会的鄙弃，后与沃伦斯基出现感情危机，最终彻底绝望而卧轨自杀。这里揭露了19世纪俄国上流社会的虚伪、冷酷和腐朽。另一条是外省地主列文经历种种波折终于和所爱的贵族小姐吉娣建立了幸福的家庭，以及他针对农村破产而进行的经济改革。围绕他主要展现俄国乡村的生活现状，包括农民的生活现状。

作品中安娜是一个光彩夺目，同时充满悲剧色彩的人物形象。她像黑天鹅一样美丽高贵，表面上也如其他贵妇一样保持着上流社会应有的礼仪，但她内心潜藏着一股自然生命力，在那个新旧交替的时代，资产阶级启蒙思想追求自由、个性，无疑也呼应了她潜在的自然生命力，沃伦斯基的出现唤醒了它。所以从这个意义上，安娜与贵族社会的矛盾也是新和旧、进步与落后两种力量之间的冲突，托尔斯泰通过这种冲突表现了资产阶级因素对俄国社会的冲击。安娜的反抗达到了她本人所能达到的最高峰，是非常强烈的，通过这种反抗及最终的悲剧，揭示了贵族势力的强大，以及它的虚伪、堕落和不合理。托尔斯泰对贵族社会的伦理道德、家庭婚姻观念进行了反思和否定，体现出他对自然生命力的同情，对进步思想的肯定。

但安娜也有其自身的局限性，这来自她出身的环境。安娜身上的自然生命力使她不容于贵族社会，但她又没有勇气摆脱这个社会，表现在安娜总试图得到贵族阶层的承认，仍然心疼在贵族生活中得到的利益。另一方面沃伦斯基也是这个贵族社会的一员，他不是列文，否则也许结局会不一样。所以体现在安娜身上的矛盾是时代的矛盾，是进步与落后的矛盾。但安娜不知道，她只以为是个人的问题，所以她的反抗最终没有超出贵族的范围，其结局也必然是悲剧性的。

托尔斯泰对安娜的评价首先是同情的，对自然生命力在那种虚伪的社会里所遭遇的处境的同情。但同时认为，安娜不应该背叛家庭，离家出走。这方面表现出托尔斯泰陈腐的妇女观，他曾说应该让女人回到厨房里去。更重要的是托尔斯泰认为安娜所选择的路是违背了自然的，与之相对的是列文和吉娣。所以书前的题词"申冤在我，我必报应"中，报应不等于惩罚，托尔斯泰不认为安娜的死是一种惩罚，尤其贵族没有资格来进行评判和惩罚。报应代表的是一种天意，是安娜的宿命，两次在轨上干活的神秘老头，是她一切行为的后果。她违背永恒的天意法则，必然走向天道运行的轮下。这里托尔斯泰通过安娜思考了人与天的关系。

同时，安娜的悲剧也说明了爱情、婚姻不能脱离经济和社会利益，安娜全部的追求寄托在沃伦斯基这个不能承担责任的贵族身上，最终只有悲剧。在这方面表现了托尔斯泰的现实主义，也表现了生活的真实、生活的深度和生活的严酷。

（3）艺术特征

首先，高度的道德感。托尔斯泰思考的是人的精神方面的问题，人在精神上不断向善发展的可能性。他不仅把正义和为别人谋幸福的思想作为评价人物的出发点，而且着重表现是那些具有巨大道德力量的人物，以及他们对生活的积极探索。这与果戈理作品有很大的不同，果戈理经常描写那些微不足道的小人物及他们身上的渺小的性格，以及庸俗琐细的日常生活。

其次，人物形象的动态典型化。体现了托尔斯泰的心理分析艺术"心灵辩证法"（车尔尼雪夫斯基语），指的是托尔斯泰笔下的人物具有复杂性和变异性，多半具有健全的人性（好的和坏的），并且在与生活接触的过程中不断发生变化。虽然如此，却不影响其思想性格的内在统一性，"他常常变得不像他自己，同时又始终是他自己"。奥妙就在于其高超的"心灵辩证法"。

最后，史诗性的叙事。作品具有宏大的规模，叙述事件的同时包容深广的社会内容。且不说《战争与和平》里的宏伟场面，像《安娜·卡列尼娜》和《复活》等作品也在叙述个人"小事"的同时将大事结合在一起，这是托尔斯泰的特殊才能。《安娜·卡列尼娜》作为一部家庭小说，其描写的社会背景、人物及社会性问题的范围多少要受到题材的限制，但托尔斯泰安排安娜出入各种场合，甚至穿插了一条看似与小说无关的线索——列文的生活探索，从而冲破了传统的家庭小说的模式，成为具有广泛生活命题的小说。《复活》虽然是单线索，所要描写的社会面也要受到限制，但作者通过聂赫留朵夫为玛斯洛娃的案件四处奔走，就自然而然地把剧中的人物及地域等当时俄国社会的各个角度展现出来。

托尔斯泰作品的宏大规模，适应了大容量地表现生活，多侧面地塑造人物和展示"福斯塔夫式"背景的需要,但他的作品又非散文式的、多主题的生活写实,而是具有可以感受到的极强的凝聚力,作品存在着潜在的主题,它对全局具有统辖作用,使各条线索构成一个有机的统一体。

第 八 章

20 世纪文学

第一节 20 世纪文化

20 世纪可以说是一个为人类带来所能想象的最大希望，同时也是摧毁一切理想的年代。19 世纪那些已经提出但还没来得及验证的政治理论都在 20 世纪登上了历史的舞台，它们有的引起了社会的巨大变革，有的则以失败告终。20 世纪的欧洲成为各种各样政治理论的"实验室"，共产主义、自由主义、法西斯主义这些政治思想影响了整个 20 世纪的样貌。

20 世纪的前半叶，尽管西方各个国家之间的发展状况并不平衡，但一些主要的西方国家如英国、美国、法国等，都先后在 19 世纪末 20 世纪初较快地进入了垄断资本主义阶段。靠着工业革命与技术革新的成果，实现了国内经济的高速发展。不过，帝国主义式的垄断资本主义也催化了各个国家之间的利益矛盾冲突，为日后世界战争的爆发埋下了隐患。其实 19 世纪的最后几年，欧洲与美国之间就发生了几次工业中心地位的轮转，世界格局已然在悄然变化着。20 世纪的后半叶，战后的西方社会充溢着两次世界大战给人类精神带来的无可疗愈的伤痛与后遗症，人类在此前几千年里精心构建的理性、道德、信仰等观念都在战争的炮火中化为灰烬。两次世界大战动摇了西方近代理性主义文化的价值体系，使得民众普遍对整个资本主义现代文明持有一种怀疑态度。不过，与信仰危机相对的是 20 世纪科学技术、大众传媒以及经济全球化进程的迅猛发展，重塑了人们的世界观和时代环境。科学、哲学、文学、艺术、心理等领域出现了许多新的理念和思想。

一 历史背景

20世纪充满了机遇和挑战。一方面，由于人类在物质文明和精神文化领域里都取得了巨大进步，过去许多世纪积累下来的梦想逐一变成现实，人类在自然面前比以往任何时候都强大得多。另一方面，人类不断遭受困难曲折，乃至空前灾难。既有大地震、持续高温、暴风雪等来自大自然的突然袭击，更有文明发展的不平衡所引起的劫难灾祸。如各种非正义战争、环境污染、暴力凶杀、艾滋病蔓延、吸毒贩毒的自残行为等，使人类的生存空间受到前所未有的威胁。造成这种状况的原因是多方面的。

首先，由于资本主义生产力的飞速发展，导致了垄断资本主义的出现，从19世纪末到20世纪初，西方各主要资本主义国家相继进入垄断资本主义时期，掀起了瓜分殖民地和势力范围的狂潮。1914年爆发第一次世界大战。战后，各帝国主义国家调整了相互之间的关系，矛盾得到了暂时的缓和，生产得到迅速发展。但是20世纪20年代末到30年代中期，经济危机席卷整个世界。英、法、美等国采取了不同程度的改革，国内矛盾得到缓和，而德、意、日等国却走上了相反的道路，建立了法西斯独裁政权。1939年9月第二次世界大战全面爆发。战后，世界形成了"冷战"新格局。两次世界大战改变了国际关系的格局，也给人类社会战争观念的趋向带来了巨大影响。第一次世界大战以后，出现了第一个无产阶级专政的国家苏联。第二次世界大战后，形成了以苏联为首的社会主义阵营和以美国为首的资本主义阵营对峙的局面。到了20世纪的后半叶，经由超级大国、发达国家和发展中国家等"三个世界"的重新组合，美、苏争霸和国际反霸权主义力量的对比，苏联和东欧各国的剧变等大动荡、大分化、大改组，国际局势由紧张渐趋缓和。虽在局部地区战火不断，但以对话取代对抗，由经济竞争取代军事争夺，和平与发展正成为世界的主流。

其次，近代工业的飞速增长，对于自然而言几乎是一种灾难，大气污染、河流污染、物种减少和对生态平衡的破坏等事故频发。工业社会所产生的废物比以前任何时候都多：一氧化碳、二氧化硫、二氧化氮等有害气体肆意排放，更不要说各类杀虫剂、化学合成品、核试验污染等。石油泄露、雨林破坏、全球升温、物种灭绝、人口爆炸更加剧了生态问题的严峻性。到1960年，全球人口已达53亿。世界上最贫穷的国家正是人口最为过剩的国家，这种人口膨胀、贫富不均的形势也为未来世界的稳定带来了不确定因素。

最后，科学技术的突飞猛进促使20世纪哲学观念急剧变化。一方面，来自19世纪的马克思主义的唯物史观和辩证唯物法的传播越来越广泛深入，叔本华的唯意志理论、尼采的权力意志论和柏格森的生命哲学及其直觉主义也受到普遍重视。另一方面，20世纪层出不穷的哲学流派又非常活跃，其中影响较大的有弗洛伊德的精神分析、萨特的存在主义。此外，文艺批评流派中的符号学、结构主义和解构主义等也造成了广泛影响。

二　文化特征

现代科学技术的发展和人类中心主义的膨胀使人们看到人类理性的僭越。这种僭越导致了人类生存环境和个人生活世界的严重危机，这是一种包括政治、经济、信仰、道德等各方面在内的总体性的人文精神和文化的危机。总体而言，其文化特征表现为非理性对理性的对抗。

文艺复兴以来，不断发展的科学技术理性逐渐成为人类心目中新的"上帝"。但这位新的"上帝"却又因自身的局限性，无力解决人类生存的价值及意义问题，甚至将人类逼入被异化的困境。再加上两次世界大战对西方的意识形态造成了毁灭性的打击，使得人们更加怀疑"上帝"，颓废、虚无、幻灭的感觉占据了当时人们的心灵，人类逐渐陷入一种信仰危机的精神困境中。人与自然、社会的关系不再是部分与整体和谐统一，而是流离失所、无法进入。这使人们不得不以流亡者、局外人的身份，对整个传统价值体系，乃至人类的社会组织形态本身，进行全面的否定和攻击。随着社会经济的进一步发展，实践领域内的理性权威也在进一步强化,并开始与精神领域内个体的感性体验发生冲突。绝对理性主义将人的内在理性绝对化,从而导致面对外在无限的脆弱无力。以理性权威自居的强大客体反过来对人进行统治,把人束缚在冰冷的机械性功能之中,物质世界也借此机会对人实施压迫和报复。其突出表现就是人的普遍异化:科学技术在机器大工业中的应用使人成了机器的零件和物质的奴隶。卓别林在电影《摩登时代》中淋漓尽致地表现了这种异化状况。而科学技术对人的奴役广泛地侵入人的日常生活世界,则造成人的焦虑、不安、孤独、软弱和各种精神病症。

哲学家们对这种现象进行反思,叔本华和尼采的唯意志论、柏格森的生命哲学、弗洛伊德的泛性欲论都将人局部的非理性的精神本质提高到了认识论的高度。

叔本华的唯意志论认为,我们所感知的世界,包括每一个人关于自我的全部认识和观念都不过是作为表象的世界。自我的真正本源是生存意志,即生存的冲动本能。尼采的意志论哲学进一步发展了叔本华的唯意志论,他强调强力(权力)意识,即人的生存发展应该像生物进化一样,优胜劣汰、强者生存。柏格森的生命哲学认为,人的生命是意识之绵延或意识之流,是由一个个不可凭借理性分割成因果关系的最小单位组成的整体。由此他提出"心理时间"的概念,即时间并不是某种抽象的或形式的表达,而是与人的生命力相关,它是动态的、流动的,不与任何固定点相联系,只能由一种趋向内在本原的内省、集中的意识所感知。20世纪末期占据统治地位的理性主义引发了灵魂无处安放的危机,柏格森认为当理性主义之网试图禁锢生命时,只有动态的、流动的生命才可以毫无阻碍地穿网而过。弗洛伊德认为人的心理包括意识和无意识,其中无意识现象又可以分为前意识和潜意识。潜意识是人最真实直接的意识,它是非理性的、混乱黑暗的,往往通过梦或下意识的行为表现出来。潜意识的心理虽然不为人们所觉察,但却支配着人的一生。与之相对应,弗洛伊德把人格分为本我、自我和超我三个部分。其中本我是指原始的、与生俱来的潜意识的结构部分,其中蕴含着人性中最接近兽性的一些本能性的冲动,如饥饿、性。它按照快乐原则行事。由于文明社会的发展使自然欲望——本能受到压抑,而本我中存在的驱动力力比多——性欲,却要求本能得到宣泄，因而也同样强调人的非理性因素。

以上四位都是非理性主义哲学的代表人物，他们的哲学思想突出了对传统哲学概念和价值观念的批判与超越，注重对个体体验和直觉等非理性方面的认识，由此将哲学引向以个体的人为中心的方向上来，并直接影响了20世纪的文艺创作。

第二节　20世纪艺术

从20世纪初开始，现代工业文明和现代科技的发展、非理性哲学的出现直接影响了现代艺术创造，它们要求现代艺术家创造和使用新的形式来表现这个新的世界。由此，艺术领域开始提倡反叛旧传统，进行大胆的思想探索和艺术实验。艺术也变得更加主观、自由，艺术家是把客观的物象揉在心里进行创造。色彩自由、变形、对于空间的新表达、抽象表现、材料的多样化与混合等都进入了20世纪艺术思考的范畴。

一　建筑

在各种艺术门类中，建筑是能够较快地反映时代气息的一种。西方的建筑艺术发展到19世纪末期，已经形成了一套比较完备的表达方式：圆柱、雕刻、腰线、柱头、线脚，建筑物的立面大多由这些元素构成，这种复兴样式自15、16世纪以来就一直占据着建筑设计的统治地位。这时候建筑物的外在风格与其内在的精神需求几乎没有什么直接的联系，内外之间并没有作为一个统一的整体来进行关照，建筑的形式与功能之间存在严重的脱离。在即将进入20世纪的时候，人们逐渐认识到这种建筑中脱节设计以及体现在其间的繁重的复古潮流。建筑师们想要用建筑来体现当下的时代，体现不可忽视的工业革命成果，探索建筑功能与形式之间新的和谐状态。虽然沉稳肃穆的古典风格与精雕细刻的巴洛克格调依然是20世纪官方建筑的主流风格，但是真正能够代表20世纪建筑风格的作品却大多出自个人之手。这些作品体现了工业革命的成果，建筑开始以一种近乎与过去决裂的姿态来展现自己。

新艺术运动从建筑的外形入手，总体特征是以富有动感的线条为基础，创造一种在线条基础上构建起来的抽象。运动中大多数的装饰向大自然学习，尤其是模仿微生物和植物，并赋予其审美的韵味。新艺术运动是站在工业化的对立面发展起来的，面对物质生活的极大丰富，人们面对千篇一律的机械化产品，开始怀念手工制品时代的温情和品味。新艺术运动最为突出的一点就在于它抛弃了任何历史性的元素，完全拥抱了当时以自然风格为主的"新风格"，这是一个意义重大的进步。新艺术运动反传统的精神、赋予想象力的创造以及流动的线条与空间给一大批建筑师提供了创作的灵感。虽然由于工匠技艺的限制，新艺术运动的建筑样式不适宜大规模发展，但它确实开了属于现代的新型实验型建筑的先河。这个开始于艺术设计领域而后才蔓延到建筑领域的运动，可以说是一场真正的让建筑发展脱离古典主义的大众运动，20世纪的艺术先驱们，大多受其影响。西班牙的高迪以及比利时的霍塔是其中的杰出代表。

萨格拉达·法米利亚教堂，高迪，建于1883—1926年，西班牙巴塞罗那

高迪（1852—1926）的创作受到北欧中世纪后期哥特式教堂的深刻影响，同时也有自己本民族的摩尔文化以及非洲艺术等的多重色彩，其建筑风格呈现出独特的个人风格。他的建筑思想有着不同常人的奇特想象性，追求一种超现实主义的梦境超世感，甚至是古怪荒诞的神秘性。高迪最为突出的特征是他抛弃了用斜线、垂线或是曲线来处理柱子与拱券的传统方式，代之以精密的计算来处理建筑物的各个部分，使其有机地融合在一起，每一个细节都是充满流动感的神奇设计。他的代表作是他倾其一生也未能完工的巴塞罗那市内的萨格拉达·法米利亚教堂，教堂主体建筑风格是巴塞罗那当地的加泰罗尼亚现代主义。从教堂的结构上看，共计18座高塔，以中央170米高的那座代表耶稣基督，其周围环绕着四座130米高的尖塔，代表圣经"四福音书"（《马太福音》《马可福音》《路加福音》《约翰福音》）的作者——玛窦、马尔谷、路加以及若望的大塔楼。北面的一座后塔有140米高，代表圣母玛利亚。包括"荣耀立面"在内，直到2010年都没有一座是盖好的。其余分别置于各立面的共有12座塔，代表耶稣的十二门徒，分别有100米或110米高。这样一座伟大的建筑，可惜的是建筑师直到去世都没能见其完工的样子。

除了新艺术运动，芝加哥学派的高层建筑也体现了20世纪建筑设计的特点。1871年，一场大火几乎烧毁了芝加哥的整个市中心，于是政府着手市区的修建工作，吸引了一大批著名的建筑师来到芝加哥。由于用地面积的限制以及城市发展带来的拥挤结果，建筑师只能把楼往高了修，逐渐总结出了一套不同于以往一般建筑的设计原则和结构体系。芝加哥学派的创始人是威廉·詹尼（1832—1907），他设计了芝加哥家庭保险公司大楼，虽然其层高只有10层，但这在当时绝对是摩天大楼级别的层高。这一派的早期建筑作品大多采用了当时新出现的用于高层的钢铁框架结构，但其立面的设计还是没能摆脱折中主义复古的影子，路易斯·沙利文（1856—1924）改变了这一局面。沙利文坚定地提出形式应该追随功能的口号，新材料与新结构用新手法结合在一起本身就是现代建筑之美，那些古典风格中繁复的雕刻与装饰对于现代建筑来说都是不必要的。此外沙利文还总结出了高层办公室的设计原则，即立面应分

沙利文与同事设计的温莱特大厦，1891年，美国密苏里州圣路易

为两段：建筑物第一第二层为第一段，中间各层为一段，顶部的设备层则可以设计不同样式。沙利文的设计给了当时流行于美国的折中主义复古倾向一次沉重的打击。

20世纪的建筑家逐渐形成了一个共识：建筑不是为少数精英阶层服务的，而应该是服务于大众。工业革命推动了城市的发展，也带来了新的市场，相应的建筑设计应该跟上时代的节奏向前看。两次世界大战毁掉了欧洲很多城市，有的小城市甚至全部成为一片废墟，城市规划与住房短缺的问题随之而来。用低廉的价格快速地建造大量住房就变成了欧洲各国政府最着急的问题，于是成本较低、生产速度也更快的以钢筋混

美国世界贸易中心，1962—1976 年，美国纽约

凝土为建筑材料的框架结构式房屋便成了各国的首选，随之而来的玻璃幕墙技术也得到广泛应用。"框架结构"加上"玻璃幕墙"的建造方式便逐渐成为现代建筑最明显的特征。在一些现代建筑先驱者（如戈洛皮乌斯、库布西耶等）的推动下，古典主义建筑可以说彻底退出了现代世界建筑的舞台，仅作为一种点缀性元素存留在建筑设计中。

二 雕塑

20 世纪欧洲雕塑逐渐向着夸张变形的方向发展，其中有艺术家从原始艺术、民间艺术中汲取养料的原因，也有时代发展的影响，体现了急剧变化的社会中生命与现实之间的冲突以及艺术思想的革新。代表雕塑家有康斯坦丁·布朗库西、亨利·摩尔、大卫·史密斯等。

《吻》，布朗库西，1908年，石雕，高58厘米，现藏于美国费城艺术博物馆

康斯坦丁·布朗库西（1876—1957）出生于罗马尼亚，1904年到法国。起初他在罗丹工作室工作，1908年以后成为独立的艺术家。布朗库西开创20世纪现代雕塑的先河，他抛弃了许多传统的雕塑观念，强调原始单纯的几何形，强调对雕塑材料的选择和与众不同的构思。总之，他的雕塑是一种具有理性化色彩的艺术。布朗库西早期的雕塑作品是程式化的，并没有摆脱当时新艺术运动的影响，但是他的作品是在"普遍的和谐"与"材料的真实"两种观念下发展的。布朗库西还有很多特别富有想象力的作品，它们协调了原始力量与超自然秩序之间的关系，比如圆柱体雕刻《亚当和夏娃》，在精确的几何形态中完美地表达了生育和繁殖的意义。

《吻》是布朗库西为巴黎蒙也那斯公墓做的一个变体作品，刻画的是一对恋人紧紧拥抱在一起，形成一个长方形的团块。他运用了极为简洁的雕塑语言来刻画形象，并没有对石块做出太大的加工，就塑造出了非常深刻的形象，观者只能看到波状起伏的头发、贴在一起的面部和眼睛、交叉着的手臂和微微暗示的性别。整个雕像十分对称稳定，体现了爱和永恒。这种特殊的构思和作品显示了独具一格的魅力，给人留下深刻的印象。

亨利·摩尔（1898—1986）是英国著名的现代雕塑家。他出身于英国约克郡西区的一个矿工家庭，早年在利兹美术学校学习，后进入伦敦皇家美术学院就读，毕业后留校任职。摩尔曾经受过布朗库西短暂的影响，不过摩尔的作品要比布朗库西的复杂得多，因为它传达与人类命运休戚相关的某些东西。摩尔从传统雕塑和自然形象中汲取营养，以表现人和生命为主要目标，创造出一种古朴、简洁而又宁静的雕塑语言。他的雕塑将无限的内在生命力赋予静态的形体，既有传统雕塑的典雅和谐，又有现代雕塑的抽象和想象空间。摩尔一开始便着迷于两三个原型主题：倚靠的母子、斜卧的人体、家庭等。

摩尔细致地研究过大英博物馆的史前雕塑，这些古代作品中所蕴含的生命活力给他留下了深刻的印象。他认为那些能够给人以深刻印象的雕塑，其作者必然相信它们能够在自然中起到直接的作用。到了20世纪30年代，摩尔开始创作斜躺着的形象。摩尔喜欢观察奇形怪状的岩石兽骨并加以收藏，按照他所领悟的形象来创作雕塑作品。有时，他会保持这些自然物的小巧；有时，又雕刻纪念碑般庞大的东西或者直接用金属进行铸造。不过无论大小，他都做得很好。摩尔创作时更喜欢依材料而摸索，找到顺其自然的方法。他在雕刻一块石头时，石头并不会完全变形，在呈现出人物形象的同时又会成为整体景致中非常和谐的一部分。摩尔这样尊重材料本身，倒与布朗库西相似。

《侧卧像》作于1958年，是摩尔为联合国教科文组织总部所作。乍看之下，这座雕塑就像大自然中两块优雅的山石，圆润流畅、沉静敦实。仔细观察，会发现很像一位半坐半躺的女性，她头颅高昂，胸部不是突起而是形成一个大空洞，腿部也是。尽管她和现实中的女性有着千差万别，但是我们能在起伏变化的线条中感受到女性的丰腴优美，体会到永恒宁静的宇宙和生命力。摩尔用这个半抽象的形态把包容着生命存在形式的人和自然有机地结合起来并暗示给观众，使人产生无限的回味和想象，从中获得生命的启示。

《侧卧像》，摩尔，1958 年，石质

三 绘画

（一）野兽派

像"巴洛克"一样，"野兽派"这一名词刚被提出来的时候是含有贬义色彩的。在 1905 年巴黎的秋季沙龙中，以马蒂斯为首的一群年轻艺术家的作品被集中在一个展厅里展出，这些作品色彩强烈、造型简洁、作风粗犷，具有强劲的视觉冲击力。展厅中间是雕塑家马尔克的一件多纳太罗风格的小铜像。批评家路易斯·沃克斯一进入展厅就惊呼："多纳太罗被一群野兽包围了！"野兽主义因此得名。实际上，野兽派的创作并不像它的名字那样吓人，野兽派最主要的创作特征就是随心所欲地使用色彩，甚至"为了色彩而色彩"。从 1905 年到 1908 年，野兽派的画家仅仅维持了一个短暂的共同创造和参展的时期，此后便各自寻求自己的艺术道路了，但作为领袖的马蒂斯的"野兽派"创作生涯还远未到头。

亨利·马蒂斯（1869—1954）出生于法国北部的勒·卡托。他早年学习法律，曾在法律公证处任职。1890年马蒂斯因病住院，闲来无事时以画画作为消遣，逐渐对艺术产生浓厚兴趣，并决定以此为业。1893年，马蒂斯进入巴黎美术学院的莫罗工作室，他在这里学习了拉斐尔、荷兰绘画、普桑等人的绘画与构图技巧，并且学习了莫罗独具特色的那种流动的线性装饰艺术，即"阿拉伯风"，是伊斯兰艺术中相互交织纠缠的枝叶形线条。马蒂斯最感兴趣的就是色彩，在他看来，色彩要给人舒服的感觉，是一种表达情感的方式，而不应该仅仅被看作描绘物体的手段。初学画的马蒂斯尝试过多种风格，直到1905年，他在法国南部明快的光线以及艳丽色彩的影响下，逐渐找到了自己的风格。20世纪50年代，因手指关节发病，马蒂斯不能作画之后就开始创作剪纸作品，他的剪纸和绘画一样始终是以色彩为首位的，甚至成了他早期艺术创作风格的简化与浓缩。他剪纸的方法就像是在石头上雕刻一样，把颜色混在一起，以剪刀为笔，在彩纸上作画，作品传达出十分强烈而浓郁的观感。

马蒂斯喜欢使用浓烈的色彩，他依靠色彩而不是光影来塑造空间、描绘光线。这种充分调用色彩的方法很好地体现在《红色的和谐》中，画面描绘的是一个女子摆弄桌子上的水果，这幅画一定程度上反映了马蒂斯对波斯东方风情的爱好。纯净的红色几乎铺面整幅画，左上角的画面（可能是窗户，也可能是风景画）延长了室内空间的纵深感，但极为和谐。红色与蓝色是对比色，在同一个画面中放在一起是非常刺眼、不和谐的，马蒂斯拉开了这两种颜色的比例，将整体性的蓝放在左上角，剩下的蓝色则以曲线的形式点缀在右边大面积的红色当中，就使得画面异常和谐。马蒂斯最关心的就是颜色，至于画面中人物是否好看，桌子是否显得真实都不重要。这幅画的透视效果已经削弱到了最低，画面中心几乎是一个平面的效果。总的来看，这幅《红色的和谐》体现了后印象主义对于色彩的解放以及20世纪绘画所呈现出的抽象倾向。

《红色的和谐》,马蒂斯,1908 年,布面油画,高 180 厘米,宽 220 厘米,现藏于俄罗斯圣彼得堡艾米塔吉博物馆

(二)立体主义

立体主义产生于 1907 年至 20 世纪 20 年代的法国,后又影响欧美各国的艺术风格。立体主义把作为客体的物体都给解散了,还原成塞尚所说的几何体来构成画面。一般认为立体主义有两个发展阶段:1912 年之前的被称为分析立体主义时期,1912 年到 1914 年则是综合立体主义(拼贴立体主义)时期。分析立体主义时期的艺术家在处理形体时认为,应该对物体的各个表面进行观察,然后在绘画的时候将所有面都同时表现出来,在分解物体的时候要以尽可能分解但又不完全失其形为原则。综合立体主义画家则会将一些取自现实生活中的"真实片段",如剪下的报纸或某些物品的一截,把它们放在画面中,于是艺术的边界就被打破了,油画、版画可以和剪纸甚至雕塑融为一体。综合立体主义不仅通过色彩拼贴与贴纸的逼真效果获得了新的颜色,还通过在结构上的重新组织以及引入现成的粘贴成分等方式,使画面具有了物质性。比起那些表现物体的作品,立体主义的作品企图更深层地全面观察物体,艺术家

在画布上表现物体的各个面,却需要观者从所知道的东西出发,用心智来完成那幅画,才能看懂立体主义画家想要表达的东西。立体主义绘画所传递的信息,要远远少于传统绘画,立体主义的代表画家有毕加索、布拉克、马尔库西、胡安·格里斯等。

帕布洛·毕加索(1881—1973)是立体主义的创立者和杰出代表。他出身于西班牙的一个美术教师家庭。1900 年他第一次来到巴黎,受到革命艺术浪潮的感染,并定居于此。这段时期他的内心世界处于苦闷和犹豫的时期,他用画笔描绘周围贫困的乞丐、流浪汉、江湖艺人等,这一时期称为"蓝色时期"(1900—1903 年)。之后,毕加索就搬到了艺术家聚集的"洗衣船"公寓,这一时期称为"玫瑰红色时期"(1903—1905 年)。在"红色时期"毕加索笔下的人物日益丰满,越来越像雕塑作品,尽管这些人物仍然带有一种忧郁的气息。在 1907 年,他在非洲黑人雕刻和古代伊比利亚雕刻的启发下,创作了《亚威农少女》。

《亚威农少女》,毕加索,1909 年,布面油画,高 244 厘米,宽 233 厘米,现藏于美国纽约现代美术馆

《亚威农少女》彻底改变了西方世界对于"形"的认识，毕加索遵循了塞尚的理念，彻底把物体还原成了几何体，将背景和人放在一个平面上，取消纵深的感觉，这幅画成为了立体主义绘画的最初楷模。画作改变了传统的在平面上塑造三维空间的概念，在分割成几何形状的背景上，左边三人是在古典人体的基础上进行了大胆变动，她们的身体被分解成近乎几何形状。右边的两位少女各长着一张可怕的脸，身体依旧被分割成几何形，充满原始而野蛮的气质。这些女人没有柔软的曲线、完美的比例和美丽的脸庞，画面也没有空间深度，一切都是扁平的、分割的、几何的，看起来就像一堆支离破碎的玻璃。毕加索在这幅画中几乎打破了绘画的一切传统，创造出新的统一感。

《格尔尼卡》，毕加索，1937年，高349.3厘米，宽776.6厘米，现藏于西班牙马德里索菲亚王后国家艺术中心

立体主义的新风格其实是对物体进行了特殊的处理：将物体分解为几何体再重新连接起来。它简化了物体，使物体在画面上与周围的空间有了更加紧密的联系。立体主义绘画的实验意味很强，但这实验究竟要达到什么目标，至今也没有十分明确的答案，但毕加索的创作的确给艺术史带来了巨大的影响。几年之间，和毕加索一起的立体派画家就把西方绘画世界中的一切禁忌都给打破了。

（三）未来主义

几乎与立体主义同时，意大利出现了未来主义画派，1909年，意大利作家马利奈蒂在米兰组织了一场旨在将意大利从历史重负中解放出来的艺术运动。随后，一些画家公开宣称支持这一运动，发表了一系列的艺术宣言，未来主义由此成型。起初，艺术家并没有找到一种独特的艺术形式来表现他们的思想。于是，他们借用印象主义的色彩、新印象主义点彩的某些形式来构成自己的形式语言。同时，他们还用立体主义分解物体的方法来表现运动，热衷于用线条与色彩描绘一系列重叠的形状和连续的组合，表现物象在迅疾运动中的感觉。未来派的关键词是"力的本体"，那是一种普遍的力。1910年波居尼发表了《未来主义绘画宣言》，认为未来主义者的信条是：对速度、运动、强力和工业的崇拜。现在看来，未来派带给艺术的贡献主要在于他们的"同存法"，即把同时发生的各种现象，如运动、声音、光线等，都放在同一画面中。

波居尼（1882—1916）是未来主义画派中最有影响力的画家、理论家和雕塑家。他认为未来主义绘画要做的就是在一幅画中综合所有可能的运动，力图从中表达出人的灵魂状态。波居尼相信物品可以透过力量的线条来反映它与环境之间的关系，显现出某种具有人格品质和自身情感的生命。作为雕塑家，波居尼的理论是十分前卫且具有前瞻性的。他很早就主张在雕塑中运用其他的东西，如玻璃、灯光等，来加强艺术效果，同时也希望能够在雕塑中引入电动机来实现雕塑的运动感。可惜他在战争中死去，没来得及将他的艺术构思变为现实。《空间中连续的整体》是他的代表作。波居尼认为有必要打破人体的轮廓，以此创造出人在空间中连续运动时的状态，把人真正融合在环境当中。《空间中连续的整体》完美地体现了他的想法，人物形象的动态特征表现得非常出色，它似乎是用立体的造型体现了运动，还将光、声糅合在其间。

（四）表现主义

表现主义是20世纪初开始流行于德国和北欧诸国的一种艺术倾向。

《空间中连续的整体》,波居尼,1913 年,青铜,高 121.9 厘米,现藏于美国纽约现代美术馆

《城市在上升》,波居尼,1910 年,布面油画,高 199.3 厘米,宽 301 厘米,现藏于美国纽约现代美术馆

如果说野兽主义和立体主义革新了绘画的语言，那么以德国为中心的表现主义则发动了现代绘画中的精神革命。它深受哲学家泰奥多尔·立普斯和威廉·沃林格的"移情说"的影响。他们反对艺术模仿自然，认为真正的艺术应当满足各时代人们的心理需要，全力揭示个人的独特性，表现个人内心不可抗拒的冲力，把心态作为表现的主题。因此，他们运用冲击力强的色彩、线条和扭曲的形象，给观众以视觉上的冲击，力图用绘画来表现人类的恐惧、仇恨、嫉妒和爱等强烈的情感。德国美术史学家沃林格认为，表现主义不仅仅是一种风格，而是一种会反复出现的艺术倾向。它首先在北欧出现，也许因为北方寒冷的世界更加容易引起人们的恐惧与不安。

挪威画家爱德华·蒙克（1863—1944）是表现主义的重要先驱，代表作品有《呐喊》《红葡萄藤》等。他直接影响了德国表现主义运动的产生和发展。蒙克早年曾接受过正规的美术教育，青年时代去过巴黎，在那里发现了线条和色彩的表现性。同时，他也为古代大师和印象主义的绘画所折服。但他一生并不平坦，在童年时期，其家庭成员经常被死亡和不幸所笼罩，他的作品常常表现出强烈的悲剧性，多以疾病、死亡、性爱等为主题。

《呐喊》是其组画《生命》中的一幅，画面中的人物面容消瘦得近似骷髅，人物有形而无实，动作也在情感的重压之下变得扭曲摇晃。弯曲的天空和流水，粗壮的桥梁斜线都将重点引向画面中的嘴巴。这一切构成了一个精神磁场，线条、色彩都围绕着发自灵魂的呐喊而运动着、旋转着。双手抱头的畸形人因内心的痛苦而发出一声无法抑制的呐喊，桥上虽然还有其他人，但画面依然让人感到一种可怕的孤独气氛。同时，这幅画也揭露了19世纪末资本主义世界冷漠动荡的环境重压下，画家本人精神和情感濒于崩溃的状态。《呐喊》揭示出了世人普遍存在的绝望情绪，这种情绪在此前的绘画中是无所表现的。

（五）抽象艺术与抽象表现主义

从广义上说，抽象艺术并不是指某一个派别，而是一种风格，包括任何非再现性的艺术。狭义的抽象艺术则是指20世纪那些有意抛弃对

《呐喊》，蒙克，1893 年，纸板油画，色粉笔和胶，高 90.8 厘米，宽 73.7 厘米，现藏于挪威奥斯陆国家美术馆

自然进行模仿的艺术形式。回顾艺术史，从马奈在 19 世纪中期所创作的画（如 1859 年的《喝苦艾酒的人》）中，我们就可以看出某种剥除形象的倾向，这其实已经是开启了抽象艺术的大门。此后，有的画派主张去掉更多的视觉信息来竭力捕捉光线（印象派），有的强调色彩所蕴含的情感特质（野兽派），有的从多重角度观察物体、将它们还原成几何体来加以表现（立体主义）……这个不断去除的过程，似乎终将不可避免地导致细节的消失以及抽象艺术的来临。自 1910 年起，抽象艺术就把立体主义、未来主义以及俄耳甫斯主义宣扬过的东西变成了自己的主张：要抛弃对于自然世界亦步亦趋的模仿，而集中在形、色、构图上进行艺术创造。一般认为，抽象绘画的领军人物是康定斯基。

瓦西里·康定斯基（1866—1944）出身于俄国一个富裕的商人家庭，自己原来是莫斯科大学的法律讲师，后因对艺术的热爱放弃了教职。康定斯基在1895年观看印象派画展的时候，第一次意识到，绘画中即便没有可以辨认的形体也是可以表达感情的，其中莫奈的《干草堆》给他留下了深刻的印象。1986年，康定斯基前往德国的慕尼黑学习艺术。《无题》通常被认为是画家第一幅真正意义上完全抽象的艺术作品。《无题》的画面是全然抽象的，只是一些色彩斑驳的涂抹，笔触随性，自由舒展。这样的绘画几乎没有涉及任何现实生活中的具体事物，很难让人自然地引发联想。也许是画家的音乐积累与感受引发了画家这样的色彩表现，也许是联觉赋予了作者独特的创造灵感，这种纯粹抽象的表达正是康定斯基所喜爱的。

《无题》，康定斯基，1910年，纸上铅笔、水彩、墨水画，高49.6厘米，宽64.8厘米，现藏于法国巴黎国家现代艺术博物馆

20世纪30年代开始，西方艺术的中心发生了转移，美国的艺术家

逐渐取得了艺术创造的话语权。到了 50 年代，纽约已经可以与巴黎分庭抗礼了。抽象表现主义就是此时值得注意的一个纽约的流派。抽象表现主义者非常强调自发的个人表现、任意性以及材料情景的多样性等方面，绘画过程中也是信笔疾扫，技巧上有一些偶然因素。那些抽象的形式一定程度上体现了创作者对生活的认识和态度，是艺术家对内心深处的探索和对自我的真实形象的表现。这一时期的代表性艺术家有波洛克、库宁、克兰等。

杰克逊·波洛克（1912—1956）是抽象表现主义运动中最有影响的艺术家。他生于怀俄明州，在南加利福尼亚长大。他最初对雕塑感兴趣，但不久把注意力转向了绘画。17 岁开始在艺术学生联盟跟随托马斯·本顿学习。他的绘画方式很奇特，先将大画布直按铺在地上或者是钉在墙上，将油漆和颜料以各种工具滴洒在画布上。最后，再根据画面的需要添加沙子、颜料或其他材料。波洛克的这种创造为艺术打开了一个新的局面，他打破了传统的画笔画布的观念，不用画笔而是用其他任何工具，画面没有传统绘画的布局和构成，颜料布满了整个画面，给观众造成视觉上的冲击，开创了一种新的视觉语言。《薰衣草之雾》是其代表作，画家采用滴洒颜料的手法，没有开始也没有结束，也没有所谓的正和反，斑斑点点、千丝万缕、重重叠叠的色彩，让观者感到一种活泼细腻的美。在波洛克的眼中，他并不十分在意创作的结果，倒是创作的过程带给他更多的体验和愉悦。

（六）达达主义

达达主义指 20 世纪初先后在苏黎世、纽约、科隆、巴黎等城市兴起的一种带有虚无主义倾向的文学艺术运动。这一运动首先产生于第一次世界大战期间的中立国瑞士。达达主义者厌倦战争，怀疑现存社会的价值，否定理性与传统文化，提倡无目的、无意识的生活艺术。一般认为，达达主义中的"达达"这个词是艺术家将铅笔刀插入字典中而选中的，艺术家们便将他们的派别取名为"达达"。"达达"在字典里的意思是玩具木马，在德文中则是婴儿牙牙学语时叫爸爸的谐音。达达主义是对传统的道德观念与美学观念的批判，艺术家们用新的艺术语言和表

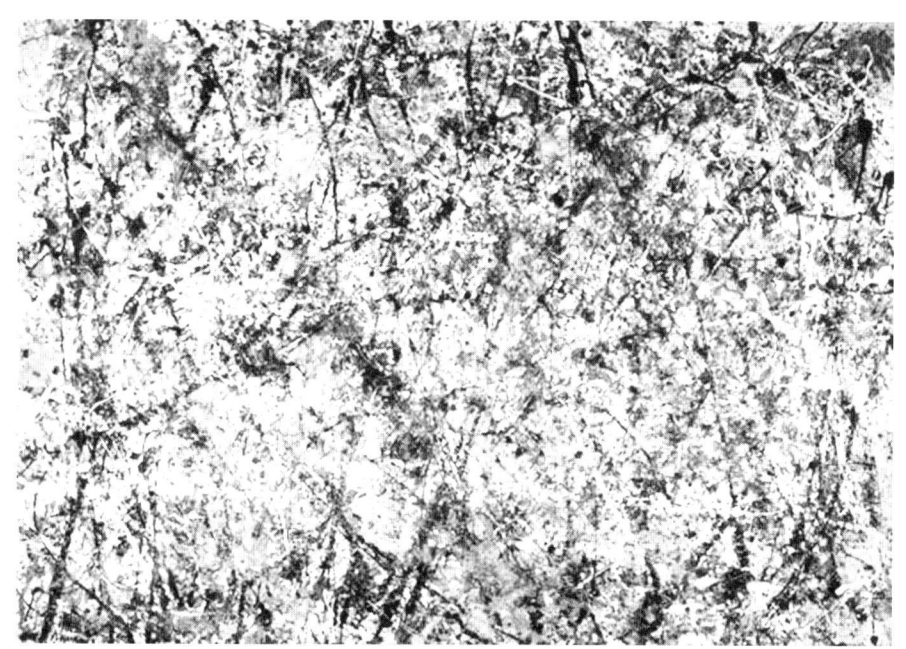

《薰衣草之雾》，波洛克，1950年，布面油画，高223.5厘米，宽292.3厘米，现藏于美国华盛顿国家美术馆

现手法来揭示世界的荒诞，并且将破坏一切旧有的审美趣味作为他们的旗帜，他们在绘画上主张无意义的符号与现成品。代表艺术家有杜尚、阿尔普等。

马赛尔·杜尚（1887—1968）出身于一个公证人家庭，是美国达达主义的组织者，后来成为国际达达主义的领军人物，他是在反传统、反艺术的道路上走得最远的一个。杜尚早年曾经参加过未来主义运动，创作了《走下楼梯的女人》这样的未来主义绘画作品，后来创作风格逐渐转向达达主义。自1912年开始，杜尚不断地尝试用新的手段和材料进行创作，他曾用手指取代画笔绘制了《从处女到新娘》和《新娘》等油画，画中的人物看上去是一些类似于生理解剖图的机器系统。以后，他采用各种现成物品制作艺术品，比如《瓶架》《旋转的饰板》，还有用旧自行车轮安置在凳子上做成的《自行车》等。

杜尚最惊世骇俗的反艺术作品当推《泉》《带胡须的蒙娜丽莎》和《新娘甚至被光棍们剥光了衣服》（亦称《大玻璃》）。所谓《泉》实际上是一个现成的白色瓷质小便器，当杜尚把它摆在博物馆里的时候，引来了评论家们的一致批评，但《泉》确实向人们传达出一个道理，即生活中任何一个日常用品都可以拿来当作艺术作品的构成要素，这大大拓宽了人们的艺术视野，打破了日常用品和艺术作品的界限。《带胡须的蒙娜丽莎》是在达·芬奇的《蒙娜丽莎》印刷品上画上小胡子和山羊胡，并且加上了暗示其淫荡的标题。而《大玻璃》则是在大块玻璃板里夹着一些象征新娘和光棍汉的机械形象，这些形象是用细铅丝、涂色金属箔、灰尘、油彩和清漆制作出来的，移动时造成的玻璃裂缝被精心整修后加以保留，作为作品本身的表现因素。杜尚在创作这些作品时，其本意只是对传统艺术和现存社会秩序提出挑战，没想到后来的新达达主义等流派却把这种挑战当成一种新的美学范式来加以模仿。除杜尚以外，其他达达派艺术家也创作了一些著名作品，如阿尔普的《根据偶然律安排的拼贴》，毕卡比亚的油画《爱的展示》和拼贴《羽毛》，施维特斯的拼贴《奥卡拉》和《默茨构成》以及类似雕塑的《默茨建筑》，恩斯特的照相粘贴《这里的一切东西都在浮动》和油画《西里伯岛的大象》，等等。有组织的达达运动持续时间不长，到1924年，达达派最终分裂，然而达达主义的激进实践却为日后的西方现代艺术甚至后现代艺术指示了方向。

（七）超现实主义

超现实主义这个名称是1917年纪尧姆·阿波利奈尔在描述自己一个剧本的时候所创造的，该运动的理论提供者是法国作家布勒东。不同于达达主义想要摧毁现有艺术，超现实主义受到了弗洛伊德"潜意识"理论的影响，着重于挖掘和展现心理无意识，他们的最终目标是要用自由联想的方式去揭示人在潜意识状态下的真实思想。超现实主义艺术家致力于表现人类的潜意识心理，突破合乎逻辑与实际的现实观，主张彻底放弃以符合逻辑和有序的经验记忆为基础的现实形象，展现人的深层心理中的形象世界，尝试将现实观念与人的本能、潜意识与梦的经验相

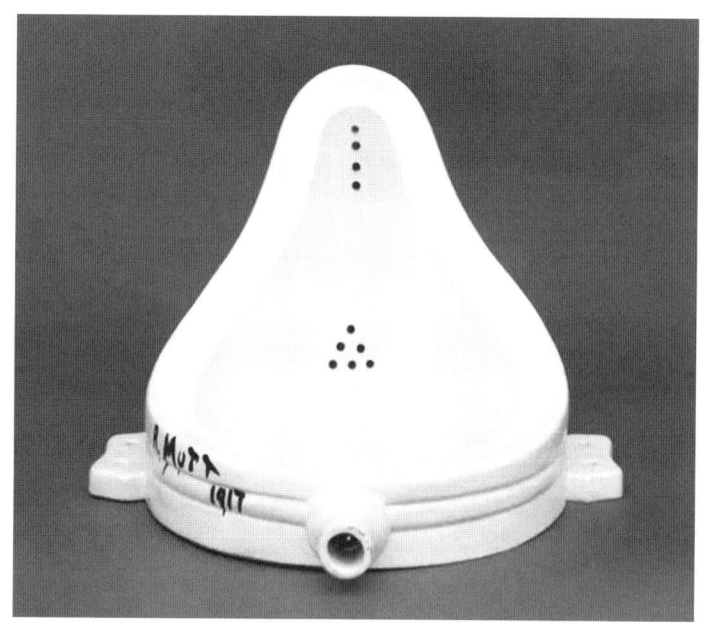

《泉》（第二版），杜尚，1950年（原版作于1917年），现成品，高30.5厘米，现藏于美国费城美术馆

融合。超现实主义作家、画家、雕塑家所使用的方法是"自动主义"，是对于"深入到心理物理领域的整体中（意识只是很有限的一个部分）的关切"（布勒东语）。这一时期的代表艺术家有达利、恩斯特、马格利特等。

萨尔瓦多·达利（1904—1989）是一位具有高超的传统绘画技巧的西班牙画家，被称为20世纪的怪才。他自称具有和精神病人完全相同的一切习性，比如幻想、幻觉、固执等。达利与精神病人不同的是，他完全了解现实与想象世界的区别。他认为艺术家的任务就是将潜意识的形象精确地记录下来，赋予那些荒诞离奇、不可思议的潜意识中的形象以色彩和线条的形式外衣。他还企图把狂躁的、歇斯底里的、违反正常思维逻辑产生的幻觉形象加以复制，并称自己的这套方法为"偏执狂的批评性活动"。这实际上是以精神分析为前提推演出的一个抛弃逻辑与意识的理论，它远远超出了对梦的研究。他采用具象的手法，精确复制非正常逻辑思维产生的幻想,将毫不相干的事物荒诞地组合在一起,使他的每一幅绘画都像一幅惊心动魄的戏剧。人物与动物、现实与幻觉、历史与未来、有限空间与无限时间奇妙地结合在一起,给人以视觉上的强烈冲击和心灵上的巨大震撼。

《永恒的记忆》是达利最著名的一幅作品。画中有山川、枯木和桌子,但是钟表是软塌塌地从树上、桌上耷拉下来,枯树是从桌子上长出来的,最奇怪的还是地面上的那个形象,似乎是一个人头,闭着一只眼睛,伸出的舌头和鼻子,在上面放着一只面团般柔软的钟表。画家给人一种在真实空间中但却悖于常理的形象组合,从而产生荒诞之感。这幅作品对性(左下角的蚂蚁在当时的欧洲经常被用来指代性)、时间的无情以及死亡恐惧的表达,经常会让看到这幅画的人感到不安。

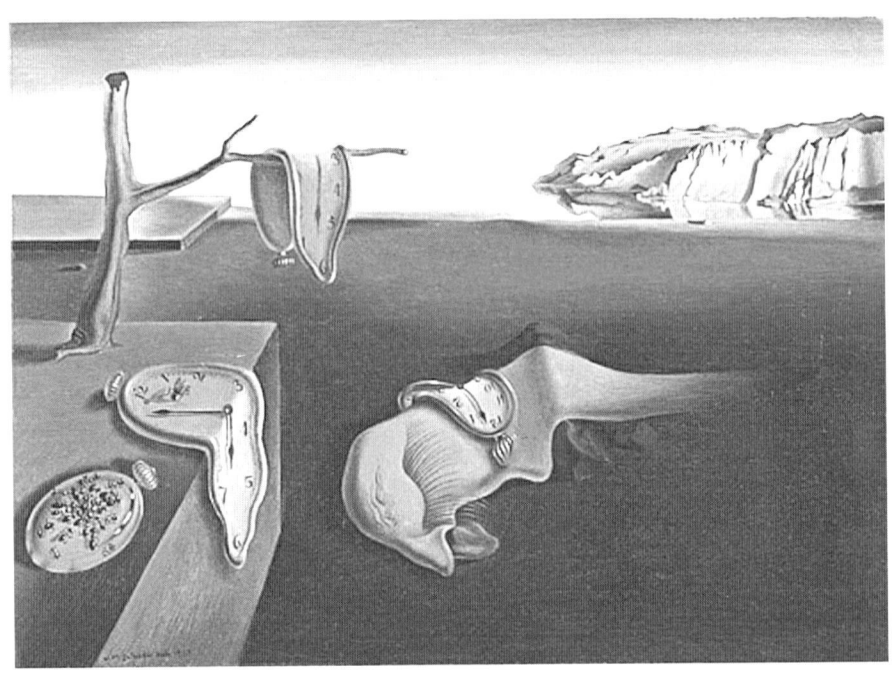

《永恒的记忆》,达利,1931 年,布面油画,高 24.1 厘米,宽 33.0 厘米,现藏于美国纽约现代艺术博物馆

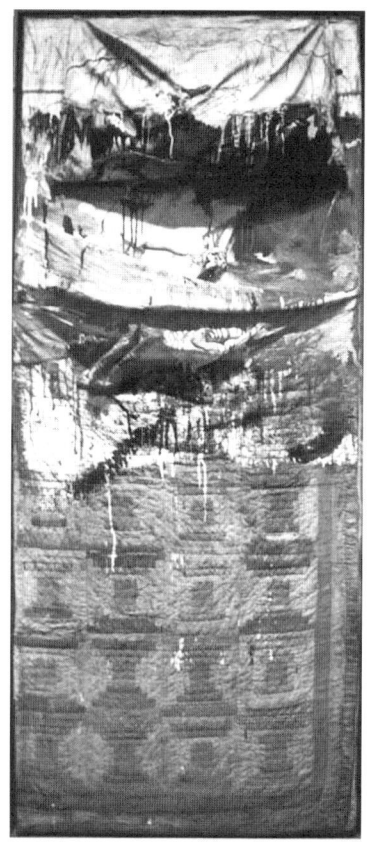

《床》，劳申伯格，1955年，混合材料，高191.1厘米，现藏于美国纽约现代艺术博物馆

(八) 波普主义

波普艺术是从20世纪50年代末开始兴起的一种以波普文化为基础的艺术，20世纪60年代它在欧洲和美国广为流行。波普的意思是流行的、大众的，这一名词首先是由英国艺术批评家劳伦斯·阿罗威提出的。波普艺术是现代工业社会和商品经济的产物，其艺术作品都是客观的、不带任何感情色彩的，无明显含义，有时也带有一种戏谑的意味，但从不表现什么深刻的哲理。在波普艺术家看来，把大众最熟悉的生活重新展现出来，人人都能看懂，艺术的价值也就实现了。这一时期著名的艺术家有劳申伯格和安迪·沃霍尔。

罗伯特·劳申伯格（1925—2008）早年就读于美国的堪萨斯艺术学院、巴黎朱利安学院和美国黑山学院。他是一位富于想象，特别具有创造精神的艺术家。他认为艺术创作不应该脱离观众成为封闭式的，而应该是开放式的，能够使观众更加了解自己，了解他们生活于其中的环境。在1955年创作的《床》引发了轰动舆论界的大讨论。他把一床被子支撑在画框上，加上枕头和纺织品，然后将颜料涂洒在上面，让颜色自由流淌下来。这种"结合绘画"表现了作者把艺术和实物相等同的观念，同时也打破了"绘画是在平面上塑造三度空间"的传统观念。

安迪·沃霍尔（1928—1987年）是美国最著名的波普艺术家，其作品最能体现美国波普艺术的特色，反映美国的大众文化。沃霍尔曾经在卡内基艺术学院学习，1952年成为商业艺术家。最初他以名牌产品和日常生活用品为描绘对象，继而又用当时著名影星玛丽莲·梦露的形象为素材创作艺术作品。为了在作品中掺入一定的社会意义，他采用丝网复印的方法机械地重复、尽量消除画家的手迹，这是沃霍尔的特殊风格。沃霍尔曾说过："商业艺术的制作过程虽然艺术化了，但制作的态度却包含着设计者的情感。" 20世纪70年代他还以政治风云人物为题材创作，曾因展出美国人熟知的金宝汤罐头盒和布利洛肥皂盒而闻名于世。

《玛丽莲·梦露双联画》，沃霍尔，1962年，布面油画、丙烯和丝网印刷，高205厘米，宽144厘米，现藏于英国伦敦泰特美术馆

第三节　20 世纪文学

20 世纪是西方历史上最具冒险精神与创新精神的时期。西方 20 世纪的文学亦是精彩纷呈，可以大致概括为现实主义、现代主义和后现代主义三大流派。尽管现实主义在 20 世纪已不占主流，但仍然保持着顽强的生命力，不断有新作家和新作品问世；现代主义和后现代主义则以反传统和标新立异为号召，对文学的形式和内容均进行了大胆的探索和革新，取得了令人瞩目的成就，尤其是后现代主义至今方兴未艾。

一　现实主义文学

国别	作家	作品	主要成就
法国	罗曼·罗兰	《约翰·克利斯朵夫》	交响乐结构
英国	劳伦斯	《儿子与情人》《虹》《查特莱夫人的情人》	
	毛姆	《月亮和六便士》《人类的枷锁》《刀锋》	
	高尔斯华绥	《福尔赛世家》	
	福斯特	《小说面面观》	平面人物、浑圆人物
德国	托马斯·曼	《布登勃洛克一家》《魔山》	
	赫尔曼·黑塞	《荒原狼》《玻璃球游戏》	
	雷马克	《西线无战事》	
美国	欧·亨利	《麦琪的礼物》《警察与赞美诗》《最后一片常春藤叶》	"欧·亨利式结尾"
	德莱塞	《嘉莉妹妹》《美国悲剧》	美国自然主义
	杰克·伦敦	《野性的呼唤》《白牙》《铁蹄》《马丁·伊登》	社会达尔文主义
	赛珍珠	《大地》《儿子们》《分家》	用英语写中国
	菲茨杰拉德	《了不起的盖茨比》	美国梦的幻灭
	海明威	《太阳照样升起》《永别了，武器》《丧钟为谁而鸣》《老人与海》《乞力马扎罗山上的雪》《白象似的群山》	"迷惘的一代""电报体""冰山理论"
	塞林格	《麦田里的守望者》	美国犹太文学经典

续表

国别	作家	作品	主要成就
俄苏	高尔基	《母亲》《海燕》《克里姆·萨姆金的一生》	苏联文学的奠基人
	布宁	《阿尔谢尼耶夫的一生》	
	肖洛霍夫	《静静的顿河》《被开垦的处女地》《一个人的遭遇》	
	奥斯特洛夫斯基	《钢铁是怎样炼成的》	
	法捷耶夫	《青年近卫军》	
	爱伦堡	《解冻》	"解冻文学"的开端
	巴克拉诺夫	《一寸土》	战壕真实派
	瓦西里耶夫	《这里的黎明静悄悄》	
	索尔仁尼琴	《癌病房》《古拉格群岛》	
	艾特玛托夫	《查密莉雅》《一日长于百年》《白轮船》	
捷克	米兰·昆德拉	《不能承受的生命之轻》	

20 世纪的西方社会仍然涌现出一批著名的现实主义作家和作品。此时的现实主义文学与现代主义正处于交锋时期，现实主义不断吸收新的表现手法和技巧以表现新的时代精神。其出现的新特征主要有：第一，吸收了 19 世纪现实主义文学的批判精神与人道主义思想，及时迅速地反映现实生活；第二，在世界局势动荡尤其是两次世界大战期间，对现实的批判与揭露成为世界各国文学的主流；第三，20 世纪的现实主义文学受到了新时代思想与现代主义文学的影响，吸收、融合了不同流派的艺术表现方法；第四，苏联文学中的社会主义现实主义，可以视为现实主义文学在 20 世纪进一步发展的尝试。

虽然 20 世纪的现实主义继承了 19 世纪批判现实主义的传统，但还是不同于 19 世纪现实主义文学的。第一，19 世纪的现实主义侧重于挖掘客观的真实，20 世纪的现实主义则致力于表现心理的真实；第二，19 世纪的现实主义文学创作以叙事、描写、抒情等传统的表现手法为主，20 世纪的现实主义文学则大量运用象征、意识流等现代主义的表现手法；第三，19 世纪的现实主义描写内容十分广泛，涉及社会生活的方方面面，20 世纪的现实主义则加大了对于战争的描写与表现；第四，19

世纪现实主义文学注重典型人物与典型环境的塑造，20世纪现实主义文学则更加关注普通人的生活。

（一）法国现实主义文学

19世纪中期，法国的现实主义文学发展到了顶峰，但是随着巴尔扎克等文学大师的逝世，法国的现实主义文学创作逐渐进入一种沉寂状态。到了20世纪法国迎来了它在现实主义文学创作领域的第二个高潮，作家们致力于借家庭生活来剖析社会，把握时代脉搏，关注国际反法西斯运动和民族独立运动。这一时期的代表作家有罗曼·罗兰、安德烈·纪德、马丁·杜加尔等。

罗曼·罗兰（1866—1944）是跨世纪的法国小说家、剧作家、音乐学家。1915年获得诺贝尔文学奖，有"欧洲的良心"之称。他创作了《群狼》《丹东》《七月十四日》和《罗伯斯庇尔》等革命戏剧，歌颂法国大革命的英雄主义精神，同时表达了他的人道主义博爱信念。他曾任索邦大学音乐教授，著有西洋歌剧史和音乐史多种，并陆续发表了《米开朗基罗传》《贝多芬传》《托尔斯泰传》等艺术家传记。在罗兰的全部创作中，影响最大的是他的两部长篇小说：《约翰·克利斯朵夫》《向过去告别》。

《约翰·克利斯朵夫》体现了作者前半生的思想探索和艺术追求。它被法国评论家誉为"我们时代最高水平、最优美的作品之一"。高尔基称它是一部"长篇叙事诗"。罗兰写这本书的意图很明确："我要反抗一种不健全的文明"。约翰·克利斯朵夫就是反抗欧洲不健全文明的英雄。作品思想内涵非常丰富，概括起来主要有三层：其一，通过平民音乐家约翰·克利斯朵夫顽强奋斗的一生，讴歌其孤军反抗不合理世界的"不健全文明"的英雄主义精神；其二，通过主人公的生活际遇，抨击当时欧美国家的黑暗现实，提倡真诚的能净化道德的艺术，以此创造健全的文明；其三，罗兰企图以"博爱"作为实现人类的和谐与团结的纽带。晚年他创作了长篇小说《欢悦的灵魂》，描写知识分子通过曲折的道路走向社会主义的心路历程。在政治上，罗兰从和平主义的立场出发反对帝国主义战争，第一次世界大战爆发时他写了反战檄文《超出混战之上》。十月革命后,他热烈支持无产阶级革命,并同高尔基建立了友谊。

(二) 英国现实主义文学

20世纪英国现实主义文学主要是在小说和戏剧领域取得了丰硕的成果,有很多出身工人阶层的知识分子加入其中,为英国现实主义文学输入了新鲜血液,现实主义作家人数众多,劳伦斯、萧伯纳、高尔斯华绥、毛姆、福斯特等是其突出代表。

戴维·赫伯特·劳伦斯(1885—1930)是一位颇有争议的作家,其创作思想在某种程度上受到弗洛伊德理论的影响,在他的重要作品《儿子与情人》《恋爱中的女人》和《查特莱夫人的情人》中多有直率的性爱描写,故曾因"伤风败俗"而遭查禁。然而他的作品毕竟不能同末流的色情小说相提并论,劳伦斯的主题是通过对本能性欲的礼赞抨击所谓上流社会的虚伪道德。劳伦斯对现代人探索拯救之途的表现、对处于精神危机中的现代人的心理状况的揭示,一定程度上都是在以独特而鲜明的角度反映时代所面临的重大课题。劳伦斯可以说是一个处在传统与现代交界点上的作家。劳伦斯在批判资本主义社会和文化上,继承了现实主义文学的批判传统,但同时,他又从高扬人性与生命本能的角度提出了解决社会问题的方法,跟现代主义的文学精神保持了联系。在文学表现方法和形式上,劳伦斯小说的结构呈现出由历时结构向共时结构的转变,在真实反映生活的同时,又重视对人物心理和本能的挖掘,大量运用象征,形成了独具魅力的象征体系,表现出现代主义文学的艺术特征。

威廉·萨默赛特·毛姆(1874—1965)是英国著名的小说家、剧作家。他的喜剧受王尔德影响较深,多以家庭、婚姻、爱情中的波折为主题,描写上流社会的生活画面,妙趣横生,具有讽刺意味。代表作是《圈子》。主要成就是小说创作。大致可以分为两类。一类是通俗性较强的间谍小说,如《阿申登故事》等,多以第一次世界大战期间作者在情报部门工作时的经历为素材,情节曲折,神秘色彩很浓。另一类是严肃文学作品,主要有:长篇小说《人类的枷锁》《月亮和六便士》《面纱》

《狂喝闹饮》《刀锋》，短篇小说集《全在一起》，等等。

代表作《人类的枷锁》通过描叙身患残疾的青年主人公理想破灭、爱情失意、精神堕落的过程，揭露现代社会如何压抑和扭曲人性，反映了人的美好追求与社会现实之间的冲突和矛盾。小说以绝望的笔调描绘了大英帝国维多利亚时代鼎盛的表面繁荣之下，人们心灵的阴暗和沮丧。《月亮和六便士》以法国印象派画家高更为原型，描写个性、天才与资本主义社会之间的矛盾和冲突。《狂喝闹饮》则以英国19世纪作家哈代为模特儿，用漫画式的手法，揭示了这位文坛巨子生活和性格中不为人知的方面和文坛上一些可笑的现象。小说艺术上受巴尔扎克、莫泊桑等人影响较为明显，文笔冷静，注重环境描写和人物性格的典型化塑造，文字简练、朴实，悬念强，情节曲折动人。

约翰·高尔斯华绥（1867—1933）是英国20世纪杰出现实主义作家，在1932年获诺贝尔文学奖。在其成熟期创作了史诗般的巨著《福尔赛世家》三部曲（包括《有产业的人》《骑虎》《出租》），主人公索米斯整个灵魂都浸透着铜臭，不仅具有强烈的金钱意识，还有强烈的占有欲。然而他非但不能讨得伊琳的欢心，反而引起了她的鄙视。高尔斯华绥以一系列有产者人物群像暴露和嘲讽了英国资产阶级的伪善及其传统的瓦解和崩溃，对资本主义社会中的失败者、反叛者和艺术家却寄予了同情和赞赏。

爱德华·摩根·福斯特（1879—1970）是一位富于自由主义和人道主义精神的小说家。在其最著名的小说《印度之行》中，福斯特揭露了英国在对印度的殖民统治中表现出来的偏见和不公，引起后殖民主义批评家的关注。在文学理论著作《小说面面观》里，福斯特提出了小说既大于现实又小于现实的新颖论点，同时还提出了"平面人物"和"浑圆人物"的著名观点，认为小说家只有将两种人物适当搭配和结合起来才能全面地再现现实生活。

（三）德国现实主义文学

德国在20世纪成就最大的现实主义作家首推托马斯·曼（1875—1955），托马斯·曼早年曾受哲学家叔本华、尼采和音乐家瓦格纳的影响，1929 年获诺贝尔文学奖。由于其杰出的文学成就而被誉为 20 世纪世界小说艺术大师之一，其重要作品有长篇小说《布登勃洛克一家》《魔山》和《浮士德博士》等。

《布登勃洛克一家》是托马斯·曼的成名作，该书形象地描绘了德国从自由资本主义走向垄断资本主义的历史过程，通过一个资产阶级家庭无可挽回的衰落揭露了资本主义社会弱肉强食的丛林法则，塑造了这个家庭四代人和德国上层社会的生动群像，构成了一幅德国社会生活的真实画卷。全书结构严谨、语言生动幽默，在传统现实主义的基础上融入其他现代主义的艺术手法，成为德国批判现实主义的代表作，堪称"当代文学的经典作品之一"（诺贝尔文学奖授奖词）。

《魔山》讲述了大学毕业生卡斯托普在疗养院住了 7 年，最后领悟到"人为了善和爱就不应该让死亡统治自己"，终于离开疗养院希望有所作为，不料却被送上帝国主义战争的屠场。这是一部具有深刻人生哲学内涵的哲理小说，书中表现了代表当时各种思潮的各色资产阶级人物的思想冲突，表达了托马斯·曼对两次世界大战前后影响欧洲的人道主义、强权暴力主义、现世享乐主义等社会思潮的思考，反映了一代知识分子面对风云莫测的时局和众说纷纭的哲学思潮时的踌躇和彷徨，因而被称为体现出"整个欧洲精神生活的精髓"的时代小说。

在此后创作的《马里奥和魔术师》《约瑟和他的兄弟们》《浮士德博士》等小说及其他作品中，托马斯·曼激烈地抨击了法西斯主义和非理性主义思潮，沉痛地反思了德意志民族被希特勒及纳粹党拖进战争灾难的教训，同时也清算了叔本华、尼采和瓦格纳对自己早年思想的影响。他的有些著作因此遭到法西斯分子的查禁和焚毁，作者本人也被迫长期流亡国外，然而他一生坚持人道主义立场，逝世前还诚恳告诫两个德国的人民要维护道德与秩序、正义与和平，而不要互相辱骂、野蛮欺诈和残忍仇恨。

这一时期德国的现实主义作家还有赫尔曼·黑塞、伯恩哈德·凯勒曼和埃里希·马利亚·雷马克等人，这些作家大都坚持人道主义与和平主义的立场，在不同程度上揭露和批判了德国军国主义和法西斯主义的侵略政策和战争罪行，同时也严肃地思考着知识分子的命运和出路问题。雷马克的长篇小说《西线无战事》尖锐地揭露了帝国主义战争的无意义和残酷性，控诉了遭受战争摧残的青年一代的悲惨命运，出版后立刻轰动世界，成为欧洲最著名的反战小说。

（四）美国现实主义文学

20世纪美国的现实主义文学创作产生了一批具有世界影响力的作家，如欧·亨利、海明威、杰克·伦敦、塞林格等。他们透过美国的繁荣现状，揭露了隐藏于其下的社会矛盾与精神危机，表现出清醒的现实主义批判精神。20世纪美国的现实主义文学呈现多元局面：第一，20世纪初，美国出现了一种专门揭露社会黑暗的文学运动，称为"揭发黑幕运动"，迫使有关部门对存在的弊端加以改进；第二，20世纪美国带有自然主义倾向的现实主义作家德莱塞，其8部长篇作品有"人间悲剧"之称；第三，第一次世界大战爆发后美国"迷惘的一代"的作家；第四，20世纪一批出色的犹太作家所创作的大量美国犹太小说；第五，20世纪的美国战争小说，一类以海勒为代表，表现出强烈的反战情绪，另一类以赫克曼·沃克为代表，持谨慎的有所保留的反战态度，并不认为战争就是对所有人性的摧残。

欧·亨利（1862—1910）是短篇小说大师，被称为美国的莫泊桑，作品有《最后一片藤叶》《警察与赞美诗》等。他以人道主义战士的姿态，抱着对都市下层社会中千百万小人物的极大同情来描写他们的痛苦和不幸，赞颂他们相濡以沫的道德光辉。他的小说取材细小，体制短小，但特别讲究构思、巧合和突变。

杰克·伦敦（1876—1916）有美国的高尔基之称。《马丁·伊登》《铁蹄》是作者自传性质小说。通过水手马丁成功后的幻灭，开了美国文学中美国梦幻灭的题材的先河。《铁蹄》是美国第一部具有无产阶级性质的作品。

菲茨杰拉德（1896—1940）是"迷惘的一代"代表作家之一。他的代表作是《了不起的盖茨比》。小说以青年尼克·卡罗威的第一人称叙述。他住在长岛的西卵，与富有的杰伊·盖茨比为邻。盖茨比常常举办豪华宴会，其真正目的是吸引昔日的情人黛西前来光顾。当他与黛西重温旧情后，黛西却不愿改变现在的生活。威尔逊太太被黛西失手撞死，黛西的丈夫嫁祸于盖茨比。盖茨比承担了罪责，被威尔逊杀死。盖茨比的葬礼异常冷清，黛西既没发唁电，也没送鲜花，只有尼克在办完丧事后坐在海岸边回忆着盖茨比的梦想。盖茨比既是一个充满追求精神的浮士德式的人物，又是一个天真幼稚、缺乏现实感的堂吉诃德式的人物，而在一个"他们都是一群混蛋"的现实社会中，他的理想只能造成精力与才智的浪费。作品通过盖茨比的形象展示了"美国梦"的破灭，以及理想主义在一个物欲横流的世界中被击败的必然性和悲剧性。

海明威（1899—1961）获1954年诺贝尔文学奖。1938年作者将其全部短篇小说连同他的唯一剧本《第五纵队》合集出版，书名《第五纵队和四十九篇短篇小说集》。海明威的短篇小说主要创作于20世纪20年代，作品中充满了暴力、鲜血和死亡的意象以及海明威蔑视死亡的"硬汉"精神。作者在其短篇中既歌颂了战胜死亡的英雄，如《印第安营地》《打不败的人》《五万元》，又描写了迎接死亡的"强者"，如《弗朗西斯·马康贝短暂的幸福》。

《太阳照样升起》是海明威的第一部长篇小说，表达了第一次世界大战后美国一部分年轻知识分子对现实的绝望，揭示了战争给人生理上和心理上造成的巨大创伤。该书被看作"迷惘的一代"的宣言书，是一部带有自传色彩的作品。主人公杰克·巴恩斯是一位在战争中丧失性能力的美国记者。《永别了，武器》是"迷惘的一代"创作的高峰和终结。以第一次世界大战为题材，通过一个美国中尉亨利自述的形式，描述了战争中人与人的相互残杀，战争对人的精神的毁灭以及对美好爱情的扼杀。《丧钟为谁而鸣》是1940年海明威以西班牙内战为题材的一部长篇小说，展现了西班牙人民反法西斯的斗争。作者摆脱了悲观与迷惘，塑造了一个为异国正义事业而捐躯的英雄形象罗伯特·乔丹。

中篇小说《老人与海》着力塑造了老人桑提亚哥这个"硬汉"的形象。作品一方面歌颂了人类的伟大力量，另一方面又对人生表现出无可奈何的绝望心情。但海明威同时希望人们不要在失败中丢掉尊严，这就是桑提亚哥的性格。小说中大海象征变幻无常的社会生活，马林鱼象征人生的理想，鲨鱼象征无法摆脱的悲剧命运，狮子象征勇气和力量。

海明威的创作在艺术上也有突出的成就。他独创的"电报体"文风和"冰山"理论，对20世纪世界文学产生了重要影响。他的"硬汉"性格对美国乃至全世界通俗文学英雄形象的塑造，具有直接的启迪作用。

赛珍珠（1892—1973）是一位与现代中国有过很多联系的特殊的美国女作家。《东风·西风》是她的第一部长篇小说，被誉为"第一部成功地用英语写中国的小说"。1938年赛珍珠由于"对中国农民史诗般的描述，这描述是真切而取材丰富的，以及她传记方面的杰作"而获诺贝尔文学奖。《大地上的房子》三部曲，包括《大地》《儿子们》《分家》，获普利策奖。《战斗的天使》《流放》是关于其父母的两部传记。

（五）俄苏现实主义文学

20世纪俄罗斯文学走过了一条曲折的道路，1917年的二月革命，推翻了沙皇政府，随后爆发十月革命，诞生了世界上第一个社会主义国家。1922年，俄罗斯与乌克兰、白俄罗斯等一起建立苏维埃社会主义共和国联盟（简称"苏联"）。1941年，德国法西斯入侵苏联，苏联人民奋起抵抗，于1945年取得反法西斯战争的伟大胜利。战后，苏联进入相对稳定的和平发展时期。1991年，苏联解体。

20世纪俄苏文学的基本特征是。从思想上看：一是与人民大众同呼吸共命运，具有强烈的社会责任感和使命感；二是随着时代的脚步前进，表现新的主题，塑造新型的主人公形象；三是洋溢着深厚的人道主义思想。从艺术上看：一是多种文学流派并存，竞相发展并迅速交替，现实主义小说、现代主义诗歌、先锋派作品荟萃文坛，各种流派都以其艺术独创性显示自己存在的价值；二是不同风格的艺术形式在相互影响中走向综合，现实主义仍然是强劲的主流，但在不断地自我更新，表现出多种形态；三是社会主义现实主义是苏联文学的审美原则和基本创作方法；四是作家的艺术思维发生了重大变化，把对现实的形象描绘与理性思考融为一体。

俄苏现实主义文学经历了四个发展阶段：第一阶段（19世纪末—20世纪20年代末）。这一阶段新旧文学观念转换迅速，文坛上出现了多种文学流派、多种文学形态共存的局面。高尔基是20世纪俄苏文学的杰出代表。布宁（1870—1953）是俄国文学上第一位获诺贝尔文学奖的作家，主要作品有中篇《乡村》和自传性作品《阿尔谢尼耶夫的一生》。肖洛霍夫（1905—1984）的《静静的顿河》是20世纪20—40年代最杰出的小说。20世纪初的俄国诗坛流派纷呈，以象征派、阿克梅派和未来派的成就最高。象征派的代表作是勃洛克的长诗《十二个》；阿克梅派的代表诗人有古米廖夫和阿赫玛托娃；未来派以赫列勃尼科夫和早年的马雅可夫斯基为主要代表。这些诗歌共同开创了俄国诗歌史上的"白银时代"的繁荣局面。

第二阶段（20世纪30年代初—50年代初）。这一阶段是苏联历史上全面进行社会主义建设的时代。1934年成立苏联作家协会，选举高尔基为作协主席，确立社会主义现实主义的审美原则。小说、诗歌、戏剧、卫国战争文学创作成就突出。重要的作家作品有：肖洛霍夫的《被开垦的处女地》、奥斯特洛夫斯基的《钢铁是怎样炼成的》、阿·托尔斯泰的《苦难的历程》、法捷耶夫的《青年近卫军》等。

第三阶段（20世纪50年代—80年代中期）。苏联进入精神更新时期，文学呈现新的特征。文学界思想活跃，不同的艺术流派和理论主张竞相发展，给当代苏联文学留下了诸多成功的经验。50年代初期，苏联文学界出现"解冻文学"思潮。所谓"解冻文学"，由爱伦堡的小说《解冻》而得名。小说以描写冰雪消融、解冻时节来临结束，于是"解冻"成为这一时期文学界的象征。其主要特点是：干预社会生活，描写阴暗面，表现重大的社会政治问题，关注人物命运。经过"解冻"之后，一直到80年代中期，苏联文学进入又一个繁荣时期，重要的作家作品有肖洛霍夫的《一个人的遭遇》、阿纳尼耶夫的《没有战争的年代》、巴克拉诺夫的《一寸土》、瓦西里耶夫的《这里黎明静悄悄》等。

第四阶段（20世纪80年代中期—20世纪末）。1986年苏联作家协会召开第八次代表大会，要求文学密切配合戈尔巴乔夫的"新思维"运动，从而改变了苏联文学的发展轨道。但是文坛出现了发表作家遗著和解禁作品的热潮。评论界把这些作品称为"回归文学"，如布尔加科夫的《狗心》等。"回归文学"是一种十分复杂的现象，如何实事求是地评价"回归文学"在俄苏文学史上的地位，是一个尚待深入研究的新课题。1991年12月苏联解体后，由于社会政治经济的急剧动荡，对社会充满新的批判精神的作品大量涌现。解体后的俄罗斯文学无主导思潮，呈现出多变性和不稳定性

高尔基（1868—1936）是杰出的无产阶级作家，苏联文学的奠基人，无产阶级文学最伟大的代表。其笔名意即"最大的痛苦"。其创作历程大致分为以下四个阶段。

第一，早期是1892—1899年，具有两种色彩和风格，一种是浪漫主义，一种是现实主义，具有催人奋进的力量。浪漫主义作品主要歌颂英雄的献身精神，反映劳动人民反抗沙皇统治、渴望自由解放的革命激情。作品有《伊则吉尔老婆子》《鹰之歌》。现实主义作品主要通过一系列感人的流浪汉形象，揭露了俄国资本主义制度的罪恶，号召人民起来反抗。作品有《切尔卡什》《海燕之歌》等。

第二，革命准备时期和革命时期。高尔基积极参加革命，把文学创作同革命斗争紧紧联系在一起，创作主要转向中长篇小说以及诗歌剧本方面。

散文诗《海燕》采用寓言形式和象征手法，表现日益觉醒的革命群众（汹涌澎湃的大海）与黑暗的反动势力（风、云、雷、电）之间的激烈斗争，揭露机会主义者和小市民（海鸥、海鸭、企鹅）的丑恶嘴脸，歌颂无产阶级革命者（海燕）的战斗精神，热情欢呼革命高潮（暴风雨）的到来。剧本《底层》是高尔基影响最大的剧作。该剧描写了一群被抛弃到社会底层的流浪汉的悲惨遭遇，强烈控诉了黑暗的沙皇社会，把思想问题、哲学问题提到了首位，创立了新型的社会政治哲学剧。

长篇小说《母亲》是苏联社会主义现实主义文学奠基作品，是一部反映19世纪末20世纪初俄国无产阶级革命斗争的全景式作品，在世界文学史上开辟了无产阶级文学的新纪元。思想内容表现在，1905年革命失败后，全国弥漫着颓废和失败主义情绪，为了"支持低落下去的反抗精神，来反对生活中的黑暗、敌对的势力"，作品中虽然也写了反对派的活动，但篇幅极少，从而显示了革命必胜这一思想。作品通过母亲的所见所闻所感来结构故事，是一部现实主义结合浪漫主义的作品。人物

形象方面，母亲尼洛芙娜是广大人民群众革命意识觉醒的具体体现，巴威尔是一个从普通工人成长起来的、用革命理论武装起来的工人革命家形象。

第三，十月革命期间（1908—1917年）。1905年革命失败后高尔基曾出现过错误思想，但在列宁的批评和帮助下很快恢复正确认识，以革命乐观主义情绪，投入新的创作。中篇小说《夏天》被称为《母亲》的姊妹篇，描写1905革命失败后俄国农村生活和农民的觉醒。此外，还有自传体三部曲《童年》《在人间》《我的大学》。

第四，十月革命后（1917—1936年）。《克里姆·萨姆金的一生》是高尔基最后一部长篇小说，生动再现了革命前40年间俄国社会生活的广阔图景和一系列重大事件，被称为是那一时代"俄罗斯精神生活的编年史"。主人公萨姆金具有可以认识俄罗斯、了解俄罗斯民族心态的意义。通过这一形象，作家力求在性格与环境的辩证关系中探索俄罗斯历史、文化与人（尤其是知识分子）的命运之间的复杂的有机联系，促进民族精神文化的革命性转换。

肖洛霍夫（1905—1984）1965年获诺贝尔文学奖。短篇小说集《顿河故事》以"对顿河流域的史诗般的描写"而获奖。以顿河流域尖锐复杂的阶级斗争为基础，大胆揭示了现实主义中阶级斗争的残酷性和激烈性。

中篇小说《一个人的遭遇》高举人道主义旗帜，不仅暴露了法西斯侵略的罪恶，更描写了战争给普通人带来的悲剧。对苏联军事题材文学产生了重大影响，在苏联当代文学中具有开拓意义。小说描写主人公安德烈·索科洛夫痛苦而坚强的一生，通过他的娓娓叙谈，表现了对战争的回味和思考。主人公的坚强性格和可贵品质，正是苏联人民精神力量的象征。小说坚持史诗与悲剧相结合的艺术风格，并具有极强的抒情色彩。

长篇小说《静静的顿河》是肖洛霍夫一生最主要的作品，小说写的是俄国历史上至关重要的10年（1912—1922）的历史发展情况。这10年中，爆发了第一次世界大战，发生了推翻沙皇的二月革命和建立无产阶级政权的十月革命。这是俄罗斯风云变幻，社会动荡，新旧交替，斗争激烈的10年。肖洛霍夫说，他想在小说中"表现革命中的哥萨克"。《静静的顿河》开头有一首《卷首诗》，这是一首古老的哥萨克民歌，歌中唱的就是哥萨克的血泪历史："我们光荣的土地不是用犁来翻耕……/我们的土地用马蹄来翻耕，/光荣的土地上种的是哥萨克的头颅，/静静的顿河到处装点着年轻的寡妇，/我们的父亲，静静的顿河上到处是孤儿，/静静的顿河的滚滚波涛是爹娘的眼泪。"

《静静的顿河》共四部八卷，以顿河岸边鞑靼村几家哥萨克的经历为经线，表现了20世纪初俄国社会动荡变革的历程。肖洛霍夫用经纬交织的笔法通过几个哥萨克家庭的悲欢离合，展示出俄国社会的这段历史进程，描绘了人们的思想、意识、感情、风习、性格等在这场社会大变革中的震荡和冲突。尽管肖洛霍夫始终保持着冷静、客观的笔调，但作品总的思想倾向是十分明显的。他一方面为小说中哥萨克男女在历史动荡中的悲剧命运感到惋惜，深表同情；同时又认为十月革命是历史的潮流，是不可阻挡的社会进步。小说描写了旧政权的垂死挣扎和白军的彻底失败，写出了历史发展的这个趋势。然而作家着力表现的是在历史剧变、社会动荡、新思想同旧观念、新世界同旧世界激烈搏斗的过程中，以葛里高利·麦列霍夫为代表的哥萨克劳动者走向新生活的艰难曲折的历史道路和他们中许多人充满迷误和痛苦的悲剧命运。

《静静的顿河》在小说创作上取得了很高的艺术成就。在继承俄国文学史诗传统的基础上，对史诗小说这一体裁有所开拓和创新。肖洛霍夫在谈到自己的艺术追求时说："对于作家来说，他本身首先需要的是把人的心灵的运动表现出来。我在葛里高利·麦列霍夫的身上就想表现出人的这种魅力……"通过表现"人的心灵的运动"展示"人的魅力"可以说是《静静的顿河》在艺术描写和人物塑造方面所取得的突出成就。更为重要的是肖洛霍夫在俄罗斯文学中第一次把农民置于艺术表现的中心，多方面地描写了他们的感情世界，真正显示出他们的"人的魅力"。另一艺术特点是它浓郁的地方色彩。在肖洛霍夫笔下，顿河流域的自然景色，顿河两岸的哥萨克的风俗习惯、世故人情，都写得栩栩如生、多姿多彩。特别是肖洛霍夫大量运用了哥萨克生动的、富有表现力的口语，虽有方言过多之嫌，但的确能让人感受到顿河流域的生活气息。

(六) 其他国家的现实主义文学

米兰·昆德拉（1929—2023）生于捷克，曾经是布拉格电影学院教授，后流亡法国，当过工人、爵士乐手。作为一个流亡作家，其作品出版的历史，与他本人的遭遇和他的祖国的遭遇有着密切的联系：一方面，它说明了政治动荡对于作家的影响；另一方面，它必然使得政治成为昆德拉小说创作的重要主题。生长于一个小国在他看来其实是种优势，因为身处小国，"要么做一个可怜的、眼光狭窄的人，要么成为个广闻博识的世界性的人"。

昆德拉早年参加了 1968 年 "布拉格之春" 运动。这场运动以乐观的改革精神开始，却最终被苏联军队镇压。他的作品《玩笑》竭力讽刺了苏联的极权统治。移居法国后，他很快便成为法国读者最喜爱的外国作家之一。他的绝大多数作品，如《笑忘录》《生命中不能承受之轻》《不朽》等都是首先在法国走红，然后才引起世界文坛的瞩目。他曾多次获得国际文学奖，并多次被提名为诺贝尔文学奖的候选人。昆德拉始终认为自己只是一个普通的小说家，而非一个政治作家或流亡作家。从《笑忘书》开始，昆德拉小说的政治性因素就一直减少直至消失。昆德拉总是在广阔的哲学语境中思考政治问题。

《笑忘书》是昆德拉流亡时期的作品，讲述了在苏联人占领之下的普通捷克人的生活。这部小说同时包含了几篇并无关联的故事，并夹杂了很多作家自己的思索。1984 年，昆德拉发表《生命中不能承受之轻》，这是他一生中最具影响力的作品。小说以编年史的风格描述捷克人在 "布拉格之春" 改革运动期间及苏军占领时期适应生活和人际关系的种种困境。1988 年，美国导演菲利浦·考夫曼将其改编成电影。1990年，昆德拉发表《不朽》，这是他最后一部用捷克语写成的作品。小说具有强烈的国际化因素，较早先的作品减少了很多政治性，却又加入了很多哲学上的思考，这本书奠定了他晚期作品的基调。除小说外，昆德拉还出版过三本论述小说艺术的文集，其中《小说的艺术》以及《被背叛的遗嘱》在世界各地流传甚广。

昆德拉善于以反讽手法，用幽默的语调描绘人类境况。他的作品表面轻松，实质沉重；表面随意，实质精致；表面通俗，实质深邃而又机智，充满了人生智慧。正因如此，在世界许多国家，一次又一次地掀起了"昆德拉热"。昆德拉原先一直用捷克语进行创作。但近年来，他开始尝试用法语写作，已出版了《缓慢》和《身份》两部小说。

此外，其他国家也出现了各具特色的现实主义流派，如"二战"前西班牙的社会小说和葡萄牙的新现实主义，"二战"后意大利的新现实主义、西班牙的社会现实主义和结构现实主义等，各国纷纷涌现出一些现实主义的优秀作家和作品。

二 现代主义文学

20世纪初西方文坛上出现了许多反传统的文学流派，他们一反现实主义对客观真实的强调，注重深入挖掘人的意识和潜意识活动，提倡对人的主观世界的真实展示，高扬文学自身应有的表现功能。因有别于现实主义而被称为现代主义文学或现代派文学。主要包括未来主义、达达主义、超现实主义、后期象征主义、表现主义、意识流小说等流派。

流派	国别	代表人物	代表作	主要成就
未来主义	意大利	马里内蒂	《未来主义的创立和宣言》《他们来了》	未来主义创始人
	法国	阿波利奈尔	《醇酒集》	图画诗
超现实主义	法国	布勒东	《超现实主义宣言》《娜嘉》	自动写作法
	法国	阿拉贡	《埃尔莎的眼睛》	
后期象征主义	法国	瓦莱里	《海滨墓园》《幻美集》	"纯诗"理论
	爱尔兰	叶芝	《驶向拜占庭》《丽达与天鹅》	爱尔兰文艺复兴领袖
	美国	艾略特	《荒原》《四个四重奏》	"客观对应物"理论
	奥匈	里尔克	《秋日》《豹》	"物诗"理论

续表

流派	国别	代表人物	代表作	主要成就
表现主义	瑞典	斯特林堡	《鬼魂奏鸣曲》	表现主义的先驱
	美国	奥尼尔	《毛猿》《琼斯皇》	美国戏剧之父
	奥匈	卡夫卡	《变形记》《城堡》	
	德国	布莱希特	《四川好人》《高加索灰阑记》	间离化、史诗剧
意识流小说	法国	普鲁斯特	《追忆逝水年华》	意识流小说三大师之一
	英国	乔伊斯	《青年艺术家的肖像》《都柏林人》《尤利西斯》	意识流小说三大师之一
	美国	福克纳	《喧哗与骚动》	意识流小说三大师之一
	英国	伍尔芙	《达洛维夫人》《到灯塔去》	著名意识流小说女作家
存在主义	法国	萨特	《墙》《恶心》《禁闭》	境遇剧
	法国	加缪	《局外人》《鼠疫》	
荒诞派戏剧	法国	尤内斯库	《秃头歌女》《犀牛》	
	爱尔兰	贝克特	《等待戈多》	
新小说	法国	罗布-格里耶	《橡皮》《窥视者》《嫉妒》	
黑色幽默	美国	约瑟夫·海勒	《第二十二条军规》	
魔幻现实主义	哥伦比亚	马尔克斯	《百年孤独》	
	危地马拉	阿斯图里亚斯	《玉米人》	
其他流派	阿根廷	博尔赫斯	《小径分岔的花园》	

现代主义文学兴起的历史背景是多方面的。首先，科学技术的飞速发展与两次世界大战的发生动摇了西方传统理性主义的大厦，幻灭情绪开始弥漫在西方世界。其次，在启蒙思想和西方现代科学的携手下，"理性王国"得以确立，但长期生活在理性主义思潮下的人们逐渐感受到理性主义对于人个性与欲望的压制，各种反理性的哲学思潮与社会思潮应运而生。最后，文学自身发展的结果。从最初的"模仿说"到后来的"再现说"，人们逐渐认识到文学由于过分关注再现外界客观生活而在一定程度上导致了文学自身应有的表现功能的相对削弱，为了加强文学创作对内心主观世界的重视，现代主义文学沿着19世纪现实主义文学中就已经体现出来的内转倾向走了下去，并做出了新的发展。

现代主义文学在内容上，具有强烈的反传统精神，提倡非理性，关注人性和人的生存状况，尖锐批判现代社会的荒谬性及其对人性的扭曲和异化，注重表现人的内心生活和心理真实，极大地拓展了文学表现的领域。在艺术手法上，现代主义热衷于形式技巧的革新，大量运用神话、象征、隐喻暗示、时空颠倒、内心独白、意识流和自动写作等创新技巧，追求新颖别致的文学形式；强调表现内心世界与内心的真实；开掘了审丑、荒谬、变形等现代审美观念，丰富了文学语言和艺术表现形式。

（一）未来主义

未来主义倡导摒弃一切旧有的、传统的文学艺术，决心要在内容与形式方面做出彻底的革新，致力于表现人变成机器、机器也变成人的时代，未来主义者歌颂在建立"新的未来"前所必需的暴力、战争与恐怖。在文学表现形式上，他们力图打破一切传统的规则，提出过消除句法、形容词、副词、标点符号等激烈的反传统的口号。未来主义的创始人是意大利诗人菲利普托马佐·马里内蒂（1876—1944），他于1909年2月20日在法国《费加罗报》发表《未来主义的创立和宣言》，宣告了未来主义的诞生。未来主义的基本特征是：彻底抛弃以往的艺术遗产和传统文化，歌颂机械文明和都市混乱，打破旧有的形式规范，用自由不羁的语句进行随心所欲的艺术创造。未来主义有明显的文化虚无主义倾向，但它的创新性艺术实践却丰富了文学创作的艺术表现手法。在艺术方法上，未来主义提出了一套标新立异的主张，比如"消灭形容词""消灭副词""消灭标点符号""毁弃句法"，抛弃传统诗歌的韵律和修饰，提倡运用绝对自由的类比，把数学符号、音乐符号引进文学作品，突出音响、重量和气味等感性现象的作用，提倡自由不羁的想象，要求大刀阔斧地革新诗歌语言。

马里内蒂的代表作《他们来了》属于"合成戏剧"。这部作品没有完整的情节，没有传统的戏剧冲突，只有一些稀奇古怪的人物和桌椅，以及三四句混乱的台词，借助舞台灯光渲染出神秘莫测的幻象和焦虑不安的气氛。除了马里内蒂之外，未来主义的代表作家还有意大利进步诗人阿尔多·帕拉泽斯基、法国诗人纪尧姆·阿波利奈尔等人。未来主义文学运动不免偏激和形式主义的流弊，以致20世纪20年代末以后即趋于沉寂，但其大胆创新的试验确曾给予整个欧洲文学以强有力的冲击，推动了各种现代主义文学流派的发展。

（二）超现实主义

超现实主义是第一次世界大战之后在法国兴起的一个文学艺术流派。1924年11月法国作家布勒东发表了《超现实主义宣言》，这标志着超现实主义文学运动的正式诞生。布勒东是超现实主义的创始人和理论家，最初属于该派的还有苏波、阿拉贡和保罗·艾吕雅等法国作家，此后超现实主义逐步发展为一种国际性的文艺思潮。其影响波及诗歌、小说、戏剧、绘画、雕塑、建筑、电影等众多领域。超现实主义者们认为，理智、道德、宗教、社会以及日常经验都是精神活动的桎梏，必须打破，只有无意识、梦和精神错乱才是真正的精神活动。因此作家必须着力开发人的心灵深处的秘密及梦幻世界，以达到绝对的真实，即所谓"超现实"。"人最初企图模仿行走，所创造的车轮却不像一条腿，这样，人就在不知不觉中创造出超现实主义。"

超现实主义者提倡无意识写作、自动写作，强调不受理性或美学、道德准则制约的纯粹无意识写作方法。他们主张以人的精神解放和思想自由作为最高目标，因而极力抨击现实主义文学，指责后者只知道描绘现存事物的表面和细节真实，却忽视了人的内心真实，只告诉我们发生了什么，却不告诉我们可能发生什么或将要发生什么。在弗洛伊德理论的启发下，超现实主义者强调表现摆脱理智控制的潜意识世界和梦幻世界。因为在他们看来这是一种更高、更真实的现实即"超现实"，同时他们企图使梦幻世界和外在现实世界融合起来。为了真实地表现超现实世界，超现实主义者不仅特别重视梦幻、欲望、疯狂和想象在解放精神潜能、把握内心真实方面的作用，而且创造了所谓"自动写作"的新奇手法，即在创作时排除一切道德考虑和审美选择，摆脱理性、逻辑、文明和传统的束缚，彻底放任精神的自动性，从而如实地记录下不加掩饰和歪曲的感受、联想、意象、幻觉等潜意识的真正活动。

《娜嘉》是布勒东的中篇小说，是自动写作的代表性作品之一。小说通过作者与一位在巴黎街头流浪的神秘女子的邂逅和交往揭示出一个超现实主义的世界。书中没有连贯的情节和完整的形象，充满了作者的零碎记忆和思想跳跃，以及语言和意象的自由组合，集中体现了自动写作的艺术特色。超现实主义的代表作品还有布勒东的《可溶解的鱼》《连接的容器》，阿拉贡的《放纵》《梦幻之潮》《巴黎的农民》，艾吕雅的《不死之死》《痛苦之都》等。

在20世纪30年代，布勒东发表了《黑色幽默文选》，首创了黑色幽默的概念。黑色幽默代表了一种荒诞、冷酷、恐怖、亵渎的玩笑手法，很快风靡了欧美文坛。由于布勒东等人的积极活动，超现实主义不仅影响了欧美各国，而且影响了拉美的魔幻现实主义作家。

（三）后期象征主义

后期象征主义是对19世纪末产生于法国的象征主义的沿袭，并在20世纪20至40年代发展成为国际性的后期象征主义文学流派。后期象征主义认为最高的真实是心灵的真实，而要表现心灵的真实既不能通过空泛的议论，也不能通过直抒胸臆，而应当通过象征暗示来实现。因为世界是一个"象征的森林"，主体与客体、人与自然、人的各种感官之间是同一的，不能分离的。在早期象征主义的基础上，后期象征主义者继承并拓展了其审美理想和表现手法，主张通过一连串具体事物或境遇（所谓"客观对应物"）象征出作者的抽象思想和情感，或者通过隐晦的意象迫使读者穿透严酷的现实世界看到一个完美的超验的理念世界。他们认为诗正是逃避现实世界进入理念世界的媒介，其诗作往往不加解释地使用各种意象和象征来暗示思想、情感和理念，而其语言则具有音乐般的暗示性和朦胧美。后期象征主义的代表作家包括保罗·瓦莱里、威廉·巴特勒·叶芝、托马斯·斯特恩斯·艾略特等人。

瓦莱里（1871—1945）是20世纪法国著名诗人，其代表作有《海滨墓园》《年轻的命运女神》《幻美集》等。起初他曾醉心于探索脱离现实生活的理念世界，后来醒悟到心灵不能一味地内向，情感不能永远被压抑，故而强调注重感官世界和回到现实中来。

《海滨墓园》是他的代表作。这首长诗通过大海、白帆、阳光、海风、墓地等意象象征性地表达了对生与死、无限与永恒的沉思。在《年轻的命运女神》和《幻美集》等诗篇中，他通过各种形式探讨了心灵与肉体之间的关系，提出感官的刺激必须受心灵的控制和引导，两者的结合将成为创造性的源泉。瓦莱里诗歌的艺术特色是不对象征符号进行任何解释，大量使用隐晦的意象和隐喻，其用意不在于描述而在于暗示，诗风含蓄隽永，充满音乐的美感。

叶芝（1865—1939）是一位杰出的爱尔兰诗人、散文家、剧作家，在1923年获诺贝尔文学奖。其诗作在象征主义的基础上融入了强烈的爱尔兰民族主义和神秘主义的色彩，其中最著名的有《驶向拜占庭》《1916年复活节》《丽达与天鹅》《疯狂的珍尼》等。这些诗作的主题或表达了诗人对物质文明的厌恶和对传统道德的蔑视，或赞美生活的自然快乐，或讴歌爱尔兰人民的反抗。叶芝还创作了一些散文和剧本，后者大多以象征的手法表现爱尔兰的英雄传说和神秘思想。艾略特曾评价叶芝是"我们时代最伟大的诗人——在英语文学中自不待言，而就我看来，在任何一种语言中他都是最伟大的诗人"。

叶芝的创作大致可以分为三个阶段第一阶段：从1889年出版第一部诗集到1903年。这一阶段的主要诗集有《十字路口》《玫瑰》《苇丛中的风》。第二阶段：1904—1925年。这一阶段的代表诗集主要有《在七片树林中》《绿盔及其他》《责任》《库勒的野天鹅》《麦克尔·罗巴蒂斯与舞蹈者》。第三阶段：1926—1939年。这个阶段的代表诗集是《塔楼》《旋梯》。

英国诗人和批评家艾略特（1888—1965）是西方现代派文学大师，也是后期象征主义最杰出的代表。艾略特出身于美国密苏里州圣路易斯一个清教徒家庭，集诗人、戏剧家、批评家于一身。由于"他对当代诗歌做出的卓越贡献及所起的先锋作用"而荣获1948年诺贝尔文学奖。艾略特的代表作《荒原》被誉为"现代文学的经典文本"，是西方现代诗歌中里程碑式的作品。它集中反映了时代精神，即"一战"后西方青年的一切理想信仰均已破灭的精神状态。在这部象征主义的杰作中，艾略特将现代西方社会比喻为败落的沙漠荒原，在那里大地干枯，战争肆虐，幽灵般的芸芸众生丧失信仰，道德沦丧，放纵情欲，恐惧绝望，濒临死亡，而唯有戒绝情欲、舍己为人、皈依宗教才能超越精神的荒原，获得拯救。诗中充满了断壁残垣、坟墓白骨、荒漠枯树、破碎的偶像等阴森的意象，以此象征丧失生活意义的西方现代社会腐败颓废的现实，而其意象的模糊性、暗示性和多义性，使读者可以从精神分析学或结构主义等多重角度对其进行不同的解读。

艾略特创作颇丰，其他作品还有诗歌《四个四重奏》《空心人》《灰色星期三》，剧本《教堂谋杀案》《鸡尾酒会》等。在诗歌理论方面，艾略特提出了"非个人化"和"客观对应物"的著名论断。他强调诗歌不应放纵个人感情，而应表现全人类的普遍的情感和理念。他指出表现感情的唯一途径就是寻找一种客观对应物，以便象征地暗示出某种情感和意念。此外他在传统与创新、文学创作的历史感与时代精神以及批评的客观性等问题上也不乏独到见解。

（四）表现主义

表现主义最初是一个绘画派别，后来波及文学领域，在20世纪初期形成了以德语文学为中心、蔓延到欧美各国的文学运动，成为一个具有广泛影响的现代主义文学流派，表现主义文学的成就主要集中在戏剧领域。表现主义文学所表现的一般都是厌恶现代西方城市文明的题材，借以对西方社会对人的个性的压抑、人的异化以及帝国主义战争进行揭露和批判。表现主义文学认为，艺术是"表现"不是"再现"，作者应该在文本中透过现象看本质，表现自己的"主观现实"。通过大量幻觉、梦境、错觉，以及扭曲变形等手法来表现生活。表现主义文学的语言常常表现出一种冷漠旁观和平淡冷静的客观态度，用电报式的简洁、冷漠的语言进行叙述描写，很少抒情议论。其代表作家有奥古斯特·斯特林堡、尤金·奥尼尔、弗朗茨·卡夫卡、贝托尔特·布莱希特等。

美国表现主义戏剧的代表人物是尤金·奥尼尔（1888—1953）。他于1920年发表的《琼斯皇》被认为是美国第一部表现主义戏剧。全剧剧情十分简单，却大量运用幻境、内心独白等表现主义技巧。该剧通过表现人类的恐惧心理和罪孽感以及由此引起的回忆及妄念，表达"人必须剥去种种自觉或不自觉的假想，赤裸裸地面对自己"的哲学理念。

《毛猿》是奥尼尔另一部著名的表现主义剧作，描述现代人类在丧失宗教信仰和自然的和谐以后进行自我寻求的主题。在剧中，奥尼尔以"毛猿"这一意象喻指现代社会中的人，揭示现代人在工业文明中丧失自我的悲剧。奥尼尔最大的贡献在于他将现代心理学和表现主义技巧结合起来，其刻画人类深层心理的功底远远高于其他表现主义剧作家。奥尼尔于1936年获诺贝尔文学奖，在颁奖典礼上他坦言对自己影响最大的剧作家是瑞典的斯特林堡。

奥地利小说家卡夫卡（1883—1924）被公认为西方现代派文学的奠基人之一，也是表现主义文学最杰出的代表。他一生处于父亲暴君般的专横压迫之下，他甚至说"在自己的家庭里，我比陌生人还要陌生"，由此形成忧郁懦弱、孤独内向、毫无自信的病态性格。他曾勉为其难地在一家工伤事故保险公司任职，因三次订婚三次失败而终身未娶，40岁出头便因肺结核恶化而去世。卡夫卡写作从来不是为了发表和成名，而是作为工作之余寄托忧思和排遣苦闷的手段，唯其如此他的作品才成为一种深刻真诚的内心流露，取得了震撼人心的艺术效果。

卡夫卡最著名的代表作是小说《变形记》，书中的主人公格里高尔·萨姆沙是一家公司的推销员，在生活的重压下，他一天早上醒来发现自己变成了一只丑陋的大甲虫。他因此丢掉了工作并遭到家人的厌恶，由于不能挣钱又给家庭带来麻烦，他终于被愤怒的父亲砸过来的苹果击中后不治身亡，全家人如释重负，准备开始新的生活。该书通过整体的荒诞和细节的真实，深刻地暴露了当代资本主义社会中人的异化和人与人之间包括家庭内部的残酷的利害关系，对小职员等无助的小人物寄予了无限的同情。在长篇小说《诉讼》和《城堡》中，卡夫卡以梦魇般的扑朔迷离的叙述方式，揭露了资本主义社会司法机构践踏公正和草菅人命的罪恶以及官僚机器的冷酷无人性，描绘出普通人只能听凭其任意摆布的可怜命运。

（五）意识流小说

"意识流"一词是由美国心理学家詹姆斯最先使用的，他把意识比喻为不可切割的流动的河水。此后，这一概念被借用于文学创作。意识流小说是20世纪二三十年代流行于英、法、美等国的一种非常重要的现代主义小说流派。意识流小说反对描摹客观现实，而着力于表现人的内心世界，人的意识流程。为实现这一目的，意识流作家大量运用内心独白、自由联想和象征暗示的艺术手法，并在语言、文体和标点方面有很大的创新。法国的普鲁斯特、爱尔兰的乔伊斯、英国的伍尔芙和美国的福克纳均是意识流小说的代表性作家。

马塞尔·普鲁斯特（1871—1922）是法国当代重要作家，20世纪杰出的意识流小说家。他的一生心血几乎都凝聚在他的杰作《追忆似水年华》中，这部小说对西方现代主义文学产生过重大影响。法国当代著名作家兼评论家安德烈·莫洛亚说，"对于1900年到1950年这一历史时期而言，没有比《追忆似水年华》更值得纪念的长篇小说杰作了"。并且，在别的作家都满足于开发众所周知的"矿脉"的同时，普鲁斯特却发现了新的"矿藏"，而正是这一发现在文学上实现了一场"逆向哥白尼式的革命"。

《追忆似水年华》这部小说长达15卷，共7部，300余万言，是一部真正的鸿篇巨制。小说以19世纪末20世纪初的法国为背景，通过主人公的童年和青少年时的经历反映了进入帝国主义阶段的法国上层社会的历史变迁，并通过主人公的爱情生活表现资产阶级青年的忧郁、苦闷、空虚的精神状态，同时也流露出作者对一部分资产阶级衰败没落的惋惜之情。小说艺术的特点如下。第一，时间和空间结构是根据柏格森的"心理时间"观念来安排的。主人公的回忆、联想是跳跃式的，并不遵循生活中的时序或传统小说的叙述程序。表现了下意识思维活动变幻莫测的特点，以及追求"心理真实"的美学观。第二，作品将人的意识活动作为一个流动的过程来展现，表现了人物喜、怒、哀、乐的情绪发展过程，以及引起各种意识活动的触、视、听、味等感觉与思绪的联系过程。这种效果是通过描写内心独白、自由联想和通感实现的。这些特点也是意识流小说共有的特色。

詹姆斯·乔伊斯（1882—1941）早期深受易卜生的影响，其短篇小说集《都柏林人》通过描写都柏林下层市民的日常琐事，揭示现代西方社会在道德、精神和整个社会生活领域消沉麻木、无所作为的瘫痪状态,结构与风格上仍保留着现实主义和自然主义的特点。在自传体小说《青年艺术家的肖像》中,乔伊斯开始着意运用象征主义技巧和意识流的写作手法,努力排除小说的叙述者,转而依靠主人公的内心独白来表现他在成长过程中与家庭、祖国、宗教等社会力量的冲突,以及他最后在艺术创作中找到逃脱一切世俗羁绊的理想归宿的心路历程。为了真实地再现人物的意识流动,乔伊斯运用不同的语言风格,刻意模仿人物性格发展各阶段的不同感受方式、思想特色和说话语气。同时综合运用自然主义的描写和象征的手法,进一步增强了小说的艺术表现力。

《尤利西斯》通过描写青年艺术家、性无能的广告经纪人和他的妻子三个人物在都柏林一天的生活,展现了处于天主教和大英帝国主宰下颓废堕落、濒于崩溃的爱尔兰社会的种种问题和深重危机。作者有意借用希腊史诗中献上特洛伊木马计的英雄奥德修斯的辉煌业绩,反衬出当代西方"反英雄"的衰竭和无能、精神上的虚无主义和肉体上的纵欲主义,深刻地象征着现代西方文明的衰落。《尤利西斯》被誉为20世纪的文学经典,同时也是意识流小说的登峰造极之作。在描写广告经纪人的妻子潜意识中的种种活动时,全章40多页竟然没有一个标点符号,只有作者自己指认的8个长句堆砌在一起。这些由内心独白、梦幻想象、跳跃的联想和蒙太奇剪接组成的文字丰富细腻地展现了女主人公潜意识的自由流动,由于其描绘性经验和性幻想的逼真和坦率,该书一度被视为淫秽而遭查禁。

三 后现代主义文学

后现代主义是产生于20世纪50年代的文学思潮,在70、80年代达到高潮,是西方后工业化社会的产物。一般认为,后现代主义与现代主义之间有着密切的联系,同样激烈地反传统,但却与现代主义有着不同的文学倾向和文化特征。"后现代主义"一词最早出现于菲德里柯·德·奥尼斯所编的《1882—1923年西班牙及拉美诗选》一书,用以指称现代主义文学运动内部发生的一种逆动。50年代以后,在西欧出现了属于后现代主义的荒诞派戏剧和新小说派,而在美国和拉丁美洲则出现了垮掉的一代、黑色幽默和魔幻现实主义等后现代主义文学流派。到70、80年代，后现代主义已经扩展为包括哲学、文学、艺术、大众文化各个领域的一种广泛的文化思潮，直至现在仍然盛行不衰。虽然后现代主义在文化领域有各种各样的流派，这些流派却并没有获得广泛认同的纲领与宣言。

后现代主义的哲学基础是非理性主义、存在主义、实用主义、结构主义、后结构主义、弗洛伊德主义、女性主义等。正是在这些哲学思想尤其是后结构主义的影响下，后现代主义形成了自己最独特的文化价值观念，就是消解中心与权威、倡导多元化与差异化。后现代主义者们否定了在繁杂的事物表象之后有一个更高的必然性的存在。与此相关，后现代主义文学也就有了以下几个特点。第一，不确定性原则，文本的意义是不确定的。后现代主义文学强调文本和语言本身的多义性与不确定性，颠覆了传统的创作方法与原则，这就进而使得文本的语言、形象、情节甚至是主题都是不确定的。第二，向大众文学靠拢。后现代主义文学天然是反权威与反经典的，再加上后工业社会与消费主义的影响，就使得无论是后现代主义的作者还是读者都抛弃了原来传统文学中的精英态度，呈现出大众文学的审美趣味。第三，反对传统，消解文学创作的社会意义与价值，否认文学为人生赋予意义的目的。

（一）存在主义文学

存在主义文学是在存在主义哲学的基础上形成并发展起来的文学流派，第二次世界大战前夕产生于法国，战后盛行于整个西方世界。存在主义文学的基本题旨是揭露世界和人存在的荒诞性，肯定人的"存在先于本质"，表现人在荒诞、绝望中的精神自由和自由选择。代表作家是法国的萨特、加缪和波伏娃。

让·保罗·萨特（1905—1980）不仅是一位哲学家，而且是一位成就卓越的文学家、戏剧家、小说家。他在文学方面的成就最早便体现在小说创作上。《恶心》是他的处女作，也是他具有代表性的小说之一。此外，他还创作有短篇小说集《墙》（包括5篇短篇小说，《墙》《房间》《艾罗斯特拉特》《密友》《一个工厂主的童年》），长篇小说《自由之路》(包括第一部《理性的年代》、第二部《缓期执行》、第三部《心如死灰》)。

萨特的成名作《恶心》是存在主义文学的重要代表作。小说采用日记体形式，以第一人称叙述"我"的感受和思想活动。作品表达了作者关于"世界是荒谬的"和"自在的存在"与"自由的存在"相互关系的存在主义哲理。主人公康罗丹·洛根丁对周围的一切都感到恶心。作者说，他写洛根丁的恶心感，是为了表明他"是个因其思想的独立性而与社会对抗的人"，"他是自由的"。周围的一切对于他来说，都是自在的存在，是荒谬的，他是孤立的，因而也是自由的。世界的荒谬，又使他对自己生存的理由发生了怀疑，不知道自己生存的目标是什么，失去了追求和选择，自我便也沦为自在的存在。因此，恶心的感觉产生于人们明白了"一切都是没有理由"之时。这部作品代表了作者"二战"前创作的总的倾向。

萨特的一生，经历了20世纪重要的历史事件，他以独特的思维方式和存在主义哲理，对20世纪的战争、和平、人与环境、人与自我、人与人的关系等问题进行了深入的思考和探索，从一个侧面反映了当代西方知识分子的精神特征，以及20世纪风云变幻的形势对人们生活的剧烈冲击。他的思想和哲学、文学，对充实人类文化宝库，做出了令人瞩目的贡献。

阿尔贝·加缪（1913—1960），法国小说家、戏剧家、评论家。其主要作品有成名作《局外人》以及稍后发表的小说《鼠疫》《堕落》和短篇小说集《流放与王国》等。剧作有《误会》《卡里古拉》《戒严》和《正义者》。此外，还有哲学散文论集《西西弗斯神话》《致一位德国朋友的信》和《反抗的人》。1957年他荣获诺贝尔文学奖，1960年不幸在车祸中去世。

《局外人》是加缪的成名作，被视为存在主义文学的经典作品之一。描写一个名叫莫尔索的职员，对生活抱着极其冷漠的态度，母亲的死、女友的爱情、邻居的友情，甚至最后因杀人上法庭受审，他都漠然处之，像一个"局外人"。理解这个形象的关键，是荒诞感的含义。作者认为，荒诞感是莫尔索对生活的基本感受，而荒诞感的实质是人对自身与世界的关系的觉悟,是人对自身、对世界的扭曲现象的一种反抗。因此,莫尔索是一个诚实的、有激情的、并非麻木不仁的存在主义英雄。小说注重通过生理反应来表现人物的心态,在直觉和下意识行为的描写中蕴含较为深刻的内涵,语言简洁、通俗,具有很强的艺术感染力。

加缪的作品风格简洁凝练,多采用寓有深意的白描手法,注重细节描写和心理刻画,富有象征意味。结构上一般采用顺时序,故事性较强。他的创作对荒诞派戏剧和新小说派具有直接的影响。

(二) 荒诞派戏剧

荒诞派戏剧兴起于20世纪50年代的法国。"荒诞派"一词首先来自戏剧评论家马丁·艾斯林的《荒诞派戏剧》一书,后发展为一种戏剧流派,它对20世纪世界戏剧和文学具有非常深远的影响。荒诞派戏剧承袭了存在主义的"荒谬"观念并将其推向极致,以极其荒诞的形式表现荒诞的世界和荒诞的人生。荒诞派一反传统戏剧的表现方式,在其作品中既没有明确的主题和连贯的情节,也没有个性鲜明的人物,而只是试图以离奇怪诞的舞台形象将人生的荒诞状态直观地表现出来,因而大量运用直喻、象征、变形等戏剧语言暗示世界的荒诞和人际关系的难以沟通,促使观众领悟深刻哲理。最为重要的代表作家是欧仁·尤内斯库和塞缪尔·贝克特。

尤内斯库(1912—1994)是荒诞派戏剧的重要奠基人,他创立了一整套反对现实主义等传统戏剧的"反戏剧"理论,认为戏剧只提出见证而无须说教,主张戏剧应当表现无法解决的思想危机和现实危机。在戏剧手法上主张对情节进行分解和变形,为人物设计的语言也不再表达事物的意义,以便营造出漫画般的极端滑稽的效果。他的作品《秃头歌女》是荒诞派戏剧的开山之作,该剧通过两对夫妇不断重复一连串空洞的手势和文不对题的日常俗语,夸张地表现了当代资本主义社会中人际关系的隔阂和现实生活的无聊荒谬。尤内斯库的著名剧作还有《上课》《椅子》《阿梅迪》《犀牛》等。

塞缪尔·贝克特(1906—1989)生于爱尔兰首都都柏林,1969年获诺贝尔文学奖,他的创作深受乔伊斯与普鲁斯特的影响。贝克特的创作以《等待戈多》为界,分为前后两期。前期主要写小说,后期主要写戏剧,但在作品的主题和审美倾向上并无明确差异。贝克特的创作涉及现代人在社会中所面临的各种各样的问题,对人类的精神处境进行了形象的展示。他一生完成的主要剧作有《等待戈多》《剧中》《哑剧Ⅰ》《克拉普最后的录音带》《啊,美好的日子》《哑剧Ⅱ》《喜剧》《来和去》《俄亥俄即兴之作》等。

《等待戈多》通过两个流浪汉永无休止而又毫无希望的等待,和一主一仆两人的奇异关系,戏剧性地表现了处在信仰危机时代的现代西方人的悲剧性人生与无聊的精神生活状态,以及希望能够改变自己的生活处境却又难以实现的绝望心理,隐喻性地揭示了世界的荒诞、人生的痛苦与毫无意义。从传统戏剧的角度来看《等待戈多》,没有什么情节可言,人物形象也并不鲜明,人物之间的对话也没有什么实质性的内容,但其实这些问题都不重要,因为"荒诞派"哲学中的存在问题"我是谁"永远都是得不到回答的。

(三)新小说派

新小说派就是反对传统小说的文学流派,产生于 20 世纪 50 年代的法国。这一流派作家认为,当前传统小说已经进入了死胡同,试图反映和复制无限复杂的生活是徒劳无益的,应该让读者运用自己的生活经验和所掌握的探索手段,从作家所提供的事物和描写中发掘其中的奥秘。他们要创作一种不是以反映现实生活为目的、没有典型人物、没有故事情节,甚至取消了标点的怪诞小说。新小说主要有以下几方面的特征。第一,注重写物,人在新小说作者的笔下往往是不被重视的。第二,叙事结构复杂。新小说反对连贯、集中、典型的情节,在写作时往往打破过去、现在、将来之间的界限,叙事结构宛若一座由空间与时间构成的迷宫。第三,注重零度写作与读者的参与。新小说反对存在主义文学提倡的"介入文学"的观念,主张作家不带主观感情地书写,看重读者对于文学作品的"解密"。新小说作为一个文学流派已经解体了,但这个团体中的某些作家还在以同样的方式进行文学创作。新小说派的代表人物有娜塔莉·萨洛特、米歇尔·布托尔、罗布-格里耶等。

阿兰·罗布-格里耶（1922—2008）是新小说派的奠基者和领军人物。一般认为，他的写作大致可分为三个阶段。第一阶段：20 世纪 50 年代初至 60 年代初为早期的"经典小说"时期，代表作品为《橡皮》《窥视者》《嫉妒》《在迷宫里》。第二阶段：20 世纪 60 年代中期到 80 年代初，主要作品有《幽会的房子》《纽约革命计划》《一座幽灵城市的拓扑学》《吉娜》等。第三阶段：1984—1994 年，作者连续发表了他称之为传奇故事的三部曲《重现的镜子》《昂热丽克或迷醉》《科兰特的最后日子》，标志着他的写作实验又进入了一个新阶段。

《嫉妒》是评论界公认的罗布-格里耶的代表作，它充分体现了罗布-格里耶早期的理论主张，如取消人物和情节、深度消解意义、摈弃心理分析、消除人格化的隐喻、非人化的客观描写、制造一个更实体更客观的世界等。小说的背景是一个封闭的世界（非洲的一个热带香蕉种植园），因而不可能有什么社会意义：没有传统意义上的人物，人物在这里失去了所有为"人"的特征（外貌、性格、心理甚至姓名），只剩下"物"的属性（动作和姿势）；也没有情节，描写成为小说的主体，一系列的位移记录构成了剪辑。叙述者——那个"嫉妒的丈夫"——始终没有出场，他只是在观察、想象和记录，努力用语言来复原他所看到的视觉画面。小说中的图景都是按他的视线和想象来组织的，因而小说结构显得时断时续、如隐若现、反反复复、绵延交错。在这里，罗布-格里耶显然借鉴了电影的表现技巧，因为在他看来，电影画面比文学更客观，更冷静，更多地表现物件，更适于停留在物的表面，更容易清除传统小说中的感情因素，更适于表现现代社会浮动多变的形象，更便于自由安排时间与空间的跳动，更容易实现现实、想象、幻觉、梦境、回忆的交织和渗透。因此，打破文学的体裁局限，将小说电影化，力图把对文字符号的接受转化成某种银幕上的视觉效果，是罗布-格里耶革新传统小说的艺术形式的大胆尝试之一。

（四）黑色幽默

"黑色幽默"指的是 20 世纪六七十年代首先出现在美国的一种后现代文学流派。在思想上深受存在主义哲学的影响，关注现实，以绝望的幽默嘲讽社会、戏谑人生。在艺术上，主人公常常是性格乖戾的"反英雄"式人物，并将"幽默"的对象予以放大、变形，使之显得荒诞可笑，以冷漠的态度将人生悲剧加以喜剧化，获得一种悲喜剧因素混杂的审美效果。代表作家有海勒、品钦、巴斯等。

约瑟夫·海勒（1923—1999）出身于美国纽约一个犹太移民家庭，19岁应征入伍，第二次世界大战时期在美国空军第十二飞行大队当飞行员。战后涉足文学，发表了一些短篇小说。1962年出版的小说《第二十二条军规》在美国文学界引起了很大的反响。黑色幽默小说的主题思想在约瑟夫·海勒的《第二十二条军规》中表现得尤为突出。小说只是在表面上触及了第二次世界大战的主题，其实，战争在此只是一个中介符号，借以体现人类普遍的愚钝、可悲景况。这景况大致呈现出两种状态：一是小人物尤索林、斯洛登等被辗转折磨直至死亡，二是大人物卡斯卡特上校、谢斯科普夫少尉、布莱克上尉等被深度毒化直至疯狂。而造成所有这些问题的原因又是那无所不在、无所不能的"第二十二条军规"。

其实，所谓"第二十二条军规"也是一个中介符号，由其标识了人类社会制度的极端异化。本来是人类自己怀着最大合理性意愿而精心构建并且不断完善的社会制度反过来成了最不具合理性的异己力量。这种异己力量在践踏着人类最初美好意愿的同时，也就幻化出了无可比拟的悖论与荒诞。《第二十二条军规》中所描写的战争及其相关的人和事不可能具有现实生活的真实性，而是经过变形、夸张的技术处理后的漫画化的立体图案。这种立体图案包含着更为丰厚的历史文化信息，它既指认了人类具体社会制度的痼疾、官僚机器的残忍，更暗示了人类历史的悲剧性命运及无可规避的自身悖论。所以，海勒本人也曾说："我对战争题材不感兴趣。在《第二十二条军规》里，我也并不对战争感兴趣，我感兴趣的是官僚权力结构中的个人关系。"也就是说，战争只是一个小说家任意选择的现象，人类社会所孕育出的官僚权力才是小说家所要揭示的本质。如果说，《第二十二条军规》毕竟还借用了战争这一非常现象作为其表达主题思想的中介符号，从而表现出人类社会异己力量从外部给人的沉重压抑，那么，海勒的另一部文学作品《出了毛病》则全然写平常人在平常日子里，内心世界中的惊人恐惧和精神生活的无比忧虑。重要的是，这种种的恐惧、忧虑的缘由只是无数琐细生活小事的累积。小说完全剔除了对具体社会矛盾的指认，甚至完全剔除了对外在社会关系的指认。它揭示的是人生本身的不自在、不愉快、不安全、不和谐，从而指出人生本身的内在苦难宿命。

（五）魔幻现实主义

魔幻现实主义文学是20世纪三四十年代产生于拉丁美洲并于60年代达到高潮的一种文学流派，是拉美人民新的觉醒的表现。拉美的魔幻现实主义有自己鲜明的特征：广泛地运用时空顺序颠倒、多角度叙述、多人称独白、下意识心理、自由联想、象征暗示、比拟隐喻、幻化怪诞等手法，把拉美梦幻般的历史与神奇的现实巧妙地融为一体，制造出奇特的艺术效果。代表作家有加西亚·马尔克斯、米格尔·安赫尔·阿斯图里亚斯等。

加西亚·马尔克斯（1927—2014）是魔幻现实主义文学的重要代表人物。1927年3月6日生于哥伦比亚阿拉卡塔卡。1940年迁居首都波哥大。1947年入波哥大大学攻读法律，并开始文学创作。1982年获诺贝尔文学奖。主要作品有：短篇小说集《周末后的一天》《格兰德妈妈的葬礼》，中篇小说《上校无来信》，长篇小说《恶时辰》《百年孤独》《家长的没落》等。他善于描写独裁者的丑态、下层人民的悲苦、独裁统治与战争的恶果，发人深省，具有强烈的批判意义。

《百年孤独》是影响力最大的魔幻现实主义代表作。作品描写了布恩迪亚家族七代人的传奇故事，以及加勒比海沿岸小镇马孔多的百年兴衰，反映了拉美一个世纪以来风云变幻的历史。作品描写了为摆脱孤独、愚昧、落后的状态，布恩迪亚家几代人的痛苦和求索、奋斗。作者指出，若不打破因不能掌握自己命运而产生的冷漠、疏远、孤独和绝望，就不能改变这种自我封闭状态造成的愚昧、落后、僵化的生活，那么灭亡的命运将是不可避免的。作品揭露了哥伦比亚的独裁统治与党派斗争给人民带来的苦难和人民的不觉悟。《百年孤独》通过拉美土著民族充满神话色彩和迷信意识的眼光，去看待和反映现实的生活斗争，并运用多种表现手法如夸张、隐喻、象征等，使作品笼罩着一种神秘、魔幻而诡谲的气氛。印第安的神话传统与现代主义非理性表现手段的结合，使小说中处处是奇迹，奇迹中又有现实的影子，处处是故事，故事中又永远蕴含着似梦非梦的迷雾。它充分体现了魔幻现实主义小说神话意识与现实交融为一体的特点，被后世誉为"再现拉丁美洲历史社会图景的鸿篇巨著"。

米格尔·安赫尔·阿斯图里亚斯（1899—1974）也是魔幻现实主义的代表作家。他生于危地马拉，一生写了十部小说、四部诗集和几个剧本，在危地马拉乃至拉丁美洲现代文学史上占有重要地位。他的重要作品有《玉米人》《总统先生》等，并凭借《玉米人》在1967年荣获诺贝尔文学奖。《玉米人》以山区农民印第安人和当地白人在种植玉米问题上发生的冲突为主线，真实地反映了20世纪50年代以前危地马拉社会的广阔的生活领域，揭示了传统观念与现代思想之间的矛盾。《玉米人》以强烈的地域色彩、丰富的文学描绘跻身于世界名著之林。它反映了"现代化大都市与刀耕火种并存的拉美现实"，是一部优秀的魔幻现实主义小说。